FANTASY

Buch

Eine dekadente Herrscherclique hat das einst mächtige Reich Numantia heruntergewirtschaftet. Als der junge Magier Tenedos die Missstände anprangert, wird er auf eine lebensgefährliche Mission in die rebellischen Bergregionen geschickt. Der Plan der zerstörerischen Mächte geht jedoch nicht auf: Gemeinsam mit seinem neuen Freund, dem jungen, hitzköpfigen Kavallerieoffizier Damastes, entgeht Tenedos einem tödlichen Hinterhalt. Fortan kämpfen die beiden ehrgeizigen jungen Männer gegen das betrügerische Regime, fest davon überzeugt, dass das angeschlagene Reich Numantia zu seiner alten Stärke zurückfinden muss ...

Autor

Chris Bunch ist mit Allan Cole Schöpfer und Autor der weltweit erfolgreichen Sten-Chroniken und der Fantasy-Saga um die Fernen Königreiche, die in den USA zu Bestsellern wurden. Der Magier von Numantia ist seine erste große Solo-Fantasy-Trilogie. Chris Bunch lebt im US-Staat Washington.

In Kürze erscheint:

Der Magier von Numantia: 2. Der Preis der Macht (24900)

Weitere Bände sind in Vorbereitung.

Von Chris Bunch lieferbar:

Der Schattenjäger: 1. Der Stein der Lumina (25022), 2. Die Wächter der Lumina (25023), 3. Der Herr der Lumina (25021)

Mit Allan Cole:

Die Saga von den Fernen Königreichen: 1. Die Fernen Königreiche (24754), 2. Das Reich der Kriegerinnen (24755), 3. Das Reich der Finsternis (24756)

Außerdem lieferbar: 4. Allan Cole: Die Rückkehr der Kriegerin (24757)

Die Sten-Chroniken: 1. Stern der Rebellen (25000), 2. Kreuzfeuer (25001), 3. Das Tahn-Kommando (25002), 4. Division der Verlorenen (25003), 5. Feindgebiet (25004), 6. Morituri – Die Todgeweihten (25005), 7. Vortex – Zone der Verräter (25006), 8. Tod eines Unsterblichen (25007)

FANTASY

Chris Bunch

Der dunkle Thron

Der Magier von Numantia 1

Aus dem Amerikanischen
von Bernhard Schmid

BLANVALET

Die amerikanische Originalausgabe
erschien unter dem Titel »The Seer King«
bei Warner Books, Inc., New York

Umwelthinweis:
Alle bedruckten Materialien dieses Taschenbuches
sind chlorfrei und umweltschonend.
Das Papier enthält Recycling-Anteile.

Blanvalet Taschenbücher erscheinen im Goldmann Verlag,
einem Unternehmen der Verlagsgruppe Bertelsmann.

Deutsche Erstveröffentlichung 11/99

Published in agreement with the author,
c/o BAROR International, Inc., Armonk, New York, USA

Umschlaggestaltung: Design Team München
Umschlagillustration: Agt. Schlück/Kelly
Satz: deutsch-türkischer fotosatz, Berlin
Druck: Elsnerdruck, Berlin
Verlagsnummer: 24899
Redaktion: Cornelia Köhler
V. B. · Herstellung: Peter Papenbrok
Printed in Germany
ISBN 3-442-24899-X

1 3 5 7 9 10 8 6 4 2

1 *Exil*

Der Seherkönig, Laish Tenedos Imperator Rex, ist tot. Ein Kurierschiff brachte heute morgen die Kunde und der Lagervogt rief einen Feiertag aus.

Ich nehme an, ich hätte ihn nicht so nennen, sondern ihn als den Gefangenen Tenedos bezeichnen sollen, so wie ich nicht mehr Damastes á Cimabue bin, der Schöne Damastes, wie ich in den Seidenzelten von Nicias von so manchem genannt worden war, nicht mehr Tribun á Cimabue, Baron Damastes von Ghazi. Ich bin nur mehr der Gefangene Damastes.

Ich wusste, welche Neuigkeiten das Schiff brachte, noch bevor es anlegte, seiner bunten Beflaggung wegen und aufgrund des Jubels meiner Wächter, als man die Signalflaggen las.

Es heißt, der Imperator sei eines natürlichen Todes gestorben, sein Herz habe versagt. Mag sein. Aber es hätte nur eines einzigen Feindes unter seinen Aufsehern bedurft, um ihn mit einem Zauber zu belegen, ihm heimlich etwas Gift in das Fleisch zu geben oder für einen schlichten Sturz zu sorgen, wenn er – wie ich das selbst zu tun pflege – einen seiner langen Spaziergänge den Strand entlang unternahm, den Blick starr auf den Horizont gerichtet in der vergeblichen Hoffnung, Numantia zu sehen, und sei es auch noch so kurz, jenes Land, das er zur Größe geführt und dann zugrunde gerichtet hat.

Sergeant Perak, der Anführer meiner Wachabteilung, ein Mann, zu dem ich seit dem Beginn meiner Gefangenschaft vor einem Jahr eine gewisse Zuneigung gefasst habe, meinte, er glaube die offizielle Darstellung, nur hätte ihn keine Krankheit ins Grab gebracht, sondern sein Unglück ob des Exils. Ein gebrochenes Herz, hätte ein Romantiker womöglich gesagt.

Aber er sagte das ganz leise und erst dann, als er sich vergewissert hatte, dass ihn niemand hörte. Es ginge nicht an, dass ein Gefangenenwärter seinem Häftling gegenüber auch nur den Hauch von Wärme an den Tag legte, seinem Häftling oder der Sache, der dieser bis in den Tod Treue geschworen hatte. Beim Abendmahl fiel mir auf, dass die Offiziere der Strafgarnison mich musterten. Ich wusste, was ihnen durch den Kopf ging: Wie lange noch würde es dauern, bis man meinen Tod beschloss? Ich bin, so nehme ich an, der einzige Tribun aus dem großen Heer des Imperators Tenedos, der noch am Leben ist, einmal abgesehen von Herne, der uns verraten hat, und Linerges, dem es, wie ich erfahren habe, gelungen ist, über die Landesgrenze zu fliehen. Der einzige andere überlebende Offizier ist vielleicht Yonge, der sich schon vor langer Zeit in die Felsklüfte der Grenzstaaten abgesetzt hat.

Vielleicht stößt auch mir ein bequemes Missgeschick zu. Eine Krankheit vielleicht.

Es spielt keine Rolle.

Ich habe alles getan und gesehen, was einem einzelnen Menschen zu tun und zu sehen gestattet sein sollte. Ich habe Schneisen durch Walstätten geschlagen, die Köten meines Rosses vom Blut umspült.

Ich habe zweimal heftig geliebt und wurde einmal verraten. Die, die ich geliebt habe, sind beide ebenso tot wie der Teil von mir, der sie geliebt hat.

Ich habe an der Spitze eines Heeres gestanden, habe Tausende und Abertausende von Männern angeführt, die unter Jubelgeschrei in den sicheren Tod und zurück aufs Rad stürmten, und das auf meinen Befehl.

Ich habe die prächtigsten Städte Maisirs und Numantias in Flammen aufgehen sehen, von Kallio bis in die Grenzdschungel, in Feuersbrünsten, die ich zu legen befahl. Ich habe auf Schlachtfeldern Dämonen wüten gesehen, die, von den allerschlimmsten und mächtigsten Zauberern gerufen, einen Zug Reiterei im Anritt zerschlugen, kaum dass er aufgetaucht war; die eine mit Lanzen bewehrte Schwadron mit ihren Klauen zerrissen, ergriff diese nicht vor Wahnsinn schreiend die Flucht.

Ich habe von goldenen Tellern gegessen inmitten von Seide und sanfter Musik.

Das ist die eine Seite.

Das ist die andere:

Ich bin blutend von der Walstatt getaumelt, krank vor Jammer, als ich unsere Standarten zerrissen, von den Füßen des triumphierenden Feindes zertrampelt sah.

Ich habe eine halb verbrannte Kartoffel aus einem sterbenden Feuer gefischt, um damit – die beste und einzige Mahlzeit seit fast einer Woche – meinen Hunger zu stillen.

Ich habe auf dem Strohlager einer Hexe geschrien, während sie murmelnd meine Wunden versorgte, und mich dann im Lazarettzelt wochenlang nach der Gnade des Todes gesehnt.

Und ich bin noch nicht einmal alt. Ich bin keine vierzig. Alles, was mir widerfahren ist, ist in weniger als fünfzehn Jahren passiert.

Etwa fünfzehn Jahre ist es her, dass ich dem Seher Tenedos begegnete, als er auf einem tödlichen Gebirgspass in den Grenzstaaten dem Tod ins Auge sah.

Fünfzehn Jahre, dass ich hinter dem Imperator einherritt, sein Berater und Befehlshaber der Kavallerie, Tribun, der ich damals war, im Herzen das Motto meiner Familie – *Auf Immer Treu* –, obwohl mir jetzt klar wird, dass nur einer von uns beiden wusste, was Loyalität war.

Er und ich waren die einzigen, die von Anfang an dabei gewesen sind – bis zum Ende.

Unsere Feinde hätten gesagt, wir waren unser drei:

Laish Tenedos.

Ich.

Und der Tod, die finstere Offenbarung Saionjis, der großen Göttin – Schöpferin, Zerstörerin, das Grinsen ihres Schädels grimmig unter den Falten ihres Gewands, das Schwert über dem Kopf, ihr blasses Ross wiehernd, ganz erpicht auf den nächsten Schlag.

Jetzt sind unser nur noch zwei.

Ich und derTod.

Mein letzter Freund.

2 *Der Seher Tenedos*

Mein Schicksal – und das von ganz Numantia – war an dem Tag besiegelt, an dem ich fünf Tore erzielte. Beim Rõl. Das mag sich wie ein Scherz anhören – wie sollte ein Reiterspiel Saionji dazu bringen, unsere Länder zu zerreißen und ihre Günstlinge auf das Rad zurückzuwerfen bis zum Tag ihrer Wiedergeburt?

Aber es ist kein Scherz, noch war an dem Tag, an dem ich in Ungnade fiel, etwas komisch daran. Die Siebzehnten Lanciers von Urey nahmen ihren Sport sehr, sehr ernst.

Ohne diese fünf Tore, den Stolz des Adjutanten, seine Lügen und meinen anschließenden Fall hätte man vielleicht einen anderen Offizier an den Sulempass geschickt, einen, der weniger zu verlieren hatte; Laish Tenedos wäre mit der Lanze eines Bergbewohners im Hals gestorben, und die Jahre blutiger Kriege und schwarzer Magie wären uns womöglich erspart geblieben.

Ich war der neueste Offizier des Regiments; erst wenige Monate zuvor hatte man mir als Zeichen meines Ranges die Schärpe verliehen. Ich hatte mich um den Dienst in den Grenzgebieten bemüht, weil ich kämpfen wollte, anstatt mich endlos auf dem Exerzierplatz im Kreise zu drehen, und tatsächlich hatte ich das Glück gehabt, als ersten Posten den Befehl über unsere Elite, einen Zug Lanciers, zu bekommen.

Mein Sturz war eine Ironie des Schicksals, weil ich nämlich sehr vorsichtig gewesen war, wie ich noch erzählen werde, den üblichen Schnitzern und Dummheiten eines Junglegaten zu entgehen. Ich war sogar bei einer Patrouille gegen einen Banditenzauberer derart erfolgreich gewesen, dass Domina Herstal, der Regimentskommandeur, mir eine Belobigung ausgesprochen hatte, und das nur wenige Tage vor der für mich so verhängnisvollen Partie Rõl.

Rõl ist ein einfacher Sport zu Pferde, der auf einem weiten, flachen Feld gespielt wird. Zu beiden Seiten des Feldes befindet sich ein mit einem Netz versehenes Tor, das einen Fuß breit und einen Fuß hoch ist. Jede Mannschaft hat fünf Spieler, die mit Hilfe eines mannshohen Schlägers, Hammer genannt, einen Holzball von der Größe einer kräftigen Männerfaust in das Tor zu treiben versuchen. Das Spiel geht über zehn Punkte. Es war ein Spiel, dem ich besonders zugetan war, weil es nach dem Besten in Mann und Pferd verlangte und ich ziemlich gut darin war – im Lyzeum hatte ich im Sturm der ersten Mannschaft gespielt.

Das Regiment war, wie gesagt, ganz versessen auf Sport, vor allem der Adjutant, Capitain der Unteren Hälfte Banim Lanett. Vielleicht sollte ich erklären, was ein Adjutant ist und tut, denn jemand von so vergleichsweise niederem Rang sollte eigentlich nicht in der Lage sein, jemanden zu ruinieren, und sei er auch nur ein Juniorlegat.

Ein Adjutant ist die Schmiere für das Räderwerk eines Regiments. So konnte es vorkommen, dass der Kommandant unserer Einheit, Domina Herstal, eines schönen Morgens auf den Exerzierplatz trat und sich fragte, ob die Steine rund um den Platz nicht besser gelb wären statt weiß. Capitain Lanett nickte in so einem Fall nur und meinte: »Ein interessanter Gedanke, Domina« – und kaum war der Regimentskommandeur außer Hörweite, brüllte er nach dem Feldwebel, und innerhalb weniger Minuten waren in der Kaserne einige Arbeitskommandos zusammengetrommelt und mit Pinseln bewehrt worden, so dass der Platz, wenn der Domina zum Mittagsappell erschien, wie von Zauberhand bemalt von lohfarbenen Steinen gesäumt war. Völlig undenkbar, dass der Domina sich in so einem Fall nach den Umständen erkundigte, ebenso wenig wie das Thema je wieder zur Sprache kam, es sei denn, die Arbeit war nicht zur Zufriedenheit ausgefallen oder der Domina wollte die Steine lieber in Blau.

Capitain Lanett war ein fähiger Soldat, der nur einen Fehler hatte, auch wenn ich ihn damals für einen hinterhältigen, verlogenen Hundsfott hielt, den ich auf der Stelle gefordert hätte, wäre das Militär nicht so vernünftig gewesen, das Duellieren mit Offizieren höheren Ranges zu verbieten.

Sein Fehler war auch nicht eben ungewöhnlich und ist überall anzutreffen, im Zivilleben ebenso wie beim Militär: eine einzige Schwäche, die eine tiefe Schneise in die Ehre eines Mannes zu schlagen vermag. Bei manchen sind es die Frauen, bei anderen der Stolz, bei dritten wiederum ist es das Spiel.

Capitain Lanetts Fehler war seine Liebe zum Sport – oder genauer zum Rõl. Abseits des Spielfelds war er ein Muster an Korrektheit, aber kaum saß er, den Hammer in der Hand, im Sattel, schon tat er alles für einen Sieg – er hätte einen Gegner mit der Lanze durchbohrt, hätte man ihm eine gegeben und hätten ihm die Schiedsrichter den Rücken zugekehrt.

Es war ein Spiel zwischen zwei Schwadronen des Regiments und ich war fest entschlossen, die meine – die Geparden – zum Sieg zu führen. Man hatte mich im Sturm aufgestellt, in der Position, in der die Wahrscheinlichkeit, ein Tor zu erzielen am größten war, und es lief alles gut. Ich hatte bereits im ersten Viertel zwei Tore gemacht und den Jubel der fünfundzwanzig Männer meines Zuges gehört. Das Match wogte hin und her, ein großartiges Treffen, bis ich im letzten Viertel zwei weitere Tore erzielte und die Begegnung 9:9 unentschieden stand. Wir sahen uns in die Defensive gedrängt, und ich jagte in dem Versuch, mich des gegnerischen Sturms zu erwehren, mein Pferd kreuz und quer über das grasbewachsene Feld.

Capitain Lanett kam auf unser Tor zugeschossen, legte sich, kurz vorm Durchziehen, die Holzkugel vor, und ich raste im vollen Galopp hinter ihm drein. Mein Ross war etwas schneller, ich kam aus seinem toten Winkel und schlug ihm die Kugel mit einer Rückhand weg in Richtung seines eigenen Tors. Ich hörte den Capitain schreien, achtete jedoch nicht weiter auf ihn, sondern riss mein Pferd herum und jagte hinter der Kugel her.

Hinter mir dröhnten die Hufe des Capitains im gestreckten Galopp, aber auch darauf achtete ich nicht; ich hatte praktisch eine Ewigkeit für meinen Schlag, das fußbreite Tor gähnte wie eine Elefantenfalle so groß, ich riss meinen Hammer zurück, schlug den

Ball mitten ins Netz und brüllte schon »Sieg!«, als von hinten ein anderer Schrei kam.

Ich zügelte mein Ross und zwang es herum. Der Adjutant hatte angehalten und drückte eine Hand auf ein Bein.

»Du Schweinehund«, schrie er. »Du hast mich eben schon gefoult und jetzt wieder! Dafür krieg' ich dich dran!«

Er wandte sich im Sattel um und rief den Schiedsrichtern zu: »Richter! Dieser Mann hat mich nun schon zweimal geschlagen und ich fordere einen Strafpunkt!«

Auf der Tribüne wurde geschrien, die einen meinten gesiegt zu haben, andere fragten sich, welche Faxen sich die Herren Offiziere nun wieder hatten einfallen lassen, aber die beiden Lanciermajore, die man als Unparteiische gewählt hatte, schwiegen sich aus. Langsam kamen sie herbeigeritten, die restlichen Spieler folgten hinterdrein.

»Sir«, begann einer von ihnen, »ich habe nichts gesehen.«

»Ich ebenso wenig, Herr Capitain«, sagte der andere.

»Dann seid Ihr beide blind, verdammt noch mal! Ich sage, der Mann hier hat mich gefoult! Heißt Ihr mich etwa einen Lügner?«

»Legat?«, sagte einer der Majore.

Vielleicht hätte ich meine Antwort etwas höflicher formulieren sollen, aber ich wusste, dass ich ihn nicht berührt hatte – in beiden Fällen wäre mein Schlag abgelenkt worden und mit Sicherheit hätte ich den Schlag im Schaft meines Hammers gespürt.

»Den Teufel habe ich«, sagte ich, mein Gesicht zweifelsohne gerötet vor Zorn. »Der Capitain irrt sich! Er muss sich aus Versehen selbst getroffen haben, als er umdrehte, um mir zu folgen!«

»Das habe ich nicht, Legat.« Capitain Lanetts Stimme war so kalt wie ein Gebirgsbach. »Wollt Ihr damit sagen, dass ich ein Lügner bin?«

Ich setzte an zu sagen, was ich glaubte, konnte jedoch gerade noch an mich halten. »Dergleichen pflege ich nicht zu tun, Sir.« Ich betonte das Wort. »Ich weiß, was ich getan habe, und gehe davon aus, dass auch jeder andere hier auf dem Spielfeld es weiß.«

Der Adjutant starrte mich an, und ich schwöre, das Geschrei aus den Reihen des Regiments verstummte. Er sagte kein Wort, riss nur sein Ross herum und ritt in Richtung der Ställe davon.

Die Geparden hatten tatsächlich gesiegt. Aber jene letzten Augenblicke hatten die Freude an dem Sieg zunichte gemacht. Die Männer meines Zugs hatten mir gratuliert, aber selbst ihr Lob war gedämpft. Es dauerte nur wenige Augenblicke, bis auch der Letzte der Siebzehnten Lanciers verstanden hatte, was da passiert war: Der Regimentsadjutant, ein rechtschaffener Mann, hatte den neuesten Offizier, einen unbekannten Legaten aus einer gottverlassenen Provinz, eines Foulspiels bezichtigt, und dieser junge Malefizkerl besaß die Frechheit, es zu bestreiten.

Ich hoffte, der Vorfall würde vergessen oder wenigstens ignoriert, und deshalb mied ich an jenem Abend die Messe. Aber spätestens am Morgen darauf war klar, dass mein »Foul« an Capitain Lanett die Sensation der Stunde war und es einige Zeit dauern würde, bis man es vergaß.

Lanett machte alles noch schlimmer, indem er sich weigerte, mit mir zu sprechen und mich auch nur eines Blickes zu würdigen, es sei denn, es ließ sich durch den Dienst nicht vermeiden, und so bauschte sich der Zwischenfall auf.

Ich hatte das Gefühl, in Ungnade gefallen zu sein wie nie ein Offizier vor mir, und, was noch schlimmer war, dass man mich so ungerecht behandelte wie nur irgendeinen, dessen moralische Rechtschaffenheit die Götter zu prüfen gedachten. Tausend Pläne und Intrigen gingen mir durch den Kopf, von der Hoffnung, Tanis – der Hausgott meiner Familie – möge nach Lanetts Seele greifen und sie beuteln, bis er die Wahrheit sagte, oder dass der Adjutant vom nächsten Eber zerfleischt würde, den er mit seiner Saufeder zu erlegen versuchte; sogar noch weit weniger ehrenvolle Gedanken kamen mir in der Tiefe der Nacht, in denen es um geschickt arrangierte »Unfälle« ging.

Die Ereignisse mögen absurd erscheinen, völlig überbewertet, und so war es ja auch. Aber solche Ehrenhändel sind nicht ungewöhnlich unter Soldaten in Friedenszeiten, wenn ihr Verstand nicht völlig auf ihr Metier konzentriert ist. Aber auf der anderen

Seite ist es so töricht auch wieder nicht – würde ein Kaufmann einen jungen Verkäufer anstellen, den ein älterer, respektierter Kollege fälschlicherweise des Diebstahls bezichtigt hat?

Ein Soldat hat neben seinem Leben letztlich nur einen Besitz und das ist seine Ehre.

Ich wusste nicht, was ich tun sollte.

Die Lösung hieß Zeit, weiß ich jetzt. Früher oder später wäre es zu einem neuen Skandal gekommen, der den meinen in den Hintergrund gedrängt hätte. Hätte ich mir nicht irgendeine Narretei zuschulden kommen lassen, wie zu desertieren oder meinen Vorgesetzten zu schlagen, ich hätte unweigerlich wieder mit einer wachsenden Unterstützung rechnen können, zumal wenn ich mich gut führte und niemandem Anlass zum Tadel gab.

Aber es sollte nicht sein.

Kaum zwei Wochen später, genau zum Ende der Zeit der Hitze, befand ich mich mit meinem Zug im Reitring und hetzte die Männer durch eine Runde Drill zu Pferd, als mich der Domina in die Kommandantur kommen ließ.

Ich machte mir Sorgen – bislang schien der Regimentskommandeur keinerlei Notiz von dem Vorfall bei dem Rõlmatch genommen zu haben, und ich versuchte mir einzureden, er wüsste überhaupt nichts davon. Aber jetzt … Juniorlegaten werden nie vor den Domina gerufen, es sei denn, es ist eine Katastrophe passiert.

Ich legte eilends meine beste Uniform an und begab mich in die Kommandantur. Evatt, der Regimentsfeldwebel, führte mich in die Dienststube des Domina und ich sah, dass mir ernsthafter Ärger bevorstand.

Es befand sich nur ein Mann in der Dienststube: Capitain Lanett. Er saß am Schreibtisch des Domina, einem großen Klotz aus kunstvoll bearbeitetem Teak, und schien in einige Papiere vertieft.

Ich schlug mir zum Salut die Faust an die Brust und nahm steif Hab-acht-Haltung ein. Es dauerte einen langen Augenblick, bevor er sich herabließ, zu mir aufzusehen.

»Legat Damastes á Cimabue«, begann er ohne Umschweife, »Ihr werdet versetzt.«

Ich hoffe, es gelang mir, keine Miene zu verziehen, bezweifle es aber. Scheiße – ohne Zweifel würde man mich in die Wüste schicken, um mich irgendwo um die Witwen und Waisen von Lanciers zu kümmern, die in Erfüllung ihrer Pflicht gefallen waren. Auf eine Elefantenschule. Irgendeinen Posten, der das Ende meiner Karriere bedeuten würde. Dieser Bastard von einem Adjutanten konnte es einfach nicht gut sein lassen.

»Sir!« war jedoch alles, was ich sagte, und das trotz meines Zornes, meiner siedenden Wut im Bauch.

»Wollt Ihr nicht wissen, wohin?«

»Wenn der Herr Capitain es mir sagen will.«

»Ein erstklassiger Posten«, sagte Lanett, und ein alles andere als freundliches Lächeln spielte um seinen Mund. »Die meisten Offiziere würden sich darum reißen.«

Ich möchte hier eine Faustregel einstreuen, die für alle Metiers gilt: Je mehr einer, der eine Aufgabe vergibt, diese lobt, umso wahrscheinlicher ist sie undankbar, gefährlich, sinnlos oder alles auf einmal.

»Ein Beschluss des Zehnerrates stellt Euch hiermit zusammen mit allen Lanciers und Stabsunteroffizieren Eurer Schwadron Gepard zum persönlichen Schutz des neuen Generalresidenten der Grenzstaaten ab, genauer gesagt der Provinz Kait. Das Kommando gilt bis auf Widerruf. Ihr dient dem Generalresidenten darüber hinaus als Militärberater, Adjutant und in jeder anderen Eigenschaft, die ihm richtig erscheint, bis Euch entweder der Generalresident oder der Domina der Siebzehnten Ureyschen Lanciers offiziell Eures Kommandos entbindet. Darüber hinaus …«

Er fuhr fort, aber ich hörte nicht mehr viel. Nach einigen weiteren Sätzen hielt er inne, und ich fürchte, dass ich die Fassung verlor: »Sir, wenn ich Euch richtig verstehe, dann überträgt man mir das Kommando über die Schwadron Gepard? Die *ganze* Schwadron?« Ich konnte es einfach nicht glauben. Noch eine Drehung des Stundenglases zuvor hatte ich erwartet, in die Wüste geschickt zu werden, jetzt vertraute man mir etwas an, wovon ich noch fünf, wahrscheinlicher noch zehn Jahre nur hätte träumen können: das

Kommando über eine ganze Schwadron, über hundert Lanciers, womit ich gleich zwei Dienstgrade übersprang! Irgendetwas stimmte da nicht. »Korrekt.«

»Darf ich fragen, weshalb ausgerechnet ich diese Aufgabe bekomme?« Ich wusste, dass ich mir damit eine Blöße gegeben hatte, und erwartete, dass der Capitain mir wütenden Blicks einen Tadel aussprechen würde. Statt dessen senkte er den Blick auf den Schreibtisch, als weiche er dem meinen aus. Sein Ton freilich war scharf:

»Es ist eine Entscheidung, zu der Domina Herstal und ich gemeinsam gekommen sind«, sagte er. »Ihr habt sie nicht zu hinterfragen.«

»Nein, Sir. Aber –«

»Wenn Ihr Fragen habt, so wendet Euch an Regimentsfeldwebel Evatt. Euer Zug hat in zwei Stunden marschbereit zu sein. Mit Sack und Pack. Ihr geht nach Renan, wo der Generalresident Euch erwartet. Sämtliche verheirateten Männer der Schwadron sind anderen Zügen zuzuteilen und durch ledige zu ersetzen. Wegtreten!«

Ich sperrte den Mund auf wie ein Fisch, fing mich aber dann wieder, schlug mir die Hand gegen die Brust, machte auf der Stelle kehrt und marschierte hinaus.

Hier war etwas schrecklich faul.

Stabsfeldwebel Evatt war normalerweise eine gutmütig-derbe Vaterfigur, und schon so mancher Rekrut oder Legat hatte den Fehler gemacht, ihn wie einen freundlichen, aber vergreisenden Großvater zu behandeln, ein Kompliment, das er damit quittierte, ihnen verbal die Haut in kleinen Streifen vom Leibe zu ziehen, um sie sich an die Wand seiner Dienststube zu nageln. Ich hatte diesen Fehler nicht gemacht, sondern hatte ihn als das behandelt, was er war: Gewissen, Richter und Herz des Regiments. Wäre er nicht Unteroffizier gewesen, jeder im Regiment außer Domina Herstal selbst hätte ihn »Sir« genannt. Mir hatte er meinen Respekt mit dem Kompliment quittiert, mich so zu titulieren, wie er alle Offiziere unter fünfzig ansprach, nämlich mit »junger Sir« oder »junger Legat«.

Aber nicht an jenem Tag. Er war eher zurückhaltend, als tue er etwas, von dem er wusste, dass es falsch war; wie schon Capitain Lanett hatte er Schwierigkeiten, mir in die Augen zu sehen, und in seinen Antworten war er kaum weniger ausweichend als der Adjutant.

Er sagte mir, die Order sei zwei Stunden zuvor über den Heliographen gekommen. Ich fragte, warum mich Domina Herstal nicht selbst informiert hatte – eine von sechs Schwadronen seines geliebten Regiments abzukommandieren war schließlich eine große Veränderung – und ich nahm an, er würde sichergehen wollen, dass ich in allen Einzelheiten unterrichtet war.

»Er hatte keine Zeit, Legat. Es ist etwas dazwischengekommen.«

Ich fragte mich, was in unserer verschlafenen kleinen Garnison wohl Wichtigeres passiert sein konnte, und das genau in diesem Augenblick, hakte aber nicht nach.

»Warum ich, Stabsfeld Evatt?« Ich habe den Verdacht, dass ich mich ziemlich flehentlich anhörte.

»Weil«, so sagte der ältere Mann langsam, aber mechanisch, als gebe er eine eingeübte Antwort auf eine vorauszusehende Frage, »der Domina der Ansicht ist, alle neuen Offiziere sollten so früh wie möglich die Verantwortung kennenlernen, die ein eigenes Kommando mit sich bringt.«

»Aber in den Grenzstaaten?«

»Es dürfte dort keine größeren Probleme geben, Legat á Cimabue«, meinte er. »Es handelt sich um eine diplomatische Mission, nicht um einen Feldzug.«

»Nach allem, was ich gehört habe«, erwiderte ich, »unterscheiden die Männer aus den Hügeln nicht lange, wenn sie einen numantischen Soldaten vor der Pfeilspitze haben.« Ich hätte auch fragen können, warum verheiratete Lanciers und Stabsleute zurückbleiben sollten, wenn es sich doch um eine friedliche Mission handelte.

»Legat«, erklärte der Regimentsfeldwebel, »für einen Plausch ist jetzt keine Zeit. Der Domina will, dass Ihr zeitig genug aufbrecht, um in drei Tagen in Renan zu sein. Dort erwarten Euch der Generalresident und eine Kompanie Infanterie.«

Mehr sollte ich von ihm nicht erfahren. Ich dankte ihm, wobei ich versuchte, mich so unaufrichtig wie nur möglich anzuhören, und begab mich in die Baracke der Geparden-Schwadron.

Es kam zu einem aufgeregten Durcheinander, in dem mächtig geflucht wurde, als die Männer sich nach Monaten, in einigen Fällen sogar Jahren aus der gewohnten Bequemlichkeit gerissen sahen. Mein eigener Zug, der seine Order natürlich zuletzt bekommen hatte, da ich in die Kommandantur gerufen worden war und deshalb entsprechend weniger Zeit zum Packen hatte, fluchte umso lauter und noch herzzerreißender als die anderen.

Vor der Baracke stand, die Ochsen schon eingespannt, eine Reihe von Fuhrwerken, in denen haufenweise Bett- und Packzeug verschwand.

Glücklicherweise konnte ich Feldwebel Bikaner behalten, dessen zwei Frauen vor einigen Monaten zur rituellen Reinigung in ihre Heimatprovinz abgereist waren; für wenigstens ein Jahr erwartete er sie nicht zurück.

Er stand inmitten des Chaos', bellte Befehle und wirkte gelinde verzweifelt, während sich ein steter Strom verheirateter Männer dankbaren oder zornigen Blicks zu ihren neuen Schwadronen begab und neue, unbekannte Lanciers eintrafen, zu Fuß oder zu Pferd, Arme und Rösser bepackt mit klapperndem Gerät.

Ich griff mir einen der Lanciers und schickte ihn in mein Quartier mit der Anweisung, meine Habe in die Taschen zu packen, die er unter dem Bett finden würde, und meine beiden Pferde, Lucan und Rabbit, satteln zu lassen, abmarschbereit, dazu zwei Packpferde mit meinem Gepäck.

Dann machte ich mich daran, Feldwebel Bikaner zur Seite zu stehen. Ich versuchte den Eindruck zu erwecken, ich hätte dabei den Befehl; letztlich versuchte ich freilich nur, ihm so wenig wie möglich im Weg zu stehen. Er hatte schon Dutzende derartiger Umzüge organisiert, ich dagegen nur einmal, und selbst den nur bei einer Übung im Lyzeum.

Überraschenderweise stand in anderthalb Stunden alles auf dem Exerzierplatz bereit, dahinter die Fuhrwerke mit unseren Habseligkeiten und dem Proviant für den Marsch, dazu Koch, Schmied, Sattler, Marketender und Quartiermeister der Schwadron Ursus, der Versorgungseinheit des Regiments.

Domina Herstal erschien und hielt, nachdem ich meine Männer zur Ordnung gerufen hatte, eine kurze Ansprache, in der er hervorhob, sie seien unterwegs zu einem neuen, möglicherweise schwierigen Dienst und müssten Legat á Cimabue genauso gehorchen wie ihm selbst – *allen angemessenen und vernünftigen Befehlen,* eine Formulierung, die mir doch recht ungewöhnlich vorkam. Außerdem riet er den Männern, auf der anderen Seite der Berge vorsichtig zu sein, und wünschte allen eine gesunde Rückkehr nach Beendigung ihres Dienstes.

Es war nicht gerade die zündendste Ansprache, die ich je gehört hatte.

Als sie zu Ende war, übergab mir Capitain Lanett meine in Öltuch gehüllte Order, Domina Herstal nahm meinen Salut entgegen, dann verließen wir die Garnison Mehul in Richtung Renan.

Ich selbst hatte nur anderthalb Tage gebraucht für einen gemächlichen Ritt von Renan nach Mehul. Die Schwadron brauchte drei und selbst dafür bedurfte es eines Gewaltmarsches. Zugegeben, je mehr Mannschaften, desto länger dauert ein Marsch, und bei uns kamen noch Bagage und Fuhrwerke hinzu. Ich war dankbar, nicht auch noch Familien und das bunte Völkchen dabeizuhaben, das einer Armee auf dem Marsch sonst zu folgen pflegt, aber für eine Reiterei kamen wir doch recht langsam voran.

Ich wusste, es war etwas Merkwürdiges vorgefallen, aber ich kam nicht dahinter, was das sein konnte. Es war gar nicht so leicht, mir meine Gedanken darüber zu machen und dabei den Männern gegenüber eine muntere und entschlossene Fassade zu wahren; meine Leute waren sich der Ungewöhnlichkeit der Situation ganz sicher bewusst. Ich ließ mir die akzeptable Lüge einfallen, Domina Herstal habe zweifelsohne schon seit einiger Zeit um die Möglichkeit dieses Kommandos gewusst, habe uns aber damit überrascht, um zu sehen, wie bereit das Regiment für eine plötzliche Verlegung war – gerade so, als hätten wir plötzlich Krieg mit Maisier. Das machte der Grübelei ein Ende, ließ aber einen anderen Gedanken laut werden: »Aber was macht die Schwadron Gepard zu so etwas Besonderem – hätten wir nicht Etappenschweine bleiben können, gewöhnlich, aber zufrieden, übersehen und ignoriert wie bisher?« Ironischerweise war die Erklärung, die ich mir hatte einfallen lassen, im Lichte dessen, was später kam, die absurdeste, da Numantia und das riesige Königreich Maisir schon seit langem in Frieden lebten und Rivalität nur im Handel zu finden war.

Feldwebel Bikaner sah mich schief an, und so bat ich ihn, doch neben mir an der Spitze der Kolonne zu reiten, wo wir für die Mannschaften nicht zu hören waren. Ich fragte ihn, ob er eine bessere Theorie hätte. Er bestritt gleich dreimal, an meinen Worten zu zweifeln, wie es einem höflichen Unteroffizier ansteht, pflichtete mir dann jedoch grinsend bei, hier sei etwas ganz und gar nicht im Lot.

»Ich glaube wohl, Domina Herstal war von der Order nicht weniger überrascht als alle anderen. Was auch immer da vor sich geht, er hat keine Ahnung gehabt. Ich kenne ihn, seit er Capitain gewesen ist, und der Mann ist alles andere als raffiniert.«

»Dann frage ich Euch«, sagte ich, nachdem ich zu dem Schluss gekommen war, dass Offenheit hier das Beste war, »dasselbe, was ich Capitain Lanett gern gefragt hätte und den Regimentsfeldwebel Evatt gefragt habe, ohne eine anständige Antwort zu bekommen: Warum gab man mir das Kommando über die Schwadron?«

Es kam zu einem langen Schweigen, nur das Klappern der Hufe war zu hören und das Flüstern des heißen Winds in den Bäumen, die die Straße säumten.

»Darauf möchte ich nicht antworten, Sir, da ich von nichts weiß und damit nichts zu bieten habe als Spekulationen, und die sprechen nicht gerade für das Regiment und erst recht nicht für diesen Dienst.«

»Ich werde es Euch nicht befehlen, Stabsfeldwebel. Aber wir sitzen – Ihr, all die anderen Lanciers hier und ich – im selben Boot. Ich denke, ich brauche alle Hilfe, die ich nur kriegen kann, und sei es eine noch so grundfalsche Weissagung.«

»Na schön, Sir. Ihr habt gefragt. Ich habe keine Ahnung, wie falsch die Würfel sind und wann man sie wirft, aber wir haben beim Militär ein altes Sprichwort, und in dem heißt es, wenn der Boden des Aborts am Nachgeben ist, dann schickt man den rein, bei dem es einen am wenigsten kümmert, wenn er nach Scheiße stinkt, und der springt dann ordentlich darauf.«

Das Sprichwort von Feldwebel Bikaner überraschte mich nicht – ich hatte mir bereits gedacht, dass die Sache nahezu garantiert schief gehen und das Regiment dem Tiger das entbehrlichste Opferlamm bieten würde. Ich dankte ihm dafür, mir etwas zum Nachdenken gegeben zu haben, äußerte mich darüber hinaus jedoch nicht. Seine Moral war mindestens doppelt so wichtig wie die der Mannschaften, und ich konnte es mir nicht leisten, dass sie noch mehr sank. Ich hatte die Bürde zu tragen. Wie mein Vater mir immer wieder gesagt hatte: »Wenn du den Mantel des Kommandanten tragen willst, dann lass dir gesagt sein, er ist aus dem schwersten Tuch überhaupt, hat noch Gewichte drin versteckt und ist nur für einen einzigen Mann.«

Wir erreichten Renan und begaben uns direkt in die Kaserne, wo uns laut meinem Marschbefehl die Kompanie-Infanterie erwartete. Was sie dann auch tat – 125 Mann leichte Infanterie aus Khurram. Feldwebel Bikaner meinte, er hätte gehört, dass sie nicht gerade als die besten gälten, aber auch längst nicht als die schlechtesten in unserem Metier. Es würde freilich am Anfang Probleme geben, fügte er hinzu, da sie keine Erfahrung im Kampf gegen die Hügelmenschen hätten. »Aber die werden schnell lernen«, sagte er dann noch. »Sonst liegen auf diesen Gipfeln bald noch mehr Knochen herum.«

Immerhin hatten sie alle nötigen Offiziere, und das Kommando hatte ein Hauptmann Mellet, der mir ein unerschütterlicher, verlässlicher Kerl zu sein schien, nicht eben flink im Angriff, aber dafür genauso langsam, wenn es ans Nachgeben ging. Er zeigte keinerlei Überraschung, dass die Order mir, einem viel Jüngeren, das Kommando über die Expedition übertrug, gab aber seiner Hoffnung Ausdruck, dass meine Befehle an seine Fußsoldaten nur über ihn gehen würden, ich versicherte ihm, die militärische Etikette trotz meiner Jugend sehr wohl zu kennen, und wollte wissen, wo sich unser neuer Vorgesetzter, der neue Generalresident der Grenzstaaten, aufhielt, um mich bei ihm zu melden.

»Der ist bereits unterwegs«, erklärte der Hauptmann.

»Was?«

»Er erhielt vorgestern Abend einen Sonderbefehl. Per Heliograph, verschlüsselt, den ganzen Weg von Nicias bis hierher. Er habe unverzüglich nach Sayana aufzubrechen. Der Marschbefehl kam direkt vom Zehnerrat, und es hieß darin, dass sich verlässlichen Berichten der Seher am Hofe zufolge Ärger in der Hauptstadt zusammenbraut und Numantia auf der Stelle einen Gesandten vor Ort haben muss. Er ist gestern noch vor Tagesanbruch aufgebrochen und hat Befehle gegeben, ihm sofort nachzufolgen, sobald die Kavallerie zu uns stößt.«

Ich war wie vom Donner gerührt.

»Wollt Ihr damit sagen, Herr Hauptmann, der Generalresident ist ohne Eskorte in die Grenzstaaten aufgebrochen? Er nimmt doch den Sulempass, oder nicht?«

»Jawohl, Sir. Wir hatten beide unsere Zweifel, aber er meinte, seine Order sei ausgesprochen präzise. Außerdem sagte er mir, laut Zehnerrat sei mit den Stämmen sicheres Geleit über den Pass vereinbart. Er ist selbst ein Seher, wisst Ihr, und so meinte er, eine drohende Gefahr womöglich vorauszuahnen, noch ehe sie auftrat.«

Ich stieß einen Fluch aus. »Der Zehnerrat bildet sich wirklich ein, die Hügeler würden ihr Wort halten?« Selbst ein Neuling wie ich wusste es besser, besonders hinsichtlich der Passage über den Sulempass. Und es ging hier um einen Würdenträger, der zweifelsohne mit Geschenken für den Achim von Savanna beladen war, wer auch immer gerade dieses Amt in der Hauptstadt der Grenzstaaten innehaben mochte. »Wie viele Männer hat er bei sich? Und reist er schnell?«

»So um die zwanzig. Er hat vier Elefanten und ihre Führer, ein sechsköpfiges Streifkorps und vier schwer beladene Bagagewagen. Die Zugtiere sorgen schon dafür, dass er nicht schneller als im Schritttempo vorankommt.«

Das war absurd. Schlimmer noch, es war Wahnsinn. Mir kam kurz in den Sinn, was Feldwebel Bikaner gesagt hatte, aber ich verdrängte den Gedanken.

»Herr Hauptmann, wie schnell könnt Ihr Eure Leute marschbereit haben?«

»In zwei, drei Stunden.«

»Schafft es in zwei. Dann möchte ich Eure Truppe am Tor stehen sehen. Wir müssen den verdammten Generalresidenten erreichen, bevor jemand diesen Narren massakriert, und das wird passieren, sobald er zehn Schritte in den Sulempass hineingeritten ist, falls die Hügelmenschen nicht völlig verblödet sind.«

Ein besorgter Ausdruck schlich sich auf Hauptmann Mellets Gesicht; er stand auf, warf den Stuhl dabei um und rief nach seinen Legaten. Ich hielt auf die Tür zu, wandte mich jedoch noch mal um.

»Herr Hauptmann, wie heißt er denn eigentlich, unser lebensmüder Vorgesetzter?«

»Tenedos. Laish Tenedos.«

Es dauerte beinahe drei Stunden, bis wir aufbrachen. Mein Vater und meine beiden Lehrer am Lyzeum hatten gesagt, Geduld könne sich als die höchste Tugend eines Offiziers erweisen, und genauso war es an jenem Tag. Am liebsten hätte ich auf die Soldaten eingeschrien, so wie sie die ansteigende Straße entlangstapften, die sich über den Hügeln wand, damit sie schneller machten. Am liebsten hätte ich unsere stolpernden Ochsen mit Spießen auf Trab bringen lassen. Bei Isas Rüstung, ich hätte am liebsten alle zu Pferde und im Galopp gesehen.

Aber ich schwieg, während wir uns mühsam vorwärts bewegten. Falls ich geglaubt hatte, unsere Fuhrwerke seien langsam, so waren sie Renngefährte im Vergleich zu den Wagen der Infanterie. Bei der leichten Infanterie aus Kharrum schien man mit allem zu reisen, womit man geboren war, einschließlich einiger Frauen auf Karren, die nicht einmal im Hurenbezirk von Mehul aufgefallen wären, der den Beinamen Brandige Gasse trug.

Wir schlugen an jenem Abend unser Lager auf, ohne den Trupp des Generalresidenten zu erspähen.

Bei Tagesanbruch kommandierte ich eine Vorhut von fünf Leuten ab, die den Diplomaten, sollten sie ihn erreichen, bitten sollten, auf das Eintreffen seiner Eskorte zu warten. Außerdem hieß ich sie, nicht später als zur Mitte des Nachmittags umzukehren – wir befanden uns am Fuße der Berge, und die Hügelmenschen, die es mit der Definition der Grenze nicht so genau nahmen, hatten wahrscheinlich Streiftrupps ausgeschickt.

Als es wieder dämmerte, schlugen wir wieder ein Lager auf, und noch während wir Feuer machten, kehrte die Vorhut zurück. Der Diplomat musste schneller vorankommen, als Hauptmann Mellet vermutet hatte, denn die Vorhut hatte keine Menschenseele gesehen. Der Generalresident befand sich jedoch auf dieser Straße – oder jedenfalls jemand mit Elefanten –, denn wir hatten den Kot der Tiere gesehen. »Entweder das«, murmelte einer im Hintergrund, »oder der verdammte Korporal von denen hat die schlimmste Scheißerei, seit meine Mutter mir das mit den Korken beigebracht hat.« Ich überhörte die Bemerkung geflissentlich, merkte mir den Mann jedoch, und als es an der Zeit war, ein paar Hilfskräfte für die Köche einzuteilen, wusch besagter Lancier nach dem Abendmahl ab. Die Berge waren jetzt ganz nahe und wir würden sie am nächsten Tag erreichen. Aber die Patrouille hatte über etwas berichtet, das mir weit größere Sorgen machte. Sie hatten nicht einen einzigen Reisenden in Richtung Norden gesehen. Wenn niemand, weder Händler, Wanderer noch Bettelmann, aus den Grenzstaaten kam, dann stand uns in der Tat Ärger ins Haus. Bei Tagesanbruch schickte ich einen weiteren Spähtrupp voraus, der jedoch diesmal aus zehn Mann bestand, da wir dem Feindesland so nahe waren.

Die Ausläufer der Berge waren kahl und felsig; mit Adleraugen passten wir auf unsere Flanken auf. Einige Male meldeten die Späher Bewegungen, aber wir sahen weder Reiter noch Pferd.

»Die sind schon da«, meinte Feldwebel Wace grimmig. »Aber einen von denen kriegst du nur zu sehen, wenn der das auch will.«

Die Patrouille meldete sich noch vor der Dämmerung wieder zurück. Sie hätten, so sagten sie, den Eingang des Sulempasses erreicht, ohne den Generalresidenten auch nur zu sehen.

Wir waren zu spät gekommen.

Wir schlugen unser Lager auf, und ich ließ ein Viertel der Männer rund um die Uhr abwechselnd Wache stehen. Wir mussten jetzt jeden Augenblick auf einen Kampf gefasst sein. Wir packten nur das Allernötigste aus, unsere unglücklichen Ochsen fütterten und tränkten wir im Geschirr.

Zwei Stunden vor Tagesanbruch brachen wir das Lager ab, und als der Morgen graute, zogen wir los. Ich befahl Hauptmann Mellet, seine Soldaten zu beiden Seiten der Straße ausschwärmen zu lassen, und hielt einige Trupps meiner Reiter in ständiger Bereitschaft, um sofort reagieren zu können, falls es zu einem Angriff kam. Zudem bewegten wir uns in loser Marschordnung und boten so kein allzu wohlfeiles Ziel.

Genau mit der Abenddämmerung betraten wir den Sulempass.

Der Pass ist, wie wohl die meisten wissen, die direkteste Verbindungsroute zwischen den Königreichen Numantia und Maisir, und genau zwischen den beiden liegt der Grenzstaat Kait. In Friedenszeiten ist der Pass ein erstklassiger Handelsweg.

Aber die Hügelmenschen lassen das selten zu. Für sie ist ein Händler nichts weiter als ein persönlicher Marketender, der alle Art von Waren und Gold herausgibt, sobald ihm ein Hügler sein Schwert zeigt.

Der Sulempass windet sich über etwa neunzig Werst, bevor er sich auf die Ebene öffnet, die sich bis zur Hauptstadt Sayana erstreckt. Kahle Felsen erheben sich bis in Höhen zwischen 600 und 1000 Fuß über die Sohle des Passes hinaus. Der Pass beginnt mit einer engen Schlucht und öffnet sich dann auf halbem Wege auf eine Hochebene, auf der der Sulem kehrtmacht und in einer Klamm jäh gen Süden stürzt. Von hier bis zu den vergleichsweise flachen Hochebenen von Kait ist die Strecke weniger unwirtlich, und der Fluss fließt neben der Straße dahin. Neunzig Werst – nur zwei Tagesritte, aber niemand, auch kein Hügler, hat das je geschafft. Jede Kehre, jeder Knick im Weg, jeder Fels kann einen Hinterhalt bergen – und tut es wahrscheinlich auch.

Am Eingang zum Pass auf der ureyschen Seite befindet sich die schmalste Stelle, die Berge stehen kaum einige hundert Fuß voneinander entfernt; zu beiden Seiten erheben sich Wände aus schierem Fels.

Langsam bewegten wir uns hinein. Ich hatte Reiter vorausgeschickt und gleich hinterdrein die Männer, die Hauptmann Mellet als seine flinksten Läufer bezeichnet hatte. Erspähten sie auch nur die Spur von Ärger, würden sie sofort zurückkommen und Alarm schlagen.

Ich schickte sie paarweise aus mit der Order, dass sie unter keinen Umständen ihre Kameraden aus den Augen zu verlieren hätten. Die Hügelmenschen schätzten Tapferkeit über alles, und die tapfersten unter ihnen ertragen praktisch jeden Schmerz, ohne auch nur aufzuschreien. Ein Gefangener, verwundet oder nicht, wird unweigerlich zu Tode gefoltert, und stirbt er, ohne zu schreien, so spricht sich das an den Feuern der Hügler herum. Aber es kommt selten vor, da der ganze Stamm sehr geschickt ist bei seinem Zeitvertreib.

Meine Kavalleristen mit ihrer Erfahrung hatten ihre eigenen Regeln: Verlass nie einen Kameraden, es sei denn, er ist tot. Einige der Männer führten um den Hals kleine Dolche in Scheiden mit sich, die für sie selbst gedacht waren für den Fall, dass ihnen niemand den Gnadenstoß gab.

Einen halben Werst in den Pass hinein wurde er breiter und wir kamen sogar noch langsamer voran. Das hört sich unlogisch an, aber das offenere Gelände war als Falle geradezu ideal.

Es gab eine unumstößliche Regel, wie Soldaten den Sulempass zu passieren hatten: Zuerst Fußvolk ausschicken, das die nächsten Hügelspitzen besetzt. Dann zieht der an die Straße gebundene Teil der Einheit mit diesen Wachposten gleich. Eine zweite Gruppe nimmt die nächsten Hügel und wartet dann, bis die erste wieder sicher auf der Sohle angelangt ist. Dies ist der wahrscheinlichste Zeitpunkt für einen Hinterhalt – wenn ein Soldat denkt, jetzt greife ihn keiner an und er brauche nur noch den Hügel hinabzurutschen und weiterzumarschieren.

In genau diesem Augenblick wird der Sandstein zu einer schreienden Gruppe von Kriegern, zehn, vielleicht zwanzig, die sich auf die Wachposten stürzen, die Dolche gezückt, und noch bevor einer sich auch nur rühren kann, liegen nackte Leichen über die Felsen verstreut, und die Hügelbewohner ziehen sich mit ihrer Beute zurück – und, falls Isa nicht wohlgesonnen war, auch mit dem einen oder anderen Gefangenen zwecks späteren Amüsements.

Man hat mir beigebracht, dass es selten große Siege gab, wenn die Numantier sich mit den Hügelmenschen anlegten – man fand vielleicht die eine oder andere Leiche, wahrscheinlicher jedoch nur Blutflecke und Stille, und dann setzte die Kolonne ihren Weg fort.

Wir betraten den Sulempass mit einer Geschwindigkeit von kaum mehr als einer Dreiviertelwerst die Stunde, wenn überhaupt. Ich war wütend, wütend über diese merkwürdige Order, die einen dummen Diplomaten in den sicheren Tod geschickt hatte, und über die Schnecken unter meinem Befehl, aber besonders wütend war ich über meine eigene Unfähigkeit, einen Plan zu fassen. Irgendeine Art Plan.

Wieder wurde der Pass schmaler, und ich sah, hoch über uns, die Ruinen eines Felsenforts, das Numantia zwei Jahrhunderte zuvor in den Berg gehauen hatte, als unser Land noch einen König gehabt hatte, anstatt vom Zehnerrat regiert zu werden – bevor sich unser Land von den Kaitern – mit stillschweigender Unterstützung der Maisirer – ins Flachland zurückhandeln ließ.

Dieser Tage war Kait so, wie die Hügelmenschen es bevorzugten: anarchisch – jeder Mann hatte seinen Feind und jeder Stamm seine Fehde auf Leben und Tod. Der Achim auf dem Thron in Sayana war kaum mehr als ein Symbol, und da er selbst ein Brigant war, nutzte er die Vorteile seiner Königswürde für die Privatkriege seines Clans.

Der Pass wurde weiter, und wir sahen vor uns ein kleines Dorf, über dessen Bewohner es auf der Karte hieß: *Sie geben vor, Verbündete jedes Reisenden zu sein, aber wende keinem den Rücken. Lass einen von ihnen Wasser und Früchte kosten, bevor du sie kaufst.*

Ich sah nur ein halbes Dutzend alter Männer, einige Säuglinge und nicht eine einzige Frau. Letzteres war nicht überraschend, da die Hügelmenschen ihre Frauen als kostbaren Besitz versteckt hielten aus Angst, einer, der kühner und stärker war, könnte sie ihnen entführen. Aber dass keine Männer zu sehen waren, die, aufreizend auf Speer oder Säbel gestützt, herumlungerten, das war es, was Anlass zur Sorge gab. Feldwebel Bikaner sagte mir, das bedeutete höchstwahrscheinlich, dass die Männer auf Beutezug seien. »Das wäre freilich die günstige Erklärung«, meinte er.

Als wir tiefer in den Pass kamen, im Schneckentempo, sah ich auf dem höchsten Fels über mir eine Bewegung, die von einem Beobachter hätte stammen können. Dann kam das Blitzen eines Spiegels, als jemand unsere Anwesenheit einem anderen signalisierte, der sich tiefer im Pass befand.

Etwa anderthalb Werst weiter stießen wir wieder auf Menschen. Leichen, halb verrottet, lagen in einem trockenen Bachbett, das von der Straße aus nach oben verlief. Sie waren schwarz, seit mehr als einigen Tagen tot, und verfault.

Einer meiner Leute stieg ab und lief hinüber. Milane stoben auseinander, krächzend, bei der Mahlzeit gestört. Er meldete, es handele sich um Hügelbewohner und allesamt seien sie splitternackt. Aus der Brust des einen ragte der Schaft eines Pfeils, dessen Markierung ihn als den eines Hügelbewohners auswies.

»Ich dachte mir vorhin«, sagte Feldwebel Bikaner, »wenn die Männer aus dem Dorf auf Raubzug aus sind, dann wäre das das Beste, was uns passieren könnte. Das hier« – er wies mit einer Geste über die kleine Wahlstatt – »bedeutet Schlimmeres. Mindestens eine Fehde. Aber genauso gut können sie sich auf einen Krieg vorbereiten.«

»Gegen wen?«, fragte ich.

»Gegen jeden«, antwortete Bikaner. »Vielleicht gegen die Leute in Sayana, die sie verachten, weil sie sie für Waschlappen halten, die die Hügel aufgegeben haben. Vielleicht aber auch gegen den Süden, gegen Maisir.

Aber höchstwahrscheinlich gegen den Norden. Gegen Urey. Ist schon ein paar Jahre her, dass sie gegen uns gezogen sind, und beim

Gedanken daran, wie reich das Land geworden ist, seit sie es das letzte Mal geplündert haben, muss ihnen doch das Wasser im Mund zusammenlaufen ob der guten Sachen, die es hier zu holen gibt.«

Höchstwahrscheinlich hatte er recht – ich hatte in der Messe der Lanciers gehört, es sei bereits fünf Jahre her, dass man eine gute Pest gehabt hätte oder einen ordentlichen Krieg; der eine wie der andere Fall brachte Beförderungen wie Herbstlaub im Wind. Es würde ein großartiges Vorspiel für einen solchen Krieg abgeben, könnten die Hügelmenschen den Kopf eines hoch gestellten Numantiers auf einer Speerspitze präsentieren.

Hauptmann Mellets Sergeanten schrien, und ich sah, dass Späher von jenem Hügel gelaufen kamen, den man zuletzt besetzt hatte; andere Unteroffiziere riefen ihren Zügen zu, sich bereitzumachen, den nächsten Kamm zu besetzen, und wir waren für eine weitere Runde Bockspringen bereit.

Es war einfach unerträglich. Es wurde spät; die Sonne stand bereits am Zenit.

Na gut, dachte ich. *Man hat mir den Befehl über dieses Kommando gegeben. Also befehlige ich es eben.* Es wurde immer deutlicher, dass mein Versagen, wenn schon nicht geplant, so doch einkalkuliert war. Ich persönlich versagte lieber, als abzuwarten oder gar nichts zu tun.

Ich lenkte mein Ross an den Wagen, auf dem Hauptmann Mellet mitfuhr.

»Hauptmann, ich übergebe Euch den Befehl über den Zug einschließlich der Fuhrwerke der Kavallerie und der Reservepferde.«

Der Mann brauchte einen Augenblick, um zu überlegen, und tat dann mit einem Nicken seine Einwilligung kund.

»Wohlan, Legat á Cimabue. Aber was ist mit Euch?«

»Die Kavallerie reitet ohne Halt voraus, bis wir den Generalresidenten gefunden haben.«

»Aber Legat …« Er blickte sich um, sah, dass uns keiner hören konnte, sprang dann vom Sitz und kam eilends auf mein Ross zu. »Das verstößt gegen meine Order, Legat. Keine Einheit hat ohne ihren Tross unterwegs zu sein, es sei denn auf Patrouille oder im Kampf.«

»Meine Order, Sir«, sagte ich mit Entschiedenheit, »war die, den Generalresidenten über den Sulempass zu seinem neuen Posten in Sayana zu eskortieren. So lauten meine Befehle – die einzigen, denen ich zu folgen gedenke.«

Ich wartete seine Antwort gar nicht erst ab, sondern rief nach Bikaner. Er sollte die Truppe an den Fässern auf den Wagen ihre Feldflaschen füllen lassen, an jeden Mann war ein Pfund Trockenration – Dörrfleisch mit Preiselbeeren – auszugeben, dann brächen wir auf. Zehn Minuten später ging es im Trab los und unter dem Klappern der Hufe die Straße hinauf.

Ich schickte zwei Reiter voraus mit dem Befehl, sich stets in Sichtweite der Truppe zu halten und bei Anzeichen für einen Hinterhalt zu warten, bis wir so gut wie bei ihnen seien, um dann im Galopp durchzubrechen. Alle halbe Stunde wechselte ich diese Späher aus.

Es war ein tödliches Risiko, aber ich glaubte an unsere Chance. Erstens, weil wir schneller vorwärts kamen als die Hügelmenschen, auch wenn diese sich zu Fuß mit der Flinkheit von Bergantilopen bewegten, und zweitens, weil noch nie jemand auf den Gedanken gekommen war, die Grenzstaaten so zu passieren.

Ich wollte, ich hätte zur Unterstützung die Infanterie bei mir gehabt, denn die Kavallerie ohne die scharfen Augen der Infanteristen, die einen Speerträger im Hinterhalt zu erspähen vermögen, durch ein solch unwegsames Gelände zu schicken fordert den Untergang praktisch heraus. Ich hatte sogar über Methoden nachgesonnen, mit denen sie schneller vorwärts kommen würden. Entweder wir hätten sie hinter uns aufsitzen und bei Feindberührung absteigen lassen oder sie hätten sich an unsere Steigbügel gehängt, was ich als junger Kerl gemacht hatte, als wir zu fünft gewesen waren, aber nur ein Pferd zur Verfügung stand. Es ist anstrengend für Ross wie für Reiter, aber ich war der Ansicht, dass es möglich wäre. Später wurde diese Methode zu einer der geschätztesten Taktiken des Imperators zur Überraschung des Feindes. Nur hatte ich weder die Zeit, sie Hauptmann Mellet zu erklären, noch seine Mannschaften in dieser Kunst zu trainieren.

Wir ritten, bis es zu dunkel war, um etwas zu erkennen, und schlugen dann ein feuerloses Lager auf, um das die Hälfte der Männer ständig Wache stand.

Ich tat kein Auge zu, und kaum dass ich meine Hand vor dem Gesicht erkennen konnte, gab ich den Befehl zum Abmarsch.

Zwei Stunden nach Sonnenaufgang hörten wir das Wiehern sterbender Rösser und das Geschrei von Männern im Kampf auf Leben und Tod.

Wie ich später erfuhr, hatte Laish Tenedos seinem Trupp vom ersten bis zum letzten Tageslicht keine Ruhe gegönnt, da er den Sulempass so schnell wie möglich hatte passieren wollen, um die Hügler so wenig wie möglich in Versuchung zu führen; auch er hatte die Mär vom sicheren Geleit nicht geglaubt. An jenem Tag waren sie im Morgengrauen aufgebrochen und hatten das Plateau erreicht, auf dem der Sulem, von Sayana kommend, eine Biegung beschreibt und dann aus dem Pass fließt.

Man hatte den Feind weder gesehen, noch war man von versteckten Bogenschützen beschossen worden. Was man, da keiner aus dem Trupp Erfahrung mit diesen Bergen hatte, für ein gutes Zeichen hielt, während es einem Lancier Anlass zu höchster Sorge gewesen wäre; der hätte gewusst, dass er über kurz oder lang in einen schrecklichen und ungeheuren Hinterhalt laufen würde.

Ich hörte den Lärm im eben dem Augenblick, in dem die beiden Männer, die vorangeritten waren, im Galopp zurückkamen, um einen Kampf an der Furt zu melden – ihrer Ansicht nach war es der Trupp, den wir suchten; sie hatten tote Elefanten gesehen.

Ich war drauf und dran, zum Angriff blasen zu lassen, wie dies laut Lehrbuch törichte Kavalleristen tun, kaum dass sie Waffengeklirr hören, hielt aber dann an mich, als mir der Gedanke kam, dass der Feind womöglich schon bereitlag, uns in die Flanken zu fallen, und wir in eine weitere Falle liefen, die eigens den Rettern galt.

Ich befahl Stabsfeldwebel Wace, die Truppe auf die Schlacht vorzubereiten, und ritt dann mit Feldwebel Bikaner ein Stück nach vorn, bevor wir abstiegen und zu Fuß weitergingen, bis wir das Tal vor uns sahen. Wir legten uns auf den Bauch und sahen uns die Szene an.

Ich werde das Geschehen von diesem Augenblick bis zum Ende der Schlacht so deutlich beschreiben, wie ich es kann, da die Begegnung zwischen Damastes á Cimabue und dem Jungen Seher Tenedos bei der Schlacht am Sulempass eine der bekanntesten Szenen aus Numantias jüngerer Geschichte ist, jedem vertraut aus Liedern, Bildern, Erzählungen und Wandgemälden, nur dass die Darstellungen entweder albern romantisch, absurd oder so mit Vorzeichen überfrachtet sind, dass das Ganze sich nach einer religiösen Zeremonie anhört. Nur unsere letzte Schlacht, Jahre später auf der blutgetränkten Walstatt von Cambiaso, ist noch öfter dargestellt worden.

Beginnen wir mit den Fakten der Schlacht. Es standen etwa 600 Hügelmenschen weniger als 350 Numantiern gegenüber. Es war dies eine ziemlich große Schlacht für die Grenzstaaten, aber kaum der Zusammenstoß von einem Horizont zum anderen, als den ich ihn auf Gemälden dargestellt sah.

Ich sah weder besorgte Götter über der Walstatt stehen, noch waren auf der einen oder anderen Seite Dämonen im Spiel. Ebenso wenig hatten mich eigens ausgeschickte Zauberer angefleht, mich zu beeilen, um dem künftigen Imperator zur Seite zu stehen.

Und zu guter Letzt sah ich auch keinen großmächtigen Zauberer inmitten des Getümmels, der Blitze verschleuderte wie eine Manifestation von Saionji.

Was ich sah, war vielmehr ein unwirtliches, wüstenartiges Tal, die Sohle von verkümmerten Sträuchern bestanden, hier und da ein kümmerliches Karree bestellten Grundes, den man als Acker bezeichnen mochte. Durch dieses Tal wand sich der Sulem, und dort, wo die Straße den Fluss kreuzte, befand sich eine Furt.

Genau dort hatte man den Hinterhalt gelegt. Zwei Elefanten lagen tot am anderen Ufer, und hinter den Kadavern duckten sich Numantier, die die Tiere als Deckung benutzten. Es waren vier Fuhrwerke zu sehen, eines am anderen Ufer, eines umgekippt mitten im Fluss, die beiden anderen am diesseitigen Ufer. Neben diesen beiden Karren knieten zwei weitere Elefanten, deren Führer sie zu beruhigen versuchten.

Rund um die Reste der Karawane lagen die Leichen von Pferden, Ochsen und Männern verstreut. Trotzdem waren noch einige der Numantier am Leben und wehrten sich ihrer Haut.

Ich blickte mich nach dem Feind um und sah schließlich einige Hügelmenschen, gut getarnt in ihrer sandfarbenen Kluft, hinter Felsen am anderen Ufer stehen. Flussabwärts erblickte ich einen Pulk ihrer Stammesgenossen, der durch den Fluss watete, um Tenedos' Leute in die Zange zu nehmen.

»Nicht schlecht, Sir«, sagte Feldwebel Bikaner. »Die Hügler haben gewartet, bis der Trupp des Sehers den Fluss überquerte, wo das größte Durcheinander herrschte, weil alles damit beschäftigt war, die Gäule zu halten und die Ochsen zu tränken, dann schlugen sie zu. Freilich, hätte ich im Hinterhalt gelegen, ich hätte kurz vor dem Fluss angegriffen und die Überlebenden dieses ersten Schlags dann verrückt werden lassen mit dem Geruch des Wassers in der Nase, das man nicht zu schmecken bekam.« Er gab einige abfällige Laute von sich. »Ich fürchte, es sind nicht gerade die besten Hügler, die ich je gesehen habe. Ich sehe noch nicht mal Zeichen für so was wie eine Reserve.«

»Ausgezeichnet, Feldwebel, und ich bin sicher, Ihr habt eine große Zukunft als Bandit«, erklärte ich energisch. »Schickt einen Zug los, übergebt das Kommando Hauptfeldwebel Wace, er soll sich um den Trupp im Fluss kümmern. Wir anderen greifen den großen Trupp an. Im Trab geradewegs die Straße hinauf, im Schritt über den Fluss, der den Rössern kaum an die Fesseln gehen dürfte, und dann in Pfeilformation auf das Zeichen des Horns. Schlagt Euch da drüben durch«, fuhr ich fort und wies mit dem Finger in die Richtung, »drängt sie zurück und rollt sie auf. Auf die Leute des Generalresidenten braucht Ihr nicht zu achten – ich möchte mich nicht durch sie aufhalten lassen.«

Feldwebel Bikaner antwortete nicht. Ich wandte mich um.

»Seid Ihr sicher, das sind alle Ordern, die Ihr geben wollt, Sir?«, fragte er mit ausdruckslosem Gesicht.

Ich möchte wetten, ich wurde rot, fuhr ihn aber nicht an, also hatte der Wahnsinn der Schlacht mich noch nicht gepackt. »Was habe ich übersehen?«

»Schaut genau hin, Sir. Über dem Schlachtfeld liegt ein Bann.«

Ich blickte genauer hin und sah dann den Dunst über der Furt, etwas, das man für Hitzeschlieren hätte halten können, ja sogar feinen Staub. Ich hatte dergleichen nur einmal, bei einer Vorführung am Lyzeum, gesehen. Dieser »Dunst«, und meine Beschreibung ist unzureichend, aber es ist das einzige passende Wort, das ich kenne, schien sich um die Leiche des Elefanten zu konzentrieren, die den Positionen des Feindes am nächsten lag. Unweit davon lag ein Schimmel, aus dessen Leib drei, vier Lanzen ragten.

Ich hörte Schreie von unten, sah die Numantier aufspringen und ihren Angreifern einen Pfeilregen entgegenschicken. In ihrer Mitte stand ein unbewaffneter Mann, der die Hände bewegte, während er eine Zauberformel aussprach. Mir fiel ein, dass Hauptmann Mellet den Generalresidenten als Seher bezeichnet hatte, und freute mich, dass Tenedos offensichtlich noch am Leben war.

Bikaner wies auf einen Buckel, der östlich vom Getümmel lag. Ich sah einen Mann darauf stehen, der eine lange Kutte trug, die ihn als Zauberer auswies, und um dessen Körper ich das gleiche Flirren wie über dem Schlachtfeld sah.

»Da ist einer ihrer Zauberer«, sagte Bikaner. Er reckte den Hals. »Ein zweiter ist da drüben, hinter ihren Linien den Fluss hinauf. Und es muss noch einen dritten …« Er drehte sich um und blickte nach rechts. »Da ist er, der Bastard. Ich habe mich in Eurem Schlachtplan getäuscht, Sir. Er ist gut. Sie haben drei Zauberer, und im Zentrum des Dreiecks, wo der Zauber am größten ist, schlugen sie zu. Der Bann ist wahrscheinlich der übliche – Verwirrung, Angst, Hilflosigkeit, vor allem aber ist die Geschicklichkeit dahin, man kann nicht mehr recht zielen und auch mit dem Schwert trifft man nicht mehr.«

Ich sah den dritten Mann auf einer Felsspitze stehen, die uns gegenüber die Straße überragte. Ich schwöre, ich konnte aus allen drei Richtungen das leise Gemurmel ihrer Bannsprüche hören.

»Unser Diplomat da, Sir, mag seine Zauberkraft haben«, fuhr Bikaner fort, »aber nicht, wenn es drei gegen einen steht.«

»Dann gleichen wir die Chancen doch aus, bevor wir sie angehen.«

»Das können wir, Sir«, pflichtete Bikaner mir bei, rannte zu seinem Pferd und ließ es mit klappernden Hufen zur Truppe zurückgaloppieren. Zwölf meiner besten Bogner waren abgesessen und hatten sich, eine Eskorte mit gezücktem Schwert bei sich, in zwei Gruppen geteilt. Die erste machte sich an den Anstieg einen Hohlweg hinauf, der zu dem Fels führte, der uns am nächsten lag und von dem aus der Zauberer der Hügelmenschen nach wie vor seine Formeln sprach, ohne darauf zu achten, was um ihn herum geschah. Die anderen hielten auf den zweiten Magier der Kaiter im Osten zu.

Es dauerte nur wenige Minuten und die erste Gruppe war in Schussweite des Zauberers, der uns am nächsten war, legte sorgfältig an und schoss. Drei Pfeile bohrten sich in die Brust des Magiers, und es hatte ganz den Anschein, als erbebe plötzlich die Welt. Ich hörte einen Schmerzensschrei, als stünde der Mann neben mir, dann brach der Magus zusammen und fiel.

Einige Soldaten eilten auf die Spitze, um sicherzugehen, dass er tot war und tot blieb.

Wie vereinbart warteten wir nicht ab, bis die zweite Gruppe den nächsten Zauberer der Kaiter ausschaltete; wir griffen an.

»Im Schritt vorwärts ... Marsch!«

Die Schwadron Gepard der Siebzehnten Ureyschen Lanciers überquerte den Kamm und wälzte sich hinab in das Sulemtal.

Ich hörte Schreie, erst zur Begrüßung und dann, als die Hügler uns ausmachten, der Überraschung, aber ich kümmerte mich nicht darum.

Wir erreichten die Furt und sprengten hinein.

»Blast zum Angriff!«, schrie ich, worauf mein Trompeter das lange Bullenhorn hob, dann hallte auch schon das Signal zur Attacke durchs Tal.

Noch während es erschallte, sah ich etwas, was ich niemals vergessen werde, einen der edelsten Anblicke, die ich je in einer Schlacht sah.

Einer der Elefanten, den ich für tot gehalten hatte und der wohl ein Kampftier gewesen sein musste, bevor er zu alt geworden und schmachvoll zum Lastenträger degradiert worden war, vernahm das Schmettern in den sterbenden Winkeln seines Gehirns und wälzte sich herum, kam wankend auf die Beine, hob den Rüssel, bog ihn nach oben und begrüßte uns mit seinem Kriegstrompeten, bevor er taumelnd ein paar Schritte tat in dem Versuch, einem fast vergessenen Befehl zu folgen; dann fiel er tot um.

Die Lanzen gesenkt, griffen wir unter donnernden Hufen an und ich ritt an der Spitze des Keils allen voran. Männer in Kutten tauchten vor mir auf, der eine zog die Sehne seines Bogens zurück, als meine Lanze ihn kunstgerecht traf – der erste Mensch, den ich in meinem Leben zu Tode gebracht habe; ich sah, wie er fiel. Ich riss die Lanze aus seinem Leib, zwang mein Ross herum und war auch schon wieder an der Front dieser Wilden, wo ich einen weiteren Hügler umstieß, bevor ich die Lanze beiseite warf und die Attacke mit dem Schwert fortführte, mein Zug hinter mir drein, als wären wir eins.

Die Hügler mögen Hundsfötte gewesen sein, aber sie waren tapfere Hundsfötte. Ich sah kein Anzeichen dafür, dass sie die Linie auflösen und Fersengeld geben würden, wie das für gewöhnlich der Fall ist, wenn Fußsoldaten sich von Kavallerie überrascht sehen.

Statt dessen hielt ihre Front, ja sie gingen gar zum Angriff über und stachen, als wir vorbeistoben, in dem Versuch, unsere Pferde mit Speeren zu Fall zu bringen, auf uns ein.

Es war ein brutales, blutiges Handgemenge; wir hackten aufeinander ein, brachen Rösser auf, die mit bloßgelegtem Gedärm wiehernd zu Boden gingen, während rund um uns herum ein Rasen losbrach; Schwerter – zu sauber für diese Arbeit –, Dolche und zu Klauen gekrümmte Hände wüteten gegen den Feind.

Eine Phalanx von Hügelmenschen, in ihrer Ordnung fast wie reguläre Soldaten, kam auf uns zu und ich schrie meinen Männern eine Warnung zu.

Dann hob ein Summen an um mich herum und ich sah etwas Unvorstellbares. Unweit von mir stak ein Speer im Sand. Ich sah, wie er sich aus dem Boden zog, ohne dass jemand in der Nähe gewesen wäre, und dann, mit Wucht geschleudert, einen Bogen beschrieb, um sich in die Brust eines Hüglers zu bohren. Angst ergriff mich, als ich weitere verwaiste Waffen – Pfeile, Schwerter, Dolche, Speere – wie von unsichtbaren Kriegern geführt in die Schlacht eingreifen sah.

Ich sah den Mann, der der Seher Tenedos sein musste, auf offenem Felde stehen und hörte seine Stimme, die wie Donnerhall rollte, als er seinen Bann gegen die Hügler sprach.

Diese konnten jedem Feind standhalten – aber nicht der Magie. Schreie des Entsetzens waren zu hören, die Phalanx der Hügelbewohner zerbrach, sie warfen von panischer Angst ergriffen die Waffen beiseite und liefen davon, während der erbarmungslose Zauber anhielt; noch auf der Flucht wurden sie niedergemäht.

Schließlich war die Walstatt verwaist, abgesehen von Leichen, Verwundeten und Siegern.

Feldwebel Waces Kolonne kam unter Siegesgeschrei durch den Fluss im Galopp auf uns zu, und ich wusste, sie hatten die Angreifer, die uns in den Rücken fallen wollten, aufgerieben.

Ich spornte Lucan zum Trab und hielt auf die Furt zu, wo sich Tenedos mit dem Rest seines Trupps befand.

Magier überragen uns angeblich turmhoch, mit wallenden Bärten, die Hände furchterregend zu Klauen gekrallt.

Der Mann, der da auf mich zukam, war alles andere als das, wie ich im Absitzen sah.

Er war etwas älter als ich, aber noch unter dreißig und nicht sehr groß, gut eine Elle kleiner als ich. Er hatte schwarzes Haar, das er kurz trug, wie das in Nicias gerade Mode war; sein Gesicht war rund, durchaus ansehnlich, fast das Gesicht eines Jünglings. Er trug dunkle Reithosen und einen Mantel, beide gut geschnitten, auch wenn die Kleidung den kleinen Bauch nicht verbarg.

Was mich jedoch packte, das waren die Augen, die schwarz waren und wie Dämonenfeuer funkelten.

Seine Stimme erreichte mich wie Irisus gebietender Donner, ob seiner Worte jedoch war ich bass erstaunt:

»Ich bin der Seher Laish Tenedos. Ihr müsst mein Scharfrichter sein.«

3 *Die Träume des Magiers*

Einen Augenblick dachte ich, den Seher hätte der Wahnsinn gepackt. Aber noch bevor ich antworten konnte, erhellte ein Lächeln sein Gesicht und die Wärme einer Lenzsonne hüllte mich ein.

»Ah, aber wie ich sehe, habe ich mich geirrt«, sagte Tenedos. »Ich spüre, dass Ihr mir nichts Böses wollt, und bitte demütigst um Vergebung. Betrachtet mich als den geringsten Eurer Mitmenschen, der den beleidigt, der ihm das Leben gerettet hat.« Er verbeugte sich tief.

Ich salutierte, stellte mich vor und nannte meine Mission und meinen Befehl. Ich erklärte die Probleme, die wir gehabt hatten, von einem scheinbaren Irrtum in der Order bis hin zu unserem Schneckentempo im Pass. Tenedos nickte.

»Wir werden das noch erörtern und vielleicht füge ich Eurem Wissen noch das eine oder andere hinzu. Wie ich an Eurer Sprache höre, seid Ihr aus Cimabue, nicht wahr?« Ich machte mich auf eine vermutlich großherzig gemeinte, aber letztlich abfällige Bemerkung gefasst, aber statt dessen sagte Tenedos: »Dann werden wir enge Gefährten und mit der Zeit, so hoffe ich, Freunde, denn ich stamme selbst aus einem Land fern von Nicias' Kabalen und Ränken und sehe mich dieser Herkunft wegen oft aufgezogen. Ich bin von den Palmerischen Inseln.«

Die Inseln, von denen er sprach, waren mir – wenn auch nur vom Unterricht im Kartenlesen am Lyzeum her – bekannt. Es handelt sich um eine Gruppe von Inseln vor der Westküste Numantias, deren größte – Palermas – dem Archipel seinen Namen gegeben hat. Den Insulanern sagt man kaum weniger Übles nach als uns Leuten aus Cimabue, so sind sie etwa berüchtigt für ihr langes Gedächtnis, was Kränkungen anbelangt, ihre mimosenhafte Art sowie ihre Hitzköpfigkeit. Auf der anderen Seite sind sie freilich berühmt für ihre Loyalität gegenüber Freunden und ihre Wahrheitsliebe, sofern sie nicht der Wiedergutmachung eines Unrechts im Wege steht. Und wie wir Cimabuer sieht man sie in Nicias als Menschen zweiter Klasse und nicht als vollwertige Numantier.

»Was die ungeheure Beleidigung anbelangt, die ich Euch zugefügt habe, so erlaubt mir eine Erklärung meines Irrtums, nachdem hier für Ordnung gesorgt ist.«

Wir versorgten unsere Verwundeten und erlösten unsere verletzten Tiere von ihrem Leid. Hügelmenschen waren keine zu versorgen – deren Verwundete waren entweder von ihren Genossen weggezerrt worden oder selbst davongekrochen, den Rest erledigten wir. Der Krieg im Grenzgebiet ist unbarmherzig; man wäre mit unseren Verwundeten nicht anders verfahren, nur dass ihr Tod nicht so rasch gewesen wäre wie der, den meine Soldaten den Ihren gewährten.

Danach richteten wir den Wagen im Fluß wieder auf und brachten alles, was von der Ladung noch zu gebrauchen war, ans Ufer. Es hatten genügend Ochsen überlebt, um die Wagen zu ziehen, auch wenn wir noch langsamer vorwärts kämen, weil wir jeweils zwei einspannen mussten.

Die Leichen der beiden Elefanten ließen wir von Ochsengespannen aus dem Weg ziehen. Ich nahm mir einen Augenblick Zeit, um ein Gebet für die tapfere Seele des Tieres zu sprechen, das versucht hatte, sich meinem Angriff anzuschließen, auf dass es auf dem Rad der Wiedergeburt weiter nach vorne und vielleicht als Säugling wieder auf die Welt kam, der zu einem Krieger heranwuchs.

Schließlich schichteten wir die Kadaver von Ochsen, Pferden und Männern um die Elefanten herum. Die Sonnenhitze sorgte bereits dafür, dass der Blutgeruch zum Himmel zu stinken begann.

Tenedos befahl, eine Truhe aus einem der Fuhrwerke zu bringen, aus der er einige Gegenstände nahm. Er besprengte die Kadaver mit Öl, suchte sich dann einen Zweig, den er der Reihe nach in das trockene Blut von Männern, Ochsen, Pferden und Elefanten tunkte, bevor er schließlich noch ein wenig von dem Öl darübergoss.

Er sagte, er sei bereit, bat mich jedoch darum, zuerst noch meine Männer zu versammeln, da er noch einige Worte zu sagen habe. Ich fand dies etwas ungewöhnlich, gehorchte jedoch und ließ nur die Wachposten stehen, um auf einen zweiten Angriff zu achten sowie auf die Infanterie, die den Pass entlangkam.

»Männer der Ureyschen Lanciers«, begann Tenedos, und plötzlich erklang seine Stimme durch Zauberkraft verstärkt durch das Tal. »Ihr habt Laish Tenedos wohl gedient und Eure Tat wird niemals vergessen. Ihr seid Krieger, wahre Numantier, und ich bin stolz darauf, Euch zu kennen und mich zu Euren Kameraden zu zählen, auch wenn wir uns erst vor einigen Stunden auf dieser Walstatt getroffen haben.

Ich bin ein Seher, und ich gebe Euch hier und heute ein Versprechen, das mit dem Blut Eurer gefallenen Kameraden besiegelt sei. Es liegen große Zeiten vor uns, es sind große Taten zu tun und der zu erntende Lohn ist groß. Ihr, die Ihr heute Euren Mut und Eure Loyalität gezeigt habt, werdet, wie ich hoffe, zu denen zählen, die sich durch die kommenden Ereignisse bereichert sehen werden.

Ich trauere mit Euch um Eure Kameraden, die heute gefallen sind, aber ihre Rückkehr auf das Rad ist gesegnet, denn sie starben, während sie Gutes taten, und die Götter vergessen das nicht. Vielleicht kehren sie zurück und sind einmal mehr unter uns und leben in der ruhmreichen Zeit, die uns bevorsteht.«

Er senkte den Kopf und wir taten es ihm nach. Ich wunderte mich über seine Worte – das alles hörte sich an, als sei Tenedos der Kommandant dieser Truppe oder ein General und nicht irgendein Diplomat, dem wir als Eskorte dienen sollten, wie wir das schon für andere vom Hof des Zehnerrats getan hatten. Ich hatte so manchen anderen Abgesandten der Regierung, dessen Händedruck genauso kraftlos war wie sein verschlagener Blick, schwätzen hören, er sei im Grunde seines Herzens Soldat, und ich hatte die Unhöflichkeit oder stille Verachtung gesehen, mit der man seine Worte aufnahm. Aber nicht in diesem Augenblick, weder bei einem meiner Lanciers noch bei mir selbst. Laish Tenedos mochte die Robe eines Offiziellen tragen, aber seine Worte waren die eines wahren

Führers; damals begann ich zu glauben, ihm freudig folgen zu können, unter seinem Befehl.

Tenedos hatte ein kleines Kohlebecken aufgestellt, das er nun mit einem Funkenwerfer entzündete. Eine kleine Flamme stieg auf, während er mit getragener Stimme sprach:

»Höre, Unguentum.
Spüre die Wärme
Spüre die Flamme
Du dienst den Göttern
Du trägst unsere Verlorenen
Du dienst Saionji.
Brenne, Feuer.
Diene, Feuer.«

Während er sprach, hielt er den Zweig in die winzige Flamme, die aus der Schale aufstieg, und als er das tat, brach auf dem Scheiterhaufen nebenan ein tosendes Feuer aus, das auf der Stelle gen Himmel schlug, weit höher, als das eine vom Öl allein genährte Flamme vermocht hätte.

Tenedos sah zu, die Lippen von einem bitteren Lächeln gekräuselt.

»Nun denn, soll man das in Nicias als Omen dessen sehen, was noch kommt«, sagte er leise, und ich bezweifle, dass es außer mir jemand zu hören bekam.

Wir zogen ein Stück den Fluß hinauf, weg von den Flammen, aber nicht weit genug, um die Furt aus dem Blick zu verlieren. Ich sorgte dafür, dass meine Posten ordentlich aufgestellt waren, und suchte mir dann einen Stein, auf den ich mich setzte, während Tenedos' Koch mit Hilfe einiger meiner Leute, die behaupteten, des Kochens kundig zu sein, eine Mahlzeit aus dem köstlichen Fleisch zubereitete, das der Generalresident mitgeführt hatte. Tenedos hatte mich angewiesen, mir zu nehmen, was für ein Abendmahl nötig sei. »Was als Leckerbissen für Achim Baber Fergana gedacht war«, hatte er mir gesagt, »eignet sich besser als Labung für Eure wackeren Mannen.« Einmal mehr klang, was eine leere Übertreibung hätte sein können, wie aufrichtiges Lob.

Tenedos trat auf mich zu. »Nun denn«, begann er, »da wir einige Augenblicke der Ruhe haben und niemand in Hörweite ist, möchte ich erklären, weshalb ich gesagt habe, was ich bei unserer Begegnung äußerte.«

Er bat um Erlaubnis, sich zu setzen, und ich wies in der Hoffnung auf eine gründliche Erklärung auf einen Stein. Die ich denn auch bekam, nur war sie nicht weniger merkwürdig als sein Verhalten an sich.

»Habt Ihr je einen Mann gekannt, der aus heiterem Himmel zu dem Schluss kam, die Welt mitsamt den Göttern habe sich zu seiner Vernichtung zusammengetan?«

Das hatte ich, und zwar am Lyzeum. Einer der vielversprechendsten Kadetten hatte es sich in den Kopf gesetzt, man versuche, ihn zu vergiften, die Warnung kam in geheimen Götterbotschaften, die in geheimen Flammenzeichen über den Himmel geschrieben waren. Seher und Kräuterheilkundige hatten ihn erfolglos zu behandeln versucht und so hatte man ihn denn zu seiner bekümmerten Familie zurückgeschickt. Einige Monate darauf hatten wir erfahren, er habe sich umgebracht, von einer rasenden Angst getrieben, da er mittlerweile der Meinung war, sein eigenes Blut habe sich mit allen anderen gegen ihn verschworen. Ich nickte.

»Gut. Dann seid gewarnt, dass sich einiges von dem, was ich Euch zu sagen habe, sehr wohl nach Wahnsinn anhören mag. Ich bitte Euch lediglich, Euer Urteil über meinen Wahnsinn für Euch zu behalten und nichts dagegen zu unternehmen, bis ich nicht völlig von Sinnen handle – oder meine Worte bewiesen sind.«

Ich betrachtete den Seher Tenedos mittlerweile mit einer gewissen Besorgnis. Wieder loderte das sonnengleiche Lächeln auf, wieder fühlte ich mich gewärmt und wusste irgendwie, dass Tenedos nicht geisteskrank war, womöglich noch weniger als ich selbst.

»Ich beginne mit meinen Ausführungen am Anfang.

Kommt es Euch nicht merkwürdig vor, dass man einen Seher wie mich mit dem Posten eines Generalresidenten betraut?«

Dem war in der Tat so, aber ich nahm an, Tenedos hätte Freunde in Regierungskreisen und es handele sich um einen politischen Lohn, selbst wenn es als Geschenk den meisten Numantiern in etwa so wertvoll erscheinen mochte wie die Krätze einem, der an Armen und Beinen amputiert war.

»Es ist wohl kaum die Erfahrung, die man bei einem Mann auf einem solchen Posten zu finden hofft, es sei denn, es gehe in ein von Zauberern beherrschtes Land, was in Kait nicht der Fall ist«, fuhr Tenedos fort. »Der Grund, weshalb man mich für einen Posten ausgesucht hat, der ausgesprochen gefährlich und Nicias so fern wie nur möglich ist, ist der, dass ich nicht sehr beliebt bin mit meinen radikalen Ideen.«

Das hätte ich mir, seinem Verhalten nach zu urteilen, bereits denken können. Ich schätze, meine Ansicht war mir wohl anzusehen, denn Tenedos lächelte einmal mehr.

»Man hat mich auf diesen Posten geschickt, auf dass der nicische Biedermann nicht länger meinen Ketzereien ausgesetzt sei. Und mittlerweile glaube ich gar, ich sollte hier sterben, bedenkt man diesen ›Sonderbefehl‹, laut dem ich auf der Stelle und ohne auf meine Militäreskorte zu warten aufbrechen sollte, ganz zu schweigen von dem so offensichtlich nicht existierenden freien Geleit.

Ich könnte jetzt weitere Beweise anführen. Ich möchte Euch damit nicht zu nahe treten, Legat Damastes á Cimabue, aber ich finde es höchst ungewöhnlich, eine ganze Schwadron Reiterei von einem Offizier so niederen Ranges befehligt zu sehen, zumal Euer Kommando auch Infanterie mit einschließt, der ein Hauptmann vorsteht – fast möchte man meinen, man stelle besagten Legaten als Kegel auf, gegen den man seine Kugeln zu rollen gedenkt.«

Ich bewahrte meine ausdruckslose Miene.

»Sehr gut, Legat«, sagte Tenedos beifällig. »Ich wäre ebenso überrascht wie enttäuscht gewesen, wenn Ihr mir darauf geantwortet hättet. Lasst mich Euch ein paar Fragen stellen. Ihr braucht mir nur zu antworten, wenn sich das mit einem Ja bewerkstelligen lässt: Seid Ihr ein besonderer Günstling in Eurem Regiment? Hat ein kürzlicher Einsatz das Offizierskorps Eurer Einheit empfindlich dezimiert? Habt Ihr den Ruf, besonders geschickt zu sein im Umgang mit unangenehmen, arroganten Gesandten wie mir?«

Bei Letzterem mag sich ein Lächeln auf mein Gesicht gestohlen haben, aber ich schwieg mich aus.

»Ich habe nichts anderes erwartet«, meinte Tenedos. »Dann wollen wir einige Vermutungen anstellen. Deren erste besteht darin, dass der Zehnerrat richtig lag mit seiner Ansicht, Kait, die Grenzstaaten, rüsteten einmal mehr zur Rebellion. Nehmen wir fürderhin an«, fuhr Tenedos fort, »der Zehnerrat trachte diese Unruhen mit eiserner Faust im Keim zu ersticken, wozu es seit mehr als einer Generation nicht mehr gekommen ist. Wenn dem so wäre, wäre dann der Tod ihres Gesandten nicht ein trefflicher Grund dafür, schwere Verbände nach Kait zu schicken und nicht nur eine kleine Strafexpedition?

Bei einem solchen Grund könnten die Kaiter sich an Maisir wenden, soviel sie nur wollten, König Bairan würde darauf höchstwahrscheinlich kaum reagieren. Ah, ich sehe, Ihr wisst nicht, dass die Kaiter Numantia und Maisir schon immer gegeneinander ausgespielt haben, so dass sich keines der beiden Länder die Grenzstaaten einverleiben kann, ohne die Beleidigung seines großen Nachbarn zu riskieren.

Der Mord an einem Generalresidenten wäre womöglich sogar Grund genug für Dara, seine Grenzen so auszuweiten, dass sie Urey einschließen und das wäre das Ende des dreiseitigen Zwists zwischen uns, Kallio und Maisir um die rechtmäßige Eigentümerschaft an der Provinz.«

»Von solchen Dingen verstehe ich nichts«, erklärte ich. »Ich bin nur Soldat und unpolitisch.«

Diesmal fiel das Lächeln von Tenedos mitleidig aus.

»Damastes, mein Freund«, sagte er, und seine Stimme war sanft, »es naht die Zeit, in der jeder Numantier politisch sein *muss*.«

Er wollte eben fortfahren, als ein Wachposten ausrief, Hauptmann Mellets Kompanie sei die Straße herauf im Anmarsch. Es dauerte nur wenige Minuten und die Staubwolke war so nahe, dass auch wir sie ausmachen konnten. Ich hatte die Infanterie nicht vor dem nächsten Tag erwartet, aber Mellet erklärte, mein Schneid hätte ihn so beschämt, dass er seinen Leuten Eilmarsch befohlen, ja sogar jeweils einer Handvoll von ihnen erlaubt hatte, auf den Karren zu fahren, um sich auszuruhen. Er hatte sogar einen Hinterhalt in Kauf genommen, indem er bis eine Stunde nach Einbruch der Dunkelheit marschiert und eine Stunde vor Sonnenaufgang wieder aufgebrochen war. »Ich dachte mir«, sagte er, »dass man uns nicht erwartete, also hätten die Hügler auch keine Zeit gehabt, uns eine Falle zu stellen, was sich ja denn auch als richtig erwiesen hat.«

Den Rest des Tages beanspruchten die Lagerroutine und das Erarbeiten eines neuen Marschbefehls. Die ganze Zeit über beschäftigten mich jedoch die Worte des Sehers Tenedos. Ich bin kein schneller Denker, was jeder weiß, aber ich bin ziemlich gründlich und lasse nicht locker, bis etwas klar und deutlich vor meinem geistigen Auge steht. Aber was Tenedos da gesagt hatte, verwirrte mich noch, als bereits die Sonne aufging und unser Zug nach Sayana aufbrach.

Jetzt, wo wir nicht mehr zu rasen brauchten, konnten wir marschieren, wie es Praxis und Logik geboten; wir sorgten also für Flankensicherung, kaum dass das Gelände sich öffnete, und schickten Spähposten auf jeden Hügel, bevor wir ihn passierten. Das Land war jetzt weniger schroff, weniger zerklüftet, so dass wir weniger Zeit brauchten, auf die Hügel zu kommen und wieder herab, und so kamen wir in akzeptablem Tempo voran.

Die ersten beiden Dörfer, durch die wir kamen, glichen dem ersten: bis auf Kinder, Frauen und Greise waren sie leer. Die Stämme führten also offensichtlich etwas im Schilde, und ich hoffte, es würde etwas Weitreichenderes als die Vernichtung meines Kommandos sein.

Das dritte Dorf glich den anderen beiden – das heißt nicht ganz. Laish Tenedos ritt auf Rabbit neben mir an der Spitze. Ich könnte nicht sagen, dass ich etwas gehört hätte, aber aus irgendeinem Grund drehte ich mich um und sah hinter einer Mauer einen Jungen hervorkommen, der einen alten Bogen spannte, der fast ebenso groß war wie er selbst – und dessen Pfeil geradewegs auf meine Brust gerichtet war! Ich hatte keine Zeit, mich zur Seite zu ducken, und wusste angesichts der Warnrufe aus der Kolonne hinter mir, dass mein Schicksal besiegelt war, da brach der verrottete alte Bogen direkt unter dem Griff. Der Junge schrie zornig auf und war drauf und dran davonzustürzen, als der Lancier Karjan im Galopp auf ihn zuschoss, ihn am Arm zu fassen bekam und den strampelnden, sich wie ein Aal windenden Burschen vor sich über den Sattel zog.

Ich saß ab und ging hinüber zu Karjans Ross. Ich packte den Jungen am Haar und hob seinen Kopf, um sein Gesicht zu sehen.

»Du wolltest mich also umbringen?«

»Schischti!«, fluchte der Junge. *Schischti* ist ein sehr grobes Wort in einem der Bergdialekte, das einen Mann bezeichnet, der es mit seiner Mutter getrieben hat. »Du numantischer *Schischti*!« Was hätte es eines weiteren Grundes für ihn bedurft?

Tenedos lachte. »Ein Löwenjunges hält sich stets für erwachsen, nicht wahr?«

»Soll ich ihn abmurksen, Sir?« knurrte der Lancier Karjan, die Hand am Dolch.

»Nein«, sagte ich. »Setzt ihn ab. Ich morde keine Kinder.«

Der Soldat zögerte, gehorchte dann aber und stieß den Jungen mit einer Hand weg. Der Kleine hätte der Länge nach auf dem Boden landen sollen, drehte sich aber mitten im Fall und kam auf den Beinen zu stehen. So stand er dann halb geduckt, einem gefangenen Raubtier gleich, da.

»Geh schon«, sagte ich. »Wenn du es noch einmal versuchst, so denke daran, einen gut geölten Bogen zu nehmen, nicht den deines Großvaters, der seit einer Generation ausgetrocknet an einer Wand gehangen hat.«

Für diesen Rat spie der Junge mir ins Gesicht und war fort, in einer gewundenen Gasse zwischen den Hütten verschwunden, noch bevor ich mir die Augen ausgewischt hatte.

»So«, meinte Tenedos mit gespieltem Kummer, »dankt man es einem in diesen Hügeln, wenn man ihn verschont. Vielleicht hätte der Legat ihn töten sollen. Aus Jungen werden ausgewachsene Löwen, und die zu jagen ist höllisch schwer.«

»Vielleicht hätte ich das tun sollen«, erwiderte ich und nahm eine Feldflasche von Lucans Sattel, um mir den Speichel vom Gesicht zu spülen. Ich sah Lancier Karjans Miene an, dass er durchaus dieser Meinung war. »Aber ich lasse es darauf ankommen, dass der Junge sich merkt, was ich getan habe, und wenn er groß wird – falls er groß wird, was mir in diesen Gefilden unwahrscheinlich scheint – bei einem anderen Gnade walten lässt.« Ich warf Karjan einen Blick zu. »Ihr braucht mir nicht zu zeigen, was Ihr von dem Gedanken haltet, Soldat. Und habt Dank dafür, so schnell gewesen zu sein. Das nächste Mal muss ich etwas flinker sein.«

Ich erntete damit ein Lächeln von dem bärtigen Reiter und wir setzten unseren Weg fort. In der Tat waren die Hügelmenschen überall gleich. Es bestand kein Zweifel daran, die Frauen wie die Alten hier wünschten sich samt und sonders einen Dolch und dass einer von uns ihnen für einen Augenblick den Rücken zukehrte – und dann zwei Augenblicke, um die Leiche zu fleddern.

Der Sulempass öffnete sich, bis er fast anderthalb Werst breit war; die Hügel rundum waren flach, das Gelände wellig, und so wären wir – näherten wir uns nur vorsichtig genug den Wasserrinnen, die das Land zu beiden Seiten der Straße wie Messernarben durchzogen – vor jedem Angriff rechtzeitig gewarnt.

Laish Tenedos ritt eine Weile schweigend dahin, dann sagte er: »Also dieser Junge da stellt einen künftigen Richter vor eine schwierige Wahl. Soll ich Gnade vor Recht ergehen lassen und darum beten, dass das endlose mörderische Hin und Her endet, das nur weiteren Mord gebiert, der wieder nur zu Blutvergießen führt? Oder soll ich den anderen Weg wählen, das Problem zu beseitigen? Tote haben keine Fehden.«

Ich wollte mich nicht dazu äußern, aber andererseits bot sich damit ein Einstieg für mich. »Gestern, Sir«, begann ich und wählte meine Worte sehr sorgfältig, »gestern sagtet Ihr mir, Ihr hättet radikale Ideen. Es gibt in Nicias viele Leute, die vieles glauben, einige davon sind mehr als nur radikal, und dennoch bringt der Zehnerrat sie für gewöhnlich nicht zum Schweigen oder … schickt sie aus, auf dass man sie niedermacht, bevor sie nicht eine Gefolgschaft haben oder wenigstens einen Raum, in dem sich eine Versammlung abhalten lässt.«

»Ein gutes Argument, Damastes.« Es war das zweite Mal, dass er mich beim Vornamen nannte, und von da an hielt er es, wenn wir uns nicht gerade in einer förmlichen Situation sahen, immer so, was ungewöhnlich war, bedenkt man den ungeheuren Rangunterschied zwischen uns beiden. Aber aus irgendeinem Grund schien das völlig korrekt. »Ich werde dir ein wenig über mich erzählen.

Ich bin, wie gesagt, aus Palermas. Über meine Familie will ich jetzt nichts sagen, außer dass man mir genügend Geld gab, um mich dem Studium der Magie zu widmen, denn ich hatte schon als Kind Eignung für das Große Talent an den Tag gelegt. Und dass man mich, da man mich nicht verstand, in Ruhe ließ. Ich erwiderte den Gefallen, obwohl sich für meine beiden Brüder durchaus Verwendung finden lässt, falls es sich ergeben sollte und die Zeit reif dafür ist.

Als ich sechzehn war, hatte ich das Glück, einen Wettbewerb zu gewinnen, was es mir ermöglichte, Palermas zu verlassen und nach Nicias zu gehen und mein Studium zu vervollständigen.

»Manchmal«, fuhr er fort, »träume ich von meiner Insel und dem trockenen scharfen Duft von Rosmarin in der Sommersonne oder dem würzigen Geschmack unseres harzigen Weins. Dann wünsche ich mir, nie fortgegangen zu sein, aber selbst in diesen Augenblicken spüre ich mein Schicksal.«

Ich hatte schon angefangen, von dem Gedanken, Tenedos sei ein Wahnsinniger, abzulassen, aber dieses Wort, dieses *Schicksal,* brachte mich wieder darauf.

»Ich begab mich zu einem Zaubermeister in die Lehre«, fuhr Tenedos fort, »und habe bei diesem fünf Jahre gelernt. Mit zweiundzwanzig wusste ich dann, dass ich mir meinen eigenen Lehrplan aufstellen und mein eigener Meister sein musste.

Ich begab mich vier weitere Jahre auf Reisen, besuchte jede Provinz Numantias und studierte die Kunst bei jedem Gelehrten, der mich nahm. Aber ich wusste, wonach ich suchte, dazu verhalf mir kein Zauberer, und so las ich ausgiebig über Geschichte, vor allem aber über den Krieg.

Spotte nicht, aber manchmal wünsche ich mir, mein Leben hätte eine andere Wendung genommen und ich käme aus einer Familie von Militärs, denn ich fühle mich zum Schlachtfeld hingezogen. Zum Militär. Ich fragte mich damals und frage mich jetzt, warum die Zauberei bei den großen Schlachten eine so geringe Rolle gespielt haben mag, und ich weiß im tiefsten Inneren, dass dem nicht immer so sein wird.

Aber das liegt in der Zukunft, und ich bin bei der Vergangenheit. Eines Tages, als ich im fernen Jafarite einem Einsiedler zu Füßen sass, wusste ich mit einem Mal ganz genau, was zu tun war, um mein geliebtes Numantia zu retten, und zwar rasch. Ich kehrte letztes Jahr nach Nicias zurück, und das war denn auch der Punkt, an dem mein Ärger begann.

Ich machte eine Praxis als Seher auf, aber nicht für jene gewöhnlichen Besucher, die nichts weiter als einen Liebestrank verlangten oder einen Blick in die Zukunft tun wollten, nein, ich begann die Kundschaft um mich zu scharen, die ich brauchte. Zunächst waren es reiche Leute, die wissen wollten, ob die Götter einer bestimmten Entscheidung günstig gesonnen waren, oder Händler, denen es um einen Bann zur Sicherung einer gerade ausziehenden Karawane ging. Ich half manchmal mit Zauberei, öfter jedoch mit gesundem Menschenverstand. Dann kamen andere, weit höher gestellte Männer mit einem Staatsamt. Diese wollten zunächst Tränke oder Bannsprüche, blieben dann jedoch, weil sie meinen Rat in anderen Dingen wollten.

Zwei aus dem Zehnerrat, die ich heute zu den Käufern meiner Waren zähle, schienen jedoch, was mir wichtiger war, auch auf meine Ideen zu hören.

Das, Damastes, ist der Grund, weshalb man mich aus Nicias weggeschickt hat. Der Rest des Zehnerrats und jene, die ihm unterstehen, fürchten meine Worte, fürchten, dass ihre Wahrheit ganz Numantia einleuchten wird.«

Ich blickte nervös um mich, um sicherzugehen, dass niemand in Hörweite war. Tenedos sah meine Sorge.

»Keine Bange, Damastes. Ich bin kein Verrückter von der Straße, der sich jeden vorknöpft, der gerade vorbeikommt, um ihn mit seinem Gewäsch zu behelligen. Was ich sage, ist allein für deine Ohren bestimmt.

Wenn die Zeit gekommen ist, wird es jedoch im ganzen Königreich zu hören sein!« Seine Augen blitzten genauso auf wie bei unserer ersten Begegnung.

»Mein Glaube ist einfach«, fuhr er fort. »Unser Land bewegt sich schon zu lange in den bequemen Furchen der Vergangenheit – wie der Ochse eines Landmanns den Pflug jede Saatzeit über dasselbe Feld zieht. Umar der Schöpfer achtet im Augenblick nicht auf die Welt. Wir müssen weg von Isuru dem Bewahrer, dem wir schon zu lange folgen, und statt dessen Saionji folgen, der dritten Manifestation des Höchsten Geistes. Es ist Zeit zu zerstören, und erst dann werden wir klar sehen, wie wieder aufzubauen ist!

Numantia ist zu lange ohne König gewesen!«

Dies war mehr als radikales Denken, es grenzte an Hochverrat. Ich hätte ihm als Offizier des Heeres, der seine Schärpe vom Zehnerrat empfangen hatte, sagen sollen, er möge stillschweigen, andernfalls ich mich gezwungen sähe, geeignete Maßnahmen zu ergreifen; dann hätte ich mein Pferd weglenken sollen.

Statt dessen hörte ich zu, weil seine Worte, um die Wahrheit zu sagen, nicht heftiger waren als die, die ich von meinem Vater und anderen gehört hatte.

Numantia war von Königen geschaffen und im Lauf der Jahrhunderte von einigen Dynastien regiert worden; die Herrschaft hatte hin und wieder gewechselt, manchmal durch Gewalt, manchmal durch Heirat, und gelegentlich starb auch eine Linie aus. Auch wenn es in den Geschichtsbüchern so nicht zu lesen ist, war etwa zweihundert Jahre vor meiner Geburt der König in der Schlacht gefallen und sein einziger Sohn zu jung für den Thron. In solchen Fällen wurde üblicherweise ein Stellvertreter ernannt. Unüblicherweise wurde in diesem Fall nicht ein Einzelner, sondern ein Regentschaftsrat aus zehn besonders vertrauenswürdigen Beratern des Königs mit den Regierungsgeschäften betraut.

Drei Jahre später starb auch der Erbe und dem Königreich stand, da es keine direkten Nachkommen gab, eine Katastrophe bevor. Ob es noch andere Zweige der Familie gegeben hatte und ob diese über geeignete Anwärter auf den Thron verfügten, darüber schweigt unser Schriftgut sich aus, obwohl ich Jahre später, als ich die Archive zur Befriedigung meiner eigenen Neugier von Gelehrten durchsuchen ließ, erfuhr, man hätte alle Hinweise auf andere Verwandte gründlich aus den Dokumenten getilgt.

Wie auch immer, diese Berater, die sich als Zehnerrat bezeichneten, übernahmen die Regierungsgeschäfte und herrschten wenigstens zu Beginn mit nicht weniger Weisheit und Bedacht als so mancher König vor ihnen. Das Problem – und man muss immer daran denken, dass ich von alledem damals nichts wusste – erwuchs daraus, dass sie ihre Position nicht formell bekräftigten, sondern weiterhin auf der Fiktion bestanden, lediglich Numantias Verweser zu sein, bis ein richtiger Herrscher gefunden war. Die Zeit verging, die Berater wurden alt und ernannten Nachfolger, und so ging das, ohne jemals durch ein Gesetz legitimiert zu werden, bis in unsere heutige Zeit; all die Jahre hinkte man improvisierend dahin. Da im Zehnerrat jedoch ständig davon die Rede war, dass ein König eingesetzt werden müsse, wurde die Herrschaft des Rates nie zur Selbstverständlichkeit; ständig erinnerte man die Numantier an das angebliche Provisorium dieser Autorität.

Numantia existierte nach wie vor als Staat, wenn auch mehr dem Namen nach. Dara war die größte Provinz und beherbergte zudem den Zehnerrat in der Stadt Nicias; gewissermaßen war sie das Flaggschiff, obwohl in jüngster Zeit – unter einem Aufwiegler von Premier namens Chardin Sher – Kallio aufgewacht war.

»Es kann mit Numantia so nicht weitergehen«, sagte Tenedos. »Ohne eine starke Hand, die das Königreich führt, werden die Provinzen eine nach der anderen abfallen und sich schließlich als unabhängige Königreiche verstehen. Dann werden wir etwas erleben, was man nur als Bürgerkrieg bezeichnen kann, nur dass der Begriff unzutreffend ist, da Numantia bis dahin nichts weiter als eine juristische Fiktion sein wird.

Einige sagen«, so fügte er grimmig hinzu, »es ist schon jetzt kaum mehr als das. Wenn sich nicht bald etwas ändert, dann endet das alles in Krieg und schließlich in Anarchie. Die ganze Natur ist sich einig: Entweder es herrscht Ordnung – oder das Chaos des Malstromes!«

Ich war etwas skeptisch. »Der Seher malt da ein ziemlich düsteres Bild. Aber ich habe schon des Öfteren Leute das Ende herbeireden hören und Numantia stolpert nun schon seit geraumer Zeit ohne Katastrophe dahin.«

»Die Vergangenheit, mein Guter, hat so gut wie nichts mit der Gegenwart oder Zukunft zu tun«, erwiderte Tenedos. »Ich *spüre* die Unruhe in Nicias, in ganz Dara, bei all meinen Reisen überall in Numantia. Die Leute sind ohne Führer, ohne Richtung, *und sie wissen es auch*!

Es bedarf keiner meiner Kräfte, um vorauszusehen, dass ein kleiner Zwischenfall in der Stadt plötzlich Funken schlagen kann und der Mob plündernd durch die Straßen zieht. Würde der Zehnerrat mit einer solchen Katastrophe fertig? Käme Nicias' Stadtrat damit zurecht? Ich habe große Zweifel daran. Selbst wenn man nach Ordnung riefe, was wäre mit den Truppen, die ich um die Stadt stationiert sah? Ich meine, ich möchte die Armee, in der du Dienst tust, die richtige Armee, nicht beleidigen, aber meiner Ansicht nach waren die Soldaten, die ich in Nicias sah, kaum mehr als parfümierte Puppen, die meinten, ihre Rüstung diene zur Befestigung von Auszeichnungen, weiter nichts.«

Was in etwa meiner eigenen Meinung entsprach, aber ich sagte nichts. Familien tragen weder ihre Zwistigkeiten noch ihre Meinungen in der Öffentlichkeit aus.

»Armes Numantia«, fuhr Tenedos fort. »Feind innen, Feinde außen, und doch tun wir nichts.

Denk an Kallio. Chardin Sher mag nur Premierminister sein, aber er regiert das Land, als gehöre es ihm. Was, wenn es ihm einfiele, die Waschlappen im Zehnerrat zu stürzen? Würde Dara ihnen zu Hilfe kommen? Die anderen Provinzen? Und würde Numantia dann in einem Bürgerkrieg untergehen?

Was ist mit Maisir? Was tut es zur Sache, dass wir seit Jahrhunderten in Frieden leben? König Barain ist jung, er ist kaum drei, vier Jahre älter als wir beide. Die Jugend ist die Zeit des Hungers, der Suche nach mehr. Was würde passieren, wenn es ihm morgen einfiele, die Grenzstaaten zu annektieren?

Deshalb hoffe ich auch, dass meine Theorie, der Zehnerrat plane, eine strenge Kontrolle über Kait auszuüben, zutrifft, auch wenn meinem armen Hals die Art und Weise, in der man das möglicherweise zu bewerkstelligen versucht hat, gar nicht gefällt.

Aber angenommen, ich liege falsch. Angenommen, es geht so weiter und man unternimmt nichts, um die Grenzstaaten zu befrieden. Angenommen, Maisir marschiert in Kait ein. Die Grenzstaaten haben seit jeher als Puffer zwischen unseren Königreichen gedient. Und was passiert, wenn damit Schluss ist? Maisir erhebt auch Ansprüche auf Urey. Wenn man Armeen über den Sulempass schickt mit der Absicht, Urey zu okkupieren, wer wäre in der Lage, sie aufzuhalten? Und was mir noch wichtiger erscheint – heutzutage scheint sich keiner von uns als Numantier zu sehen, sondern als Kallir, Daraner, Palmarianer und Cimabuer. Hätten wir überhaupt den *Willen,* Bairan die Stirn zu bieten?

Was meinst du dazu, Damastes á Cimabue?«

Ich überlegte gründlich, was ich antworten sollte. Tenedos hatte viel gesagt, nur eines nicht, nämlich wer Numantia regieren könnte. Aber andererseits, dachte ich weiter, brauchte er das auch nicht.

Schließlich meinte ich, die rechten Worte gefunden zu haben.

»Ich denke, ich habe zu viele ›Wenns‹ gehört«, erwiderte ich nervös. »Und ich fürchte, ich bekomme nur Ärger, wenn ich anfange, derart weit in die Zukunft zu denken – wie der Mann, der sich das Mittagsmahl von einer Katze stehlen lässt, während er sich Sorgen darüber macht, sein Hund könnte das Steak stehlen, das er sich für den Abend beiseite gelegt hat.«

Tenedos sah mich eine geraume Weile schweigend an und brach dann urplötzlich und völlig unerwartet in Gelächter aus.

»Legat«, sagte er, »wenn mir je einer sagen sollte, Cimabuer seien nicht raffiniert, sondern Holzköpfe, die unfähig sind, etwas anderes als die Wahrheit zu sagen, dann lache ich ihm glatt ins Gesicht.

Das ist die beste antwortlose Antwort auf eine Frage, die ich je außerhalb des Hofes zu hören bekam.

Du wirst es weit bringen, Damastes. Sehr weit. Also, dann wollen wir an unser Mittagsmahl denken – namentlich eine von Gewalt beherrschte kleine Provinz namens Kait – und wie wir ihre Bewohner davon abhalten können, sich gegenseitig und den Numantiern den Garaus zu machen, ohne dabei unseren eigenen Kopf zu verlieren.«

Tags darauf ritten wir in Sayana, der Hauptstadt der Grenzstaaten, ein.

4 *Der Tiger bei Nacht*

Es erscheint mir fast unmöglich, dass es bereits fünfzehn Jahre her ist, wenn ich auf jenen jungen Legaten zurückblicke, der neben einem Zaubermeister dahinritt, dem er das Leben gerettet hatte, das immer noch blutige Schwert in der Scheide, den Blick in die Ferne gerichtet, wo die Türme der Stadt Sayana bedrohlich aufragten. Der Geschmack von Abenteuer lag in der blauen Luft.

Wer war ich? Woher war ich gekommen?

Bei aller Gewundenheit meiner Geschicke vermag ich absolut nichts Bemerkenswertes an mir zu erkennen. Nie glaubte ich, von den Göttern mit besonderen Gaben betraut zu sein, wie das so manch anderer von sich behauptet hat.

Ich bin von höherem Wuchs als die meisten, das stimmt, ein Hüne geradezu. Auch hat man mir gesagt, meine Züge seien wohlgestaltet, aber es lag mir nie, herumzulaufen und mich darüber auszulassen, was für ein schöner Mann ich doch sei. Um die Wahrheit zu sagen, ich finde, im Pfeilerspiegel sehe ich recht gewöhnlich aus.

Mein Haar ist blond, und ich trage es lang, selbst jetzt, wo es zu meinem Kummer oben schütter zu werden beginnt. Ich habe es immer vorgezogen, mich ganz zu rasieren, da ich einen Bart nicht nur als Schmutzfänger betrachte, sondern auch als etwas, das dem Feind im Zweikampf einen tödlichen Halt zu bieten vermag. Ich möchte freilich, da ich in diesen Erinnerungen so ehrlich wie nur möglich zu sein beabsichtige, hinzufügen, dass alledem eine gewisse Eitelkeit zugrunde liegt, da mein Gesichtshaar dazu neigt, sich wie Dorngestrüpp zu verfilzen und verknoten. Bärtig habe ich weniger etwas von der imposanten Führergestalt, sondern ähnele eher einem Bettelmönch, einem heiligen Mann am Straßenrand, der seine Bettelschale über die verkehrten Nebenstraßen getragen hat.

Ich bin, wie man aus meinem Namen ersieht, aus der von Urwäldern überzogenen Provinz Cimabue. Es mag Leute geben, die nicht um den Ruf meines Volkes wissen oder um die vielen Witze, die man über unsere Faulheit, unsere Unzuverlässigkeit, Fadheit und unsere allgemeine Unfähigkeit reißt. Wir wollen uns hier mit einem dieser Scherze begnügen: Der Cimabuer, der in seiner Hochzeitsnacht bis in den Morgen hinein wartend wach saß, weil ihm der Seher, der die Trauung vollzog, gesagt hatte, ihm stehe die schönste Nacht seines Lebens bevor.

Derlei Geschichten erzählt man sich übrigens nicht in Gegenwart eines Cimabuers, jedenfalls nicht mehr als einmal, da uns auch – nicht von ungefähr – der Ruf anhaftet, hitzig und unerbittlich zu sein in unserem Zorn. Ich selbst habe am Lyzeum als Strafe dafür, derartige »Witze« mit der Faust zu quittieren, zahlreiche Stunden mit dem Ausmisten der Stallungen zugebracht.

In meiner Familie ist man seit jeher Soldat gewesen, entweder im Dienste unserer eigenen Provinz oder, was öfter der Fall war, im Dienste Numantias, aber immer in der Erinnerung an die Zeit, als das Land auch noch ein *Reich* war, mit einem König, ganz gleich, wie böse er auch sein mochte, und nicht eine Ansammlung von Provinzen, von denen sich jede mehr schlecht als recht selbst regiert und jede Gelegenheit, ihrem Nachbarn zu schaden, beim Schopfe packt.

Wir waren reich an Ländereien, unser Gut erstreckte sich über viele Werst bewaldeten Hügellandes. Bestellt wurde dieses Land von Lehnsfreien, die meiner Familie seit Generationen verbunden waren, da Cimabue kaum über Sklaven verfügt. Nicht, dass wir gegen die Sklaverei an sich wären, da schließlich jeder, der nicht gerade auf den Kopf gefallen ist, weiß, dass bei der nächsten Drehung des Rades ein Sklave womöglich als Herr wiederkommt, so dass ein Leben unter der Knute praktisch nicht zählt, ja eher dazu da ist, einer Seele ihre Fehler zu zeigen, aufgrund derer sie eine solche Strafe verdient.

Unsere Villa war weniger ein Haus als eine heruntergekommene Festung, da sie Generationen vor der meinen von den Stammvätern unserer Familie erbaut worden war, von Männern, die dem

Urwald mit Hilfe des Schwertes und einer Soldatenpension einen Besitz abtrotzten, den es dann gegen die wilden Stämme zu verteidigen galt, die sich heutzutage tief in die Berge zurückgezogen haben, wo sie kein Mensch weiter zu stören wagt, da sie nicht nur von tückischer Wildheit sind, sondern auch über aus der Erde gerissene und von Jacini selbst gesegnete Schwarze Magie verfügen.

Selbst mit wenig Barschaft in der Truhe ging es meiner Familie gut, da wir alles, was wir uns auf dem Tisch nur wünschen konnten, selbst anbauten und auch an Vieh kein Mangel bestand. Wir hielten in der Hauptsache Zebras, außerdem Rinder und halbzahme Gaurn als Zug- und Pflugtiere; Letzteren näherte man sich nur als Kind oder Ochsentreiber ohne Gefahr. Zweimal im Jahr kam eine Karawane vorbei, die es uns ermöglichte, jene Dinge im Tausch zu erwerben, die unser Land nicht hergab, wie Leinwand, Gewürze, Eisen und Stahl.

Ich war das jüngste Kind, das nach drei Schwestern kam. Ich war, so sagt man jedenfalls, ein ausgesprochen hübsches Kind und wäre damit in jedem normalen Haushalt höchstwahrscheinlich verzärtelt herangewachsen, schwach und von sanfter Natur.

Mein Vater, Cadalso, duldete so etwas freilich nicht. Beim Militär hatte er so manche Schlacht in den Grenzstaaten mitgemacht, und obwohl er keine hoch gestellten Freunde – »Priester«, wie man das unter Soldaten nennt – hatte, so brachte er es immerhin bis zum Rang eines Hauptmanns, bevor er ein Bein verlor, wodurch er gezwungen war, seinen Abschied zu nehmen; es geschah übrigens bei der Schlacht von Tiepolo, einer Schlacht nicht gegen einen Feind von außen, sondern – Ironie des Schicksals – zwischen Dara und Kallio, die beide zu Numantia gehören.

Er bestand darauf, mich als Soldaten aufwachsen zu lassen, das heißt, vor allem in der freien Natur und bei jedem Wetter, von der Zeit der großen Hitze, die einem das Gehirn brät, bis hin zu den Taifunen der Regenzeit, in der man schier ertrinkt. Ich war erst fünf Jahre alt, als man mich in eines der Gebäude am Rand unserer Ländereien verbrachte, in eine kleine Hütte mit nur zwei Räumen, einem Zimmer und einem Waschraum. Das war meine Zuflucht, und niemand durfte sie ohne meine ausdrückliche Erlaubnis betreten. Ich hatte keine Dienstboten, und dennoch erwartete man von mir, dass ich die schmutzige, von Ranken überwucherte Hütte – die meiner Ansicht nach einmal ein Kuhstall gewesen sein musste – zu einem Soldatenquartier umgestaltete, und obendrein noch zu dem eines Offiziers.

Ich wollte schon protestieren, warf einen Blick in die Augen meines Vaters, die wild über dem vorzeitig ergrauten Bart funkelten, der sein Gesicht überwucherte, und wusste, es hat keinen Sinn. Fluchend, vielleicht auch weinend, machte ich mich fegend und schrubbend ans Werk. Dann hatte ich mir mit dem bisschen Kleingeld, das er mir daließ, Möbel zu erhandeln – eine Pritsche, eine kleine Truhe und einen offenen Schrank. Von meinem Vater bekam ich einen alten Tisch, den zu tragen es zwei Männer brauchte.

Mir war auch nicht ein Augenblick der Ruhe gegönnt. Vater inspizierte täglich meine Räume und vom Resultat dieser Inspektion hing es ab, was ich an jenem Tag tun durfte.

Es hört sich, wie mir eben bewusst wird, ganz danach an, als sei er ein Tyrann gewesen, aber das war er nicht. Ich erinnere mich nicht daran, dass er auch nur ein einziges Mal die Hand gegen mich erhoben hätte, nicht gegen mich, meine Schwestern oder meine Mutter Serao.

Er erklärte mir, was er tat: »Du bist mein Sohn, mein einziger Sohn, und du musst lernen, stark zu sein. Ich spüre, dir stehen Prüfungen bevor, aber so sehr diese deine Muskeln stärken werden, so brauchst du auch innere Kraft. Selbst das kleinste Wolfsjunge muss beißen lernen, bevor sein Rudel es aufnimmt und ihm das Jagen beibringt.«

Ich begriff erst später, als ich selbst die wahre Liebe fand, wie nah er und meine Mutter sich gestanden hatten. Sie war die Tochter eines Bezirkssehers, eines Mannes mit einem gewissen Ruf für ehrliche Magie, der sich weigerte, einen Zauber zu wirken, der einem anderen schaden könnte, ganz gleich wie schlecht der Betreffende auch war. Ich weiß, mein Vater hätte etwas Besseres haben können – in unserer Provinz sind Soldaten angesehene Leute, und viele Grundbesitzer sind stolz, ihre Tochter einem Krieger zu geben, besonders wenn er aus der Gegend kommt und selbst Grundbesitz hat. Aber mein Vater sagte, als er Serao, die ihrem Vater zur Zeit des Taues die Saat segnen half, zum erstenmal sah, da habe er gewusst, es müsste sie und keine andere sein.

Sie war eine stille, sanfte Frau, und als sie heirateten, schloss sie mit Cadalso einen Pakt, dass alles, was außerhalb des Haushalts passierte, seiner Verantwortung, aber alles, was innerhalb des Haushaltes geschah, der ihren oblag. An diese Abmachung hielt man sich, obwohl ich mich erinnern kann, dass hin und wieder eine besonders unfähige Köchin oder ein betrunkener Stallbursche einen von beiden rot anlaufen ließ und sie sich alle Mühe geben mussten, sich die Worte, die herauswollten, zu verkneifen.

Ich liebte sie beide sehr und hoffe, die Drehung des Lebensrads hat sie in die Höhen gehoben, die ein jeder von ihnen verdient.

Was meine Schwestern angeht, so ist nicht viel zu sagen. Wir zankten und liebten uns. Sie machten gute Partien – eine heiratete den zweiten Schulzen eines Dorfes, die andere einen ziemlich reichen Grundbesitzer und die dritte einen Soldaten aus unserer Provinzmiliz, der es, soweit ich gehört habe, zum Oberfeldwebel gebracht hat und der mittlerweile die Verwaltung des Familienbesitzes übernommen hat. Alle sind sie mit Kindern gesegnet. Mehr werde ich über sie nicht sagen, denn ihr Leben blieb von der Geschichte zu ihrem großen Glück unberührt. Die Götter erlaubten es mir, Gold zu schicken, als ich reich und mächtig war, und gewährten ihnen nach dem Untergang des Imperators Tenedos, der auch der meine war, eine sichere und sorgenfreie Anonymität.

Ich habe gehört, die meisten Jungs machen eine Zeit durch, in der sie dies und jenes und dann wieder etwas anderes werden wollen, vom Zauberer über Elefantenführer und Goldschmied bis hin zu wer weiß was. Derlei Hirngespinste hatte ich nie. Alles, was ich je sein wollte, war das, was mein Vater sich für mich erträumte, und das war Soldat.

An meinem Namenstag brachte man mich zu einem Zauberer, für den mein Vater besonderen Respekt hegte und den er die Knochen für einen Blick in meine Zukunft zu werfen bat. Der Zauberer warf sie einmal, ein zweites Mal, ein drittes Mal und erklärte meinen Eltern dann, mein Geschick nur verschwommen zu sehen. Aber er sehe, dass ich ein Kämpfer würde, ein mächtiger Kämpfer, und dass ich Länder sehen und Taten vollbringen würde, wie man sie sich in unserem verschlafenen Winkel der Welt noch nicht einmal erträumt.

Das genügte meinem Vater und es genügte auch mir, als ich es später erfuhr.

Kurz vor ihrem Tod vor einigen Jahren sagte meine Mutter, der Zauberer habe seine Vorhersage mit einer leisen Warnung beschlossen. Sie erinnerte sich seiner Worte noch ganz genau: »Der Junge wird eine Zeit lang den Tiger reiten, der sich jedoch schließlich gegen ihn wenden und ihn arg zurichten wird. Ich sehe großen Kummer, großen Schmerz, aber ich sehe auch, dass sein Lebensfaden damit nicht endet. Aber wie weit er nun geht, das vermag ich nicht zu sagen, weil mein Blick sich nach diesem Zeitpunkt trübt.«

Meiner Mutter war dies Anlass zur Sorge, meinem Vater jedoch nicht. »Soldaten dienen, Soldaten sterben«, befand er mit einem Achselzucken. »Falls das das Geschick meines Sohnes ist, dann soll es so sein. Es ist nicht zu ändern, und man könnte ebensogut Umar dem Schöpfer opfern, auf dass er auf die Welt zurückkehrt, Irisu und Saionji bei der Hand nimmt und sich um unseren Kummer sorgt.« Das war sehr weise gesprochen, das wusste sie, und so ließ sie die Angelegenheit auf sich beruhen.

Irgendwie wusste ich als Junge, welche Fertigkeiten ich mir anzueignen hatte und welche Talente mir nichts bringen würden. Ich lernte zu kämpfen, Jungs aus dem Dorf zu fordern, die älter und stärker waren als ich, denn nur so schuf man sich einen Ruf. Ich war immer der erste, der den höchsten Ast erklomm, vom höchsten Felsen in den Weiher sprang oder am knappsten an einem schnaubenden Gaur in seinem Pferch vorbeilief.

Ich merkte gut auf, wenn die Jäger mir den Umgang mit dem Bogen zeigten, mein Vater mir Unterricht im Schwertkampf gab oder die Rossknechte mir das Reiten oder die Pflege der Pferde beibrachten.

Mit das Wichtigste, was ich von meinem Vater lernte, obwohl er es mir nie direkt sagte, war, dass die beste Waffe eines Soldaten auch die einfachste und universellste überhaupt ist. Er lehrte mich, solch spektakuläres Gerät wie den Morgenstern oder die Streitaxt zugunsten eines schlichten Schwerts zu meiden, das Heft aus härtestem, schmucklosem Holz, das Stichblatt aus weichem, mattem Metall, das der Schneide des Gegners einen lebenswichtigen Augenblick lang zu widerstehen vermag, der Griff aus aufgerauhtem Leder, vorzugsweise vom Hai, der Knauf nicht weniger schlicht. Die Klinge sollte gerade und beidseitig mit Schneiden versehen sein, gefertigt aus dem besten Stahl, den ich mir leisten könnte, selbst wenn dies hieß, den Regimentswucherer um einen Kredit anzugehen. Die Klinge sollte nicht mit albernem Zierrat wie Hohlkehlen und Rippen versehen sein, da diese ohnehin ihren Zweck nicht erfüllen, die Festigkeit der Waffe hingegen beeinträchtigt wird; das Gleiche gilt für feine Gravuren oder Auflagen aus Gold. Mein Vater sagte, er habe Männer gekannt, die der Schönheit ihres Schwerts wegen gefallen waren – ein völlig lächerlicher Grund für den Tod.

Es sollte weder zu lang sein noch zu kurz; da ich zum Ende meines Wachstums größer war als die meisten anderen Männer, bevorzuge ich bei meiner Waffe eine Klingenlänge von drei Zoll unter dem Yard und ein Gewicht von etwas über zwei Pfund.

Er fügte hinzu, dass man mir, sollte ich zur Kavallerie gehen, vermutlich einen Säbel aushändigen würde. Höchstwahrscheinlich hätte ich diesen zu tragen, bis ich einen gewissen Rang erreicht hätte oder genügend Erfahrung im Kampf; dann jedoch sollte ich gut überlegen, bevor ich die Waffe behielt. Seiner Erfahrung nach sei ein Säbel trefflich geeignet, um damit im Handgemenge wild um sich zu schlagen und fliehende Soldaten niederzuhauen, dass ihm jedoch zu Fuß oder im Kampf Mann gegen Mann ein Bogen und fünfzig Fuß zwischen ihm und seinem Gegner lieber als der romantischste Säbel sei. Dies war nur eine der stillen Lektionen, die ich von ihm bekam, und eine jener, aufgrund derer ich mitten unter allzu vielen Toten um mich herum noch stand.

Meinen Körper trieb ich bis an die Grenzen: ich lief, ich schwamm, ich kletterte, ohne auf gezerrte Muskeln und den lautlosen Schrei der Erschöpfung zu achten; im Gegenteil, ich zwang mich auf einen weiteren Hügel, zu einer weiteren Bahn durch den Teich, saß bei der Jagd eine weitere Stunde zitternd in meiner Deckung, die Schleuder neben mir, während der Regen meine Kleidung durchdrang und sich nicht eine Gans sehen ließ.

Eines freilich war mir mit in die Wiege gelegt worden: meine Liebe zum und mein Verständnis fürs Ross. Vielleicht bin ich selbst einmal eines gewesen, denn schon beim ersten Mal, als mein Vater mich als Kind mit zu den Stallungen nahm und hochhob, damit ich eines dieser herrlichen Tiere sehen konnte, jauchzte ich, als hätte ich einen alten Freund erkannt, und das Pferd, so erzählte er mir, antwortete mit einem Wiehern, kam über den Hof getrabt und stupste mich mit dem Maul an.

Ich bin keiner, der Tiere verklärt. Ich weiß, sie sind nicht sonderlich intelligent, na und? Ich halte mich selbst nicht für einen Weisen, und einige der besten Männer, die unter mir gedient haben, bis in den Tod unter mir gedient haben, hätten heute Schwierigkeiten, sich daran zu erinnern, was ihnen ihr Hauptfeldwebel vorige Woche gesagt hat.

Das Reiten war ein weiterer Teil meiner Ausbildung – in der Lage zu sein, ein Pferd ohne Sattel zu reiten, mit Sattel oder bloß mit Decke und einem Strick als Zaumzeug, wie es angeblich von den Nomaden im fernen Süden bevorzugt wird. Ich lernte ein Pferd gefügig zu machen, ohne die brutale Kandare zu Hilfe nehmen zu müssen, und meine Sporen waren mit Kugeln, nicht mit Dornen versehen. Einige Pferde wurden fast Freunde; bei anderen überlegte ich es mir – nicht, dass sie deshalb gleich Feinde waren – zweimal, ob ich sie für einen Ausritt am Nachmittag satteln sollte oder nicht.

Es war mir in die Seele gemeißelt, dass das Ross vor dem Reiter zu kommen habe – dass man es tränkt, füttert und striegelt, bevor man für die eigene Bequemlichkeit zu sorgen wagt –, und der Mensch stehe noch unter dem Tier. Später verfluchten mich meine Leute, wenn ich sie zu Striegel und Hafersack trieb, aber dafür ritten meine Regimenter auch noch, während andere Einheiten zu Fuß daherkamen, ihre Pferde lahm geritten und in den Eintopf geschnitten, die Männer dahinstolpernd wie gewöhnliche Infanterie.

Ich brachte viele Stunden in den Stallungen meines Vaters zu, lernte von den alten Rossknechten so viel wie möglich, da ich wusste, dass möglicherweise einmal mein Soldatenschicksal an so einem Tier hängen würde. Ich lernte, mindere Krankheiten zu behandeln, und wenn eines unserer Pferde ernsthaft krank war und ein Seher gerufen wurde, suchte ich mir einen Platz im Gebälk, um zusehen zu können, welche Medikamente er anrührte, welche Zauberworte er sprach. Da ich damals noch nicht das geringste Anzeichen für das Talent zeigte, passierte natürlich nichts, wenn ich es selbst versuchte, aber ich lernte wenigstens, die richtigen Magier von der Schar der Scharlatane zu unterscheiden, die jedes Heer auf einem Feldzug umgab.

Auch Isa, der Gott des Krieges, der für so manche ein Aspekt Saionjis selbst ist, gab mir Talente mit auf den Weg. So wurde ich groß und stark, verfügte über eine Stimme, auf die andere Jungs hörten, und besaß genügend Verstand, um auch ihr Führer zu sein.

Ich liebe die Jagd, aber nicht des Tötens wegen, sondern weil sie die Befriedigung ist, die die Götter dem geben, der eine Arbeit gut macht. Ich nahm Pfeil und Bogen, ein kleines Messer, Zunder und Schwert und ging in den Wald. Manchmal war ich einen Tag fort, manchmal eine Woche. Meine Mutter und meine Schwestern machten sich Sorgen, mein Vater täuschte Gelassenheit vor. Wenn mich ein Tiger fressen sollte, dann hatte sich der Zauberer eben geirrt, dann war es die Lebenslinie des Tigers, nicht die meine, die schier endlos gewesen war.

Weit weg von unserem Grund und den umliegenden Dörfern lernte ich die eigentlichen Talente des Soldatenhandwerks: sich selbst zu genügen, furchtlos zu sein oder wenigstens ruhig zu bleiben, wenn die Nacht hereinbricht und die Laute des Waldes gefährlich werden, auch wenn die meisten von ihnen von Kreaturen kommen, die man in der Hand halten kann; nicht wählerisch zu sein, was die Kost anbelangt, von rohem Fisch leben zu können, halbgarem Fleisch oder den Früchten und Pflanzen um einen herum; bei strömendem Monsunregen bis auf die Haut durchnässt schlafen zu können. Das Wichtigste jedoch ist, immer einen Schritt vorauszudenken – zu sehen, dass der Stein, auf dem man da springen will, glatt ist und man womöglich ausrutscht und fernab jeder Hilfe zum Krüppel wird. Oder dass die Höhle, die so einladend Schutz zu bieten scheint, einen Malaienbären beherbergt, der vor einem Regenschauer Zuflucht gesucht hat – und was dann, mein Junge? All das lernte ich gut, und es hat mir in den Jahren darauf viele Male das Leben gerettet.

Es gibt noch zwei weitere »Fertigkeiten«, die man dem Soldaten gemeinhin zuschreibt, die mein Vater jedoch kaum erwähnte, und so machte ich mich selbst mit ihnen vertraut. Die eine kam mir ganz natürlich, nur bei der zweiten versagte ich.

Letztere war das Trinken. Jedermann weiß, dass ein Soldat säuft wie ein Schwamm und alles wegschluckt, sofern es nur irgendwie destilliert oder vergoren ist, und ich fürchte, auf die meisten trifft das auch zu. Nicht so für mich. Beim Geruch von Wein oder Branntwein drehte sich mir als Junge der Magen um, was so ungewöhnlich nicht ist. Nur dass weder Geruch noch Geschmack mir mit zunehmendem Alter attraktiv zu werden begann. Als junger Bursche zwang ich mich zweimal um des Erlernens der Fertigkeiten willen dazu, mit den Kameraden zu trinken; einmal, als wir einen Weinschlauch fanden, der – einem Händler vom Fuhrwerk gerutscht – neben der Straße lag; das andere Mal am Lyzeum mit den anderen Kadetten zum Ende unseres ersten Studienjahres. Ich machte mich dabei jedoch nicht lärmend zum Esel wie die anderen, mir wurde schon zeitig übel und ich kroch davon, um mich unter Krämpfen zu übergeben. Und dann hatte ich zur Belohnung zwei Tage Sodbrennen und eine mächtige Pauke im Kopf. Natürlich sage ich nie, dass ich nicht trinke, da die Welt den Asketen zu respektieren vorgibt, ohne sich in seiner Gesellschaft wohl zu fühlen, nein, ich halte mich einen ganzen Abend lang an einem einzigen Becher Wein fest, ohne dass jemand bemerkt, dass ich ihn nur an die Lippen führe, ohne auch nur einen Schluck zu tun. Ich ziehe Dünnbier vor, ja selbst Wasser, wenn ich von seiner Reinheit überzeugt bin. Ich war als Erwachsener einige Male betrunken, aber das waren Ausnahmen und sogar noch größere Eseleien als die meiner Jugendzeit.

Die andere Tugend oder, so man will, das andere Laster des Soldaten ist die Hurerei. Mit der geschlechtlichen Liebe begann ich schon früh, sie war der heimliche Segen meiner winzigen Behausung, da ich allein war ohne Kindermädchen, Mutter oder irgendeinen Dienstboten, der sich zum Wächter meiner Tugend aufgespielt hätte. Vielleicht wusste mein Vater dies, als er mir jene beiden Räume überließ. Die Erinnerungen sind mir heute noch teuer.

Dorfmädchen, wahrscheinlich eher in den Gedanken verliebt, es mit dem Sohn des Grundherren zu treiben, als in mich selbst, schlichen sich des Nachts in mein Quartier und brachten mir bei, was sie wussten. Nach einiger Zeit und einigen Geliebten war ich dann in der Lage, die Gefälligkeit zu erwidern, und brachte selbst so mancher noch etwas bei. Dann waren da noch die Mädchen und jungen Frauen der Karawanen. War der Tauschhandel erst einmal abgeschlossen, gab es ein Fest, das meist damit endete, dass eine von ihnen mit mir in den Schatten kroch.

Ich erinnere mich noch an eine solche Nacht, als eine junge Frau mit mir in die Hütte kam. Ihr Mann, ein Mordsesel von einem Seidenhändler, hatte drei Schläuche Wein leer gezecht und war kurz nach Sonnenuntergang schnarchend zu einem sabbernden Haufen zusammengesackt.

Sie erzählte mir, und es mochte ebensogut eine Lüge gewesen sein, man hätte sie ihm gegen ihren Willen verkauft. Ich sagte nichts, denn es war und ist dies unglücklicherweise auch heute noch in zu vielen Teilen unseres Landes der Brauch.

Sie fragte, ob ich wüsste, was sich mit Seide so machen ließ, worauf ich lachend meinte, ich sei zwar vom Land, aber so dumm sei ich nun auch wieder nicht. Sie lächelte geheimnisvoll und meinte, es gäbe ja vielleicht Anwendungen, die mir noch nicht bekannt seien, wie etwa Wandbehänge und – sie fuhr sich dabei mit der Zunge über die Lippen – die eine oder andere Verwendung im Schlafgemach.

Ich äußerte mein Interesse und spürte eine Regung meines Riemens unter dem Lendenschurz. Sie verschwand in ihrem Wagen und kam einige Augenblicke später mit einem Bündel zurück.

Niemand bemerkte uns, als wir den Dorfplatz verließen, um zu meiner Hütte zu gehen; viel zu sehr war jeder mit seinem eigenen Laster befasst. Natürlich hatte sie recht gehabt, es gab viele, viele Gründe für den Tod einer Seidenraupe, die ich nicht kannte. Ich wusste, wie ein lose gewebter Schleier, der – zumal bei nichts weiter als Kerzenlicht – mehr braune Haut zeigt, als er verhüllt, einem den Verstand rauben kann.

Aber ich hatte bis zu jener Nacht weder vom Streich einer seidenen Peitsche gewusst, noch wie eine seidene Fessel die Leidenschaft einer Frau zu entflammen vermag.

Wir ruhten uns aus, ineinander verschlungen, die Leiber klebrig vor Lust, als der Tiger zu knurren begann.

Ihr Körper versteifte sich gegen den meinen.

»Kann er herein?« flüsterte sie.

Um die Wahrheit zu sagen, ich wusste es nicht. Ich hatte eiserne Stangen vor dem Fenster und wusste, dass niemand sie überwinden konnte. Die Tür war aus massivem Holz, in der Diagonalen versteift und zudem verriegelt, aber ich hatte einen Tiger mit einem einzigen Prankenschlag einen Ochsen töten, den Kadaver dann mühelos zwischen die Fänge nehmen und über einen mehr als mannshohen Zaun setzen sehen.

Aber ich war gescheit genug, sie zu belügen.

Der Atem der Frau ging schneller, als wir hörten, wie der Tiger die Wände entlangstrich. Mein Riemen wurde hart, und ich wälzte mich auf sie, ihre Beine hoben sich, als ich in sie eindrang und zustieß, während sie mir die Hüften entgegenschob, das Kreuz durchgedrückt, ihre zerrenden Hände auf meinen Hinterbacken; draußen in der Nacht war das Brüllen des Tieres, das die Affen zum Verstummen brachte und die Schreie der Frau übertönte, als unsere schwitzenden Körper eins wurden und ich mich in sie ergoss.

Wir warteten bis zum Morgengrauen, bevor ich sie zu ihrem Wagen zurückbrachte. Ich hatte eine Keule bei mir und wir sahen die Fußabdrücke des Tigers im Lehm, der freilich längst weg war. Sie hieß mich anhalten, als wir in Sichtweite der Karawane kamen, und sagte kichernd: »Wir brauchen ja keinem zu sagen, wie du den Tiger bekämpft hast.« Sie wies auf meinen Körper, und ich sah die Schrammen ihrer Nägel und ihre Bisse auf meiner Brust und wusste, dass es unter meinem Lendenschurz nicht anders aussah.

Sie lachte noch einmal, küsste mich und verschwand.

Ich verbrachte den Tag nicht bei meiner Familie, sondern im Dschungel. Manchmal denke ich an die Frau zurück und wünsche ihr alles Gute; ich hoffe, Jaen hat sie glücklich werden lassen, ihr ein langes Leben geschenkt – und ihrem Gatten als Scheuklappen so manchen Schlauch Wein.

Die Liebe war mir also ein guter Freund, aber nicht so die Soldatengepflogenheit, jedesmal in Brunst auszubrechen, wenn man innerhalb einer Wegstunde ein weibliches Wesen egal welchen Alters weiß. So ging ich nicht nur so mancher Peinlichkeit, sondern auch Krankheiten aus dem Weg. Mein Vater sagte einmal – bei einem der seltenen Male, die er aufs Kopulieren zu sprechen kam, und nachdem er sich vergewissert hatte, dass weder meine Mutter noch meine Schwestern ihn hören konnten: »Noch nicht mal mit der Spitze meines Stocks rührte ich an, worin so mancher steckt seinen Schwanz.« Und damit hat er nun wirklich recht.

Auch habe ich mir sagen lassen, dass das Blut eines Mannes beim Verkehr in den unteren Teil seines Körpers schießt, was erklärt, dass Männer nicht gleichzeitig denken und es treiben können, was sich recht logisch anhört. Jaen weiß, dass ich da kaum eine Ausnahme bin. Aber genug davon.

Wenn es sich anhört, als prahle ich hier, so ist das nicht meine Absicht, denn ich habe viele Schwächen, was mittlerweile wohl offensichtlich sein dürfte, bedenkt man meine Stellung auf dieser einsamen Insel hier, ein Exilant, der bestenfalls auf den Tod hoffen kann, um sein Geschick zu verbessern und ihm die Rückkehr aufs Rad zu ermöglichen, damit er seine Taten in einem weiteren Leben abbüßen kann.

Ich bin ein schlechter Leser und habe wenig Geduld für die Freuden, die aus Sagen oder gelehrten Debatten zu ziehen sind, geschweige denn daraus, die Heldentaten von Tänzern dargestellt zu sehen. Gemälde, Bildhauerei, ich kann diese Dinge preisen, aber im tiefsten Herzen sind meine Worte nicht wahr. Von allen Künsten vermag allein die Musik mich zu rühren, und das von einem Jungen mit einer hölzernen Flöte über einen Sänger, der sich auf einem Saiteninstrument begleitet, bis hin zu den Feinheiten einer Hofsymphonie.

Philosophie, Religion, Ethik, all das sind Dinge für klügere Köpfe als mich.

Es gab freilich einmal eine Zeit, in der ich gesagt hätte, meine größte Gabe sei eine, die Laish Tenedos einmal als die wichtigste überhaupt bezeichnet hat. Ich hatte Glück, und das ist etwas, das jeder Soldat mit sich zu führen hat.

Und jetzt?

Diese stolze Behauptung hat sich nun wirklich als Witz erwiesen, einen Witz, der den Affengott Vachan, den Gott der Narren und der Weisheit, vor Lachen kreischen und voller Häme Saltos rückwärts schlagen lassen würde.

Ich habe noch etwas anderes von meinem Vater gelernt, nämlich immer – *ohne Ausnahme* – dem Familienmotto zu gehorchen: *Auf Immer Treu.* Als ich Laish Tenedos in meinem Herzen den Treueeid schwor, noch lange bevor ich ihm die Krone aufs Haupt setzte, so galt dieser bis in den Tod. Es ist eine Ironie, dass er mir meine Schwüre nie im selben Maße vergalt. Aber so ist das nun mal und Tenedos wird sich für diese Sünde verantworten müssen.

Als ich auf das siebzehnte Lebensjahr zuging, wusste ich, dass ich Soldat werden wollte, ich würde wohl zum nächsten Rekrutierungsoffizier gehen und mich als Gemeiner verdingen. Wenn ich hart und ordentlich arbeitete, so hätte ich vielleicht das Glück, ein Offizierspatent zu bekommen und meine Dienstzeit vielleicht mit demselben Rang abzuschließen, den auch mein Vater erreicht hat. Es war das Höchste, was ich mir erträumte, wenigstens soweit ich das einzugestehen bereit war. Natürlich war da stets der großartige Gedanke, eine verlorene Sache zu gewinnen, einem General aufzufallen und noch auf dem Schlachtfeld befördert zu werden. Aber in Wirklichkeit wusste ich, dass mein Geschick höchstwahrscheinlich darin bestünde, meine Tage als einer jener abgebrühten Sergeanten zu beschließen, die ich von Zeit zu Zeit in den Dörfern sah. Noch wahrscheinlicher war es, von Isa blutüberströmt aus dem Schlachtfeld genommen oder in einer Kaserne von einer der zahlreichen Krankheiten dahingerafft zu werden, die jede Armee wie Marketender und Huren mitführt.

Theoretisch hätte ich mich um die Aufnahme an einem Lyzeum für Offiziersanwärter bewerben können, unsere Familie war adelig genug, dass ich dafür qualifiziert gewesen wäre. Aber das alte Sprichwort trifft nun einmal zu, und meine Familie, ja der ganze Bezirk Cimabue war, was die Gewaltigen der Heeresleitung in Nicias anging, aus den Augen, aus dem Sinn.

Es war mir gleichgültig. Wie ich annehme, ist es wohl zu meinen Fehlern zu rechnen, dass ich nie einer gewesen bin, der jemanden für etwas Besseres hält, nur weil eine Drehung des Lebensrads ihn zum Sohn oder sie zur Tochter einer großen Familie gemacht hat. Und genau genommen macht mich die Nähe solcher Leute trotz meiner Herkunft und meiner Ehe etwas nervös, nur habe ich es zu kaschieren gelernt.

Weitaus wohler als unter den Großen bei Hofe fühle ich mich in einer Kaserne, einem Zeltlager, auf der Jagd oder inmitten der Leute in einer gemeinen Taverne.

Der Gedanke, ein weiterer Lanzenträger oder Bogner zu werden, störte oder beschämte mich nicht im Geringsten, obwohl ich der Ansicht war, mich als hinreichend guter Reiter beweisen zu können, um in die Kavallerie aufgenommen zu werden.

Aber einmal mehr intervenierte das Glück.

Mein Vater mochte keinen »Priester« gehabt haben, aber jemand schuldete ihm einen Gefallen, ein Domina im Ruhestand namens Roshanara, der der Regimentskommandeur meines Vaters in Tiepolo gewesen war. Ich weiß nicht, was mein Vater damals geleistet hatte – er ließ sich über seine Taten nie aus –, aber offensichtlich hatte man es sich gemerkt.

Eines Tages, wenige Monate vor meinem anstehenden Eintritt in die Armee, kam ein Bote auf unseren Hof. Er hatte eine kunstvolle Schriftrolle dabei, in der man mir – wie der Bruch ihrer Wachssiegel und eine rasche Lektüre ergab – ein Studium am Lyzeum des Reitersoldaten gleich vor den Toren Nicias' anbot.

Dieses Lyzeum gilt als die elitärste aller Militärakademien, nur die Söhne reicher Edelleute und die Sprösslinge hoher Offiziere mit besten Beziehungen gingen dorthin.

Keiner von uns wusste, wie es dazu gekommen war. Mein Vater sagte einmal, man besetze jeweils fünf Kadettenstellen durchs Los, was freilich in meinem Fall schlichtweg unmöglich war, da ich mich nie beworben hatte.

Die Erklärung war natürlich Domina Roshanara, dessen Brief schon mit der nächsten Post kam. Er schrieb, da er selbst keine Kinder habe und er die seiner Freunde nicht ernsthaft in Betracht ziehen könne, habe er mich dem Lyzeum nicht nur vorgeschlagen, sondern obendrein noch eine ausreichend große Summe beiseite gelegt, um mir den Abschluss zu ermöglichen. Ich sah, wie der Schnurrbart meines Vaters sich aufzustellen begann, aber er las die ziemlich dürftige Erklärung Domina Roshanaras denn doch: ihm sei zu Ohren gekommen, die Ernte in Cimabue sei außergewöhnlich schlecht ausgefallen und das Ganze sei nicht als milde Gabe, sondern als Möglichkeit zur Stärkung des Militärs zu sehen, das sie beide so sehr liebten.

Mein Vater schien nicht sehr überzeugt und war meines Erachtens drauf und dran, aus der Haut zu fahren und grantig zu sagen, dass er verdammt noch mal nie wieder einem verdammten Vorgesetzten den Kragen zu retten gedenke, als meine Mutter ihn ins Zimmer nebenan zog. Ich weiß nicht, was sie gesagt hat, aber als sie wieder auftauchten, war meine Einschulung am Lyzeum des Reitersoldaten eine beschlossene Sache.

Die Schule sollte nach der Zeit des Taus beginnen, wenn die Soldaten von den Feldern zurückkehrten, da es in der darauffolgenden Zeit der Geburten und der Zeit der Hitze im allgemeinen keine Feldzüge gab. Dieser Tag war nicht allzu fern, und ich würde eine beträchtliche Zeit für die Reise brauchen, da Nicias weit weg von

Cimabue liegt. Ich verbrachte die kurze Zeit, die mir blieb, mit meinem Vater, von dem ich alles erfuhr, was ihm über Lyzeen einfallen wollte. Er selbst hatte keine Gelegenheit gehabt, auf ein solches zu gehen, aber eine Akademie bei uns zu Hause besucht und von den Offizieren dort zahllose Geschichten gehört; denen schien, wie er trocken hinzufügte, die Zeit am Lyzeum die schönste ihres Lebens gewesen zu sein.

Schließlich wurde es Zeit und ich machte mich auf Lucan, der Stute meiner Wahl, auf den Weg. Sie war keineswegs meine Favoritin, aber mit ihren fünf Jahren noch ziemlich jung, und ich hoffte, sie während eines Großteils meiner Laufbahn behalten zu können. Ich nahm noch Rabbit mit, eine weitere Stute, die ihren Namen den überlangen Ohren verdankte und nicht, den Göttern sei Dank, ihrem Verhalten, wenn ich im Sattel saß; zwei Maultiere trugen meine Bagage.

Ich ritt bis an die erste Biegung der Straße und wandte mich, um zum Abschied zu winken und einen letzten Blick auf mein Zuhause zu werfen, noch einmal um. Es war heiß, aber die Schlieren vor meinen Augen kamen nicht von der Sonne. Vater … Mutter … Schwestern … sämtliche Dienstboten der Familie, alle waren sie da. Ich hielt sie in meinem Gedächtnis fest wie ein Maler, der einen letzten Blick auf seine Modelle wirft, bevor er an die Staffelei eilt – als würde ich keinen von ihnen je wiedersehen.

Und um die Wahrheit zu sagen, so kam es dann beinahe auch.

Ich bin nur zweimal nach Cimabue zurückgekehrt, und zwar zu den Begräbnisfeiern meiner Eltern. Manchmal war ich einen halben Kontinent weit weg, andere Male war ich einfach zu beschäftigt, und später dann war es um der Sicherheit meiner Schwestern willen einfach nicht mehr ratsam. Was freilich nicht die ganze Wahrheit ist – ich hatte oft genug langen Urlaub, so dass ich genauso gut auch nach Hause hätte reisen können anstatt woanders hin.

Aber ich habe es nicht getan und weiß nicht, warum.

Vielleicht wäre es, als kehrte man in einen Traum zurück, nur um zu sehen, was für eine fadenscheinige Einbildung er in Wirklichkeit war.

5 *Das Lyzeum*

Meine zwei Jahre am Lyzeum begannen mit Gebrüll: Hartgesottene Exkavalleristen, allesamt ehemalige Feldwebel, Haupt- und Oberfeldwebel, die man ihrer eisernen Mägen und Lungen wegen ausgesucht hatte, nicht zu vergessen die Augen, die ein Stäubchen auf einer Uniform oder ein Körnchen Kot auf einem Pferdehuf quer über den Exerzierplatz zu erspähen vermochten; sie alle bildeten einen obszönen Chor, der sich lautstark und erschöpfend über meine Fehler ausließ.

Wir waren schließlich zerrüttet genug, um uns widerwillig zu fügen, und das Militär begann uns nach dem erwünschten Modell wieder aufzubauen.

Im Unterricht arbeitete ich hart, kam jedoch nie über das Mittelmaß meiner Klasse hinaus. Einige der Pflichtkurse wie etwa Militäretikette und Paradezeremoniell machten mich schier verrückt. Sie waren zwar unentbehrlich für eine Laufburschenkarriere als Adjutant eines Generals, aber das war nicht die Art und Weise, wie ich mein Leben zu verbringen gedachte. Ich war leidlich gut in Mathematik, solange mir mein Lehrer die Nützlichkeit des Gelernten im Felde aufzuzeigen vermochte. Ich bin heute noch in der Lage, auf einen Zoll genau die Höhe einer Bergspitze zu errechnen, die ich stürmen soll, wenn ich Entfernung und Winkel der Erhebung habe, aber wenn es darum geht, in der Lust reiner Zahlen zu schwelgen, in denen sich angeblich unser Verhältnis zum Universum ausdrückt, nun, das halte ich für nicht besser als das Geplapper eines Priesters und bin dafür, dass etwas von solcher Bedeutung im Tempel zu bleiben hat.

Einen Kurs, den ich noch gut in Erinnerung habe, war *Schlachtfeldmagie.* Gehalten wurde er nicht von einem Zauberer, was ich merkwürdig fand, sondern von einem Stabsoffizier, der sagte, wir sollten ihm während seines Vortrags weder einnicken noch mit unbequemen Fragen kommen, es sei denn, wir sehnten uns nach einem ersten Posten auf der Insel der Vergessenen, von der wir alle wussten, dass sie irgendwo zwischen Hölle und Nichts lag. Er erklärte bereits am ersten Tag, mit dem Talent gesegnet zu sein, und aus diesem Grund habe man ihn gewählt. Er erklärte weiter, das Militär halte es für wichtig, dass ein »Realist« den Kurs hielt, nicht irgendein wirrer Gelehrter, der uns die Köpfe nur mit nutzloser Theorie und sinnlosem Hokuspokus mit dem Zauberstab füllen würde. Aus seinen Vorträgen lernten wir den Stellenwert der Thaumaturgie aus der Sicht des Militärs kennen. Sie sei wichtig, aber kaum ausschlaggebend, *solange beide Seiten darüber verfügten*, erklärte der Offizier, ein Capitain der Oberen Hälfte. Ein Heer ziehe in die Schlacht, und die Magier, die es begleiteten, sorgten mit ihrem Zauber für Angst und Verwirrung, beeinflußten das Wetter, lösten Erdrutsche aus, ließen Flüsse steigen oder sinken, was immer dem Befehlshaber gelegen kam. Aber da der Feind ebenfalls über Magie verfüge, höben sich die Beschwörungsformeln mit ziemlicher Sicherheit gegenseitig auf. Wenn natürlich eine Seite »nackt« kämpfe, das heißt ohne Magie, dann wäre sie rasch vernichtet.

Einer der gelehrteren meiner Kameraden fragte, warum sich eine Schlacht nicht ausschließlich mit Zauberei schlagen oder eine reale Armee sich mit ihrer Hilfe nicht völlig bezwingen lasse, vorausgesetzt, ein Zauberer sei mächtig genug.

»Theoretisch«, meinte der Capitain und schürzte die Lippen, um zu zeigen, was er von der Idee wirklich hielt, »*theoretisch* ließe sich das schon machen. So wie sich mit einem langen, festen Hebel und einem soliden Drehpunkt Nicias auf der anderen Seite des Latane aus den Angeln heben ließe.« Der eine oder andere lachte.

»Aber wir sind Soldaten und lernen uns mit den Fakten des brutalen Tageslichts auseinander zu setzen. Wenn Seine Interessen bei so ätherischen Angelegenheiten liegen, so sollte Er sich vielleicht überlegen, ob Er sich nicht bei der Zauberakademie bewerben und Seinen Platz hier einem pragmatischeren jungen Mann überlassen will.« Ein paar der schlichteren Gemüter lachten darüber noch lauter, da zu jener Zeit Militärmagier als mystische Tölpel bekannt waren, die über der Frage starben, weshalb der Dämon, den sie gerufen hatten, grün und nicht blau war, *starben,* weil sie nicht merkten, dass er ihnen bereits die Beine verschlang.

Der junge Mann lief rot an und setzte sich.

»Ich will niemanden beleidigen«, fuhr der Offizier fort, der an sich kein Unmensch war. »Wir alle wissen von großen Schlachten zwischen Zauberern, besonders vor Kriegserklärungen oder im frühen Stadium einer Schlacht. Und die Zauberei ist von unschätzbarem Wert, solange ihr nichts entgegensteht, das möchte ich ausdrücklich betonen, zum Beispiel wenn der Befehlshaber wissen will, ob der Feind über verborgene Reserven verfügt. Ist ein Magier stark und sein Gegner schwach genug, so kann er möglicherweise auf die Willenskraft des gegnerischen Generals einwirken, eine harte Schlacht weiterzuführen.

Und schließlich kommt die Zauberei zu ihrem Recht, wenn eine Armee zerschlagen und ihre Willenskraft vernichtet ist, so wie stets Kavallerie eingesetzt werden sollte, um einen fliehenden Feind ganz zu zerstören.

Aber all diese Einsatzmöglichkeiten, so wichtig sie auch sind, müssen hinter dem eigentlichen Sinn unseres Daseins zurückstehen, dem wir Soldaten unser Leben verschworen haben: der Schlacht. Wenn die Argumente zu blankem Stahl werden und das Schlachtfeld gewählt ist, dann muss die Zauberei zurücktreten. Magie ist wie Quartier-, Zahl- oder Beschlagmeister nur dazu da, dem Krieger den Weg auf das Schlachtfeld zu ebnen. Nie und nimmer ersetzt sie ihn.«

Ich dachte daran, mich in diesem Augenblick zu Wort zu melden – ich glaubte nicht, dass die Frage so gemeint gewesen war, ebenso wenig wie die Frage, ob man Bogner näher ans eigentliche Schlachtgeschehen heranbringen oder lieber zurückbehalten sollte, um Salven auf die Reserve zu schießen, bedeutete, dass der Schwertkämpfer zu Hause bleiben sollte; oder die Frage, ob die Hellebarde der Lanze nicht hoffnungslos unterlegen sei, gleichzeitig bedeutete, sie gehöre auf den Schrott.

Aber ich schwieg.

Mir fiel noch etwas anderes ein: Die Hexe in unserem Dorf konnte Erkältungen heilen, das Zipperlein der Alten lindern und die Kindsgeburt erleichtern, kurzum, sie erfüllte wichtige Aufgaben. Weder konnte sie Knochen über Nacht zusammenwachsen noch ein schwaches Herz über längere Zeit schlagen lassen. Für derlei mussten wir nach einem bewanderteren Heilkundler schicken. Das hieß jedoch nicht, dass sie die Möglichkeit der Heilung eines gebrochenen Beines bestritt.

Ihre Versuche, das Wetter vorauszusagen oder gar zu kontrollieren, gingen völlig daneben, so wie das bei allen Bezirksweisen der Fall war, die ich das hatte versuchen sehen. Aber bedeutete dies, es hätte nie einer ein solches Wunder vollbracht? Natürlich nicht, nur bedurfte es dazu eines Zaubermeisters.

Schlachtmagie war also eine schwierige Sache. Vielleicht hatte sich daran bisher noch kein Zauberer versucht, dessen Macht groß genug wäre, oder vielleicht war noch keiner auf einen Zauber gekommen, der stark genug war, um das Schlachtfeld zu beherrschen. Aber das hieß nicht, dass es unmöglich war. Der Capitain sagte im Grunde nur, dass unserem Wissen nach noch niemand eine derartige Leistung vollbracht hatte, und noch nicht einmal ich, der ich aus einer verschlafenen Gegend wie Cimabue kam, hielt Numantia für die ganze Welt.

Ich dachte, dass die Armee hier – wie in so vielen anderen Dingen – allzu schnell bereit war zu sagen: *So ist es und so muss es sein,* und sich jedem weitergehenden Gedanken verschloss. Aber das war nur ein Gedanke und auch ich akzeptierte *die Dinge so, wie sie sind.*

Bis der Seher Tenedos kam.

Wo ich mich gut machte, das war draußen, sei es auf dem Exerzierplatz, wo ich, meinem Vater sei Dank, mit den Gegebenheiten sehr vertraut war, sei es beim Sport jeglicher Art, vor allem, wenn er mit Reiten zu hatte; und schließlich noch bei unseren Kriegsspielen.

Vielleicht hätte ich es zu einem höheren Rang gebracht, aber wie gesagt, mein Blut geriet in Wallung, wenn irgendeiner dieser »jungen Herren« mich, meinen Dialekt, meinen Bezirk oder, was am schlimmsten war, meine Familie beleidigte, und so kam es zu einer Reihe von Disziplinareinträgen in meiner Akte. Was mich nicht weiter störte, denn es ist weit wichtiger für einen Mann, für das einzutreten, woran er glaubt, als sich demütig zu beugen. Ein Kriecher wird nie ein Krieger sein.

Hier zeigte sich übrigens eine weitere Eigenheit der Armee: Wenn ich auf eine Beleidigung hin das Heft des Paradedolchs berührte, den wir trugen, so war der Handschuh geworfen, und mein Gegner und ich trafen uns mit gezückter Klinge im Morgengrauen. Eine Verletzung oder einen Todesfall nahm man achselzuckend in Kauf, als Preis für den Werdegang eines Offiziers. Aber einen von diesen aufgeblasenen Schwengeln bei der Hüfte zu nehmen, wie ich das einmal getan habe, und ihn in einen Trog Schweinetrank zu werfen – nun, das war höchst unschicklich und kostete mich drei Tage in den Stallungen, um für meinen Fauxpas Buße zu tun.

Wie erwartet machte ich mir kaum Freunde. Die meisten Geschichten von jungen Männern, die zum ersten Mal fernab von zu Hause sind, handeln von Fehl- und Übertritten, von Großspurigkeit und dem Verlust jeglicher Disziplin. Nichts dergleichen ist mir widerfahren und so gibt meine Zeit am Lyzeum nur eine öde Geschichte ab. Da ich sehr arm war und Domina Roshanaras Stipendium gerade die Unkosten deckte, blieben mir am Ende des Monats vielleicht drei, vier Kupferlinge, und deshalb schlossen mich die reichen Kadetten nicht eben ins Herz. Da ich kein Wüstling war, wenn auch eher aus Mangel am nötigen Kleingeld denn aus fehlender Lust, war ich den Liederjanen zu langweilig. Und die wenigen, die eifrig studierten, weil es ihnen um Weisheit zu tun war, erwarteten nichts von einem Dummkopf wie mir.

Vielleicht ahnte ich bereits damals, dass das Militär, wenn es um Beziehungen ging, grausam war. Soldaten schwören, die Freundschaften, die sie als Rekruten schließen, währten ein Leben lang, aber das ist – und gerade unter Offizieren – nur selten der Fall. Zu

Beginn sind da die normalen Unterschiede hinsichtlich Klasse, Reichtum und Leistung, die die jungen Männer voneinander trennen. Aber es wird schlimmer, wenn man erst einmal seine Offiziersschärpe hat. Wie Regentropfen fallen die Freunde von einem ab. Einige sterben an Krankheiten, einige in der Schlacht, aber die meisten muss man selbst abweisen – ein Mann, der zum Capitain befördert wird, kann nicht länger mit seinen nunmehr untergebenen Legaten krakeelen gehen. Dominas sitzen in ihrer Freizeit nicht mit Hauptleuten beisammen, genauso wenig wie Generäle mit Dominas. Mein Vater hatte mich schon darauf hingewiesen, als er sagte, das Leben eines Soldaten könne bei allem Heldenmut und Jubel ein sehr einsames sein. Ich finde, dass ich durch ihn auf eine solche Wahrheit, ein solches Schicksal gut vorbereitet war.

Die wenigen Männer, denen ich mich verbunden fühlte, kamen aus den unteren Rängen, obwohl ich den Rat meines Vaters beherzigte, laut dem ein Offizier mit einem einfachen Soldaten nie derart vertraut werden dürfe, dass er ihn nicht mehr in den Tod schicken kann. Aber ich lauschte gerne den Geschichten der alten Stabsfeldwebel und Feldzügen, die längst vergessen waren, außer von den Soldaten selbst, und ich war gerne mit den Stallknechten zusammen, auf dass ich noch mehr über Pferde und ihre Eigenheiten erfuhr.

Ich gestehe, dass ich alleine, wenn ich dienstfrei hatte, am glücklichsten war. Dann sattelte ich Lucan, packte mir etwas Brot, Käse und Obst in einen Beutel und ritt einfach ins Blaue hinein. Manchmal nahm ich einen Bogen und einige ungespitzte Pfeile mit, um mich an Eichhörnchen oder Vögeln zu versuchen, oder Haken und Schnur, um angeln zu gehen. Zuweilen begegnete ich auf abgelegenen Wegen fern vom Lyzeum Bauern oder Kollegen, mit anderen Worten Wilddieben, aber das störte mich nicht, da der Mensch schließlich essen muss.

Mehr als einmal, vor allem während der Erntezeit, begegnete ich jungen Frauen. Als werdender Kavallerieoffizier hatte man vermutlich eine gewisse Ausstrahlung, und da meine Aussprache der dieser jungen Bauerndirnen nicht unähnlich war, sah man in mir einen Freund. Eine solche Begegnung konnte durchaus in einem abgelegenen Tal auf einem Bett aus Moos enden, wo ich dann nackt mit einer Maid dalag, ein- oder zweimal auch gleich mit einem sich kichernd abwechselnden Paar. Nur der Stadtmensch hält das Land für unschuldig. Noch heute kann es passieren, dass sich beim Duft frisch gemachten Heus oder eben gepflückter Beeren ein Lächeln über meine Lippen stiehlt und meine Lenden einen Hauch der alten Hitze verspüren.

Ich frage mich, ob mein Leben glücklicher gewesen wäre, hätte ich als einer dieser Landleute das Licht der Welt erblickt und nie einen größeren Horizont gekannt als sie. Vielleicht hatte Irisu das ja für mich im Auge gehabt und Saionji war in der Gestalt meines Vaters dazwischengegangen. Wer weiß.

Als mein letztes Jahr seinem Ende zuging, begann ich mich nach einem Regiment umzusehen. Absolventen durften sich bei einer Einheit ihrer Wahl bewerben, und wenn die Armee, wenn auch widerstrebend, eine freie Stelle dort fand, dann konnte es sogar passieren, dass man diese bekam. Als Absolvent einer Eliteschule käme ich wenigstens zur Kavallerie, nicht zur Infanterie oder – schlimmer noch – zu den Pionieren oder einer Wartungseinheit.

Ich nahm an, meine Mitschüler mit ihren »Priestern«, ihrem Reichtum und ihren Familien bekämen bei dieser Wahl die saftigsten Stücke ab, während für mich nur ein trockener Knochen blieb.

Ich hatte mit Sehnsucht auf die Reiterregimenter »weit draußen« – wie die Nicier es nannten – geblickt, deren Standorte über die Grenzgebiete verstreut lagen, oder die wachsamen Garnisonen an der Grenze zwischen Dara und Kallio, wo nur ein Waffenstillstand herrschte, der zwar kein Krieg, aber auch nie ein Friede war.

Am liebsten freilich hätte ich in einem der drei Regimenter in Urey gedient, die dafür sorgten, dass Daras Vasallenstaat nicht von den Hügelmenschen verwüstet wurde, jenen furchtlosen Mördern aus den Grenzstaaten, die aus ihren unwirtlichen Bergen kamen, um zu plündern, zu schänden und zu töten.

Sie bildeten außerdem die Front gegen Kallio, das ebenfalls Anspruch auf Urey erhob, und auf der anderen Seite der Grenzstaaten schützten sie das Land gegen den gefährlichsten unserer potentiellen Feinde, das Königreich Maisir. Diese drei Regimenter waren die zehnten Husaren, die Zweiundzwanzigste schwere Kavallerie und Ureys siebzehnte Lanciers, letzteres das romantischste von den drei Regimentern; es bewachte die wichtigste Passage in die Grenzstaaten, den Sulempass.

Soweit ich sagen konnte, glichen meine Chancen, zu einer dieser drei Einheiten zu kommen, in etwa denen, zur Königin des Fests der Geburten gewählt zu werden und mit einer Orchidee zwischen den Brüsten um den Lingam zu ziehen.

Einmal mehr griff das Glück ein, und zwar bei mir wie in der Ferne. Ersteres wusste ich, Letzteres nicht. Der Glücksfall in der Ferne bestand darin, dass die Dinge an der Grenze in Bewegung gerieten: Auf den schroffen Felsen, in den ausgedörrten Dörfern der Grenzstaaten, dem unwirtlichen Wüstenhochland, das in der Sprache der Hügelmenschen Kait genannt wurde, begannen die Stämme sich zu regen und blickten lüstern auf das grüne Land im Süden, die fetten Schafe, die noch fetteren Beutel und die sammethäutigen Jungfern Ureys hinaus.

Es gab noch andere, die ein Auge auf dieses Land geworfen hatten, aber von denen erfuhren wir erst eine ganze Weile später und ihre Gelüste gingen weit über die unmittelbare Lust am Schänden und Plündern hinaus.

Der mir nähere Glücksfall offenbarte sich, als ich hörte, um welche Posten sich die anderen Absolventen meines Jahrgangs bemühten: Sie wollten entweder in den Stab, vorzugsweise unter das Kommando eines der hochrangigen Gönner, von denen sie gefördert worden waren, oder in eines der »Paraderegimenter« in der Nähe von Nicias. Auch diese Einheiten galten als Elite, aber nicht für mich, da man uns aufgefordert hatte, diese großen Regimenter zu besuchen, auf dass man uns dort still und leise umwarb. Ich hatte gesehen, wieviel Zeit man dort darauf verwandte, alles zu polieren – von der Rüstung bis zu den Hufen der Pferde – und dass man dort zwar eindrucksvolle, jedoch sinnlose Paraden, Angriffe en muraille und ausgefeilte Schwenks, aber kaum richtige Manöver vollführte. Ich war nicht zum Militär gegangen, um mir Gedanken darüber zu machen, ob mir der Busch aus Rosshaar auf meinem Helm exakt bis auf den zweiten Wirbel über den Hintern hing.

Ich hatte mich über die Militärpost bei allen drei Regimentern in Urey beworben, und außer zu warten blieb mir danach nichts zu tun übrig.

Es heißt, der Abschluß am Lyzeum sei der großartigste Augenblick im Leben eines jungen Offiziers. Vielleicht ist er das für einige, aber nicht für mich. Die Nacht mit der Frau und dem Tiger in meiner kleinen Hütte war weitaus großartiger für mich. Ebenso der Tag, an dem man mich bei gleich zweien der Regimenter, bei denen ich mich beworben hatte, willkommen hieß. Eines davon waren die Lanciers, und ich glaubte nicht, dass es je eine größere Freude für mich geben könnte.

Ich nahm die Tage bis zur Abschlusszeremonie kaum richtig wahr, dann galoppierte ich auf Lucan aus der Reihe auf die Plattform zu, auf der der Domina der Schule stand, stieg ab, marschierte die Stufen hinauf, wo man mir die Offiziersschärpe um die Taille band.

Ich ging auf einige der Abschlussfeiern und schwor mit den anderen ewige Freundschaft und Treue, aber in Gedanken war ich tief im Süden und wünschte mich in die schroffen, unfruchtbaren Hügel von Kait.

6 *Der Wolf von Ghazi*

Ganz Nicias schien auf den Beinen zu sein, als ich quer durch die Stadt in Richtung Hafen ritt. Immer wieder warf ich einen Blick auf die Sonne, weil ich mein Schiff zu verpassen fürchtete, aber ich kam nur im Schritttempo voran aus Angst, Lucan oder Rabbit könnten jemanden zertreten.

Schwitzende Priester wankten dahin und versuchten, einen würdigen Eindruck zu machen mit den Statuen ihrer Götter und Göttinnen auf dem Rücken, die viel größer waren als sie selbst; singende Akoluthen folgten ihnen auf dem Fuße. Händler, ganz auf das Geschäft konzentriert, achteten wenig auf die Betriebsamkeit rund um sie herum; jammernde Bettler; die Frauen reicher Männer beim Einkaufen in Sänften oder Pferdewagen; der eine oder andere frühe Trunkenbold; Träger, die von Brotlaiben bis hin zu zeremoniellen Roben alles Mögliche schleppten; einer, um den jeder einen großen Bogen machte, da er einen offenen Korb voller Schlangen dabeihatte.

Mitten auf einer der Straßen saß ein nackter Gläubiger, der meditierte. Die Menge wogte um ihn herum wie um einen Fels im Fluss. Früher oder später würde es ihm entweder einfallen, den Platz zu wechseln, wenn ihm ein Reicher eine Goldmünze in die Schale warf und er wie unter einem Zauber aufwachte, oder er würde von einem Fuhrwerk oder einem Elefanten zermalmt. Was immer ihm passierte, es war ihm ohne Zweifel egal.

Es umgab ihn ein leichtes Schimmern, und seine Kraft war so groß, dass ich mich beim Vorbeireiten in seine Vision gezogen sah.

Wir beide befanden uns allein in einem kühlen Tal, in dem ein Bach murmelte. Eine sachte Brise umstrich uns, und die Sonne tat gut. Vögel sangen und ein Rehbock äste ganz in der Nähe. Der Heilige lächelte zum Gruß und eine Welle des Friedens kam über mich.

Dann war ich wieder in Nicias. Ich wischte mir den Schweiß von der Stirn, warf dem Mann zwei Kupferlinge in die Schale und ritt meines Wegs.

Offensichtlich konnten die Siebzehnten Lanciers es kaum noch erwarten, mich bei sich zu sehen, denn man hatte mir erlaubt, auf der *Tauler,* einem schnellen Postschiff, mitzufahren, das mich binnen zwei Wochen in Renan absetzen würde.

Die *Tauler* lag noch am Steg vertäut und ich nahm mir einen Augenblick Zeit, das Schiff zu bewundern. Es war kaum ein Jahr alt und ein schönes Beispiel dafür, was Daras Ingenieure zu bewerkstelligen vermochten; es war fast zweihundert Fuß lang und vierzig Fuß breit. Über dem Hauptdeck mit den Laderäumen, auf dem sich mittschiffs Ställe für Tiere befanden, erhoben sich drei Decks mit Kabinen. Navigiert wurde das Schiff aus einer kleinen Kuppel am Bug. Die Aufbauten waren aus Teakholz, das mit Tausenden von phantastischen Reliefs von Göttern, Menschen und Dämonen geschmückt und dann in ebenso vielen Farben bemalt worden war.

Was das Schiff jedoch so erstaunlich machte, war sein Antrieb. Am Heck befanden sich, Seite an Seite, zwei breite Tretmühlen, wie man sie auf dem Lande zum Betrieb einer Mühle benutzt, nur weitaus breiter und schwerer, ganz so, als sorgten Elefanten statt Ochsen für den Antrieb. Aber es waren keine Tiere zu sehen. Hier war mächtige Magie im Spiel. Eine Gruppe Zaubermeister aus Nicias hatte Jahre an der Entwicklung eines Zaubers gearbeitet, der diese Tretmühlen betrieb, die, wie man mir sagte, aus Elefantenhaut waren, um sich einerseits der enormen Kraft dieser Tiere zu bedienen, die zum Antrieb des Schiffes freigesetzt wurde, und diese Kraft zudem noch für eine Woche zu speichern, bevor man die Riemen auswechseln musste. Ich staunte und sah mich einmal mehr daran erinnert, wie töricht das Militär war, in der Zauberei nur ein minderes Werkzeug zu sehen.

Der Rest der Maschinerie war eher prosaisch, für mich jedoch nicht weniger wunderbar. Die Tretmühlen bewegten Räder, von denen Riemen zu einem größeren führten, das direkt an der Wasserlinie aus dem Heck des Schiffes ragte und mit Schaufeln versehen war. Dieses Rad trieb das Schiff an. Gesteuert wurde über lange Ruderpinnen, die aus dem Deck über das Schaufelrad hinaus ins Wasser ragten. Man rief die Kommandos vom Kapitänsstand am Bug nach hinten zu den Steuerleuten, während man sie im Falle von Wind oder Regen über Signalleinen achtern gab.

Auf dem Landesteg stand der Zahlmeister des Schiffes, und ich arrangierte die Verladung meiner Pferde mit ihm, wobei ich ihm eine Silbermünze zusteckte, die ich eigentlich nicht entbehren konnte, um Lucan, Rabbit und die beiden Packtiere ordentlich versorgt zu wissen. Ich bekam eine Messingmünze mit meiner Kabinennummer, gab dem Dienstboten vom Lyzeum, der mich an die Kais begleitet hatte, einen Kupferling und ging an Bord.

Die Kabine, die sauber, wenn auch klein war, lag auf dem untersten Deck. Und selbst hier kostete sie noch ein Vermögen, weit mehr als den Sold eines ganzen Turnus. Da meine Siebensachen in einen Mantelsack und vier Ledertaschen passten, hatte ich freilich genügend Platz.

Ich ging wieder an Deck und wartete auf das Ablegen. Neben den Kais befand sich einer der Landestege, die man zum Baden benutzte. Lange Treppen führten in den braunen Fluss, und ganze Scharen von Menschen schwärmten hinab. Einige gaben sich ausgesprochen züchtig – ich sah eine ganze Familie, die sich – von Kopf bis Fuß in weiße Gewänder gehüllt – zu säubern und dabei sittsam zu bleiben versuchte. Andere trugen nur ein Tuch um die Lenden, die meisten jedoch waren nackt wie am Tag ihrer Geburt.

Unter der Menge befanden sich Arm und Reich, Händler und Dieb, und ich sah mich daran erinnert, dass keiner seinen Reichtum zeigen kann, wenn er nackt ist, und leider auch daran, dass die meisten von uns beweisen, dass der erste Mensch – Mann oder Frau – ein gerüttelt Maß an gesundem Menschenverstand an den Tag legte, als er einige Blätter zu einem Lendenschurz zusammenfügte. Es gab freilich Ausnahmen; so bemerkte ich etwa ein junges Mädchen, das nichts trug außer einer dünnen Silberkette um die Taille und einem strahlenden Lächeln auf dem Gesicht, während es mich ansah. Ich zwinkerte ihr zu, sie winkte, ich seufzte und gab ihr zu verstehen, dass ich gefangen sei, als auch schon die Hörner zu hören waren und man den Landesteg an Bord zog; dann begann das Wasser zu schäumen und wir legten ab.

Die *Tauler* rechtfertigte ihren Ruf, und wir eilten dahin, als wären Dämonen hinter uns her. Die ersten paar Tage kamen wir gar nicht einmal so schnell voran, da Vorsicht beim Navigieren durch das mächtige Delta geboten war, in dem sich aus Hunderten von Mündungen der Fluss in den Ozean ergoss. Es gab Inseln, die nicht größer waren als der einzelne Strauch, der darauf wuchs, und andere wiederum waren nicht kleiner als Cimabue. Die Inseln waren dicht besiedelt, und ich fragte mich schaudernd, wohin all diese Leute wohl fliehen könnten, wenn es zu Überschwemmungen kam. Ich fürchte, ich kannte die Antwort, und wandte mich erquicklicheren Themen zu.

Als wir das Delta hinter uns hatten und uns ausschickten, den Latane flussaufwärts zu befahren, ging es schneller voran. Der Strom war riesig und erstreckte sich von Horizont zu Horizont auf seinem trägen Weg in die See. Es waren viele Schiffe unterwegs, von kleinen Ruderbooten über Fischereifahrzeuge bis hin zu baufälligen Barken, die riesigen Familien als Behausung dienten. Daneben gab es noch die Schiffe von Tauschhändlern und Transportboote ähnlich dem unseren, die das Horn vertraut grüßte.

In meine Kabine ging ich nur zum Schlafen – ansonsten war ich an Deck und bestaunte Numantia, dieses wunderschöne, großartige Land, dem zu dienen ich geschworen hatte.

Meine Mitreisenden stammten größtenteils aus der besitzenden Klasse und so blieb ich allein. Einige Male lud man mich zu einem Getränk ein, was ich bereitwillig akzeptierte, da ich mit den Schankleuten die Abmachung getroffen hatte, mir – ganz gleich, was ich bestellte – ausschließlich ein Glas kürzlich abgekochten Wassers mit Eis zu servieren, letzteres eine herrliche Rarität; mit einer Limettenschale sah das Ganze für alle Welt wie ein tödliches Gebräu aus destillierten Pflaumenkernen oder dergleichen aus.

Ich machte keinen Versuch, Freunde zu finden, da ich mehr als an einer Unterhaltung an dem interessiert war, was ich um mich herum sah, und so aß ich denn auch für gewöhnlich zeitig und allein. Ich hatte außerdem viel zu lesen, da ich mir vor der Abreise Bücher über die Geschichte Ureys, der Grenzstaaten, ja sogar einen schmalen Band über die Siebzehnten Lanciers gekauft hatte. Es war eine Aufgabe, die mir nicht schmeckte, aber ich wusste, dass es weniger lästig war, als bei meiner Ankunft in Mehul als kompletter Dummkopf dazustehen.

Ich erinnere mich noch, bei einem Gang übers Promenadendeck einen Zauberer bei der Unterhaltung einer Familie gesehen zu haben. Der Weise war einer der Entertainer, die die Eigner des Schiffes zur Verfügung stellten, daneben gab es auch Spielleute, Schauspieler und Pantomimen. Die Familie war jung und trug zu jeder Zeit ihre beste Kleidung, die bereits ein klein wenig außer Mode gekommen war. Ich nahm an, sie hatten entweder ihr Geld für einen Urlaub gespart oder es handelte sich bei dieser Reise um das Geschenk eines reicheren Verwandten. Sie waren zu viert: zwei Jungen von vielleicht drei oder vier, der Vater, der etwa in meinem Alter war, und seine sichtlich schwangere Frau.

Der Zauberer war recht talentiert – ein feister, jovialer Mann, der vor sich hin plapperte, während seine Hände Wunder wirkten. Er nahm einem der Jungen ein kleines Spielzeug, einen Tiger, aus der Hand und verwandelte ihn der Reihe nach in eine Katze, die miaute, einen Hund, der bellte, ein wieherndes Zebra und dann in einen lebensgroßen Tiger, dessen Maul zum Brüllen geöffnet war. Noch bevor eines der Kinder Zeit hatte, sich zu ängstigen, wurde aus dem Brüllen das Miauen eines Kätzchens, die Jungen lachten und der Zauberer gab das Spielzeug zurück. Der Vater drehte sich um, erblickte mich und senkte den Kopf als Zeichen der Anerkennung meines höheren Standes.

Peinlich berührt erwiderte ich den Gruß und ging weiter. Auf dem Weg zum Heck dachte ich über die Distanz nach, die ich beim Anblick dieser Leute verspürte, die ein Leben führten, das ich nie kennen lernen würde, ein Leben so fremd, als kämen sie aus einer der anderen Welten, die das Rad des Lebens mit Sicherheit berühren muss.

Als wir tiefer in den Norden kamen, wurde das Land spärlicher und trockener, Städte seltener, und die Höfe lagen weiter auseinander und waren weniger schön. Die Menschen am Ufer und in den Booten waren ärmer; ihre Kleidung hatte nicht länger die Farbenpracht derer aus dem Süden.

Um Vorräte aufzunehmen, legten wir in einem Hafen an, der aus nichts weiter als einem langen Steg und einigen Bauten bestand. Ich ging auf einen Spaziergang an Land. Am Ende des Kais kauerte ein Mann, der seinen Lumpen nach der Ärmste der Armen sein musste. Neben ihm saß ein Mädchen von vielleicht neun oder zehn. Beider Gesichter verfügten über die Weisheit, die einem die Armut gibt: Schlimmeres können mir die Götter nicht antun und der einzige Segen, den ich finden kann, liegt in einer weiteren Drehung des Rads. Ich grub eine Münze aus meiner Säbeltasche, obwohl der Mann noch gar keine Bettelgeste gemacht hatte.

»Gütiger Herr«, sagte er, als sein Blick scharf wurde und er merkte, dass jemand vor ihm stand. »Würde Er meine Tochter kaufen?«

Ich weiß nicht, warum ich überrascht war, denn ich hatte in den zweifelhafteren Gassen Nicias' Männer wie Frauen heimlich ihre Kinder feilbieten sehen. Aber ich war es.

»Nein«, erwiderte ich. »Ich bin nur Soldat. Ich habe keinen Platz für sie.«

»Sie würde Ihm nicht zur Last fallen«, fuhr er fort, als hätte ich nichts gesagt. »Sie ist ein braves Mädchen. Sie ist nie krank. Sie hat fast alle ihre Zähne. Auch isst sie nicht viel. Sie kann nähen und ich bin sicher, Er weiß jemanden zu finden, der ihr das Kochen beibringen kann.

Sie kann sogar ...«, der Mann machte eine Pause, und seine Worte schienen in der Luft zu hängen, »gut zu Ihm sein. Und noch besser, je älter sie wird.« Er stieß die Kleine mit dem Ellbogen an und sie versuchte sich an einem Lächeln, wie sie es die eine oder andere der Huren in diesem abgelegenen Winkel hatte aufsetzen sehen. Aber dahinter sah ich deutlich die Angst.

Vielleicht hätte ich den Kerl schlagen sollen, aber ich tat es nicht, sondern warf eine Silbermünze in den Staub neben ihn und eilte zurück zur *Tauler* in dem Bewusstsein, dass Numantia ein großartiges Land sein mochte und dennoch, damals wie heute, unter der schrecklichen Bürde von Armut und Verzweiflung litt.

Ich wünschte mir damals, wünsche es mir noch heute, dass wir alle reich seien oder dass es uns wenigstens an nichts fehlte. Aber ich nehme an, eine derartige Zufriedenheit würde die Götter wohl langweilen, sie würden nur Umar aufwecken und von vorne beginnen, um sich zu ihrem Amüsement eine faszinierendere Welt zu erschaffen.

Als die zweite Woche ihrem Ende entgegenging, war ich des Reisens müde geworden und meine Knochen hätten ordentlich der Bewegung bedurft. Ich dachte daran, die Decks auf und ab zu laufen oder die Teakreliefs hinaufzuklettern, wusste aber, dass ich mich vermutlich ohnehin schon wie Vachan benahm. Ich brauchte es nicht auch noch einem Affen im Käfig gleichzutun.

Der Latane war jetzt klar und blau und das Land rundum zeigte saftiges Grün. Wir hattn Urey, das gesegnetste aller Länder, erreicht. Der Fluss teilte sich wieder und wieder, wobei jedoch jeder Nebenfluss schiffbar blieb. Vom dritten Deck aus sah ich in der Ferne verschwommen die Berge, die die Grenze des kleinen Landes und den Beginn der Grenzstaaten bezeichneten. Hier sollte ich meine Bluttaufe erhalten und mir einen Namen machen.

Wir legten in Renan an, ich sattelte meine Pferde und machte mich durch die Stadt auf den Weg, der mich zum Standort der Siebzehnten Lanciers führen würde, in die Garnisonsstadt Mehul.

Ich hatte erwartet, eine schöne Stadt zu finden, aber statt dessen fand ich einen magischen Ort. Renan war sehr alt und hatte einst den numantischen Königen als Sommerresidenz gedient.

Andernorts in Numantia herrschte Hitze, hier war es kühl; eine angenehme Brise blies von den Bergen herab und bewegte die Bäume in den zahlreichen Parks der Stadt. Die Bäume selbst waren von einer Art, die ich noch nie gesehen hatte, mit einem Umfang von sechzig Fuß und vielfarbigen Blättern, die groß genug waren, um als Schirm zu dienen, wenn hin und wieder ein sachter Regen fiel. In der Mitte der Stadt befand sich anstelle eines Palasts oder einer grimmigen Festung ein Garten, in dem zwischen Säulen aus schwarzem, mit Gold verziertem Marmor Fontänen sangen, deren Wasser sich lachend in Kaskaden in kleine Teiche ergoss.

Die ganze Stadt war von einem Kanalnetz durchzogen, das die vielen Seen des Bezirks untereinander verband. Mächtige mehrgeschossige Gebäude, älter als die Zeit, reckten sich in den Himmel, die Balkone und Fenstergitter von arabesker Schönheit, und selbst auf den Dächern wuchsen noch Blumen.

Es gab Straßencafés und ich roch gebratene Ente, gegrillten Fisch, Mais in Chilisoße und andere Gaumenfreuden.

Die Menschen schienen einer wie der andere gut aufgelegt und freundlich. Natürlich gab es Bettler, aber sie sahen nicht aus, als hätten sie wochenlang nicht mehr gebadet oder gegessen, ja sie trugen sogar ihr Anliegen vor wie respektable Handwerksleute, Männer und Frauen, die nur verlangten, was ihnen zustand.

Auf den Seen sah ich schwimmende Blumeninseln, Schwäne mit schwarzen Gesichtern und vertäute Hausboote, die aus vielfarbig gebeizten Hölzern gebaut und mit wunderbaren Schnitzereien verziert waren. Hinter jedem dieser Hausboote, die fast hundert Fuß lang waren, befand sich ein kleineres Boot mit Sonnenschirm und Polstern, eine perfekte Idylle zum Faulenzen an einem so warmen Tag. Das hier, so dachte ich wehmütig, wäre die vollkommene Stadt für einen langen Urlaub mit einer Geliebten.

Ich ritt weiter, aufs Land hinaus. Dieses war von saftigem Grün, hügeliges Acker- und Weideland, von Wäldern durchsetzt und mit einer Vielzahl von Seen, von denen ein jeder den Angler, den Ruderer oder den Schwimmer einlud.

Man sagt, alle Menschen hätten eine doppelte Heimat – die eigene und Urey –, und ich wusste nun, dass es der Wahrheit entsprach. Wie diese Provinz heute aussieht, das ist nur ein weiteres Beispiel für das Verhängnis, das der Imperator Tenedos und – wie ich zugeben muss – ich selbst über unser Land gebracht haben. Trauert, Numantier, denn die einstige Pracht Ureys, sie gibt es nicht mehr. Aber an jenem Tag, das schwöre ich, duftete selbst der Staub, den Lucans Hufe aufwirbelten, süßer als irgendwo sonst.

Ich verstand, warum Urey, auch wenn es unter dem Protektorat Numantias stand, auch von der Nachbarprovinz Kallio und – zusammen mit den Grenzstaaten – selbst von Maisir beansprucht wurde, obwohl zu jener Zeit niemand glaubte, dass ihr Anspruch ernst gemeint war.

Ich ritt weiter in Richtung Mehul. Wenn Renan ein Eckpunkt eines gleichschenkeligen Dreiecks ist und der Sulempass ein weiterer, dann ist der dritte Punkt, im Westen gelegen, Mehul. Es wacht nicht nur über den Sulempass, sondern auch über eine weitere furchterregende Gegend, das Hochland von Urshi. Auch dieses gehört zu den Grenzstaaten, wenn auch der Legende nach die Menschen, die dort leben, selbst ihren Brüdern im übrigen Kait zu wild sind, um sie zu ertragen, und das, obwohl man dieselben Gebräuche pflegt und so gut wie dieselbe Sprache spricht. Sicher ist, dass sie dem Militär und der Bevölkerung von Urey im Lauf der Jahre nicht weniger Kummer bereitet haben als die anderen Räuber, die der Sulempass auszuspucken pflegt. Das sollte ich schon binnen weniger Wochen erfahren.

Ich kampierte in jener Nacht an einem Bach, breitete meine Bettrolle unter den Sternen aus und lauschte dem Röhren eines Mähnenhirschs in weiter Ferne, während ich in den Schlaf sank.

Tags darauf ritt ich in Mehul ein. Die Stadt ist eine ziemlich typische Grenzsiedlung mit vielleicht drei- oder viertausend Einwohnern, von denen die meisten direkt oder indirekt in den Diensten des Lancierregiments stehen.

Das Lager liegt fünf Fußminuten außerhalb der Stadt. Es befindet sich seit Generationen dort, Zeit genug für die Stecklinge – in der Hoffnung gepflanzt, man sei dort lange genug, um sie zum Verfeuern schlagen zu können –, zu großen Platanen heranzuwachsen, die in der Zeit der Hitze einen willkommenen Schatten spenden. Die Kasernengebäude sind aus Stein, die Inneneinrichtung aus Holz, die Dächer aus Schindeln, die die Hitze abweisen und in der Zeit des Regens das Wasser ablaufen lassen.

Die Anlage ist bestens gepflegt, von den grünen Rasenflächen bis zu den Blumen, die je nach Jahreszeit wechseln, was freilich nicht anders zu erwarten ist, wenn man sich klarmacht, dass sie von einigen Hundert Männern bewohnt wird, die nur das Stirnrunzeln eines Feldwebels davon entfernt sind, das Gras mit einer Nagelschere zu stutzen.

Es kommen – damals jedenfalls war es so – etwa 700 Reiter aufs Regiment, die auf sechs Schwadronen und das Hauptquartier aufgeteilt sind. Die Schwadronen tragen die Namen Sambar – sie ist für Aufklärung zuständig –, Löwe, Leopard, Gepard, Tiger und Ursus, wobei letztere für die Versorgung der vier Kampfschwadronen zuständig ist. Jede Schwadron besteht aus vier Zügen zu je fünfundzwanzig Mann; sie sind durchnummeriert und werden ausschließlich mit Ordnungszahlen benannt, weil sonst ein heilloses Durcheinander entstünde.

Ich ritt ins Lager, meldete mich dem Regimentsadjutanten und wurde dem dritten Zug der Schwadron Gepard zugeteilt.

Die nächsten paar Tage verschwammen im Dunst meines Glücks; ich bekam das nötige Gerät, Waffen, Uniformen und den Spruch des Verstehens für die örtlichen Sprachen; ich lernte meine Offizierskollegen kennen und, was das Wichtigste war, die Männer in meinem Zug. Ich kann sie heute noch nennen, selbst jene, die sich später nicht dazu entschließen konnten, mir als Leibwache zu folgen, als ich mich dem Imperator anschloss.

Sie brachten auch die einzige Angst mit, die ich hatte, die Angst nämlich, ich könnte ihnen gegenüber versagen, ihnen gegenüber und mir, und die Folge davon wäre ein unnötiger Tod. Glücklicherweise hatte mein Vater mir jede einzelne der Phasen geschildert, die ich bei meinem ersten Befehl durchmachen würde: außerdem hatte er mir geraten, nicht alles gleich zu verändern, und mich ermahnt: »Fang nur nicht an, an deinem Zug herumzupfuschen wie eine alte Jungfer, die ständig ihr Wohnzimmer umstellt und doch nie zufrieden ist.« Außerdem hatte er mich instruiert: »Sei am Anfang nicht mehr als einfach da, was deine Leute angeht, und ein Schüler deiner Unteroffiziere.« Ich versuchte auf seinen Rat zu hören.

Ich wusste außerdem sehr wohl, dass ich der jüngste und neueste Besucher der Offiziersmesse war, und hielt mich zurück, schwieg, bis man mich ansprach, und auch dann fielen meine Antworten so knapp wie möglich aus.

Einige der anderen Juniorlegaten zogen mich auf in dem Versuch, eine schwache Stelle zu finden. Ich gab es ihnen mit gleicher Münze zurück, wahrte aber eine gewisse Distanz, auch das auf den Rat meines Vaters hin, der gesagt hatte, der erste fidele Kerl, der sich auf einem neuen Posten bei dir anbiedert, wird dich anpumpen, dir dein Gerät stehlen, und in der Schlacht lässt er dich dann im Stich. Freundschaft ist keine Lenzblume, fuhr er fort, sondern wächst wie eine Eiche. Er wies mich freilich darauf hin, dass es auch Ausnahmen gäbe – genauso, fügte er hinzu, wie es sie auch in der Liebe gibt.

Zwei Monate vergingen und ich schwöre, meine Seligkeit wuchs von Tag zu Tag. Dann kam der Höhepunkt: Man befahl mir, meinen Zug in ein Dorf ganz in der Nähe zu führen, in das Räuber aus dem Hochland eingefallen waren, um dort – so lauteten Domina Herstals Worte – alles wieder ins Lot zu bringen und mit allem, was nicht stimme, ganz nach Gutdünken zu verfahren.

So manchem mag der Atem stocken, dass ein Mann über fünfzig so dumm sein konnte, einen kaum zwanzigjährigen Grünschnabel mit den Aufgaben eines Aufsehers, eines Richters und möglicherweise gar eines Scharfrichters zu betrauen, aber Herstal war alles andere als auf den Kopf gefallen. Er hatte dem Hauptfeldwebel der Schwadron Gepard, einem bärtigen Mann namens Bikaner, der seit zwanzig Jahren beim Regiment war und, wie ich später herausfand, mehr als ein Dutzend grüner Legaten eingearbeitet hatte, befohlen, mich zu begleiten. Meine Feldwebel hatten fast ebenso viel Erfahrung, und auch der Zug selbst war gut durchwachsen, was altgediente Lanciers anging. Genau genommen hatte ich nur zwei Rekruten im Rang von Reitern im Zug. Mit fünfundzwanzig Männern wie diesen hätte ich höchstens als absoluter Schwachkopf versagt.

Ausserdem gab man mir, da die Plünderer von der anderen Seite der Grenze kamen, einen abtrünnigen Bergbewohner namens

Ysaye mit, der bei uns als Späher tätig war. Ich hielt ihn für einen Schurken reinsten Wassers, und Hauptfeldwebel Bikaner versicherte mir lachend, da hätte ich vollkommen recht, aber er sei dem Regiment gegenüber absolut loyal, und sei es auch nur aus dem einen Grund, dass man ihn im Hochland zum Gesetzlosen erklärt und er zudem in Urey einen Mord begangen habe. Wir seien seine letzte und einzige Zuflucht, erklärte der Feldwebel, »es sei denn, er kommt auf was anderes, und dann verrät er uns, wie er jeden anderen verraten hat«.

Wir ritten in den Ort und sorgten auf dem Dorfplatz für ein Tribunal. Die Situation war einfach – oder jedenfalls schien es zunächst so.

Der Räuber war ein Häuptling der Urshi, ein Zauberer von Ruf, der sich Wolf von Ghazi nannte. Er hatte das Dorf im Morgengrauen überfallen, zwei Hirten getötet, einen dritten schwer verwundet und dann sieben Ochsen gestohlen. Aber es war dies nicht die einzige Klage der Dörfler. Er war außerdem in das Haus eines örtlichen Kaufmanns eingebrochen, hatte den Mann geschlagen, bestohlen und seine einzige Tochter entführt.

Über das Weinen und Klagen seiner Familie hinweg fragte ich den Händler nach dem Warum. Das Geplapper wurde noch schlimmer: der Wolf würde sie entweder zur Frau nehmen, zur gemeinen Hure seiner Männer machen oder – und der Ansicht waren die meisten – er opferte sie in irgendeiner schrecklichen Zeremonie, da sie, wie der Kaufmann sagte, »noch Jungfrau, von den Göttern gesegnet und uns allen die Liebste« sei. Ich fragte, wie der Bandit wissen konnte, in welches Haus er einbrechen musste, und erfuhr, er habe diese bezaubernde Blume Ureys, dieses unvergleichliche Wunder junger Weiblichkeit, diese Perle der Schönheit zweifelsohne gesehen, als er im Dorf seinen Tauschgeschäften nachging.

Ich wollte schon fragen, wie die Dörfler so dumm sein konnten, diesen Banditen sich im Dorf danach umsehen zu lassen, was er wohl brauchen könnte, zumal der Handel mit den Grenzstaaten außer an ganz bestimmten Tagen, die der Staat eigens dafür freigegeben hatte, illegal war. Aber Hauptfeldwebel Bikaner schüttelte kaum merklich den Kopf und ich schwieg. Später sagte er mir, alle Grenzstädte handelten dauernd mit dem Feind, ja verheirateten gar nicht selten ihre Kinder mit ihm. Das mache es, wie er sich ausdrückte, »manchmal ganz interessant, für Recht und Ordnung zu sorgen, weil man nie weiß, ob man nicht gerade mitten in eine Fehde tappt.«

Wir müssten, so gemahnte uns der Bürgermeister, auf der Stelle losreiten, um die Tochter des Kaufmanns, die übrigens Tigrinya hieß, zu retten, bevor man sie irgendeinem finsteren Dämon opfere, den Wolf zu stellen und nicht zu vergessen, dass wir den Preis für die Ochsen eintreiben und diese, wenn möglich, gleich wieder mitbringen sollten, ganz abgesehen von der Buße für den Tod seiner Leute und die Verwundung des dritten, die ziemlich schlimm war.

So ritt ich also über die Grenze auf meiner ersten militärischen Mission – siebenundzwanzig Mann auf der Jagd nach einem abgerissenen Banditen und der Bauerndirne, die von ihm entführt worden war.

Ysaye wusste, wo der Wolf sein Versteck hatte: gerade mal drei Wegstunden von der Grenze, direkt im Norden des Dorfes, aus dem er gekommen war und zu dessen Herrn er sich aufgeschwungen hatte.

Wir folgten einem Pfad in die Berge und stießen zweimal auf Rinderdung, der noch keine zwei Tage alt war – wir waren auf der richtigen Spur. Ich war ausgesprochen zuversichtlich, den Mann vernichten zu können, und versprach mir große Ehre davon.

Der Lanzer an der Spitze rief eine Warnung aus, und ich sah vor uns drei Männer, die gerade dort standen, wo der Weg in einen schmalen Engpass führte. Sie schrien uns herausfordernd entgegen und schossen mit Pfeilen auf uns, die uns jedoch nicht erreichten.

Jetzt hatten wir sie! Ich wollte gerade zum Angriff rufen, als Hauptfeldwebel Bikaner sagte: »Sir!« Sein Ton hatte etwas von einem Befehl, und so hielt ich mich zurück, obwohl mich der Zorn überkam – für Konferenzen ist in einer Schlacht keine Zeit.

»Ich bitte den Herrn Legaten um Entschuldigung, aber es kommt nicht selten vor, dass so ein Stamm Soldaten in eine Falle lockt, indem man ein paar vorschickt, um sie zu provozieren, während die Hauptgruppe im Hinterhalt liegt.«

Noch während er sprach, verabschiedeten sich bei mir Zuversicht wie Tollkühnheit und ich fluchte. Ich wusste nicht nur, dass er recht hatte, sondern auch, dass der Wolf einen Zauber ausgeschickt hatte, um nach einem Trottel zu suchen, der ihm in seinem Kopf ein Zuhause gibt, auf dass er verwegen und blutdürstig wird.

»Ganzer Zug … halt!«, bellte ich. »Absitzen! Feldwebel Bikaner, vier Männer zu Fuß zur Flankensicherung auf die Felsen da vorn. Fünf Bogner zur Deckung auf halbem Wege zum Pass. Vergewissert Euch, dass man uns nicht auf der anderen Seite erwartet!«

Als meine Kundschafter sich vorsichtig wie Eidechsen von Deckung zu Deckung bewegten, hörte ich von der anderen Seite Hufgeklapper heraufklingen.

»Wir haben sie auffliegen lassen«, rief Bikaner. »Jetzt erwartet uns keiner mehr.«

Aber ich hatte meine Lektion gelernt. Durchaus möglich, dass man uns hier doppelt zu täuschen versuchte, und so ließ ich meine Männer wie befohlen vorgehen. Wir fanden eine kleine Nische jenseits der schmalen Schlucht, die wie geschaffen war, um Pferde anzubinden, während ihre Reiter darauf warteten, dass um die fünfundzwanzig Idioten in die Falle tappten; eine Nische mit frischen, dampfenden Rossäpfeln auf dem Boden. Die Reiter des Wolfs jedoch hatten sich aus dem Staub gemacht.

»Genauso sind sie, die Hügler«, meinte Feldwebel Wace. »Die fallen einen höchstens von hinten an, niemals von vorn.«

Ich nehme an, er hielt es für unehrenhaft, dass eine Handvoll schlecht ausgebildeter Männer nicht bereit war, sich fünfundzwanzig regulären Soldaten zu stellen. Ich dachte bei mir, wenn einer so kämpfte, wie er sich das vorstellte, dann war er nicht nur ein Dummkopf, sondern auch zu einem kurzen Leben verdammt.

Wir setzten unseren Weg fort, tiefer in die Berge hinein, ohne auf eine weitere Falle zu stoßen.

Wir kamen schließlich um eine Biegung, nach der der Weg eine niedere Steigung hinaufführte, die zu beiden Seiten von hohen, kahlen Bergen gesäumt war, und sahen die Festung des Wolfs von Ghazi vor uns.

Es handelte sich um einen runden Turm, der vielleicht fünfzig Fuß hoch war und im Kreismesser vielleicht etwas dicker als das. Um ihn zu errichten, hatte man mühsam flache Steine aufeinander geschichtet und grob mit Lehm aus dem nahe gelegenen Bach verfugt. Die Mauern waren mit Schießscharten versehen und ich zählte drei Stockwerke sowie ein Dach mit Brustwehr, von der aus Bogenschützen kämpfen konnten. Die oberen Scharten waren größer, fast wie Fenster so breit.

Als Burg machte das Gebäude nicht viel her, aber um uns aufzuhalten, brauchte es das auch nicht.

Es befanden sich Männer obenauf und mit einem Mal regnete es Pfeile auf uns. Sie erreichten uns nicht, aber ich war gescheit genug, meine Männer zurückzuziehen, die Pferde bei einigen Wachen zurücklassen und dann kampfbereit wieder nach vorne zu gehen.

Noch bevor sie bereit waren, tauchte auf dem Turm ein großer bärtiger Mann auf. Er trug Stiefel, leuchtend rote Gewänder und einen Gurt um die Taille, in dem mehrere Waffen steckten; um den Kopf trug er sauber gewickelt ein blaues Tuch. Das konnte nur der Wolf von Ghazi sein.

»Er ist des Todes!«, schrie er, und seine Stimme war von Zauberkraft verstärkt. »Flieh Er oder Er spürt meinen Zorn!«

Ich rief meine zwei besten Bogner und ritt nach vorn. Vielleicht hätte ich absitzen sollen, da ein Pferd unter Feuer leicht scheut, aber ich brauchte alles, was ich an Präsenz nur aufbieten konnte. In einer Entfernung, die mir extrem schien für einen Pfeil, hielt ich an.

»Ich bin Legat Damastes á Cimabue von den Siebzehnten Lanciers und spreche für die Dörfler aus Urey!«, rief ich ihm zur Antwort hinauf. »Ihr habt die Gesetze unseres Landes gebrochen und müsst dafür bezahlen!«

Der Wolf brüllte vor Lachen.

»Ich bin das einzige Gesetz, dem ich gehorche! Er ist ein Narr!«

»Gebt die Frau heraus! Und bezahlt für Eure Vergehen«, rief ich zurück. »Bringt außerdem Gold für die Familien der Männer mit, die Ihr gemordet oder verstümmelt habt.«

»Verlass Er mein Land oder Er stirbt!«

Es lag auf der Hand, dass wir einander vorbeiredeten.

»Ihr habt vier Stunden, um es Euch zu überlegen«, antwortete ich etwas saftlos, wie ich fürchte. Alles, was ich zu hören bekam, war ein weiteres Lachen. Wir wandten uns eben ab, als einer meiner Bogner, ein ausgesprochen aufgeweckter Mann namens Curti, fluchend die Sehne seines Bogens durchzog. Vom Turm kam ein Schrei, in einem der Fenster kippte ein Hügler nach vorn und heraus; der Bogen fiel ihm aus den toten Fingern, noch bevor er Gelegenheit hatte, einen Pfeil auf mich abzuschießen.

Ich war dankbar, nicht auch noch so dumm gewesen zu sein, mit der weißen Fahne der Waffenruhe zu dem Turm geritten zu sein – womöglich hätte ich dem Mann ein noch besseres Ziel geboten. Aber es war dies die zweite Lektion darin, wie man in den Grenzstaaten Krieg zu führen pflegte.

Ich ritt zu meinen Leuten zurück, und wir hielten einen kurzen Kriegsrat ab. Unsere Möglichkeiten waren ziemlich beschränkt und nicht eine davon war attraktiv. Wir belagerten den Wolf, aber wie lange konnten siebenundzwanzig Leute seine Festung abriegeln? Nicht länger als einen Tag, schätzte ich, dann würden entweder er oder seine Banditen sich auf geheimen Wegen davonmachen, von denen wir nichts wussten. Oder wir würden, was nicht weniger wahrscheinlich war, von anderen Hügelbewohnern angegriffen. Ich bezweifelte, dass der Wolf viele Verbündete hatte, dachte mir aber, dass die meisten Hochländer eine Fehde durchaus vergaßen, wenn sich die Gelegenheit bot, einen numantischen Soldaten zu erledigen.

Wir konnten den Turm frontal angreifen und uns dabei abschießen lassen.

Oder wir gaben auf und traten den Rückzug an.

Ich wollte keine der Möglichkeiten akzeptieren und ließ meine Soldaten eine kleine Brustwehr errichten, um einen niedrigen Hügel mit einer natürlichen Schanze, gerade genug, um einem Angriff das Tempo zu nehmen für den Fall, dass es dazu kam. Man murrte ob meines Befehls, da ein Kavallerist körperliche Arbeit nicht schätzt, aber die Unteroffiziere hatten rasch für Ruhe gesorgt. Während man sich an die Arbeit machte, trat ich einige Schritte vor und studierte den Turm.

Er hatte zwei Türen, beide aus Holz und mit Sicherheit auf der Innenseite mit schweren Riegeln versehen. Wäre es möglich, sie bei Nacht in Brand zu setzen? Das stand zu bezweifeln. Was hätte ich als Feuerholz benutzen sollen? Hätte ich einen Seher bei mir gehabt, ich hätte ihn einen Zauber sprechen lassen, der sie in Flammen aufgehen ließ, aber selbst dann – was hätte es mir gebracht? Es wären trotzdem noch gut drei Ruten offenes Gelände zu überstehen gewesen. Ich starrte hinüber. Dann regte sich eine Idee und ich rief nach Ysaye.

Ich wies auf die Fenster im zweiten Stock und fragte ihn, ob seiner Ansicht nach ein Mann durch sie hindurchpasse. Er sah sie sich genauer an und sagte ja, wenn er schlank sei. Sehr schlank. Feldwebel Bikaner schaffte es jedenfalls nicht. Ich sah mir das Mauerwerk des Turms näher an.

»Ist das zu erklettern?«

Ysaye brauchte nicht noch einmal hinzusehen.

»Für mich schon. Für mich und jeden Mann aus den Hügeln wäre das nichts weiter als einen Straße. Aber für euch … Soldaten? Das glaube ich nicht.«

Ich schon, da ich etwas mehr Respekt für meine Leute hatte als er. Aber wie sahen die Chancen aus, genügend Männer für eine Eroberung des Turms lautlos diese Mauer hinauf zu bekommen? Ich wollte den Gedanken schon als zu dumm verwerfen, als mir eine weitere Möglichkeit in den Sinn kam.

»Ysaye, ob der Wolf sich wohl vor einem Zauber fürchtet?«

»Natürlich. Macht sich auch ein Schwertkämpfer nicht ständig Sorgen, eines Tages einem gegenüberzustehen, der die Klinge besser führt als er selbst? Aber wir haben keinen. Es sei denn, der Legat hat Talente, die bislang noch nicht erblüht sind.«

»Das habe ich allerdings«, erklärte ich fest. Ich bat ihn um die kleine Büchse blauen Antimonpulvers, das er, wie ich wusste, bei sich trug, da alle Männer aus den Hügeln es zum Färben der Augenlider benutzten, was sie ihrer Ansicht nach besser aussehen ließ. Er war verdutzt, händigte es mir aber aus.

Ich schickte nach Curti und borgte mir einen seiner Pfeile aus. Dann ging ich mit zwei anderen Männern zurück zu meinem Aussichtspunkt und rief nach dem Wolf. Der tauchte eine Weile später auf; er zog sich gerade an.

»Was willst du denn noch, du Dummkopf? Ich wollte mich gerade an der Frau erfreuen.«

Ich achtete nicht auf das, was er sagte, sondern hielt den mit Ysayes Antimonpulver blau gefärbten Pfeil in die Höhe. Ich richtete ihn auf den Wolf, dann in alle vier Himmelsrichtungen.

»Wolf, o Wolf«, schrie ich und gab mir alle Mühe, mich wie ein Zauberer anzuhören, »dies ist Euer Verhängnis, dies ist Euer Ende. Lasst ab von Euren Sünden, macht Euren Frieden mit Saionji, mit Isa, dem Gott des Krieges, oder hört das Knarren des Rads. Gehorcht mir, o Wolf, und Ihr werdet leben. Schickt die Frau heraus, schickt das Gold heraus, und ich schicke diesen Pfeil hier nicht ab.«

Der Wolf duckte sich instinktiv hinter eine der Zinnen, aber als nichts passierte, spähte er wieder hervor.

»Es hat keinen Sinn, sich zu verstecken, o Wolf. Euer Schicksal ist besiegelt«, schrie ich. »Zwingt mich nicht, diesen Pfeil loszuschicken, der keines Bogens bedarf, keiner Sehne, und der Euch aufspüren und töten wird. O Wolf, es gibt keinen Schutz vor meinem Pfeil, es gibt keine Mauern, die so dick wären, dass Ihr sicher wärt. Hört mich, o Wolf, und gehorcht! Zwingt mich nicht, meinen Pfeil loszuschicken!«

Er wartete auf einen Zauberspruch und begann dann so brüllend zu lachen, *brüllend*, dass ich fast hoffte, dass er daran ersticken würde. Ohne mir zu antworten, verschwand er.

Ich ging zurück zu meinen Leuten. Hauptfeldwebel Bikaner vergewisserte sich, dass keiner der Männer ihn hören konnte, und sagte dann ruhig: »Eine nette Idee, Legat. Aber mit Bluffen knackt Ihr den nicht. Der ist für Worte zu hart. Wir brauchen schon einen anderen Plan.«

Ich schüttelte den Kopf. »Mag sein, Feldwebel. Aber nicht vor morgen, denn das war erst der Anfang meines Plans.«

Ich wartete die Dunkelheit ab, rief Ysaye zu mir und sagte ihm, es sei an der Zeit zu beweisen, dass er kein Prahlhans sei. Ich befahl ihm, den Turm zu erklimmen und etwas für mich zu tun.

Er erbleichte und sein Blick wich dem meinen aus, und schließlich leckte er sich die trockenen Lippen, bevor er sich fügte.

»Ich gehorche, Legat. Es wird nur wenige Minuten dauern.«

»Ich habe volles Vertrauen in dich, Ysaye«, antwortete ich. »Ich gehe mit dir nach vorn, so wie auch Lancier Curti, der auch im Dunkeln höchst genau schießt. Er wird dir Rückendeckung geben, falls man dich entdeckt. Oder ...«, ich ließ den Satz ausklingen, ich brauchte nicht hinzuzufügen, dass er Ysaye erschießen würde, falls der zu fliehen versuchte. »Wenn du nicht zurückkehrst, ehe der Mond eine Spanne zurückgelegt hat, so nehmen wir an, du hast dich verlaufen, und sorgen für großes Geschrei, um dir den Weg zu weisen.«

Er machte ein langes Gesicht. Ich hatte ihm eine Fluchtmöglichkeit versperrt. Ich nahm den Pfeil, über den ich meinen »Zauber« gesprochen hatte, und erklärte ihm, was damit zu tun sei.

Wir krochen vorwärts. Der Turm war beleuchtet, und ich hörte allenthalben Lachen und Gesang. Die Leute des Wolfs nahmen meine Gegenwart nicht sehr ernst.

Ysaye sah mich an, dann Curtis schussbereiten Bogen, entledigte sich seines Gewandes und meinte: »Ich denke, Legat, in einem anderen Leben war Er einer von uns«, bevor er in der Dunkelheit verschwand. Ich strengte meine Augen an und glaubte nach einer Weile etwas, das wie eine Art große, vorsichtige Spinne wirkte, die Mauer des Turms hinaufklettern zu sehen.

Eine halbe Stunde später tauchte Ysaye wieder auf. Er war gehörig ins Schnaufen gekommen und hatte Flecken und Schürfungen auf der Haut.

»Ich habe mich getäuscht«, sagte er, während er sich sein Gewand überzog. »Der Aufstieg war schier unmöglich. Ich denke, ich bin der einzige Mann in diesen Bergen, der so etwas schafft.«

»Ich bin sicher, da hast du recht«, erwiderte ich, dankbar dafür, dass die Dunkelheit mein Grinsen verbarg. »Ich werde dafür sorgen, dass Domina Herstal von deinem Heldenmut zu hören bekommt und dich belohnt – *falls unser Plan funktioniert.*«

Wir kehrten zu den anderen zurück und warteten ab. Binnen zweier Stunden begannen im Turm die Fackeln zu verlöschen. Dann hörte ich den Entsetzensschrei eines Mannes.

Sehr gut, dachte ich, jetzt warten wir bis zum Morgengrauen. Bei Sonnenaufgang öffnete sich das Tor des Turms und der Wolf selbst kam heraus. Hinter ihm befand sich eine nicht unansehnliche junge Maid, von der ich annahm, dass es sich um Tigrinya handelte, dann folgten drei Männer mit Truhen.

Ich hörte das Brüllen von Rindvieh und sah, dass man aus dem Dorf unter uns ein halbes Dutzend davon auf uns zutrieb.

Als der Wolf näher kam, sah ich, dass er nicht gut geschlafen hatte – er hatte dunkle Ringe unter den Augen und war überdies leichenblass. In einer Hand hielt er den Pfeil, den ich Ysaye durch das oberste Fenster des Turms hatte werfen lassen, was ihn zutiefst entsetzt haben musste, als er darauf stieß. Ich fragte mich, ob Ysaye wohl das Glück gehabt hatte, ihn ins Schlafgemach des Wolfs zu werfen.

Ich ging ihm entgegen, blieb aber ein gutes Stück außerhalb der Reichweite seines Schwertes stehen, obwohl mir weder der Wolf noch einer seiner Männer bewaffnet schien. Meine Bogner hatten ihre Pfeile in die Kerbe gelegt.

Ohne ein Wort kniete der Wolf sich nieder und hielt mir den Pfeil hin.

»O Seher«, greinte er, »vergebt mir meine Sünden. Ich habe nicht gewusst, welch großen Zauberer ich da beleidige, und ich schwöre bei allen Göttern, es wird nie wieder passieren.

Nehmt die Frau – ich schwöre, ich habe ihr nichts getan.

Und hier ist mein Gold.« Während er sprach, öffneten die Männer die Truhen. »Nehmt alles, nehmt, was Ihr für angemessen haltet, aber lasst mir mein Leben.«

»Ich verschone Euer Leben, o Wolf«, sagte ich feierlich. »Und ich sehe mit Befriedigung, dass Ihr die Warnung ernst genommen habt, die ich Euch gnädigerweise zukommen ließ.

Aber ich behalte den Pfeil. Sollte ich je wieder hören, dass Ihr unsere Grenze überschreitet und Unschuldigen schadet, so lasst Euch gesagt sein, ich schicke ihn aus, und er wird Euch finden und töten, wo immer Ihr seid.«

»Ich schwöre es, ich schwöre, ich werde mich an das Gesetz halten.« Es folgte eine Pause, während er nachdachte, dann zog er eine Braue hoch und sah mich an. »Wenigstens in Urey.«

»Was Ihr in Euren eigenen Landen treibt, ist für mich nicht von Belang«, antwortete ich, da ich nicht übermütig werden wollte. Der Wolf würde niemals zum Lamm.

Ich befahl meine Männer hinüber und sie führten Tigrinya zu den Pferden zurück. Sie schien sich über irgendetwas zu ärgern und entzog sich dem Griff meiner Leute. Es schien tatsächlich so, als hätte der Wolf die Wahrheit gesagt: Wie ein Opfer von Rohheit und Schändung wirkte sie nicht.

Ich warf einen Blick in die Truhen und erfuhr, dass das Glück einem kleinen Räuber bei armen Dörflern nicht eben lacht. Es waren nur ein Dutzend Goldmünzen darin, dreimal so viel Silber und noch einmal derselbe Betrag in Kupfermünzen. Der Rest der Truhe war voller wohlfeilen Messingschmucks, Perlen und Gemmen aus, wie mir schien, geschnittenem Glas.

Ich nahm Gold und Silber und hieß den Wolf, nicht weiter sein Unwesen zu treiben. Katzbuckelnd und Kratzfüße ziehend zog der Wolf sich in seine Festung zurück, und ich sah ihn nie wieder, noch hörte ich, dass er je wieder in Urey plündern gewesen sei.

Wir ritten, durch das Vieh gebremst, zurück zu Tigrinyas Dorf. Ich war recht zufrieden mit mir: Nicht nur hatte ich mich meiner Aufgabe geradezu spielerisch entledigt, ich hatte das Ganze auch noch geschafft, ohne dass auch nur einer in meinem Zug zu Schaden gekommen war. Blut ist das ganz natürliche Mittel des Krieges, gewiss, aber je weniger vergossen wird, desto größer der Feldherr. Es ist eine Ironie, dass ich diesem Leitsatz zeitlebens zu folgen versuchte, und doch habe ich unter dem blutrünstigsten Führer der Geschichte gedient.

Als wir in jener Nacht gleich hinter der Grenze lagerten mit der Absicht, am nächsten Vormittag wieder im Dorf zu sein, hörte ich die Laute einer Balgerei aus der Richtung, in der wir der jungen Frau ein behelfsmäßiges Zelt errichtet hatten. Einige Zeit darauf kam Feldwebel Bikaner zu mir, der kaum an sich halten konnte vor Lachen. Ich fragte ihn, was denn passiert sei, und er erklärte es mir.

Es hatte ganz den Anschein, als sei Tigrinya ausgesprochen erzürnt. Da befand sie sich nun mitten im einzigen Abenteuer ihres Lebens, war endlich – wie sie laut Bikaner gesagt hatte – dem »gottverdammten Dorf« entkommen, in dem sie verschimmelt sei, und in den Armen eines romantischen Rebellen gelandet, und dann kamen wir daher und ruinierten den Traum. »Aber sie ist ein verschlagenes Luder, Legat, und bot einem der Männer ein Schäferstündchen mit ihr, brächte er sie nur nach Renan. Verflucht hat sie ihn und mich obendrein, und das recht beredt, als wir ihr sagten, das sei nicht drin.

Wollen wir wetten, Sir, dass wir sie binnen eines Monats bei den anderen Huren in der Brandigen Gass' stehen sehen?«

So war die Realität des Lebens entlang der Grenze.

Wir brachten eine verdrossene Tigrinya zu ihrem Vater zurück, gaben die Münzen des Wolfs dem Bürgermeister des Dorfs, der mir ausgesprochen zufrieden schien, und ich schätzte, die Witwen der Ermordeten konnten von Glück reden, wenn sie nur etwas von dem Geld sahen. Dann ritten wir in unser Lager zurück. Domina Herstal nickte beifällig und äußerte die Ansicht, ich mache mich offensichtlich recht gut. Der Regimentsadjutant, Capitain Lanett, brachte mir an jenem Abend in der Messe ein Glas Wein an den Tisch und ich leerte es hoch erfreut in einem Zug.

Mein Leben bei den Siebzehnten Lanciers fing eben erst an.

Einen Monat später schon erzielte ich fünf Tore beim Rõl, und es schien zu Ende zu sein.

7 *Sayana*

Sayana ist eine alte und böse Stadt. Der Legende nach wurde sie in einer einzigen Nacht von einer Horde Dämonen erbaut, und zwar auf Geheiß eines Zauberers, der durch sie die ganze Region in die Klauen bekam und zu einer Gemeinschaft aus Habgier und Blutlust verband. Das mochte stimmen oder nicht, aber wie ich bereits gesehen hatte, hätten von den Hüglern selbst Dämonen noch etwas gelernt.

Als wir auf die Stadt zuritten, klärte der Seher Tenedos mich kurz über ihre Vergangenheit auf und ausführlicher über das, was ich wissen musste, um die Interessen des Königreichs Numantia richtig zu vertreten.

Sayana steht auf einem nicht allzu hohen Felsplateau, das aus den Ebenen der Grenzstaaten – also Kaits – herausragt. Die Stadt ist von einer Mauer umgeben und ausgesprochen wehrhaft, was sowohl Angriffe aus dem Ausland angeht als auch die häufigen Bruderkriege, die bei den Hüglern zum guten Ton gehören. Sie kontrolliert sämtliche Straßen zum Sulempass aus dem Süden, so dass die Kaiter seit jeher bestimmen konnten, wer zwischen Maisir im Süden und Urey und Numantia im Norden hin- und herreisen konnte.

Kait ist ein Schlangennest voller unter- und miteinander verwobener Clans und Familien, von denen so gut wie jede eine Blutfehde mit jeder anderen zu haben scheint. Wer immer gerade Sayanas Thron innehat, trägt den Titel Achim und gilt als unumschränkter Herrscher über die Grenzstaaten, wenigstens bis zum nächsten Schierlingsbecher, Pfeil oder Dolchstoß in den Rücken.

Der gegenwärtige Achim hieß Baber Fergana und seine Familie war nach Kaiter Maßstäben geradezu eine Dynastie: Sie saß seit drei Generationen auf dem Thron. Baber Fergana hatte, wie das so üblich war, seine Ansprüche auf den Thron dadurch angemeldet, dass er er alle seine Brüder umbringen und seine Schwestern Bauern heiraten ließ. Im Gegensatz zu Vater und Großvater jedoch war ihm ein kleiner Fehler unterlaufen, so dass ein jüngerer Bruder, Chamisso Fergana, dem Schlachtfest entkommen war und sich nunmehr der Loyalität jener Stämme erfreute, die nicht zu Baber Ferganas Freunden gehörten. »Über kurz oder lang«, so sagte Tenedos, »kommt er entweder aus den Bergen herab, nimmt die Stadt, tötet seinen Bruder und wird der neue Achim, oder es gelingt Baber Fergana, einen Mörder in Chamissos Zelt einzuschleusen, und dann herrscht ewige Ruhe, bis das eine oder andere ihrer Kinder stark genug ist, ein Schwert aus der Scheide zu ziehen. Oder genügend Krieger und Zauberer um sich zu versammeln, um einmal mehr zu stürzen, was die Leute hier als Regierung ansehen.«

Es war dies der normale Zustand in den Grenzstaaten und kümmerte Numantia herzlich wenig. Es war jedoch in den Hügeln jüngst eine neue Kraft aufgetaucht, und diese machte dem Zehnerrat nun doch Sorgen.

Es handelte sich dabei um die Tovieti, die der Zehnerrat, wie ich von Tenedos erfuhr, mal als »gefährlichen revolutionären Orden«, mal als »fanatischen Kult«, mal als »wahnsinnige Banditen« bezeichnet hatte. »Woraus ich schloss«, meinte er, wobei für einen Augenblick ein Lächeln seine Lippen umspielte, »dass unsere Führung eine Heidenangst vor ihnen hat.«

Man wusste kaum etwas über die Organisation, außer dass sie ausgesprochen lose und ihre Kader weit verstreut waren und die meisten ihrer Mitglieder aus der Bauernschaft, der Schicht der Besitzlosen und den unteren Schichten stammten. Ihr Credo war, ihre Anhänger würden allen Besitz der Reichen erben – und das nicht in irgendeinem künftigen Paradies, sondern gleich; diese Erbschaft sei zu beschleunigen, indem man jeden umbrachte, dessen Hab und Gut einem ins Auge stach. »Mit Ausnahme jener«, so fuhr Tenedos fort, »die ebenfalls ihrem Glauben anhängen.« Sie verlangten außerdem vollkommene Loyalität ihren Führern gegenüber und absolutes Schweigen, was ihre Organisation anging.

Ich hörte zu, ohne mir allzu große Sorgen zu machen; ich hatte nicht zum ersten Mal den Eindruck, die über mir faselten ständig von dem einen oder anderen ruchlosen Bund, der kurz vor einem Staatsstreich stand oder zumindest plante, die Moral der Bürger zu korrumpieren. Als Soldat hörte ich höflich zu, aber solange mir diese Leute nur als Chimären eines fiebernden Politikers gegenüberstanden und nicht als konkrete Feinde, verschwendete ich keine Zeit darauf, unter meinem Bett nach diesen Unruhestiftern zu suchen.

Ich nehme an, meine Ungerührtheit teilte sich Tenedos mit, schließlich hatte ich ihn bereits als scharfsinnigen Interpreten menschlicher Gesichter erlebt. »Es ist mehr als nur Panikmache«, sagte er. »Die Tovieti haben jenseits der Grenzstaaten in Urey, Dara, ja selbst in Kallio gemordet, jedenfalls berichten dies die Agenten des Zehnerrats. Bei den meisten Opfern handelt es sich um Kaufleute, deren Karawanen oder Häuser man völlig ausgeraubt hat, ohne etwas anderes zurückzulassen als Leichen.

Die Tovieti töten, indem sie ihre Opfer mit einem gelben Seidenstrick strangulieren, wann immer es geht, und den Strick lassen sie um den Hals ihres Opfers geknotet zurück.

In den Berichten der Agenten heißt es außerdem, die Mörder hätten mächtigen Zauber auf ihrer Seite, jedenfalls hat man nicht einen von ihnen auf frischer Tat gefasst. Und verfolgt man ihre Spuren, so verschwinden sie auf unerklärliche Weise.

Ich selbst frage mich ja, wie ehrgeizig die Verfolgung eines solchen Dorfpolizisten wohl ausfällt, nachdem er, sagen wir mal, ein halbes Dutzend Kaufleute tot aufgefunden hat, deren Gold und Waren verschwunden sind, aber man hat mir versichert, die Berichte der Agenten des Rats seien in dieser Hinsicht ausgesprochen genau.«

»Woher weiß man denn, dass die Gruppe in den Grenzstaaten ansässig ist?«

»Diese Frage habe ich auch gestellt und keine andere Antwort bekommen als die, es handele sich um eine ›verlässliche Information‹.« Tenedos zuckte die Achseln. »Man sagte mir überdies, Chamisso Fergana sei allem Anschein nach entweder der Anführer oder wenigstens einer der führenden Köpfe der Organisation, die Tag für Tag neue Anhänger gewinnt. Bald wird er sie aus den Bergen führen, Sayana besetzen und in einen großen Krieg gegen Numantia ziehen. Der Zehnerrat ist der Ansicht, dass die Tovieti für all die gegenwärtigen Unruhen entlang der Grenze verantwortlich sind.

Es ist offensichtlich, welch wunderbar gärenden Sumpf des Bösen und der schwarzen Magie wir zu betreten im Begriff sind.«

Sayana, nicht weiter als anderthalb Werst entfernt, lag funkelnd im Sonnenlicht, weiß wie das Kleid einer Braut. Aber zwischen uns und seinen Mauern befand sich ein besseres Symbol für die Stadt. Eiserne Pfeiler von etwa dreißig Fuß Höhe waren zu beiden Seiten in die Straße gerammt. Von diesen hingen schmiedeeiserne Käfige. In jedem davon lagen die verfaulenden Überreste eines Menschen. Einige waren nichts weiter als Knochen, nahezu blank gepickt von Falken und Krähen. Andere waren erst kürzlich gestorben, ihre Kadaver wurden unter der Sonne schwarz, die Augen ausgehackt, die Hände nach einer Gnade gestreckt, die ihnen erst zuteil wurde, als Saionji sie auf das Rad zurückkehren ließ.

Ich hörte ein Krächzen, aber nicht von einem Aasvogel, sondern aus einem der Käfige. Es kam von einem Mann, der noch lebte, vielleicht auch einer Frau, ich konnte das durch den Schmutz und die Lumpen nicht sehen. Ein einziges Auge starrte mich an, eine Hand bat flatternd um das letzte Geschenk.

Ich wusste, ich durfte es nicht gewähren, so sehr mir auch danach war, den Bogen einer meiner Männer zu nehmen und dem unseligen Geschöpf im Käfig eine gnädige Spitze ins Herz zu schicken. Eine solche Gnadentat wäre auf der Stelle bestraft worden, höchstwahrscheinlich dadurch, dass ich mich an Stelle dessen, dem ich sie gewährt hatte, im Käfig fand.

Ich wandte den Blick ab und wir ritten weiter.

Wir hatten eines der Tore der Stadt nun direkt vor uns, und vor diesem erwartete uns eine Einheit von etwa fünfzig Reitern mit einer einzelnen Gestalt an der Spitze.

»Ich sehe, man hat uns erwartet«, meinte Tenedos. Er warf mir einen Blick zu, um zu sehen, ob ich wohl meinen Männern eine Reihe hektischer Befehle zurufen würde, auf dass man die Uniformen aufpolierte und den Straßenstaub vom Geschirr blies. Ich sagte nichts – ich vertraute ganz auf meinen Hauptfeldwebel und die Unteroffiziere, bestimmt hatten sie die Truppe schon vor unserem Aufbruch am Morgen auf Vordermann gebracht. Außerdem bezweifelte ich, dass den Hügelbewohnern glänzendes Messing mehr imponierte als messerscharfer Stahl. Die Ehrengarde glich kaum der strengen Reihe Soldaten, die einen Staatsbesuch in Nicias empfangen hätte. Die Pferde schnaubten und zerrten am Zaumzeug, ganz erpicht darauf, endlich loszugaloppieren, und überhaupt war die Einheit – gelinde gesagt – ein bunter Haufen. Die Reiter waren phantastisch aufgemacht mit einem Kopfputz in den mannigfaltigsten Farben, der ihnen wie ein eingefallenes Segel über die Schultern hing. Ihre farbenprächtigen Tuniken wiesen Ballonärmel auf und ihre Harnische und Reithosen waren aus Leder. An jeder Mütze prangte eine leuchtend bunte Feder, die fast bis auf die Hinterbacken des Rosses wallte.

Die Scheiden ihrer Schwerter jedoch waren aus schlichtem Leder und ebenso abgewetzt wie die ungeschmückten Hefte der Waffen selbst. Sie trugen lange Speere, und auch diese waren von einfachstem Entwurf; und wie ich beim Heranreiten sah, waren die Spitzen nicht vom Polieren, sondern vom häufigen Schärfen so blank.

Diese Herren mochten eine Palastwache sein oder nicht, jedenfalls hatten sie keinerlei Ähnlichkeit mit den schneidigen Exerzierplatzrittern der Goldhelme von Nicias, die waffenklirrend Dienst beim Zehnerrat taten. Das hier waren Krieger, keine Hoflaffen.

Einen Augenblick lang hielt ich den Mann an ihrer Spitze für den Kommandanten, aber dann erkannte ich, dass dem nicht so war.

Er trug ein changierendes grünes Gewand, das in allen Farben schimmerte, je nachdem, wie die Sonne darauf schien. In einer Hand hielt er einen Stab, dessen Schaft bunt wie Hohlglas erschien; Feuer spielten darin. Der Mann war hoch gewachsen, nur etwas kleiner als ich und weitaus schlanker und sein kohlrabenschwarzes Haar war gewachst und hinten zu einem Schwanz zusammengezogen, der ihm über den halben Rücken hing. Auch sein Bart war gewachst und in zwei Spitzen geteilt, die bis auf die Brustmitte reichten. Er konnte nur ein Zauberer sein.

»Ich grüße Euch«, grollte seine Stimme, und ich wusste, dass sie magisch verstärkt sein musste. »Seher Laish Tenedos und Euch, Soldaten von Numantia. Ich bin Irshad, Oberjask seiner Durchlaucht, Achim Baber Fergana, und sein ergebener Oberberater in weltlichen Dingen zugleich.« Er breitete zum Gruß die Arme aus und aus dem Nichts kam ein Nebel, der nach Rosenwasser und Moschus roch.

Ich hatte überraschtes Gemurmel von meinen Männern erwartet – und war freudig überrascht, dass nur Schweigen zu hören war.

»Ich danke Euch für Eure Begrüßung, Jask Irshad«, antwortete Tenedos. »Da Ihr unser Kommen gesehen und das Handwerk studiert habt, das uns gemeinsam ist, so erlaubt mir, Euer Kompliment wie Euer Geschenk zu erwidern. Ich fürchte nur, das meine ist nicht durch die Luft zu werfen, ich fürchte, es könnte jemanden verletzen.

Darf ich Euch bitten, Euren tapferen Soldaten zu befehlen, die Speerspitzen zu senken, so dass jede auf mein Herz zeigt?«

»Das kann und werde ich«, entgegnete der Magier und machte eine Geste. Auf der Stelle richteten sich fünfzig Lanzen parallel zum Boden aus, und ich sah ein grimmiges Grinsen auf so manchem Gesicht. »Ihr habt großes Vertrauen in ihre Selbstbeherrschung. Einige dieser Männer haben Numantia die Blutfehde geschworen – bis in den Tod.«

»Mit Glauben hat das nichts zu tun«, erwiderte Tenedos wegwerfend, »denn ich komme als Gast, und ist es nicht eine Frage der Ehre, dass ein Mann, der als Besucher zu Euch kommt, nichts zu befürchten hat? Oder habe ich da Falsches über die Männer aus diesen Hügeln gehört?«

Ohne auf eine Antwort zu warten, lenkte er sein Pferd nach vorn, berührte, eine nach der anderen, jede Lanzenspitze, die ihm entgegenstarrte. Wie ich sah, hatte er etwas Kleines in der Hand, die er jedoch halb geschlossen mit der Innenseite nach unten hielt, so dass ich nicht sehen konnte, was es wohl war. Seine Lippen bewegten sich kaum merklich, als er die Spitzen für seinen Zauber berührte.

Er hatte die Hand gerade auf drei oder vier Spitzen gelegt, als überraschte Rufe zu hören waren. Die Speerspitzen, von denen eben noch der Glanz tödlichen Stahls ausgegangen war – sie erstrahlten mit einem Mal in kostbarem Gold.

Die Disziplin der Ehrengarde – wie viel auch immer sie davon gehabt haben mochte – war auf der Stelle dahin, als alle zugleich ihre Rösser vordrängten, auf dass auch jeder seine goldene Berührung bekam.

Irshads Gesicht umwölkte sich, aber er zwang sich zur Ruhe. »Ihr habt große Gaben und Ihr seid ganz offensichtlich ein Seher, der in diesem Land kaum seinesgleichen hat«, sagte er. »Meine Männer danken Euch. Ich kann nur hoffen, Ihr habt nicht weniger reiche Geschenke für einen Mann von der Größe des Sterns der Berge, meinen Herrn.«

Tenedos wartete, bis der letzte der Lanzenreiter beschenkt und er wieder an meine Seite geritten war, bevor er antwortete. Es blitzte golden auf, als seine Hand unter seine Gewänder glitt; dann tauchte sie wieder auf.

»Ich bringe Achim Fergana in der Tat große Dinge«, meinte er. »Aber sie sind nicht aus Silber noch aus Gold, denn ich weiß, einem Mann von seiner Weisheit und seinem Geschmack gelten sie nicht mehr und nicht weniger als billiger Tand.

Ein Mann von so edlem Blut würde sich womöglich gar von Gold gekränkt fühlen, selbst wenn ich die Tore der Stadt zu Gold machte, denn er weiß, sein Wert geht weit über den materieller Dinge hinaus.«

Jetzt lächelte Irshad. »Numantia scheint gut gewählt zu haben, Seher Tenedos, indem es einen Mann geschickt hat, dessen Zunge kostbarer ist als Barrengold. Zweifelsohne wird Achim Fergana nicht weniger beeindruckt sein, obwohl es schon vorgekommen ist, dass er Männer von geringerer Zungenfertigkeit entlassen hat, wenn er enttäuscht war.«

»Ich bin sicher, unsere gemeinsame Zeit wird uns beiden von Nutzen sein«, antwortete Tenedos mit einem nicht weniger unaufrichtigen Lächeln auf dem Gesicht.

Und so ritten wir denn in die Stadt Sayana ein.

Die gepflasterten Straßen waren schmal und voller Karren und Männer zu Fuß wie zu Pferd. Frauen sah ich nur wenige, da die Männer dieses Ortes ihnen die erstaunlichste Untreue zutrauen, sobald man sie auch nur einen Augenblick aus den Augen lässt. So hält man denn Gattinnen wie Töchter unter Verschluss. Die wenigen, die ich zu sehen bekam, lächelten dreist, und die eine oder andere ließ gar für einen Augenblick das Gewand auseinanderklaffen, auf dass man einen kühnen Knöchel oder gar eine Wade zu sehen bekam; ich brauchte nicht zu raten, was ihr Gewerbe war.

In regelmäßigen Abständen öffnete sich die Straße auf einen Platz und jeder dieser Plätze war voller Händler, die lautstark ihre Ware feilboten: Kleidung, Melonen, Früchte, Gemüse, Messingschmuck, fragwürdiges, von Fliegen umschwärmtes Fleisch und dergleichen mehr. Eine nicht unbedeutende Zahl davon – jeder Zweite, wie ich annahm – schien irgendeine Art von Zauber zu verkaufen, ein Amulett oder einen magischen Trank. Tenedos beugte sich zu mir herüber und sagte: »Ich sehe an den Händlern, dass ich mich wohl geirrt haben dürfte, als ich sagte, wie merkwürdig es doch sei, dass der Zehnerrat einen Zauberer als Generalresidenten hierher schickt. Vielleicht bin ich für die Aufgabe tatsächlich der beste Mann. Entweder ich … oder eine Dorfhexe.«

Ein Lächeln verzog seine Lippen und ich erwiderte es. Ich begann diesen kleinen Mann mit seiner humorvollen Bescheidenheit zu mögen, die so selten war bei jemandem in einer so hohen Position.

Die Häuser zu beiden Seiten der Straße zeigten der Außenwelt nichts weiter als eine einzige Tür mit einem schweren Riegel; die größeren hatten dazu noch ein Tor, das nicht weniger gut gesichert war. Tenedos merkte an, er sehe, die Steuereintreiber des Achim seien höchst effizient: Menschen zeigten ihren Reichtum nur dort nicht offen, wo das Land voller Steuereintreiber und Diebe sei. »Die meisten würden ohnehin sagen«, fuhr er fort, »es handelt sich um ein und denselben Beruf.«

Der Jask Irshad führte uns in die Mitte der Stadt, wo die Straßen breiter, die Häuser größer waren; manche zogen sich über einen gesamten Block. Vor einem von einer Mauer umgebenen Anwesen hielt er an und sagte, dass dies der Amtssitz des numantischen Residenten sei.

»Eure Bediensteten erwarten Euch schon, versorgt wird das Haus ganz nach den Wünschen des letzten Bewohners, der gleichfalls Numantier war. Sollte es an irgendetwas mangeln, die Dienstboten stehen allzeit bereit.

Ihr habt den Rest des heutigen und den morgigen Tag, um Euch zu erholen, dann erwartet mein Herr, die Hand des Friedens, die überallhin reicht, das Vergnügen Eurer Gesellschaft.«

Buckelnde Dienstboten rissen die Torflügel auf – die oben mit Speerspitzen versehen waren, die aussahen, als hätte man sie jüngst geschärft – und begrüßten uns im Chor.

So begann unser Aufenthalt in Sayana.

Zur Erholung blieb uns freilich kaum Zeit.

Das Haus war riesig, und es waren zahlreiche Aufgaben zu erledigen, und zwar auf der Stelle.

Zuerst opferten wir Irisu und Panoan – dem Gott Nicias' – zum Dank dafür, wohlbehalten angekommen zu sein. Meine Männer opferten darüber hinaus Isa und ich gab frisches Obst für Cimabues Affengott Vachan und den Hausgott meiner Familie, Tanis, hinzu. Tenedos hielt ebenfalls ein privates Opfer ab – ich war mir sicher, es galt der Zerstörerin Saionji, einer Göttin, die nur wenige zur Kenntnis zu nehmen wünschen, geschweige denn, dass man ihre Aufmerksamkeit auf sich lenken will – es sei denn, es handelt sich um ihren männlichen Aspekt, den Kriegsgott Isa.

Nach den Zeremonien hieß Tenedos seine Gefolgsleute ein Lazarett einrichten, um die in der Schlacht an der Furt Verwundeten zu versorgen, bevor man sich um sein eigenes Quartier kümmerte.

Die kaitischen Dienstboten, mochten sie auch mit Sicherheit über alles und jedes entweder Achim Fergana oder Jask Irshad Bericht erstatten, waren ausgesprochen geschickt, was überraschend war in einem Land, in dem man seine Unabhängigkeit so schätzte wie hier. Dem Haushalt stand ein gerissener Bursche namens Eluard vor, in dessen Gegenwart ich mich jedoch durchaus wohl fühlte, da der Spitzbube offenkundig eine Vielzahl krummer Dinger laufen hatte, so dass er sich hüten würde, sein Boot umzukippen, indem er uns an jemanden verriet, es sei denn, es winkte ein größerer Lohn als der, den er ohnehin schon bekam. Laish Tenedos durchschaute ihn ebenfalls und nahm ihn in unsere Dienste.

Tenedos holte diverse magische Gerätschaften aus seinem Gepäck und schritt damit das Anwesen ab auf der Suche nach Dingen, die für einen Zauberer von Interesse wären, wie er sagte. Ich fragte, was er damit meinte.

»Tja, sagen wir mal, es gibt hier einiges, was ein weiser Seher in einem Haus zu lassen beliebt, das einer bezieht, der für seinen Herrn und Gebieter von Interesse sein könnte. Ich für meinen Teil würde einen Zauber in einen Winkel legen, der jedes dort gesprochene Wort an einen anderen überträgt, womöglich in den Palast meines Herrn und Gebieters. In einem anderen würde ich eine andere Rune hinterlassen. Und in das Schlafgemach, das mein ehrenwerter Gegner bewohnen wird, würde ich einen Zauber der Empfänglichkeit pflanzen, durch den eine verführerische junge Maid Einfluss auf ihn gewinnen könnte. Ein eher konkreter Zauber könnte über eine Tür verhängt werden, so dass alle, die sie anblicken, nichts weiter als eine nackte Mauer sehen. Falls ich oder meine Soldaten im Notfall des Zugangs bedürften, wären wir nicht darauf angewiesen, wie Narren vor dem Tor um Einlass zu bitten oder gar eine Belagerung vorzunehmen, um die Angelegenheit zu bereinigen.«

»Ihr lebt in einer finsteren Welt«, meinte ich etwas dümmlich.

Tenedos sah mich mit beträchtlichem Erstaunen an.

»Gibt es denn eine andere?«

Ich wusste keine Antwort darauf und er beschäftigte sich weiter mit seiner Aufgabe. Ich fragte ihn später, ob er tatsächlich einen Bann der Art gefunden habe, wie er sie beschrieben hatte.

»Sprechen heißt sich verraten«, erklärte er. »Ich möchte nicht ins Detail gehen, aber ich möchte dir so viel sagen, dass das Haus nun sicher ist und der Jask über beträchtliche Gaben verfügt.«

Ich hatte mit meinen eigenen Aufgaben zu tun.

Das Haus hätte sämtlichen Lanciers Ureys als Kaserne dienen können, es gab jeden nur erdenklichen Raum, von einem großen Ballsaal über ein Auditorium und Stallungen bis zum Truppenquartier. Das Haus war im Karree angelegt und verfügte über einen Garten und einen Hof in der Mitte.

Ich wies meinen Leuten Quartiere zu, desgleichen Hauptmann Mellets leichter Infanterie aus Khurram. Abgesehen von den numantischen Soldaten befehligte ich zusätzlich über hundert einheimische, die für die Sicherheit der Botschaft zu sorgen hatten und deren Kommandant ein maisirischer Söldner namens Gyula Wollo war. Wie er in die Grenzstaaten und in die Dienste des Achim Fergana gekommen war, das sagte er nicht. Ich mochte ihn nicht sehr und noch weniger traute ich ihm.

Hauptfeldwebel Bikaner warf nur einen Blick auf die verlotterten Lackel aus Kait, dann schlug er mir vor, den ganzen Haufen hinauszuwerfen, da sie bestenfalls als Spione herhalten mochten und uns mit Sicherheit bei der ersten Gelegenheit verraten würden, wenn sie uns nicht schon vorher im Schlaf umbrachten.

Ich hielt dies für gar nicht so unwahrscheinlich, war aber entschlossen, erst noch etwas auszuprobieren, obwohl ich Bikaner befahl, eine Handvoll Männer abzustellen, um sicherzugehen, dass das Quartier der Kaiter von unserer Seite her abzuriegeln war. Der Rest meines Planes würde noch etwas warten müssen. Ich musste mich auf das Treffen mit Achim Baber Fergana vorbereiten.

Meine Räume glichen einem Palast; sie waren größer als die des Domina, der dem Lyzeum der Reiterei vorstand, und umfassten ein Wohnzimmer, ein Bad, ein Arbeitszimmer mit Bibliothek, ein

Speisezimmer und ein Schlafgemach von so üppiger Ausstattung, dass ich mir gleich mehrere Harems hätte halten können, ohne dass es eng geworden wäre. Es war schwindelerregend für einen jungen Legaten wie mich.

Um sicherzugehen, dass ich nicht vergaß, wer ich war und dass diese Pracht kurzlebig war, nahm ich mir als Bediensteten einen der Lanciers. Ich wählte den Lancier Karjan, denn niemand hätte weniger von einem kriechenden Lakaien haben können als er. Ich fragte ihn, ob ihm der Gedanke zusagte, und er brummte, wollte ausspucken, fand aber keinen geeigneten Platz und erwiderte dann: »Dienst ist Dienst.« Mehr konnte ich von ihm nicht erwarten.

Wir machten uns beide daran, Uniformen und Waffen zu reinigen wie alle anderen Lanciers und Infanteristen auch. Wir wollten später darüber beraten, wie sich unsere Kampfbereitschaft erhalten ließ. Im Augenblick war es Zeit für funkelnde Uniformen und hirnlosen Drill.

Achim Baber Ferganas Burg ragte über die Stadt hinaus, rechteckig, sechs Stockwerke hoch; das unterste, völlig abgeriegelt, wurde als Lager genutzt. Achim Ferganas Verliese lagen darunter in gewachsenem Fels. An jeder Ecke befand sich ein zinnenbewehrter Turm. Zutritt hatte man über eine Zugbrücke und ein Torhaus, hinter diesem ging es über einen erhöhten Damm in die eigentliche Burg. Ausgesprochen wehrhaft, das versteht sich, aber welch ein Ärgernis für den armen Fleischer, der da sein Geschlachtenes hinaufschleppen musste, bevor Achim Fergana zu seinem Schmaus kam.

Vier Numantier ritten zur Audienz mit dem Achim: Generalresident Tenedos, ich selbst, Hauptfeldwebel Bikaner und ein weiterer Soldat, der Reiter Svalbard. Ihn wählte ich nicht seines adretten Aufzugs wegen, sondern wegen seiner Unbeirrbarkeit und seinen Fertigkeiten im Kampf Mann gegen Mann. Hauptmann Mellet und Feldwebel Wace ließen wir als Kommandanten der Truppe zurück.

Tenedos trug sein weißes Zeremoniengewand, die Farben Numantias in einen Streifen auf der linken Seite gewirkt, dazu eine passende Schärpe. Er führte ein Stöckchen mit sich, nicht gerade ein Zepter, aber länger als ein Zauberstab; es war aus Elfenbein und zeigte aufwendige Schnitzereien.

Bikaner und Svalbard trugen Galauniform, einen Helm mit gestutztem Busch, Kürass, Beinschienen, das Schwert in der Scheide. Svalbard hatte außerdem eine gerollte Ledertasche mit den Geschenken dabei, die Tenedos dem Achim aus Nicias mitgebracht hatte.

Ich selbst trug Stiefel, Beinschienen unter einem Leinenrock mit dem Wappen Numantias auf der Brust, dazu mein Schwert und auf der anderen Hüfte eine Scheide mit Dolch. Statt eines Helms, wie ich ihn bevorzugt hätte, trug ich einen förmlichen Hut ohne Krempe, der ebenfalls das Blau Numantias aufwies.

In der Burg wurden wir von einer zweiköpfigen Eskorte empfangen und in Achim Ferganas Audienzraum geführt.

Es war ein äußerst merkwürdiger Raum. Er begann im dritten Geschoss der Festung und erstreckte sich den ganzen Weg hinauf bis unters Dach. Letzteres war nicht etwa geschlossen, sondern bestand aus einem aufwendigen schmiedeeisernen Spinnennetz und vielfarbigem Glas, so dass sich die Menge darunter mit der Bewegung der Sonne in ein ständig wechselndes Farbbad getaucht sah.

Auf raffinierte Weise war Schmiedeeisen in dem ganzen riesigen Raum präsent; Bänke, Skulpturen, Trennwände und Dekorationen waren aus diesem Material. Aber während wir Numantier das Metall roh belassen hätten, hatten hier die Künstler ihr Werk so lebensähnlich wie nur möglich bemalt. So hielt ich den Busch neben mir, einen Sturzbach leuchtender Farben, für ganz und gar lebendig, bis ich mich hart daran stieß.

Der Boden war flach, ein Steinmosaik nach dem anderen überzog ihn. Am hinteren Ende befand sich ein flaches Podium, eben hoch genug, um den Schritt hinauf unbequem zu machen, was von Achim Fergana ganz offensichtlich beabsichtigt war. In der Mitte des Podiums stand sein Thron, ein Stuhl, der groß genug für drei gewesen wäre. Seine Lehne ragte zehn Fuß in die Höhe und breitete sich aus wie der Schwanz eines Pfaus. Nur dass die Farbenpracht dieses Throns einen Pfau beschämt hätte, da er mit allen nur erdenklichen Edelsteinen besetzt war.

Die Wände des Thronraums waren nicht gerade, sondern mit vielen Winkeln und Nischen durchsetzt, die sich vorzüglich dazu eigneten, jemanden auf eine vertrauliche Unterredung hineinzuziehen. Ich fand später heraus, dass sich hinter jeder dieser bequemen Nischen ein winziger Raum befand, in dem einer von Irshads Agenten gewissenhaft jedes verräterische Wort notierte.

Der Saal war etwa halb voll. Die Leute trugen alles, von den Lumpen der Hügler bis hin zum farbenprächtigen, reich verzierten Gewand. Einige der Männer – Angehörige des Hofes, wie man mir sagte – trugen konische Hüte aus Leder, die an Kriegerhelme erinnern sollten. Es waren auch vereinzelt Frauen zu sehen, alle großartig herausgeputzt. Bei einigen handelte es sich um Gattinnen und Töchter von Adeligen, aber die meisten waren ungebundene Frauen der besseren Schichten, die sich – vater- und gattenlos – zu welchen Bedingungen auch immer nach einem Beschützer umsahen.

Allem Anschein nach war hier jede Schicht der Kaiter Gesellschaft vertreten, und ich fand heraus, dass Achim Fergana, Despot, der er sein mochte, seinen Thron unter anderem deshalb schon so lange innehatte, weil sein Hof jedem, selbst dem lediglich Neugierigen, offen stand, wie es sich für einen Achim gehört. Gewiss, eine wehrhafte Gesellschaft wie diese ermutigte die Mordbuben und bewirkte noch mehr Demut bei den Unterwürfigen, aber sie sorgte auch dafür, dass man sich nicht allzu affektiert gab.

In der Nähe des Throns fiel mir ein Mann auf, von zwei Gefolgsleuten flankiert, der für mich ausgesprochen fehl am Platz wirkte. Er trug einen Aufzug zur Schau, den ich vielleicht in den besten Häusern Nicias' erwartet hätte: einen rotseidenen Rock, schwarze Breeches, die sich über den hohen Reitstiefeln bauschten, einen schwarzen Reitermantel, der über der Brust von einer Kette zusammengehalten wurde, und ein scharlachrotes Scheitelkäppchen, passend zum Rock. Sein Bart war blond und kurz gestutzt. Nur seine Waffe passte zu der ungehobelten Gesellschaft, in der sie sich bewegte: kein Schwert, sondern ein ellenlanges Kampfmesser, dessen Scheide horizontal gleich neben der Schnalle des Gürtels hing.

Etwas weiter oben führte eine Galerie entlang, aber es war unmöglich zu sehen, ob sich dort jemand aufhielt, da mir die eine oder andere schmiedeeiserne Stellwand die Sicht darauf nahm. Dieses Geschoss war für Achim Ferganas Frauen, die von dort den Worten ihres Herrn lauschten, »um aus seiner Weisheit zu lernen, was Größe ist«.

Darüber befand sich eine weitere Galerie, die einem ganz anderen Zweck diente. Sie war auf drei Seiten von Bogenschützen besetzt, die mit dem Pfeil in der Kerbe bereitstanden und alle paar Minuten die Plätze wechselten, um nicht zu ermüden. Bis ich hinter dieses Geheimnis kam, fragte ich mich, wieso es den Achim in diesem Land voll Verrätern nicht zu kümmern schien, ob seine Gefolgsleute bewaffnet waren oder nicht, aber dann wusste ich die Antwort. Und um ganz sicherzugehen, hatte er hinter der vierten Wand, gleich hinter dem Thron, eine ganze Abteilung Jasken, die bereit waren, mit Zauberhand zuzuschlagen, falls jemand auch nur davon träumte, ihrem Herrn und Gebieter etwas anzutun.

Als ich mir all diese Vorkehrungen vor Augen führte, fragte ich mich, wie es überhaupt jemanden nach einem Thron gelüsten konnte, wenn er sich dann derart verzweifelt schützen musste. Ich überlegte eine Weile, gab dann aber auf. Ich wollte, ich wäre dem Gedanken bis zu der unvermeidlichen Schlussfolgerung nachgegangen. Womöglich wären heute noch Millionen Menschen am Leben und ich wartete nicht auf dieser gottverlassenen Insel auf meinen Tod.

Aber all das lag damals in der Zukunft.

Ich habe die beiden größten Wunder für den Schluss aufbewahrt.

Das erste: Zwischen diesen Männern und Frauen schlichen wilde Tiere, Kreaturen der Grenzstaaten, herum. Ich sah einen Tiger, einen kleinen Wickelbären, ein paar Antilopen mit Hörnern, die sich über ihren Köpfen ineinanderflochten, zwei kleine Schakale und andere Kreaturen. Über unseren Köpfen flogen oder saßen

Vögel aus Kait – Eulen, Meisen, Falken, Spatzen. Direkt unter dem Dach saß, in dunkler Majestät, ein Prachtadler. Alle verhielten sich, als gehörten sie rechtmäßig – wie jedes zweibeinige Tier auch – an diesen Hof.

Nun war ich wirklich beeindruckt von der Magie der Grenzstaaten. Nicht nur waren diese Tiere friedfertig und zerfleischten weder einander noch ihre Todfeinde, unter denen sie sich bewegten, sie waren auch sorgfältig gepflegt, denn nicht einer von uns roch etwas von der Wildnis oder trat gar in Kot.

Noch heute ist es mit das Beeindruckendste, was ich je an Königshöfen zur Schau gestellt sah.

Das zweite und letzte Wunder war der Mann auf jenem großartigen Thron, Achim Baber Fergana.

Er war von hohem Wuchs. In seiner Jugend dürfte er ein furchterregender Krieger gewesen sein, nicht nur seiner Größe und Muskeln, sondern auch des dunklen Haares wegen, das wie sein Bart gewachst und zu einer Reihe von Spitzen frisiert war, die jeweils ein Edelstein zierte.

Er mochte Mitte Fünfzig sein und war etwas aus dem Leim gegangen – der Bauch drohte ihm über den Schoß zu wachsen, und seine beringten Finger waren feist wie auch seine Backen.

Er war jedoch nach wie vor ein gefährlicher Mann. Hätte er mir im Ring gegenübergestanden, meine beste Taktik wäre gewesen, nicht in seine tödliche Umarmung zu geraten und ihn mit einem Sprung gegen die Brust umzuwerfen. Im bewaffneten Kampf, so stellte ich mir vor, zog er vermutlich die Axt, vielleicht auch einen Beidhänder vor. Seine Taktik wäre die eines Holzfällers gewesen, und anstatt sich der Feinheiten der Fechtkunst zu bedienen, hätte er einfach dreingehauen.

Seine Stimme grollte wie die eines Bären und passte vollkommen zu seiner Erscheinung.

»Ich wünsche mit dem Edlen aus Numantia zu sprechen.«

Tenedos verbeugte sich und hielt auf den Thron zu. Im selben Augenblick trat Jask Irshad hinter dem Thron hervor und stellte sich neben seinen Herrn.

»Bringt Eure Gefährten ruhig mit, Seher«, fuhr Fergana fort. »Ich wünsche jedes neue Gesicht innerhalb meines Reiches zu sehen.«

So folgten wir anderen drei Tenedos. Als er stehen blieb, blieben wir ebenfalls stehen. Als er sich verbeugte, dreimal, taten wir es ihm nach.

»Ihr dürft vortreten und Euren Namen nennen.«

»Ich bin Laish Tenedos, als Generalresident in das große Königreich Kait und als Gesandter bei Hofe Ihrer Königlichen Hoheit Achim Baber Fergana bestellt.«

»Ehrenwerter Herr, habt Ihr Papiere, die Euch als jenen ausweisen?«

»Die habe ich in der Tat.« Tenedos brachte eine ordentlich mit Schleife versehene, versiegelte Pergamentrolle zum Vorschein und reichte sie Achim Fergana, der die Schleife öffnete, das Dokument entrollte und es zu studieren vorgab. Dann gab er es seinem Höchst Ehrenwerten Berater und Großmächtigen Zauberer Jask Irshad, und weiter ging die Zeremonie, in deren Verlauf Tenedos dem Achim seine Geschenke übergab.

Er hatte sie mir vor dem Verlassen der Botschaft gezeigt und ich war ausgesprochen beeindruckt gewesen. Die Schatulle enthielt handgearbeitete Messer, von denen jedes ebenso einzigartig wie typisch für die einzelnen Provinzen Numantias war. So gab es ein Fischmesser mit schmaler Klinge aus Palmeras, ein Viehzüchtermesser mit breiter Klinge aus Darfur, ein Buschmesser aus Cimabue, das – wie ich bezeugen kann – auch bei Keilereien recht nützlich war, und so weiter. Jedes war aus poliertem indischem Stahl, Heft, Griff und Parierstück aus exotischen Hölzern und Metallen und alle mit Gemmen besetzt.

Es war offensichtlich, dass sie Achim Fergana gefielen, denn von dem Bären war ein zufriedenes, kein zorniges Brummen zu hören. Dann setzte man die Zeremonie fort.

Ich verschloss die Ohren und tat, als hörte ich aufmerksam zu. Ich war etwas überrascht, dass ein wilder Krieger wie Achim Fergana sich zu einer solchen Zeitverschwendung herabließ, nahm aber an, dass er glaubte, seine Banditenherrschaft dadurch gewissermaßen zu legitimieren.

Fergana und Irshad kamen schließlich zu dem Schluss, dass Tenedos kein Hochstapler und an diesem Hofe willkommen war, solange er sich an Gesetz und Gebräuche des schönen Landes Kait hielt. Achim Fergana war ausgesprochen interessiert, das Neueste aus Numantia zu hören und von seinen Herren, den Freunden vom Zehnerrat, denen man gar nicht genug Ehrerbietung entgegenbringen könne.

Ich hörte bei diesen letzten Worten ein ganz leises Schnauben und sah aus dem Augenwinkel, wer da offenkundig Einwände zu haben schien. Es war der Mann mit der roten Scheitelkappe und dem Dolch.

Offensichtlich hatte auch Fergana selbst ein gutes Gehör, denn als die Zeremonie vorbei war, winkte er den Mann zu sich heran.

»Landgraf Malebranche. Kommt doch bitte zu mir.«

Der Mann gehorchte.

»Wir fühlen uns über die Maßen geehrt«, erklärte Fergana, »zwei Vertreter solch alter und ehrwürdiger Höfe bei uns zu haben. Es ist wahrhaft herzerfrischend, dass Kait, dem die Außenwelt den Beinamen Grenzstaaten zugedacht hat, und wir Kaiter, die man uns zuweilen als nichts weiter als die Hügelmenschen bezeichnet, als wären wir umherziehende Bauern, uns einer solchen Aufmerksamkeit erfreuen.

Resident Tenedos, erlaubt mir, Euch den Residenten des Staates Kallio vorzustellen, den Landgrafen Elias Malebranche.«

Ich konnte mein Erstaunen gerade noch verbergen – Achim Fergana wusste doch wohl, dass Kallio – wie Urey oder Dara – nichts weiter als eine Provinz Numantias war. Noch bevor jemand ein Problem daraus machen konnte, hatte Malebranche sich auch schon verbeugt. »Vielleicht, o Achim«, erwiderte er, »liegt es daran, dass unsere beiden Staaten sich in so vieler Hinsicht unterscheiden, dass man glauben könnte, wir seien von unterschiedlicher Nationalität. Aber wir sind vom gleichen Schlag, worauf einige stolz sind, während es andere mit Bedauern sehen.«

Tenedos wandte sich langsam dem Landgrafen zu, dessen Stand in etwa dem unserer Grafen entsprach.

»Ich begrüße Euch im Namen *Eurer rechtmäßigen Herrscher*«, sagte er und legte dabei einen sanften Nachdruck auf die letzten drei Worte, »dem Rat der Zehn, und bin sicher, wir werden die besten Freunde sein. Aber Landgraf, Ihr sagtet da eben etwas, was mich verblüfft. Ihr sagtet, dass es einige bedauerten, Bürger Numantias zu sein. Wie sollte jemand so töricht sein?«

»Ich sprach mit Unbedacht«, erwiderte Malebranche. »Ich wollte dabei nicht sagen, dass es jemand bedauert, Numantier zu sein, aber es gibt nun mal jene – und natürlich bin ich einer davon –, die meinen, dass Numantias Regierung etwas ziellos ist.«

Achim Fergana brüllte vor Lachen.

»Ah, uns stehen kurzweilige Stunden bevor, wie ich sehe, wenn zwei Vertreter ein und desselben Königreichs sich in den Haaren liegen, noch ehe sie einander richtig vorgestellt wurden. Ich prophezeie mir und meinem Hof großes Amüsement.«

Tenedos gestattete sich ein Lächeln, das gleich wieder verschwand.

»Es freut mich, Eure Majestät belustigt zu sehen, und ich hoffe Euch, auch noch in anderer, wichtigerer Hinsicht zu erfreuen, was Teil meiner Mission ist. Aber man sollte nicht denken, dass eine kleine Meinungsverschiedenheit über die Bedeutung von Worten dahin führt, dass man sich in den Haaren liegt. Letzten Endes sind die Numantier Brüder.«

Fergana lachte womöglich noch lauter.

»Trifft das zu, Landgraf Malebranche? Ziehen all Eure Leute am selben Strang, wenn harte Zeiten kommen?«

Malebranches Grimasse mochte dazu dienen, seine persönliche Belustigung zum Ausdruck zu bringen, aber er antwortete nicht, zumal Fergana ihn auch nicht drängte. Stattdessen wandte er sich wieder Tenedos zu.

»Interessante Stunden, in der Tat.« Er blickte an dem Seher vorbei auf mich. »Ihr, junger Mann. Ihr seid es, dessen Bekanntschaft zu machen ich neugierig war.«

Ich fürchte, ich glotzte ihn an.

»Ihr seid doch der schlaue Soldat, der dem Wolf von Ghazi weisgemacht hat, er sei ein Zauberer, und ihn zur Herausgabe seiner Beute veranlasste, nicht wahr?«

Was mich noch mehr verdutzte, obwohl ich meine Miene denn doch wieder unter Kontrolle bekam. Wusste dieser Mann ... oder besser sein Jask mit seiner Zauberei ... wusste er denn alles, was an der Grenze vorging?

»Ich bin der Mann, Sir«, bestätigte ich.

»Ihr habt einen flinken Verstand«, meinte Fergana. »Ich bin neugierig, wie er in der Zukunft noch funkeln mag, und wünsche Euch noch öfter die Gelegenheit, ihn zu zeigen.«

»Zeigt ihn mit Bedacht«, warf Irshad ein. »Nicht alle hier sind so leicht zu amüsieren wie der Achim.«

Ich verbeugte mich: »Ich danke Euch für das Kompliment ... und für den Hinweis.«

Beide Männer sahen mich fest an, als prägten sie sich meine Züge – und meine Seele – ein. Ich begann mich zurückzuziehen, hielt ihrem Blick aber stand. Einen Augenblick darauf schauten sie beide Laish Tenedos an.

»Ich bin geneigt«, sagte Fergana, »Euch an diesem Hofe als verehrten Botschafter aufzunehmen. Erweist mir nur noch einen letzten Dienst.«

»Ihr braucht nur zu befehlen.«

Irshad winkte mit der Hand und das ganze Podium mitsamt dem Thron glitt nach hinten, bis es mit der Wand bündig war. Ich hätte geschworen, der Stein sei fest auf den Boden gemauert gewesen. Ich ermahnte mich, die Hügelmenschen nur ihrer barbarischen Gebräuche wegen nicht zu unterschätzen, weder ihr handwerkliches Geschick noch ihren Verstand.

Dort, wo eben noch das Podium gewesen war, befand sich jetzt eine kreisrunde Eisenplatte, wunderbar als Rad bemalt mit allen – wie es schien – Kreaturen und Menschen dieser Erde darauf.

Irshad winkte ein weiteres Mal, und die Platte glitt beiseite und gab den Blick auf eine flache Vertiefung frei.

»Tretet näher«, befahl Achim Fergana. »Alle vier.«

Unter uns befand sich eine Miniatur des Saales, in dem wir uns befanden, oder jedenfalls des untersten Teils. Nicht nur die Einzelheiten des Raums waren naturgetreu nachgebildet, sondern auch die Puppen darin, von denen jede etwa eine Spanne maß. Ich sah sie mir genau an, blickte mich dann um und sah die Höflinge, die als Modell gedient hatten. In dieser Vertiefung war jedes einzelne Mitglied des Hofes zu sehen, das Gesicht äußerst naturgetreu aus Elfenbein geschnitzt, nicht weniger realistisch war das Gewand.

Es waren weit mehr Puppen zu sehen, als an jenem Tag Leute zugegen waren. Der zweite Unterschied bestand darin, dass es keine Puppen auf dem winzigen Podium gab, die Achim Fergana oder Jask Irshad dargestellt hätten.

Irshad stieg in die Vertiefung und nahm eine Puppe zur Hand. Es war eine ganz erstaunliche Replik des Kalliers, Landgraf Malebranche.

»Es handelt sich hier nicht um die wunderliche Laune eines Kindes, Resident Tenedos«, bemerkte Fergana.

»Das habe ich bereits geahnt, o Achim«, erwiderte Tenedos. »Vergesst nicht, mein Handwerk ist nicht die Diplomatie.«

»Ah ja. Ich vergaß. Jede dieser Figurinen enthält wenigstens etwas vom Haar des Mannes – oder der Frau –, die sie darstellt. Ich verlange von jedem, der sich an meinem Hofe aufzuhalten geruht, mir selbiges zur Verfügung zu stellen.«

»Ich muss doch protestieren«, erklärte Tenedos. »Das gäbe Euch … oder Euren Zauberern … womöglich die magische Kontrolle über den Betroffenen in die Hand.«

»Das könnte es«, bestätigte Fergana. »Aber ich bin ein Mann von Ehre und würde das niemals ausnützen, ebenso wenig wie ich einem meiner Jasken eine derartige Verfehlung durchgehen ließe.«

»Warum verlangt Ihr es dann?«

»Ehre gebiert Ehre … das trifft auch auf die Unehre zu«, meinte Fergana. »Ich fürchte, es kamen schon Männer an diesen Hof, die Böses im Schilde führten. Aber sahen sie sich erst einmal vor die

Wahl gestellt, Jask Irshad die nötigen Dinge auszuhändigen oder nicht, so ergriffen sie entweder die Flucht oder sie verhielten sich höchst ehrenwert während ihres Aufenthalts hier.

Wenn Eure Mission hier beendet ist, so wird man Euch Eure Figur als Souvenir aushändigen. Ich verlange dasselbe auch von jedem Eurer Vertreter – wie etwa dem gescheiten Legaten Damastes á Cimabue hier –, der an meinem Hof weilt.«

»Ich kann diese Dinge nicht herausgeben«, antwortete Tenedos, »und ich muss noch einmal gegen den Mangel an Vertrauen protestieren, den Ihr einem rechtmäßig bestallten Vertreter des numantischen Hofes entgegenbringt.«

»Ihr Protest ist gehört und abgewiesen.«

»Dann bleibt mir keine andere Wahl, als meine Referenzen zurückzufordern.«

»Wenn Ihr das tun müsst, so tut, was Ihr tun müsst«, entgegnete Fergana belustigt.

»Das wird dem Zehnerrat sehr missfallen.«

»Zweifelsohne«, bestätigte Fergana. »Aber es ist ein weiter Weg zurück durch den Sulempass, durch Urey und den Latane hinab zu Eurer Hauptstadt. Bis die Nachricht den Zehnerrat erreicht, wenn sie überhaupt jemals ankommt, und man dort entscheidet, was immer man für nötig hält, um die doch recht vermessenen Interessen eines Einzelnen zu schützen … nun, bis dahin wird viel Zeit vergangen sein und in dieser Zeit ist höchstwahrscheinlich bereits viel passiert.«

Landgraf Malebranche lächelte, und ich konnte mir gut vorstellen, was er dachte: Ist der numantische Gesandte, der mit seiner Ansicht selbstverständlich auch die von Dara und Nicias als Sitz des Zehnerrates vertrat, erst einmal diskreditiert, könnte sich sehr gut eine Gelegenheit ergeben, einen Pakt mit Chardin Sher zu schließen, Kallios neuem Premier. Was zweifelsohne der Grund für die Anwesenheit des Landgrafen in Sayana war.

Ich warf einen Blick auf meine Leute: Bikaners Miene drückte dieselbe hartnäckige Weigerung aus wie die des Reiters Svalbard.

Tenedos sah mich an, seine Lippen zornig aufeinandergepresst.

Ich sah eines der Hoftiere – eine merkwürdig gestreifte Antilope – an mir vorbeiwandern, und mir kam eine Idee.

Angeblich können Zauberer sich gegenseitig ihre Gedanken übermitteln, ohne dass einer etwas zu sagen braucht. Ich habe von einem solchen Wunder gehört, es aber nie mit eigenen Augen gesehen, obwohl ich nicht daran zweifle. Ebenso glaube ich kaum an Omen oder Leute, die spüren, dass ein teurer Mensch viele Werst entfernt in höchster Not ist.

In diesem Augenblick jedoch starrte ich Laish Tenedos intensiv an und zwang meinen Gedanken aus meinem Verstand in den seinen; wie eine unsichtbare Welle schwappte er über die kurze Distanz zwischen uns. Ich gestattete mir ein Nicken … kaum merklich. Tenedos blinzelte und seine Miene nahm wieder die alte Verbindlichkeit an. Er hob eine Braue, fragend. Wieder riskierte ich ein kaum merkliches Nicken.

Tenedos wandte sich wieder Achim Fergana zu.

»Ich … verstehe«, sagte er bedächtig. »Es ist dies ein neuer, sehr erschreckender Gedanke.«

»Aber einer, der befolgt werden muss.«

»Habe ich einen Tag Bedenkzeit?«

Irshad wollte schon etwas sagen, aber Ferganas Blick gebot ihm zu schweigen. »Ich möchte Euch nicht beleidigen, aber dieses Edikt ist nicht zu umgehen, weder mit einem Trick noch sonst irgendwie. Ihr müsst etwas von Eurem Haar herausgeben, das ist das Mindeste. Die meisten sind bereit, auch noch einen Tropfen Blut und Speichel dazuzugeben zum Zeichen ihrer Loyalität.

Aber so viel verlange ich von Ausländern nicht.

Gut denn. Morgen um dieselbe Zeit stellt Ihr Euch wieder hier bei mir ein. Nein. Lassen wir zwei Tage verstreichen. Das gibt meinen Handwerkern Gelegenheit, die Figurinen zu schaffen, und Ihr habt dann gleich das Vergnügen, diese zu sehen.

Zu diesem Zeitpunkt habt Ihr entweder eine Locke Eures Haares abzuschneiden, jeder von Euch, und sie in diese Figuren zu geben oder meinen Hof, die Stadt Sayana und das Königreich Kait für immer zu verlassen, und zwar als erklärte Feinde dieses Landes.

Haben wir uns verstanden?«

Tenedos sah mich an und er schien etwas besorgt zu sein. Ich dagegen machte mir keine Sorgen. Entweder meine Idee war in Sekunden zu bewerkstelligen oder gar nicht.

Sein Mund festigte sich.

»Ich bin einverstanden.«

»Wohlan denn«, befand Achim Fergana. »In achtundvierzig Stunden kommen wir wieder zusammen. Ihr seid entlassen.«

8 *Die Blender*

Kaum waren wir wieder in unseren vier Wänden, nahm Tenedos mich mit in seine Gemächer, sprach rasch einige Worte in jede Ecke des Raumes, um sicherzugehen, dass keine magischen Zuhörer zugegen waren, und meinte dann: »Ich nehme an, du hast nicht etwa mit den Brauen gezuckt, weil es dich gejuckt hat, Damastes.«

»Das habe ich nicht. Vielleicht habe ich eine Lösung für unsere, äh … Verlegenheit.«

»Nenne sie mir. Ich würde das Dilemma lieber umgehen, als mich gezwungen zu sehen, es direkt anzugehen.« Er lächelte gequält. »In was für einer merkwürdig misslichen Lage sehe ich mich hier. Falls meine Theorie zutrifft, dass der Zehnerrat mir tatsächlich ein Unglück wünscht, so fürchte ich, die mindere Katastrophe, von Achim Ferganas Hof verwiesen zu werden, wäre wohl kaum Anlass genug, mit schweren Regimentern gegen Kait zu ziehen. Andererseits würde es genügen, um meinen Ruf in Nicias zu ruinieren. Ich höre schon den Spott – ein Seher mit meiner Ausbildung, einer der größten Zauberer Numantias, wird bei seiner ersten Mission von einem Barbaren mit einer Puppe aufs Glatteis geführt. Nun, *ich habe nicht vor zu versagen.*« Seine Stimme klang wie Stahl. »Also, wie sieht dein Plan aus, mein Freund?«

»Eine Frage vorab, Sir. Als wir in die Stadt einritten und Ihr die Speerspitzen der Garde in Gold verwandelt habt, da hattet Ihr doch etwas in der Hand – oder täusche ich mich?«

Tenedos nickte. »Gute Augen, mein Freund. Ich hatte ein kleines goldenes Amulett in der Hand, mit dem gewisse Kräfte auf niedere Metalle zu übermitteln sind, obwohl das Maß an magischer Energie, das dafür aufzuwenden ist, diese Übung natürlich viel zu teuer macht, sonst ginge ja selbst der niedrigste Bauer mit goldenem Werkzeug einher und das Metall verlöre jeglichen Wert.

Ich nehme an, in deiner Kindheit hat dich jeder Taschenspieler, der die Leute auf den Dorfbasaren zu betrügen versuchte, vom Fleck weg gehasst.«

»Nein, Herr. Ich habe es mir nie anmerken lassen, wenn ich dahinterkam, wie sie etwas machten. Ich habe einmal einem Freund den Trick eines Zauberers verraten, und er wurde wütend auf mich, weil er lieber nicht wissen wollte, wo man die Tücher oder Tauben versteckt. Also ließ ich es lieber sein. Aber ich dachte, Ihr wart doch recht gut – der einzige Grund, weshalb ich sehen konnte, was sich in Eurer Hand befand, ist der, dass ich etwas seitlich hinter Euch war. Hätte ich vor Euch gestanden wie die Kaiter … ich hätte nicht das Geringste gesehen.«

»Trotzdem, ich täte wohl besser daran, mehr Zeit auf Fingerübungen zu verwenden«, meinte Tenedos. »Niemand hat es gerne, wenn man ihn durchschaut. Du meinst also, meine Taschenspielerkunst könnte die Lösung sein?«

Ich erklärte, was mir vorschwebte. Langsam breitete sich ein Lächeln über Tenedos' Gesicht.

»In der Tat. Das hört sich nach einem trefflichen Plan an. Gefällt mir. Ich denke, das könnte durchaus gehen, zumal ich damit vor einem anderen Zauberer auftrete, und niemand ist leichter zu narren als der, der selbst eine Maske trägt.

Ich beginne am besten gleich mit dem Üben. Wir werden auch deinen Feldwebel einweihen müssen in unser kleines Komplott.«

Zwei Tage später kehrten wir zurück an Achim Ferganas Hof. Diesmal waren wir nur zu dritt. Wir kamen etwas früher als zum festgesetzten Termin und verbrachten die Zeit damit, uns unter den Höflingen umzusehen. Es herrschte ein ziemlicher Andrang an jenem Tag – zweifelsohne hatte der Gedanke, die Demütigung, sei es nun auf die eine oder andere Art, der verhassten Numantier mitzuerleben, für den Zulauf gesorgt.

Tenedos war der vollkommene Diplomat, unterhielt sich hier mit einem Mann, dort mit einer Frau, stellte sich reihum vor, verweilte hin und wieder bei etwas Naschwerk, das einer der herumgehenden Diener anbot, und tätschelte ein Hoftier, wenn eines vorbeikam. Feldwebel Bikaner schritt wie ein richtiger Höfling hinter ihm drein. Schließlich ertönten laute Soldatenstimmen, und Achim Baber Fergana stolzierte herein. Jask Irshad folgte ihm auf dem Fuß.

Ohne weitere Umstände ging er auf den Thron zu und wartete, bis sich alles verbeugt hatte – wie wir – oder zu Boden warf, wie das für die Kaiter Pflicht war.

»Generalresident Tenedos«, begann er mit sonorer Stimme, »Ihr habt vor zwei Tagen meinen Befehl vernommen. Seid Ihr nun bereit, ihn zu befolgen, oder widersetzt Ihr Euch unseren Gebräuchen und meinem Edikt?«

»Mir missfällt nach wie vor die Andeutung, ich oder irgendeiner aus meinem Gefolge könnte auch nur daran denken, Eurer Majestät Schaden zuzufügen«, erwiderte Tenedos. »Im Interesse der Freundschaft unserer beider Nationen jedoch erkläre ich mich dazu bereit.« Er trat vor und entnahm einem Beutel an seinem Gürtel drei winzige goldene Schatullen. Er öffnete sie.

»Hauptfeldwebel Bikaner aus Numantia, seid Ihr bereit, für das Wohl des Landes, dem Ihr dient, ein Opfer zu bringen?«

»Jawohl«, antwortete Bikaner, und das leichte Beben in seiner Stimme schien echt. Er trat vor und nahm seinen Helm ab. Tenedos nahm eine winzige silberne Schere aus seinem Beutel und schnitt ihm, was bei Bikaners Bürstenschnitt gar nicht so einfach war, ein kleines Büschel Haare vom Kopf, das er in die Schatulle fallen ließ, die er Irshad präsentierte. Dann klappte er sie zu und führte sie an seine Stirn.

»Hierin befindet sich nichts, was von außerhalb dieses Hofes kam«, verkündete er und setzte das Behältnis auf der Kante des Podiums ab.

»Legat Damastes á Cimabue, seid Ihr zu diesem Opfer bereit?«, fuhr Tenedos fort.

»Jawohl.«

Haar von meinem Kopf kam in eine weitere Schatulle, und wieder vergewisserte Irshad sich, dass es uns nicht irgendwie gelungen war, das Haar mit dem eines anderen auszutauschen oder es auf eine andere Weise in die Burg einzuschmuggeln. Dann war Tenedos an der Reihe.

Als alle drei Schatullen auf dem Podium standen, trat Irshad hinter den Thron und holte drei Puppen hervor. Sie waren wunderbar gearbeitet, jede von ihnen nicht nur haargenau so gekleidet wie wir bei der Zeremonie von vor zwei Tagen, nein, auch der Ausdruck der Elfenbeingesichter war deutlich erkennbar, obwohl ich, um die Wahrheit zu sagen, nicht fand, dass ich gar so jung aussah.

Die Kleidung wurde geöffnet, und es war zu sehen, dass jeder der Puppenkörper aus Holz geschnitzt war. In der Mitte des hölzernen Skeletts befand sich ein kleines, mit Ton verstopftes Loch. Jask Irshad öffnete unter gemurmelten Beschwörungen die Schatullen, die man ihm übergeben hatte, nahm die Haarbüschel heraus und drückte sie in den Lehm, den die entsprechenden Puppen enthielten.

Als er fertig war, trat er auf das Podium. Wieder bewegte er die Hand, und wieder glitt das Podium nach hinten, bevor mit einer weiteren Geste der Miniaturhof freigelegt wurde.

Irshad stellte uns drei in die Szene – gleich neben die Puppe des Landgrafen Malebranche. Dann schloss sich der Deckel der Grube wieder und das Podium kehrte zurück.

Irshad verbeugte sich.

»Ich danke Euch im Namen des Gütigsten aller Monarchen, Achim Baber Fergana, und möchte Euch dazu beglückwünschen, sich in seiner Gegenwart sonnen und von seiner Weisheit und seinen Entscheidungen lernen zu können.«

»Sehr gut«, erklärte Fergana. »Genug der Zauberei. Widmen wir uns dem Geschäft.« Er hörte sich erleichtert an; wie viele von uns, so vermutete ich, fühlte auch er sich höchst unwohl, wenn er mit Zauberei in Berührung kam, selbst wenn sie zu seinen Gunsten geschah.

Und so durfte er endlich beginnen, der langsame Reigen der Diplomatie.

Unsere Täuschung war ein Erfolg.

Unsere Aufgabe in Sayana umfasste dreierlei. Als erstes hatten wir Numantia zu repräsentieren und Achim Fergana von irgendwelchen Entscheidungen wider unsere nationalen Interessen abzuhalten. Zweitens sollten wir Informationen über diesen neuen Bund, die Tovieti, liefern. Und drittens hatten wir die langfristige und wahrscheinlich aussichtslose Aufgabe, die Kaiter zu einem weniger kriegerischen Gebaren zu ermutigen oder wenigstens dafür zu sorgen, dass dieses nicht Numantia und insbesondere nicht Urey galt.

Es war fünf Jahre her, seit Numantia einen Generalresidenten in Sayana gehabt hatte. Der vorige Amtsinhaber war ganz plötzlich auf mysteriöse Weise verstorben; wir hörten, je nach Quelle, von Trunksucht, übermäßigem Genuss von Würzblättern – die bei den Kaitern recht beliebt waren – oder irgendeiner Krankheit, die auf Wahnsinn zurückzuführen gewesen sei. Tenedos glaubte nichts von alledem, stellte aber selbst keine Mutmaßungen an.

Der Zehnerrat hatte Tenedos eine Liste aller Agenten des früheren Generalresidenten mitgegeben, mit denen wir Kontakt aufnehmen sollten, um sie wieder an die Arbeit zu schicken.

Das war fast unmöglich, da jeder Numantier, der die Botschaft verließ, auf der Stelle ausgemacht und verfolgt wurde, sei es von einem von Irshads Agenten, sei es von einem Mob, der nicht nur immer größer, sondern auch zorniger wurde, Drohungen schrie und auch schon einmal einen Stein nach dem verhassten Feind warf.

Es brauchte jedoch keine große Ermittlungsarbeit, ja kaum mehr als einen beiläufigen Besuch in dem Viertel, in dem der jeweilige Agent angeblich zu Hause war, um zu sehen, dass wir keine Bedenken zu haben brauchten, irgendjemanden dem Zorn des Achims und seiner Folterknechte auszusetzen. Entweder hatte der frühere Generalresident seine Spione ganz erfunden und ihren Sold eingesteckt oder sie waren nach seinem Tod geflohen – wobei ich Ersteres für am wahrscheinlichsten hielt. Eine Stallung, in der angeblich der Hufschmied zu uns gehörte, war abgebrannt; aus einer Schenke war der Laden eines Wahrsagers geworden, und ein Haus, in dem wir einen strammen jungen Mann haben sollten, wurde lediglich von gebrechlichen alten Weibern bewohnt.

Wenn wir also Spione haben wollten, so mussten wir sie uns aus den eigenen Setzlingen ziehen. Da ich kaum Kenntnisse über und noch weniger Neigungen für diese finstere Welt mitbrachte, sahen wir uns vor einer gewaltigen Hürde, und ich fragte mich, weshalb sich unter Tenedos' Gefolgschaft kein erfahrener Polizist befand, der im Umgang mit Informanten, Agenten und Falschheit erfahren war. Tenedos selbst sagte ein wenig beschämt, Spione hätten ihn schon immer interessiert, und er habe sogar seine Theorien, aber dieses Land sei ein zu schrecklicher Ort, um sie auszuprobieren, so dass er kaum eine Hilfe war.

Wir fanden eine ganze Menge über Jask Irshad heraus und kaum etwas davon sprach für ihn. Er war der talentierteste Zauberer des Königreichs und blind vor Ehrgeiz. Er war noch gar nicht so lange an Achim Baber Ferganas Hof, und man munkelte, er hätte mit seiner Entscheidung gewartet, bis er sicher sein konnte, dass der Achim den Thron auch wirklich behielt. Seither jedoch hatte er dafür gesorgt, der unentbehrlichste Untertan des Achims zu werden, indem er ihm nicht nur seine magischen Ressourcen zur Verfügung stellte, sondern auch ein Netz von Agenten, das sich durch sämtliche Schichten Sayanas zog.

Ich hielt ihn für eine verabscheuungswürdige Kreatur, was jedoch auf Gegenseitigkeit zu beruhen schien. Lediglich der absolute Hass auf jeden, der kein Kaiter war, war aufrichtig.

Ich erwähnte meine Abneigung einmal Tenedos gegenüber, und er erklärte nur achselzuckend, er selbst verspüre keinen speziellen Hass gegen den Mann. »Er ist auf seine Weise ein Patriot«, meinte er. »Er ist ehrgeizig, aber warum auch nicht? Sind wir das nicht alle? Ehrlich gesagt, ich lerne so manches von ihm und ich schlage dir vor, Damastes, meinem Beispiel zu folgen – ich fand nie ein solches Ungeheuer, dass rein gar nichts an seinem Charakter des Studiums wert gewesen wäre.« Ich für meinen Teil hatte Besseres zu tun, als meine Zeit mit dem Studium der Gosse zu verbringen, behielt meine Gedanken jedoch für mich.

Meine Hauptsorge galt der einheimischen Truppe unter unserem Befehl, so nahe, wie sie uns pausenlos war.

Ich hieß sie im Hof antreten und zusehen, während ich unsere eigene Truppe eine Reihe von Drillübungen absolvieren ließ. Sie waren davon ungerührt, da sie allein fochten und der Kampf in der Formation ihrer Ansicht nach etwas für Marionetten war. Schließlich ließ ich meine besten Kämpfer ihre Fertigkeiten demonstrieren. Das verstanden sie dann, die Hügelmenschen, und es beeindruckte sie.

Als Nächstes forderte ich ihre besten Fechter auf, sich gegen meine Leute zu versuchen; die Klingen blieben bedeckt. Die Hügler gaben ihr Bestes, errangen jedoch nur bei jedem vierten meiner Numantier den Sieg.

Zu guter Letzt teilte ich sie in kleine Gruppen auf, genauso wie meine Männer, und ließ sie gegeneinander antreten – einer gegen einen, zwei gegen zwei, zwei gegen einen, drei gegen einen und all die anderen unfairen Begegnungen, die ein richtiger Krieg mit sich zu bringen pflegt. Auch hier zeigten ihnen die Lanciers und die Leichte Infanterie aus Khurram, was eine Harke ist.

Schließlich stellte ich sie in Formation auf und sagte ihnen, ich würde sie zu Soldaten machen, und wenn einer etwas dagegen hätte, dann könnte er den numantischen Dienst auf der Stelle quittieren. Sie murrten und warfen mir finstere Blicke zu.

Bevor es zu einer Meuterei kommen konnte, gab ich die ersten vier Änderungen bekannt: ihre alten, stinkenden Uniformen würden verbrannt und durch neue, elegantere ersetzt, die Tenedos selbst entworfen und bei örtlichen Schneiderinnen bestellt hatte; ihr dreckiges Quartier würde gesäubert und von Handwerkern geweißelt und sei danach tadellos rein zu halten; ihre unfähigen Köche, die nur Schweinefraß fabrizierten, hätte man schon entlassen, die Männer äßen ab sofort an denselben Tischen und dasselbe wie wir; und schließlich würden wir ihren Sold um zwanzig Prozent erhöhen und wöchentlich in Gold ausbezahlen.

Das brachte mir gar finstere Blicke von ihrem Anführer Gyula Wollo ein, aber der Rest der Männer schrie jubelnd los.

Solange die Freude anhielt, hieß ich meine Unteroffiziere und die Sergeanten der Leichten Infanterie an die Arbeit gehen und die

Hügler ordentlich ins Gebet nehmen, wenn auch nicht zu hart und mit der strikten Order, die Männer nicht zu beschimpfen; sie sollten mit ihnen wie mit den edelsten Numantiern umgehen. Wenn meine Unteroffiziere zufrieden wären, würde ich die Rekruten in die numantische Truppe eingliedern. Ich hoffte, die Hügler würden das Soldatenhandwerk durchs Zusehen erlernen – und natürlich hätte ich darüber hinaus die Gewißheit, an der Seite eines jeden Hüglers zu jeder Zeit einen Getreuen zu sehen. Es hatte überdies den Vorteil, dass auch meine Männer exerzierten, und das auf eine Weise, die so neu für sie war, dass man das Interesse an den verschiedenen Drills nicht verlor.

Ich schickte nach Wollo und ließ ihn wissen, ich würde Buch führen über den Sold, den ich den Hügelsoldaten bezahlte, um sicherzugehen, dass es nicht zu Irrtümern kam.

Er funkelte mich an. »Und angenommen, dass mal was nicht zu stimmen scheint? Ich meine, ich bin eben mit Zahlen nicht gut.«

»Ihr werdet die Gelegenheit haben, jegliche Diskrepanz zu erklären.«

»Wisst Ihr«, versuchte er es, »es gibt in ganz Sayana nicht eine ehrliche Haut, deshalb war es immer mal nötig, jemandem unter der Hand etwas zuzuschanzen.«

»Zweifelsohne«, antwortete ich. »Falls Generalresident Tenedos oder ich Fragen haben, werden wir uns Eure Erklärung natürlich anhören.«

»Auch wenn Ihr nichts habt als mein Wort?«

»Ihr seid Offizier, und ich gehe davon aus, dass jeder Offizier unter meinem Kommando die Wahrheit sagt, ansonsten droht ihm die unehrenhafte Entlassung. Außerdem ist Generalresident Tenedos ein Seher, ein *Jask*, und sein Zauber spürt die Wahrheit sofort.

Ein ehrlicher Mann hat nichts zu fürchten.«

Wollo versuchte sich an einem Lächeln, brachte aber keines zustande und trat dann weg. Selbstverständlich war er längst über alle Berge, als wir für den Abend die Pforten schlossen; seine paar Habseligkeiten ließ er zurück. Meine Erkundigungen nach dem Sold der Rekruten freilich zeigten, dass er, falls er kein hoffnungsloser

Verschwender war, leicht in der Lage wäre, sich eine neue Garderobe zu kaufen – und einen Herrensitz mit einem Kleiderschrank obendrein.

Ich hatte nichts anderes erwartet.

Auf die gleiche Art und Weise verfuhr Tenedos' effizientes Gefolge mit den Dienstboten des Hauses, und nach und nach machten wir die Residenz zu einem bewohnbaren Teil dieser Welt. Unschätzbare Unterstützung wurde ihnen dabei von Eluard, unserem Kastellan, zuteil, nachdem wir ihm versichert hatten, dass wir nicht die Absicht hätten, auch *seine* Bücher zu prüfen. Diesen Dieb hatten wir fest auf unserer Seite.

Die Zeit sollte noch größere Veränderungen bringen – aber keiner von uns gab sich der Illusion hin, dass uns diese auch zur Verfügung stand.

Es brauchte keine Spione und auch keine Zauberei, um zu sehen, dass es in Sayana brodelte. Aufs Land hinauszureiten wagten wir nicht, aber wir gingen davon aus, dass das, was in der Hauptstadt passierte, auch überall in den Grenzstaaten geschah. Was noch schlimmer war, wir hörten, dass landauf, landab die alten Fehden wieder ausbrachen; das Versprechen lautete, »alles wird beglichen, bald … wenn die Wende kommt«. Ganz Kait kochte im Gedanken an einen Krieg; das hatten wir ja bereits auf dem Weg durch den Sulempass gesehen.

Uns Numantier hasste man, wie überhaupt alle Ausländer. Eine beliebte Parole, die auf jedem freien Stück Mauer geschrieben stand, lautete: *M'rt tê Prëng!*

Tod den Ausländern!

Es brauchte nur wenige Unterhaltungen in einer Schenke, um herauszufinden, dass die Kaiter damit alle Ausländer meinten; da machten sie weder Unterschiede, noch kannten sie Angst. Ob man nun Ureyer, Nicier, Kallier, sonst ein Numantier, Maisirer oder ein Bewohner der anderen Grenzregionen war, man war ein Feind und vogelfrei; das galt fürs Wechselgeld ebenso wie für einen Speer in die Brust.

Es gab neben unseren Soldaten und Tenedos' Gefolge noch andere Numantier in Sayana: Um die dreihundert Zivilisten in den verschiedensten Berufen vom Händler über den Bettler und Schwertschmied bis zu jener Handvoll, die Kaiter geheiratet hatten und mit ihnen hierher gekommen waren, um bei ihnen oder ihren Kindern zu sein. Tenedos und ich wünschten, sie würden aus Sayana fliehen, bevor der Sturm losbrach, aber sagen konnten wir nichts. Im Fall der Katastrophe wäre ihr Schutz unsere Pflicht.

Etwas, worüber ich nichts in Erfahrung bringen konnte, waren die Tovieti. Die bloße Erwähnung des Wortes genügte, um ein Gespräch zu beenden und Schweigen in jede Schenke zu bringen. Es waren noch nicht einmal Gerüchte zu hören – oder wenigstens keine, die man einem Numantier gegenüber zu wiederholen gewagt hätte. Tenedos wies jedoch darauf hin, eben dieses Stillschweigen bedeutete, dass die Tovieti kein Traumgespinst eines nicischen Bürokraten waren. »Jede Information, mein guter Damastes, ist wertvoll«, meinte er. »Selbst wenn sie fehlt.« Ich war definitiv nicht für eine Karriere als Spion geschaffen.

Es gelang mir, ein wenig über Ferganas Bruder Chamisso herauszufinden. Man sprach von ihm nur auf zweierlei Arten – zumeist so, als wäre er das größte Ungeheuer im Land. Das kam von jedem, der auch nur irgendwo irgendetwas zu sagen hatte, oder denen, die sich nicht sicher waren, wem die Loyalität seines Gegenübers gehörte. Andere – Dienstboten, Arbeiter, die Armen – sprachen von ihm, als hätte er in der Familie Fergana alle Tugenden abbekommen und sein Bruder, der Achim, alles Böse geerbt. Das war kein gutes Zeichen: Es war klar, dass der Anwärter in den Hügeln weitaus populärer war, als man am Hof glaubte, und dass diese Popularität wuchs.

Ich gestattete meinen Lanciers den Ausgang nur zu viert oder zu noch mehreren, und in jeder Gruppe hatte mindestens ein Unteroffizier zu sein. Es gefiel ihnen nicht sonderlich und Hauptmann Mellet hielt mich schon für zu streng. Aber nachdem man ein halbes Dutzend seiner Infanteristen in »spontanen« Tavernenschlägereien fast zu Tode geprügelt hatte, gab er ähnliche Order aus.

Nicht, dass viele meiner Leute die Residenz unbedingt verlassen wollten. Ich richtete uns eine eigene Schenke ein, kaufte Schnaps und Wein en gros und verkaufte ihn ihnen fast zum Selbstkostenpreis. Und in unserer Küche gab es ständig gut zu essen, ganz auf numantische Art.

Was den Sex anbelangte, so waren da die Huren, die die Leichte Infanterie aus Khurram mitgebracht hatte, und zudem bestand das Hauspersonal fast ausschließlich aus Frauen. Da sie im Dienst von Irshads oder Ferganas Agentenführern standen, hatte man sie mehr ihrer gesellschaftlichen Qualitäten als ihrer Fertigkeiten im Putzen wegen gewählt. Sie waren fast alle jung, auffallend hübsch und sehr freundlich zu uns.

Welche Arrangements auch immer sie mit meinen Leuten trafen, ging mich nichts an, und so fragte ich auch nicht danach, wer wo schlief, solange er nicht im Dienst war. Ich hatte auf der Militärschule gelernt, dass Spione Bettgeflüster zu schätzen wussten, und machte mir deshalb einige Tage lang Sorgen, bis ich auf die offensichtliche Lösung kam: Bettgeflüster ist völlig unschädlich, solange derjenige, in dessen Bett geflüstert wird, nichts Wichtiges weiß.

Wir hatten im Grunde kaum Geheimnisse und über die meisten davon wussten nur Laish Tenedos, ich und Hauptmann Mellet Bescheid. Es gab andere Dinge, die ein Feind womöglich gerne gewusst hätte und die ein dummer Lancier ausplaudern konnte, wie etwa den Wachplan oder wo die Posten standen, aber die änderte ich oft genug.

Ich für meinen Teil schlief, eingedenk der Lehren meines Vaters, allein – obwohl ich mich noch an eine junge Frau erinnerte, die für die Blumenarrangements in unseren Räumen zuständig war. Sie war dunkel und lächelte oft und gern. Sie hatte rosenrote Brustwarzen und wohlgeformte Beine, wie ich einmal sah, als sie mich »außer Haus wähnte« und sich in meinem Raum umzog – während ich »ganz zufällig« in der Wanne vor mich hin döste. Ich bin sicher, wir wären mit der Zeit im Bett gelandet, aber diese Zeit war uns nicht beschert.

Laish Tenedos überrascht mich: mehr als einmal sah ich Frauen zu unziemlicher Stunde aus seinem Quartier schlüpfen, und einmal vernahm ich eine kichernde Unterhaltung, als ich an einer Speisekammer vorüberkam: »O ja, der Zauberer ist zur Liebe bereit, und das mit einem Auge fürs Ungewöhnliche, also wenn das kein merkwürdiger –« Dann hörte man offenbar meine Schritte, und so sollte ich nie erfahren, was so merkwürdig war. Aber je mehr ich darüber nachdachte, desto weniger kümmerte es mich. Tenedos war nicht verheiratet – oder jedenfalls sprach er nie von einer Ehefrau. Was spielte es für eine Rolle, ob er alleine schlief oder nicht? Die Gebräuche Kaits waren alles andere als prüde und je höher die gesellschaftliche Stellung, desto freizügiger ging es zu. Ich achtete schließlich nicht mehr darauf. Er war mein Vorgesetzter, und außerdem nahm ich an, er sei gescheit genug, in seiner Lüsternheit nicht zu plaudern.

Ganz plötzlich jedoch hatte ich anderes zu tun.

Es war weit nach Mitternacht und ich saß mit Tenedos in seinem Arbeitszimmer, als jemand zu schreien begann.

Wir entspannten uns nach einem langen Tag mit einem der gierigeren von Achim Ferganas Assistenten, mit dem wir über einen Pakt verhandelt hatten, laut dem Numantia sich einverstanden erklärte, dem Achim eine erkleckliche Summe in Gold zu bezahlen, wenn er dafür versprach, »alles in seiner Macht und Autorität Stehende zu unternehmen«, um die Hügelmenschen dazu zu bringen, von ihren Raubzügen in Urey abzusehen. Tenedos wollte konkretere Zusicherungen wie etwa die Bereitschaft des Achims, Verfolgungen über die Grenzen hinweg zu gestatten, oder eine Zusammenarbeit mit unseren Grenzeinheiten wie den Lanciers, aber der Achim wollte nur immer mehr Gold.

Ich lauschte Tenedos, der sich darüber verbreitete, was genau mit der Regierung Numantias nicht stimme und dass die einzelnen Provinzen ihr Königreich in höherem Maße zu unterstützen hätten, was auch ihnen mehr Vorteile bringen würde, als ganz plötzlich Geschrei die Nachtluft zerriss.

Noch bevor das Echo erstarb, war ich aufgesprungen und – das blanke Schwert in der Hand – hinausgelaufen. Die Schreie kamen von unten, aus unserem Haus. Ich hörte die Rufe der Unteroffiziere vom Dienst, die die Wachen losschickten, und das Geschrei von Zivilisten.

Die Person, die geschrien hatte, stand unten im Erdgeschoss, direkt vor der Tür zu Eluards Quartier. Es war eine der Spülmägde, und ich fragte mich, wieso sie wohl zu dieser Stunde noch im Haus unterwegs war.

Sie war hysterisch und deutete nur wortlos in den Raum.

Ich stieß sie beiseite und ging hinein.

Die Gemächer waren ausgesprochen luxuriös – nicht weniger feudal als die von Tenedos selbst. Eluards kleine Diebereien hatten sich durchaus gelohnt, wie ich sah.

In einem üppigen Polstersessel saß, in sich zusammengesunken, Eluard.

Auf dem Tisch vor ihm standen zwei Gläser Likör. Jenes, das ihm am nächsten stand, war geleert. Das andere war bis zum Rand gefüllt.

Die Enden einer gelben Seidenschnur, die sich in die Falten seines blau angelaufenen Halses gegraben hatte, baumelten auf seine Brust. Seine Zunge stak auf groteske Weise hervor, desgleichen seine Augen, und dann roch ich, da sich sein Darm entleert hatte, Kot.

Er war noch warm, aber sehr, sehr tot.

Hinter mir in der Tür standen Leute, und ich hörte das Wort, das es in Sayana eigentlich nicht gab:

»Tovieti!«

Eine Stunde später war die Leiche weggebracht worden, widerwillig fortgezerrt von dem, was die Kaiter an Bütteln hatten. Sie hatten eine entsetzliche Angst davor, die Leiche zu berühren, und verweigerten nicht nur jede Erklärung darüber, was wohl passiert sein könnte, sondern auch jede Theorie, weshalb man es auf Eluard abgesehen haben könnte.

Sämtliche Pforten der Residenz waren nach wie vor abgeschlossen und von innen verriegelt.

Die Büttel machten keinerlei Anstalten, das Haus zu durchsuchen oder einen der Dienstboten zu vernehmen. Die Magd war eine von Eluards Bettgefährtinnen gewesen, und es war ihre Nacht, mit ihm zu schlafen, weiter nichts.

Ich fragte kurz bei der Wache nach und befahl, das Gebäude nach bisher unbemerkten Eingängen zu durchsuchen, bezweifelte jedoch, dass sich bei dieser Suche ohne Zauber etwas fand. Wenn es überhaupt Spuren gab, so waren sie in der Seidenschnur verborgen. Diese lag der Länge nach über Laish Tenedos' Schreibtisch. Er hatte seine beiden Truhen mit den magischen Gerätschaften geöffnet und bereits eine Auswahl an Werkzeug bereitgelegt. Er hatte die Teppiche beiseite gezogen und war dabei, einige Symbole in einen kleinen, dreifachen Kreis auf dem Boden zu schreiben, dessen innerster bereits ein Dreieck enthielt. Aus irgendeinem Grund jagten mir diese fremdartigen Runen einen kalten Schauer über den Rücken, und ich gab mir Mühe, sie nicht weiter anzusehen.

Er hatte ein kleines Kohlebecken auf dem Schreibtisch, in das er aus verschiedenen Phiolen Kräuter gab. Ich sah die Etiketten auf einigen davon: *Wermut, Ginster, Alraune, Holunder* und *Frauenhaar.*

Als er fertig war, setzte er das Kohlebecken auf eine der Spitzen des Dreiecks. Er nahm die Würgeschnur der Tovieti und stellte sich dann, die Füße auf die beiden anderen Ecken des Dreiecks gesetzt, in den Kreis.

»Also, mein Freund, wenn du jetzt so gut wärst, die Kerze da zu nehmen und sie an das Becken zu halten, wenn ich es dir sage, wäre ich dir sehr dankbar. Danach halte bitte den Dolch bereit. Wenn irgendetwas … Unvorhergesehenes passieren sollte oder es den Anschein hat, ich sei in Gefahr, dann musst du alle drei Kreise durchschneiden. Mach das bitte rasch, denn es könnte alles sehr schnell gehen, und ich habe das Gefühl, ich begebe mich in große Gefahr.«

Ich nickte verständig. Ich war viel nervöser als Tenedos – ich war nie bei einem magischen Ritual zugegen gewesen, geschweige denn hatte ich dabei assistiert.

»Zünde das Becken an.« Tenedos' Stimme war ruhig.

Ich tat es und sprang zurück, als eine blaue Flamme hochschoss, bis sie die Decke berührte, aber sie war völlig kalt. Tenedos begann zu singen:

»Auf
ins Herz dessen,
woher du kamst
und wo man dich übergab.

Mit deinen Brüdern,
mit deinen Schwestern,
woher du kamst.
Auf!«

Die Flamme senkte sich, brannte aber immer noch mannshoch. Weitere Flammen loderten rund um den dreifachen Kreis auf, der mit Kreide auf den Boden gezeichnet war, und hüpften darum herum, als jagte man sie oder als verfolgten sie sich selbst.

Dunkelgrüne Feuer blitzten an jeder der Ecken des Dreiecks auf, dann war es, als verschwinde Tenedos.

Er stand noch da, aber sein Geist war anderswo. Sein Kopf bewegte sich hin und her, und ich musste an einen Falken denken, der vom Himmel herab nach einem Beutetier späht. Sein Blick huschte hin und her, dann sah er auf, als fliege der »Falke« auf eine Steilwand zu. Seine Lippen zogen sich zurück, er fletschte die Zähne, halb aus Angst, halb aus Wut; dann erschauerte er.

Ich schickte mich an, die Schnitte zu tun, hielt aber inne.

Wieder ging sein Blick hin und her, blitzte dann auf, als sei er vollkommen überrascht. Er sperrte die Augen auf und Entsetzen packte ihn. Sein Mund öffnete sich, um zu schreien, und schon tat ich den Schnitt und gleich noch einen, nur um sicherzugehen.

Die Feuer verloschen und Laish Tenedos war wieder da. Er ließ den Seidenstrick fallen und versuchte einen Schritt zu tun, schwankte jedoch dabei. Ich half ihm in seinen Sessel und schickte mich an, ihm einen Branntwein einzuschenken.

»Nein«, sagte er mit krächzender Stimme. »Erst Wasser.«

Ich goss ihm ein Glas voll und er leerte es, dann noch ein zweites.

»Ich kenne jetzt unseren Feind«, erklärte er mit grimmiger Stimme. »Aber jetzt... den Branntwein. Schenk dir auch einen ein.«

Ich gehorchte, obwohl ich keinen wollte. Er nippte an seinem Glas und sammelte sich.

»Es gibt die Tovieti tatsächlich«, begann er. »Ich folgte der Spur, die ihr Würgestrick mir gab, bis zu ihrer Festung. Vielleicht ist es auch nur eine ihrer Schanzen, wer weiß. Es ist eine große Höhle, eine ganze Wegstrecke von hier. Vielleicht zwei, drei Tagesreisen tief in die Berge. Mit jemandem, der mir bei den Karten hilft, so nehme ich an, fände ich sie wieder.

Ich fand die Höhle und betrat sie, aber ohne einen Eingang zu benutzen. Ich fand einen riesigen Raum in der Mitte, von dem aus, wie ich bemerkte, seitwärts Gänge wegführten. Ich weiß nicht, wohin.

Es befanden sich Leute darin. Männer und Frauen. Wenigstens tausend, aber wahrscheinlich noch mehr. Sie waren alle in Weiß, obwohl einige ziemlich schmutzig waren. Ich denke, dass alle – oder wenigstens die meisten – Kaiter waren. Auf der einen Seite der Höhle befanden sich ein großer Haufen Gold und Geschmeide und andere Schätze.

Wie es schien, warteten diese Leute auf etwas.

Es gab einen Thron, von Menschenhand gemacht, und vor diesem befand sich, was man einen Altar nennen könnte, obwohl, so einen habe ich bisher weder gesehen, noch habe ich davon gehört. Er war zylindrisch, wie eine Feldtrommel, und ziemlich hoch, vielleicht zwanzig Fuß über den Boden der Höhle hinaus.

Darum herum standen Männer und Frauen, ebenfalls in Weiß, nur dass ein jeder eine gelbe Schärpe trug. Ich denke, obwohl ich es mir auch eingebildet haben kann, dass einer von ihnen ganz wie ein weitaus jüngerer und weniger feister Baber Fergana aussah.«

»Sein Bruder«, riet ich.

»Vielleicht. Ich versuchte, mich näher heranzuschleichen, aber dann sah … nein, spürte mich jemand … *etwas*, denn mit einem Mal heulte die ganze Menge vor Wut. Die Leute mit den Schärpen – die Anführer, denke ich – schienen mich zu sehen, da auch sie vor Zorn aufschrien und begannen, in meine Richtung zu deuten.

Ich wusste nicht, was ich machen sollte, eine Welle grauenhaften Entsetzens schlug über mir zusammen, und dann kam eine Angst, als stünde ich vor einem rasenden Tiger.

Ich war drauf und dran, ergriffen und zerfleischt zu werden … aber dann hast du den Kreis durchtrennt und mich gerettet.

Das ist jetzt das zweite Mal, Damastes. Einmal mehr, und ich werde dich adoptieren müssen, denn nur unter Verwandten sollte man derart in der Schuld des anderen stehen.« Bei diesem Versuch eines kleinen Scherzes lächelte Tenedos leicht.

Ich achtete nicht darauf.

»Was war dieses Etwas, Sir? Auch ein Zauberer? Oder mehrere? Habt Ihr Irshad gespürt?«

»Ich weiß es nicht. Wenn es ein Zauberer war, dann muss es ein mächtiger gewesen sein. Vielleicht eine Gruppe von Zauberern oder Jasken.

Ich weiß nur eines mit Sicherheit, nämlich dass die Tovieti tatsächlich existieren, und wenn ihre Reaktion auf meine Gegenwart ein Hinweis sein kann, so sehen sie in den Numantiern – oder jedenfalls *diesem* Numantier hier – ihren Feind. Vielleicht wäre ich sicher, trüge ich ein Zeichen, das allen sagt, ich bin von Palmeras und habe für die Numantier nicht mehr übrig als sie.« Ein Schauer durchlief ihn und er kippte den Branntwein hinunter. »So sitzen im Zehnerrat doch nicht die bangen Trottel, wie ich befürchtet hatte. Nein, hier ist etwas im Gange, etwas Gefährliches. Wenn wir irgendeinen Weg finden, eine vertrauliche Post durch den Pass zu schicken, so werde ich den Rat über das Vorgefallene informieren.«

»Und was uns anbelangt?«

»Ich weiß es nicht«, erwiderte Tenedos. »Die Schnur hat keinerlei Geheimnisse preisgegeben – weder wie der Mörder in die Residenz gelangt ist, noch ob einer unserer Gefolgsleute sie strammgezogen hat. Ihr Zauber ist gründlich. Ich denke, der einzige Grund, weshalb ich die Schnur überhaupt an ihren Herkunftsort zurückverfolgen konnte, ist der, dass es hier in Sayana nur wenige Zauberer gibt, deren Macht der meinen gleicht.

Was unseren nächsten Schritt angeht, so kann ich die Bannsprüche verstärken, die ich überall im Haus abgelegt habe, aber es ist nicht mehr als ein Provisorium, ein Abwehrmanöver. Wir können letztlich nichts weiter tun, als die Augen offen zu halten und zu hoffen, ihre Pläne aufdecken zu können ... soweit sie uns betreffen ... bevor das Schwert über uns zum Fallbeil wird. Ich entschuldige mich für meine schreckliche Wortwahl.«

Er trank ein weiteres Glas Branntwein, ohne zu merken, dass ich den meinen kaum angerührt hatte; dann kehrte ich in mein Quartier zurück.

Ich schlief jedoch nicht.

Und der Zahl der beleuchteten Fenster in der Residenz nach zu schließen, tat auch sonst kaum einer ein Auge zu.

Zwei Tage später erhielten wir eine Einladung zu einem Bankett am Hof von Achim Baber Fergana. Die Einladung war ein Befehl, da der Anlass für die freudige Feier der Jahrestag von Achim Ferganas Thronbesteigung war. Jeder Edelmann, der nicht gerade auf dem Totenbett lag, musste erscheinen, und das mit einem angemessenen Geschenk; ein Fernbleiben wäre der Erklärung einer Blutfehde gegen den Achim gleichgekommen.

Ich hatte bereits einige der Feste des Achims durchgestanden und wünschte mir, es gäbe eine Möglichkeit, diesem zu entgehen. Seine Vorstellung von Lustbarkeit bestand darin, endlosen Reden, Liedern und Gedichten zu lauschen, in denen man seinen Ruhm besang – vom Bett über die Politik bis hin zum Krieg –, während er von einer Delikatesse nach der anderen kostete. Letztere spülte er mit Würzblättern hinunter, die bei dem, der sie kaute, zu einem traumgleichen Zustand führten, in dem er mit allen Tugenden begabt zu sein glaubte, die Irisu der Menschheit gegeben hat. Um nicht einzuschlafen, trank man dazu *å'rag*, ein öliges Destillat aus

Orangensaft von tödlicher Effizienz. Am Morgen hätte man im Tod Umars größten Segen gesehen.

Da es auf jedem Bankett nur einen Menschen von unaussprechlicher Vortrefflichkeit geben konnte, führten die Festivitäten nicht selten zum Streit und – da es sich nun einmal um Hügler handelte – zum Duell. Das nun fand Achim Fergana so herrlich, dass er seine Edelleute ermutigte, mit Schwert oder Dolch aufeinander loszustechen, bis wenigstens einer der Streithähne zu blutüberströmt war, um noch weiterzumachen.

Aber ich hatte keine Alternative.

Die ganze Geschichte ließ sich schlecht an.

Der Thronsaal war mit Tischen vollgestellt und die Tiere nach draußen in einen Zwinger verbannt, wo man ihnen ihren eigenen Festschmaus gab. Der Raum war bis auf den letzten Platz mit Kaiter Edelleuten gefüllt. Nur Männer waren zugelassen. Kerzen die Wände entlang und kleine Öllampen auf jedem der Tische sorgten für Licht.

Achim Baber Fergana saß, einen Tisch vor sich, auf seinem Thron. Bei einem solchen Bankett saßen besonders ehrenwerte Edelleute und ausländische Würdenträger gleich an der ersten langen Tafel direkt vor ihm. An diesem Abend waren das der Seher Tenedos, ich und – drei Plätze weiter – der Kallier Landgraf Elias Malebranche. Als sich unsere Blicke trafen, hob er mit einem wehmütigen Lächeln das Glas. Ich erwiderte seinen ironischen Toast – es war klar, dass er an dem Abend ebenso wenig Gefallen fand wie wir.

Achim Fergana war übler Laune und man brauchte nicht lange nach dem Grund zu fragen. Der Stuhl in der Mitte unserer Tafel – der für Jask Irshad reserviert war – stand leer. Anwesend waren drei seiner höchsten Zauberer, aber vom Zaubermeister selbst fehlte jede Spur. Ich fragte mich, wie irgendjemand, selbst einer von so hoher Stellung wie er, es wagen konnte, dem Achim die Stirn zu bieten. Etwas Unvorhergesehenes, etwas Schreckliches musste passiert sein.

Natürlich ertränkte der Achim seinen Zorn und kaute mehr

Würzblätter als gewöhnlich; die Köstlichkeiten, die man ihm bot, rührte er kaum an. Den großen Haufen Geschenke, die sich auf der einen Seite seines Throns stapelten, ignorierte er.

Zum Ausbruch kam es, als ein besonders untalentierter Barde seine miserablen Knittelverse zum Besten gab:

»Fergana kämpft' zu jener Stund'
Mit Kräften wie ein Höllenhund.
Sein blutig' Schwert am Himmelsrund
Schlug er seine Feinde wund.
Sein Schwert, ein schrecklich' Stahl,
Führt der Mächt'ge-«

Der »Mächt'ge« hatte genug gehört und schleuderte mit einem Aufschrei rasenden Zorns einen goldenen Teller auf den Poeten. Dem wurde klar, dass sein Meisterwerk nicht ankam, und so ergriff er hastig die Flucht.

»Wo zum Teufel ist mein Jask?«, brüllte Fergana. »Wie kann er es wagen, mir in dieser Stunde, in der ich meinen Triumph feiere, eine solche Schmach anzutun? Hauptmann der Garde! Ich will die Burg durchsucht sehen, bis man ihn hat! Schickt die Wache los ... schickt ein Regiment los, falls nötig, und durchsucht mir jeden Winkel der Stadt!«

Er brüllte weiter. Ich starrte fasziniert hinauf, schließlich war ich dem Zorn eines Monarchen noch nie so nahe gewesen, aber dann erschauerte ich. Mir war mit einem Mal kalt geworden, eiskalt. Mein Atem war zu Dampf geworden und die Finger wurden mir klamm.

Dann sah ich den Nebel.

Er kroch von irgendwo und überall in den Saal, als hätte man Türen aufgestoßen und als kämen die wallenden Nebel einer Winternacht über uns. Bei unserer Ankunft jedoch war es klar gewesen und lau. Der Nebel wurde dicker – ein finsteres, brodelndes Meer mit lichten Stellen darin. Ich dachte schon, er würde den Thronsaal füllen bis unters Dach, aber statt dessen wurde er zu fast greifbaren schimmernden Gestalten.

Eine Stimme dröhnte uns in die Ohren:

»Baber Fergana … dies ist der Tag der Abrechnung. Dies ist die Stunde meiner Rache, Bruder mein!«

Chamisso Fergana! Und doch war kein Mensch zu sehen.

Der Nebel wallte auf den Thron zu. Einer von Achim Ferganas Edelleuten sprang auf, das Schwert in der Hand, und schlug vergeblich auf die Schwaden ein. Sie packten ihn, hoben ihn hoch und rissen ihn entzwei; dampfend spritzten Blut und Eingeweide in die eisige Luft. Er hatte noch nicht einmal Zeit zum Schreien, da war sein zerrissener Kadaver schon beiseite geworfen und der Mann tot.

Fergana war aufgestanden, die Klinge gezogen. Der Nebel bemächtigte sich seiner, hielt ihm die Hände fest, riss ihm die Arme auseinander, bis er hilflos auf einer unsichtbaren Folterbank ausgestreckt zu sein schien.

Über uns öffneten sich klappernd Roste, die Bogenschützen des Achim legten an und ein Pfeilhagel regnete auf uns herab. Einige davon trafen – zumeist Kaiter –, aber die meisten prallten klappernd auf den Steinplatten des Bodens auf.

Der Nebel wallte hinauf, dann waren Schreie zu hören, als er über die Garden herfiel, die Hilflosen gepackt hielt, als sei er ein harmloses Kätzchen, und sie dann erwürgte.

Tenedos machte sich an dem kleinen Beutel an seinem Gürtel zu schaffen und weiter unten am Tisch murmelten Ferganas Jasken jammernd Zaubersprüche auf der Suche nach einem Bann. Gelächter hallte durch den Saal, Gelächter, das ich schon einmal gehört zu haben meinte. Dann war die Stimme Jask Irshads zu hören:

»Ihr Narren könnt Euch Eure Bemühungen sparen. Mein Zauber ist weit größer, als ihr Euch den Euren je wünschen könntet, denn ich bin der größte Jask in diesem wie in jedem anderen Land.

Baber Fergana, o falscher Achim, die Zeit ist gekommen, für all die Schmach, all die Demütigungen zu büßen, die ihr mir im Lauf der Jahre habt zuteil werden lassen, und das, obwohl ich einmal der ergebenste Eurer Diener gewesen bin. Ich bin Eurer Tyrannei heute vor Morgengrauen entflohen in dem Wissen, ich würde nach Ein-

bruch der Dunkelheit wiederkommen, um endlich zurückzuschlagen zu einem Zeitpunkt und auf eine Weise, wie es Chamisso Fergana gefällt.

Vor langer Zeit, als mir das Ausmaß Eurer Schlechtigkeit klar wurde, hab ich das Mittel ersonnen, das Euch, wie ich Euch weisgemacht habe, die absolute Sicherheit garantiert. Die Puppen, von denen jede das Lebenselement eines jeden einzelnen aus Eurem Gefolge enthält.

Ihr, feister brüllender Narr, der Ihr seid, Ihr hieltet das für eine exzellente Idee. Und sorgtet dafür, dass, wer immer die Puppen besitzt, auch das Herz Kaits in seinen Händen hält.

Schaut erst gar nicht unter Euren Thron, o falscher Achim, dessen Stunde geschlagen hat. Denn ich habe die Puppen, und ich bin an einen sicheren Ort geflohen, wo ich Eurem Bruder Chamisso Fergana, dem künftigen Achim, ewige Treue schwor.

Wisset auch dies, Hund von einem Achim: Im Lauf der Jahre ist es mir gelungen, nach und nach eine weitere Puppe anzufertigen. Eine Puppe von Euch, auch wenn sie leicht mit der eines Schweins zu verwechseln wäre, so ekelhaft und missgestaltet erscheint sie einem.

Sie enthält Euer Haar, Euren Speichel, etwas von Eurem Blut, ja selbst etwas von Eurem Lebensfluidum, das mich eine der Huren, die Ihr Eure Frauen nennt, von der Innenseite ihres Schenkels kratzen ließ.

Ihr gehört mir, Baber Fergana, und werdet eines sehr langsamen Todes sterben – auf eine Art und Weise, von der man sich flüsternd erzählen wird, solange Sayana steht.

Ich lasse Euch jetzt das Vergnügen zuteil werden, die Art Eures Todes zu sehen, auf dass Eure Qual noch entsetzlicher wird.

Ich dachte zuerst daran, sie jemandem zuteil werden zu lassen, der Euch lieb und teuer ist, bevor ich erkannte, dass es so jemanden gar nicht gibt.

Der einzige, den Ihr liebt, Baber Fergana, seid Ihr selbst.

So habe ich denn um Erlaubnis gebeten, und der künftige Achim war so freundlich, sie mir zu gewähren, um Kait von zweien seiner

Feinde und einem Land zu befreien, mit dem wir hart ins Gericht gehen werden, sitzt Chamisso Fergana erst einmal auf dem Thron.

Die Stunde Eures Schicksals ist gekommen, Seher Laish Tenedos und Legat Damastes á Cimabue. Ich habe hier die Puppen, denen Euer Wesen anzuvertrauen Ihr dumm genug wart, und ich übergebe sie hiermit meinem Geist!«

Der Nebel senkte sich vom Balkon, und ich zog mein Schwert ebenso töricht wie Fergana oder sein Edelmann, aber etwas anderes fiel mir einfach nicht ein. Er bildete Fangarme, die plötzlich zauderten und dann um sich zu schlagen begannen, wie Ranken in einem Sturm, als wäre sich der Nebel seiner Opfer nicht sicher und mit einem Mal blind. Dann hörte ich plötzlich von draußen vor der Burg das Geschrei einiger Tiere, die in Todesqualen aufschrien, als der Nebel die armen Dinger zu zerfleischen begann.

Als Bikaner, Tenedos und ich Strähnen unseres Haares für die Puppen gegeben hatten, da hatte Tenedos die winzigen goldenen Schatullen vertauscht, bevor er sie Jask Irshad übergab. Da er vermutete, Irshad könne sie testen wollen, um sicherzugehen, dass wir nichts von draußen hereingeschmuggelt hatten, hatten er und Feldwebel Bikaner unbemerkt etwas vom Haar dreier Hoftiere abgeschnitten. Die Tierhaare waren in die Schatullen gewandert und dann in unsere Puppen, und diese Tiere starben jetzt unseren Tod.

Die Zeit blieb stehen, niemand rührte sich, und der Nebel selbst verharrte reglos. Laish Tenedos' Finger jedoch gestikulierten hastig durch die Luft.

Der Seher Tenedos verfügte über weit größeren Zauber, Zauber, der ganze Armeen standhalten oder zerfallen ließ. Aber dieser war womöglich sein beeindruckendster, da er keine Zeit für die Vorbereitung gehabt hatte, geschweige denn das nötige Material. Er erzählte mir später, er habe Weinraute und roten Augentrost in seinem Beutel gehabt und zusätzlich Senf und Meerrettich von den Gewürzen auf der Tafel benutzt. Er mischte sie auf seinem Teller und warf die Mixtur dann in die winzige Flamme der Öllampe, die vor ihm stand. Er sagte, die eigentliche Kraft des Zaubers liege in den Worten, nicht im verwendeten Material. Ich kenne die Sprache nicht, in der er sprach, und Tenedos erbot sich auch nie, mir zu sagen, was die Worte bedeuteten oder was er damit rief. Aber ich erinnere mich noch genau und schreibe sie genauso nieder, wie sie mir in den Ohren klangen:

»Plenator c'vish Milem
Han'eh delak morn
Morn sevel morn
Venet seul morn
T'ghast l'ener orig
Orig morn
Orig morn
Plenator c'vish Milem.«

Ich spürte es warm werden, die Wärme wurde zur Hitze, und Augenblicke später war es heiß im Saal, sehr heiß, wie die Hitze eines Sommertages draußen in der Wüste.

Der Nebel wand sich, begann dann wie eine Schnecke im Salzfass zu schrumpfen, und schließlich erklang ein langgezogener Todesschrei, als falle ein Mann in einen grundlosen Schlund. Dann war es im Thronsaal wieder klar.

Baber Fergana stand neben seinem Thron, das Schwert vergessen neben ihm auf dem Stein, weit aufgesperrt vor Staunen sein Mund.

Die Männer starrten einander an, als sie erkannten, dass sie noch lebten. Aber noch bevor alles zu plappern begann, war Jask Irshads Stimme wieder zu hören:

»Na gut, Fergana, der Zauber des Ph'rëng hat Euch noch einmal das Leben geschenkt.

Aber noch habe ich die Puppen, o falscher Achim. Und mein Zauber ist noch so gut wie gar nicht erprobt.

Chamisso Fergana und mir ist ein anderer Gedanke gekommen. Ihr habt drei Tage, Baber Fergana. Entsagt dem Thron, und ich gewähre Euch einen schnellen Tod, weitaus schneller als den, den Ihr Euren Feinden gewährt. Und auch das nur, weil dem Hochgütigen Chamisso Fergana die Bewohner Sayanas wichtig sind.

Aber falls Ihr nicht abdanken solltet, dann kehre ich in drei Tagen zurück. Und ich bringe Euch einen anderen Tod, einen Tod in seiner schrecklichsten und langwierigsten Form.

Und er kommt nicht nur über Euch, sondern über alle an Eurem Hof, jeden Mann … und jede Frau … über deren Geist ich in meinen Puppen verfüge.

Falls Ihr Euch an den Thron klammern solltet, so töte ich jeden, der mich jetzt hört, auf eine qualvoll langsame Art. Und dann wird Chamisso Fergana seine geheimen Verbündeten, die Tovieti, loslassen, um die Straßen Sayanas zu verheeren. Überdenkt mein Angebot, falscher Achim.

Überdenkt mein Angebot, Ihr Fürsten, die Ihr dem Bösen dient.

In drei Tagen will ich meine Antwort.«

Ich sah Landgraf Malebranche aus dem Saal stürzen und fragte mich, warum Irshad den anderen Ph'rëng im Thronsaal nicht erwähnt hatte. Aber es gab im Augenblick Wichtigeres.

Tenedos stand schon auf dem Podium und redete auf Achim Fergana ein. Er trat hinter den Thron und bediente einen Hebel, der mir nicht aufgefallen war; das Podium glitt zurück und es zeigte sich, dass es ein mechanischer Trick war und kein Zauber.

Die Abdeckung der Grube war verschwunden und die Vertiefung, wie sollte es anders sein, leer.

Jetzt kam, doppelt so stark wie zuvor, das Geplapper wieder auf; Verzweiflung, Wut und Angst erhoben sich im Saal. Aber ich hörte es kaum.

Ich starrte durch den Saal in Laish Tenedos' Augen, und deren Botschaft war klar:

Wenn Kait nicht der Anarchie anheimfallen und das ohnehin schon unruhige Königreich sein Chaos nicht über Urey und Numantia bringen sollte, dann hatte ich drei Tage, um diese Puppensammlung irgendwie zu finden: *Bring sie wieder zurück.*

9 *Das Kommando*

In Sayana ging es drunter und drüber vor Lärm, Verwirrung und Angst. Achim Ferganas Truppe war in Alarmbereitschaft versetzt und gab sich alle Mühe, für ein gewisses Maß an Ordnung zu sorgen, aber so gut wie ohne Erfolg. Die Leute rannten in alle Richtungen und schrien, dass uns der Untergang bevorstehe und anderes unsinniges Zeug; Frauen kreischten in panischer Angst, und die Tavernen und Tempel – des Menschen liebste Zufluchtsorte – waren trotz der späten Stunde brechend voll. Offensichtlich hatte sich die Nachricht über die schrecklichen Vorkommnisse im Palast wie ein Lauffeuer durch die Stadt verbreitet und an Schrecken zugenommen, je weiter sie kam.

Einige Händler machten sich die Unordnung zunutze und hatten ihre Stände oder Läden geöffnet; vor denen standen sie und warben laut schreiend für ihren magischen Tand. Kauft ein Amulett, um den Zorn abzuwenden, der da kommt. Lasst einen Seher einen Bann sprechen, und ihr bleibt unversehrt, wenn die gefürchteten Tovieti kommen, um Sayana zu verheeren. Sie machten ein gutes Geschäft.

Da jeder mit seinem eigenen Schicksal beschäftigt war, blieben wir unbemerkt auf unserem Weg zurück zur Residenz. Ich bemerkte, dass die Zeit der Hitze so gut wie vorüber war und uns die Zeit des Regens bevorstand, als ich am Horizont das Grollen des Donners vernahm. Ich lächelte. Schlechtes Wetter wäre unbedingt von Vorteil, wenn wir wieder loszogen.

Rasch hatte ich meine Soldaten in höchste Alarmbereitschaft versetzt, alle Offiziere und Unteroffiziere zusammengerufen und ihnen mitgeteilt, was geschehen war. Ich sagte ihnen nicht genau, wie mein Plan aussah, nur dass ich zwanzig Freiwillige für eine gefährliche Aufgabe bräuchte, abmarschbereit binnen dreier Stunden. Ich hätte meinen Trupp sofort zusammenstellen können, aber natürlich konnte ich mein winziges Kommando kaum ohne Führung zurücklassen. Ich fügte hinzu, dass ich fünf Männer aus Kait dabeihaben wollte, und zwar die besten unserer einheimischen Truppe.

Mein Plan war einfach, nämlich wie der Teufel zu jener Höhle zu reiten, die Tenedos in seiner Vision »gesehen« hatte. Jask Irshad und die Puppen mussten irgendwo dort in der Nähe sein. Ich wollte im Morgengrauen zuschlagen, sobald wir die Höhle erreicht hätten, die Puppen aufspüren und sie zurückstehlen. Sollten wir nicht mit ihnen fliehen können, so konnte ich die besprochenen Gegenstände unschädlich machen, indem ich sie in frei laufendes Wasser warf – das hatte mir einmal unsere Dorfhexe erzählt.

Meine Idee mag sich absurd einfach anhören, aber ich war voller Zuversicht. Irshad und Chamisso Fergana würden davon ausgehen, dass in Sayana alle, Kaiter wie Numantier, wie gelähmt wären vor Unentschlossenheit und Angst. Wenn wir geheim und unbarmherzig zuschlügen, so stünden uns die Götter vielleicht unserer Kühnheit wegen bei. Und falls wir nichts unternähmen, so schien es unmöglich, den Sturz der Regierung Kaits zu verhindern – und darüber hinaus einen blutigen heiligen Krieg gegen Numantia. Ich wusste, dass wir in Sayana die ersten wären, die in diesem Fall sterben würden. Kühl betrachtet stand also der sichere Tod in drei Tagen gegen einen möglichen in kürzester Zeit. Die Entscheidung war leicht.

Es war keine Zeit zu verlieren – falls meine Idee auch nur die geringste Chance hatte, so musste sie umgesetzt werden, bevor irgendjemand, sei es in Achim Ferganas Truppe oder bei den Rebellen aus den Hügeln, auch nur darüber nachdenken konnte, was als Nächstes geschehen würde. Ich musste noch vor Sonnenaufgang los.

Ich war gelinde überrascht, dass Hauptmann Mellet sich als Erster meldete – ich hätte in ihm kaum den Mann für ein Himmelfahrtskommando vermutet. Ich lehnte ihn ab, worauf er etwas säuerlich meinte: »Ich nehme an, ich muss mal wieder dafür sorgen, dass zu Hause gemütlich das Feuer brennt. Nun, dann lasst mich Euch nicht aufhalten, Euch zu amüsieren!« Nach diesen Worten stapfte er verdrossen davon. Aus seinem Kommando wählten wir den Legaten Baner, einen außerordentlich eifrigen, jungenhaften Offizier, in dem jeder – einschließlich meiner selbst – einen jüngeren Bruder sah; Sergeant Vien, ein Mann, dessen Körperumfang täuschte, denn er bewegte sich wie eine Schlange; dazu sechs Infanteristen, die Stein und Bein schworen, sie wüssten, auf welchen Seiten ein Gaul fraß und schiss. Ich nahm Infanterie und Reiter, weil ich unser Ziel in den letzten Phasen zu Fuß anzugehen gedachte.

Aus meiner eigenen Truppe nahm ich neun, wobei ich Feldwebel Bikaner den Befehl übergab; meine Wahl beinhaltete Karjan, den Mann mit dem ewig finsteren Blick, Curti, meinen besten Bogenschützen, und den unerschütterlichen Svalbard.

Die fünf Kaiter wurden von Yonge, dem gescheitesten der Hügler, geführt, der mir eines Kommandos am würdigsten schien. Mit Tenedos' Erlaubnis beförderte ich ihn auf der Stelle zum Sergeanten, ich hatte vor, ihm ein Patent zu verschaffen, kämen wir nur lebendigen Leibes wieder heim. Zur Hölle mit dem Gezeter, das ich mir von unseren Herren in Numantia würde anhören müssen, weil ich einem minderen Menschen aus den Grenzstaaten eine solche Ehre zuteil werden ließ.

Ich rief meine Leute in eine der Bibliotheken der Residenz, wo Tenedos einen Zauber gesprochen hatte, der uns gegen magische Lauscher zu schützen versprach, und sagte ihnen, wie ich sie gekleidet und bewaffnet haben wollte. Ich sah sie mir genau an, während ich sprach – zu oft meldet ein Mann sich in der Hitze des Augenblicks freiwillig und bekommt dann Bedenken, wenn er erkennt, wie gefährlich die Aufgabe ist. Hätte ich nur das leiseste Zittern gesehen, ich hätte einen Vorwand gefunden, den betreffenden Soldaten aus dem Kommando zu nehmen – es gab genug Freiwillige, die nur darauf warteten, als Ersatz für einen Zauderer mitzugehen. Aber alle meiner Freiwilligen blieben fest.

Karjan im Schlepptau, ging ich in mein Quartier, um meine eigene Ausrüstung bereitzumachen. An der Tür hing ein Zettel, auf dem man mich darum bat, auf der Stelle ins Quartier des Residenten zu kommen.

Ich hätte wissen sollen, was mich erwartete, als ich seine Räume betrat. Anstatt des sorgfältig gekleideten, wohlhabenden Diplomaten und Magiers begrüßte mich ein verlotterter Kerl in sandfarbener Kleidung, Kapuze und Schnürstiefeln, der ebenso gut einer der Kaiter Zauberer hätte sein können, denen wir uns bei der Schlacht an der Furt gegenübergesehen hatten. »Ich versprach dir einen Bann dagegen, dass *ein Feind* deiner Stabsbesprechung in der Bibliothek lauschen könnte«, sagte Tenedos etwas selbstgefällig. »Von mir selbst habe ich nichts gesagt. Ein recht interessanter Plan, den du da hast, Damastes. Es wird sich lohnen zuzusehen, was daraus wird. Ach, übrigens, diese Lumpen hier habe ich mir von einem unserer Pförtner ausgeborgt – woran er sich jedoch nicht mehr erinnern wird.«

»Sir«, sagte ich. »Ihr könnt nicht mit. Ich lasse es nicht zu!«

»Ihr«, sagte Tenedos, seine Stimme plötzlich frostig, »Legat á Cimabue, könnt mir jeden Vorschlag machen, den *Ihr* zu machen wünscht, aber befehlen könnt *Ihr* mir nicht.«

»Oh, und ob ich das kann, Sir. Ich habe meine Order von meinen Vorgesetzten, deren Befehle ich genauestens zu befolgen habe, auf dass Euch auch nichts passiert. Und –«

»Und papperlapapp«, sagte Tenedos. »Ich gehe aus zwei sehr guten Gründen mit euch. Erstens bin ich der einzige, der je in dieser Höhle gewesen ist, wo man die Puppen höchstwahrscheinlich aufbewahrt. Wie hast du dir vorgestellt, sie zu finden?«

»Ich hatte vor, Euch zu bitten, sie mir auf einer Karte zu zeigen. Ich nehme an, dass Ihr durch Zauberei die tatsächliche Lage auf ein topographisches Bild zu übertragen vermögt, *Sir.*« Ich stand kurz vor der Insubordination.

»Vielleicht, obwohl du das diesmal nicht erfahren wirst. Zweitens bist du kein Zauberer, Legat, ebenso wenig wie einer der anderen Numantier, abgesehen von mir. Wir werden Zauberei gegen uns haben, nur für den Fall, dass du das vergessen hast. Die Tovieti bedienen sich der Magie, wie wir feststellen konnten, und Jask Irshad ist kaum ein Neuling darin.«

»Sir, was passiert, wenn Ihr fallen solltet?«

»Dann fliehst du nach Urey und überbringst dem Zehnerrat die frohe Kunde. Es wird ihm einen Grund geben, mobil zu machen, und du wirst wahrscheinlich befördert.«

»Kaum«, widersprach ich. »Ich sterbe besser gleich neben Euch.«

»Wie edel«, meinte Tenedos, den Hauch eines Lächelns auf den Lippen. »Genau das, was ich von einem schneidigen jungen Subalternen von der Kavallerie erwarten würde.«

»Nicht edel, Sir. Die werden mich bei lebendigem Leib häuten, wenn ich ohne Euch zurückkomme, und das ist ein langsamer Tod.« Ich sagte das nur halb im Scherz. Mit Sicherheit wäre es mit meiner Karriere, wenn ich überhaupt eine hatte, vorbei. Nicht, dass ich mir deswegen Sorgen machte – ich hatte geschworen, diesen gottverdammten kleinen Zauberer zu beschützen, und er schien fest entschlossen, mich auf Schritt und Tritt zum Bruch dieses Eids zu veranlassen.

»Sei's drum«, sagte Tenedos, »ich sehe, dir sind die Argumente ausgegangen, da du bereits das Thema gewechselt hast.«

Es stimmte – Logik und Verstand waren sein Ressort. Als ich mir meinen Plan ausgedacht hatte, auf dem Rückweg von Achim Ferganas Palast, da hatte ich mich gefragt, wie ich Irshads Zauberei begegnen sollte, und schon vage daran gedacht, Tenedos um magischen Schutz oder dergleichen anzugehen.

Da ich von meinem Vater gelernt hatte, mich nicht mit einem Vorgesetzten zu streiten, der sich etwas in den Kopf gesetzt hat, und mich außerdem niemals um eine bereits verlorene Sache zu bemühen, nahm ich Haltung an, schlug mir die Faust gegen die Brust und sagte: »Sehr wohl, Sir. Bitte sich binnen einer Stunde zum Ausrücken bereit zu halten. Pferd und Proviant stehen dann zur Verfügung. Noch eines – Ihr steht jetzt unter meinem Kommando, in allen Angelegenheiten außer dem Einsatz von Zauberei. Haben wir uns verstanden?«

Jetzt lächelte Tenedos übers ganze Gesicht. »Jawohl, Legat á Cimabue, *Sir.* Ich werde aufs Wort gehorchen, Legat á Cimabue, *Sir.*« Ich schwöre, der Mann war nicht weniger aufgeregt als irgendein junger Reiter, der seinem ersten Einsatz entgegensieht.

Weniger als eine Stunde später hatte sich im Hof eine Schar Schurken versammelt, wie die Residenz noch keine gesehen hatte: zweiundzwanzig Hügelbanditen, verkommen aussehend in den fleckigen Gewändern, die Waffen vor Schmutz starrend. Die Gewänder, Kapuzen und Sandalen waren höchst echt, vielleicht sogar ein bisschen zu echt, dachte ich und zerdrückte einen Kaiter Floh, der zu dem Schluss gekommen sein musste, dass numantisches Blut schmackhafter war; ich rümpfte die Nase etwas ob des Geruchs. Unter dem hellbraunen Gewand trugen wir einen Lendenschurz und unser eigenes Kettenhemd. Auf dem Kopf hatten wir die Kapuze, die der Kaiter Reisende für gewöhnlich trug, und die Füße steckten in Riemenstiefeln. Um warm zu bleiben, hatten wir schwere Schafwolljacken an.

Unsere Pferde hatten wir grob gestriegelt, damit sie eher wie die verlotterten Reittiere der Kaiter aussahen – freilich waren sie für eine nähere Inspektion noch immer viel zu sauber und gepflegt. Jeder Mann hatte zwei Pferde, nicht nur als Reserve, sondern auch für den Rücktransport der Puppen, falls unsere Mission gelang. Unser Proviant steckte in Satteltaschen, und hinter den Sattel hatten wir unser Schlafzeug gerollt.

Über alle meine Numantier hatte man vorher den Zauber des Verstehens gesprochen, auch wenn der ihnen kaum den Akzent des geborenen Kaiters gab, wenn einer von ihnen den Mund aufmachte. Tenedos selbst sprach wie ein Einheimischer; er musste die Sprache eingehend gelernt haben oder hatte – was wahrscheinlicher war – den Zauber des Verstehens für sich perfektioniert. Außerdem konnten wir uns Sergeant Yonges oder eines der Kaiter Soldaten bedienen.

Unsere Waffen waren numantisch, aber wir hatten nicht die Absicht, uns derartig genau inspizieren zu lassen.

Es war nur zu gut, dass Tenedos uns begleitete, da ich mir die einzige Karte angesehen hatte, die ich von der Gegend hatte auftreiben können. Abgesehen von dem schmalen Weg, der in die Berge führte, und einigen grob eingezeichneten Dörfern verriet sie mir nichts.

Tenedos hatte mich gefragt, wie ich mich aus der Residenz zu schleichen gedachte, die natürlich unter ständiger Beobachtung stand. Ich sagte, einer nach dem anderen solle durch die rückwärtige Pforte schlüpfen, worauf er die Lippen schürzte und kalt sagte, das könne er nun wirklich »weit« besser als ich. Und so machte er es dann auch.

Ich hatte alle ins Haus befohlen; meine Numantier behielten die Kaiter Soldaten ebenso wie die Dienstboten im Auge. Hauptmann Mellet hatte Befehl, die Residenz bis zu unserer Rückkehr völlig abzuriegeln – oder bis sich Umstände ergaben, die dies nicht länger nötig machten, seien sie nun gut oder schlecht. Der Vorwand war das »Entsetzen des Generalresidenten« über die Vorkommnisse im Palast.

Regen prasselte herab und wir hatten nur noch drei Stunden bis zum Morgengrauen. Es war nur ein Mann auf der Straße, und der saß zusammengekauert in einem Eingang, der ein Stück die Straße hinauf von unserem Tor entfernt war. Er drängte sich in den Schatten, sowohl um dem eisigen Wind als auch der Entdeckung zu entgehen. Der Mann blies sich in die Hände in dem Versuch, sie zu wärmen, als Curtis Pfeil ihn in den Hals traf. Der Spion sackte tot zusammen und zwei Soldaten zerrten ihn in die Residenz. Wir würden uns der Leiche später entledigen.

Den beeindruckenderen Teil des Täuschungsmanövers konnte ich kaum sehen oder hören. Für den sehr wahrscheinlichen Fall, dass Achim Ferganas oder Irshads Jasken uns durch Zauberei überwachen ließen, hatte Tenedos für sie eine spektakuläre Vorstellung inszeniert. Ein Zauberer würde ein Dutzend Männer um flackernde Ölfeuer stehen »sehen« – Kaiter, denen die Anwesenheit der Numantier derart zuwider war, dass sie uns beobachteten, Tag und Nacht. Ich sah nichts, obwohl ich aus dem Augenwinkel schwach das Flackern von Flammen mitzubekommen glaubte und ein geisterhaftes »M'rt t'ê Ph'rëng!« vernahm. Der von den Zauberern geschickte Beobachter würde annehmen, dass niemand das Anwesen verlassen konnte, ohne Aufmerksamkeit auf sich zu ziehen, also würde er sich sicher sein, dass wir alle noch drinnen waren.

Nachdem der Zauber gesprochen war, machten wir zweiundzwanzig uns auf den Weg zu den Toren der Stadt.

Es waren auch zu dieser Stunde noch Leute unterwegs, aber die waren entweder von Gerüchten, Würzkraut oder Alkohol völlig irre oder zu sehr mit ihren eigenen Geschäften befasst, um sich für uns zu interessieren. Wir hielten während unseres Rittes die Waffen unter den Gewändern bereit.

Sayana zu verlassen war kein Problem – Achim Ferganas Wachen hatten mehr Angst vor dem, was sich draußen befand und womöglich hereinzukommen versuchte, als umgekehrt. Der wachhabende Offizier des Tores kam noch nicht mal aus dem Wachhäuschen, als er den Trupp offensichtlich hartgesottener Hügler auf sich zureiten sah, sondern wies die beiden Soldaten an den Hebeln an, sie zu öffnen.

Im Trab ritten wir hinaus in die Nacht, hinein in die Wildnis von Kait.

Trotz der Wolkendecke und gelegentlichen Schauern hatten wir gerade genug Licht, um die schlechte Straße zu sehen, der wir folgten. Ich machte mir keine Sorgen um einen Hinterhalt; selbst Räuber mussten irgendwann schlafen und außerdem hätten sich nur sehr wenige Banditen mit zweiundzwanzig Bewaffneten angelegt. Der ungepflasterte Weg war eigentlich mehr ein Pfad als eine Straße – an keiner Stelle hätten mehr als drei Pferde nebeneinander gepasst.

Jede Stunde rasteten wir für ein paar Minuten, und ich sah nach den Pferden, die von den Infanteristen und Kaitern sehr vorsichtig geritten wurden, aber nicht einer behandelte sein Tier falsch. Bei Sonnenaufgang hielten wir lange genug, um einen Topf des duftenden Tees aufzubrühen, den die Kaiter so schätzten, und kauten einige Streifen getrockneten Fleisches.

Viermal ritten wir an jenem Tag durch winzige Dörfer, jedes davon nur eine Handvoll Lehmhütten um einen Dorfplatz. Die Kaiter waren zerlumpt, schmutzig – und ihre Augen blitzten vor Hass auf uns reiche Leute, die richtige Pferde besaßen. Aber sie sahen unsere grimmigen Mienen und die Waffen, die wir bereithielten, und so taten sie, als existierten wir nicht.

Fünfmal begegneten wir Reisegruppen auf unserem Weg. Die eine war die Karawane eines Kaufmanns, dessen Wachen schier in Panik gerieten, weil sie sicher waren, dass wir über sie herfallen würden. Sie stürzten sich von den Pferden, rissen verzweifelt die Waffen heraus und zogen die Riemen ihrer Brustpanzer an. Wir achteten gar nicht auf sie. Drei andere Gruppen bestanden aus hartgesichtigen Männern, in Gedanken ganz beim Geschäft, die Speere bereit zum Wurf. Sie funkelten uns an, beäugten berechnend unsere Waffen und kamen zu dem Schluss, der Preis lohne sich nicht.

Die letzte Gruppe lief uns kurz vor der Dämmerung über den Weg.

Wir hörten sie, bevor wir auf sie stießen – das Greinen eines Säuglings, das Murmeln der Hoffnungslosigkeit. Es mochten etwa vierzig sein, nicht mehr als zwei, drei junge Männer, der Rest Frauen, Kinder und vier oder fünf Greise. Sie trugen Lumpen und hatten behelfsmäßige Packen und Bündel dabei.

Sie heulten vor Angst auf, als sie uns sahen, und flehten dann stammelnd um Gnade, während sie von der Straße flohen, um uns aus dem Weg zu gehen; einige warfen sich vor uns hin.

Es war dies die andere Seite des goldenen Banners des Krieges: die armen Zivilisten, die inmitten der Fronten gefangen waren, leichte Beute für alle und jeden. Sie taten mir leid, und ich wünschte, wir könnten helfen, aber es ging einfach nicht.

»Wir wollen euch nichts tun«, rief ich, und das Gestammel wurde zu Dankesbezeugungen und Versprechen, die Götter würden uns belohnen. Ich sah jedoch, dass ihnen ihre Ungläubigkeit ins Gesicht geschrieben stand, als wir langsam vorbeiritten – sie warteten darauf, dass wir unser wahres Gesicht zeigen und sie ausplündern würden.

Die Gruppe hatte zwei Schafhirten dabei – einen würdigen Alten, der wohl der Dorfälteste gewesen sein musste, und ein junges Mädchen, nicht älter als vierzehn Lenze, das unter all dem Schmutz von Kleidung und Gesicht erstaunlich schön war. »Wir danken Euch freundlichst, Sir«, sagte er.

Ich fand einige Münzen und warf sie ihm zu. Er verbeugte sich dankbar und wir setzten unseren Weg fort.

Etwa anderthalb Werst weiter fanden wir Schutz für die Nacht. Ein winziges Dorf lag völlig verlassen nur einige Hundert Schritte abseits des Weges an einem kleinen felsigen Hügel, der eine perfekte Schanze abgab. Aus den vereinzelten Schauern drohte ein ausgewachsenes Unwetter zu werden, und die Hütten, so baufällig sie auch sein mochten, brachten meine Leute wenigstens trocken durch die Nacht. Es würde ihre letzte Rast vor unserem Überfall sein und das Ganze schien mir ideal.

Wir stellten unsere Pferde in einer der größeren Hütten unter und hängten ihnen die Hafersäcke um. Ich vergewisserte mich, dass Lucan und Rabbit gut versorgt waren, teilte die Gruppe dann auf in vier Teams, eines für jede der restlichen Hütten; dann machten wir es uns so bequem wie eben möglich. Die Hütten waren ziemlich groß, regelrechte Kuhställe, und in erstaunlich gutem Zustand, und jede hatte eine Feuergrube in der Mitte. Ihre einstigen Bewohner hatten die Gebäude als Scheunen und Wohnquartiere genutzt – jedes hatte an einem Ende Heuschober und Boxen für das Vieh. Mit unseren Pferdedecken verhängten wir Fenster und Türen. Ich ließ kleine Feuer machen in der zunehmenden Dunkelheit und ging einmal um den Hügel, um sicherzugehen, dass uns kein Lichtschein verriet.

Ich hörte Schritte von der Straße heraufkommen und legte gleich die Hand auf das Schwert. Aus dem Zwielicht kamen zwei Gestalten – der alte Mann und das Mädchen, die die Schar Flüchtlinge angeführt hatten, denen wir kurz zuvor begegnet waren.

Mit einem Mal hatte ich Bikaner und Tenedos, beide mit gezückten Waffen, neben mir stehen.

»Guten Abend«, sagte der Alte. »Obwohl ich bezweifle, dass er so gut ist. Wir sahen Euch die Straße verlassen und dachten, wir bitten Euch, im Namen Irisus und Jacinis, der Gütigen, um eine Gefälligkeit.«

Das Mädchen trat vor.

»Wir sind die einzigen Überlebenden des Dorfes Obeh«, sagte sie. »Alle unsere Männer wurden entweder umgebracht oder in den Dienst dieses Hundes Chamisso Fergana gepresst, unser Dorf niedergebrannt, unsere wenigen Schätze gestohlen, vielen von uns Gewalt angetan. Das Vieh schlachtete man nur so zum Spass.

Man sagte uns, wir verdankten es nur Chamisso Ferganas Gnade, dass man uns leben ließ, aber das Geschenk sei nicht von Dauer, wir sollten nicht mit weiterer Nachsicht rechnen, sondern besser gleich fliehen.

Jetzt haben wir nichts mehr als die Straße und unsere Angst. Wir möchten Euch um ein Geschenk bitten. Könnten wir nicht mit Eurer Gruppe reisen? Ich spüre, dass Ihr gute, barmherzige Menschen seid, und wir wären sicher. Bis zum nächsten Dorf?«

»Tut mir leid«, entgegnete ich. »Aber wir haben geschworen, eine Aufgabe zu erfüllen, und reisen weit und schnell.«

Das Mädchen machte ein langes Gesicht. »Könnten wir hier bei Euch unterschlüpfen, wenigstens für die Nacht?«, fragte sie nach einer Pause. »Eine Nacht Sicherheit, eine Nacht tiefen Schlafs, nur für die Säuglinge, das wäre schon ein Hauch neuen Lebens für uns.«

Ich wollte schon ein zweites Mal nein sagen, hielt dann aber inne und überlegte. Ich wandte mich dem Seher Tenedos zu. Er nahm mich beiseite.

»Ich sehe, du denkst womöglich dasselbe wie ich«, sagte er. »Diese armen Leute könnten sehr gut eine ausgezeichnete Tarnung für uns abgeben, zumindest für die Nacht. Falls Irshad seine magischen Wächter ausgeschickt hat, dann halten sie uns vielleicht für nichts weiter als eine Gruppe Dörfler auf der Reise und denken, unsere Männer wären Teil der Gruppe.«

Das war genau das, was ich selbst gedacht hatte. Ich nickte, und noch während ich das tat, überkam mich ein Gefühl der Wärme: Ich hatte mich schon schlecht genug gefühlt, als wir an diesen Leuten vorbeireiten mussten, ohne mehr für sie zu haben als ein paar Kupferlinge; eine der Pflichten des Soldaten ist der Schutz der Hilflosen.

Auch Bikaner nickte. »In der Tat, Sir«, pflichtete er mir bei, »das nenne ich eine gute Idee. Hat mir gar nicht geschmeckt, die armen Hunde die Straße entlanglaufen zu sehen, ohne einen Mann dabeizuhaben, der sich zwischen sie und das Vergnügen eines Räubers stellt.«

Und so war es denn beschlossene Sache. Die junge Frau, die sich als Palikao vorstellte, bedankte sich weinend.

»Ihr seid sehr großherzig«, meinte der Alte, der Jajce hieß, »und Ihr habt uns zwei große Geschenke gemacht. Nicht nur für diese Nacht, in der alle ruhig schlafen werden, sondern auch mit der Erinnerung daran, dass auf dieser Welt nicht jeder schlecht ist und nichts weiter will, als Hilflosen wehzutun.«

Er rief und die Flüchtlinge kamen aus der Dunkelheit geschlurft. Wir waren freilich nicht völlig arglos, was unser Vertrauen anging – ich schickte meine Männer hinaus und wir tasteten jeden der Zivilisten nach Waffen ab. Aber von einigen kleinen Messern abgesehen, die zum Schneiden von Fleisch dienten, hatten sie keine Waffen dabei.

Obwohl keiner brutaler sein kann als ein Soldat, so kann doch derselbe Mann auch der großzügigste Mensch der Welt sein. So war es auch bei meinen Leuten. Sie kümmerten sich um die armen Wanderer, vergewisserten sich, dass jeder ein Lager aus Stroh hatte, tätschelten die Säuglinge und versuchten, den Kindern ein Lachen zu entlocken. Aber die hatten zu viel Schreckliches gesehen; selbst der beste Witz oder die wildeste Grimasse zeitigte bei diesem Publikum nur einen düsteren Blick. Da wir mehr als genügend zu essen bei uns hatten, teilten wir mit Freuden unseren Proviant.

In meiner Hütte schliefen Tenedos, Yonge, Karjan und zwei andere. Wir hatten die gleiche Anzahl Flüchtlinge bei uns, darunter auch Jajce und Palikao: Der Sturm brach los und der Regen prasselte herab, aber in unseren Hütten hatten wir es beinahe gemütlich, wenn man die Flöhe ignorierte, den Gestank alten Dungs und den Geruch von Körpern, die schon lange nicht mehr mit Wasser in Berührung gekommen waren – einem Veteranen so manchen Feldzugs freilich macht das nichts aus.

Wir hatten nicht wie die Schildkröten den Kopf in den Panzer gezogen; die Männer, die draußen rund um den winzigen Hügel patrouillierten, gingen paarweise und nahmen nie zweimal denselben Weg. Ich überprüfte sie stündlich und freute mich zu sehen, dass sie auf der Hut blieben, obwohl es mich nicht überraschte. Wir befanden uns zu tief in Feindesland und waren zahlenmäßig nicht stark genug, um nachlässig zu sein.

Tenedos saß auf der anderen Seite des kleinen Feuers und lauschte Jajces Bericht über das, was passiert war; er versuchte Informationen herauszufiltern, die uns von Nutzen sein könnten, wenn wir auf Chamisso Fergana stießen. Ich lehnte mich auf meine Bettrolle zurück und hörte müßig zu. Palikao saß eine gute Armeslänge entfernt von mir. Zu meiner beträchtlichen Überraschung bemerkte ich, dass sie im Gegensatz zu den übrigen ungewaschenen Heiden ziemlich gut roch; ich fragte mich, welchen Duft sie wohl trug. Mit einem Mal wandte sie ihre Aufmerksamkeit von Jajce ab.

»Ich kann das nicht mehr hören«, sagte sie leise. »Es tut zu weh, an Obeh zu denken. Es existiert nicht mehr.«

Sie ließ die Schultern hängen und ich wünschte, ich hätte sie trösten können.

»Ich nehme an, für jemanden wie Euch sieht es nach nicht viel aus«, fuhr sie fort. »Aber ich war glücklich. Ich war verlobt und mein künftiger Ehemann und ich hatten eben unsere Ehe auf Probe begonnen. Dann, eines Tages, eine Woche bevor Chamisso Ferganas Barbaren kamen und Obeh zerstörten, sagte er plötzlich, er hätte sich entschlossen, Soldat zu werden, und ließ mich trotz meiner Tränen allein. Er versprach, in zwei Monaten zurückzukommen – steinreich.

Mir lag daran nichts. Ich wollte nur ihn.«

Sie sah mir direkt in die Augen, ohne dass Schüchternheit in ihrem Blick gewesen wäre.

»Er hätte nicht weggehen sollen.« Ihre Stimme wurde leise. »Nicht wo es gerade so … so wunderschön war.«

Ich spürte eine Regung in meinen Lenden.

»Es ist schwer«, fuhr sie fort, »in der Kälte zu schlafen, in der Nässe.«

Sie streckte die Hand aus, berührte die meine, dann strichen ihre Finger die wollene Einfassung meiner Bettrolle hinab. »Euer Schlafgewand scheint mir recht warm.«

Sie lächelte und streckte sich, und irgendwie klaffte dabei ihr Gewand auseinander, so dass ich ein bloßes glattes Bein erspähte und für den Bruchteil eines Augenblicks etwas Dunkles über der Innenseite ihres Schenkels.

Ihre Haut war sauber und ums Fußgelenk trug sie einen goldenen Reif.

Lust packte und beutelte mich, und ich hätte sie fast auf der Stelle genommen, zwang mich aber, ruhig zu bleiben und zu warten, bis die Feuer mit Asche bedeckt wurden und es Schlafenszeit war. Yonge und Karjan schnarchten bereits. Dann stünden mir Freuden bevor, wie ich sie nie gekannt hatte.

Ich blickte Tenedos an und sah, wie er große Augen bekam. Ich kam wieder etwas zu mir und sah, was er da anstarrte.

Jajces kleines Bündel lag zwischen ihm und Tenedos. Die Klappe war aufgegangen, als es umgekippt war.

Drinnen aufgerollt lag ein langer Seidenstrick und schimmerte gelb im ersterbenden Schein des Feuers.

Tovieti!

Mist! Der Bann zerbrach, mein Riemen schrumpfte, als hätte er sich keinen Augenblick nach Palikaos trügerisch feuchter Wärme gesehnt, und die Dummheit, mit der ihr Zauber uns belegt hatte, auf dass wir Fremde, so harmlos sie auch aussehen mochten, bei uns aufnahmen, fiel von uns ab. Ich blickte Palikao an, um zu sehen, ob sie die Veränderung gespürt hatte, aber sie starrte verträumt ins Feuer. Ihr bloßer Fuß näherte sich mir und strich in der Höhe des Fußgelenks über meinen Stiefel.

Verdammt! Ich fragte mich, ob sie in den anderen Hütten wohl bereits zugeschlagen hatten, ob meine Männer schon tot dahingestreckt lagen, meine Mission zunichte gemacht war, noch ehe sie richtig begann. Der Zauber, in dem man uns gefangen hatte, war vollkommen – der Gurt mit meinem Schwert lag auf der anderen Seite der Hütte und der von Tenedos gleich daneben.

Der Seher bemerkte, dass ich den Strick gesehen hatte. Ich sah, dass seine Stirn sich gedankenvoll furchte, dann glitt seine Hand zur Seite und nahm einen der langen Lederriemen, mit denen er sein Schlafzeug zum Bündel band. Dann sah er mich scharf an: *Tu etwas!*

Unter heftigem Gehuste setzte ich mich schlagartig auf. Sowohl Jajce als auch Palikao täuschten Besorgtheit vor, und Tenedos nutzte mein Ablenkmanöver, um blitzartig hinüberzulangen und mit dem Lederriemen die seidene Würgeschnur zu berühren. Seine Lippen bewegten sich, als er das Leder durch die Finger laufen ließ, wobei er es in Schlingen legte. Mein Hustenkrampf ließ nach, und ich griff nach der Feldflasche, um mit meiner Farce fortzufahren, als Palikao den Mund auftat und seelenruhig sprach:

»Sie wissen, wer wir sind.«

Ihre Hand fuhr unter ihr Gewand und tauchte mit dem tödlichen Strick wieder auf. Ich warf mich auf sie, versuchte ihre Handgelenke zu halten und kam mir vor wie im Ring – im Kampf mit dem stärksten Gegner, den ich je gehabt hatte. Palikao hatte mehr Kraft als irgendein Mann, mit dem ich je gerungen hatte, und ich rechne hier selbst die professionellen Kraftprotze der Jahrmärkte dazu. Mit Leichtigkeit entwanden sich ihre Hände meinem Griff, senkten sich und stießen mich vor die Brust, so dass ich davontaumelte, durch die Feuergrube, aus der die Glut nur so stob, bis ich auf der anderen Seite zu liegen kam.

Sie war bereits auf den Beinen, den Strick in beiden Händen, den Ausdruck wilder Häme auf dem Gesicht, und kam auf mich zu, als ich Schreie der Überraschung und des Entsetzens aus den anderen Hütten hörte. Jajce stand ebenfalls da, seinen eigenen Strick bereit, als Tenedos zu sprechen begann:

»Höre mich
Höre
Wir sind eins

Wir sind vom selben Faden
Wir dienen demselben Herrn
Wir haben einen Herrn
Es gibt nur einen Herrn
Höre mich
Kehrt, kehrt
Gehorch mir
Binde, binde,
Binde und halte
Du mußt gehorchen
Du mußt gehorchen
Binde, binde,
Binde und halte.

Der gelbe Strick in Palikaos Händen wurde lebendig und begann sich zu winden wie eine Schlange, wickelte sich um ihre Handgelenke, wirbelte, wand sich, schlug einen Knoten und hielt sie fest; sie wehrte sich vergeblich dagegen und fiel. Auch Jajces Strick fesselte seinen Besitzer, und wieder vernahm ich die Schreie von draußen, aber diesmal von den Frauen und Kindern – Tenedos' Zauber richtete ihre eigene Kunst gegen sie selbst.

Palikao versuchte aufzustehen, jetzt nicht kräftiger, als es ihr zustand, aber ich war bereits wieder auf den Beinen und durch die Hütte gesprungen, die Hände nach meiner Klinge gestreckt; dann hatte ich sie auch schon gezogen und die Spitze an ihrem Hals. »Ich habe noch keine Frau getötet«, sagte ich, »aber es gibt für alles ein erstes Mal.«

Sie starrte über die lange Klinge in meine Augen, sah die Wahrheit darin und hörte auf, sich zu wehren. Ich fragte mich, ob sie mich wohl vor oder nach dem Tier mit den zwei Rücken umgebracht hätte, aber für derlei Überlegungen war keine Zeit.

»Karjan!« Schon stand mein Lancier neben mir, seine eigene Waffe gezückt. Ich sah mich in der Hütte um. Sämtliche Tovieti waren mit ihren eigenen Stricken unschädlich gemacht. Ich stürzte hinaus in die Nacht, um nach meinen Leuten zu sehen.

Durch die Gnade Panoans und Isas war keiner meiner Männer zu Schaden gekommen. Sie waren in einen tiefen Schlaf gesunken und im Chaos erwacht. Offensichtlich hätte erst der Tod von Tenedos und mir den Beginn des allgemeinen Gemetzels markiert. Ich sagte ihnen, was passiert war und wer diese »Unschuldslämmer« in Wirklichkeit seien, worauf ich höchste Alarmbereitschaft befahl. Die Wachen draußen hatten vor dem Anheben des Geschreis weder etwas gesehen noch etwas gehört. Ich stellte zu ihrer Unterstützung ein zweites Paar ab und kehrte zurück zu Tenedos.

Karjan hatte die Tovieti an die Wand gezerrt, wo sie jetzt aufgereiht standen. Ihre Füße waren mit gewöhnlichen Stricken gefesselt. In ihren Augen blitzte ohnmächtiger Zorn.

»Was jetzt?«, fragte ich Tenedos.

»Bringen wir sie um, die Drecksbande, und reißen ihnen langsam das verdammte Gedärm aus dem Leib«, bellte Yonge, dem das Entsetzen noch in den Gliedern saß.

Ich wartete. Tenedos überlegte sorgfältig.

»Nein«, entschied er schließlich.

Palikao stieß ein höhnisches Lachen aus.

»Damit hier keine Missverständnisse aufkommen«, sagte der Seher. »Ich habe nichts gegen euren Tod. Lass dir das gesagt sein, Weib.« Er starrte sie an und sie nickte zögernd. Tenedos nahm mich beiseite.

»Ich denke«, erklärte er, »nein, ich weiß mit Sicherheit, dass mein Zauber ausreicht, um sie wenigstens für zwei Tage zu fesseln. Außerdem glaube ich nicht, dass ein Zauberer unter ihnen ist. Jede Magie, mit der sie uns genarrt haben, liegt in den Schnüren. Vielleicht gab man ihnen auch ein Amulett. Ich habe ihre Magie nicht gespürt, weil all meine Aufmerksamkeit auf die Höhle gerichtet ist in der Erwartung, dass Irshad seine Zauberer nach uns schickt.

Ich will sie nicht töten, weil ich unsere Männer für den Kampf bereit sehen will – und nicht zitternd nach einem Weiber- und Kindermord, ganz gleich, wie viel Blut an ihren Händen kleben mag.«

Ich pflichtete ihm bei, und ganz offen gesagt, ich weiß nicht, ob ich den Befehl hätte geben können zu einer derartigen Metzelei.

Tenedos wandte seine Aufmerksamkeit wieder Jajce zu.

»Ich beabsichtige, euch am Leben zu lassen, weil der Gott, dem ich diene, stärker ist, ebenso meine Magie.

Aber ich bin neu in diesem Land. Wer ist denn euer Gott?«

»Wir dienen keinen Göttern«, antwortete Jajce. »Götter, vom verschwundenen Umar bis hinab zum erbärmlichsten Göttlein, sind alle Teile des Rads, des Rades, das wir zerschlagen werden für den Neuen Weg.«

»Indem ihr alle umbringt?«

»Indem wir alle umbringen, die sich uns nicht anschließen«, erklärte Jajce entschieden. »Wir bringen sie um, und wenn sie dann vom Rad zurückkehren, töten wir sie als Säugling in den Armen der Mutter, ja im Mutterleib, bis das Rad zusammenbricht unter der Last der Seelen, die es zu tragen hat. Meine eigene Gruppe hat über tausend getötet, manchmal als jämmerliche Flüchtlinge, manchmal indem wir ein verlassenes Dorf besetzten und uns Reisenden gegenüber als Bewohner ausgaben.«

»Alle Menschen, ja selbst die Götter dienen jemandem«, stellte Tenedos fest. »Wem gehorcht ihr?«

»Unseren Führern«, antwortete Jajce, dem gar nicht wohl zu sein schien in seiner Haut.

»Thak«, flüsterte Palikao.

»Schweig, Weib!« fuhr der Alte sie an.

»Wer ist Thak?«

Palikao presste die Lippen aufeinander und sagte nichts mehr.

»Thak, eh?«, machte Tenedos. »Ist er ein Mensch oder etwas anderes?«

Auch darauf erhielt er keine Antwort und ich wusste, er würde auch keine bekommen.

»Eine Frage könnt ihr mir vielleicht beantworten«, meinte Tenedos. »Ich habe gehört, ihr dürft behalten, was immer ihr euren Opfern als Beute abnehmt, oder irre ich mich? Und wenn ihr genug ermordet habt, dann werdet ihr Tovieti in den Palästen der Reichen wohnen und so weiter und so fort. Habe ich recht?«

Jajce nickte. »Das ist die Wahrheit.«

»Nach welchem Gesetz werdet ihr in diesem goldenen Zeitalter leben?«

»Wir brauchen keine Gesetze«, sagte Jajce fest. »Gerechte Menschen verhalten sich auch gerecht.«

Tenedos zog eine Braue hoch, bückte sich und hob einen der Würgestricke auf.

»Ich verstehe.«

Eine Stunde später ritten wir hinaus in die Nacht.

»Meint ihr«, fragte Bikaner leise, »die befreien sich von den Stricken, bevor sie verhungern?«

»Das denke ich doch«, erwiderte Tenedos.

»So eine Schande«, warf Karjan ein. »Die hätten uns nie und nimmer Gnade geschenkt.«

Schweigend ritten wir weiter.

Vor Sonnenaufgang wagten wir es, die Straße zu verlassen, uns ein Felsennest zu suchen und eine Stunde Schlaf zu riskieren, in der man abwechselnd Wache stand.

Beim ersten Tageslicht machten wir uns wieder auf den Weg.

Es regnete gleichmäßig während des ganzen Tages. Die Straße war menschenleer.

Die Dörfer, an denen wir vorüberkamen, waren entweder Ruinen oder gegen die Elemente fest verschlossen. Wir sahen an diesem trüben Tag weder Mann noch Weib, während sich die Straße in die Berge hinaufzuwinden begann.

Durch den Regen und den Dunst, der wie ein Vorhang wirkte, sahen wir verschwommen einen mächtigen Berg vor uns auftauchen, schwarz, nass und böse.

»Da«, sagte der Seher Tenedos, »das ist der Berg, den ich ›sah‹. In ihm liegt die Höhle der Tovieti.«

10 *Die Höhle Thaks*

Der Berg, etwa fünf Werst vor uns, sah aus, als hätte ihn ein Götterkind aus Sand geformt, um dann wahllos mit einem Löffel darauf zu schlagen. Die uns am nächsten liegende Seite wäre am leichtesten zu begehen, obwohl auch ihr Hang steil genug war, was jedoch auch bedeutete, dass sie am besten bewacht war. Ich sah selbst durch den Regen, wo ein Pfad in den Fels geschlagen war. Er wand sich etwa zwei Drittel der Höhe hinauf, wo aus der ganzen Flanke eine fast symmetrische Mulde gehauen zu sein schien.

»Dort«, Tenedos wies hinauf. »Dort finden wir den Eingang zur Höhle.«

Die entferntere Seite war weitaus schroffer, fast eine Steilwand.

Ich sah nicht die Spur von Leben, weder auf dem Berg selbst noch auf den Wegen dahin.

Unweit von der Stelle, an der wir uns befanden, befand sich ein Hohlweg. Wir verließen den Pfad und ritten die schmale Senke etwa einen knappen Werst hinauf, wo sie sich zu einer Schlucht weitete. Es gab dort genug Überhang, um einen gewissen Schutz zu bieten.

Ich befahl den Männern abzusitzen und sich um mich zu scharen. Von hier aus würden wir zu Fuß weitergehen. Zum ersten Mal erklärte ich jetzt, worin unsere Mission bestand, wobei ich mir ihre Gesichter genau ansah. Obwohl sie müde, schmutzig, nass und verfroren waren, sah ich weder eine Spur von Entmutigung noch von Angst. Meine Unteroffiziere und ich hatten gut gewählt. Als ich fertig war, bat ich um Fragen.

»Wie kommen wir denn da rauf, zum Eingang der Höhle?«, fragte einer. »Schleichen wir über den Weg?«

»Nein«, sagte ich. »Wir gehen über die Wand.«

Zwei der Männer stöhnten.

»Denkt immer dran«, fuhr ich fort und merkte, dass ich mich ein bisschen wie einer der aufgeblaseneren unserer taktischen Ausbilder anhörte, »dass der leichte Weg immer der mit dem Hinterhalt ist.«

Feldwebel Bikaner bedachte mich mit einem durchaus beifälligen Blick.

Wir rafften unsere Ausrüstung zu Packen zusammen, ließen vier Mann bei den Pferden zurück und machten uns auf den Weg. Das Terrain war trostlos, noch nicht einmal ein Baum war zu sehen; es gab nichts weiter als karges Gesträuch. In der Trockenzeit wäre es eine Wüste gewesen, jetzt freilich bestand es aus sandigem, klebrigem Schlamm.

Es dämmerte, als wir den Fuß des Berges erreichten – unser Zeitplan war also perfekt. Ich sah mich nach einem trockenen Platz zum Rasten um, damit wir etwas essen und die völlige Dunkelheit abwarten konnten, aber rund um uns herum war alles dunkel und nass. Schließlich fanden wir etwas dichteres Gebüsch, wo es meiner Ansicht nach weniger sumpfig sein würde, und in das krochen wir hinein.

Ich erinnere mich noch an meine Mahlzeit und dass ich mich fragte, ob es wohl meine letzte war: getrocknetes Rindfleisch, das pulverisiert und mit Beeren und ausgelassenem Fett vermischt war, äußerst nahrhaft, aber für den Magen etwa so leicht zu verdauen wie ein Stein; kalter Kräutertee, den wir uns die Nacht zuvor in dem Dorf gebraut hatten, und schließlich aufgeweichtes Fladenbrot, das wir in Marmelade tunkten. Ich gebe aber zu, dass es mir danach besser ging.

Ich kam schließlich zu dem Schluss, es sei dunkel genug, und wir brachen auf. Ich befahl die Hügler an die Spitze des Zuges, sie hatten das beste Gefühl fürs Terrain; auf sie folgten der dicke Sergeant der Infanterie, Vien, ich selbst, Tenedos und der Rest des Trupps; die Nachhut bildeten Legat Baner und Feldwebel Bikaner, denn bei einer so kleinen Truppe brauchte ich hinten jemanden, in den ich absolutes Vertrauen hatte.

Wir gingen fast eine Stunde bergauf und der Weg wurde mit jedem Schritt steiler, aber es war nicht schlimmer, als einen Hügel hinaufzulaufen. Dann jedoch wurde das Gelände schwieriger, und ich gab das Zeichen für einen Halt, bei dem ich den Männern befahl, sich anzuseilen – wir hatten Stricke von fünfzehn Klaftern dabei. Sie waren dünn, kaum dicker als Schnüre, aber Tenedos hatte sie vor dem Verlassen Sayanas mit einem Stärkespruch bedacht. Wir zogen die Schafwolljacken aus und banden sie auf die Packen.

Der Weg war nass und glatt, aber glücklicherweise waren die Felsen klein genug, um sie zu umgehen, und die, über die wir hinwegkletterten, waren rissig und voller Spalten und boten uns so genügend Halt.

Ich versuchte mir laufend ein Bild davon zu machen, wo wir uns befanden, schließlich war außer Finsternis und schwarzen Felsen rundum nichts zu sehen. Das Vorwärtskommen wurde schwieriger und wir gerieten auf der Suche nach einer begehbaren Route immer mehr nach links. Immer weiter sahen wir uns auf die Seite mit dem Pfad abgedrängt, aber ich konnte schlecht etwas dagegen tun. Wenigstens hatte der Regen nachgelassen, was freilich nicht nur ein Segen war. Wir kamen zwar leichter voran, aber die Wahrscheinlichkeit, gehört oder gesehen zu werden, nahm damit zu.

Plötzlich hörte man ein lautes Fingerschnippen und wir erstarrten. Ein Flüstern folgte: »Offizier nach vorn!«

Ich machte mich los und kletterte umständlich über fünf Leute hinweg an die Spitze des Zugs. Sergeant Yonge war ganz vorn. Als ich ihn erreichte, brauchte ich kein Geflüster mehr, um das Problem zu erkennen. Ich fluchte in mich hinein. Gleich über uns befand sich eine aufgemauerte Wand. Wir waren zu weit nach links gekommen – die Straße zum Höhleneingang befand sich direkt über uns. Wir würden zurück müssen, auf eine neue Route weiter rechts. Ich entschloss mich, auf den Weg hinaufzuschleichen, um zu sehen, ob eine Spur von den Tovieti zu sehen war. Ich war eben dabei, mich auf den Wall zu ziehen, als ein Geräusch zu hören war. Ich weiß nicht genau, wie ich es beschreiben soll, aber es war ein leises Wischen, ein Zischen vielleicht. Ich duckte mich zurück und wurde zu einem der Felsen um mich herum.

Etwas kam den Weg herauf und es war riesengroß. Das Geräusch brauchte etwa zehn Sekunden, um an mir vorbeizukommen, dann gab es wieder nur Regen und Nacht. Ich zwang mich, über den Wall zu spähen, sah jedoch nichts, also zog ich mich auf die Mauer und hinüber auf den kopfsteingepflasterten Weg. Ich rutschte aus und wäre fast hingefallen, jedenfalls ging ich auf die Knie. Die Glitschigkeit des Wegs kam jedoch nicht vom Regen, sondern von einem grausigen Schleim, den, was auch immer da gerade vorbeigekommen war, hinterlassen hatte. Mir drehte sich der Magen um und ich kam zu dem Schluss, eine weitere Aufklärung hätte keinen Wert. Jetzt wusste ich auch, welches Bild sich mir bei dem Zischen aufgedrängt hatte – es war ein Geräusch, das mein Verstand mit einer riesigen kriechenden Schnecke verband. Ich weiß jedoch nicht, was es tatsächlich war, noch will ich es wissen.

Mühsam machten wir kehrt und hielten uns dann weiter rechts. Schließlich fanden wir einen anderen Weg, auf dem ein Hinaufkommen möglich schien. Je näher wir dem Eingang der Höhle kamen, desto schlimmer regnete es. Schließlich hatten wir die Höhe erreicht, auf der ich die Höhle vermutete, und hielten uns nun wieder nach links. Ein weiteres Mal erreichten wir die Steinmauer und ich spähte hinüber. Der Pfad endete hier in einer ebenen, mit einer Brustwehr versehenen Terrasse, eine Art Balkon mit dem Schlund der Höhle im Hintergrund. Ich sah keinerlei Anzeichen für eine Wache, sei sie nun menschlich oder anderer Art. Ich duckte mich wieder außer Sicht.

Wir waren gut vorangekommen – es waren noch zwei Stunden bis zum Morgengrauen, schätzte ich. Wir würden wenigstens eine Stunde warten. Wir waren von der Kletterei ins Schwitzen geraten und hatten weder der Feuchtigkeit noch der Kälte Beachtung geschenkt. Wir zogen unsere Jacken wieder über, hielten uns aber dicht an den nahezu senkrechten Fels, und innerhalb weniger Minuten kroch uns die Kälte in die Knochen, so dass ich alle Mühe hatte, nicht mit den Zähnen zu klappern.

Über das Heulen des Windes meinte ich Singen, vielleicht auch nur Rufen aus der Höhle zu hören. Ich versuchte, meine Not zu vergessen, und ging immer und immer wieder durch, was Tenedos in den wenigen Augenblicken, die er in der Höhle gewesen war, »gesehen« hatte.

Die Geräusche von der Höhle her verstummten, und wir hörten nichts mehr als den Sturm. Dann kam ein anderes Geräusch: Stiefel, von denen ich hoffte, dass sie Menschen gehörten, klapperten über das Pflaster über uns.

Wachposten. Es waren zwei. Wieder wurden wir zu Klumpen aus Sandgestein. Aber die Gefahr war recht gering. Ich bezweifelte, dass sich die Posten die Mühe machten, über den Rand zu spähen – schließlich gab es da nichts zu sehen und es musste längst auf das Ende ihrer Wache zugehen. Ich hatte mich nie ernsthaft der Hoffnung hingegeben, der Eingang der Höhle sei nicht bewacht.

Ganz langsam, so langsam, wie ich kaum je etwas gesehen hatte, wich das Schwarz des Himmels einem finsteren Grau. Jetzt hörte ich weitere Schritte über uns, dann das Klappern von Rüstung und Waffen. Stimmen ertönten – ein Anruf, eine Antwort, unverständliche Worte, dann ein Lachen und die Schritte der abgelösten Posten, die sich entfernten.

Es wäre besser gewesen, sich der ersten Posten zu entledigen, schließlich wusste ich, wie müde und verfroren sie sein mussten, und damit ein leichtes Ziel. Aber ihre Ablösung hätte eine Warnung geschrien. Ich lauschte noch eine Weile und war ziemlich beeindruckt. Die Posten machten die ganze Runde, anstatt sich irgendwo vor dem Wetter zu verkriechen. Auch sprachen sie nicht und erzählten keine Geschichten. Ich lauschte darauf, wie sie vorbeikamen, zurückkehrten, und zählte mit. Ich hätte das lieber ein halbes Dutzend Mal gemacht, um sicherzugehen, dass ich die exakte Zeit hatte, aber der Himmel hellte sich stetig auf.

Ich kroch hinüber zu Sergeant Yonge und machte ihm Zeichen. Zwei Finger, zwei Finger – steife Finger, die ich mir über die Kehle zog, Finger, die auf die Erde wiesen und dann in einem Bogen zurückkamen. Yonge nickte und ich sah das Aufblitzen seiner Zahnstummel im Dämmerlicht. Er deutete auf drei weitere Hügler. Sie legten ihre Packen ab und gaben sie anderen. Messer kamen aus ihren Scheiden, dann bewegten sich die vier nach vorne bis unter den Wall.

Die Schritte kamen zurück, passierten uns, kamen dann wieder, und vier Schemen huschten über den Wall. Ich hörte das Schlurfen von Stiefeln, den Ansatz eines Aufschreis, und dann über das Singen des Regens hinweg einen gurgelnden Fall.

Mit einem Sprung setzte ich über die Mauer, Sergeant Vien gleich hinter mir. Die beiden Posten lagen auf die Erde gestreckt da, der Regen nahm das Blut mit, das aus ihnen quoll. Ich sah im zunehmenden Licht das von Scham erfüllte Gesicht eines der Hügler und wusste, dass er derjenige gewesen sein musste, der es fast verpatzt hatte. Sergeant Yonge würde ihm mächtig aufs Dach steigen, wenn wir die nächste Stunde überlebten. Der Rest unserer Gruppe kam über den niederen Wall.

»Yonge«, befahl ich. »Die Leiche … werft sie weit raus.«

Yonge zog die Stirn in Falten, er verstand nicht, warum ich mich nicht beider Leichen entledigen wollte, machte aber seinen Leuten Zeichen und einer der Posten wurde in die Finsternis hinausgeschleudert. Ich lauschte, aber von einem Aufschlag der Leiche war nichts zu hören.

»Der andere kommt mit dem Gesicht nach unten … da hin.« Ich wies auf einen Felsen etwa fünfzig Fuß die Steigung hinab, einen Felsen, der selbst im Laufschritt nicht gleich zu erreichen war.

Vier Männer trugen die zweite Leiche die Steigung hinunter und legten sie dann genauso hin, wie ich es wollte.

Sie wäre für jeden, der über den Wall blickte, auf der Stelle zu sehen, und genau das war es, was ich wollte. Noch nicht einmal Feldwebel Bikaner schien es zu verstehen, und so erklärte ich kurz, weshalb ich es so arrangiert haben wollte. Wenn jemand aus der Höhle kam und sie unbewacht sah, dann würde er als Erstes an einen Unfall denken. Er würde an die Brustwehr eilen, hinüberspähen und den armen Mathia – oder wie auch immer er geheißen haben mochte – da unten liegen sehen. Man würde um Hilfe rufen, dass einer hinabklettern sollte, um nachzusehen, ob der Kamerad noch am Leben war. Dieser Aufruhr würde uns darauf hinweisen, dass unsere Fluchtroute blockiert und es an der Zeit war, sich nach einem anderen Weg oder einem neuen Plan umzusehen. Jedenfalls hoffte ich das.

Ich übernahm jetzt die Führung, Laish Tenedos kam gleich hinter mir. Ich ließ ihm meine besten Männer folgen – sie waren bereits informiert, ihr Tod sei nichts im Vergleich zu dem von Laish Tenedos, und ich wusste, dass sie aufs Wort gehorchten.

Dann betraten wir die Höhle der Tovieti.

Der Eingang der Höhle beschrieb ein V und hatte eine Höhe von nahezu hundert Fuß. Etwa fünfzig Fuß nach dem Eingang wurde sie runder und bogenförmig. Wir standen jetzt nicht mehr in Wind und Regen und eine leichte warme Brise wehte auf uns zu. Es war weitaus wärmer als die Höhlen, die ich als Junge erforscht hatte, und ich fragte mich, ob der Berg wohl einst ein Vulkan gewesen war und sein Herz noch immer feurige Lava enthielt oder ob die Tovieti ihn durch einen Zauber beheizten.

Das Licht von draußen nahm ab, und unser Weg wurde von Fackeln beleuchtet, die in kleinen, in den Fels gehauenen Nischen steckten. Die Fackeln waren heruntergebrannt, und ich hoffte inbrünstig, dass alles, was in der Höhle war, schlief. Die Decke des Tunnels senkte sich jäh, bis sie nur noch etwa zehn Fuß über uns war, und der Gang wurde schmaler und hatte an manchen Stellen gerade noch eine Breite von dreißig Fuß. Ich sah, dass einige der Männer etwas besorgt dreinschauten, und hoffte, der Weg würde nicht noch schmaler; es gibt Ängste, denen nicht beizukommen ist, und die Angst, eingesperrt zu werden, ist eine der schlimmsten davon. Aber der Gang wurde nicht enger, er wand sich nur zwischen natürlichen Säulen hindurch, die sich wie die Stiele von Pilzen zwischen Boden und Decke erstreckten.

Die Höhle bot nicht nur ausgezeichneten Schutz, sie war auch vorzüglich zu verteidigen – eine kleine Armee hätte die Säulen als Deckung nutzen und von ihnen aus plötzliche Ausfälle unternehmen können.

Der Gang wurde wieder breiter und es führten Nebengänge in

verschiedene Richtungen von ihm weg. Tenedos' Richtungssinn jedoch war untrüglich und er winkte uns, ohne zu zögern, weiter, immer den Haupttunnel entlang. Es gab auch Kammern, die sich in den Wänden auftaten, und aus einigen tönte das Schnarchen schlafender Leute zu uns heraus. Die Höhle öffnete sich in einen großen Raum, dessen Decke wenigstens zweihundert Fuß über uns war. Die Wände dieses Raums hatten mehrere Etagen mit Öffnungen wie die Balkone riesiger Wohnhäuser, wie ich sie in Nicias gesehen hatte.

Fackeln brauchte es hier nicht. Statt dessen hingen Mineralformationen von der Decke und wuchsen aus dem Boden. Diese Auswüchse waren durchscheinend, und in ihrem Inneren huschten vielfarbige Lichter auf und ab und sorgten dafür, dass die ganze Höhle von einem Kaleidoskop bunt schimmernder Farben erleuchtet wurde. Ich dachte einen Augenblick, es könnte sich um die große Höhle handeln, die Tenedos gesehen hatte, aber er schüttelte den Kopf und führte uns weiter durch die Höhle hindurch auf einen von unzähligen Tunneln zu. Er wählte den breitesten und höchsten und diesem folgten wir.

Dieser Gang erstreckte sich kerzengerade, wie mit dem Lineal gezogen, über etwa hundertfünfundzwanzig Klafter, dann öffnete sich die Höhle ein weiteres Mal.

Dieser Raum war wirklich riesig, seine Wände waren aus Mineralien in den herrlichsten Farben. Auch hier gab es Etagen und Balkone überall in den Wänden und die verblüffendsten Farben aus dem Nichts sorgten für Licht.

Das war die Kammer, die Tenedos »besucht« hatte. Ich sah den Thron in der Mitte des Raumes, der ganz nach dem Vorbild von Achim Ferganas Thron in Sayana gearbeitet war, auch wenn er nicht mit Edelsteinen besetzt zu sein schien.

Dahinter befand sich der trommelförmige Altar, und auf einer Seite davon, zu einem Haufen aufgeschichtet, der Schatz, den die Tovieti von ihren Opfern zusammengestohlen hatten.

Der Raum war voll schlafender Leute, überall lagen weiß gekleidete Tovieti herum. Es sah ganz so aus, als hätten ihre Priester mitten in der Zeremonie innegehalten und ihre Schäfchen mit einem Zauber belegt. Ich hoffte, dass dem so war und dass es eines weiteren Spruchs bedurfte, um sie wieder aufzuwecken.

Tenedos wies auf den Thron, und ich sah zu beiden Seiten Reihen kunstvoll geschnitzter Truhen stehen. Ich zog eine Braue hoch und er nickte – er spürte, dass in ihnen das war, was wir suchten.

Wir schlichen uns also weiter, die Waffen in der Hand, stiegen über die Schlafenden, gingen um sie herum. Es mussten mehrere Hundert gewesen sein in diesem Raum. Tenedos' Lippen bewegten sich und er berührte mehrere Male seine Augenlider. Ich nahm an, er belegte sie mit einem Schlafzauber oder bekräftigte den ihrer Herren.

Die Truhen waren aus Holz und verschlossen, so dass wir Speerschäfte und Dolche benutzten, um sie aufzustemmen. Das Holz knarrte und ich erschauerte, aber keiner der Schläfer regte sich.

Die Truhe, die ich öffnete, enthielt allerlei wunderliche Dinge: Ich sah das Diadem einer Königin, einen Schädel, einen Stein, der zu groß war, um edel zu sein, sonst wäre er ein Königreich wert gewesen, und viele andere Dinge mehr. Aber keine Puppen. Ich versuchte es mit einer anderen, auch sie voller Wunder, aber auch hier keine der Puppen, die wir suchten.

Finger schnippten und Svalbard winkte. Ich eilte an die Truhe, über der er stand, und es befanden sich, lieblos hineingestopft, einige der Puppen darin. Ich winkte meine Männer herbei und wir stopften uns hastig unsere Bündel voll. Weitere Truhen wurden geöffnet und wir fanden noch mehr.

Ich begann schon zu hoffen, wir könnten unsere Aufgabe erledigen und entkommen, da gellte ein Schrei durch den steinernen Saal. Ein fast nackter Mann stand auf einem der Balkone auf halber Höhe unter der Decke und rief eine Warnung aus.

Curtis Bogensehne sirrte, aber der Pfeil ging vorbei und klapperte gegen den Fels. Ein weiterer folgte ihm, besser gezielt als der erste, und traf den Mann in den Bauch. Er kippte langsam vornüber, stürzte über die Kante und drehte sich um die eigene Achse, während er schreiend fiel.

Die Schreie weckten die Schläfer, und die Benebelten kamen taumelnd auf die Beine.

Die letzte der Puppen kam in ein Bündel, die Bündel auf unsere Rücken, und schon liefen wir auf den Ausgang zu. Noch stießen wir nicht auf Widerstand, abgesehen von dem einen oder anderen weiß gekleideten Tovieti, der uns taumelnd in den Weg trat und sich für seine Mühe in den Staub gestoßen sah.

Dann tauchte Jask Irshad auf.

Er stand auf einem Balkon etwa dreißig Fuß über der Höhlensohle. Er sah uns und schrie vor Zorn auf. Während sein Schrei durch die Höhle hallte, schwoll der Zauberer an, bis er fast fünfzig Fuß maß, und stieg dann mit Leichtigkeit von dem Balkon.

»Numantier! Der falsche Seher Tenedos! Ihr seid des Todes, Eindringlinge – *Ph'rëng!* Wie könnt Ihr es wagen! Wie könnt Ihr es wagen!«

Er hob ein Steinchen auf und warf es auf Tenedos. Es wuchs zu einem mächtigen Felsbrocken, der direkt auf den Seher zukam. Tenedos breitete singend die Arme aus, und der Felsen verfehlte ihn. Er traf einen Tovieti, dessen weißes Gewand sofort mit roten Spritzern übersät war.

Tenedos entriss einem meiner Soldaten einen Speer und tippte damit gegen einen Stalagmiten neben ihm. Durch den Lärm hörte ich Teile seines Zauberspruchs:

»… verwandle dich … verwandle dich jetzt …
Befreie dich
Befreie …
Wie ein Pfeil, wie …
Schlag zu
Schlag hart
Du bist …«

Er warf den Speer nach Irshad, jedoch ohne Wucht, und als er warf, brachen die Stalagmiten um den Jasken herum ab und sausten durch die Luft – wie mit aller Kraft geschleuderte Speere – auf ihn zu. Irshad schrie einen Bannspruch, schrumpfte auf seine normale Größe zurück, ein Vorhang aus zahllosen Farben bildete sich um ihn herum, an dem die Mineralspeere zerschellten.

Irshad begann einen eigenen Zauber zu sprechen, und weitere Jasken kamen in die Höhle gerannt, einige mit Zauberstäben, andere mit Reliquien, und unter ihrem Singen und Schreien nahm der Lärm um uns herum zu.

Während Zauber gegen Zauber focht, sah ich, dass auch ich etwas tun konnte.

»Lanciers!« schrie ich. »Mir nach!« Ich stürzte vorwärts und meine Männer erwachten aus ihrer Trance. Tovieti stellten sich uns in den Weg und wir schlugen uns in Richtung Irshads und seiner Zauberer durch.

Irshads Zauber baute sich auf. Ich hörte ein anschwellendes Tosen, das Rauschen eines Winds, der zum Wirbelsturm wird, und es nahm beständig an Lautstärke zu.

Wachen der Tovieti, noch dabei, sich die Panzer umzuschnallen, kamen herbeigestürzt und hielten unsere Attacke gegen die Magier auf. An der Spitze kam ein Fähnrich mit einem Gerät, das ich nicht erkannte, und neben dem Standartenträger kam ein mächtiger Mann gelaufen, den ich auf der Stelle erkannte, schließlich hatte ich genügend Zeit mit seinem älteren Bruder verbracht.

Chamisso Fergana war mit genau der Waffe gerüstet, die ich als die Favoritin seines Bruders vermutet hatte: eine einblättrige Schnabelaxt. Er erblickte mich – ich nehme an, Jask Irshads Zauber hatte ihm gesagt, wer ich sei – und rief mir eine Aufforderung zu, der ich nur zu gern folgte.

Legat Baner, der vor mir herstürzte, stieß irgendeine Art Kriegsruf aus. Er schlug wie wild auf Fergana ein, wobei er freilich die Deckung vergaß, und Fergana entging seinem Schlag, indem er sich bückte. Er hieb Baner den Schnabel der Axt in die Schulter und riß den schreienden Jungen damit auf sich zu. Als Baner nach vorn taumelte, zerrte Fergana die Axt frei und hieb sie dem Legaten in den Hinterkopf.

Sergeant Vien war zur Stelle, schlug zu, verfehlte Fergana, der ihn mit der Hüfte hart abblockte und den Infanteristen stolpernd davontaumeln ließ; dann war niemand mehr da außer uns zweien.

Fergana hielt die Axt schlagbereit vor dem Körper, die Linke in Schulterhöhe direkt unter dem Blatt, die Rechte fest unten am Stiel. Er tänzelte vor und zurück, auf der Suche nach einer Blöße. Ich schlug nach seinem Gesicht, und seine Axt blitzte auf, als sie mich fast traf. Ich verwünschte mich dafür, den einfachsten Schlag gewählt zu haben, und duckte mich, als er auf mich einhieb, schlug dann nach seinem Bein, verfehlte aber auch das. Wir wichen zurück, en garde, tänzelten, bewegten uns hin und her. Ich glitt auf seine schwache Seite, und er drehte sich mit mir um. Vage war ich mir Karjans und eines weiteren Lanciers bewusst, die mir die Flanken deckten.

Einmal mehr kam die Axt auf mich zu, und ich sprang zurück, landete auf Kies, wäre beinahe ausgerutscht und ging in die Knie. Fergana schrie siegesgewiss auf und kam, um den tödlichen Schlag zu führen. Kniend griff ich mir eine Handvoll Kies und schleuderte sie in sein Gesicht, sprang dabei zur Seite, als die Axt niederkam. Noch bevor er sich wieder fangen konnte, schlug ich zu, aber diesmal so, wie ich es gelernt hatte, nicht nach den tödlichen Stellen, sondern um ihn zu verkrüppeln, auf dass der Todesstoß leichter war.

Mein Hieb traf den Stiel seiner Axt etwa auf halber Höhe, schnitt einen Span aus dem Holz und trennte die Finger von seiner Hand. Er schrie brüllend auf, als er die Axt fallen ließ, aber schon fuhr die unverletzte Hand zu dem Dolch.

Nur dass dem Rebellenführer keine Zeit mehr blieb, denn ein Stoß von mir traf ihn so gewaltig in den Hals, dass meine Schwertspitze aus seinem Nacken austrat. Während er zu Boden ging, riss ich meine Klinge frei, fasste mich wieder, sah Sergeant Vien in Bedrängnis und erschlug seinen Gegner. Dann stellte ich mich dem Fähnrich des Feindes, der sich mit einem Kurzschwert zu verteidigen suchte. Ich parierte einmal, noch einmal, hieb ihm dann die Beine weg und versetzte ihm, noch während er fiel, den tödlichen Stoß. Chamisso Ferganas Standarte ging zu Boden und landete wenige Fuß neben ihrem toten Herrn. Dann ergriff auch schon Feldwebel Bikaner die Fahne und schwang sie, triumphierend über unseren Sieg.

Über dem Kampfgetöse hörte ich das schrille Geheul von Jask Irshad, der den Tod seines Herrn beobachtet hatte; seine Konzentration verflüchtigte sich, und der Gesang des Windes erstarb. Schließlich donnerte die Stimme des Sehers Tenedos über all das Getöse hinweg:

»Ich habe dich
Ich habe dich
Deine Macht ist mein.
Mein ist deine Kraft.«

Die Arme ausgebreitet, stand Tenedos da; die Finger zu Fäusten geschlossen, als zermalme er etwas, was nicht zu sehen war. Wieder war seine Stimme zu hören:

»Dein Blut
Läuft durch meine Hände.
Ich halte dein Herz.
Du bist mein.
Du bist mein.
Nimm deinen Tod.
Nimm das Geschenk.
Nimm deinen Tod.«

Jask Irshad kreischte auf in Todespein, griff sich an die Brust und stürzte. Er bäumte sich noch einmal kurz auf, dann lag er still.

Beider Anführer beraubt, kreischten auch die Tovieti auf in panischer Angst und Verzweiflung, und lauter als ihre Angst kam ihr Gesang: »Thak! Thak! Thak!«

Von irgendwo hörte sie ihr oberster Herr.

Thak erschien auf dem trommelgleichen Altar.

Ich weiß nicht, aus welcher fremden Welt Thak kam, noch was

er wirklich war. Vielleicht kam er aus den Tiefen unserer eigenen Welt, aus schrecklichen Höhlen, wo das Metall flüssig wie Wasser war und alles Leben wie er. Ich nehme an, er war irgendein Dämon, aber einer, dessen Gestalt nicht aus Fleisch und Blut war. Er maß um die sechzig Fuß, hatte in etwa Menschengestalt, war aber primitiv ausgebildet, seine Gliedmaßen alle gleich lang, der zylindrische Kopf halslos auf seinen Oberkörper gesetzt. Voller Facetten wie die eines Juwels, schickte sein Körper blendende Lichtstrahlen aus.

Das Geschrei der Tovieti wurde lauter, und ich wusste, dass ihre Angst vor dem Dämon nicht geringer war als ihre Verehrung für ihn.

Thak sah uns, auch wenn sein Kopf weder Augen noch Gesichtszüge hatte, und er trat vom Altar herab auf uns zu. Seine Gelenke knirschten wie ungeschmierte Scharniere, als er näher kam, dann griffen seine feisten unförmigen Finger nach uns.

Während er auf uns zukam, hob ein schrilles Geklingel an, ein Geklingel, das mir wie unsichtbare Nägel gegen das Trommelfell fuhr.

Tenedos wühlte in seinem Beutel und brachte einen großen klaren Edelstein zum Vorschein, der wie ein Zylinder geschnitten und an beiden Enden zu spitzen Facetten geschliffen war. Ich konnte seinen Spruch in dem Geheul nicht hören, aber er warf die Gemme, und sie landete etwa zwanzig Fuß vor uns und kam auf einer ihrer Spitzen zu stehen. Thak war keine dreißig Fuß von ihr entfernt. Der Edelstein begann um die eigene Achse zu wirbeln, als hätte Tenedos ihn wie einen Kreisel gedreht.

Während er sich drehte, schickte er Lichtblitze in alle Winkel der Höhle, und ein tiefes Brummen hob an, dessen Lautstärke die des Geheuls rasch übertraf.

»Kommt«, rief Tenedos. »Ich weiß nicht, wie lange es ihn aufhalten wird.«

Zwei Männer begannen zu laufen, aber sowohl Bikaners als auch Viens Brüllen erreichte sie und hielt sie zurück; dann war ihre Disziplin wieder da.

Im Laufschritt ging es aus der Höhle, und es war ein geordneter Rückzug, nicht etwa eine Flucht. Später sollte ich Gelegenheit haben, mich darüber zu wundern, wie eine Handvoll Männer einen so vielfach überlegenen Feind hatte schlagen und lähmen können, und das mit nichts weiter als Kühnheit, überraschendem Handeln und etwas Zauberei – eine Kombination, die ich im Dienst des Imperators Tenedos noch zahllose Male einsetzen konnte.

Ein oder zwei der Tovieti, geblendet von allem, was während der letzten Minuten passiert war, versuchten uns aufzuhalten, waren aber leicht umzustoßen oder zu erschlagen – sie leisteten keinen ernsthaften Widerstand.

Ich riskierte einen letzten Blick in die Höhle und sah, wie Thak sich zusammennahm und taumelnd – wie ein Mann, der gegen einen heftigen Wind ankämpfte – Schritt für Schritt auf Tenedos' Gemme zuging.

Ich merkte, dass ich der letzte Numantier in der Höhle war, und eilte los, um meine Männer einzuholen.

Es war ein grauer, trostloser Morgen und doch erfreute ich mich an ihm. Wir hatten in dieser Höhle drei Mann verloren, darunter Legat Baner. Vier weitere waren verwundet, konnten aber mit Hilfe ihrer Kameraden noch gehen.

In Formation ging es den Pfad hinab, schließlich brauchten wir uns nicht mehr zu verbergen; es war keiner mehr da, der sich uns hätte entgegenstellen können.

Binnen einer Stunde waren wir wieder bei den Pferden, hatten die Packen mit den Puppen an unsere Sättel geschnürt und ritten aus der Klamm zurück auf den Weg.

Tenedos starrte zurück, zum Berg und dem Eingang der Höhle hinauf. Es hatte zu regnen aufgehört und auch der Wind schwieg. Ich hörte kein Geräusch aus dem Schlund der Höhle, weder das Kreischen noch das Gebrumm.

»Habt Ihr ihn getötet?« fragte ich.

»Ich weiß es nicht. Jedenfalls habe ich Glück gehabt, einen Talisman bei mir zu haben, mit dem Gleiches gegen Gleiches zu stellen war, und das, obwohl ich keine Ahnung hatte, was wir zu gegenwärtigen hatten, bevor wir die Höhle betraten«, sagte Tenedos. »Womöglich habe ich ihn verletzt. Vielleicht auch dorthin geschickt, wo er herkam.« Tenedos' Stimme hörte sich recht unsicher an. »Oder vielleicht auch nicht.« Er riss sich sichtlich zusammen.

»Komm. Wir haben, weshalb wir gekommen sind.«

Im Eiltempo ritten wir zurück nach Sayana.

11 *Des Achims Verrat*

Wir waren die Helden an Achim Ferganas Hof. Nicht nur hatten wir das Leben der Höflinge und den Achim selbst davor gerettet, auf das Schrecklichste zerfleischt zu werden, wir hatten auch noch den verräterischen Jask Irshad und Chamisso Fergana, den bösen, rebellischen Bruder des Achims, aus dem Wege geräumt.

Was Thak, den Dämon, anbelangte, so machte Fergana sich keine Sorgen. Ohne Führung musste Thak – selbst ohne den mächtigen Bann, den der überaus tapfere, völlig unzureichend gepriesene Hochmächtige Seher Laish Tenedos verhängt hatte – mittlerweile machtlos sein, und ihm bliebe nichts als die Rückkehr in sein finsteres Reich. Desgleichen würden sich die gefürchteten Tovieti ohne Führung auflösen und verschwinden, als hätte es sie nie gegeben.

Achim Fergana versprach uns in der Überzeugung, seine Herrschaft sei gesichert und seine Familie würde den Thron nun für immer innehaben, das Blaue vom Himmel, zumal wir seine Puppen zurückgebracht hatten. Ich hatte Tenedos wortlos beiseite gezogen und ihn gefragt, ob das klug sei. Er zuckte die Achseln und sagte, erstens bezweifle er, dass irgendeiner der Kaiter in der Lage wäre, sie ohne Jask Irshads Zauberkraft zu benutzen, und zweitens, was noch wichtiger war, spielte es für Numantia keine Rolle, wie der Herrscher von Kait seinen Thron behielt, solange das Mordpack der Hügelmenschen innerhalb seiner Grenzen blieb.

Was Achim Ferganas Belohnung anbelangte, so hatte das Königreich leider kaum etwas zu bieten, was uns gelegen kam. Gold wäre durchaus akzeptabel gewesen, da weder Tenedos noch ich oder sonst einer von uns ein reicher Mann war. Aber das verstoße gegen die Gesetze des Königreichs, erklärte Achim Fergana mit höchstem Bedauern. Außerdem befinde sich die Schatzkammer in einem beklagenswerten Zustand und alles Bargeld werde unbedingt zum Wohle des Volkes gebraucht. Alles andere freilich …

Einmal versuchte Tenedos Achim Fergana beizubringen, die bloße Ratifizierung des Pakts, mit dem man ihn in die Grenzstaaten geschickt hatte, wäre Belohnung genug für alle, für ganz Kait, Numantia und Urey. Achim Fergana lächelte verbindlich und sagte, in dieser Angelegenheit überlege er noch. Selbst ein argloser Mensch wie ich wusste, was das bedeutete.

Keiner von uns, weder Tenedos oder ich noch einer meiner Offiziere oder Gemeinen, hatte eine Idee, was eine individuelle Belohnung anging. Jeder von uns hätte einen Landsitz haben können – und wäre womöglich auf der Stelle ermordet worden, kaum dass er aus der Stadt geritten wäre, um ihn zu besichtigen. Titel waren bedeutungslos.

Speis und Trank – der Speisezettel der Kaiter wurde von meinen Männern nicht gerade geschätzt.

Achim Fergana bot uns Frauen oder Knaben, so viele jeder der Männer nur wollte. Einigen meiner Leute lief vor Wollust das Wasser im Mund zusammen, sie malten sich schon archaische Orgien aus. Aber hier musste ich energisch einschreiten: Wenn eine Frau die Residenz zu betreten wünschte – *aus freien Stücken, und ich würde sie fragen* – und der betreffende Mann keinen Dienst hatte, so konnten sie tun, was sie wollten. Aber die Sicherheit der Residenz war zu wichtig, um Fremde über Nacht bleiben zu lassen. Glücklicherweise verboten es die Militärgesetzte den Gemeinen, sich Sklaven zu halten, womit sich eine weitere Möglichkeit von selbst verbot.

Ich wusste, dass nur wenige Kaiter Frauen sich mit den verhassten *Ph'rëng* einlassen würden – von Huren einmal abgesehen oder den Spionen unter unserem Personal, das natürlich den Befehl hatte, besonders entgegenkommend zu sein –, zumal wenn man sie bei Einbruch der Dunkelheit wieder auf die Straßen Sayanas hinauswarf.

So blieb uns denn nur noch die ewige Dankbarkeit Achim Ferganas, ein Geschenk, das – wie Generalresident Tenedos zynisch, aber treffend sagte – mindestens für eine ganze Woche nach dem Versprechen galt.

Freilich gab es eine Belohnung – all die Männer, die mit mir geritten waren, wurden in meinem Bericht an Domina Herstal und die Lanciers erwähnt, und auch Hauptmann Mellet hielt es mit seinen Leuten so. Einige konnten wir befördern: Legat Baner wurde postum zum Capitain der Unteren Hälfte ernannt, was vielleicht seiner Familie Trost spenden mochte. Wie ich versprochen hatte, machte ich Sergeant Yonge mit Laish Tenedos' Billigung zum Legaten mit Patent, und auch mit einigen anderen der Hügler hielt ich es so.

Was meine eigenen Leute anging, so konnte ich Bikaner schlecht zum Regimentsfeldwebel befördern, da jedes Regiment nur einen solchen Rang zu vergeben hatte, und den hatte bereits Evatt daheim in Medul inne. Lancier Karjan wollte mein Angebot, befördert zu werden, nicht annehmen. Er sagte: »Rangabzeichen bedeuten nichts anderes, als Freunde und Seele aufzugeben, und damit ist es kaum die paar Münzen mehr wert.« Curti schämte sich zu sehr, den ersten Schuss in der Höhle verschossen zu haben, um eine Belohnung anzunehmen. Svalbard wenigstens ließ sich vom Reiter zum Lancier befördern und grunzte etwas, das ich für einen Dank hielt.

Resident Tenedos bestand darauf, eine schriftliche Meldung an Domina Herstal zu schicken, in der er mich derart lobte, dass ich rot anzulaufen drohte. Ich fragte mich, ob es wohl Capitain Lanetts Ansicht ändern würde, zweifelte aber daran. Leute seines Schlages ändern ihre Meinung nie, hat man erst einmal an einen ihrer fatalen Mängel gerührt.

Es war noch weiteres Lob zu vergeben, und das besorgte Tenedos höchst geschickt, obwohl es bei mir einen bitteren Nachgeschmack hinterließ.

Er wartete nach unserer Rückkehr kaum einen Tag ab, bevor er einen Stapel Briefe und Berichte auszuschicken begann, von denen der erste die unabdingbare Meldung an den Zehnerrat war.

Er ließ sie mich lesen, bevor er das Päckchen versiegelte. Ich war höflich und behielt meine Kritik für mich. Der Bericht war akkurat, hörte sich jedoch an, als hätten wir einen gewaltigen Schritt in Richtung einer Befriedung der Grenzstaaten und einer Stärkung des numantischen Einflusses auf Kait getan. Mir fiel jedoch auf, dass die Meldung einige Optionen offen ließ. Immer wieder hieß es, *falls* Achim Fergana und die gegenwärtige Regierung gewisse offensichtliche Maßnahmen beibehielten, *in der Annahme,* Achim Fergana würde gebührende Gerechtigkeit walten lassen, jetzt, da man einen entscheidenden Schlag gegen die Tovieti und die ständigen Fehden im Lande geführt hatte, und das alles seien bloße *Mutmaßungen,* die davon abhingen, dass die gegenwärtige Situation sich wenigstens für ein halbes Jahr hielt, und so weiter und so fort.

Tenedos' zweideutige Rhetorik war jedoch noch nicht einmal das Schlimmste. Bevor er die offiziellen Meldungen mit einer zwanzigköpfigen Patrouille wegschickte, um sicherzugehen, dass sie auch in Urey ankamen, verfasste er einen zweiten Schwung Korrespondenz. Einige dieser Briefe waren privat und galten Tenedos' Freunden und Mentoren, darunter auch jenen beiden Männern, die er im Zehnerrat als Verbündete sah. Die gab er mir natürlich nicht zu lesen.

Weitere Briefe waren für diverse maßgebliche Zeitungen in Nicias gedacht. Ich las einen davon teilweise, in dem pausenlos von Dingen wie dem »Heldentum« des »beherzten jungen Offiziers der berühmten Ureyschen Lanciers Legat á Cimabue« die Rede war, vom »unerschrockenen Heldenmut« der numantischen Soldaten angesichts »überwältigender Angriffe« bösartiger Stämme. Legat Baner war gefallen, nachdem er wenigstens ein Dutzend Aufständischer niedergemacht hatte, und er war in Tenedos' Armen gestorben mit den letzten Worten: »Versprecht mir, Seher, dass der Tod, den wir heute sterben, nicht umsonst war und Numantia eines Tages wieder zum alten Ruhm kommt oder mehr.«

Tenedos sah meine Miene und erriet meine Gedanken.

Er lächelte grimmig. »Du denkst: ›Was für ein Mist!‹ Habe ich recht, Damastes?«

Ich grunzte unverbindlich.

»Aber was ist denn gelogen? Hätte Baner etwa nicht all die Tovieti getötet, wenn er überlebt hätte?«

»Vielleicht. Aber Ihr erwähnt ja die Tovieti mit keinem Wort.«

»Das, mein junger Freund, liegt daran, dass ich weiß, dass der Zehnerrat mein Fell an die Stadtmauer nageln lassen würde, gäbe ich derart vertrauliche Informationen heraus. Lass mich fortfahren: Baners letzte Worte, na schön, ich gebe zu, da habe ich ihm etwas in den Mund gelegt. Aber weißt du mit Sicherheit, dass er das *nicht* geglaubt hat?«

»Ich habe ihn nie über Politik sprechen hören.«

»Wer will es dann sagen? Außerdem spielt hier eine höhere Wahrheit mit herein«, fuhr Tenedos fort. »Erinnerst du dich noch daran, als ich zu deinen Männern sprach – seinerzeit an der Furt? Ich habe ihnen große Zeiten versprochen, große Taten und großen Lohn.

Nun denn. Die Männer, die gefallen sind, kamen zurück auf das Rad, aber dienen können sie trotzdem noch. Baner ist einer davon, ein gutes Vorbild für junge Numantier.

Hätte ich die Wahrheit über Legat Baners Tod sagen sollen? Dass er gefallen ist, als er törichterweise auf einen Mann losging, der über das Doppelte seiner Fertigkeiten als Kämpfer verfügte? Dass er sich vor seinen Vorgesetzten stürzte, zweifelsohne, um den großen Ruhm einzuheimsen, Chamisso Fergana selbst erschlagen zu haben? Soll ich sagen, sein Tod hat nichts dazu beigetragen, Frieden in dieses umnachtete Land zu bringen, denn es wird bleiben, wie es immer gewesen ist, es sei denn, man erschlägt die ganze verdammte Kaiter Brut und bevölkert das Land mit einem vernünftigen Menschenschlag? Soll ich sagen, dass diese Grenzstaaten für Numantia kaum eine Rolle spielen, dass die meisten Numantier sie noch nicht einmal auf der Karte finden würden und es ihnen völlig egal ist, was an ihren Grenzen passiert?

Glaubst du, das würde der Familie des Legaten Freude machen, falls er eine hat? Glaubst du, es würde Numantia dienen?«

Tenedos, der langsam in Fahrt kam, geriet in Rage. Ich beantwortete seine Fragen nicht, sondern gab vor, über derart abstruse Dinge nichts zu wissen.

Auf der Stelle wurde Tenedos wieder charmant.

»Damastes, mein Freund. Du konzentrierst dich auf das, worin du sehr gut bist, auf das Soldatsein und mit kargen Mitteln so viel wie möglich zu schaffen. Ich verspreche dir, eines Tages wirst du dich dafür belohnt sehen und eine Chance bekommen, wahrhaft Großes zu tun, das deinen Namen in den Annalen der Geschichte erklingen lässt.

Überlass die Gedanken über Politik und Kniffe ruhig mir. Aber vergiss eines nicht: Nachdem die Berichte, die ich hier schreibe, die Zeitungen erreicht haben, welche Chance, meinst du, hat der Zehnerrat, mich noch einmal der Vergessenheit anheim zu geben?

Ich brauche nur ... nein, *wir* brauchen nur diesen Auftrag zu überleben, und Numantia wird unsere Namen nie wieder vergessen. Und was kann daran schon falsch sein?«

Mir war noch immer nicht wohl in meiner Haut, also fand ich einen Vorwand und ging. Die Angelegenheit beschäftigte mich während der nächsten Tage – ich hatte Offiziere gesehen, die dafür sorgten, dass ihren Vorgesetzten auch nicht der geringste ihrer Erfolge entging, und mein Vater hatte mir bissig von anderen erzählt. Ich hatte nichts als Verachtung für sie.

Auf der anderen Seite jedoch war Laish Tenedos kein Soldat und kämpfte in einer völlig anderen Arena; in einer, die ich kaum kannte und noch weniger kennenlernen wollte. War es richtig von mir, ihn herabzusetzen? Zumal das, was er in der Höhle vollbracht hatte, tatsächlich für den Erhalt des Friedens in Kait gesorgt hatte; er hatte Achim Fergana, Numantias Verbündeten – mochte er noch so unzuverlässig sein – den Thron bewahrt; er hatte die Kaiter davon abgehalten, mit durstigen Schwertern in Urey und Numantia einzufallen, wenigstens für den Augenblick.

Und schließlich war er mein Vorgesetzter, und ich hatte weder das Recht, seine Entscheidungen noch seine Politik in Frage zu stellen.

Glücklicherweise gab es andere, wichtigere Dinge zu tun, und ich vergaß die Sache.

Eine Angelegenheit, so unwichtig sie auch schien, war doch

merkwürdig: Der Kallier, Landgraf Elias Malebranche, war nicht mehr da; er verschwand von dem Hof, an den man ihn als Gesandten geschickt hatte, an dem Tag, an dem wir zurückkehrten, etwa zur selben Zeit, in der wir Thak in der Höhle entkamen. Es schien mir dies ein bemerkenswerter Zufall, während es für Generalresident Tenedos alles andere als ein Zufall zu sein schien, aber man tat alle unsere Fragen bei Hofe mit einem Achselzucken ab.

Unsere größte Sorge waren die Tovieti. Sie verschwanden nicht, wie Achim Fergana so unbekümmert versprochen hatte. Stattdessen erhielt die Bewegung immer mehr Zulauf. Ihr Name war nicht länger verboten; und er war fast überall zu hören. Sie mochten führerlos sein, aber ihre Ideen änderten sich nicht: die Vernichtung der Führer, die Vernichtung der Grundbesitzer. Nehmen, was man will. Bevor die alte Ordnung nicht zerstört ist, wird es niemals Frieden, niemals Reichtümer für jemand anderen als die Oberherren geben. Und dann natürlich: *M'rt tê Ph'rëng!*

Ich sah das an viele Wände gepinselt und kein Kaiter schien den Slogan je zu übermalen. Es war außerdem ein neues Wandgemälde hinzugekommen: ein ungelenker Kreis, manchmal in Rot – für das Blut der Erschlagenen, das von Chamisso Fergana, dem Märtyrer Jask Irshad und den anderen, die in der Höhle umgekommen waren –, und in diesem ein Nest zischender Schlangen, die Giftzähne entblößt. Es konnte kunstvoll gemalt sein oder nur als krakeliger Kreis, aus dem Wellenlinien kamen, je nach des Malers Zeit und Geschick.

Die Tovieti hatten ein Motto: »Aus einem Körper viele Kämpfer! Aus vielen Kämpfern ein Wille. Tod den Ausländern! Krieg ihren Königreichen!«

Es umlagerte nun ständig ein Mob die Residenz, und das trotz des Höhepunktes der Regenzeit. Zu jeder beliebigen Stunde skandierte man etwas, sang, versprach den Ausländern den Tod, den *Schischti,* die fest entschlossen waren, das schöne Königreich Kait zu zerstören.

Wann immer wir ausritten, mussten wir Leinenumhänge tragen, auf dass uns der Unrat nicht die Uniformen beschmutzte. Unsere

Kaiter Dienstboten sahen sich mit Schreien bedacht, und wir waren gezwungen, jene, die nicht in der Residenz wohnten, nach Hause zu begleiten und wieder zurück. Schließlich mussten wir sie ganz entlassen.

Ich rief unsere Kaiter Soldaten zusammen und bot ihnen an, unseren Dienst zu quittieren. Es freute und überraschte mich, dass nur die Hälfte, etwa fünfzig Mann, mein Angebot annahmen. Diejenigen, die blieben, darunter auch Legat Yonge, gehörten zu den besten.

Dann brachte man den ersten Numantier um. Er hieß Jeuan Ingre und war gerade erst fünf Jahre alt.

Sein Vater war ein reisender numantischer Silberschmied, seine Mutter eine Kaiterin. Er hatte Kickball mit seinen vier Brüdern gespielt, und ein wilder Schuss hatte den Ball über eine Mauer in den Garten eines Nachbarn getragen. Er war hinterhergeklettert. Mit einem Mal waren drei Männer aus dem Nichts gestürzt, man schlang dem Jungen eine gelbe Seidenschnur um den Hals und mit einem scharfen Ruck war die Luftröhre des Kleinen zerquetscht. Noch bevor seine Brüder schreien konnten, waren die drei Männer verschwunden.

Die Kaiter Büttel behaupteten, keine Spuren finden zu können, und keiner ihrer Spitzel hatte etwas über die Tat gehört.

Generalresident Tenedos legte bei Achim Fergana Protest gegen die Greueltat ein. Der Herrscher setzte eine höchst bekümmerte Miene auf und ließ sich dann darüber aus, wie schrecklich es doch sei, dass so etwas passieren konnte, und wie sehr er sich dessen schäme, obwohl er aber auch verstehen könne, dass einige, die sich an die alten Untaten erinnerten, die Numantia dem unseligen Kait angetan hatte, in ihrem Zorn so blind sein könnten, dass man ein unschuldiges Kind für einen Feind hielt.

»Auf welche Untaten spielen Ihre Majestät an?« fragte Tenedos eisig.

»Auf die, die wir alle kennen und auf die zu diesem Zeitpunkt einzugehen sich nun wirklich nicht lohnt, auch wenn sie über die Maßen schändlich sind.«

»Da ich hier für den Rat der Zehn, für Numantia spreche, muss ich auf Einzelheiten bestehen. Ich gehe davon aus, dass unser beider Länder in Frieden leben.«

»Das tun wir auch«, sagte Achim Fergana. »Selbstverständlich. Aber das ändert nichts an der Wahrheit dessen, was ich gesagt habe.«

Tenedos starrte ihn kalt an, verbeugte sich dann, und wir zogen uns zurück. Unsere Zeit als Helden war eindeutig vorbei. Jetzt waren wir wieder die alten: Abschaum, *Ph'rënge.* Als wir die Residenz erreichten, verfasste er eilig eine Zusammenfassung der jüngsten Ereignisse und befahl mir, sie so schnell wie möglich nach Urey zu schicken.

»Ich würde vorschlagen, mehr als einen Reiter zu schicken, Damastes. Schicke jemanden mit Köpfchen. Ich bezweifle zwar, dass man es risikieren würde, einen offiziellen Vertreter Numantias umzubringen, aber dennoch ...« Tenedos wirkte besorgt.

Ich sagte, das würde ich – und bat ihn, ein zweites Schreiben zu verfassen, eine Bitte um Verstärkung für die Residenz an die Heeresleitung in Urey.

»Hast du das Gefühl, die Lage hätte sich derart verschlimmert?«

»Ich würde mich weitaus besser fühlen, Resident, hätten wir wenigstens zwei weitere Kompanien Infanterie und einen Zug schwerer Kavallerie hier. Die Nachschublinie zwischen uns und Urey ist sehr lang und dünn.«

»Ich werde es tun, und das mit meiner raffiniertesten Rhetorik. Ich werde es fertig haben, bis du die Männer abgestellt hast.«

Ich wählte Feldwebel Wace und vier meiner besseren Lanciers. Ich befahl ihnen, schnell zu machen, aber vorsichtig zu sein und nicht einem zwischen hier und Urey zu vertrauen, vor allem nicht im Sulempass. Ich hätte einen größeren Trupp geschickt, aber so wie es in der Stadt brodelte, konnte ich die Männer einfach nicht entbehren.

»Ich danke dem Legat für den Rat«, sagte Wace, »aber ich weiß selbst, wie gefährlich jede Unachtsamkeit sein könnte! Nun, Sir, wir reiten im Galopp und jeder unserer Sinne wird hellwach sein.«

Ich befahl ihm überdies, nicht ohne Verstärkung durch den Pass zurückzukehren. Ich war sicher, sie kämen einmal unbeschadet durch mit dem Überraschungsmoment auf ihrer Seite, aber höchstwahrscheinlich bereiteten sich danach sämtliche Banditen der Hügel auf ihre Rückkehr vor. Er brummte etwas davon, er lasse den dritten Zug nicht gern in einer solchen Patsche zurück, aber wenn der Herr Legat es so haben wollte, dann sollte es sein. Binnen einer Stunde ritten sie los.

An jenem Abend rief Tenedos mich in sein Arbeitszimmer. Einmal mehr hatte er im ganzen Raum Zauberutensilien verteilt.

»Da du dich beim letzten Mal so wacker gehalten hast, Damastes, bitte ich dich noch einmal um die Unterstützung als Zaubergehilfe. Diesmal jedoch ist das Risiko weit weniger groß. Ich schlage vor, wir machen uns auf die Suche nach unserem Freund, dem Dämon Thak, um zu sehen, ob er noch auf unserer Ebene weilt.«

In der Mitte seines Arbeitszimmers stand ein großes rundes Messingtablett mit gebördeltem Rand, in den eine komplizierte Symbolik eingearbeitet war. Tenedos zündete drei Kerzen an und stellte sie in regelmäßigen Abständen um das Tablett. Er bewegte die Hände zweimal über ein kleines Kohlebecken, worauf Weihrauch zu qualmen begann. Er sprach einige Worte in einer mir unbekannten Sprache, bevor er den Korken aus einer Metallflasche zog.

»Dieses spezielle Stückchen Thaumaturgie hängt weniger von den Materialien als von der Übung ab«, erklärte er. Er goss eine dünne Schicht Quecksilber auf den Grund des Tabletts, bis ich in einen matt reflektierenden Spiegel sah.

»Du darfst ruhig zusehen, wenn du willst«, fuhr Tenedos fort. »Dieses spezielle Gerät kommt mir in dieser Hinsicht sehr zupass – ein Neuling oder Nichtzauberer wird dadurch dasselbe wie der Magier sehen. Natürlich, wenn der Zauberer zufällig einen schlechten Tag hat oder ein Scherzbold ist, dann könnte das auch ein entschiedener Nachteil sein.

Es besteht kein Risiko, außer entdeckt zu werden, und darum brauchen wir uns keine Sorgen zu machen.«

Er bewegte die Hände, die Handflächen nach unten, die Finger gekrümmt, über dem Tablett hin und her. Die Stumpfheit löste sich, bis der Spiegel kristallklar war, und dann blickte ich auch schon hinab auf zerklüftetes Land wie ein hochfliegender Vogel, nur dass ich bezweifle, dass irgendein Vogel, selbst ein Adler, eine solche Höhe hätte erreichen können. Ich brauchte einen Augenblick, um zu erkennen, dass ich da auf die Stadt Sayana mitsamt den Außenbezirken hinabstarrte. Das Bild war größtenteils klar, nur hier und da befand sich eine verschwommene Stelle, als befänden sich kleine Wölkchen zwischen uns und der Stadt.

»Die undeutlichen Flecken«, erklärte Tenedos, »sind durch einen Zauber blockiert wie etwa« – und er wies mit dem Finger auf einen davon – »hier, das ist Achim Ferganas Palast, seine Jasken haben ihn mit Bannsprüchen belegt, auf dass ihn Eindringlinge wie ich nicht ausspionieren.

Es ist dies einer der großen Vorteile, die dieser Zauber mit sich bringt – er vermag dem Beobachter untrüglich zu zeigen, wo ein Magier sein Handwerk ausübt.

Aber da die Magie stets ein zweischneidiges Schwert ist, kann er auch die Position des Beobachters preisgeben.

Also, sehen wir uns doch einmal die Gegend an, die uns interessiert. Ich könnte unsere Perspektive von Gegend zu Gegend verschieben …« – er bewegte die Hände, und das Bild veränderte sich schwindelerregend schnell. Sayana wurde beiseite gedrängt und wir hatten freien Blick auf eine der Straßen zum Sulempass. »Aber es gibt einen einfacheren Weg, um dorthin zu kommen. Hier ist ein Bröselchen Mineralgestein, das ich in der Höhle eingesteckt habe.« Er warf es in das Kohlebecken, und das Quecksilber begann zu brodeln. »Wenn sich der Spiegel wieder geklärt hat, dürften wir einen Blick auf den Berg haben und hineinkönnen.«

»Wenn ein Magier sehen kann, dass wir nach ihm suchen«, warf ich besorgt ein, »könnte das dann nicht auch ein Dämon wie Thak?«

»Möglicherweise – aber das spielt keine Rolle, weil er nichts unternehmen könnte, außer uns die Sicht zu blockieren.«

Es brodelte ein weiteres Mal auf dem Tablett, dann klärten sich die Ränder und ich sah zerklüftetes Bergterrain. In der Mitte jedoch befand sich ein verwischter grauer Fleck, wie ich ihn über Achim Ferganas Palast gesehen hatte, nur erstreckte sich dieser über ein weit größeres Gebiet.

»Hmm«, machte Tenedos trocken. »Die Jasken der Tovieti haben ihren Schutz aufgebaut. Wollen doch mal sehen, ob sich nicht näher heran- und durchkommen lässt.« Er schob die Hände nach unten, und der graue Schleier füllte das Tablett, als sich unsere Perspektive in Richtung des Berges verschob.

Grau wurde zu Schwarz, nur hier und da drang ein Lichtstreifen durch. »Sehr gut«, meinte Tenedos. »Wir schneiden uns jetzt direkt durch den Berg. Die Lichtstreifen, die du siehst, das sind Risse, durch die das Licht von außen eindringt. Wirklich ausgezeichnet.«

Dann begann das Quecksilber aufs heftigste zu kochen und sich wie ein Malstrom zu drehen. Tenedos sah besorgt aus, aber noch bevor er mir erklären konnte, was da vor sich ging, klärte sich die Sicht auf, und wir blickten auf Thak!

Ich weiß nicht, wo er sich befand – wir hatten nichts als den kristallenen Dämon auf dem Tablett. Thaks Kopf bewegte sich knarrend zurück und er sah zu uns herauf. Das Quecksilber drehte sich schneller, es bildete sich jetzt ein Trichter, der uns in sich hineinzuziehen drohte.

Thaks Arme kamen herauf, und seine Hände griffen nach uns, kamen näher und näher, und ich spürte schon den eisigen Schrecken des Todes.

Irgendwie gehorchten mir meine Muskeln und ich trat so hart gegen die Unterseite des Tischs, dass das Tablett ins Trudeln geriet und Quecksilbertröpfchen in den Raum schossen. Das Kohlebecken flammte auf, ging dann aus, und die Präsenz war fort.

Ich wandte mich Tenedos zu. Er brauchte einen langen Augenblick, um sich wieder zu fassen, und setzte dann eine ironische Miene auf.

»Tja«, sagte er schließlich, »dieser Zauber galt bislang als recht sicher.« Er trat an einen Schrank an der Wand, um uns Branntwein zu holen.

»Thak ist also nicht nur am Leben, er kennt uns auch noch«, stellte er fest. »Nicht gerade Umstände, die mich mit freudigem Beben erfüllen, das muss ich sagen.«

»Habt Ihr einen Zauber gegen ihn?«

»Unglücklicherweise nicht, wenigstens keinen, der mächtig genug wäre, um in die Offensive zu gehen. Wenn ich um seine Absichten auf unserer Ebene wüsste, wenn man denn davon ausgeht, dass er nicht hier zu Hause ist, dann könnte ich vielleicht etwas ersinnen. Aber im Augenblick besteht unsere beste Verteidigung darin, ihm aus dem Weg zu gehen. Falls wir angegriffen werden, so habe ich Waffen, weiß aber nicht, ob sie effektiv genug sind, um ihn zu zerstören.«

»Aus welchem Grund«, so überlegte ich laut, »sollte ein Dämon auf die Ideen kommen, die er den Tovieti beigebracht zu haben scheint?«

»Ich bezweifle, dass er das war. Kreaturen aus anderen Ebenen sind im Allgemeinen mit den Beweggründen des Menschen nicht derart vertraut. Ich nehme an, dass ihn vor einiger Zeit ein Mensch heraufbeschworen hat, der auch die Lehre predigte, die die Tovieti in die Praxis umzusetzen versuchen, und dass Thak genug davon absorbiert hat, um sie zu verbreiten, ohne wirklich zu verstehen, worum es geht – außer dass es ihm Anbeter einbringt.«

»Was könnte dem Zauberer zugestoßen sein, der ihn gerufen hat?«, fragte ich.

»Es ist schon vorgekommen«, erklärte Tenedos trocken, »dass einen Seher sein eigener Zauber überwältigt hat. Aber ungeachtet dessen scheint Thak jetzt sein eigener Herr zu sein, der seine eigenen Gelüste befriedigt.«

»Trachtet Thak denn danach, ein Gott zu werden?«, fragte ich. »Ich meine, jemand mit Tempeln und Priestern und der Kontrolle über irgendeinen Teil dieser Welt?«

»Da bewegen wir uns auf ein Terrain, von dem ich nichts verstehe«, meinte Tenedos. »Waren die Götter einst Dämonen? Ich weiß es nicht. Es hätte durchaus Hand und Fuß, schließlich wissen wir, dass ein geringer Gott sich zuweilen als Aspekt Irisus oder Saionjis selbst erweist und dadurch um so größere Verehrung genießt. Gibt es überhaupt Götter? Noch nicht einmal das weiß ich, obwohl, wenn es Dämonen und mindere Geister gibt, dann muss es doch sicher auch größere geben und es muss irgendwann einmal einen einzigen Geist gegeben haben – nenne ihn Umar, wenn du willst –, der Macht genug hatte, um das Universum zu schaffen. Oder es ist einfach passiert. Vielleicht gibt es über dem Rad, auf das wir zurückkehren, noch ein anderes, das alles kontrolliert. Mir wird ganz schwindlig und ich würde am liebsten ein kaltes Bad nehmen, wenn ich über derlei Dinge nachdenke.

Was Thak anbelangt, so denke ich, dass das, was wir gemeinhin als Dämon bezeichnen, in der Unordnung gedeiht. Ihre eigenen Ebenen müssen wohl in ständiger Veränderung begriffen, völlig chaotisch sein. Vielleicht verübeln sie uns jeden Versuch, den wir winzige Kreaturen namens Menschen unternehmen, um irgendein System in die Welt zu bringen, so wie wir sie sehen. Aber auch das weiß ich nicht. Die kleinen Geister, die ich von Zeit zu Zeit rief, um mir zu helfen, verargen es einem jedenfalls, zu einer konstruktiven Arbeit gezwungen zu werden, und haben eine hämische Freude daran, Schaden anzurichten.

Ich wünschte, ich hätte die Muße, diese Materie zu studieren. Dieser Thak ist eine recht faszinierende Erscheinung. Aber ich fürchte, es ist dies nicht die Zeit für ruhige Kontemplation. Noch haben wir die Zeit, Theorien zu entwickeln, die das Herz von Akademikern erfreuen würden, es sei denn, wir planten sie als unser letztes Monument.

Für uns genügt es zu wissen, dass Thak unser Feind ist und der Feind all dessen, woran wir glauben. Und was für ihn gilt, gilt auch für die Tovieti.«

Am Morgen griff man die Residenz an.

Es war ein kalter grauer Morgen. Der Himmel drohte mit Regen, aber noch war kein Tropfen gefallen.

Der Pöbel füllte die Straße rund um die Residenz. Es waren wenigstens tausend Kaiter, die riefen, höhnten oder, vor Zorn außer sich, schrien. Sie warfen mit allerlei Gegenständen – Steinen, Unrat, Backsteinen und dergleichen mehr. Noch waren keine richtigen Waffen zum Einsatz gekommen, aber es war nur eine Frage der Zeit, bis sich die Situation verschlimmern würde.

Es waren natürlich ausnahmslos Männer, von Knaben bis hin zu gebrechlichen Graubärten. Kaits Männer würden nie einer Frau die süße Genugtuung gestatten, ihrem Ärger in der Öffentlichkeit Luft zu machen. Im Lichte dessen, was noch kommen sollte, war ich dieses eine Mal dankbar für den männlichen Chauvinismus in Kait.

Ich hatte meine Männer in volle Alarmbereitschaft versetzt. Schon früher hatte ich heimlich acht Plattformen bauen lassen, die ich jetzt an die Positionen schaffen ließ, die ich vorgesehen hatte, jeweils zwei an jeder der Mauern um die Residenz. Sie waren drei Fuß niedriger als die Mauern selbst, so dass die Außenmauer zur Brustwehr wurde.

Unsere Schwachstelle war das Haupttor, das aus nichts weiter als schweren Eisenstäben bestand. Man konnte also nicht nur durchsehen, wir hatten auch keine Mittel, es wirkungsvoll zu verstärken.

Ich unterwies meine Soldaten in dem, was zu tun war. Ich brauchte nur wenige Augenblicke dazu, denn der erste Drill, den wir gelernt hatten, war der, eine Attacke gegen die Residenz abzuwehren.

Während der brüllende Mob zunehmend in Raserei geriet, schichteten meine Soldaten zusammen mit Tenedos' Dienstboten schwere Möbel als Barrikaden auf und kippten als Bollwerk vor dem Haupttor Fuhrwerke um. Sie füllten Säcke mit Erde aus dem Garten und befestigten die Bollwerke damit.

Resident Tenedos war dabei eine große Stütze, hier, dort, überall half er den Männern, unhandliche Gegenstände zu bewegen, sprach ihnen Mut zu, ja hielt sogar Säcke auf, damit man sie vollschaufeln konnte.

Ich nahm ihn beiseite und fragte ihn, ob er irgendeinen Zauber hinter alledem »sah«.

»Nein. Ich spüre nichts als ein schwarzes Omen, das gegen uns gerichtet ist. Falls es ein Zauber ist, so ist er von so allgemeiner Art und so groß, dass es kaum lohnt, sich deshalb zu sorgen – jedenfalls im Vergleich zu irgendeinem Idioten da draußen auf der Straße, der uns einen Pflasterstein an den Kopf zu schleudern gedenkt.«

Das machte mir Sorgen, denn ich war auf das Dach des Hauptgebäudes gestiegen, um die Führer des Mobs auszumachen. Wenn sich die Situation verschlimmerte, wollte ich sie von meinen Bogenschützen herauspicken lassen. Man zerstört einen Mob dadurch, dass man ihm den Kopf abschlägt. Nur konnte ich keine Rädelsführer erkennen, so dass ich nicht sicher war, an welcher Stelle die Schlange anzugreifen war; im Gegenteil, der Mob schien eher wie einer jener gewaltigen Giftwürmer aus den Sümpfen, die man in Stücke hacken muss, bevor jedes der Teile zu zucken aufhört.

Selbstverständlich war von den Bütteln keine Spur zu sehen, weder von ihnen noch von den Soldaten des Achim.

»Er wird dem Mob nicht helfen«, theoretisierte Tenedos. »Er ist noch nicht ganz davon überzeugt, dass es bereits Zeit ist, sich vollends hinter die Tovieti zu stellen. Aber er wird auch nichts tun, wenn sie die Residenz nehmen. Wahrscheinlich würde es ihm als Vorwand dienen, das Militär gegen sie einzusetzen, obwohl ich denke, dass er höchst erstaunt wäre, seine Soldaten bereits halb zum Glauben des Thak konvertiert zu sehen.

Ich nehme an, es ist am besten, wenn wir einfach die weitere Entwicklung abwarten.« Und die ließ nicht lange auf sich warten.

Es begann damit, dass ein Hagel von Speeren über die Mauer kam. Sie landeten harmlos klappernd auf dem Pflaster, aber einige Augenblicke danach kamen in hohem Bogen Pfeile herüber, von denen einer einen Fußsoldaten der Leichten Infanterie aus Khurram verletzte.

Dann kamen Schreie und sie attackierten das Tor. Sie warfen sich mit den Schultern dagegen in dem Versuch, es einzudrücken. Sie hätten das für den Rest ihres Lebens versuchen können, ohne etwas zu erreichen. Planken tauchten auf und sie versuchten den Querriegel auszuhebeln.

Ich schrie ihnen zu, sich zu zerstreuen, aber keiner achtete darauf – ich bezweifle, dass sie mich über ihre eigenen Parolen hinweg überhaupt hörten. Ich befahl meinen Bogenschützen, Aufstellung zu nehmen und direkt durch das Gitter zu schießen. Die erste Salve bestand aus stumpfen Pfeilen, wie man sie für die Vogeljagd nimmt. Sie führten zu Schmerzensschreien und einige Männer taumelten angeschlagen davon. Aber für jeden von ihnen tauchten zehn neue auf.

Die nächste Salve bestand aus Kriegspfeilen und unter Schmerzens- und Wutgeheul wich die Meute zurück.

Ich lief zu einer der Plattformen, kletterte hinauf und spähte hinunter. Weit hinten sah ich auf der Straße eine Gruppe Männer herankommen. Sie trugen einen langen Pfahl, im Durchmesser etwa so dick wie die Schultern eines Mannes, den sie als Rammbaum zu benutzen gedachten.

Das war nun aber Anlass genug.

Ich bat Tenedos, einen Zauber bereitzuhalten, und gab ihm dann Zeichen, als es ihn zu sprechen galt. Es war ein relativ banaler Verwirrungsbann, der für nichts weiter als namenlose Angst und Konfusion sorgen sollte. Soldaten wurden routinemäßig darauf trainiert, am Anfang einer jeden Schlacht auf einen solchen gefasst zu sein, das Gefühl zu ignorieren und auf die Befehle ihrer Vorgesetzten zu hören. Gegen diese unausgebildeten Männer, wie sie da draußen vor dem Tor herumschrien, so dachte ich mir, könnte er durchaus von Nutzen sein, und dem verwirrten und entsetzten Geschrei nach zu urteilen, war er es auch.

Ich ließ die nächste Phase anlaufen. Da es keine Rädelsführer zu geben schien, die man herauspicken konnte, dachte ich mir, ich sollte dem Pöbel eine gute Möglichkeit geben, sich zu verziehen. Ich befahl also meinen Schützen, eine hohe Salve weit die Hauptstraße hinabzuschicken, so wie man sie in der Schlacht über die ersten Reihen hinwegschießt in der Hoffnung, in der Tiefe die Führung des Feinds zu treffen, die sich hinten aufhält.

Fünf Salven gingen hinaus, sorgfältig gezielt, und jetzt tönte Schmerzensgeheul die Straße herauf. Wieder spähte ich über die

Mauer und wurde fast von einem Stein an den Kopf getroffen, der aus einer Schleuder gekommen war. Aber ich hatte Leichen auf der Straße gesehen. Nun war mit einem Mal die Rückseite des Pöbels der gefährlichste Ort, und jene Helden, die nur mit Schieben und Schreien zu alledem beitrugen, hielten es für besser, sich zurückzuziehen. Dadurch war dem Mob die Richtung vorgegeben, in die er sich verziehen konnte, was er auch bald bitter nötig haben würde.

»Sammeln!« schrie ich.

Männer glitten von den Türmen und liefen an die Stellen, an denen sie Aufstellung zu nehmen hatten. Unsere Flanken wie auch die Rückseite waren damit schutzlos – aber ich hoffte den Feind mitten ins Herz zu treffen.

Unter dem Hufgeklapper ritten meine Lanciers vom Exerzierplatz herbei, wo die Pferde gesattelt bereit standen. Jeder Lanzenreiter hatte zwei weitere Pferde am Zügel für jene Kavalleristen, die auf den Plattformen postiert gewesen waren.

»Aufsitzen!«, rief ich, und dann: »Öffnet das Tor!«

Vier Männer hoben den Querriegel weg. Einer wurde von einem Wurfgeschoss getroffen, worauf er, sein Körper schlaff wie ein Mehlsack, zu Boden ging. Jene meiner Reiter, die nicht mit einem Bogen bewaffnet waren, saßen jetzt auf.

»Bogenschützen!« Die Schützen stürmten, Pfeile in der Kerbe, im Laufschritt zum Tor hinaus, sobald es aufschwang. Ihre Unteroffiziere riefen: »Sucht euch ein Ziel … Feuer!« Und schon sirrten die messerscharfen Kriegsschäfte hinaus und nicht wenige trafen ihr Ziel aus einer Entfernung von kaum fünfzehn Fuß.

»Bogenschützen … aufsitzen!« Und schon liefen die Kavalleristen zurück.

»Hauptmann Mellet!«

Die Stimme des Hauptmanns donnerte los: »Leichte Infanterie … vorwärts, marsch!«

In Fünferreihe, die Wurfspeere bereit, rückte die Leichte Infanterie aus Khurram aus, gefolgt von ihren drei Trommlern, die einen regelmäßigen Rhythmus vorgaben. Sie marschierten durch das Tor hinaus auf die Straße.

»Leichte Infanterie … halt!« Gehorsam knallten die Stiefel. »In Schlachtordnung … zackzack!« Die Männer ordneten sich zu drei offenen Reihen und füllten so die Straße von einer Seite zur anderen aus; das Ganze ging so glatt vonstatten, als handle es sich um einen Drill auf dem Exerzierplatz.

»Die Speere … werft!« Die Speere flogen los und landeten tief in ihren Zielen.

Der Kaiter-Mob zerstob und die Männer versuchten sich rennend in Sicherheit zu bringen.

»Leichte Infanterie … rechts schwenkt! Marsch!« Die Fußsoldaten schwenkten eben zurück gegen die Außenmauer der Residenz, als ich mich in Lucans Sattel schwang.

»Lanciers … vorwärts! Marsch!« Und schon ritten wir in die Straßen von Sayana hinaus.

Entsetzensschreie ertönten, als man uns sah.

»Die Lanzen … nieder! Im Trab … Attacke!«

Wie ein Ungetüm rannten wir in den Mob, brachen ihn auf und schlugen ihn in die Flucht. Ich stieß einen Mann, der rannte, was das Zeug hielt und panisch mit seinem Säbel fuchtelte, mit meiner Lanze nieder, und er flog, Purzelbäume schlagend, davon.

Blutdunst begann aufzusteigen und ich hörte die Schlachtrufe meiner Männer. Jetzt war die Zeit gekommen, den Pöbel in den eigenen Schmutz zu reiten. Nur waren wir bereits gut dreißig Klafter von der Residenz entfernt, und wir durften uns nicht in die finsteren gewundenen Straßen Sayanas locken lassen – und damit in den Tod.

»Lanciers … halt!« Wir zügelten die Pferde und nahmen sie herum, ritten zurück durch das Tor, die Leichte Infanterie folgte uns in einem glatten Manöver, das Tor wurde wieder geschlossen, und wir waren in Sicherheit.

Ich rief den Zivilisten zu, sie sollten mithelfen, sich um die Verwundeten zu kümmern, und lief auf einen der Türme zu. Ich zählte vierzig Leichen auf der Straße. Wir hatten zwei Tote und ein halbes Dutzend Verwundete.

Wir hatten ihnen eine Lektion erteilt, aber das nächste Mal würde es an uns sein zu lernen. Das nächste Mal würde der Mob bewaffnet und gerüstet kommen, und es war gut möglich, dass er dann den Sieg davontrug.

Wir mussten uns den Vorteil bewahren, den wir uns erkämpft hatten, andernfalls war unser Schicksal besiegelt.

Tags darauf, noch vor Morgengrauen, waren wir bereits unterwegs.

Ich ließ nur eine Hand voll Männer zur Bewachung der Residenz zurück – ich bezweifelte, dass der Mob seinen Mut in so kurzer Zeit wieder gesammelt haben würde; den Rest meiner Leute teilte ich auf in Teams zu jeweils drei Mann.

Weder Tenedos noch ich, noch seine Schreiber hatten die vergangene Nacht ein Auge zugetan. Alle Numantier Sayanas waren aufgefordert worden, ihre Adressen bei uns zu hinterlassen, und wir teilten die Liste in Gruppen auf.

Der Befehl lautete, alle Numantier in die Residenz zu bringen. Hauptmann Mellets Infanteristen würden die Innenstadt absuchen, meine Lanciers sollten versuchen, das Leben der Numantier in den Außenbezirken zu retten. Jeweils ein Soldat sollte Wache stehen für den Fall eines Angriffs, während die beiden anderen unseren Leuten beim Zusammenpacken dessen halfen, was man tragen konnte. Sie waren angewiesen, darauf zu achten, dass die Zivilisten warme Kleidung und Grundnahrungsmittel mitnahmen – ich erinnerte mich noch daran, wie in meiner Kinderzeit ein benachbarter Bauernhof abbrannte und sein Besitzer aus den Flammen gelaufen kam und stolz schwenkte, was er aus der Feuersbrunst gerettet hatte: einen Kerzenleuchter aus Zinn aus einem Schrank voller Silber und Gold.

Wir mussten uns beeilen. Jedes Team hatte den Befehl, auf jede der Adressen nur ein paar Minuten zu verwenden und die Leute gegebenenfalls mit Gewalt herauszuschaffen. Die Kaiter würden bald mitbekommen, was da geschah.

In der Hoffnung auf das Beste, aber auf das Schlimmste gefasst, machten wir uns auf den Weg. Auch diesmal waren weder Büttel noch Soldaten unterwegs; Achim Fergana hatte sie entweder in die

Kaserne zurückbeordert oder rund um seinen Palast, auf dass seinem eigenen Hals die Berührung mit der gelben Seide erspart blieb.

Meine Begleiter waren die Lanciers Curti und Karjan. Ich stieg vor einer der Adressen ab, einer schmucken kleinen Kate, die etwas abseits der übrigen Kaiter Häuser stand. Das Häuschen hatte robuste Pflanzen in den Blumenkästen, die trotz des nahenden Winters noch immer grün waren. Die Tür war in einladendem Rot gestrichen. Aber sie stand offen. Ich hatte das Schwert gezogen, als ich eintrat.

Ich kam zu spät. Es hatten vier Numantier hier gewohnt, ein Mann, seine Frau und ihre beiden Söhne. Ich weiß nicht mehr, was sie nach Sayana geführt hatte. Alle vier waren tot, sie hatten noch die Würgestricke der Tovieti um den Hals. Das Haus war so gut wie leergeräumt.

Ich fluchte und lief zu meinem Pferd. Als ich wieder aufstieg, kam von irgendwoher ein höhnisches Lachen, ohne dass ich jemanden sah.

Mit der nächsten Adresse hatte ich mehr Glück, obwohl ich fast einen Großvater niederschlagen musste, bevor wir ihn davon überzeugen konnten, er müsse fort. Er versuchte mir zu sagen, er hätte schon hier gelebt, seit er ein Knabe war, und die Kaiter seien seine Freunde, ihm würde schon nichts passieren. Ich zog ihn zu seiner Haustür und wies auf eine Gruppe finster dreinblickender Männer, die nur Lancier Karjans drohende Haltung von einem Angriff abhielt. Er sah seine Nachbarn und einstigen »Freunde« an, und ich dachte, ihm bräche das Herz. Aber immerhin gehorchten er, seine ebenfalls alte Frau und der erwachsene Sohn meinem Befehl.

Als wir davonritten, hörte ich Triumphschreie, als die Kaiter das Haus zu plündern begannen.

Mit einem halben Dutzend weiterer Adressen hatten wir keine Probleme.

Bei der nächsten spürte ich etwas Merkwürdiges, obwohl nach außen hin alles in Ordnung zu sein schien. Es war ein großes Haus in einer wohlhabenden Gegend der Stadt.

Ich rutschte aus dem Sattel und trat an die Tür. Ich wollte eben den Klopfer betätigen, als ich etwas spürte. Ganz plötzlich hatte ich mein Schwert in der Hand. Ich begann zu klopfen, die unverschlossene Tür wurde aufgerissen und ich sah das Blitzen einer Klinge.

Aber ich war nicht mehr da. Ich war, ohne die Bewegung bewusst zu wollen, zur Seite geglitten, und während mein Verstand den Angriff »sah«, sprang ich vor und stieß mein Schwert tief in die Eingeweide eines Tovieti. Er schnappte hilflos nach der Luft, die ihm aus der Lunge fuhr, ließ die Klinge fallen, griff nach der meinen und starb. Ich riss meine Klinge heraus und trat in das Haus. Curti und Karjan folgten mir auf dem Fuß.

Auf dem Boden lag die Leiche einer jungen Frau, deren Kopf halb abgetrennt war. Neben ihr lag ein Säugling, die seidene Würgeschnur um den Hals. Ich hörte ein Krachen aus einem anderen Raum und schlich darauf zu.

Ein Mann zog Schubladen aus einem Schrank auf der Suche nach Wertgegenständen und kippte sie auf den Boden. Ein offener Sack stand auf dem Tisch neben ihm, halb mit Beute gefüllt.

»Würdest du aufhören, deine Tüchtigkeit mit dem Schwert zu bewundern, und mir zur Hand gehen«, fauchte er und drehte sich halb nach mir um.

Seine Augen hatten gerade noch Zeit, groß zu werden, bevor mein Schwert ihm den Kopf abtrennte, der davonrollte, während das Blut in hohem Bogen an die Wand spritzte.

Ich wollte das Haus schon nach weiteren Tovieti durchsuchen, als eine Stimme aus der Speisekammer kam:

»Danke, Soldat.«

Ein kleines Mädchen, nicht älter als sechs, ihr Haar golden wie das meine, kam in die Küche. Sie blickte die kopflose Leiche an und nickte nüchtern.

»So ist's recht. Ich glaube, er ist derjenige, der meinen Vater umgebracht hat.« Dann sah sie mich an. »Bringst du jetzt mich um?«

Ich wäre fast in Tränen ausgebrochen.

»Nein«, stieß ich hervor. »Ich bin Numantier. Genau wie du. Ich bin gekommen, um dich in Sicherheit zu bringen.«

»Das ist gut. Ich wollte, du wärst etwas früher gekommen. Als meine Schwestern noch gelebt haben.«

Mehr konnte ich nicht ertragen. Ich nahm sie auf den Arm, eilte aus dem Haus und befahl Curti, ein Bündel für die Kleine zusammenzupacken. Ich würde bei ihr und den Pferden bleiben.

Ich setzte sie ab, und sie blickte zu Lucan auf.

»Ist das ein liebes Pferd?«

»Er ist ein sehr liebes Pferd. Er heißt Lucan.«

»Kann ich ihn streicheln?«

Ich nickte, und sie trat vor, während Lucan den Kopf senkte. Er wieherte, als sie ihm die Nase rieb.

»Hallo, Lucan. Ich bin Allori.«

Einige Augenblicke später kamen Curti und Karjan wieder heraus. Curti schüttelte den Kopf als Antwort auf meine unausgesprochene Frage. Drinnen war niemand mehr am Leben. Er hatte einen Armvoll Kleidung dabei, die er in einen schweren Sack gestopft hatte.

»Ich habe vor allem warme Sachen genommen«, sagte er. »In dem Sack, den der Scheißkerl in der Küche hatte, waren ein paar Münzen, die habe ich mit reingesteckt. Sie wird sie brauchen, wenn wir sie in Sicherheit haben.«

Ich sagte Allori, wir müssten gehen, und half ihr vor mir auf das Pferd.

»Ich möchte hier nicht mehr wohnen«, sagte sie leise. Ihre Augen waren trocken und ich sah sie nicht ein einziges Mal weinen.

Wir ritten zurück zur Residenz. Die Kaiter beobachteten uns, blieben uns aber fern. Man flüsterte, gelegentlich schrie auch jemand, aber es hatte sich herumgesprochen, was am Vortag passiert war, und keiner wollte unseren Zorn riskieren. Von den etwa dreihundert Numantiern in der Stadt hatten wir über zweihundertfünfzig retten können. Die anderen waren entweder umgezogen, ohne uns Bescheid zu sagen, oder waren vor ihren Rettern geflohen in der Gewissheit, sie hätten noch immer nichts zu befürchten.

Aber wirkliche Sicherheit war noch immer mehr als hundertfünfzig Werst entfernt.

Kurz nach Mitternacht rüttelte mich der Offizier der Wache aus dem Schlaf. Ich war benommen, da ich gerade eine Stunde geschlafen hatte, und der erste Gedanke, der mir durch den Kopf ging, war der, dass der größte Segen einer Friedenszeit die ungestörte Nachtruhe war.

»Sir«, sagte der Mann, »Ihr kommt besser mit ans Haupttor.«

Ich war fast völlig angekleidet eingeschlafen. Ich brauchte also nur in meine Stiefel zu steigen, meinen schweren Mantel und den Helm überzuziehen, meinen Schwertgurt umzulegen, dann eilten wir auch schon hinaus.

Es regnete heftig, und die Fackeln in den Händen der Wachen rauchten und schickten Schatten gegen die Wasserwände, die sich über uns ergossen. Aber ich sah gut genug.

Der Kopf von Feldwebel Wace war direkt vor dem Tor auf seine abgebrochene Lanze gespießt. Um die Lanze geschichtet befanden sich die Köpfe meiner anderen Männer.

Wir waren von Urey abgeschnitten.

»Aber was wünscht Ihr von mir?«, fragte Achim Fergana und versuchte, sich besorgt anzuhören.

»Da Ihre Majestät offensichtlich die eigene Stadt nicht mehr zu regieren und den Männern und Frauen meines Landes die Sicherheit der offensichtlichen Straßen nicht mehr zu garantieren vermag, muss ich Euch darum ersuchen, uns abreisen zu lassen, zusammen mit allen anderen Numantiern und allen, die mich zu ihrem Beschützer gewählt haben.«

»Was werden Eure Herren davon halten?«

»Der Zehnerrat wird höchst ungehalten sein«, meinte Tenedos. »So viel kann ich garantieren. Welche Schritte er unternehmen wird, das kann ich nicht sagen, aber ich weiss, sie werden streng sein – und das nicht zugunsten von Kait.«

»Ich sehe nicht ein, warum mein Königreich wegen der Taten einer Handvoll Fanatiker leiden sollte.« Achim Fergana sah nun wirklich besorgt aus; vielleicht hatte er sich seine Taten oder besser seine Tatenlosigkeit nie überlegt.

»Wo waren Eure Soldaten, als meine Residenz angegriffen wurde, o Achim? Wo waren Eure Büttel, als gestern Unschuldige ermordet wurden?«

»Sayana sieht sich großen Unruhen ausgesetzt«, erwiderte Fergana. »Sie waren mit anderen Pflichten beschäftigt.«

»Ich habe beim Betreten Eures Palastes bemerkt, worin diese bestehen«, erklärte Tenedos. »Sagt mir, o Achim, habt Ihr solche Angst vor den Tovieti, dass Ihr euch gleich von Eurer *gesamten* Armee beschützen lasst?«

Tenedos' Einschätzung vom Vortag hatte sich als richtig erwiesen: Der Palast quoll über vor Soldaten und die Gitter sämtlicher Galerien über uns waren herabgelassen und von Bogenschützen besetzt.

Ferganas Gesicht blähte sich auf vor Zorn, aber ich achtete gar nicht so sehr auf ihn; ich hatte fasziniert die Wirkung bemerkt, die das Wort *Tovieti* auf die Handvoll Höflinge um ihn herum hatte. Es war, als hätte man ihnen eine blutige Leiche hingeworfen.

»So könnt Ihr mit mir nicht reden!«

»Verzeiht, wenn ich mich geirrt haben sollte. Aber wir verschwenden hier nur unser beider Zeit«, stellte Tenedos mit Stahl in der Stimme fest. »Ich bitte Euch um eines. Nein, ich verlange es, ich fordere es im Namen des Zehnerrats und der riesigen Armeen, die er befehligt; Armeen, die nur auf einen Vorwand warten, den Stachel herauszuziehen, den die Grenzstaaten seit langem schon darstellen. Ich fordere von Euch für mich und die mir anvertrauten Männer und Frauen sicheres Geleit bis zur Grenze.«

Fergana atmete tief durch und versuchte sich in den Griff zu bekommen. Was ihm auch gelang.

»Selbstverständlich bekommt Ihr das«, versprach er. »Ihr braucht mir nicht mit Euren Soldaten zu drohen. Seher Tenedos, Eure Anwesenheit in meinem Königreich stand trotz eines gewissen Dienstes, den Ihr mir erweisen konntet, unter einem unglücklichen Stern.

Ich bitte Euch jetzt zu gehen und nehmt auch den letzten *Ph'rëng* mit. Man wird Euch nicht behelligen, man wird Euch nichts tun. Aber kehrt nie wieder in mein Land zurück, Ihr nicht, Eure Soldaten nicht und auch nicht Euer Volk.

Ich erkläre das Königreich Kait hiermit bis zum Ende aller Zeit geschlossen für alle Numantier von dem Zeitpunkt an, an dem Ihr die Grenze nach Urey passiert!«

Achim Fergana erhob sich und stolzierte aus dem Saal.

Und das war der Augenblick, in dem der Alptraum begann.

12 *Tod im Eis*

Wir hatten erwartet, vom Pöbel aus Sayana hinausgelacht zu werden. Aber – und das war höchst ominös – es huschten bei unserem Abmarsch nur einige Gestalten durch die Straßen der Stadt.

Wir verließen die Residenz im Morgengrauen. Wir hatten drei Tage gebraucht, um unsere Abreise vorzubereiten, die Marschordnung festzulegen, uns mit Proviant einzudecken, dafür zu sorgen, dass die Zivilisten richtige Kleidung und Schuhwerk trugen und so viele Alte und Schwache auf den Fuhrwerken mitfahren konnten wie nur irgend möglich.

Wir wagten uns aus der Residenz, um zusätzlich Nahrungsmittel und Pferde zu kaufen, obwohl wir auf Sayanas Marktplatz nicht eben willkommen waren. Wir kauften mit der einen Hand und hatten die andere am Heft unseres Schwerts. Zusammen mit den eisernen Rationen und den getrockneten Reserven in der Residenz hoffte ich, gerade genug Proviant für die Rückreise nach Urey zu haben.

Meine letzte Aufgabe bestand darin, die fünfzig verbliebenen Hügler zusammenzurufen. Ich sagte ihnen, ihr Dienst sei hiermit zu Ende, und hieß sie, sich zum letzten Soldempfang aufzureihen. Ich sagte ihnen, Seher Tenedos würde, sobald sie ihr Gold empfangen hätten, einen Zauber verhängen, der es ihnen ermöglichte, sich aus dem Tor zu schleichen und unbemerkt in den Straßen zu verschwinden. Ich dankte ihnen für ihre Treue, sagte ihnen, ich sei stolz, sie gekannt zu haben, und ich hätte mir einen anderen Ausgang gewünscht.

Etwa zehn von ihnen sonderten sich unter Führung von Legat Yonge von den anderen ab. Ich ging hinüber und er sagte leise: »Wir wünschen weiter unter Euch zu dienen, Legat á Cimabue.«

Ich sagte ihm, dass mich das ehre, aber er sei, ganz offen gesagt, nicht ganz gescheit. »Es ist eine lange Reise zwischen hier und unserer Sicherheit und wir werden auf Schritt und Tritt von Feinden umgeben sein.«

»Das Leben selbst ist nicht anders.« Yonge zuckte die Achseln. »Ich habe einen Eid geleistet, unter Euch *Ph'rëng* zu dienen, und ich möchte nicht davon entbunden werden.«

»Yonge, überlegt doch, Mann! Selbst wenn wir es nach Urey schaffen, ist Er dort ein Exilant. Er wird nie wieder nach Kait zurückkehren können, solange Fergana lebt.«

»Glaubt Ihr wirklich«, sagte der Mann aus den Hügeln, »dieses Stück Echsenscheiße, das sich da einen Achim nennt, wird auch nur einen von uns nicht dafür bestrafen, unter Euch gedient zu haben? Ich weiß, er wird von seinen Jasken einen Suchzauber für jeden sprechen lassen, der dem Generalresidenten Treue geschworen hat, und der Entdeckung folgt dann ein langsamer Tod.

Nein. Ich ziehe es vor, mein Glück mit dem Seher zu versuchen, so wie auch meine Kameraden hier.« Er wollte noch etwas sagen, brach aber ab.

»Sprech Er nur«, ermutigte ich ihn.

»Zwei weitere Gründe: Ihr habt uns, als Ihr kamt, wie Gleiche behandelt, so wie Eure Lanciers, obwohl ich weiß, was sie von uns Kaitern halten. Das nenne ich Ehre. Ich wünsche mehr darüber zu erfahren.

Außerdem«, er grinste, »habe ich Urey nie gesehen und würde zu gern erfahren, über welche Fertigkeiten die Frauen dort verfügen, kommen sie erst einmal freiwillig zu einem ins Bett.«

Ich konnte nicht anders, als sein Angebot anzunehmen. Ihrer Sicherheit auf dem Marsch wegen sagte ich ihnen, sie sollten sich wie Numantier kleiden, wobei sie jedoch ihre heimische Kleidung bereithalten sollten. Womöglich brauchten wir ja auf unserer Reise den einen oder anderen Kaiter Spion.

Wir sahen für die nahezu hundertfünfzig Werst Wegs etwa zehn Tage vor, sofern das Wetter mitspielte. Die Regenfälle schienen aufzuhören, und wenn es auch schon bitterkalt war, so hatten die Winterstürme doch noch nicht eingesetzt.

Laut Marschordnung ritt der erste und zweite Zug der Siebzehnten Lanciers vorneweg; ihnen folgten zwei Züge der Leichten Infanterie aus Khurram, dann kamen die Zivilisten, ein dritter Zug der Leichten Infanterie und Zug Vier der Lanciers; auf diesen folgten unsere Fuhrwerke, die ich Hauptmann Mellet anvertraute; zum Schluss folgte der Rest der Infanterie; die Nachhut bildete, unter Feldwebel Bikaner, Zug Drei der Lanciers, den ich persönlich als den besten meines Kommandos ansah. Ich entschuldigte mich schier, ihm immer die härtesten Aufgaben anzuvertrauen. Mit der Andeutung eines Lächelns antwortete Bikaner: »Schon in Ordnung, Sir. Ich gewöhne mich langsam dran, Staub zu schlucken, jetzt, wo er mir schmeckt.«

Das Stadttor stand offen, die Wachen hatte man abgezogen. Gleich auf der anderen Seite saß Achim Baber Fergana, zu Pferd und umgeben von einigen seiner Höflinge und Kavalleristen. Jetzt bekamen wir Hohn zu hören, wenn auch gedämpft. Selbst diese Lakaien hatten Angst vor Tenedos' Zauber, der immerhin Jask Irshad getötet und uns vor dem Dämon bewahrt hatte.

Tenedos hob die Hand und wir hielten an. Er starrte Fergana lange und fest an, die Augen hart, als graviere er sich ein stählernes Bild des Mannes ins Gedächtnis. Fergana wurde sichtlich nervös unter dem Blick, riss dann sein Pferd herum und galoppierte, seine Männer im Schlepptau, zurück in die Stadt.

Einer von ihnen drehte sich, als er das Tor passierte, noch einmal um und rief: »M'rt tê Ph'rëng!«

Tenedos wandte sich mir zu. »Reit Er weiter, Legat.«

Ich rief Kommandos, und der Zug setzte sich in Bewegung.

Hinter mir hörte ich den Lancier Karjan brummen: »Gut. Gebt dem Bastard nur keine Genugtuung. Obwohl es mir ehrlich gesagt gut gefallen würde, wenn der Seher dem Scheißkerl einen Blitz in den Arsch fahren lassen würde!«

Es war ein charmanter Gedanke, und ich wünschte, Tenedos hätte noch irgendeinen Zauber verhängt, obwohl die rationale Seite meines Verstandes wusste, dass der Achim durch seine Hofjasken gut geschützt war.

Ich dachte nach, während wir nordwärts auf den Sulempass zukrochen. Hatte ich schon bei der ersten langsamen Überquerung auf meine Worte achten müssen, so musste ich jetzt doppelt vorsichtig sein. Ich durfte die Zivilisten nicht beunruhigen; ich fürchtete, sie könnten in Panik geraten oder den Glauben an sich selbst verlieren und sich einfach zum Sterben hinlegen.

Ein anderer Gedanke kam mir. Ich sagte Lancier Karjan, auch wenn er sich entschlossen habe, mir als Offiziersbursche zur Verfügung zu stehen, so könne er uns besser dienen, wenn er sich an Seher Tenedos' Seite hielt. Ich käme schon zurück, aber der Generalresident *müsse* einfach überleben. Karjan brummte finster, gehorchte jedoch und hielt sich von da ab so nahe bei Tenedos auf, wie der es zuließ.

Es ging durch recht offenes Gelände, so dass ich den zweiten Zug auf die Flanken schicken konnte. Die wenigen Kaiter, die wir sahen, blieben der Straße fern.

Ich hatte Störmanöver erwartet, kaum dass wir das Tor passierten, aber nichts geschah. Ich war jedoch nicht so dumm zu glauben, Ferganas freies Geleit sei besser als beim ersten Mal, und überlegte, wann wohl der Überfall kommen würde. Wir schlugen unser Lager für die erste Nacht auf, nachdem wir fast zwanzig Werst zurückgelegt hatten, was sich nach nicht viel anhören mag, aber für einen ersten Tagesmarsch mit unerfahrenen Leuten durchaus respektabel war.

Seher Tenedos sagte, er würde magische Wachen aufstellen, so dass nur ein Drittel meiner Leute als Posten benötigt wurde. Noch spüre er nicht, dass man uns mit einem Zauber belegt hätte.

Am zweiten Tag kamen wir sogar noch besser voran und ich machte mir nun wirklich Sorgen – je länger das Warten, desto übler die Überraschung.

Hauptmann Mellet schalt mich für meine düsteren Gedanken.

»*Könnte* ja sein«, meinte er, »dass wir die ersten Numantier sind, die auf dem Sulempass Glück haben, oder nicht?«

Wir brachen gleichzeitig in ein wehmütiges Lachen aus.

An diesem Tag schafften wir zweiundzwanzig Werst, und das

Wetter blieb, wie es war: kalt, mit einem eisigen Wind von den Gipfeln.

Es war fast Mittag des dritten Tages, als die Hügler ihren ersten Zug machten. Das Gelände war nicht mehr so offen und auf der einen Seite der Straße befand sich der eisige Fluss, so dass ich meine Flankenreiter wieder in den Zug zurückbeordert hatte.

Aus dem Nichts tauchten plötzlich etwa hundert Berittene vor uns auf und versperrten uns den Weg. Ich hörte besorgte Schreie von den Zivilisten, achtete jedoch nicht darauf.

Die Hügler kamen im Trab auf uns zu und hielten erst an, als ich sie anrief stehen zu bleiben, sonst würden wir schießen.

Einer der Männer trieb sein Pferd auf uns zu. Er war groß, ziemlich hager und hatte einen geflochtenen Bart. Er trug einen langen vielfarbigen Mantel aus den Fellen verschiedener Tiere, und sein langer Säbel reichte bis über die Steigbügel hinab.

Etwa zwanzig Fuß vor mir hielt er an.

»Ihr seid also die Numantier, eh?«

»Eure Auffassungsgabe ist nicht weniger scharf als Euer Auge«, erwiderte Tenedos.

Der Mann grinste und seine schwarzen Zähne waren zu sehen.

»Ich bin Memlinc, und im Sulempass ist mein Wort Gesetz.«

»Ich kenne da etliche andere Hügelmenschen«, hielt Tenedos dagegen, »die da anderer Meinung wären.«

»Pah! Banditen, weiter nichts. Sie alle gehen auf die Knie, wenn ich komme.«

»Zweifelsohne«, pflichtete Tenedos ihm bei. »Und warum beehrt Ihr uns mit Eurer Gegenwart, Großer Memlinc?«

»Ich wollte mir die *Ph'rëng* ansehen, die dieses Schwein Fergana aus Sayana hinausgeworfen hat. Ihr habt da einige Frauen dabei, die mir oder einem meiner Krieger gefallen könnten. Einer meiner Alten hat das Zweite Gesicht, und er hat mir aufgrund einer Vision ein oder zwei Mädchen empfohlen, die es wert wären, mir im Bett zu Diensten zu sein.

Ja, Frauen. Und vielleicht die Hälfte Eures Golds und Eurer Juwelen. Ich bin ein vernünftiger Mann, aber da Ihr nun mal mein

Gebiet passieren müsst, halte ich es nur für billig, mir eine Art Tribut zu entrichten, eh?«

Tenedos wartete einen langen Augenblick, beugte sich dann vor und sagte leise: »Leck Er mich doch am Arsch!«

Memlinc blinzelte.

»Um genau zu sein«, fuhr der Seher fort, »leck Er mich und die Hure, die sich Seine Mutter nennt, und obendrein Seinen Vater, den Er nie gekannt hat, weil er sie nicht bezahlt hat.«

Memlinc wurde blass.

»So könnt Ihr mit mir nicht reden! Keiner kann das und überlebt!«

»Ach?« machte Tenedos, seine Stimme nach wie vor sanft.

Memlincs Hand flog an seinen Dolch, als mein Schwert schon halb aus der Scheide war.

»Na schön«, sagte er und verzog die Lippen zu etwas, was nach einem Lächeln aussah. »So mag Euren Worten die gebührende Strafe folgen. Ich habe Euch Frieden geboten … dann wollen wir mal sehen, was meine andere Hand enthält.«

Er nahm die Zügel auf und tat, als wolle er sein Ross herumnehmen. Stattdessen gab er ihm jedoch die Sporen und trieb es direkt auf den Zug zu, und das in vollem Galopp.

Ich nehme an, es war seine Art, seinen Kameraden seinen Mut zu beweisen. Sie jedenfalls spornten ihn schreiend an und schienen ebenfalls angreifen zu wollen. Meine Schützen hatten bereits die Bogen im Anschlag, eine Salve fuhr hinaus und die Reihe der Hügler wurden zu einem Knäuel verwundeter und stürzender Pferde.

Memlinc schoss in gestrecktem Galopp unseren Zug entlang. Niemand hatte Zeit, sein Schwert zu ziehen, um nach ihm zu schlagen, und für Bogen oder Lanze war er viel zu nahe.

Aber er hatte nicht mit Lucan gerechnet. Ich riss mein Ross herum, hinter ihm her, und trieb es mit einem Ruf zum Galopp. Fast hätte ein Speer den Hügler erwischt, aber er duckte sich darunter hindurch und trieb dann sein Pferd durch die letzten Infanteristen in den Zug um den zweiten Wagen. Auf diesem saß eine Handvoll Frauen, ein paar alte Zivilisten und einige Kinder. Neben dem Kutscher saß eine Frau aus Tenedos' Gefolge, die Aushilfe eines Konditors, und sie hieß Jacoba. Sie war mir bereits aufgefallen – eine kleine, wirklich auffallende junge Frau, ein, zwei Jahre älter als ich, mit langem, dunklem Haar, das sie für gewöhnlich in einem Knoten zusammengefasst trug –, aber ich hatte noch nie mit ihr gesprochen.

Sie muss wohl eine der Schönheiten gewesen sein, auf die Memlincs Seher ihn durch Zauberei hingewiesen hatte, denn der Kaiter beugte sich mit einem triumphierenden Schrei aus dem Sattel, riss Jacoba an sich und lenkte sein Ross von der Straße weg.

Ich trieb mein eigenes Tier durch den Zug hinter ihm her. Einer von Mellets Männern fuchtelte mit seinem Wurfspeer herum und den riss ich ihm aus der Hand.

Memlinc hielt auf einen gewundenen Hohlweg zu. War er erst einmal von der Straße weg, würde keiner es wagen, ihm zu folgen. Er saß tief gebückt, das Gesicht dicht über den Hals des Pferdes gebeugt.

Ich stellte mich in die Bügel … und warf. Vielleicht dachte er, Numantier seien edel im Krieg oder Hohlköpfe, weil ich nicht auf ihn hielt, sondern auf ein weit besseres Ziel. Der Speer traf sein Ross in die Hinterbacke. Es wieherte auf und stürzte, die Frau und ihr Entführer kugelten kopfüber davon. Ich gab Lucan hart die Zügel, kam rutschend zum Stehen und war bereits aus dem Sattel, als Memlinc mit einer Rolle auf die Beine kam. Er hatte den Säbel beim Sturz verloren und riss einen langen Dolch aus dem Mantel, während er auf mich zugerannt kam. Noch im Kommen wischte seine Hand über den Boden und griff nach einem Stein. Noch während er sich hinterhältig anschickte, ihn nach meinem Gesicht zu werfen, schoss mein Schwert vor, und die Hand fiel mitsamt dem Stein zu Boden. Ihm blieb noch ein Augenblick, ungläubig das Blut anzustarren, das aus dem Armstumpf schoss, dann grub sich mein Schwert im Zurückschwingen in ihn, in seine Brust und durch die Rippen in sein Herz.

Hinter mir hörte ich Schlachtrufe, achtete jedoch nicht weiter darauf. Ich rannte weiter, hob die verdutzte Jacoba auf und drehte mich nach Lucan um. Der stand bereits neben mir; er spürte, wir hatten nur einen Augenblick. Ich saß auf, zerrte Jacoba vor mir über den Sattelknauf, dann ging es in vollem Galopp zurück in die Sicherheit unseres Zugs.

Eine Handvoll von Memlincs Reitern hatten ihrem Anführer zu Hilfe zu kommen versucht, aber meine Männer hatten sie gestellt. Eine Reihe von Leichen, Menschen wie Rösser, lagen vor dem Zug, während der Rest der Banditen eine breite Schlucht hinauf floh.

Ich winkte Tenedos zu, den Marsch wieder aufzunehmen. Jacoba brachte ich auf ihren Wagen zurück, als sie eben wieder zu Atem kam. Sie blutete aus der Nase, ihr Mantel war vom Sturz ganz verdreckt, und wie ich vermutete, würde sie tags darauf ein blaues Auge haben. Sie versuchte ihre Kräfte zu sammeln, um etwas hervorzubringen, aber es gelang ihr noch nicht. Ich legte die Hand an den Helm und ritt zurück an die Spitze der Formation.

Als ich an meinem zweiten Zug vorbeiritt, hörte ich einen leisen Pfiff, das spöttische Zeichen meiner Männer, um ihre gespielte Ehrfurcht vor einem speziellen Fall von Effekthascherei kundzutun. Ich verbiss mir ein Grinsen und setzte eine finstere Miene auf. Der zweite Zug würde die nächsten paar Tage verschärften Dienst haben.

Neben Tenedos angekommen, zügelte ich mein Pferd.

»Also ich frage mich«, erklärte er ohne Umschweife, »ob das von Anfang an Memlincs Plan war oder ob er lediglich improvisierte.«

»Wahrscheinlich Letzteres, Sir. Ich nehme an, er musste wohl ein bisschen angeben, um sicherzustellen, dass er seinen Männern noch als würdiger Anführer galt.«

»Da wir gerade von angeben sprechen«, sagte er einige Sekunden darauf, »was, Legat Damastes á Cimabue, hat man dir am Lyzeum über einen Soldaten beigebracht, der sein Kommando verlässt, um etwas absolut Blödes, wenn auch Edles zu tun?«

»Im Allgemeinen, Sir«, antwortete ich, als mir klar wurde, was für ein von den Göttern verdammter Narr ich gewesen war, ohne es freilich zu bedauern, »lobt man ihn und zitiert ihn dann hinters Haus, um ihn von einem der kräftigeren Unteroffiziere durchprügeln zu lassen, bevor man ihm sagt, so etwas nie, nie wieder zu tun.«

»Na, dann gratuliere ich. Wenn wir nach Urey kommen«, meinte Tenedos, »dann borge ich mir vielleicht für einen Nachmittag Feldwebel Bikaner aus. Bis dahin tue mir bitte den Gefallen und sieh von weiteren tollkühnen Rettungsaktionen ab, die dich das Leben kosten können. Ich habe wirklich keine Lust, über meine Pflichten hinaus auch noch eine Schwadron Lanciers zu kommandieren.«

»Jawohl, Sir. Und weil wir gerade von Pflichten sprechen, Sir, darf ich Euch sagen, wie schockiert ich über die Sprache bin, die man als Berufsdiplomat zu bemühen geruht?«

»Na, na«, machte Tenedos gespielt gönnerhaft. »Sieh es so: Unser Gegner ist besiegt, oder nicht? Seine Kräfte haben sich zurückgezogen, oder nicht? Unser Weg liegt frei vor uns und wir haben unsere Zeit nicht mit Reden vertan, habe ich recht?

Vielleicht«, sagte er mit ebenfalls gespielter Wehmut, »hätte ich eine ähnliche Taktik auch bei unserem Freund, dem Achim, versuchen sollen.«

Es war für lange Zeit das letzte Mal, dass ich lachte.

Tags darauf kamen die Banditen zurück – aber vielleicht war es auch ein anderer Clan. Sie hatten sich auf der anderen Seite der Flussböschung verborgen gehalten, bis die Kavallerie vorbei war, dann erhoben sich etwa dreißig Bogenschützen aus ihrem Versteck und deckten die ersten beiden Züge der Infanterie mit einem Pfeilregen ein. Die Infantristen griffen auf der Stelle an; die beste Methode, einen Hinterhalt zu überleben, ist ein Sturm in die Richtung, in der der Feind es am wenigsten erwartet. Die Bogenschützen wandten sich ab und liefen ohne Gegenwehr, durch den Fluss tappend, davon.

Auf der anderen Seite der Straße sprangen Männer aus ihren Verstecken und liefen unter Kriegsgeschrei auf die Fuhrwerke zu. Sie machten den spärlichen Begleitschutz nieder, hatten sich in Sekundenschnelle von den Wagen geholt, was ihnen gefiel, und schon waren sie wieder fort. Zur gleichen Zeit griff ein dritter Haufen die Zivilisten an. Sie raubten zehn Numantier, fünf Frauen, darunter zwei der Prostituierten, die die Infanterie bei sich hatte, ein zehnjähriges Mädchen, drei Männer und ein kleines Kind.

Dann war nichts mehr zu hören als das Heulen des Winds in den Felsen und die Schreie der Verwundeten und Sterbenden. Sieben Soldaten, sechs von der Leichten Infanterie aus Kharrum und einer meiner Hügler, starben bei dem Scharmützel, ein weiteres halbes Dutzend wurde verletzt.

Wir formierten uns wieder und setzten unseren Weg fort.

Eine Stunde später hörten wir Schreie von den Felsen vor uns. Die Hügelmenschen trieben ihre Scherze mit uns.

Hinter der nächsten Biege fanden wir den Säugling. Man hatte ihm den kleinen Kopf gegen einen Felsen am Straßenrand geschmettert und die winzige Leiche so liegen lassen, dass wir sie sahen.

Wir setzten unseren Weg fort und schließlich verlor sich das Geschrei in der Ferne.

Eine Stunde später kamen wir in das Dorf, in dem der Junge mich mit dem Bogen seines Großvaters hatte ermorden wollen. Diesmal war die Siedlung menschenleer. Es wurde kälter, und Tenedos schlug vor, einen Suchtrupp durch die Hütten zu schicken, um zu sehen, ob nicht Decken oder anderes Bettmaterial aufzutreiben war.

Ich behielt den Hauptteil des Zugs vor dem Dorf und schickte unseren Suchtrupp zu Fuß hinein. Die ersten beiden Hütten waren ausgeräumt und vollkommen leer. Als der Lancier, der den Suchtrupp anführte, die dritte Hütte betrat, knackte eine Armbrust, und er kam taumelnd heraus, einen verwirrten Ausdruck auf dem Gesicht, und zerrte an einem kleinen Bolzen – kaum groß genug, um einen Spatzen zu töten – in seiner Brust.

Die Armbrust war so geschickt aufgebaut, dass jeder, der durch die Tür kam, den Schuss auslösen musste.

Der Lancier fluchte, zog den Bolzen heraus und warf ihn beiseite; er sagte, es sei nicht der Rede wert. Er wandte sich der nächsten Hütte zu, schrie dann jedoch vor Schmerz auf und griff sich an das winzige Loch, das der Pfeil hinterlassen hatte. Er fiel auf die Knie, dann auf den Rücken, wand sich, biss sich schier die Zunge durch. Noch bevor ihn jemand erreicht hatte, war der Mann tot.

Die winzige Wunde roch nach Fäulnis von dem vergifteten Pfeil.

Wir fanden nur wenig, was sich mitzunehmen lohnte, aber als wir unseren Weg fortsetzten, war das Dorf ein Flammenmeer. Ich erinnerte mich daran, dem Jungen das Leben geschenkt zu haben, und verzog das Gesicht. Ich hatte gelernt, wie man in diesem Land Krieg führte – bis aufs Messer, und das bis aufs Heft. Die Kaiter sollten ruhig erfahren, dass die Numantier so brutal fochten wie nur irgendwer.

Auch die nächsten beiden Dörfer setzten wir in Brand, das zweite, nachdem wir die Nacht dort verbracht hatten.

Am späten Nachmittag des sechsten Tages erreichten wir die Furt, an der wir Tenedos eingeholt hatten. Wir hatten kaum unser Lager aufgeschlagen, als der Sturm, der schon lange gedroht hatte, ausbrach; eisige Böen fegten über uns hinweg und trieben uns den Schnee ins Gesicht.

Tenedos ermahnte uns, doppelt vorsichtig zu sein, da er uns von Zauberei umgeben sah. Ich brauchte die Mahnung jedoch nicht. Es war das ideale Wetter für die Hügelbewohner. Ich versetzte meine Männer in Bereitschaft und verdoppelte alle Wachen.

Hauptmann Mellet ließ neben den Fuhrwerken Öfen aufstellen und spannte Leinwand darüber. Nachdem ich mich um meine Männer gekümmert hatte und die auf Wache ihr Essen bekommen hatten, gingen Tenedos und ich hinter unsere Linien, um selbst etwas zu uns zu nehmen. Es gab nichts weiter als Reis mit etwas Fleisch darin, dazu Kräutertee, aber der war – die Göttin Shahriya sei gepriesen für das Geschenk des Feuers – siedend heiß.

Eine der Frauen, die uns bedienten, war die junge Jacoba. Wie ich erwartet hatte, trug sie ein schlimmes Veilchen zur Schau. Sie sah mich an, wollte schon etwas sagen, wandte sich dann aber ab. Ich war ebenso grundlos verlegen und aß, ohne etwas zu sagen, weiter.

Das kleine Mädchen, Allori Pares, kam auf mich zu, während ich aß.

»Hallo, Soldat. Weißt du noch, wer ich bin?«

Ich wusste es und sagte ihr, sie sollte mich Damastes nennen. »Ich habe dem anderen Soldaten mit dem Essen geholfen.« Sie wies auf Hauptmann Mellet. »Er sagt, dass er eine Tochter in genau meinem Alter hat.«

Ich wusste, dass Hauptmann Mellet nicht verheiratet war, und musste insgeheim lächeln, dass der bärbeißige Junggeselle versuchte, freundlich zu dem Kind zu sein.

»Ich koche gern. Wenn ich vielleicht groß werde, dann möchte ich mal ein Gasthaus.«

Es tat mir weh, ihr zuzuhören. Ein Teil von mir hätte am liebsten geheult, ein anderer Teil hätte am liebsten dieses ganze von den Göttern verdammte Land in Schutt und Asche gelegt.

»Du wirst schon groß«, sagte ich schließlich. »Du und ich, wir sind Partner. Ich sorge schon dafür, dass dir nichts passiert.«

»Versprichst du das?«

»Ich verspreche es.«

Um Mitternacht machte ich mit der Wachablösung die Runde und dachte dann, ich sollte auch ein wenig Schlaf riskieren. Ich befahl dem Wachoffizier, mich zu wecken, wenn es Zeit für den Wachwechsel war.

Der Wind heulte jetzt noch lauter und Schnee trieb über den Boden. Ich fand einen Platz, wo ich mich hinlegen konnte, und dachte wehmütig an die Zivilisten, die einen Schlafplatz in oder unter einem der Wagen gefunden hatten. Ich wickelte mich in Lucans Satteldecke und meinen Mantel und merkte noch nicht einmal mehr, wie mein Kopf die Satteltasche berührte, die ich mir als Kissen zurechtgerückt hatte.

Die Luft war voll vom Duft von Orangenblüten und Tamarinden. Ich lag auf seidene Kissen gestreckt, in nichts als einem Lendenschurz, und spürte das leise Wiegen des Hausboots in dem sachten Wellengang. Es schien kein anderes Schiff auf dem See zu sein, dessen Wasser ein Echo der Bläue des Himmels war. Eine sanfte Sommerbrise strich über mich und war schon wieder fort.

Ich verspürte etwas Durst, nahm einen Becher von dem Tablett neben mir und nippte etwas kühlenden Pfirsich- und Erdbeerpunsch.

Jacoba lag neben mir auf den Kissen. Sie trug nichts als ein ärmelloses Unterhemd und weite Hosen aus einem Stoff, der dünner als Seide war.

Sie beugte sich herüber und öffnete langsam die Schnüre meines Lendenschurzes, der beiseite fiel. Mein Riemen hob sich ihren Fingern entgegen. Sie beugte sich vor und ihre Zunge umspielte seinen Kopf, sie koste ihn bis an die Wurzel und nahm mich dann in den Mund.

Ich spürte das Hämmern meines Pulses.

Sie kam geschmeidig auf die Beine, schnürte den gelben Seidenstrick auf, der ihre Hose hielt, und stieg heraus, als diese zu Boden fiel.

Jacoba kniete sich über meine Schenkel, und als ich das Kreuz wölbte, führten mich ihre Finger in sie ein. Sie stöhnte auf, und ihre Hände strichen mir, nach wie vor mit der Seidenschnur zwischen den Fingern, über die Brust. Sie erhob sich, kam wieder herab, ging wieder hoch, und während sie so weitermachte, legte sie mir die Schnur um den Hals und zog sie zu, so fest sie nur konnte, und warf den Kopf zurück, als sie vor Leidenschaft schrie.

Das Universum bestand aus nichts als meinem Riemen und ihrer Weichheit und dem wunderbaren Gefühl jener Schnur, als die Lust in mir stieg; und dann öffnete ich den Mund, um zu schreien …

… und ein Kind schrie, und das Gesicht über mir war bärtig und zu einem bösen, lautlosen Lachen verzerrt. Das Blut rauschte in meinen Schläfen, und ich blickte durch einen langen Tunnel, als ich die Füße hochbekam und den Tovieti in den Schnee zurücktrat.

Er kam wieder auf die Beine und griff nach einem Messer an seiner Hüfte, als ich auf ihn losging, ihm den Rücken meiner Faust ins Gesicht setzte und dann den Handballen gegen die Nase drosch. Er schrie auf und spuckte mir Blut und Knorpel entgegen, als ich mich auf ihn warf und mein angespannter Unterarm ihm gegen die Luftröhre fuhr. Ich wälzte mich von ihm, als er starb; dann hatte ich mein Schwert in der Hand.

Überall im Lager war Rufen und Schreien zu hören, und ich sah die Schemen von Männern, die davonliefen, hinaus in den Schneesturm, als hier und da eine Fackel aufzuflackern begann.

Die Schnur des Tovieti hing mir noch um den Hals und ich spürte jetzt das rote Brennen.

Ich lief in die Mitte der zu einer Wagenburg aufgefahrenen Fuhrwerke und schlug Alarm. Tenedos, Lancier Karjan im Schlepptau, kam aus der Dunkelheit, verschlafen, aber wach.

Aber die Tovieti waren fort.

Sechs meiner Soldaten waren auf ihren Posten ermordet worden. Wie die Tovieti sich an die paarweise Wache stehenden Posten heranschleichen und sie töten konnten, ohne dass einer Alarm schlug, das weiß ich nicht. Dann waren sie ins Lager gekrochen und hatten zu morden begonnen.

Zehn Zivilisten waren tot, acht davon – darunter ein Säugling von einem Monat – erdrosselt, die beiden anderen im Schlaf erstochen.

Ohne auf das Angst- und Trauergeheul zu achten, zog ich Tenedos beiseite.

»Was ist mit Euren Wachen passiert? Habt Ihr denn nichts gespürt?«

»Nicht das Geringste«, erklärte der Seher und auf seiner Miene zeigte sich so etwas wie Angst. »Mein Zauber hätte funktionieren müssen ... aber das hat er nicht. Ich weiß den Grund dafür nicht.«

Eine Welle des Zorns überkam mich, aber dann obsiegte der gesunde Menschenverstand. Warum sollte Tenedos' Handwerk besser sein als das des Soldaten? Beide waren sie Menschen, beider Fertigkeiten nicht perfekt. Ich fragte mich, welches von den Kindern wohl eine bessere Vorahnung gehabt hatte als wir alle zusammen, fand aber nie heraus, wer da geschrien hatte.

Wir trugen die Leichen zusammen und bereiteten sie auf das Begräbnis vor. Die Erde war hart gefroren, also schickte ich einige gut bewachte Trupps los, um die Steine zu sammeln, die für ein Grabmal nötig waren.

Wir entfachten die Feuer, dann bereiteten wir Tee. Einmal mehr sah ich Jacoba, die harte Brote mit Butter bestrich. Sie legte das Messer beiseite und kam zu mir.

»Ich hatte noch keine Gelegenheit, Ihm zu danken«, sagte sie.

»Das ist nicht nötig.«

Sie schwieg einen Augenblick.

»Gerade eben … als *sie* kamen, da habe ich von Ihm geträumt«, sagte sie, ihre Stimme nicht mehr als ein Flüstern. Ich fürchte, ich bin rot angelaufen, auch wenn sie es im Dunkeln gewiss nicht bemerkte.

»Ich, äh, nun … ich habe auch von dir geträumt«, bekam ich schließlich heraus.

»Wir waren auf einem Schiff«, sagte sie verträumt. »Nur wir beide. Es war auf einem See. Vielleicht war es eines der Hausboote, von denen ich gelesen habe, in Urey.« Sie verstummte. Ich sagte nichts, so erstaunt war ich. Es kam zu einer langen Pause. Dann blickte sie zu mir auf.

»Vielleicht … vielleicht, wenn wir überleben …« Sie wandte sich abrupt ab und machte sich wieder an ihre Arbeit.

Am nächsten Morgen hatte der Sturm an Stärke zugenommen. Die eisigen Wände des Sulempasses schlossen sich um uns und aus dem Norden wehte ein heftiger Wind.

Viermal griffen uns die Hügler an jenem Tag an. Es stürzten jeweils zwei, drei Mann aus ihren Verstecken, ergriffen sich die Person oder die Gegenstände, die sie haben wollten, und verschwanden wieder. Wir konnten nicht alle paar Schritte einen Soldaten postieren und so töteten wir auch keinen von ihnen.

Die Karawane zog sich in die Länge, da mochten Feldwebel Bikaner und der dritte Zug hinten drohen und schimpfen, wie sie nur wollten. Ich ritt die lange Linie auf und ab, versuchte den Leuten Mut zuzusprechen, und wenn jemand ganz offensichtlich erschöpft war, ließ ich ihn ein Weilchen auf Lucan reiten, während ich nebenherging. Rabbit und unsere anderen Ersatzpferde trugen bereits die Kranken, Lahmen oder Alten – und es waren noch immer viel zu viele von den Hilflosen zu Fuß unterwegs. Bei jedem Angriff der Banditen mussten wir Verluste hinnehmen, und da die Verletzten in die Wagen mussten, nahmen sie einer weiteren Person, die nicht laufen sollte, den Platz weg.

Ich lernte eine weitere Lektion an jenem Tag. Ich hatte die Prostituierten der Leichten Infanterie aus Kharrum verächtlich als Huren abgetan, aber sie waren es, die sich um die Verletzten und Kranken kümmerten, sie brachten ein wenig Milde und Barmherzigkeit in des einen oder anderen letzte Stunde.

Eine Stunde vor Mittag machten wir Halt, und es dauerte eine weitere Stunde, bis der letzte Nachzügler stolpernd im Lager eintraf.

Ich hätte die Infanterie aufteilen und sie in die Kolonne der Zivilisten schicken können, um diesen zu helfen, aber das hätte mich die Hälfte meiner Krieger gekostet und ich hätte keine schlagkräftige Einheit in der Mitte der Karawane gehabt.

Alles, was ich tun konnte, war den Zügen Drei und Vier zu befehlen, sie sollten absitzen und ihre Pferde einigen der Hilflosen überlassen. Im Falle eines Angriffs sollten sie den Leuten aus dem Sattel helfen, aufsitzen und sich formieren. Was dumm war – die Zeit, die dadurch verloren ging, wäre mehr als ausreichend für die Hügelmenschen, wieder zu fliehen –, aber ich konnte mir anvertraute Menschen nicht einfach so sterben sehen.

Laish Tenedos hatte den ganzen Vormittag über kaum etwas gesagt, und ich fand ihn schließlich an der Spitze des Zugs, sich des Sturms, des Schnees und seines allgegenwärtigen Begleiters Karjan scheinbar gar nicht bewusst. Er wurde meiner gewahr und wandte sich zu mir um. Nase und Backen begannen ihm zu erfrieren, sie waren bereits ganz weiß.

»Schnee«, sagte er nachdenklich, und ich dachte schon, er befinde sich im Kälteschock, »Damastes, wir brauchen mehr Schnee.«

Jetzt wusste ich, dass er übergeschnappt war.

»Komm. Ich glaube, ich habe da einen Zauber ersonnen, der uns helfen kann, wenn auch nur mit Maßen und kurz.«

Er eilte auf den Wagen zu, der seine Zaubergerätschaften enthielt, und holte diverses Zubehör heraus. Ich half ihm, die Materialien dorthin zurückzuschleppen, wo ich ihn gefunden hatte. Er tat zehn Schritte in den unberührten Schnee.

»Ich spreche ihn am besten dort, wo noch kein Mensch war«, meinte er. Er nahm vier kleine Kerzenleuchter, von denen jeder mit einer Spitze versehen war, und bildete mit ihnen auf dem Boden ein Quadrat von zwei Fuß Seitenlänge. Er steckte vier kleine Kerzen hinein, eine grün, eine weiß, eine schwarz, eine rot.

In die Mitte stellte er ein kleines Kohlebecken auf einem Dreifuß, der es fast bis auf Hüfthöhe brachte.

Umständlich streute er Kräuter in das Kohlebecken, wobei er sie mit einer Hand davor schützte, vom Wind weggeblasen zu werden.

Dann betete er, zuerst zu unserer Göttin der Erde, dann zu dem Gott, dessen Reich das Wasser ist:

»Jacini, höre,
Wir sind deine Kinder,
wir sind die Erde
Varum, hab Acht,
Um einen Gefallen,
Um eine Anleihe
ersuche ich dich.

Gewähre mir diesen Gefallen,
gewähre mir diesen Wunsch.«

Er berührte eine jede der Kerzen mit dem Finger, und sie begannen Feuer zu sprühen, hohe, schmale Flammen, dreimal so hoch wie die Kerzen selbst.

Ohne sich zu verbrennen, hielt er einen Finger in jede der Flammen, seine Lippen bewegten sich zu einer Beschwörungsformel, dann berührte er die Kräuter in dem Kohlebecken. Er wurde lauter:

»Es herrscht Friede.
Es herrscht Ruhe.

Alles ist still.
Alles ist gefroren.

Die Zeit stehe still.
Die Zeit stehe still.
Höre darauf,
Achte darauf.«

Die Kräuter begannen zu glimmen und dann sah ich etwas wahrhaft Wunderbares. Die Schneeflocken, die in dem durch die Kerzen abgesteckten Quadrat tanzten, gefroren, wie in unsichtbaren Bernstein getaucht, zu einem Würfel, der auf allen Seiten zwei Fuß maß.

»Gut«, sagte Tenedos. »Jemand ... Gott oder nicht ... billigt meinen Wunsch. Jetzt zum schwierigen Teil.«

Seine Hände bewegten sich in einer Reihe merkwürdiger Gesten, auf die hin das Kohlebecken etwas gebar. Es war dunkel und von weißen Lichtern durchsetzt; es hatte Gestalt und auch wieder keine, und da meine Augen schmerzten in dem Versuch, sie auszumachen, wandte ich mich schließlich ab.

Wieder skandierte Tenedos:

»Ich brauche etwas,
Du stehst in meiner Schuld.
Ich tat dir einen Gefallen,
Jetzt diene du mir.«

Der finstere Schatten, die Wolke, die Gestalt, sie erbebte, als hätte der Wind sie erfasst. Ein Summen hob an.

»Thak?«, fragte Tenedos. »Er ist nicht von deinem Reich, noch möchte ich einen Schlag gegen ihn führen. Du wirst mir gehorchen.«

Tenedos' Finger bewegten sich in raschen Gesten und das Summen kam einmal mehr; ich dachte, es gemahne auf merkwürdige Weise an Schmerzensgestöhn. Der Schatten krümmte sich, als beuge er gehorsam den Kopf.

»Sehr gut.« Einmal mehr berührte Tenedos das Kohlebecken.

»Da draußen sind welche,
Die sind voller Hass.
Sie wollen uns Böses,
Sie müssen weg.«

Der Schatten schwoll an, wuchs über eine Manneshöhe hinaus. Tenedos setzte seinen Gesang fort:

»Varum gab mir Wasser,
Es wird unser Werkzeug sein,
Es wird deine Waffe sein.
Kein Mensch wird sie sehen.
Schnee, der blendet,
Schnee, der versteckt,
Umwölke die Augen,
Umwölke den Verstand.
Sie werden nicht sehen,
Sie werden nicht wissen,
Dass wir vorüberziehen,
Dass wir vorüberziehen.

Das magische Quadrat war leer. »Jetzt nimm deine Waffen und geh«, befahl Tenedos und nahm seinen Gesang wieder auf:

»Ich heiß es dich einmal,
Ich heiß es dich zweimal,
Ich heiß es dich dreimal
Du musst gehorchen.
Und gehorchen wirst du.

Jetzt war es an dem Schatten zu verschwinden. Tenedos machte eine Bewegung, und die vier Kerzen gingen rauchend aus.

»Dann werden wir sehen, was wir sehen werden«, sagte er. »Wenn der Zauber wirkt, dann sollte es für die Räuber wie ein Nebel sein. Sie werden irgendwie *wissen,* dass wir noch nicht da sind, obwohl wir in Wirklichkeit direkt vor ihnen stehen, oder sie *wissen*, dass wir bereits seit Stunden vorbei sind. Sie werden *wissen*, wir haben den Weg verlassen und uns eine Seitenstraße gesucht, oder sie werden die Dörfer durchkämmen, weil sie *wissen*, wir suchen Schutz vor dem Sturm.

Wenn der Zauber wirkt.«

»Was war dieser Schatten?«, fragte ich. Ich war so fasziniert gewesen, dass ich Kälte und Sturm völlig vergessen hatte.

»Etwas von … anderswo«, sagte Tenedos bewusst vage. »Etwas, dem ich einmal einen Dienst erwiesen habe.« Ich wusste, mehr würde er mir nicht sagen, aber eine letzte Frage hatte ich doch.

»Ist Thak mächtiger als dieses Wesen?«

»Wer weiß?«, meinte Tenedos. »Mein Geist ist ein fauler Geselle und kaum mit dem begabt, was wir Sterblichen Mut nennen. Aber ich nehme an, dass er nicht so mächtig ist wie der Dämon der Tovieti.«

»Wird Thak uns angreifen – so wie in der Höhle?«

»Ich weiß es nicht«, erklärte Tenedos. »Ich habe einigen Zauber vorbereitet, nur für den Fall … Aber ich habe keine Ahnung, ob er wirkt. Ich glaube es eher nicht. Ich brauche noch etwas.«

»Und das wäre?«

»Nein, Damastes. Das kann ich dir, darf ich dir nicht sagen. Nicht jetzt. Niemals.«

Es war dies das erste Mal, dass ich an das große Geheimnis des Sehers rührte, das Geheimnis, das ihm sein Imperium einbringen sollte. Wenn ich es preisgebe, dann wird es so offensichtlich sein, aber das war es nicht für Tenedos' Freunde, Tribunen, seine Armee, noch für seine Feinde, bis es viel zu spät war.

»Nun denn, lasst uns weiterziehen«, sagte er.

Nachdem wir uns für den Marsch formiert hatten, sah ich, dass noch vier Leute in den Schnee gekauert saßen. Ich trat auf den ersten zu. Es war einer meiner Kavalleristen. Sein Schnurrbart und seine Brauen waren mit dickem Frost bedeckt, und er hatte einen ganz glasigen Blick.

»Auf die Beine, Lancier.«

Er starrte zu mir herauf, ohne etwas zu sehen, und wiegte sich dabei vor und zurück. Ich zerrte ihn hoch, aber es war, als hätte er keine Knochen mehr. Er sackte wieder zu Boden.

Feldwebel Bikaner kam gelaufen und riss den Soldaten auf die Beine, wie ich es bereits getan hatte. Einmal mehr fiel der Mann wieder hin. »Himmelherrgottsakrament«, fluchte Bikaner. »Der Schlappschwanz hat aufgegeben!«

»Sollen wir ihn zurücklassen?«

Ich überlegte. Lanciers lassen weder ihre Toten noch ihre Verwundeten zurück, es sei denn, es bleibt ihnen keine andere Wahl, und dieser Mann, jemand mit einem so schwachen Willen, war nicht weniger als Verwundeter zu betrachten, als wenn ihn das Schwert eines Hüglers aufgeschlitzt hätte.

»Nein«, sagte ich. »Such Er ihm einen Platz auf einem der Fuhrwerke. Sag Er Hauptmann Mellet, er kann einen Zivilisten in seinen Sattel setzen.«

Ich trat an die nächste kauernde Gestalt. Es war ein alter Mann und er war tot, im Sitzen erfroren. Dasselbe galt für die beiden anderen. Die eine war eine ebenfalls sehr alte Frau, der andere ein halbwüchsiger Junge. Ich war verblüfft. »Wundert Euch nicht zu sehr, Sir«, sagte Bikaner mir. »Wenn ich etwas gelernt habe, dann das, dass den Jungen nicht so viel am Leben liegt. Hol mich der Dämon, ich habe keine Ahnung, warum, aber die legen sich hin, lange bevor ein zäher alter Mistkerl wie ich sich schwach zu fühlen beginnt. Vielleicht sind sie noch so frisch vom Rad, dass sie gern wieder darauf zurückgehen.«

Wir zogen weiter, ohne unsere Toten zu begraben – wir hatten keine Zeit, Steine für ihre Gräber zu sammeln. Ich murmelte im Weiterreiten ein kurzes Gebet.

Die Straße begann anzusteigen, nicht allzu sehr, ein Reisender hätte es normalerweise womöglich gar nicht bemerkt, aber für so manchen von uns war es wie ein Berg. Männer wie Frauen begannen zu fallen, sie kippten einfach aus dem Zug. Die Soldaten traten, fluchten, halfen, aber allzu oft hatte es keinen Sinn. Einigen dieser Leute war verzweifelt danach, allein zu sein, sie wollten unbedingt noch etwas Frieden und so wanderten sie einfach von der Straße weg und verloren sich im Sturm.

Ein Unteroffizier der Leichten Infanterie aus Kharrum, der selbst bereits wankte und dennoch zwei Knaben vor sich herzutreiben versuchte, sagte mir, er hätte wenige Minuten zuvor jemanden davonstolpern sehen, eine Frau, der er bereits einmal geholfen hatte.

Ich ritt zurück und fand einen Pfad, der von der Straße wegführte. Ich stieg ab und sah Fußstapfen, die sich rasch füllten unter dem dicht fallenden Schnee. Lucan am Zügel führend, ging ich ihnen nach.

Ich gestand mir zu, bis hundert zu zählen, bevor ich umkehrte, sonst riskierte ich, mich selbst zu verlaufen.

Ich war bis fünfundsiebzig gekommen, als ich das Knurren hörte und Lucan vor Schreck aufwieherte und am Zügel zu zerren begann. Vier Wölfe umknurrten den dahingestreckten Körper der Frau. Ich sah Blut auf dem Schnee. Sie erblickten mich und fletschten die Zähne.

Ich zog mein Schwert und trat auf sie zu, unklugerweise vielleicht, aber ich konnte, ich durfte nicht länger hilflos sein.

Die Wölfe ließen mich bis auf etwa zwei Schritte herankommen, wandten sich dann kläffend ab und sprangen davon.

Ich kniete neben der Frau nieder. Sie hatten ihr die Gurgel herausgerissen, aber ihre Augen waren geschlossen, und sie hatte ein friedliches Lächeln um den Mund. Mit dem Gelöbnis, sie nicht diesen Tieren zu überlassen, hob ich sie über Lucans Sattel und arbeitete mich zur Karawane zurück. Wir fanden einen Platz für die Leiche, indem wir sie auf die Deichsel eines Wagens banden.

Die Wagen waren mittlerweile voll und wir begannen die Pferde doppelt zu besetzen. Wenigstens waren die Pferde kräftig und gut genährt, obwohl ich wusste, bei der Anstrengung würden sie in wenigen Tagen zuschanden geritten sein.

So ging es den Tag hindurch und halb durch den nächsten. Die Straße wand sich endlos, ohne uns eine Pause zu gönnen. Manchmal wehte der Wind die Gewitterwolken beiseite, aber alles, was dahinter zum Vorschein kam, war nasser, grauer Fels, Schnee und Eis. Tenedos' Zauber schien zu wirken – wir hatten keine weiteren Begegnungen mit den Bergstämmen.

Keiner von uns sah wie ein Soldat aus. Wir waren unrasiert und hatten dunkle Ringe unter den Augen. Wir hatten uns Lumpen um die Köpfe gewickelt und die Helme darüber gezogen, und diejenigen von uns, die noch die schäbigen Schaffellmäntel hatten, die wir als Verkleidung gegen die Kaiter benutzt hatten, trugen sie über der Rüstung und dankten Irisu für ihre Wärme. Ich hatte den meinen am zweiten Tag unseres Marsches einem der Zivilisten gegeben und hoffte insgeheim, er würde tot umfallen und ich über seine Leiche stolpern, so dass ich ihn wiederbekam.

Ich bemerkte eine grausame Ironie. Jemand, der schwach war, unfähig zu laufen, kam auf einen der Wagen. Aber das Fahren schuf keine Wärme, abgesehen davon, dass der Sturm scharf durch Lumpen und Decken fuhr. Bei jedem Halt hatten wir gefrorene Leichen von den Wagen zu laden, aber es gab immer neue, denen unbedingt nach einem Sitzplatz war.

Schließlich reservierten wir einen Wagen für die Leichen, die wir bei unserem Halt am nächsten Mittag einäschern wollten. Wir hatten Ausfälle von vierzig Soldaten und etwa siebzig Zivilisten, mehr als die Hälfte von ihnen tot.

Wir hatten weder die Zeit noch die Kraft, sie zu begraben, aber wir konnten die Leichen auch nicht einfach zurücklassen, sonst wären wir auch nicht besser als Tiere gewesen. Tenedos ersann einen Zauber. Die Leichen wurden aufgeschichtet, die Worte gesprochen, dann brannte der Haufen ohne Rauch, ohne Geruch und fast ohne Flammen außer einer niederen blauen, die jener ähnelte, die entstand, wenn man Branntwein anzündete.

Wir waren nun seit – und ich musste erst einmal nachdenken – acht, nein, neun Tagen unterwegs, und ich wusste, dass das erhoffte Tempo von sechzehn Werst am Tag ein Witz war. Aber uns blieb nichts anderes übrig, als weiterzuziehen.

Etwa eine Stunde nach dem Mittagsmahl des zehnten Tages schickte Tenedos jemanden die Karawane zurück nach mir. Ich war neben Hauptmann Mellet marschiert, und wir hatten überlegt, ob wir nicht überflüssige Last auf den Fuhrwerken hätten, die sich wegwerfen ließ, so dass noch mehr fahren konnten.

Allori, die Lucan ritt, hatte unsere Unterhaltung aufmerksam verfolgt. Ohne dass man sie darum gebeten hätte, rutschte sie aus dem Sattel, und ich saß auf und lenkte Lucan in langsamem Trab auf die Spitze des Zuges zu, der eben stolpernd zum Stehen kam.

»Wie es scheint, funktioniert der Zauber besser, als ich gedacht hatte, wenn auch ein wenig anders«, begann Tenedos ohne Umschweife. »Mein kleiner Freund ist vor ein paar Minuten erschienen und sagte, dass wir Feinde vor uns hätten, die auf uns lauerten. Er habe sie mit dem Zauberschnee nicht blenden können, schuldete mir aber die Pflicht einer Warnung.

Jetzt seid Ihr an der Reihe, Legat.«

Ich spürte, wie sich mein Mund zu einem verkrampften, humorlosen Lächeln verzog.

Ich wandte mich an den Lancier Karjan.

»Reite Er nach hinten, Lancier, und frag Er Feldwebel Bikaner, ob ihm nach einem Jagdausflug ist. Und sag Er Hauptmann Mellet, ich brauche ein Dutzend Freiwillige.«

Karjan nickte, nahm seine Pferde herum, hielt dann aber an.

»Sir«, sagte er mit einem Flehen im Blick. »Kann ich …«

Ich wollte schon nein sagen, aber Tenedos kam mir zuvor.

»Nimm ihn mit, wenn er unbedingt will. Ich komme schon zurecht.«

Ich wollte insgesamt fünfundzwanzig Freiwillige, gleichmäßig aufgeteilt aus Infanterie und Kavallerie. Ich hätte zweihundertfünfzig haben können, hätte ich nur gewollt. Unter ihnen waren auch Yonge und seine Hügler. Ich wählte ihn und zwei seiner Kameraden.

Ich wusste in etwa, wo wir uns der Karte zufolge befanden; ich hatte sie mir so wenig wie möglich angesehen, auf dass mir nicht das Herz brach, wenn ich sah, wie langsam wir uns in Richtung Sicherheit bewegten.

Ich konnte mir genau vorstellen, wo die Hügler uns erwarten

würden. Und es war eine ausgezeichnete Stelle, an der sich zwischen zwei schmalen Schluchten ein kleines Tal öffnete.

Sie konnten warten, bis wir in dem Tal waren, uns dann aus ihren Verstecken heraus angreifen, gleichzeitig vorne und hinten zumachen und uns dann nach Belieben in Stücke hauen.

Aber ich sah, auch wenn die Karte im Detail etwas ungenau war, wo die Hügler sich meiner Ansicht nach eine Blöße geben könnten, vor allem wenn man bedachte, dass sie sich auch bei dem Hinterhalt an der Furt nicht die Mühe gemacht hatten, ihren Rücken zu decken.

Ich scharte meine fünfundzwanzig Freiwilligen um mich und gab meine Befehle. Wir würden Schwerter, Messer, Pfeil und Bogen mitnehmen, nichts weiter, und einige Stricke dazu. Wir seilten uns in Fünfergruppen an und eilten die Flanke des Passes hinauf. Es war ein schwieriger Anstieg von einem Fels zum anderen, ohne festen Halt; immer wieder rutschten wir aus. Ich stürzte fast ein halbes Dutzend Mal und sah mich von Karjan in Sicherheit gezogen. Ich gab die Gefälligkeit viermal zurück, als wir den Kamm erreichten, vielleicht vierhundert Fuß über dem Weg.

Die Karte war hier nutzlos, aber ich hatte ein Gespür für das Terrain. Ich schloss die Augen, damit der Sturm verschwand, und sah dann das winzige Tal vor mir, als hätten wir einen klaren Sommertag. Der Kamm führte fast direkt nach Norden; er folgte der unsichtbaren Straße tief unter uns.

Wir gingen ihn direkt auf der anderen Seite entlang; so wären wir selbst bei kurzen Durchbrüchen nicht zu sehen. Es war höllisch schwer, da es neben dem felsigen Grat ziemlich steil abwärts ging, manchmal beinahe senkrecht.

Wir brauchten vier Stunden, um an die Stelle zu kommen, wo ich hinwollte – oder besser gesagt, wo ich sie mir vorgestellt hatte. Wir mussten ziemlich genau am Nordende des kleinen Tales sein. Ich gab letzte Befehle und wir machten Signale aus.

Jetzt brauchten wir nur noch einen Weg nach unten – und der vorhandene war kaum besser als ein Steilhang. Als Kommandant hätte ich als Erster gehen sollen, aber Stolz hatte hier hinter der

Logik zurückzustehen. Ich wählte Yonge. Er band sich los, sicherte sich mit einem neuen Seil, warf einen Blick über die Kante, verzog das Gesicht und überprüfte noch einmal die Knoten. »Erzählt mir noch einmal von Ureys Frauen, Sir.«

Noch bevor ich etwas sagen konnte, war er fort. Ein anderer Hügler verknotete sein Seil mit Yonges und ging hinab, ihm folgte einer meiner Lanciers, ein erfahrener Mann aus den Bergen im Osten namens Varvaro. Er war gerade drei Fuß weit gekommen, als das Seil erschlaffte, dann zog man dreimal daran, das vereinbarte Signal, dass Yonge sicheren Boden unter den Füßen hatte.

Wir stiegen über die Kante hinter ihm her und fanden uns auf einem winzigen Plateau. Ich hätte die Stelle kaum als sicheren Boden bezeichnet, da es in einem Winkel von etwa fünfundvierzig Grad nach unten ging. Aber es entsprang dort eine kleine Quelle, die noch nicht zugefroren war, und diese hatte eine Rinne in den Fels gegraben, die meiner Ansicht nach geradezu eine Straße auf den Weg unter uns war.

Wir rollten Socken über unsere Stiefel, so dass beim Abstieg nichts klapperte. Einen besseren Halt gab es uns nicht gerade, aber wir schafften es auf ebenen Boden, ohne dass einer gestürzt wäre oder für Alarm gesorgt hätte. Wir waren genau dort herabgekommen, wo ich gehofft hatte – am Nordende des Tals. Die Waffen bereit, machten wir uns auf den Weg.

Noch bevor wir etwas sahen, rochen wir brennendes Holz und hörten das Knacken eines Feuers. Dann sahen wir durch das Schneetreiben vage die Hügler, die als einer der »Korken« des Hinterhalts das Tal am Nordende abriegelten. Es waren sechzehn Mann.

Wir gingen in Linie vor. Ich wartete, kläffte dann, so gut ich einen Schakal nur nachahmen konnte, mit anderen Worten nicht besonders gut, und griffen dann an.

Wir waren über ihnen, noch bevor sie schreien konnten, und dann war es auch schon zu spät. Sie liefen nach ihren Waffen, aber schon fuhr ihnen unser Stahl in den Leib. Nur wenige Augenblicke später war auch der Letzte tot. Ohne dass ich etwas sagen musste, gingen einige meiner Leute von Leiche zu Leiche, um sich zu vergewissern, dass auch alle tot waren. Einen Verräter im Rücken, das hätte uns gerade noch gefehlt, und unsere Barmherzigkeit war auf dem grausamen Weg von Sayana hierher auf der Strecke geblieben.

Wir folgten der Straße im Tal Richtung Süden. Wir schlichen uns dabei von Deckung zu Deckung und erkundeten jede Schlucht, jede Rinne, bevor wir sie passierten.

In einer davon stießen wir, genau wie erwartet, auf den Rest der Banditen. Die Hügler hatten mitsamt ihren Pferden in einer Klamm Unterschlupf vor den tobenden Winden gesucht. Sie war nur etwa fünfzehn Fuß tief, bot aber einen ausgezeichneten Schutz. Bei ihrer Erfahrung darin, in Hinterhalten zu warten, waren sie nicht so dumm, exponierte Positionen einzunehmen, solange es nicht unbedingt nötig war, mit anderen Worten, nicht bevor ihnen ihre Späher im Süden die Ankunft der Karawane gemeldet hätten. Offensichtlich funktionierte Tenedos' Zauber, denn ihr Jask, falls sie einen bei sich hatten, hatte uns nicht gespürt.

Wir krochen auf den Fels, der sich direkt über ihren Köpfen befand. Als wir bereit waren, die Pfeile in der Kerbe, die Bogen gespannt, standen wir auf wie ein Mann und schossen auf sie. Es waren einige Schreie zu hören, ja selbst einige Bitten um Gnade, aber keiner hörte auf sie. Als der letzte Mann niedergemacht war, traten wir, die Schwerter in der Hand, in die Klamm. Wir hatten sorgsam darauf geachtet, keines ihrer Pferde zu treffen, denn die brauchten wir.

Als wir weiterzogen, waren sie alles, was in der Schlucht noch lebte.

Sie hatten drei Späher am südlichen Ende des Tales postiert. Wir überraschten sie und brachten zwei davon um – der dritte floh in die zunehmende Dunkelheit, noch bevor er sich aufhalten ließ.

Yonge fluchte. »Wäre eine tolle Geschichte gewesen«, meinte er, »wenn wir sie bis auf den letzten Mann niedergemacht hätten. Das wäre eine Legende, die würde man sich in den Hügeln noch lange erzählen.«

»Man wird sie jetzt noch länger erzählen, wo einer übrig ist, der sie erzählen kann«, erklärte ihm Karjan, und Yonge pflichtete ihm grinsend bei.

Wir waren blutbespritzt und erschöpft, spürten aber nicht die geringste Müdigkeit, als es im Laufschritt den Pass entlang zurück zu den Kameraden ging. Die Nachricht verbreitete sich entlang der Karawane, und hier und da hörte ich ein leises Hurra. Wir waren nicht immer hilflose Opfer.

In aller Eile ging es zurück zu der Schlucht, wo wir lange genug an der Klamm Halt machten, um die Pferde mitzunehmen und die Leichen ihrer Mäntel zu entledigen, dann ging es weiter, und wir zwangen uns, das Tal zu verlassen, über den zweiten Engpass hinaus.

Schließlich, kurz vor Einbruch der Dunkelheit, öffnete sich der Pass wieder, und wir fanden eine Stelle, an der sich eine Wagenburg bilden ließ.

Ich saß gegen das Rad eines Fuhrwerks gekauert, Lucan neben mir festgemacht, und besserte mit einem Stein die Schneide meines Dolches aus, die von den Knochen eines der Männer, die ich getötet hatte, eine Scharte davongetragen hatte. Ich roch entsetzlich, schlimmer noch als zuvor, aber da ich mich in den stinkenden Schaffellumhang eines der Toten gehüllt hatte, war mir fast warm.

Sogar das Schneetreiben hatte ein wenig nachgelassen. Ich blickte auf und sah das kleine Mädchen, Allori, das mir einen Becher entgegenhielt. Ich nahm ihn, trank den heißen Tee darin und spürte, wie die Wärme sich ausbreitete. Sie setzte sich neben mich.

»Ich habe nachgedacht, Damastes.«

»Ach?«

»Du hast gesagt, dass wir Partner sind.«

»Und so ist es auch.«

»Nun, wenn wir Partner sind und ich eine Wirtschaft aufmachen will, dann hieße das doch, dass du mir helfen würdest?«

»Tja, das wäre eine Idee«, meinte ich. »Aber ich bin Soldat, ich wäre also die meiste Zeit über nicht da.«

»Das macht doch nichts. Meine Mutter ...«, die Stimme der Kleinen versagte kurz, wurde dann aber wieder fest, »hat immer gesagt, man sollte einen Mann nicht zuviel in die Küche lassen, weil er sich sonst gleich für was Besseres hält.«

»Da hatte deine Mutter wahrscheinlich recht.«

»Vielleicht würde auch Jacoba helfen. Ich weiß, dass sie dich mag. Magst du sie auch?«

»Ich ... na ja, doch, ja.«

»Magst du sie mehr als mich?«

Ich wählte meine Worte sorgfältig.

»Ich mag euch beide ... aber auf verschiedene Art.«

»Oh. Wenn ich älter bin, magst du uns dann beide auf dieselbe Art?«

Darauf antwortete ich überhaupt nicht. Stattdessen wechselte ich das Thema.

»Allori, weißt du, ob du irgendwo Verwandte hast, bei denen du wohnen kannst, bis du alt genug für deine Wirtschaft bist?«

»Ich glaube nicht.« Ihre Stimme wurde wehmütig. »Ich weiß nicht, wo ich hingehe.«

»Ich schon«, sagte ich. »Ich kenne da einen Ort, wo es überhaupt nicht kalt ist.«

»Niemals?«

»Niemals. Es ist warm und alles ist grün und es gibt alle möglichen Tiere zum Spielen.« Ich redete und redete, erzählte vom Gut meiner Eltern. Wenn sie niemanden hatte, dann konnten die sie ja aufnehmen – es gab dort genug Frauen, die ihre Freude an der Kleinen hätten. Mit großen Augen hörte Allori aufmerksam zu. Als mir nichts Schönes mehr über Cimabue einfallen wollte, saßen wir einen Augenblick schweigend da.

»Vielleicht könnte ich dann mein eigenes Kätzchen haben«, sagte sie. »Ich hatte eines in ... in der anderen Stadt. Aber es ist mir weggelaufen.«

»Du kannst zehn Kätzchen haben, wenn du willst«, versprach ich.

»Das wäre nett.« Sie stand auf, beugte sich dann rasch vor und küsste mich auf die Backe. »Puh«, sagte sie. »Du riechst ja fürchterlich!« Sie lachte und verschwand in der Dunkelheit.

Zwei Tage krochen wir ohne einen weiteren Angriff dahin. Aber immer noch starben Männer wie Frauen von der Kälte, als der Sturm wieder einsetzte, und das mit doppelter Wucht, wie es schien. Wir marschierten weiter, abgestumpft, zwangen uns dazu, schließlich war sonst nichts zu tun.

Dann, kaum einen Tagesmarsch vor dem Ende des Sulempasses, kam Tenedos auf mich zu.

»Der Zauber ist gebrochen«, sagte er. »Ich spüre ihn nicht mehr da draußen.«

»Thak?«

»Ich weiß nicht. Ich getraute mich nicht, Runen zu werfen, weil ich, falls er es ist, fürchte, dass er uns womöglich aufspürt und genau weiß, wo wir sind.«

Ich beschloss, beim nächsten Halt in etwa zwei Stunden wieder eine richtige Formation einzunehmen, bevor es weiterging. Falls man uns unseres magischen Schildes beraubt hatte, so lohnte es die Zeit, die wir dadurch verloren, auch wenn es ein halber Tag sein sollte, da unsere Karawane nichts weiter als eine chaotisch dahinschleichende Horde Verwundeter war. Aber man ließ uns dazu keine Chance.

Eine Stunde später überfielen sie uns. Wir hatten etwa die Hälfte eines der Täler durchquert, durch die der Sulempass gelegentlich führt, als der Angriff kam. Nur durch die Gnade Isas wurden wir noch einen Augenblick zuvor gewarnt, weil eine ihrer Gruppen, die die Spannung nicht mehr zu ertragen vermochte, aus der Deckung stürzte und schreiend auf uns zugerannt kam.

Die Hügler griffen nie in Armeen an, so hatte man uns gesagt, dazu seien sie viel zu unabhängig; keiner der kleinen Häuptlinge war bereit, aus welchem Grund auch immer, sein bisschen Autorität aufzugeben, und sei die Beute auch noch so gut. Aber wie alle Gesetze in den Grenzstaaten hatte auch dieses seine Ausnahmen, denn die Hügelmenschen fielen in geschlossenen Bataillonen über uns her.

Uns blieben nur einige wenige Augenblicke, die Zivilisten auf die andere Seite der Straße zu schaffen, wo sie sich hinzulegen hatten.

Von irgendwo spürte ich eine Welle von Energie, und ich riss mir das stinkende Gewand weg und die Lumpen vom Kopf, die mich wie eine alte Vettel aussehen ließen, und rief meinen Lanciers zu, sich wacker zu halten.

Andere Offiziere und Unteroffiziere fanden verborgene Kräfte, und die traurigen Überreste einer Kompanie der Leichten Infanterie aus Khurram und Ureys Siebzehnten Lanciers formierten sich, wie sich herausstellen sollte, zum letzten Gefecht.

»Wartet, bis sie da sind«, brüllte Bikaner von hinten. »Lasst sie rankommen oder ich ziehe jedem die Haut vom Leib, der einen Pfeil verschießt!«

Die erste Welle schreiender Stämmler wuchs vor uns auf, Bögen sangen und Pfeile bohrten sich in ihr Ziel. Die Hügler stutzten, mussten eine zweite Salve einstecken und wichen wieder zurück.

Eine zweite Welle flutete auf uns zu und auch die trafen unsere Pfeile, aber sie kamen mit zu viel Wucht.

Wir warfen Pfeil und Bogen beiseite, und schon waren sie über uns, und die Welt wurde zu einer wirbelnden Masse aus Blut und Stahl. Ich hieb einem Hügelmenschen das Bein weg, parierte einen Schlag auf meinen Kopf und stach den Mann ab, der ihn geführt hatte, fuhr herum, lenkte mit dem Arm einen Speerstoß ab, spürte einen anderen Speer gegen meine Rüstung klappern, schlug auf den Mann ein, ohne zu wissen, ob ich ihn erwischte, und spürte dann einen sengenden Schmerz, als eine Klinge mich am Oberschenkel traf.

Dann war keiner mehr da, den wir töten konnten; die Stämmler zogen sich unter Kriegsgeheul wieder zurück.

Ich warf einen Blick auf meine Wunde. Sie war nicht schlimm, blutete aber stark. Ich sah mich nach etwas um, was ich als Verband zerreißen konnte, dann war auch schon Karjan zur Stelle mit einem Streifen schmutzigen Tuchs, den er mir ums Hosenbein wand.

Es folgte ein weiterer Angriff, aber diesen schlugen wir mit Pfeil und Bogen zurück.

Schockiert über ihre schweren Verluste, zogen sich die Stämmler zurück, was uns Zeit für einen Kriegsrat gab.

Wir waren kaum in einer besseren Verfassung – die Straße war mit Toten geradezu übersät.

Tenedos trat neben mich.

»Was kann ich tun?«

»Gebt mir einen Zauber, der ... nein, sparen wir die Magie für später auf. Bringt alle Zivilisten nach vorn.«

Tenedos wollte schon fragen, warum, als ihm einfiel, wie man sich als Soldat zu verhalten hatte, und er preßte die Lippen aufeinander und eilte davon.

Hauptmann Mellet tauchte neben mir auf. Wir blickten auf das Tal hinaus. Selbst durch das Schneetreiben war leicht zu sehen, dass da draußen viele, sehr viele Hügler waren.

»Tja«, sagte Mellet, »ich habe meine zehn Hügler umgebracht, aber wie es aussieht, haben wir den einen oder anderen Drückeberger dabei. Ich schätze, da müssen wir wohl auf zwanzig oder dreißig pro Nase gehen, eh?«

Darauf musste ich lächeln. Mellet sah sich um, ob ihn auch ja keiner hören konnte.

»Ich nehme nicht an, dass Ihr vielleicht so was wie einen Plan habt, Legat?«

»Der beste, den ich habe, Sir, besteht darin, die Zivilisten vorauszuschicken, zuzusehen, dass sie weiterkommen, und wir halten ihnen den Rücken frei.«

»Bis ganz nach Renan?«

»Habt Ihr eine bessere Idee?«

»Allerdings.« Mellet seufzte. »Wenn auch keine viel bessere. Das Problem ist, dass mir immer wieder eine Kleinigkeit namens Tod dazwischenkommt.«

Er erklärte mir seinen Plan. Er war tatsächlich nicht viel besser als meiner, aber er bot eine Chance.

»Wie gesagt«, kam er zum Ende, »entweder sterben einige oder alle. Höchstwahrscheinlich glauben wir trotzdem alle dran. Aus irgendeinem Grund haben sie sich diesmal keines Zaubers bedient, aber ich weiß, bei ihrem nächsten Angriff hetzen sie ihre von den Göttern verdammten Jasken auf uns.«

Die Zivilisten bewegten sich mittlerweile, kamen an uns vorbei, stolpernd, einige weinend. Ich sah Jacoba, die Allori bei sich hatte, und brachte ein Lächeln zustande.

Ich erklärte Tenedos den Vorschlag des Hauptmanns der Infanterie.

»Gefällt mir gar nicht«, meinte er.

»Das muss er auch nicht, Herr Generalresident«, sagte Hauptmann Mellet steif. »Wir haben es jetzt mit Dingen aus dem Gebiet zu tun, in dem wir uns auskennen sollten. Ich will nicht despektierlich sein, aber falls Ihr den einen oder anderen Dämonen im Ärmel habt, der das Blatt wenden könnte, dann wäre jetzt der ideale Zeitpunkt, ihn hervorzuzaubern, und ich halte lächelnd den Mund.«

Tenedos sah ihn an und sein Gesicht war traurig.

»Ich habe nur drei Sprüche zu bieten«, sagte er. »Keiner davon kann das Opfer verhindern. Einer mag vielleicht die Wirkung des Zaubers lindern, den sie einzusetzen planen. Ich denke, dass sie beim letzten Mal keinen eingesetzt haben, lag an der Arroganz ihrer Häuptlinge, die ausschließlich mit Stahl und List gewinnen wollten.

Dem kann ich wahrscheinlich Einhalt gebieten.

Die anderen beiden … Ich bereite sie am besten gleich vor.«

Er eilte davon. Wenige Minuten später hatte er alles bereit. Der erste Zauber war ein Wetterzauber, der nichts weiter tun sollte, als die Heftigkeit des Sturms zu vergrößern. Das hörte sich verrückt an, aber es konnte sich sehr gut als entscheidender Vorteil bei unserer Flucht erweisen.

Der zweite Zauber war ein Bannspruch gegen die Jasken. Ich weiß nicht, was genau er bewirkte oder wie er ging.

Was den dritten anbelangte …

Hauptmann Mellet ließ seine Männer auf der Straße aufmarschieren. An den Flanken hatten wir Bogenschützen postiert, um sicherzustellen, dass die Hügler die Gelegenheit nicht zum Angriff nutzten. Meiner Ansicht nach warteten sie die Dämmerung ab, um im Schutz der zunehmenden Dunkelheit ihren letzten Sturm durchzuführen. Aber bis dahin hatten wir noch drei Stunden Licht.

Mir brach schier das Herz, als ich die traurigen Überreste meiner Kompanie Haltung annehmen sah. In Renan waren es hundertfünfundzwanzig gewesen. Jetzt waren es nur noch fünfzig, und viele davon verwundet.

»Männer der Leichten Infanterie aus Khurram«, begann Hauptmann Mellet. »Als wir unseren Eid geleistet haben, schworen wir den Dienst bis in den Tod. Heute ist unser Tag.

Das ist die Stunde unseres letzten Geschenks an unsere Kameraden, die Männer und Frauen aus Numantia, für die zu sterben wir gelobt haben.

›Auf dass andere leben mögen‹ ist ein Sprichwort, das ich immer wieder gehört habe. Ich kann mir kein besseres vorstellen, um uns den Weg zurück auf das Rad zu erhellen.

Ich habe mich entschieden, mich dem Feind hier in diesem Tal zu stellen. Alle, die ihren Schwur zu erfüllen wünschen … tretet jetzt vor.«

Die Unteroffiziere und die beiden überlebenden Legaten kamen als Erste auf ihn zu. Dann folgten die Korporäle, erst einzeln, dann paarweise, dann im Pulk. Schließlich standen nur noch drei der Fußsoldaten da, allein, beschämt.

»Na gut«, sagte Hauptmann Mellet ohne eine Spur von Zorn oder Hohn in der Stimme. »Ihr findet euren Schwur zu schwer. Ich entbinde euch davon. Legt die Waffen ab, geht zu den Zivilisten und gehorcht jedem ihrer Befehle.«

Einer tat genau das, die beiden anderen jedoch sahen einander an und eilten dann über die Straße zu ihren Kameraden.

»Leichte Infanterie aus Khurram«, rief Mellet, »formiert euch!«

Ich sah in diesem Augenblick etwas Wunderbares. Die Leichte Infanterie hatte einige Schwerverwundete, die auf den Wagen gesessen hatten, die bereits vorbeigefahren waren. Jetzt sah ich einige von ihnen zurückkommen; hinkend kamen sie auf uns zu, die Blinden von den Lahmen geführt; ein Mann mit nur einem Arm und einer Verwundung am Bein benutzte sein Schwert als Krücke.

Wir versuchten es ihnen auszureden, aber keiner von ihnen hörte auf uns, und so ließen wir diese Tapfersten der Tapferen sich bei ihren Kameraden einreihen.

Tenedos war mit seinem letzten Zauber so weit und salbte einzeln jeden Mann der Infanterie.

Wir rückten in dem Augenblick ab, als der durch Zauberkraft verstärkte Sturm über uns hereinbrach. Wir marschierten, so schnell es nur gehen wollte, und das in der merkwürdigsten Formation, die man sich vorstellen kann. Vorneweg ritten zehn Lanciers, dann die Zivilisten und die Fuhrwerke. Ihnen folgten die Lanciers im Pulk und ganz am Schluss die Leichte Infanterie aus Khurram.

Wir waren nur einige Hundert Klafter weit gekommen, als man unsere Bewegung ausmachte, und dann griffen die Hügelmenschen ein weiteres Mal an. Sie hatten freilich keinen Plan gemacht, so dass die Attacke so stümperhaft ausfiel, dass sie leicht zurückzuschlagen war.

Sie versuchten es noch einmal, aber da waren wir bereits am Ende des Tals.

»Leichte Infanterie, in Gefechtsposition«, schrie Hauptmann Mellet, und die Fußsoldaten breiteten sich über den Engpass aus.

»Legat á Cimabue«, rief er. »Berichtet in Numantia von uns! Sagt ihnen, dass es an den Grenzen noch Männer gibt, die wissen, wie man stirbt!«

Er salutierte, und ich befahl meinen Lanciers, Haltung anzunehmen, während ich seinen Salut erwiderte, ohne mich der Tränen zu schämen, die sich ihren Weg durch den Schmutz auf meinen Wangen bahnten.

Dann machten wir uns auf, durch den Pass zu marschieren.

Der dritte Zauber, den Tenedos gewirkt hatte, sollte den Infanteristen so viel Schmerzlosigkeit wie möglich bringen, so dass sie, immer und immer wieder getroffen, dennoch weiterkämpfen konnten.

Ich hörte, wie hinter uns die Schlacht anhob, und ich begann zu beten, zu Isa, zu Panoan, ja sogar zu Saionji selbst, auf dass sie ihnen eine leichte Rückkehr aufs Rad gewährten und im nächsten Leben den höchstmöglichen Rang.

Die letzte Schlacht der Leichten Infanterie aus Khurram wütete noch, als wir längst außer Hörweite waren.

Der Sturm tobte um uns herum, während wir endlos weitermarschierten. Wir hielten für einige Stunden an, um zu essen und uns auszuruhen. Auf den Wagen war jetzt mehr als ausreichend Platz. Der Seher Tenedos sah sich meine Wunde genau an. »Ein schöner, sauberer Schnitt.« Er murmelte einen Zauber darüber. »Es nimmt die Kraft aus den Reserven deines Körpers. Wärst du alt und schwach, es saugte an deiner Energie wie ein Vampir, aber du hast davon mehr als genug.«

Wir sahen keine Feinde mit Schwertern mehr. Unsere Gegner waren jetzt die Kälte, der Wind, die Nässe, aber die wüteten nicht weniger heftig als der blutrünstigste Hügler.

Ich fand Jacoba und Allori und setzte sie auf Lucan. Ich ging an der Spitze der Karawane neben ihnen her.

Hinter mir kamen der Seher Tenedos und Lancier Karjan. Nicht ein einziges Mal sah ich einen der beiden stolpern oder schwach werden, während es endlos weiterging und die Straße sich durch die jähen Felsen zu beiden Seiten wand.

Wir hielten irgendwo an, aßen und schliefen, wie ich annehme, eine Weile, dann setzten wir unseren Weg fort.

Ich bewegte mich hinkend, halb taub, versuchte mir noch letzte Reserven zu bewahren, weil ich wusste, dass es durchaus noch zu einer letzten Schlacht kommen könnte; noch hatten wir das Ende des Sulempasses nicht erreicht. Im Grunde meines Herzens spürte ich, dass wir verloren, dem Untergang geweiht waren. Keiner von uns würde je die Sicherheit der Ebenen Ureys erreichen.

Einmal blickte ich auf zu Jacoba und erkannte sie kaum, so wie sie sich das Tuch ums Gesicht gewickelt hatte, die Schultern ihres Mantels mit Eis bepackt.

Allori saß als kleines Bündel Wollsachen vor ihr. Ich sah einen Schopf blonden Haares unter ihrer Mütze hervorlugen und schob ihn mit zittrigen Fingern zurück. Das kleine Mädchen sagte etwas. Ich nehme an, sie bedankte sich, aber der Wind blies die Worte fort.

Es ging weiter.

Ich weiß nicht, wie lange es schon zu schneien aufgehört hatte, bevor ich es merkte, aber mit einem Mal war der messerscharfe Wind fort. Es war ein Wunder.

Und dann kam es zu einem zweiten Wunder. Die Felswände kamen näher, bis sie nur noch wenige Hundert Fuß auseinander standen. Dann waren sie plötzlich fort und wir hatten rund um uns flaches Land.

Wir befanden uns auf der anderen Seite des Sulempasses. Wir hatten Kait, die Grenzstaaten hinter uns gelassen. Wir hatten Urey erreicht. Eine Welle von Leben und Hoffnung kam in mir auf.

Ich blickte zurück. Ich hatte einen langen Zug schwankender Männer und Frauen hinter mir, dahinter die Fuhrwerke und dann, ganz hinten, die zerlumpten Männer des Zuges Gepard von Ureys Siebzehnten Lanciers.

Ich versuchte zu lächeln und spürte, wie die Haut meiner Wangen aufriss. Ich holte Lucan ein.

»Wir sind in Sicherheit!« rief ich.

Jacoba zog ihr Kopftuch beiseite und sah mich wie betäubt an, bis meine Worte in ihr Bewußtsein drangen. Dann umarmte sie Allori. »Wir leben noch!« sagte sie, ihre Stimme nicht weniger gebrochen als die meine.

Aber es kam keine Antwort von dem kleinen Mädchen. Der Kopf war ihr auf die Brust gesunken, die Augen waren geschlossen. Ich zog ihr die Mütze weg und hielt ihr den Rücken meiner Hand unter die Nase.

Eine Schneeflocke landete auf meiner Hand und blieb dort liegen, ohne dass sie geschmolzen wäre.

Allori Pares war gestorben, vor kaum einer Stunde, und wir hatten es noch nicht einmal gemerkt.

Mein ganzer Triumph war dahin.

13 *Jacoba*

Kaum hatte die Mannschaft die beiden Anker des langen Hausboots gesetzt, als düstere Wolken die Sonne verdunkelten und ein eisiger Regen den Spiegel des Sees zerschlug.

Ich lag, auf seidene Kissen und Pelze gestreckt, in einem Zelt auf dem Oberdeck, in nichts weiter als einem weiten, lose um die Hüften gebundenen Kilt. Aber ich spürte die Kälte nicht: Die vier Seiten des Zelts waren aus einem wunderbaren, von Hexen besprochenen Stoff, einem hauchdünnen Material, das glasklar war und die Kälte des Winters abhielt, außerdem brannte ein offenes Feuer aus süß duftendem Holz.

Der Vormittag war halb vorbei, und wir waren das einzige Boot auf dem See, da die Zeit der Hitze und nicht etwa der tiefste Winter die bevorzugte Saison für derlei Fahrzeuge war. Die Mannschaft, fünfundzwanzig Mann stark, hatte sich in ihr Quartier unter Deck zurückgezogen, nachdem man sich vergewissert hatte, dass das Boot sicher verankert war und es uns an nichts fehlte. Falls wir noch etwas wollten, brauchte ich nur die kleine Glocke zu läuten, die auf einem Tisch in der Nähe stand.

Neben mir stand ein Zinnkrug mit einem warmen, dunklen, mit Gewürzen versetzten Getränk. Ich nippte daran und starrte dann wieder hinaus auf den See. Die Kälte und die Schmerzen der langen Flucht aus Sayana verflüchtigten sich, als die Wärme sich in meine Knochen schlich.

»Habe ich das auch in deinem Traum angehabt?«, fragte Jacoba. Sie trug ein langes Kleid mit einem hohen Kragen, der ihr lächelndes Gesicht zu umschmeicheln schien wie eine zärtliche Hand; sein Rock wallte bis auf die Teppiche, die das Deck schmückten. Es war jedoch alles andere als sittsam, da es aus einem durchsichtigen schwarzen Stoff war, der nicht das Geringste verbarg, von den dunklen Warzenhöfen bis hin zu dem Büschel Haare über ihrem Geschlecht.

»Nicht ganz«, meinte ich. »Nichts derart Keusches.«

»Dann weg damit.« Sie nahm die Schultern zurück und das Kleid fiel, bis es um ihre Fesseln zu liegen kam.

Anmutig wie eine Tänzerin streckte sie ihren Fuß, fuhr damit die Innenseite meines Schenkels hinauf und hob meinen Kilt.

»Was habe ich denn gemacht in deinem Traum?«

»Hmm, du hast mich gewürgt.«

»Und davor?«

»Es ist wohl ... das eine oder andere passiert, soweit ich mich erinnern kann«, sagte ich.

»Also in meinem Traum«, gurrte sie mit kehliger Stimme, »machte ich das hier.«

Sie kniete nieder, band meinen Kilt auf und zog ihn fort. Ihre Zunge fuhr den Kamm meines Riemens nach, dann nahm sie mich in ihren warmen Mund.

»Was du da machst ... deckt sich mit meinen eigenen Erinnerungen«, bekam ich heraus. Ihre Zunge umschmeichelte mich einige Augenblicke.

»Als Nächstes erinnere ich mich an das hier«, fuhr sie fort, setzte sich auf mich, und ich glitt in sie hinein. Ihre Hände streichelten meine Brust, als wir uns gemeinsam hoben und senkten, ihr langes schwarzes Haar wischte mir übers Gesicht. Die Intervalle ihres Stöhnens wurden kürzer und vereinigten sich mit meinem eigenen Keuchen; dann schrie sie einmal, zweimal und noch ein drittes Mal auf, während ich hart nach ihr stieß, und schließlich brachen wir Seite an Seite zusammen und starben den kleinen Tod.

Es war nicht immer so gewesen ...

Wir hatten den Pass erst wenige Werst hinter uns gelassen, als unsere Karawane auf eine Patrouille der Zehnten Husaren stieß. Ihr Befehlshaber wollte, dass wir auf der Stelle anhielten, damit er Hilfe holen konnte. Aber ein jeder von uns dachte nur an eines, und das war, so weit wie nur möglich wegzukommen von dem Alptraum, den der Sulempass und die Grenzstaaten für uns darstellten, und so setzten wir unseren Weg fort. Ich erfuhr, dass der Legat, der die Patrouille befehligte, seine Männer in vollem Galopp zum nächsten Heliographenturm jagte, so dass die Kunde von der Tragödie noch am selben Tag durch ganz Numantia ging.

Als wir an jenem Abend in einer kleinen Siedlung Halt machten, kamen die Dorfbewohner, um zu helfen und zu tun, was sie nur konnten, und sie schleppten warme Speisen, Feuerholz, Zelte und Decken herbei. Die ganze Nacht über trafen Fuhrwerke ein mit weiteren Hilfsgütern aus Renan und anderen Städten Ureys. Als wir uns tags darauf am späten Vormittag wieder auf den Weg machten, ging keiner zu Fuß. Ich war besonders dankbar dafür, wieder auf Lucan steigen zu können, denn mein pochendes Bein war ganz steif.

Trotzdem starben noch immer Männer wie Frauen an ihren Wunden, an Kälte und Erschöpfung – noch bevor wir in Renan eintrafen, kehrten noch weitere dreißig von uns zurück auf das Rad.

Ein kleiner Teil von mir hätte sich am liebsten einfach eingerollt und für immer geschlafen, aber ich konnte nicht. Ich musste mich um meine Lanciers kümmern, und auch für die Numantier hatte ich die Verantwortung. Meine Disziplin hielt mich mit eiserner Faust aufrecht.

Eine ganze Reihe von Honoratioren empfing uns noch vor den Toren der Stadt, um uns, wie sie sagten, Renan zu Füßen zu legen, und ganz Urey fühlte sich geehrt, uns mit allem zu versorgen, was nötig war – Obdach, Speis und Trank, was auch immer –, bis wir uns erholt hätten.

Wir hörten benommen zu und wussten nicht, was davon zu halten sei.

Ich selbst hatte mich bereits vom Profos empfangen und verhaftet gesehen. Ich hielt meine Leistung für den größten meiner Fehlschläge. Ich hatte Renan mit über dreihundert Soldaten verlassen, rechnet man die Kompanie Leichte Infanterie aus Khurram mit ein. Von den Fußsoldaten lebten gerade noch sechs, und das auch nur, weil sie zu schwer verwundet gewesen waren, um aus den Krankenwagen zu steigen und sich ihren Kameraden anzuschließen. Von den hundertfünfzig Lanzenreitern, mit denen ich Mehul so stolz verlassen hatte, lebten noch fünfundsechzig, und die meisten davon waren verwundet oder krank. Was die anderen anbelangte, so hatte etwa die Hälfte von Tenedos' Dienstboten überlebt und nur ein Drittel der Numantier, die wir zu retten versucht hatten. Wenn überhaupt etwas Gutes zu vermelden war, dann die Tatsache, dass nur einer von Yonges Hüglern auf der Flucht gefallen war. Für mich war das Ganze eine finstere Katastrophe.

Aber wir ritten durch die Tore von Renan, als wären wir Helden. Die Stadt hatte einen Feiertag ausgerufen, von sämtlichen Laternen und Fahnenmasten flatterten bunte Banner und die Straßen waren von jubelnden Männern und Frauen gesäumt. Ich hatte das Gefühl, beim größten Betrug meines Lebens mitzumachen. Ich nehme an, Tenedos erriet, was ich dachte, weil er den Befehl ausgab, dass keiner der Soldaten mit jemandem sprechen dürfe, weder mit Offiziellen noch Zeitungsschreibern oder Bewohnern der Stadt.

Man quartierte uns in einem riesigen Palast am See ein; jeder von uns bekam einen eigenen Raum.

Aufwendig gefederte Kutschen trafen ein, um meine Lanciers nach Mehul zu bringen, aber sie lehnten ab. Sie waren auf dem Rücken ihrer Pferde ausgeritten und so waren sie auch zurückgekehrt.

Ich wäre gerne mit ihnen zurückgekehrt und hätte mich in die Routine des Garnisonsdienstes gestürzt, aber Tenedos' Order war einfach und strikt: Ich sei ihm, bis auf weiteres, von den Göttern selbst zugeteilt, und da es keine anderen Befehle gäbe, sei meine Pflicht klar.

Der junge Legat, der die Männer nach Mehul zurückführen sollte, überreichte mir einen Beutel aus geölter Leinwand. Obwohl er etwas älter war als ich, hielt ich den Burschen für jung. Es kam mir vor, als hätten mir die Schrecken von Kait den letzten Rest meiner Jugend geraubt.

Es sollte noch weitere Überraschungen geben, aber keine, die so groß war wie der Inhalt des Beutels. Es war ein einziges Blatt Pergament und es enthielt nur einen einzigen Satz:

Legat Damastes á Cimabue:
Ich sehe Eure Leistung als Befehlshaber des Zugs Gepard ganz in der besten Tradition der Siebzehnten Lanciers.

Unterzeichnet hatte Domina Herstal.

Für einen Zivilisten hört sich das nach nichts an, aber für den Soldaten eines Regiments mit solch hohen Maßstäben, wie die Lanciers sie hatten, gab es kein größeres Lob. Und dennoch glaubte ich nicht daran.

Ich zeigte die Meldung Tenedos, und er nickte. »Das ist nur der Anfang, Damastes.« Ich hatte keine Ahnung, wovon er sprach.

Ich verabschiedete mich von Bikaner und den anderen, und ich weiß nicht, wie ich es schaffte, nicht einfach loszuheulen wie ein Kind. Ich sagte einige Worte, die völlig unzureichend waren, und fragte mich, ob wohl einer von ihnen ahnte, wie viel sie mir bedeuteten und welchen Platz sie auf immer in meinem Herzen einnehmen würden. Ich glaubte Feldwebel Bikaner krampfhaft schlucken zu sehen, als ich vor ihnen salutierte, und Lancier Karjan schien sich plötzlich einen Schnupfen geholt zu haben, so wie er sich schneuzte, als der Letzte des Zugs Gepard langsam zum Tor hinausritt.

Ich kehrte ins Quartier zurück, das man mir zugewiesen hatte, einige Räume, die noch mehr an einen Palast gemahnten als die, die ich in Sayana bewohnt hatte. Nicht, dass es eine Rolle spielte – in einem Zimmer irgendeiner Bruchbude wäre ich nicht weniger glücklich oder unglücklich gewesen als hier.

Auf dem Boden gleich innerhalb der Tür standen zwei kleine Kisten und auf dem Bett saß Jacoba.

Ich zwang mich zu einem höflichen Lächeln und fragte sie, wie ich ihr dienen könne.

Sie sah mir tief in die Augen und schüttelte dann den Kopf, als hätte sie nicht gefunden, was sie erwartet hatte. Schließlich sagte sie: »Wir haben im Pass davon gesprochen, wie ich Euch vergelten könnte, dass Ihr mich gerettet habt … davon, was passieren könnte … falls wir überleben.«

Ich erinnerte mich, sagte aber nichts. Aus irgendeinem Grund verspürte ich ein gewisses Maß an unvernünftigem Zorn. Ich wollte nur meine Ruhe haben, und es sah ganz so aus, als sollte man mir diesen Wunsch nicht gewähren.

»War das Tenedos' Idee?«

Zorn blitzte in ihren Augen auf und sie wollte mich schon anblaffen, fing sich aber gerade noch.

»Laish Tenedos bezahlt mir ein Gehalt, um ihm seine Nachspeisen zuzubereiten. Weiter nichts.« Sie stand auf. »Möchtet Ihr, dass ich gehe?«

Fast hätte ich ja gesagt. Aber ein letzter Rest an Verstand war mir noch geblieben und so schüttelte ich den Kopf. Sie legte mir eine Hand auf die Schulter. Einen Augenblick später legte ich die meine darauf.

Ich hatte zwar kaum Hunger, zwang mich aber dazu, einen der Speisesäle aufzusuchen und etwas Suppe zu essen. Dann ging ich in einen der Gärten und wegen der weit größeren Kälte in mir spürte ich noch nicht einmal die eisige Luft. Es wurde ziemlich spät.

Jacoba lag bereits in dem großen Bett, vorsichtshalber auf eine Seite gerollt. Ich zog mich so leise wie möglich aus, schlüpfte neben ihr unter die Decke und drehte mich auf die Seite. Ich spürte keinerlei Leidenschaft, keine Lust, ja im Grunde hatte ich überhaupt kein Gefühl.

Eine Hand berührte mein bandagiertes Bein, kroch dann über mein Kreuz hinauf und strich mir über den Rücken, mehr beruhigend als sinnlich. Das Eis in mir war jedoch zu dick und einen Augenblick später stieß sie einen Seufzer aus und drehte sich um. Nach einer Weile wurde ihr Atem regelmäßig und eine ganze Weile später schlief ich ebenfalls ein.

Tags darauf ließ Tenedos nach mir rufen.

»Du erinnerst dich daran, dass ich dir gestern sagte, dass die

Glückwünsche deines Dominas nur der Anfang sind?« Er hielt einen Stapel Post hoch. »Hier sind einige Sonderbefehle, die per Heliograph gekommen sind. Der Zehnerrat verlangt nach dir und mir, meinem Stab und einigen derer, die die schreckliche Reise aus Sayana mitgemacht haben. Sofort. Man will einen vollständigen Bericht über das, was die Barbaren in den Grenzstaaten den Numantiern angetan haben.

Wir sollen die Ankunft des Schaufelradschiffs *Tauler* abwarten, das man in wenigen Tagen ausschicken wird«, fuhr er, indem er weiterlas, fort. »Bis dahin sollen wir wieder zu Kräften kommen und die Annehmlichkeiten genießen, die uns zu erweisen man den Rat der Stadt Renan angewiesen hat.

Dann sollen wir uns direkt nach Nicias begeben und uns zur Verfügung halten.« Er blickte auf. »Das ist der Anfang, mein Freund. Sie dachten, sie schicken mich ins Exil, wenn nicht gar in den Tod, aber Saionji hatte anderes im Sinn.

Jetzt werden sie nicht anders können, als auf mich zu hören, und sie werden sehen, dass die Zeit reif für eine Veränderung ist.

Ich sage dir, Damastes, keiner von denen, die mit uns gestorben sind, ist vergeblich gestorben, wenn es die große Renaissance bringt, von der ich träume.« Er stand auf und ging aufgeregt auf und ab. »Ja, ich spüre es, ich fühle es. Das ist der Anfang.«

Ich fand einige höfliche Worte, verspürte dabei aber keinerlei inneren Aufruhr. Aber wenn Laish Tenedos, der Seher Tenedos, wollte, dass ich ihn nach Nicias begleitete, so war mir das recht. Warum nicht? So weit weg von diesen Bergen schmolz ja vielleicht das Eis.

Aber so lange dauerte es gar nicht.

Noch am selben Abend spazierten Jacoba und ich durch die Gärten. Es war kalt und wir trugen schwere Mäntel. Wir standen schließlich nebeneinander unter einem von Ureys mächtigen Bäumen. Obwohl es die Zeit der Stürme war, trug er noch die monströsen vielfarbigen Blätter an den Ästen. Wenige Schritte von uns entfernt stand eine der zahlreichen Skulpturen, von denen es in den Gärten des Palastes so viele gab. Ich achtete kaum darauf.

Jacoba zog sich geschmeidig auf einen der dicken Äste, die nur wenige Fuß über dem Boden aus dem Stamm wuchsen, so dass ihr Blick auf eine Höhe mit meinem kam.

Der Abend war eisig und klar. Ich blickte hinaus auf die Berge, die schrecklichen Gipfel, die den Beginn der Grenzstaaten markierten.

Während ich hinüberblickte, breitete sich ein Schimmern über ihnen aus – Nordlichter. Jemand sprach mich an, mit einer donnernden Stimme, einer Stimme des Schweigens, und vielleicht war es die Stimme einer Göttin, vielleicht die eines kleinen Mädchens. Vielleicht kam sie von den Göttern, vielleicht von meinem unerschütterlichen gesunden Menschenverstand.

Die Stimme sprach nicht in Worten, aber was sie sagte, war völlig klar.

Die Welt ist tot, die Welt ist nichts als Schmerz und ein verzweifelter Kampf gegen die Rückkehr aufs Rad und dann ein nicht weniger überstürzter Lauf darauf zu.

Wenn du es so sehen willst, dann ist das Leben eben so und wird immer so sein, fuhr die Stimme fort. Aber glaubst du, Hauptmann Mellet und seine Männer wollten den Tod? Ihnen wäre nicht nach Leben, nach Wärme, nach Liebe und der Umarmung einer kichernden Frau gewesen?

So hat Saionji sie eben geholt, sie und das Mädchen, Allori. Besitzt sie nun deshalb auch dich?

»Nein«, sagte ich und war mir gar nicht bewusst, es laut und mit einer solchen Wildheit ausgesprochen zu haben, bis Jacoba völlig verdutzt sagte: »Was?«

»Tut mir leid«, erwiderte ich und wandte mich von den Bergen und dem Tod ab, als ich sah, wie nah sie mir war. Ihre Lippen standen offen und ihr Atem war süß.

Es schien das Richtige, sie zu küssen, und so küsste ich sie. Ihre Hände suchten einen Augenblick, bis sie einen Weg unter meinen Mantel fanden, dann zog sie mich an sich. Ich küsste sie noch einmal mit einem langen, sehr langen Kuss.

»Ich bin wieder da«, sagte ich.

Irgendwie verstand sie oder wenigstens schien sie zu verstehen.

»Das ist gut.«

Ich öffnete meinen Mantel, so dass er uns beide umhüllte, und wir hielten einander, ich stehend, sie auf dem Ast, eine ganze Weile, ohne uns zu bewegen. Ich küsste sie noch einmal und sie schlang die Beine in einer ganz anderen Umarmung um mich.

Sie war warm, tröstlich, einladend, und ich fühlte, dass es mir besser zu gehen begann.

Jacoba lächelte.

»Was ist denn so komisch?« fragte ich.

»Die Statue.«

Ich spähte durch das Zwielicht hinüber und war dankbar für die Dunkelheit. Ich hatte noch etwas von meiner Unschuld. Der Stein zeigte einen Gott beim Akt mit einer Nymphe. Er hatte sie vom Boden gehoben, die Hände unter ihrem Hintern, sie hatte die Beine um ihn gelegt und auf den Gesichtern beider war der Ausdruck geiler Freude zu sehen.

»Was ist so komisch daran?«

»Man sieht sofort, dass sie von einem Mann stammt.«

»Woran denn?«, fragte ich sie. »Außer dass sie, äh, ziemlich naturgetreu ist.«

»Ah, mein schöner junger Kavallerist, aber genau da liegst du falsch. Sie ist ganz und gar nicht naturgetreu.«

»Wieso nicht?«

»Männer sind nicht so stark«, meinte sie. »Wenigstens nicht sehr lange. Wenn jemand ... selbst ein Gott ... es auf diese Art zu treiben versuchte, er würde garantiert fallen. Wahrscheinlich auch noch auf sie.«

»A-ha«, machte ich. »Ein weiterer Beweis, meine Konditorin, dass du dich auf die Küche beschränken und keine derart wilden Theorien aufstellen solltest.«

»Beweise, dass ich Unrecht habe«, gab sie zurück. »Das heißt, wenn dein Bein dem gewachsen ist.«

»Es ist nicht das Bein, das gewachsen ist«, murmelte ich, während meine Hände unter ihren Mantel glitten und ihren Kittel hoben, bis mir ihre kleinen Brüste in die Hände sprangen, deren

Warzen hart und fest waren. Ich massierte sie, während meine Lippen die ihren suchten, und küsste dann ihren seidigen Hals. Ihr Atem an meinem Ohr beschleunigte sich.

Sie trug eine Art Unterrock mit Gürtel, und den öffneten ihre Hände, zogen ihn beiseite, bevor sie sich am Band meiner Hosen zu schaffen machte.

Ich ließ beide Hände über ihre Flanken nach unten und über ihren Bauch gleiten, öffnete sie mit den Fingern und streichelte sie zart. Sie keuchte vor Lust. Ich legte ihr beide Hände unter die Oberschenkel und hob sie vom Ast. Ihre Hand hielt meinen Riemen fest und ich senkte sie auf mich. Sie erschauerte zutiefst, als ich in sie stieß, ihr Atem sang, sie keuchte, und dann begrub sie ihren Schrei in der Wolle meines Mantels, als ich mich erschauernd in sie ergoß.

Eine Ewigkeit standen wir so da.

Dann murmelte sie: »Du hast geschummelt. Du hast den Ast als Stütze benutzt.«

Ich hatte sie in der Tat gegen den Baum gelehnt, während wir uns zusammen bewegten.

»Du hast noch immer nicht bewiesen, dass du Recht hast«, sagte sie.

Nach wie vor in ihr, hob ich sie vom Baum weg und kniete vorsichtig nieder, bis sie auf ihrem Mantel lag; der meine diente uns als Decke. Ich spürte meine Kräfte zurückkehren und bewegte mich in ihr. Ihre Beine glitten um meine Taille, dann zog sie sich an mir hoch.

Als wir in den Palast zurückkamen, war es schon spät, und ich war froh, dass niemand unterwegs war, denn man sah uns an, was wir gemacht hatten, mit dem Laub überall und dem Schmutz an den offensichtlichsten Stellen unserer Kleidung. Ich war wieder zurückgekehrt aus dem finsteren Reich von Tod und Eis.

Am Morgen darauf suchte ich Tenedos auf, um mich so geschickt wie nur möglich dafür zu entschuldigen, nicht die angemessene Begeisterung gezeigt zu haben, was unseren Ruf nach Nicias anging.

»Genau der Mann, zu dem ich gerade wollte«, sagte er herzlich, noch bevor mir ein Wort über die Lippen kam. »Sag mir, Damastes, armer Junge, bist du krank?«

»Überhaupt nicht, Sir.«

»Du meine Güte«, fuhr er fort. »Die Krankheit, die du hast, ist wirklich schrecklich, da eines ihrer Zeichen darin besteht, dass der Erkrankte von seinem Zustand nichts weiß.«

Ich sah das Lächeln auf seinem Gesicht und wartete. Ich gewöhnte mich langsam an Tenedos' Art, die Dinge anzugehen.

»Ich bin also krank, Sir. Warum?«

»Setz dich und ich erkläre es dir. Was, meinst du, passiert, wenn wir in Nicias sind?«

Ich überlegte einige Augenblicke. »Verzeiht mir, wenn ich mich etwas einfältig anhöre, Sir, aber ich nehme an, der Zehnerrat möchte von uns einen Bericht über das, was passiert ist.«

»Natürlich. So steht es ja in der Order. Und was dann?«

»Ich gehe jetzt von dem aus, was Ihr mir erzählt habt, dass man die Grenzstaaten befrieden und Euch als Vorwand für einen Einmarsch benutzen wollte. Ich schätze, dass man mobil machen und, sobald die Zeit des Taus einen Feldzug gestattet, nach Süden gegen Kait marschieren wird.

Was uns anbelangt, nun, ich nehme an, ich kehre zu den Lanciers zurück, und Ihr macht, was immer Euch beliebt.«

»Sehen wir einen Augenblick von uns ab und wenden uns noch einmal der ersten Angelegenheit zu. Vor heute Morgen wäre ich ganz deiner Meinung gewesen, was die Absichten des Zehnerrats anbelangt. Aber ich habe heute Morgen mit dem Domina der Zwanzigsten Schweren Kavallerie gefrühstückt.«

Die Zwanzigste, die Lanciers und die Zehnten Husaren waren die drei Eliteregimenter, die entlang der Grenze für die Aufrechterhaltung des Friedens verantwortlich waren.

»Ich hätte gedacht«, fuhr Tenedos fort, »dass man ihm über solche Pläne Bescheid gesagt hätte, oder verstehe ich den Geist des Militärs noch immer nicht ganz?«

»Nein, Sir. Ihr habt ganz recht. Selbstverständlich würde der Zehnerrat ihm eine Art vertraulicher Botschaft zukommen lassen, schließlich wäre seine Einheit eine der ersten, die ins Feld ziehen würde. Würde ich den Feldzug planen, ich würde die Lanciers den Sulempass nehmen und ihn dann vom Zwanzigsten halten lassen, so dass die Truppen aus dem Flachland mit so wenigen Verlusten wie möglich in Kait einrücken könnten.«

»Nun, er hat noch keine Nachricht bekommen. Ich habe ihn sachte über die Angelegenheit ausgehorcht, und er war ziemlich überrascht, dass man ihn nicht benachrichtigt hat angesichts dessen, was uns widerfahren ist.«

Zorn überkam mich. »Wollt Ihr damit sagen, dass der Zehnerrat nichts unternehmen wird?«

»Ich fürchte, das ist genau das, was passieren wird. Man wird furchtbar entrüstet sein über all die Greuel und dann irgendeine diplomatische Note mit gewissen Drohungen schicken, die Achim Fergana ignorieren wird, und das Leben geht weiter.«

»Schweinerei!« fuhr ich auf.

»Ja. Das habe ich mir in Bezug auf unsere Herrscher schon des Öfteren gedacht.«

»Was ist mit den Tovieti? Was ist mit Thak?«

»Ignoriere das Problem und es wird verschwinden. Sie regieren Numantia nun schon seit Generationen mit dieser Politik. Warum sollte es jetzt anders sein?«

Tenedos lächelte noch immer, aber seinem Ausdruck fehlte jede Spur von Humor. Ich riß mich zusammen. Na schön. Wenn es so sein sollte – ich war Soldat und ich würde weiter dienen. Politik ging mich nichts an.

»Was hat das damit zu tun, dass ich krank bin?«

»Nachdem ich von meiner Mahlzeit mit dem guten Domina zurückgekehrt bin, habe ich mir die Möglichkeit durch den Kopf gehen lassen. Was ich brauche, das ist Zeit, Zeit, um einige Briefe in den Norden zu schicken.«

»So wie damals, nachdem wir die Puppen wiederbeschafft haben?«

»Genau. Wenn ich laut genug ins Horn stoße, dann ist es vielleicht unmöglich, es zum Schweigen zu bringen, wenn wir höchstpersönlich erscheinen. Und so habe ich denn vor einer Stunde dem Zehnerrat eine Nachricht geschickt, du wärest erkrankt. Ich schrieb, das könnte uns vielleicht eine Woche lang aufhalten, und ich habe mich für die Verzögerung entschuldigt. Ich kann auf keinen Fall auch nur daran denken, ohne dich zu kommen, da du um wichtige militärische Dinge weißt, die meinen Horizont weit übersteigen, so dass die Fahrt der *Tauler* ruhig um ein paar Tage verschoben werden kann.«

Mein Zorn legte sich und ich grinste.

»Wie krank soll ich denn sein, während Ihr Eure Ein-Mann-Symphonie blast?«

»So krank, dass es jeder sieht.«

Er reichte mir einen Umschlag.

»Du hast einmal, drüben in Sayana, erwähnt, du würdest gern einige Zeit auf einem ureyschen Hausboot verbringen. Nun, es ist zwar weder Lenz noch Sommer, aber es ist alles arrangiert.«

»Darf ich Euch um einen Gefallen bitten, Sir?«

»Das brauchst du nicht«, meinte er. »Auch darum habe ich mich gekümmert. Ich denke, ich komme wohl eine Woche ohne Dessert aus.« Er blickte seinen Körper hinab, der allmählich wieder so wohlgenährt zu sein schien wie vor unserem Abenteuer. »Jemand hat mir ohnehin gestern Abend gesagt, ich nähme wieder zu. Ich schätze, sie zieht mich wohl ausgemergelt vor, aber sei's drum.

Ich möchte, dass du binnen einer Stunde verschwindest. Es wird dich ein Krankenwagen am Hintereingang des Palastes erwarten, der dich und Jacoba zu deinem ›Krankenhaus‹ bringt.«

Ich salutierte und eilte davon.

Jacoba hatte die Nachricht bereits bekommen und ihre Koffer waren gepackt. Ich hatte sie nur einen öffnen sehen, und so fragte ich sie, während ich meine Ausrüstung zusammenpackte, was denn in dem anderen sei.

»Meine Kochutensilien.«

»In den beiden Koffern ist alles, was du hast?«

»Alles, was ich im Augenblick haben will. Wenn die Zeit gekommen ist, andere Dinge zu besitzen, dann werde ich es schon merken, denke ich. Aber im Augenblick ziehe ich es vor, rasch zu reisen und ohne großes Gepäck.«

Die Woche auf dem luxuriösen Hausboot verging wie im Flug. Ich fürchte, wir nahmen nicht viele der Dienstleistungen in Anspruch, die man uns anbot. Die üppigen Mahlzeiten wurden allzu oft kalt verzehrt, wenn uns die Leidenschaft des Augenblicks überkam. Und da Jacoba dem Alkohol kaum mehr abgewinnen konnte als ich, blieben die teuren Weine ungekostet. Auch von der winterlichen Pracht des Sees bekamen wir kaum etwas mit, obwohl die Mannschaft uns jeden Tag an eine andere Stelle fuhr.

Wir liebten uns. Manchmal in einem sorgfältig inszenierten Crescendo in einem der üppig ausgestatteten Schlafgemächer. Meist jedoch in einem plötzlichen Ausbruch der Leidenschaft. Einmal, als wir einige kleine Brücken und ein Tischchen ruiniert hatten, murmelte Jacoba hinterher, den Kopf auf meine Brust gelegt, wem immer das Boot gehörte, er würde es hinterher gründlich säubern müssen, da es überall nach Moschus und Samen roch. »Oder vielleicht lässt er es auch, wie es ist, und versucht als nächsten Kunden einen reichen alten Narren mit einer jungen Frau aufzutun, der der Hilfe eines Aphrodisiakums bedarf.«

Ich sagte, es sei mir eine große Freude, jemandem einen derart selbstlosen Dienst zu erweisen, aber ihr Knie bohrte sich in meine Seite, könnte sie es vielleicht woanders hintun?

»Das könnte ich«, antwortete sie. »Sag mir, wie. Sollten wir vielleicht überlegen, ob dir meine Fersen im Nacken bequemer wären?«

Ich sagte, das könnte ein herrliches Experiment werden, und die Welt verschwamm einmal mehr.

»Ich denke, ich brauche einen Urlaub von unserem Urlaub«, murmelte ich, als wir aus unserer Kutsche stiegen und es wieder in den Palast zurückging.

»Schwächling«, meinte Jacoba. »Ich habe mich schon darauf gefreut, wieder zurückzukommen, ein paar Stunden zu haben, um diesen dummen Ureyern zu zeigen, dass eine Zabaglione keine Vanillesoße ist.« Da ihr Vorgesetzter die Flucht aus Sayana nicht überlebt hatte, war Jacoba auf seinen Posten befördert worden.

Generalresident Tenedos fand mich in meinen Gemächern, wo ich gerade ein Nickerchen zu halten gedachte. Wie ich festgestellt hatte, war die *Tauler* noch nicht eingetroffen, man erwartete sie jedoch jeden Augenblick.

»Meine Zauberkräfte sagen mir, du bist auf wundersame Weise geheilt«, gratulierte er mir.

»Ihr scheint bester Laune, Sir«, erwiderte ich.

»Das bin ich, das bin ich. Ich habe einige Antworten auf meine kleinen Sendschreiben nach Nicias erhalten, die andeuten, dass der Zehnerrat nach unserer Aussage nicht mit seinem üblichen Wankelmut handeln wird, obwohl ich offen gesagt glaube, dass ein Feigling immer ein Feigling bleibt.«

»Und wenn dem so ist?«, fragte ich. »Es wäre mir gar nicht lieb zu denken, dass meine Männer und all die anderen umsonst gestorben sind.«

»Das darfst du noch nicht einmal denken, Damastes. Das Schlachtfeld verändert sich ständig. Wird nicht hier gekämpft, nun gut, dann eben anderswo und zu einer anderen Zeit.

Das Rad der Geschichte ist nicht zurückzudrehen, was der Zehnerrat allerdings noch nicht weiß.

Mein Tag rückt immer näher. Deshalb wollte ich ja mit dir sprechen. Ich habe mir Gedanken gemacht über unseren Auftritt, wenn wir erst einmal in Nicias sind, und ich denke, es wird das Beste sein, wenn er herrlich und höchst exotisch ausfällt.

Zu diesem Zweck habe ich unseren Hügler Yonge aufgespürt, der dabei ist, sich in den Hurenhäusern der Stadt einen höchst widerlichen Ruf als Satyr zu schaffen. Ich denke, die Dirnen waren froh, ihn endlich von hinten zu sehen.

Er hat sich über die Maßen gefreut über den Gedanken, uns auf unserer Reise zu begleiten, besonders als ich ihm gesagt habe, er stünde direkt unter deinem Befehl. Er ist fest entschlossen, deinen Führungsstil zu kopieren, und ich wünsche ihm da wirklich viel Glück.«

Tenedos' unbeschwerter Ton verschwand. »Ich nehme außerdem vier der armen Infanteristen mit. Wenn man im Zehnerrat diese Männer sieht, die einen Arm, ein Bein oder ein Auge gegeben haben, dann ist man ja vielleicht weniger geneigt, die Angelegenheit, von einigen leeren Drohungen abgesehen, auf sich beruhen zu lassen.«

Tenedos atmete tief durch; er zwang sich ganz offensichtlich zu einem Stimmungswechsel.

»Ich habe außerdem deinem Domina geschrieben, und er hat sich bereit erklärt, einige der Lanciers des Zugs Gepard zu unserer Begleitung abzustellen.

Deine Vorschläge sind mir willkommen. Denk dran, wir brauchen schillernde Charaktere, die diesen Städtern die nackte Brutalität der Grenzgebiete auch wirklich nahe zu bringen vermögen. Na, war das nicht ein gedrechselter Satz?«

Ich überlegte.

»Lancier Karjan ... der im Pass Euer Leibwächter war. Ich hätte auch zu gern Hauptfeldwebel Bikaner«, überlegte ich, »aber ich bezweifle, dass der Domina ihn herausgeben wird. Außerdem wird er damit beschäftigt sein, mit Rekruten den Zug Gepard wieder aufzubauen.

Curti, den Bogenschützen, hätte ich freilich lieber seiner Talente als seiner Erscheinung wegen dabei. Und wenn Ihr mir noch einen zubilligt, Sir, dann diesen Gauren auf zwei Beinen, Svalbard.

Wenn wir es nicht schaffen, dass unsere Herrscher auf uns hören, dann können wir ihn ja vielleicht mit einer Keule auf sie loslassen, auf dass er sie auf seine eigene recht logische Weise überzeugt.«

»Vorsicht, Legat«, warnte Tenedos. »Er verbringt zu viel Zeit mit mir. Er beginnt sich ganz wie ein Hochverräter anzuhören.«

Ich grinste. »Eine Frage noch, Sir. Wen nehmt Ihr mit, der ... äh ... für dieses Schillern sorgen soll, das Euch so wichtig erscheint?«

»Na, das überrascht mich aber«, antwortete Tenedos. »Erstens braucht ein Zauberer, der seine Elixiere wert ist, keinen faulen Zauber, um zu verblüffen.

Zweitens, Damastes, du selbst bist dir wohl nicht gut genug?«

Einen Tag später schaufelte die *Tauler* sich ihren Weg aus den Docks von Urey. Sie war vom Bug bis zum Heck bunt beflaggt und auf dem Vorderdeck spielte eine muntere Kapelle auf.

Die Offiziere und Matrosen waren in Uniform, und das Schiff glänzte, als wäre es eben vom Stapel gelaufen.

Wir waren unser knapp siebzig auf dieser Reise, weniger als ein Viertel der vollen Passagierliste. Die *Tauler* sollte exklusiv uns zur Verfügung stehen, und man sagte uns immer wieder, was immer wir wollten, wir bräuchten es nur zu sagen, nichts wäre zuviel für die Helden der Grenzstaaten. Ich versuchte Lucan und Rabbit selbst an Bord zu bringen und dachte schon, der Stallknecht des Schiffes gehe mir vor Schmach ein. Dann versuchte ich ihm eine Münze zu geben, worauf sein Entsetzen noch stieg.

Zwei Stewards führten mich in meine Kabine, die auf dem Topdeck des Schaufelschiffs lag und deren Bullaugen direkt auf den Bug des Schiffes hinausführten. Ich hatte drei Räume: eine Schlafkammer, ein Wohnzimmer und ein gewaltiges Bad. Man hatte vier Bedienstete allein dazu abgestellt, mir jeden Wunsch von den Augen abzulesen. Ich fragte mich, was die Suite wohl unter normalen Umständen kosten mochte, und schüttelte den Kopf. Ich hätte wahrscheinlich eine ganze Provinz plündern müssen, um sie mir leisten zu können.

Der Seher Tenedos hatte seine Kabine auf der anderen Seite des Flurs. Die Tür stand offen, und ich sah, wie drei junge Frauen es sich bequem machten. Die erste war eine der Frauen, die schon in Sayana das Bett mit ihm geteilt haten, die anderen beiden waren Maiden, die er in Renan kennen gelernt hatte. Eine davon hatte man mir als die Tochter eines der Stadträte vorgestellt. Die Stadt hatte wirklich *alles* gegeben, um uns zufrieden zu sehen.

Was mich anbelangte, ich hatte Jacoba, und sie war alles, wonach mir war.

Sie sprang zweimal versuchsweise auf die Federung des großen Betts.

»Ich frage mich, was meine Mutter sagen würde, würde sie mich jetzt sehen«, meinte sie.

»Schamlose Mätresse ... vielleicht?«

»Kaum, schließlich ließ sie sich selbst von einem unserer Bezirksräte aushalten, und sie hat mir gesagt, sie sei sich nie so recht sicher gewesen, wer wirklich mein Vater war – nur dass es mit Sicherheit nicht dieser geile alte Bock gewesen ist.

Sie wäre höchstwahrscheinlich stolz auf mich«, fuhr Jacoba fort, »und würde mir raten, auch nicht einen Augenblick dieser Zeit zu vergeuden.«

Sie band ihre Sandalen auf, schleuderte sie beiseite, legte sich zurück auf das Bett, zog ein Knie an und ließ es zur Seite kippen, bevor sie sich das Kleid über die bloßen braunen Schenkel zog.

»Komm her, Damastes«, murmelte sie. »Ich habe immer auf den Rat meiner Mutter gehört.«

Manchmal ließen wir uns die Mahlzeiten in die Kabine bringen, manchmal gingen wir in den Speisesaal, damit Jacoba die Kunst ihrer Konkurrenz begutachten und, wie sie hinzufügte, »jede Idee klauen« konnte, »die der Mühe wert« sei. Ich benutzte die Ausrede, meiner Wunde etwas Ruhe gönnen zu wollen, aber im Grunde war mein Bein, in der Hauptsache Dank Tenedos' Zauber, beinahe völlig geheilt.

Der Seher Tenedos hielt sich fast die ganze Reise über in seiner Kabine auf, und wenn er erschien, dann kümmerten sich seine drei Frauen um ihn. Ich fand das lustig – sie benahmen sich wie Fasanenhennen, die sich zu Beginn der Balzzeit um ihren Hahn bemühen.

Eines späten Abends stieß ich auf ihn.

Er stand auf dem Oberdeck an die Reling gelehnt und starrte auf das Kielwasser unseres Schiffes hinaus. Ich sah, dass er getrunken hatte, obwohl er klar und deutlich sprach.

Wir sprachen über dieses und jenes, und dann sagte er ohne Umschweife: »Bist du bereit zurückzugehen?«

»Wohin?«

»Nach Kait. Aber nicht als Legat und auch nicht an der Spitze eines einzelnen Zugs Kavallerie.«

Ich sah ihn neugierig an. Vielleicht wollte ein Teil von mir dieses

Land nie wieder sehen, weder die kahlen Gipfel noch die trockenen Wüsten – und schon gar nicht sein verräterisches, tödliches Volk. Aber ich wusste auch, dass dort meine Pflicht lag und dass sich der Rest meiner Laufbahn wahrscheinlich in den Grenzstaaten abspielen würde.

»Selbstverständlich, Sir.«

Tenedos nickte einmal, als wäre das genau die Antwort, die er erwartet hatte, und ließ mich dann, ohne mir auch nur eine gute Nacht zu wünschen, stehen.

Ich starrte ihm nach. Mit einem Mal hatte ich Fragen, die ich ihm am Morgen, wenn er wieder nüchtern wäre, nicht mehr würde stellen können, aber ich hatte meine Gelegenheit verpasst. Wie sollte er in der Lage sein zu entscheiden, welchen Rang man mir zusprechen, geschweige denn welches Kommando man mir übertragen würde?

Ich fragte mich damals und habe mich das seither immer wieder gefragt, ob einem als Seher wohl ein kleiner Blick in die Zukunft gegönnt sein mag. Oder sprach nur sein eigener hochfliegender Ehrgeiz aus ihm?

»Ich glaube, ich kann nicht mehr«, flüsterte Jacoba.

»Ich *weiß*, dass ich nicht mehr kann.«

»Wo ist das Kissen?«

»Das ist doch … nein. Wir haben es auf den Boden gestrampelt. Zusammen mit den Decken. Hier.«

Ich küsste sie noch einmal auf ihre feuchte Weichheit, dann drehte ich mich um, so dass ich neben ihr zu liegen kam. Sie legte den Kopf auf meine Schulter. Ich strich ihr schläfrig über den Rücken.

»Was wird«, sagte ich nach einer Weile, »wenn wir in Nicias sind?«

Jacoba wandte sich ab und wälzte sich auf den Bauch.

»Du meinst aus uns?«

»Ja.«

Jacoba atmete tief ein. »Verstehe mich nicht falsch, Damastes, aber es gibt kein ›uns‹ mehr, sind wir erst einmal in der Stadt.«

Ich war schlagartig hellwach; ich spürte die Welt um mich beben, obwohl ich mich, um ehrlich zu sein, schon gefragt hatte, wie es mit unserer Affäre weitergehen würde. Da ich kaum Geld hatte, hätte ich es mir nicht leisten können, ihr während meines Aufenthaltes in Nicias eine Wohnung zu stellen. Und wenn ich zu den Lanciers zurückkehrte, dann gäbe es dort keinen Platz für sie. Außerdem bezweifelte ich, dass sie die Hauptstadt wegen einer ruhigen, ja verschlafenen Garnisonsstadt verlassen würde. Selbst wenn ich sie hätte heiraten wollen, und das wollte ich damals nun gewiss nicht – die Ehe war einem Legaten nur unter ganz außergewöhnlichen Umständen erlaubt. Und ich konnte kaum erwarten, dass sie als armselige Offiziersmätresse in der Brandigen Gasse einzog.

»Darf man nach dem Grund fragen?«

»Es ist jedenfalls kein anderer«, antwortete sie. »Das hat schon aufgehört, bevor ich die Stelle bei Tenedos annahm. Und es ist auch nicht so, dass ich ... dass ich dich nicht mag. Vielleicht liebe ich dich sogar, obwohl ich eigentlich nicht so recht weiß, was das Wort bedeutet.«

»Wo ist dann das Problem?«

»Das Problem ist der Seher Tenedos«, erklärte sie. »Lass dir etwas über mich gesagt sein: Ich bin keine Abenteurerin.«

»*Natürlich* nicht«, sagte ich. »Deshalb hast du dir ja auch einen netten sicheren Posten als Konditorin eines Magiers in den Grenzstaaten gesucht.«

»Ich machte damals eine schlimme Zeit durch. Etwas ... jemand, der mir sehr viel bedeutete, hatte sich als etwas anderes entpuppt als das, wofür ich ihn hielt. Und ich kochte schon seit fast drei Jahren in ein und demselben verdammten Haus, und das unter einem Schwein, das mir nie und nimmer seine Geheimnisse beigebracht hätte und mich herumkommandierte wie eine persönliche Sklavin.

Ich hörte von der Stelle und bewarb mich. Ich dachte, es hätte etwas Glanzvolles, in ein fernes Land zu gehen, in einem Herrenhaus zu leben und die köstlichsten Leckereien für Edelleute und

Diplomaten zuzubereiten. Stattdessen …« Sie lachte wehmütig. »Nein. Das Ganze war mir für den Rest meines Lebens Abenteuer genug.

Ich will dir sagen, wovon ich träume, Damastes. Ich will eines Tages mein eigenes Restaurant. Kein großes und auch nicht gleich mitten in der Stadt. Irgendwo am Stadtrand in der Nähe einiger reicher Anwesen.

Ich werde Kundschaft haben, der es nichts ausmacht, für das Beste zu zahlen, aber deren Gaumen auch nicht so hochgezüchtet ist, dass sie es merken, wenn das Schaumgebäck etwas zu dunkel geraten ist.

Und was einen Mann anbelangt, so will ich etwas Festes, Loyales. Und gerade gut genug im Bett. Einen netten Mann, der mich nicht eines Tages über hat und dem es nichts ausmacht, wenn ich etwas Speck ansetze.

Und Kinder. Vielleicht drei oder vier.

Ein nettes ruhiges Leben, in dem das größte Drama darin besteht, dass die Austern mal nicht pünktlich geliefert werden oder Melonen schlecht sind oder ich dem kleinen Frederik beibringen muss, seine Schwester nicht in den Zuber zu schubsen. Ist das das Leben, das dir vorschwebt, Damastes?«

Ich schwieg.

»Natürlich nicht«, fuhr sie fort. »Ich spüre *Größe.* Laish Tenedos wird ein großer Mann werden, größer als jetzt. Ob all seine Träume in Erfüllung gehen … ich weiß es nicht. Ich bin nicht sicher, ob seine Wünsche nicht grenzenlos sind.

Was dich anbelangt, so sehe ich dich groß, würdig, an den Schläfen vielleicht etwas grau. Ein General der Kavallerie, von seinem Land respektiert. Ein Graf vielleicht, mit großen Ländereien und einer schönen Frau, die in einem deiner Herrenhäuser auf dich wartet.

Vielleicht fährst du ja eines Tages mit deinem Stab aus und hältst an einem kleinen Gasthaus für ein Mittagsmahl.

Ich frage mich, ob wir uns wohl wiedererkennen würden.«

»Du machst mich sehr traurig«, sagte ich leise.

»Warum denn? Wir sind, wie Umar uns geschaffen hat, wir streben danach, das zu erfüllen, was Irisu für uns möchte, und wir kämpfen, so gut es geht, gegen Saionji, die uns zu zerstören versucht. Und schließlich, am Ende dann, ist uns ihre Umarmung willkommen, wir kehren aufs Rad zurück und sie gewährt uns die Wiedergeburt.

Was könnte daran traurig sein?«

Ich brauchte eine Weile, um die richtigen Worte zu finden.

»Es ist traurig«, erklärte ich schließlich, »weil ich denken möchte, das wir mehr als nur kleine hilflose Wesen in einer Tretmühle sind.«

»Natürlich möchtest du das«, bestätigte sie. »Und deshalb wirst du auch General – und ich Wirtin.

Aber genug davon. Wir haben noch fast eine Woche, bevor wir in Nicias sind.« Sie gähnte. »Tu mir einen Gefallen. Nimm das Öl vom Nachttischchen und reib mir den Rücken ein, bevor wir einschlafen. Meine Haut ist schrecklich trocken.«

Ich gehorchte, goss etwas von dem Öl, das nach Orangenblüten roch, in meine Hand und begann dann langsam und sachte ihre Schulterblätter zu massieren, wobei ich mich immer weiter nach unten arbeitete. Immer weiter.

Nach einer Weile meinte sie: »Du hast eine komische Vorstellung davon, wo mein Rücken ist.« Sie atmete scharf ein. »Das ist er nun sicher nicht.«

»Soll ich aufhören?«

»Nein. O nein. Steck noch einen Finger rein. Nein. Hinten. Ja. Tiefer. O Götter. O Jaen.«

Sie stöhnte. Ich rieb Öl auf meinen Riemen, erhob mich auf die Knie, nahm das Kissen unter ihrem Kopf, rollte es zusammen und schob es unter ihr Becken. Ich kniete mich zwischen ihre Schenkel, als sie sie öffnete. Ich strich mit dem Kopf meines Riemens über ihr Geschlecht, von einem Ende zum anderen, einmal, zweimal, dreimal, glitt dann zwischen ihre Hinterbacken und berührte die fest geschlossene Rosette.

»Da«, flüsterte ich. »Willst du mich da?«

»O ja«, keuchte sie. »Ja. Da. Komm in mich. Jetzt, Damastes, jetzt!«

Ich schob und traf auf Widerstand, aber dann entspannte sich der Ring und schloss sich dann wieder fest, als ich in die Wärme stieß. Nicias, Generäle, was auch immer, mir war alles völlig egal, als wir uns immer höher und höher schraubten, dem Himmel entgegen.

Jedes Schiff, das je gebaut worden war, kam uns entgegen, als die *Tauler* sich schäumend dem flaggengeschmückten Kai entgegenschob. Menschen jubelten, bliesen in Pfeifen und Hörner, schlugen auf Trommeln ein. Es gab auch richtige Kapellen am Ufer, und jede spielte eine andere Melodie, obwohl sie, je mehr wir uns näherten, zu einer Art Übereinkunft kamen und die Nationalhymne Numantias anstimmten. Unglücklicherweise begann keine im selben Augenblick noch in derselben Tonart, so dass die muntere Kakophonie weiterging.

Ganz Nicias stand hinter den Seilen am Ende des Kais, kaum dass die Kette Kavalleristen in ihren bunten Uniformen sie zurückhalten konnte. Es waren die Goldhelme von Nicias, Paradesoldaten, deren prächtige Aufmachung für die größten Ereignisse reserviert war.

Die beiden Gangways knallten auf den Kai, und die Menge brüllte. Ich dachte schon, die Reihe Soldaten würde nicht standhalten und fragte mich, ob unser Schicksal wohl darin bestünde, vor lauter Ehrerbietung zu Tode gestrampelt zu werden.

Jacoba stand neben mir, ihre beiden Koffer zu ihren Füßen.

»Nun denn«, begann ich auf der Suche nach den richtigen Worten.

Jacoba schlang die Arme um mich, küsste mich einmal und machte sich los.

Sie nahm die beiden Koffer und lief damit rasch die Gangway hinauf an den Kai. Sie blickte noch einmal zurück, bevor sie in der Menge verschwand.

Ein Stück meiner Seele verschwand mit ihr.

14 *Der Zehnerrat*

Ich hatte schon gedacht, es sei überwältigend, ein Held in Sayana zu sein, aber jetzt ertranken wir schier. Die jubelnde Menge stürmte auf uns zu und schloss den Seher Tenedos und mich in die Arme. Man trug uns davon, ich hatte keine Ahnung, wohin. Ich glaube, man schleppte uns durch jede Straße der Hauptstadt, jeden Boulevard hinauf, jede Gasse hinab, und jeder wollte uns berühren oder mit Blumen bewerfen, während andere uns zuriefen, uns in praktisch jeder Hinsicht zu Gefallen sein zu wollen, von Speisen bis hin zum Bett.

Ich schaffte es, während alledem zu lächeln und so zu tun, als begrüße ich Leute, obwohl man mich bei dem Lärm ohnehin nicht hörte, so dass ich meine Stimme schonen konnte.

Tenedos verbeugte sich, winkte, gestikulierte, als wäre er ein Priester und kein Seher. Seine Augen leuchteten vor Freude.

Einen Augenblick lang war diese unverhohlene Verehrung durchaus verführerisch, aber dann kam mir der Gedanke: Wie wäre es wohl, wenn diese Menge dich hassen würde? Dieselben liebenden Hände würden dich im Nu in Stücke reißen.

Schließlich brachte man uns zu der Brücke, die über einen Nebenarm des Latane zu dem von einem Burggraben umgebenen Palast des Zehnerrats führt. Die Menge hätte uns über die Brücke getragen, aber es stellten sich ihnen drei Reihen abgesessener Goldhelme und vor diesen noch zwei Reihen Büttel der Stadt in den Weg. Man setzte uns widerwillig ab. Tenedos gebot mit einer Geste Schweigen und schließlich flaute das Murren ein wenig ab.

»Großes Volk von Numantia und Nicias«, rief er, und dann brüllte die Menge vor Freude los und ich hörte ihn nicht mehr, obwohl seine Lippen sich bewegten. Er machte Zeichen in Richtung der Brücke und ich gehorchte. Als wir die Büttel erreichten, atmete ich erleichtert auf; mir wurde klar, dass ich entsetzliche Angst gehabt hatte vor dem, was in dieser Menge hätte passieren können. Man eskortierte uns rasch durch die Kavalleristen über den Platz und die breite Treppe hinauf in den Palast.

Uns erwartete ein Mann in einem Gewand voll bunter Stickereien, der einen Stab aus Gold und Elfenbein trug. »Ich heiße Euch willkommen«, rief er, so dass die Menge hinter uns es noch hören konnte. »Ich bin Olynthus, Haushofmeister des Zehnerrats. In seinem Namen entbiete ich Euch die freien Dienste der Stadt und die Dankbarkeit aller Numantier. Wir werden zusehen, dass man Euch gebührend ehrt.« Seine Stimme wurde normal. »Die Reise und Euer, äh, stürmischer Empfang durch die Bürger unserer Stadt müssen sehr anstrengend gewesen sein.« Er winkte mit dem Stab, und zwei Dienstboten kamen gelaufen und verbeugten sich. »Da Ihr beim Rat in höchsten Ehren steht, möchten wir selbst Euch Gastfreundschaft bieten, und so bitte ich Euch, den beiden zu Euren Räumen zu folgen, die Euch sicher nicht enttäuschen werden.«

Ich salutierte und Tenedos verbeugte sich. Verborgene Trompeten erschollen und die beiden Diener winkten uns mit sich.

Ich fragte mich, von welcher Art unsere Quartiere wohl wären. Da dies nun der dritte Ort war, an dem ich Gast war, wurde ich langsam, aber sicher zum Kenner. Ich erwartete, sie würden von allen die prächtigsten sein.

Ich war ein wenig enttäuscht. Ich bemerkte, dass der Teppich, auf dem wir gingen, so prächtig er auch noch sein mochte, in der Mitte schon etwas fadenscheinig zu werden begann. Die Gemälde an den Wänden waren bereits leicht verblasst und die Wandverkleidung mit den Intarsien wies hier und da Flecken auf. Ich sah, dass die Uniformen der Bediensteten, an denen wir vorbeikamen, zwar makellos, aber doch ein klein wenig schäbig waren.

Kurzum, der Palast des Zehnerrats wirkte wie die Residenz eines respektierten Onkels, der vor vielen Jahren reich geworden war und sein Haus ganz nach seinem Geschmack eingerichtet hatte, bevor er still und leise alles verkommen ließ.

Aber die meisten dieser Eindrücke kamen erst später, als ich über alles, was passiert war, nachgedacht hatte. Im Augenblick war ich viel zu aufgeregt in Erwartung dessen, was der nächste Tag bringen mochte.

Er wurde eine noch größere Katastrophe, als ich befürchtet hatte.

Die Anhörung, »die bedauernswerten jüngsten Vorfälle in den Grenzstaaten, von ihren Bewohnern das Königreich Kait genannt« betreffend, begann nach dem Mittagstisch. Wir erfuhren, der Zehnerrat erledige Staatsgeschäfte nicht gern vormittags und kümmere sich um diese Zeit lieber um private Belange.

»Das bedeutet«, murmelte Tenedos, »entweder Geld verdienen oder lange schlafen.«

In vollem Wichs warteten wir draußen vor dem Audienzsaal. Ich trug die Galauniform der Lanciers, desgleichen Karjan, Svalbard und Curti. Legat Yonge trug seine beste Zivilkleidung, aber mit der Schärpe eines Legaten des numantischen Heeres um die Taille. Keiner von uns war bewaffnet außer Yonge, obwohl es Tradition war, dass ein Lancier zu jeder Uniform Waffen trug. Man hatte uns jedoch gesagt, dass niemand, absolut niemand, mit dem Handwerkszeug des Todes unter die Augen des Zehnerrats treten dürfe. Yonge hatte brummend seinen Säbel abgegeben, aber als einer der Wachen nach seinem Dolch griff, hatte er die Hand ums Heft gelegt und gesagt, niemand würde es überleben, den anzurühren. Der Mann von der Garde wollte schon Einwände erheben, ließ es aber nach einem Blick in Yonges kalte Augen und harte Züge lieber bleiben und beschloss, den Dolch nie gesehen zu haben.

Tenedos trug nicht die Kleidung eines numantischen Generalresidenten, sondern das Gewand eines Sehers, als drücke er damit die Verachtung gegenüber der Politik des Zehnerrats aus.

Man führte uns in den großen Raum, dessen Wände mit dunklem Holz getäfelt waren. Auf der einen Seite befand sich ein Geländer, dahinter das lange Podium, auf dem der Zehnerrat Platz nehmen würde. Es gab Bänke für die, die mit den Herrschern Numantias sprechen wollten, sowie einen Platz für einen Schreiber und Sitze fürs Publikum. Das Ganze sah eher nach einem Gerichtssaal aus.

Für die lediglich Neugierigen freilich gab es kaum Platz; jede numantische Zeitung, die in Nicias einen Schreiber hatte auftreiben können, hatte einen Vertreter geschickt. Die anderen Beobachter waren vornehm gekleidet und gehörten offensichtlich der Regierung an. Einige von ihnen, so fand ich später heraus, waren von der Stadtregierung, dem Rat von Nicias. Er galt im Allgemeinen als nicht weniger eisern als der Zehnerrat selbst.

Nachdem wir eine halbe Stunde gewartet hatten, befahl man uns aufzustehen, und der Rat der Zehn betrat den Raum. Die Männer trugen schwarze Festkleidung und würdige Mienen. Ein Priester segnete die Versammlung und rief Irisu und Panoan an. Tenedos sprach währenddessen ein leises Gebet, in dem ich den Namen der Zerstörerin und Schöpferin hörte, der Göttin, die anzurufen nur wenige den Mut hatten – Saionji.

Der Vorsitzende, ein Mann Anfang Sechzig namens Barthou, hieß uns in herzlichem Ton willkommen und fragte uns, ob man uns seit unserer Rückkehr nach Numantia auch akzeptabel behandelt habe und ob uns etwas fehlte.

Tenedos stand auf und verneinte – man habe uns ausgesprochen herzlich behandelt.

»Das hoffe ich doch«, sagte Barthou, und seine Stimme troff geradezu vor Aufrichtigkeit, »auch wenn nichts Euch für die schrecklichen Ereignisse entschädigen kann, von denen Ihr uns jetzt berichten sollt.«

Tenedos begann mit seinem Bericht.

Ich ließ die Ratsmitglieder nicht aus den Augen. Tenedos hatte zuvor für ein Rechteck des Schweigens gesorgt – vier identische Gegenstände in den Ecken und einige Worte, die ich nicht verstand; selbst ein erfahrener Seher hätte einige Zeit gebraucht, den Zauber zu brechen und dem zu lauschen, was da gesprochen wurde – und mir in etwa gesagt, was wir zu erwarten hätten. Die beiden Mitglieder des Rats, die Tenedos seinem Lager zurechnete, erkannte ich anhand seiner Beschreibung sofort. Der erste, schon recht alt, war Mahal. Tenedos hatte gesagt, er sei weniger von der Philosophie des Sehers überzeugt als von seiner neuen, sehr jungen und schönen Frau, die aus einer Kaufmannsfamilie stammte und wie die meisten ihrer Schicht zutiefst patriotisch war. Sie war stolz darauf, über jede neue Idee, die nach Nicias kam, auf dem Laufenden zu sein, so dass, laut Tenedos, »Mahal durch sie zwangsläufig zum Befürworter alles Neuen, Unerprobten und Radikalen wird«.

Unser zweiter Freund war Scopas. Er war mittleren Alters und von gewaltigem Umfang. Er war jedoch alles andere als ein fideler Fettwanst; sein Gesicht hatte die harten Züge von unerbittlichem Ehrgeiz und Intelligenz.

Nur der Vorsitzende, Barthou, und zwei andere, so hatte Tenedos gesagt, seien es wert, dass man sich Gedanken über sie machte. Diese beiden, Farel und Chare, waren jung, Ende Dreißig, und saßen erst seit einigen Jahren im Rat. Tenedos warnte mich davor, mich von ihrem Alter täuschen zu lassen, sie seien genauso engstirnig und reaktionär wie der gebrechlichste Greis.

Bei den anderen konnte man sich darauf verlassen, dass sie bei den Abstimmungen kein Risiko eingingen, was Barthou eine solide Mehrheit gab.

»Alles, worauf wir hoffen können, ist, sie so zu beschämen, dass sie etwas tun«, meinte Tenedos. »Ich hätte jetzt wirklich gern mehr von den Talenten eines Demagogen als denen des Zauberers.

Ich wünschte mir nichts sehnlicher, als einige Sprüche zu kennen, die die Abstimmung des Rates verdrehen. Aber selbst wenn, der ganze Palast ist so von Bannsprüchen umgeben, dass ich sie noch nicht einmal zu Ende sprechen könnte. Und das würde meinen Tod bedeuten – sich an Zauberei gegen unsere Führung zu versuchen, darauf steht das Beil.«

Tenedos' Aussage wurde pausenlos von Fragen aus dem Rat unterbrochen, die jedoch mehr dazu dienten, den Fragesteller vor dem Einschlafen zu bewahren, als tatsächlich seinen Wissensdurst zu stillen, und der Seher war gerade bei unserem Treffen an der Furt und dem folgenden Scharmützel angelangt, als die Anhörung auch schon vertagt wurde.

Natürlich sagte Tenedos nichts darüber, warum meine Order, sich ihm anzuschließen, so spät gekommen war, noch erwähnte er das freie Geleit, das es nie gegeben hatte, oder die tatsächlichen Gründe, aus denen der Zehnerrat ihn nach Kait geschickt hatte.

Die Zeitungen waren an jenem Abend voll mit der Aussage; dazu brachte man Zeichnungen von Tenedos und mir.

»Wir sehen ja unverschämt gut aus«, bemerkte Tenedos, als er sich eine davon ansah. »Zweifelsohne, mein junger Freund, flattern uns morgen einige Heiratsangebote ins Haus.«

So war es denn auch, aber nur in einigen war tatsächlich von einer Heirat die Rede, in den anderen ging es um weit unmittelbareren Zeitvertreib. Es waren fast fünfzig, von Großmüttern, die nun wirklich gescheiter hätten sein sollen, bis hin zu den leidenschaftlichen Krakeln von Mädchen frisch aus dem Kinderzimmer. Nicht wenige Frauen hatten ihren Schreiben kleine Geschenke beigelegt, meist Zeichnungen oder Miniaturen ihrer selbst. Einige sahen erstaunlich gut aus. Drei der Briefe gaben mir Rätsel auf – sie enthielten kleine Büschel gekringelten Haars, und ich kam mir wie ein Dummkopf vor und lief rot an, als Tenedos mir ihre Herkunft erklärte. »Was soll ich denn nun mit den Briefen anfangen, Sir?«

»Du könntest sie beantworten.«

»Das möchte ich nicht.«

»Noch nicht einmal diesen?«

Ich warf einen Blick auf das Bild. »Sie ist gewiss sehr schön«, pflichtete ich ihm bei. »Sie braucht nichts zu verstecken. Aber man muss sich doch fragen – wenn es sie so schlagartig gepackt hat, wie es in dem Brief heißt, und ich sie noch in dieser Nacht im Geiste Jaens nehmen soll … wann hatte sie die Zeit, diese Gravierung anfertigen zu lassen?«

»Hmmm«, sagte Tenedos ernst. Er nahm das Metallplättchen und tat so, als nehme er dessen blanke Rückseite in Augenschein. »Ah ja. Deine Beobachtungsgabe ist weit besser als meine. Hier hinten steht, es handelt sich um die Nummer siebenundvierzig aus einer Auflage von dreihundert.«

»Soll ich die Briefe zurückgehen lassen?«

»Damastes, manchmal setzt es bei dir wirklich aus. Warum für Herzeleid sorgen? Wie viele dieser schönen Damen haben wohl Gatten, Liebhaber, Väter? Muss ich dir eigens sagen, dass einige von denen denken könnten, es sei deine Schuld, dass ihre Lieben so plötzlich mit Lust erfüllt sind?«

Yonge wollte die Briefe lesen, aber ich warf sie noch am selben Abend in den Kamin.

Am zweiten Tag kamen wir schneller voran und ich wurde darum gebeten, auch einige der Begebnisse zu erzählen. Einmal mehr berichteten die Zeitungen lautstark von den Greueln Achim Ferganas und den Schrecken von Kait, und es gab doppelt so viele Anträge für mich.

Am dritten Tag jedoch, an dem wir zu Achim Ferganas Siegesbankett, der Fahnenflucht von Jask Irshad und dem tödlichen Nebel kamen, brachte man nur noch eine kurze Erwähnung, dass die Anhörung fortgesetzt würde.

»Das verheißt nichts Gutes«, sagte Tenedos. »Der Zehnerrat übt eine strenge Kontrolle über die Zeitungen aus. Ich nehme an, man ist zu dem Schluss gekommen, wir werden zu populär – oder dass unsere Aussage den Pöbel derart aufwühlen wird, dass man nicht anders kann, als gegen Kait harte Maßnahmen zu ergreifen.

Ich fürchte, wir sind erledigt, Damastes.«

Am folgenden Tag, es war der vierte, waren die Zeitungsschreiber noch immer da, nur dass ich nicht einen von ihnen unsere Aussagen mitschreiben sah. Die Herren vom Stadtrat waren nicht mehr zugegen; sie hatten niederen Chargen gestattet, sich an ihrer Statt dort zu amüsieren. Dann erwähnte Tenedos die Tovieti. Augenblicklich war Barthou auf den Beinen, den Amtsstab in der Hand.

»Wir bewegen uns damit im Bereich der Staatsgeheimnisse«, erklärte er. »Generalresident Tenedos, ich bitte Euch zu schweigen, bis der Saal geräumt ist.«

Eilig schaffte die Garde das Publikum hinaus.

Tenedos, darüber offensichtlich gar nicht glücklich, fuhr mit seinem Bericht fort. Als er fertig war, gab es weder Fragen noch Kommentare und Barthou vertagte die Sitzung.

Drei weitere Tage vergingen auf dieselbe Art, dann waren wir durch. Während unseres Berichts über unseren Rückzug aus Sayana hatten Barthou und seine Lakaien Tenedos und mich gedrängt, uns etwas knapper zu fassen – es gäbe noch andere Angelegenheiten, die ihrer sofortigen Aufmerksamkeit bedürften.

Dann war es vorbei.

Der Zehnerrat sagte, man würde so bald wie möglich bekanntgeben, welche Maßnahmen man zu ergreifen plane, und bedankte sich noch einmal für unser Erscheinen.

Wir waren kaum in unser Quartier zurückgekehrt, als man uns durch die Garde rufen ließ. Bevor ich Tenedos kennen gelernt hatte und in Staatsangelegenheiten noch naiv gewesen war, hätte ich geglaubt, dies bedeute, wir hätten sie in Rage gebracht und es käme zu einer sofortigen Kriegserklärung gegen Kait. So dumm war ich nicht mehr.

Und ich hatte Recht. Der Saal war leer bis auf den Schreiber, uns und den Zehnerrat. Mahal wich Tenedos' Blick aus, und Scopas' Ausdruck war nicht zu interpretieren.

Aalglatt und gemessen erklärte Barthou, Kait habe sich schlimmer Fehltritte schuldig gemacht und man werde eine scharf formulierte diplomatische Note nach Sayana schicken, »sobald die Umstände ihre Überbringung gestatten«. Was nichts anderes bedeutete, als dass man noch nicht einmal den Mut hatte, ein ganzes Regiment Kavallerie über den Sulempass zu schicken und Achim Fergana die Note in den Hals zu schieben.

In mir regte sich der Zorn.

»Des Weiteren erklären wir Handelssanktionen gegen Kait«, fuhr Barthou fort. »Diese werden binnen einer Woche bekannt gegeben und solange bestehen bleiben, bis Achim Baber Fergana die Opfer der Greuel im Sulempass angemessen entschädigt hat.«

Handelssanktionen? Was sollte das für eine Strafe sein? Die Leute aus den Grenzstaaten nahmen sich mit Waffengewalt, was immer sie wollten, oder trieben heimlich Handel mit irgendeinem abgelegenen Dorf.

»Schließlich«, sagte Barthou, »haben wir beschlossen, dass die

Angelegenheit der Grenzstaaten und ihrer aufrührerischen Bewohner zu lange vernachlässigt wurde. Wir berufen daher eine Großkonferenz ein, zu der alle Herrscher zu erscheinen haben, deren Land an sie grenzt. Sie wird am zehnten Tag der Zeit der Geburt stattfinden und die Angelegenheit wird dort diskutiert.

Der Rat der Zehn hat gesprochen! Macht den Beschluss in ganz Numantia bekannt!« Er schickte sich an, den Amtsstab beiseite zu legen.

Tenedos war bereits auf den Beinen und sprach, noch bevor ihm das Wort erteilt worden war: »Aber was ist mit Thak? Was ist mit den Tovieti?«

Zwei aus dem Zehnerrat sahen sich an.

»Ein lokales Phänomen«, wiegelte Chare ab. »Es ist es nicht wert, dass wir uns damit befassen.«

»Warum hatte ich dann den Auftrag, darüber zu berichten, als ich nach Kait ging? Damals schient Ihr über die Angelegenheit höchst besorgt.«

»Wir waren uns der Natur der ... des Phänomens nicht bewusst«, redete sich Chare heraus. »Wir haben uns vergewissert, dass sie kaum von Bedeutung ist.«

»Ich erkläre die Sitzung für beendet«, sagte Barthou hastig, bevor Tenedos sie noch weiter herausfordern konnte.

Der Zorn packte mich und beutelte mich wie eine Bulldogge ein Katzenjunges, ich stand auf. Ich sah den Pass vor mir, hörte Hauptmann Mellets letzte Worte im Sturm: »Sagt ihnen, dass es an den Grenzen noch Männer gibt, die wissen, wie man stirbt!«

»Seid Ihr alle Feiglinge, die –«, war alles, was ich herausbekam, dann blieb mir der Atem weg, als Tenedos mir hart genug gegen den Knöchel trat und ich gegen die Bank zurücktaumelte. Noch bevor ich mich erholen konnte, war der Zehnerrat aufgestanden und aus dem Raum geeilt, aufgescheucht wie ein Schwarm Krähen. Ich wäre ihnen fast nachgelaufen und sah schon aufgeschreckte Wachen auf uns zueilen. Tenedos hielt mich an den Armen fest, dann auch Karjan, und gemeinsam manövrierten sie mich nicht weniger schnell aus dem Saal, als der Zehnerrat geflohen war.

Ich brachte genügend Selbstbeherrschung auf, um mich nicht loszureißen oder zähnefletschend auf meine Freunde loszugehen, und ließ mich in mein Quartier führen. Ich ging auf und ab wie ein Tiger im Käfig, starrte auf die Tür und wünschte mir, einer dieser feigen Hunde käme herein.

Aber der Einzige, der kam, und das auch erst nach zwei Stunden, war Laish Tenedos, der leise klopfte und dann, ohne auf eine Aufforderung zu warten, hereinkam.

Er hatte zwei aufwendig verzierte Kristallgläser und eine große Karaffe mit Branntwein dabei.

»Der ist fünfundsiebzig Jahre alt«, erklärte er. »Wirkt angeblich sehr beruhigend bei Zorn. Wie auch immer, der Kellermeister des Palastes sagt, er macht ganz unglaublich betrunken und sorgenfrei.«

»Verflucht soll ich sein, wenn ich von denen irgendwas will, schon gar nicht ihr verdammtes Gesöff!«

»Na, na«, beruhigte mich Tenedos. »Schlag nie eine Gelegenheit aus, den Schnaps eines Feindes zu trinken. Er kann sich als der süßeste erweisen, den du je hattest, wenn du dabei Pläne für die Zukunft schmiedest.«

Er goss die Gläser ziemlich voll und reichte mir eines.

Ich nahm es und begann es zu leeren, brach jedoch ab. Ich atmete zweimal tief durch, zog dann den Stöpsel aus der Karaffe und begann den Branntwein zurückzugießen. Man sollte nur trinken, wenn man sich amüsiert.

Aber noch bevor das Glas leer war, kam mir ein weiterer Gedanke, und ich ließ einen Schluck darinnen.

Ich hob es zu einem Toast.

»Auf Hauptmann Mellet«, sagte ich. »Ich wenigstens vergesse ihn nicht.«

Tenedos sah mich überrascht an und nickte dann zustimmend.

»Auf Hauptmann Mellet.« Wir leerten unsere Gläser.

»Ich danke Euch, Seher. Ich denke, es ist Zeit, mich etwas hinzulegen.«

»Wie du wünschst, mein Freund. Ich brauche dabei womöglich

etwas Hilfe.« Er nahm die Karaffe an sich. »Ich sehe dich dann am Morgen.«

Trotz meiner Worte war die Welt draußen grau, bevor ich einschlafen konnte.

Später am Tag zitierte man den Seher Tenedos und mich in den Saal des Zehnerrats. Ich erwartete, für meinen Ausbruch diszipliniert zu werden, und war fest entschlossen, jede Strafe, die diese Dummköpfe sich für mich ausgedacht hatten, stoisch hinzunehmen.

Es kamen nur zwei Angehörige des Rats: Farel, einer aus Barthous Lager, und Scopas. Er saß auf Barthous Platz.

»Legat Damastes á Cimabue«, begann er, »es ist die Ansicht des Rates der Zehn, dass Ihr uns gut gedient habt.

Als Anerkennung dafür haben wir angeordnet, Euch zum Capitain der Unteren Hälfte zu befördern, und das mit sofortiger Wirkung.«

Verflucht wollte ich sein, wenn ich den beiden die Genugtuung geben würde, den Mund aufzusperren, und so gelang es mir denn, keine Miene zu verziehen. Meinen Ausbruch hatte man ignoriert, stattdessen würde meine Offiziersschärpe nun ein schwarzer Streifen zieren, eine Beförderung, die ich in Friedenszeiten frühestens in zehn Jahren erwartet hätte, und auch das nur nach einem außergewöhnlichen Verdienst.

»Wir befinden außerdem, dass Ihr ein Muster an Pflichterfüllung seid, und versetzen Euch von der Grenze in unsere Hauptstadt. Ihr habt hiermit eine neue Stellung bei Numantias stolzester Formation, den Goldhelmen von Nicias.«

Scheiße!

»Es gibt noch einen anderen Grund für diese Entscheidung«, fuhr Scopas fort. »Es könnte uns belieben, weitere Einzelheiten über Eure schreckliche Erfahrung in den Grenzstaaten zu hören, wenn die Grenzkonferenz zusammentritt, und hätten Euch deshalb gerne auf Abruf in der Nähe.«

Er verstummte. Ich wusste, was ich zu tun hatte, aber es kam mich hart an. Ein Soldat hat jedoch die harte Realität ebenso zu akzeptieren wie die angenehme, und so nahm ich Haltung an, schlug mir zum Salut gegen die Brust, drehte ab und marschierte, von Yonge und Karjan gefolgt, hinaus.

Ich machte mich auf den Weg in mein Quartier und hatte dabei, wie einer der Ausbilder am Lyzeum einmal gesagt hätte, den Geschmack von Zucker und Scheiße, aber in der Hauptsache von Scheiße im Mund. Einer der Garde jedoch hielt mich auf und sagte mir, ich solle auf Generalresident Tenedos warten.

Es dauerte etwa eine halbe Stunde, bis der Seher herauskam, ein verkniffenes Lächeln auf dem Gesicht.

»Wir haben guten Grund, dem Zehnerrat dankbar zu sein«, sagte er mit klarer Stimme. »Man hat uns eine Wohltat erwiesen und wir stehen in seiner Schuld.«

Als wir beide allein in seinen Gemächern waren und er sein Rechteck des Schweigens arrangiert hatte, hob er zu einer Erklärung an, sah dann jedoch mein Gesicht.

»Ist das denn so schlimm?«, fragte er.

Ich begann nach einer höflichen militärischen Lüge zu suchen, entschloss mich dann jedoch, die Wahrheit zu sagen.

»Schön wird es nicht, Sir. Ich werde nichts weiter tun als Messing polieren, auf und ab reiten und fettsteißigen Diplomaten die Tür aufzuhalten, wenn Ihr mir verzeihen wollt, Sir. Es wird ein Jahr oder länger dauern, bevor ich um eine Versetzung zu einer Einheit nachsuchen kann, bei der ich womöglich zum Einsatz komme. Verflucht, ich weiß noch nicht einmal, ob die Lanciers mich dann noch haben wollen.«

»Legat«, sagte Tenedos, »ich habe nicht für unsichtbare Ohren gesprochen, als ich sagte, man habe uns eine große Wohltat erwiesen. Ich bin sehr froh, dass man Euch hier in Nicias stationiert hat, und das aus ganz und gar eigennützigen Gründen.

Ich wette, binnen eines Jahres … nein, äußerstenfalls in zwei Jahren habe ich Verwendung für deine Dienste und das Öffnen von Türen gehört dazu sicher nicht.«

»Was meint Ihr damit?«

»Die Zeit wird diese Frage beantworten«, meinte er. »Ich sehe davon ab, weil ich nicht sagen kann, was die Zukunft bringen wird. Ich weiß nur, dass es nicht viel länger so weitergehen kann.«

Im Augenblick hatte ich wenig Lust auf seine Theorie, dass die Tage von Numantias Herrschern gezählt seien, schwieg mich jedoch aus. Dann überkam mich meine angeborene Neugier.

»Welcher Art ist denn Eure Belohnung, Sir? Ich hoffe, sie fiel zufriedenstellender aus als die meine.«

»Absolut. Scopas hat mich über den grünen Klee gelobt und dann gesagt, ich könnte entweder im Staatsdienst bleiben oder ins Zivilleben zurückkehren. Falls ich mich für Ersteres entscheiden würde, so hätte er eine Liste von acht Posten, aus denen ich wählen könnte.

Ich habe sie rasch durchgesehen und fand genau, was ich erwartet hatte – Orte, wo ich nicht im Blickpunkt der Öffentlichkeit stünde und unglücklich genug wäre, um in kurzer Zeit meinen Abschied zu nehmen.

Also habe ich mich für das Schlechteste entschieden – ihrer Ansicht nach.

Du kannst mir gratulieren. Ich bin Chef der Abteilung für Militärzauberei an der Führungsakademie.«

Dieses Lyzeum diente dazu, handverlesene Dominas für die höchsten Positionen des Heeres heranzubilden. Ein Offizier, der für diese Schule ausgewählt wurde, würde vor dem Ruhestand mindestens General, falls er nicht einen unvorstellbar dummen Fehler beging.

»Also«, fuhr er fort, »ich wusste schon, bevor ihr mir davon erzählt habt, welch geringes Ansehen die Zauberei beim Militär genießt, wir haben das ja diskutiert. Da ich nun in der Höhle des Löwen bin, erwartet man nun von mir, gefressen, verdaut und in die Dunkelheit geschissen zu werden – und nie wieder von meinen radikalen Ideen zu hören.

Aber ich werde dort meine Ideale beweisen. Sie beweisen und die Anhänger finden, die ich brauche. Gelingt mir das nicht, nun, dann hat Saionji sich eben einen schwachen Überbringer ihrer Botschaft ausgesucht. Aber das bezweifle ich.

Ja, in der Tat, der Zehnerrat wird seine Entscheidung noch bitter bereuen.«

Ich war froh, dass wenigstens einer von uns zufrieden war.

Was mich anbelangte, so war ich trotz Tenedos' Beteuerungen in Nicias gefangen.

15 *Die Stadt der Lichter*

Ich vergeudete meine Zeit nicht länger im Palast, sondern packte rasch meine Ausrüstung zusammen und bereitete mich auf den Umzug in die Kaserne der Goldhelme vor. Tenedos sagte, er würde zusehen, dass Yonge möglichst keine Dummheiten machte, und stellte ihn ein. »Die Dienste«, so sagte er, »eines guten, anstelligen Mörders kommen in dieser aus den Fugen geratenen Zeit immer gelegen.

Ich hoffe«, so fuhr er fort, »wenn wir das nächste Mal zusammen dienen, dann unter glücklicheren Umständen in einer anderen Zeit. Vorausgesetzt, dass es dir recht ist.«

Ich überlegte einen Augenblick und grinste dann. Ich hatte mich für das Abenteuer entschieden und der Seher war nun mit Sicherheit ein Garant dafür. Ich war noch gesund und hatte in dem Jahr, das wir zusammen verbracht hatten, unendlich viel gelernt.

»Seher«, erwiderte ich förmlich, »Ihr braucht nur zu rufen und ich folge wieder Eurem Befehl.«

Und so schwor ich Laish Tenedos meinen ersten Treueeid. Es war der formloseste von allen, aber der wichtigste ganz im Sinne unseres Familienmottos:

Wir Bleiben Treu.

Ich nahm Abschied von Tenedos und versprach, ihn am Lyzeum zu besuchen, sobald ich mich auf meinem neuen Posten eingerichtet hätte.

Ich fragte den Lancier Karjan, ob er in meinen Diensten bleiben wolle, was man mir zugestehen würde, das wusste ich, oder ob er lieber zu den Lanciers zurückwolle. Er überlegte angestrengt, grunzte dann und sagte: »Ich werde bei der Stange bleiben. Wenigstens für eine Weile, Sir.«

Man bot uns eine Kutsche an, aber wir brauchten keine, da wir unser bisschen Zeug hinter die Sättel von Lucan und Rabbit schnürten. Rabbit hatte sich mittlerweile daran gewöhnt, von anderen als mir selbst geritten zu werden, und so schnaubte er nur kurz auf, als Karjan in seinen Sattel stieg; dann machten wir uns auf den Weg zu den Goldhelmen.

Der Zehnerrat mochte selbstgefällig erscheinen, aber an der Art, wie er das Militär über Nicias verteilt hatte, war das nicht zu erkennen. Die Hauptelemente der Armee standen gleich im Norden des Palastes, ebenso die Hauptquartiere zweier weiterer Regimenter; sie wachten in kaum fünf Minuten Entfernung über ihre Herren. Wie viel Vertrauen, so fragte ich mich, hatte der Zehnerrat wohl wirklich in sein Volk?

Einen knappen Werst im Westen von uns wand sich ein Arm des Latane durch die Stadt, und dort befand sich, zwischen uns und dem Palast, einer von Nicias' riesigen Parkanlagen, der Hyder Park. Obwohl wir noch Winter hatten, war es recht mild, so wie überhaupt in Nicias, das von allen numantischen Städten am südlichsten und damit dem Äquator am nächsten lag, so dass unser Ritt recht angenehm war. Wir bewunderten die Reitpfade des Parks, die Pavillons, die Freiluftschenken und die von Schwänen gezierten Seen. Ich fand es höchst merkwürdig, dass alle Leute, die ich sah, gut gekleidet waren und durchaus wohlhabend zu sein schienen, so ganz anders als die übrigen Bewohner der Stadt. Ich fragte mich, ob man den Pöbel dem Park wohl durch eine städtische Verordnung fernhielt oder ob es ein Brauch war wie so vieles andere in dieser uralten Stadt.

Die Backsteingebäude der Goldhelmkaserne erstreckten sich zwischen welligen Rasenflächen, gekiesten Exerzierplätzen und gepflegten Rõlfeldern. Obwohl ich wusste, dass ich keine Freude an diesem Posten haben würde, trat mir der Hauch eines Lächelns auf die Lippen, als wir unter dem Torbogen der Kaserne hindurchritten, so vertraut war sie mir. Hier verteilte eine Strafkolonne unter den gebellten Anweisungen eines Unteroffiziers Dünger um Bäume, deren Stämme samt und sonders bis in eine Höhe von drei Fuß weiß gestrichen waren; dort brüllte ein anderer Unteroffizier auf einen Zug patschnasser Rekruten ein, der auf einem Exerzierplatz auf und ab ritt; ein besorgter Offizier eilte einen der gewundenen Pfade entlang, so in seine privaten Geschäfte vertieft, dass er den Gruß eines vorbeikommenden Lanciers kaum wahrnahm.

Vertraut ... wenn auch nicht ganz, denn ich sah, dass zu dieser Tageszeit – am frühen Nachmittag – die ganze Kaserne voll Soldaten beim Drill hätte sein sollen, beim Sport, bei Vorträgen oder praktischen Übungen.

Wir fragten uns zum Hauptquartier des Regiments durch, und ich meldete mich beim Adjutanten, einem Capitain der Unteren Hälfte namens Lardier, und erkundigte mich, wann die richtige Zeit wäre, beim Domina der Einheit vorstellig zu werden.

»Vielleicht morgen.« Der Adjutant gähnte. »Mag sein, dass Domina Lehar dann von seinem Anwesen zurück ist. Vielleicht auch nicht. Mit Sicherheit ist er am sechsundzwanzigsten Tag wieder da, denn da steht eine wichtige Parade zu Ehren des Fürsten von Hermonassa an.

Aber keine Bange, Capitain á Cimabue. Er ist sich Eurer bewusst. Wir haben alle von Eurem Kommen gehört.

Ich gratuliere übrigens zur Beförderung. Ich bin *sicher,* Ihr habt sie verdient, und hoffe, dass ein schlachtenerprobter Veteran wie Ihr keine Schwierigkeiten mit den Gebräuchen der Goldhelme haben wird.«

Er wandte sich ab und warf einen Blick auf einen Plan. »Hm. Ja. Ich denke, ich gebe Euch das Kommando über die Schwadron B. Sie nennt sich die Silbernen Kentauren. Legat Nexo hatte vorübergehend das Kommando über die Schwadron, aber Ihr habt den höheren Rang. Vielleicht ist er bereit, weiter unter Euch zu dienen, aber ich bezweifle es.«

Aber genau das würde geschehen, selbst bei einem Regiment an der Front. Meine rasche Beförderung über wer weiss wie viele Tausend junge Legaten hinweg würde zu Ressentiments nicht nur in den Herzen jener führen, die ich übersprungen hatte, sondern auch bei meinen Vorgesetzten für Vorurteile sorgen. Ich würde schon ein sehr guter Soldat sein müssen, um vor ihren Augen zu bestehen.

»Ich werde mit dem Legaten reden«, sagte ich. »Wer ist mein Hauptfeldwebel?«

»Im Augenblick ... nun, Ihr habt einfach keinen. Er hat sich vor ungefähr einem Monat vom Militär losgekauft und Domina Lehr ist noch nicht dazu gekommen, einen anderen zu befördern. Schaut Euch an, was Ihr von Euren Leuten haltet, und macht dann einen Vorschlag. Ihr werdet das schon erledigen.«

Ich salutierte und wandte mich ab, um zu gehen.

»Noch etwas, Capitain. Sind das Eure Pferde da draußen? Dachte ich's mir doch. Nun, Ihr könnt sie natürlich für außerhalb des Dienstes behalten. Aber im Zug B reitet alles Rappen. Ich sage dem Remontierungsoffizier Bescheid, dass Ihr ein neues Dienstpferd braucht. Ihr könnt Euch dann das aussuchen, das Euch gefällt.« Ich zog mich zurück, etwas erschüttert über diesen mehr als beiläufigen Empfang, und begab mich zu meiner Schwadron.

Jede Schwadron hatte ihren eigenen Bau, wobei das Regimentshauptquartier in der Mitte der Gruppe lag; dahinter befanden sich die verschiedenen Gebäude für Instandhaltung und Nachschub. Als ich ankam, war das Schwadronsgebäude so gut wie leer und der einzige Unteroffizier in der Wachstube war ein junger Stabsgefreiter. Er nahm blitzartig Haltung an, und ich bemerkte, dass seine Uniform nicht weniger tadellos war als alles andere, was ich gesehen hatte.

Ich sagte ihm, wer ich war, und fragte nach Legat Nexo. Er sagte, der sei zu Besuch bei Freunden in der Stadt.

Ich äußerte mich nicht dazu, dachte aber, dies sei wohl die geselligste Einheit, die mir je untergekommen war. Wo die Männer aus meiner Schwadron seien? Einige beim Arbeitsdienst, einige in den Stallungen, die meisten jedoch auf Kurzurlaub in der Stadt, da die Schwadron B diese Woche Bereitschaft habe.

»Bereitschaft, was? Wofür steht man denn bereit?«

»Nun, Sir, für den Notfall, Sir.«

»Wie würde man sie denn zusammenrufen, wenn sie alle in Schenken herumlungern?«

Der Gefreite machte ein verdutztes Gesicht. »Nun, Sir, wir hatten in den sechs Jahren, die ich beim Regiment bin, noch keinen derartigen Fall. Aber ich nehme an, wir müssten warten, bis sie sich zurückmelden. Vielleicht einen Boten in die Schenken schicken, in denen die Truppe zu trinken pflegt.«

Ich machte mich schon daran, knurrend meine Meinung zu äußern, fing mich aber gerade noch. Man kann beim Militär nichts Dümmeres tun, als bei der Versetzung zu einer neuen Einheit sofort alles umkrempeln zu wollen. Ich dankte dem Gefreiten und ließ mich von ihm zu meinem Quartier führen.

Als Capitain und Kommandant der Schwadron hatte ich natürlich eine eigene Stube erwartet, war aber doch erfreut, dass sie so geräumig war und dass dazu nicht nur eine Schlafkammer und ein eigenes Büro gehörten, sondern auch ein eigenes Bad und eine kleine Kammer für Karjan. Ich befahl Karjan, Lucan und Rabbit in die Stallungen zu bringen. Er salutierte, schickte sich zum Gehen an, zögerte aber dann.

»Was gibt's denn, Lancier? Sprecht frei von der Leber weg.«

»Ich bitte den Leg-, äh, den Capitain um Entschuldigung, Sir, aber bei allen Höllen – in was für eine Art von Armee sind wir denn hier bloß geraten?«

Es war eine gute Frage und während der folgenden Tage gewann sie an Berechtigung. Als Erstes kam Legat Nexo, ein eher verweichlichter junger Mann, der so tat, als lispele er. Nein, er würde lieber nicht bei der Schwadron B bleiben, wünschte aber irgendwohin versetzt zu werden, wo er unter seinesgleichen, äh, unter Freunden sei. Ich hätte ihm für seine Unverschämtheit vermutlich eine Woche Hausarrest geben können, hier im Quartier. Aber am liebsten hätte ich ihn hinter die Schwadronsbaracke gezogen, meine Schärpe abgelegt und die Angelegenheit auf direktere Art diskutiert. Aber ich wusste, ein Offizier seines Schlages würde sich nie und nimmer dazu herablassen, jemanden mit der bloßen Hand zu schlagen; er hätte mich auf der Stelle gemeldet.

Was die einhundertzwanzig Mann anbelangte, die ich unter meinem Kommando hatte, nun, nach außen hin schien es, als hätte ich den Befehl über eine Einheit, wie man sie sich als Offizier erträumt. Ich lag nur um fünf Mann unter der vollen Schwadronstärke, was allein schon an ein Wunder grenzte. Fast alle meiner Leute hatten wenigstens bereits ein Jahr gedient und fast die Hälfte waren Berufssoldaten. Sie waren alle von ordentlicher Größe, selbst der kleinste war noch eins siebzig und einige überragten sogar mich. Sie waren bei bester Gesundheit – niemand konnte sich über die Qualität unserer Verpflegung beschweren, noch darüber, wie man sie zubereitete oder servierte.

Unsere Rösser wurden zweimal täglich geputzt, ordentlich bewegt und richtig gefüttert. Das Zaumzeug war immer frisch geseift und poliert, die Metallteile stets spiegelblank.

Das Erscheinungsbild der Männer war nicht weniger spektakulär. Ich befahl eine Reihe von Inspektionen, und das Schlimmste, was ich feststellen konnte, war, dass einer um eine Niete in seinem Helm das Putzmittel nicht ganz weggewischt hatte. Ich ließ es ihm durchgehen. Selbst die Sohlen ihrer Stiefel wurden vor dem Antreten geschwärzt.

Ihre Manöver waren perfekt, und jeder Schwenk auf dem Exerzierplatz klappte präzise von »Abteilung … angetreten!« bis hin zu »Defiliert!« Sie konnten jubelnd an einem Würdenträger vorbeigaloppieren, ohne dass die Reihe sich mehr als eine Ellenlänge verzog.

Sie konnten … Schluss!

Sie waren der beschissenste Haufen Soldaten, die zu befehligen ich je das Pech gehabt habe. Selbst jetzt, all die Jahre später, ist es mir unmöglich, von ihnen als »meine Soldaten« zu sprechen oder als »uns«; sie sind immer nur »sie«. Wären sie, und da sei Irisu vor, jemals dazu gezwungen gewesen, auch nur gegen einen einzigen Zug meiner zuweilen verlotterten und unterernährten, größtenteils eher klein geratenen Lanciers anzutreten, die Männer des Siebzehnten hätten sich an das Scharmützel nicht einmal mehr erinnert.

Diese »Silbernen Kentauren« hatten nicht die geringste Ahnung davon, wie sie mit ihren Waffen zu kämpfen hätten, und wenn sie zehnmal wunderschöne Pirouetten drehten auf ihren Paraden durch Nicias. Säbel waren zum Präsentieren da, Lanzen, um daran Fähnlein zu hängen, und Dolche dienten dem Schmuck.

Sie standen Wache vor den Regierungsgebäuden in Nicias, aber wäre ein Mob auf sie losgegangen, sie wären kreischend davongelaufen, weil sie nicht die geringste Ahnung gehabt hätten, was zu tun war.

Und was die Taktik anbelangte – hätte ich ihnen befohlen abzusitzen und unter Ausnutzung jeder Deckung mit gezücktem Säbel vorzugehen, ich hätte ebenso gut Kaiti sprechen können. Tarnung, Aufklärung, Scharmützel, Kurierdienst, Flankenschutz – keine der eigentlichen Pflichten eines Kavalleristen im Krieg war ihnen bekannt. Alles, was sie an Angriffen beherrschten, war der Angriff en muraille auf einem ebenen, gepflegten Paradeplatz unter dem Beifall von Diplomaten und dem Jubel der Bevölkerung an einem Feiertag.

Nicht, dass mit den Männern ihrem Wesen nach etwas nicht gestimmt hätte; fast alle Soldaten sind gleich, es kommt ganz auf ihre Führung an. Dieselben Männer hätten, gut und hart trainiert, ebenso gut oder sogar besser sein können als ein Lancier.

Aber die Goldhelme waren so morsch wie der Zehnerrat selbst. Domina Lehar interessierten mehr die Herrensitze und Reisfelder, die er anderthalb Tagesreisen westlich von Nicias im Delta besaß. Der Rest der Offiziere bestand aus denselben Laffen, Narren und Salonlöwen, wie ich sie schon vom Lyzeum her kannte, egal welchen Alters, Rangs oder körperlichen Verfalls, nur gab es bei den Goldhelmen niemanden, der sie in die Realität zurückholte.

Ich habe gehört, in einigen dieser aufgeblasenen Regimenter wie den Goldhelmen sei es in der Messe verboten, Geschäftliches – das heißt das Soldatenhandwerk – zu diskutieren. Ein solches Verbot gab es bei den Goldhelmen nicht und es war auch nicht nötig. Hätten wir über den Dienst des Tages gesprochen, wir hätten uns angehört wie Hausfrauen, die sich in Diskussionen über die Qualität von Silberputzmitteln ergehen, oder Rosshändler beim Plausch darüber, wie schnell der eine oder andere Klepper wohl auf der Rennbahn war.

Die einzige Ausnahme war ein eher verlotterter Legat, drei Jahre älter als ich, den weder der neueste Klatsch zu interessieren schien noch die Pferdezucht, der weder trank noch spielte, ja selbst

Frauen schienen ihn kaum zu interessieren. Er beschäftigte sich lieber mit Geschichte, hauptsächlich der des Militärs, und mit den wenigen Zeitungen, die sich auf Militärisches konzentrieren. Die Goldhelme hatten sich um ihn gerissen, weil er am Lyzeum in seinem Jahrgang der Beste gewesen war. Dass sie damit einen Fehler gemacht hatten, merkten sie erst, als er sich meldete und sagte, er hätte seine Position ausschließlich aufgrund seiner Fähigkeiten auf dem Feld oder im Klassenzimmer erreicht; kein Mensch hätte je auch nur ein Wort über seine Erscheinung oder seine Unfähigkeit, seinen Vorgesetzten in den Arsch zu kriechen, gesagt.

Er hieß Mercia Petre. Ja, *der* Petre, und er unterschied sich im Grunde als Legat kaum von dem Petre, der schon kurze Zeit darauf einen Tribunenstab hielt.

Ich kann nicht sagen, wir hätten uns angefreundet – mit einer Ausnahme möchte ich bezweifeln, das Petre je etwas hatte, was man unter konventionellen Leuten einen Freund nennt. Aber ich verbrachte halbe Nächte in dem Saustall, den er sein Quartier nannte, und studierte über einer Tasse Tee alte Schlachten, die wir so umgestalteten, dass sie womöglich anders ausgegangen wären; und wir lasen alles, was über die Grenzstaaten zu finden war, über Kallio, ja selbst über Maisir. Ein Teil von mir mochte sich zu Tode langweilen ob der Trockenheit dieser Bücher, aber sie waren nun einmal ein notwendiger Teil meines Metiers. Petres Gesellschaft dagegen langweilte mich nicht eine Minute lang, auch wenn ich da allein auf weiter Flur war, denn alles, was Petre interessierte, war, Isa zu dienen, dem Gott des Kriegs.

Er war die einzige Freude, die ich während der drei langen trostlosen Monate in der Kaserne der Helme fand.

Die Situation als solche ist ein Favorit der romantisierenden Literatur. Es ist die großartige Geschichte einer dickschädelig-gesetzten Einheit und des tapferen, eigensinnigen jungen Offiziers, der trotz aller Anfeindungen für seine Überzeugung eintritt und aus seinem eigenen kleinen Teil dieser Einheit eine tüchtige Kampftruppe macht; der Krieg schließlich gibt ihm Recht, und er zieht mit seiner Truppe los und wird ein ungeheuerlich großer Held.

Die Wahrheit jedoch sah so aus, dass man mir, hätte ich mich wie jener junge Offizier verhalten, meinen Kopf gereicht hätte, und das höchstwahrscheinlich auf dem silbernen Tablett, auf dem sich der Domina den ersten Schluck Branntwein des Nachmittags servieren ließ. Ich konnte das nicht riskieren. Nicht nach Banim Lanett, Capitain der Unteren Hälfte, und jenem Rõlmatch bei den Lanciers.

So folgte ich denn dem ältesten Gebot des Metiers: »Halt den Mund und diene, Soldat!« Ich nutzte die paar Stunden, die ich als Capitain mit der Schwadron hatte, um den Männern ein gewisses taktisches Verständnis beizubringen, aber da wir die Stadt nicht verlassen durften, um diese Manöver zu üben, noch die Möglichkeit hatten, die Technik des Straßenkampfs zu erlernen, fürchte ich, dass meine Vorträge den Männern lediglich die Gelegenheit boten, sich in der typischsten aller soldatischen Disziplinen zu üben – dem Schlaf mit offenen Augen.

Mir blieb nichts, als zu warten, dass das Jahr oder was auch immer verging, bis man mich vergessen hatte, um dann die Versetzung zurück an die Grenze zu beantragen.

Das und die der Welt jenseits der Kaserne zu erforschen, jenseits des Regiments – die Wunder der Stadt der Lichter.

Ich habe mich nie als Stadtmenschen gesehen, noch habe ich besondere Freude an Metropolen. Nicias jedoch ist eine Stadt zum Verlieben.

Ihrer bemerkenswertesten Eigenart verdankt die Stadt ihren Namen. Als Umar die ersten Menschen schuf und auf die Erde herabschickte, bevor er sich schweigend zurückzog und Irisu und Saionji die Welt regieren ließ, fanden sie einen tosenden Flammenturm, eine Gasflamme, die aus einem Felsen schoss. Über Jahrhunderte hatte man das Feuer irgendwie gelöscht und das Gas in ein Rohrsystem geleitet, das erst neben, dann unter den Straßen der Stadt erlegt war. Als man das Feuer schließlich wieder anmachte, hatte – hat heute noch – jedes Haus vom Herrensitz bis zur letzten Hütte, ja die Straßen selbst kostenloses Licht, das darüber hinaus eine gewisse Wärme abgab. In Nicias brennt es häufiger als in anderen

Städten, aber seine Einwohner sehen darin den Preis, der zu bezahlen ist, und verehren Shahriya dafür um so mehr. Der Gasvorrat hat sich weder verringert, noch ist er versiegt. Der Legende nach ist der Tag, an dem dies passieren wird, der letzte Tag Numantias, ja womöglich das Ende der Welt.

Über Nicias gibt es so viele Fakten, dass man schnell verwirrt ist: Hauptstadt der Provinz Dara wie auch Numantias selbst, liegt es am östlichen Rand des riesigen Latane-Deltas, erstreckt sich weit über hundert Quadratwerst, hat vielleicht eine Millionen Einwohner, obwohl ich bezweifle, dass selbst der wackerste Volkszähler sich je in die sich auftürmenden Slums am östlichen Ende oder in die schlimmen Viertel um die Docks gewagt hat, die im Norden in den Großen Ozean hinausstehen; ebenso wenig, wie jemand die Obdachlosen gezählt hat, die in ihr einziges Stück Kleidung gehüllt einschlafen, wo immer die Dämmerung sie überrascht.

Es gibt ein halbes Hundert Parks von solchen, die nicht größer als ein Stadtplatz sind und von den Anwohnern gepflegt werden, bis hin zu riesigen Anlagen wie den Hyder Park oder die Mancoer Heide in den Außenbezirken im Norden der weitläufigen Stadt. Der Latane hat wenigstens zwölf Arme und unzählige Zuflüsse, und sie alle winden sich durch die Stadt. Einige davon wie etwa der Hauptarm, auf dem die Schiffe verkehren, sind nicht reguliert. Andere wurden wie Kanäle in steinerne Einfassungen geleitet. Wieder andere fließen unterirdisch und spülen die Abwässer der Stadt ins Meer.

Ich kann mir nicht vorstellen, dass jemand dieser Stadt müde wird. Es hat einmal jemand gesagt, man könnte ein Leben lang zu jeder Mahlzeit ein anderes Restaurant besuchen und würde dennoch sterben, bevor man sie alle gesehen hat. Ich könnte zynisch hinzufügen, er könnte auch an Übersättigung sterben oder – wenn ich an einige Straßenverkäufer denke, bei denen ich mir schnell einen Imbiss mitnahm – an einem verdorbenen Magen statt an Altersschwäche, denke aber doch, an dem Ausspruch ist etwas dran.

Nicias hat alles, von ruhigen, kühlen Straßen, wo die Reichen ihre Stadtwohnungen haben, bis hin zu den armseligsten Dachkammern; Einkaufsviertel voll gewundener Gassen mit den merkwürdigsten kleinen Geschäften, die man sich vorstellen kann, über die Stände auf dem Markplatz bis hin zu großen Kaufhäusern, in denen von einer Stecknadel bis zur Bestattung alles zu haben ist. Aber genug – wenn Ihr mehr wissen wollt, kauft Euch einen Führer, oder besser noch, bereist die Stadt selbst und genießt ihre Pracht.

Manchmal ging ich alleine aus, manchmal, wenn mir danach war, mir die riskanteren Viertel der Stadt anzusehen, fragte ich Karjan, ob er mich nicht begleiten wolle. Wenn er schon keine anderen Freunde fand, so konnte er wenigstens genug für uns beide trinken, so dass ich mich wegen meiner Enthaltsamkeit nicht zu verhöhnen lassen brauchte; und dann hatte er einen erstaunlich guten Bass, der ihn in den Musikantenschenken der Stadt populär machte.

Ich besuchte den Seher Tenedos, der sich immer aufrichtig freute, mich wiederzusehen. Es wurde mir dies zur Gewohnheit. Wann immer ich keinen Nachtdienst schieben musste, der bei den Helmen nur alle drei Wochen anfiel, und nichts anderes vorhatte, dann schaute ich am Führungslyzeum vorbei, das nur zehn Minuten entfernt war, um zu sehen, ob ihm nicht etwas für den Abend einfiel.

Er fragte mich nach meinem Tag, und selbst die paar Augenblicke, die es dauerte, davon zu erzählen, langweilten mich; und dann erzählte er mir von seinem. Ich nehme an, er hatte sein Büro mit einem Rechteck des Schweigens versehen, da sein Urteil über einige der hochrangigen Offiziere, die er unterrichtete, vom Lehrkörper des Lyzeums ganz zu schweigen, vernichtend ausfiel.

Die beiden anderen Ausbilder in der Fakultät für Militärzauberei hatte er gefeuert, den einen wegen Senilität, den anderen wegen Inkompetenz, und sie durch junge, eifrige Seher ersetzt, die wie er davon überzeugt waren, dass die Zauberei neben der Infanterie und der Kavallerie ein dritter Zweig der Armee werden müsste.

Zuerst waren wir nur zu zweit, aber binnen weniger Wochen gesellten sich andere Offiziere, Studenten, jüngere Hauptleute der Oberen Hälfte und Dominas zu uns. An diesem Punkte hörte die

Analyse seiner Schüler selbstredend auf. Außerdem waren diese mehr an Erläuterungen seiner Vorlesungen interessiert, die er häufig mit Hilfe eines Sandkastens illustrierte, den er sich auf einem großen Tisch hatte bauen lassen.

Ich hielt mich im Hintergrund der Menge und hörte aufmerksam zu. Ich war fasziniert. An der Oberfläche schien er lediglich von längst geschlagenen Schlachten zu sprechen und zu demonstrieren, wie ein geschickter Magus deren Ausgang mit einem Zauber hätte verändern können, sei es mit einem Dunkelheitszauber hier, einem Wetterzauber dort und so weiter und so fort.

Aber es ging in den Vorträgen des Sehers Tenedos um mehr als bloße Geschichte, auch wenn ich einige Zeit brauchte, um es zu erkennen. Ich glaube, wenn ich von seinem Hass auf den Zehnerrat nichts gewusst hätte, von seiner festen Überzeugung, Numantia würde untergehen, würde es nicht endlich wieder von einem König regiert, ich hätte es vielleicht gar nicht bemerkt. Er flocht hier einen Seitenhieb auf jene ein, die in der Vergangenheit lebten – deren Totenhand sie in der Zukunft erwürgen würde – oder sagte, wenn eine der Schlachten in die Regierungszeit des Zehnerrats fiel, dass sie vom Kommandanten auf dem Feld gewonnen wurde und nicht etwa von den von Panik ergriffenen Schwätzern im Hintergrund.

Tenedos zog sich einen Kader von Jüngern seiner Philosophie heran. Jedenfalls gab es keinerlei Anzeichen dafür, dass man ihn abgelehnt oder gar gesellschaftlich geächtet hätte. Dem Rat der Zehn war mit seiner Berufung ein schwerer Irrtum unterlaufen, genauso, wie er es vorausgesehen hatte.

Da alle seine anderen Studenten einen höheren Rang hatten als ich, kam ich mir schon fehl am Platz vor, als Tenedos einen neuen Arbeitsplan bekanntgab: Er würde nur noch zweimal die Woche für Extrasitzungen zur Verfügung stehen. Die anderen Abende wünsche er alleine zu sein.

»Wenigstens einen davon«, sagte er, »das verspreche ich dir, Damastes, verbringe ich mit dir, vorausgesetzt, du bist die Gesellschaft eines brummigen Magiers nicht längst leid. Ich spüre, dass ich in dem verdammten Büro einroste. Ich muss raus auf die Straße, unter Leute.«

Er tat recht daran, sich an seinen Plan zu halten, weil er nämlich ein Liebling der Vortragssäle zu werden begann. Ein interessanter Aspekt Nicias' war, dass man lieber in einen Saal ging und einen Mann seine Ideen vortragen hörte – oder, besser noch, es gingen zwei aufeinander los, die sich als imkompetente, hirnlose Affen beschimpften –, als eine Galerie oder ein Konzert zu besuchen.

Ein netter Nebeneffekt für den Lieblingsphilosophen der Saison waren all die Frauen, die sich einen privaten Meinungsaustausch wünschten, um – wie eine der Schönen sagte – »sicherzugehen, dass ich auch wirklich verstehe, was Ihr sagt«. Die Betreffende hatte wohl besonders ausführliche Erläuterungen nötig, denn als ich Tenedos am Nachmittag darauf sah, war er völlig erschöpft und sagte unseren Ausflug ab, um etwas Schlaf zu bekommen.

Das war jedoch so ziemlich das einzige Mal, dass ich ihn müde sah. Er hatte enorme Quellen der Energie, und wie es schien, wankte er nicht ein einziges Mal in seinem Entschluss.

Wenn wir abends ausgingen, konnte man nie sagen, wo es wohl hingehen würde, noch in welcher Gesellschaft. Manchmal ging es auf eine Feier, für die Tenedos eine Einladung erhalten hatte, oder, was gar nicht so selten vorkam, der »Löwe vom Sulempass«, wie eine der Zeitungen mich genannt hatte – was Yonge mich nicht vergessen ließ. Wir konnten ebenso gut in den Sälen der Mächtigen zu Abend essen wie in einer Baracke an den Docks, in der es zufällig die besten Austern von Nicias gab, wir konnten einem Konzert für vier Saiteninstrumente lauschen oder zusehen, wie vier nackte Tänzerinnen sich um einen Mann mit Gitarre räkelten, dessen Stimme selbst Tote zum Leben erweckt hätte, das Ganze in einer Weinschenke, in der wir vorsichtshalber mit dem Rücken zur Wand saßen.

Nicias war eine schöne, aber keine glückliche Stadt. Irgendetwas stimmte nicht, irgendetwas war faul. Reiche Leute gingen nicht ohne einen oder zwei bewaffnete Leibwächter aus. Die Bevölkerung verhöhnte ganz offen die Büttel, und in den ärmeren Vierteln, in die die Gesetzeshüter nur in Gruppen gingen, warf man ihnen auch schon einmal einen Pflasterstein ins Kreuz und lief dann davon.

Auch Soldaten respektierte man nicht, im Gegenteil, man verwünschte sie, und manchmal, wenn der Nicier kühn und der Soldat betrunken genug war, lauerte er ihm auf, beraubte ihn und zog ihn aus.

Was nicht heißen will, dass die Ungerechtigkeit nur von einer Seite kam. An jeder Straßenecke stand ein Volksredner, der höchstwahrscheinlich lautstark zotige Bettgeschichten über den Zehnerrat verbreitete, und das als Verurteilung des ganzen Systems. Natürlich waren sie harmlos, selbst wenn ihre Zahl Anlass zu Bedenken gab. Trotzdem pickten die Büttel sich diese Angeber als verzweifelte Staatsfeinde heraus und knüppelten sie nieder, bis wenigstens für den Augenblick Ruhe herrschte. Zudem gingen sie davon aus, dass jeder, der verhaftet wurde, auch schuldig sein musste, also hatte er schon auf dem Weg zum Gefängnis eine gnadenlose Tracht Prügel verdient.

Nicias war schön, aber keiner schien dafür etwas tun zu wollen. Die Straßen gehörten gefegt, die Gehsteige waren für gewöhnlich mit Abfall blockiert, und viel zu viele Gebäude, öffentliche wie private, hätten eines Anstrichs oder der Renovierung bedurft.

Mir fiel ein, was Tenedos gesagt hatte, als wir ein Jahr zuvor durch den Sulempass geritten waren: »Ich *spüre* die Unruhe in Nicias, in Dara. Die Leute sind ohne Führer, ohne Richtung, und sie wissen es auch.«

Auch ich spürte diese Spannung; es war, als wäre die Stadt ein großes, trockenes Weizenfeld in der Dürre, das nur auf einen Mann mit einer Fackel zu warten schien. Und ich begann langsam zu glauben, dass der, mit dem ich da durch die Straßen ritt, dieser Mann war.

Aber nur sehr selten gingen meine Gedanken in diese bittere Richtung.

Laish Tenedos war ein ausgezeichneter Gesellschafter. Wenn er auging, ging er häufig in Zivil, da – wie er sagte – »die Kluft eines

Zauberers nicht weniger oft abstoßend wirkt, als sie einem einen Vorteil verschafft. Ich kann dir nur raten, es genauso zu halten.«

Obwohl es gegen die Vorschriften war, kaufte ich mir Zivilkleidung, die ich in Tenedos' Wohnung ließ; trotzdem ging ich meistens in Uniform.

Wir beide landeten, manchmal in Begleitung von Karjan und Yonge, an den merkwürdigsten Orten.

Ich erinnere mich …

… Wir hatten einem Bootsführer einige Kupferlinge zugesteckt, auf dass er uns eine Führung durch die Kanalisation der Stadt zuteil werden ließ; wir rasten dahin, als hätten unseren winzigen Kahn Stromschnellen erfasst, die gewölbten Backsteingewölbe über uns tropfend und feucht; Ratten fauchten uns aus den Ecken an. Yonge machte den Bootsführer betrunken, und wir wären fast auf immer verloren gegangen, bis wir schließlich auf einen offenen Rost stießen, an dem wir unsere Orientierung wiederfinden konnten.

… Ein Abend begann ganz ruhig mit dem Besuch einer kleinen Schenke am Fluss, wo das erste Fass des berühmten süßen Weines aus Varan zu kosten war. Irgendwie wurde aus dem Kosten ein Trinken und aus dem Trinken ein Gelage, und wir tanzten schließlich in einer endlosen Schlange den Fluss entlang, der Seher Tenedos in voller Robe völlig betrunken vorneweg, ich gleich hinter ihm, trunken freilich nur von Gelächter und Gesang, während die Büttel verwirrt zusahen – sie waren nicht so dumm, einen Zauberer niederzuknüppeln, nur weil er sich betrunken zum öffentlichen Ärgernis machte.

… Wir waren bei einem förmlichen Abendessen. Ich saß neben einer schönen, wenn auch eher kühlen Frau, vielleicht zehn Jahre älter als ich, die mir als Marquise Fenelon vorgestellt worden war. Zwischen den Gängen hatten wir über dieses und jenes geplauscht – ich lernte tatsächlich die Kunst der belanglosen Plauderei.

Schließlich wandte sie sich mir zu und ich sah zum ersten Mal die Nadel, die sie an der Brust trug.

Es war ein massiver Goldguss eines langen Stricks.

Die Zeit blieb stehen, und meine Gedanken gingen zurück in eine Höhle, zu einem anderen, sehr realen Strick aus gelber Seide um meinen Hals und einer mordlustigen Schönheit namens Palikao.

»Was«, so sagte ich, meine Stimme so heiser, als hätte ich gerade einen meiner Leute zusammengestaucht, »tragt Ihr denn da?«

Sie fuhr zusammen und warf einen Blick auf die Nadel. Dann sah sie zu mir auf, wandte die Augen jedoch rasch wieder ab. »Oh«, sagte sie, »das ist ... ich habe es in einem Laden gesehen und hielt es für ganz hübsch. Eine Spielerei, weiter nichts.«

Ich wusste, sie log.

... Wir organisierten ein spontanes Rennen der Kutscher des Hyder Parks und durchkämmten die nahe gelegenen Schenken nach genügend Passagieren, um die Kutschen zu füllen.

Die beiden verschlafenen Büttel rannten schreiend davon, als sie eine Kavalkade von Kutschen voller betrunkener Edelleute auf sich zurasen sahen.

Als die Büttel endlich Verstärkung beisammenhatten, waren bereits zwei Runden gedreht, wir hatten einen Preis vergeben – ein riesiges Spielzeugtier, soweit ich mich erinnere – und uns ins Dunkel der Nacht verdrückt.

... Es war schon spät, und ich hatte mich verirrt in dem Versuch, auf eine Gesellschaft zu kommen; ich lenkte Lucan die Straßen eines exklusiven Viertels der Stadt auf und ab und zu beiden Seiten des Weges waren die Mauern von Herrenhäusern. Schließlich fand ich das Haus, das auf der elfenbeinfarbenen Karte beschrieben war, und ritt auf das Grundstück. Ich kam erleichtert zu dem Schluss, ich sei nicht zu spät dran, da die Auffahrt noch immer von Kutschen gesäumt war und Stallknechte mit einem Dutzend oder mehr Pferden herumstanden. Ich saß ab, warf die Zügel einem der Bediensteten zu und ging die Treppe hinauf zum Haupthaus.

Ich kannte die Leute nicht, die dort wohnten, noch nicht einmal dem Namen nach, aber die Karte versprach einen Abend, den »Ihr nie vergessen werdet«, und eine solche Gelegenheit ließ ich mir nicht entgehen.

Ein Mann mit feierlicher Miene öffnete mir, verbeugte sich und machte hinter mir die Tür wieder zu, ohne mir zu folgen. Ich fand es etwas merkwürdig, dass ein Diener draußen zu bleiben hatte, und sah mich achselzuckend nach einer Garderobe um.

Ich trat durch ein mit einem Vorhang versehenes Portal in einen großen Raum, der lediglich mit Kissen und einem herrlichen Teppich mit dem dicksten Flor »möbliert« war, den ich jemals gesehen hatte. Und es war nur gut, dass er so bequem war, denn die Körper, die sich darauf räkelten, waren splitternackt.

Mann–Frau, Mann–Mann, Frau–Frau, Mann–Frau–Mann: Es hatte den Anschein, als wolle man sämtliche möglichen Kombinationen ausprobieren.

Eine sehr kleine blonde Frau, nackt wie alle anderen, stand auf und kam auf mich zu; sie ging, als fürchte sie, der Boden könnte ihr unter den Füßen weggleiten. Sie hatte milchige Haut, lockiges Haar, das Gesicht eines unschuldigen Kindes und den vollkommenen Körper einer jungen Metze.

»Guten Abend. Würdet Ihr gern zwischen meine Memmen kommen?« fragte sie.

Ich hatte keine Ahnung, wie die schickliche Antwort darauf lautete – ich weiß es auch jetzt noch nicht.

»Willkommen auf meiner Gesellschaft«, fuhr sie fort. »Wir amüsieren uns königlich. Er sieht mir nach einem *Großen* aus. Kommt zu uns. Ist immer schön, ein neues … Gesicht zu sehen.« Sie kicherte.

»Ja«, sagte ich. »Gewiss doch. Einen Augenblick noch. Ich will mich nur nach einem Platz für meinen Mantel umsehen.«

»Ich warte«, sagte sie und begann sich mit den Daumen die Brustwarzen zu massieren, wobei sie ihre Brüste auf eine Art gegeneinander rieb, die sie wohl einladend fand.

Ich zog mich durch den Vorhang zurück und trat durch die Tür.

»Ihr geht schon, Sir«, sagte der Bedienstete mit vollkommen neutraler Stimme. Ich nickte, wandte mich in Richtung meines Pferds, drehte mich dann aber noch einmal um.

»Ach, wenn ich fragen darf. Wem gehört denn das Haus hier?«

»Es ist die Residenz von Lord Mahal aus dem Zehnerrat und seiner Frau, Sir.«

Ich stieg auf und ritt davon.

Als Tenedos gesagt hatte, Lord Mahals Frau sei *offen* gegenüber allem Neuen und Unerprobten, da hatte er nicht gewusst, wie richtig er damit lag.

Dann änderte sich alles.

Der Seher Tenedos hatte mir vorgeschlagen, an seiner Statt auf eine Gesellschaft zu gehen, da er selbst sich ganz unvermutet in einer recht dringlichen Angelegenheit zu Lord Scopas gerufen sah. Er sagte, es könnte mir gefallen, es handele sich um eine regelmäßige Zusammenkunft, die bei Nicias' radikalen Denkern ausgesprochen populär sei. Er habe sich, so ließ er mich wissen, bereits entschuldigt und angekündigt, ich käme höchstwahrscheinlich an seiner Stelle, und so hatte sein »Vorschlag«, was gar nicht so selten vorkam, eher etwas von einem Befehl.

»Kann ich meine Kleidung anbehalten, Sir?«

Er lief rot an – ich hatte ihm von der Orgie bei Lord Mahal erzählt.

»Du wirst dort zweifelsohne einigen weit merkwürdigeren Leuten begegnen als diesen Satyren und Nymphen«, meinte er. »Aber man behält dort die Kleidung an – na, jedenfalls die meisten.«

»Wer steckt denn dahinter?«

»Eine junge Dame. Die Gräfin Agramónte und Lavedan. Die Agramóntes sind ein sehr altes, sehr reiches Geschlecht. Angeblich besitzen sie genügend Land für einen eigenen Staat.

Sie hat vor etwas über einem Jahr geheiratet. Graf Lavedan hat beinahe genauso viel Gold wie sie, aber sie bestand darauf, den Namen ihrer Familie zu behalten, und die Lavedans sind nicht so dumm, mit einer Agramónte zu streiten.

Es lohnt sich, diese Leute zu kennen, Damastes. Bitte entschuldige mich nochmals bei ihnen, obwohl ich bezweifle, dass du Graf Lavedan begegnen wirst. Er interessiert sich mehr für die Reederei seiner Familie als für Politik oder Philosophie.

Amüsier dich gut.«

Das Haus lag am Wasser, ein riesiger Würfel von fünf Etagen mit Gaslichtern zu beiden Seiten eines Tors in einem hohen, herrlich gearbeiteten schmiedeeisernen Zaun. Ich stieg ab und ging hinein.

Ich gab Helm und Dolman einem Portier und wandte mich in Richtung einer von gelegentlichem Lachen durchbrochenen Konversation.

Ich kam an einem riesigen, hohen Ballsaal vorbei, der leer im Dunkeln lag, bevor ich auf die Gesellschaft stieß. Sie befand sich in einem kreisrunden, ebenso bequem wie teuer ausgestatteten Raum. Auf einem Sideboard stand eine Silberschüssel mit Punsch.

Es mochten vielleicht dreißig Leute anwesend sein, und ich sah, was Tenedos gemeint hatte. Sie waren auf jede nur vorstellbare Art und Weise gekleidet; wenigstens zwei von ihnen so, dass ich nur hoffen konnte, dass es nicht Schule machte, und man kam aus jeder – von der reichsten bis hinab zu bescheidensten – Schicht. Man diskutierte munter, hörte zu oder wartete darauf, den, der gerade sprach, einen Esel nennen zu können.

»Ah«, erklang eine Stimme hinter mir. »Das muss der Löwe vom Sulempass sein. Werdet Ihr heute abend brüllen, o Löwe?«

Ich wandte mich um, ein Lächeln auf meinem Gesicht, bereit, der scherzhaften Aufforderung nachzukommen – da schimmerte mit einem Mal die Welt um mich, als hätte ein Gott sie in Gold verwandelt.

Die Frau war noch recht jung, kaum achtzehn, wie ich später erfuhr. Sie maß gerade mal einen Klafter und hatte dunkelblondes Haar, das sie modisch lang und so gescheitelt trug, dass es eine Hälfte ihres Gesichts verdeckte und dann bis hinab zu ihren kecken kleinen Brüsten fiel. Sie trug ein langes, elegantes und geradezu gewagt durchscheinendes Trägerkleid, dessen Nackenband sich über dem Busen kreuzte, wodurch dessen aufregende Wölbung betont wurde.

Ihr Gesicht war rund, die Augen blitzten vor Intelligenz und sie hatte einen kleinen, aber sinnlichen Mund. Auch sie lächelte.

Unsere Blicke begegneten sich und das Lächeln verschwand.

»Ich … ich bin die Gräfin Agramónte und Lavedan«, sagte sie und hörte sich mit einem Mal fast entgeistert an, während ihre Stimme in einem kehligen Murmeln verklang.

Nachdem ich ein gewisses Maß an Haltung wiedergefunden hatte, ergriff ich ihre Hand, hob sie an und beugte mich über sie.

»Capitain Damastes á Cimabue, Frau Gräfin.«

»Ihr dürft mich Marán nennen«, hauchte sie.

Ich gab ihre Hand frei und blickte ihr ein weiteres Mal in die Augen.

Und ertrank auf immer darin.

16 *Marán*

Plötzlich änderte sich der Ausdruck ihres Gesichtes, und ich kann ihn nur mit dem eines jungen Hundes vergleichen, der etwas falsch gemacht hat und dafür die Rute erwartet.

»Tut mir leid, Frau Gräfin, ich meine Marán«, sagte ich rasch. »Ich wollte Euch nicht anstarren.«

»Nicht doch, nicht doch«, meinte sie und ihr Gesichtsausdruck wurde wieder normal. »Ihr habt nichts falsch gemacht. Ich fühlte mich nur ein wenig eingeschüchtert, Herr Capitain. Ich habe so selten Soldaten in meinem Salon.«

»Das kann ich verstehen«, sagte ich und versuchte mich an einem schwachen Scherz: »Die meisten von uns wissen nun mal nicht, wo sie in Damengesellschaft mit ihrem Säbel hinsollen.«

Ein schelmisches Grinsen huschte über ihr Gesicht. »Da habe ich aber etwas anderes gehört«, lächelte sie.

»Wie meinen?« Ich spielte den Unschuldigen.

Sie zog es vor, nicht zu antworten, sondern zog mich zu der Schale mit Punsch und schenkte mir einen Becher voll ein.

»Ihr habt die Wahl«, erklärte sie. »Ihr könnt Euch der Menge anschließen und dem früheren Grafen Komroff zuhören, der sich gerade darüber verbreitet, warum wir alle auf unsere Titel verzichten, in die Slums ziehen und von geronnener Milch leben sollten, wenn die Welt noch eine Chance haben soll –«

»Oder?«, unterbrach ich sie rasch.

»Oder Ihr bekommt die große Führung durchs Haus – schließlich seid Ihr das erste Mal bei mir.«

»Dann führt mich«, verlangte ich. »Ich habe weder einen Titel noch eine große Schwäche für Hüttenkäse, also begebe ich mich ganz in Eure Hand.«

Ich bewunderte die Gemälde, Skulpturen, Goldintarsien und

raffinierten Holzschnitzereien im Erdgeschoß, auch den großen Ballsaal. Als wir zur Küche kamen, öffnete Marán nur die Tür, sagte mir, was sich auf der anderen Seite befinde, und ging weiter. Ich hätte gern die Einrichtungen gesehen, die nötig waren, um einen derart großen Haushalt zu versorgen, gab mich jedoch damit zufrieden, zu tun, was immer sie wollte; Hauptsache, ich war mit ihr allein.

Auf dem Weg die gewundene Treppe hinauf in den ersten Stock fragte ich: »Entschuldigt die Frage, aber da das Haus am Wasser liegt, ging ich davon aus, dass es Eurem Gatten gehört. Aber Ihr sagtet –«

»Es war mein Hochzeitsgeschenk für ihn. Und für mich.«

»Ihr habt keinen anderen Wohnsitz in der Stadt?«

»Ich weiß nicht, was Ihr über die Familie Agramónte wisst«, meinte sie. »Aber wir gehören zum Landadel und sind unglücklich, können wir nicht auf der Stelle ein Fenster öffnen, um Schweinemist und Heu zu riechen. Ich fürchte, ich bin der Bonvivant im Clan, jedenfalls finde ich grüne Wiesen und brüllendes Vieh sterbenslangweilig.«

»Zu schade«, entgegnete ich. »Ich komme nämlich selbst vom Land und könnte mir nichts Schöneres vorstellen.«

»Vielleicht«, sagte sie leise, »vielleicht habe ich es nur nie mit den richtigen Augen gesehen. Oder … mit dem richtigen Menschen.«

Ihre Hand berührte mein Handgelenk, war aber gleich wieder fort.

»Also auf dieser Etage«, fuhr sie fort und spielte den Palastführer, »haben wir so schrecklich interessante Räume wie das Nähzimmer, das zu betreten ich mich weigere, das Kinderzimmer, das für den Augenblick leer steht, und hier die Bibliothek, die mir lieb und teuer ist.«

Die Doppeltür öffnete sich in einen großartigen, von Bücherwänden gesäumten Raum; alles war aus dunklem Holz, die Möbel aus Eiche, die teuren Teppiche schluckten jedes Geräusch. Es gab Weltkarten und sogar einen Globus – eine der jüngsten Erfindungen der Kartographie.

Einer meiner geheimsten Phantasien war die, meinen Militärdienst irgendwie zu überleben und dabei – was noch unwahrscheinlicher war – ein Vermögen anzuhäufen, das groß genug war für ein herrliches Haus irgendwo auf dem Land. Ich mag kein Leser sein, aber ich bin auch kein Barbar und so gäbe es in diesem Haus selbstverständlich auch eine Bibliothek. Dort käme ich mit meinen Freunden zusammen, wir unterhielten uns über alte Feldzüge und längst gefallene Kameraden, und das beim Flackern eines Kaminfeuers, während draußen, von uns unbeachtet, ein Wintersturm tobt.

Die Bücher zogen mich nicht an, dafür um so mehr die Karten, da ich stundenlang über einer solchen sitzen und davon träumen kann, wie Land und Gelände aussehen, einer der wenigen Zeitvertreibe für drinnen, die mir neben der Musik etwas sagen.

Ich fragte mich, wie es wohl wäre, diese Bibliothek zu besitzen, und beneidete den Grafen Lavedan ein weiteres Mal.

Den nächsten Raum bewunderte ich gar noch mehr: ein Saal fast, war er mit Vorhängen versehen und hatte auf der einen Seite ein Podium. Dies sei ihr Musikzimmer, erklärte Marán. »Etwa einmal im Monat haben wir ein Quartett oder vielleicht auch ein kleines Orchester hier. Es ist aber schon einige Zeit her, da meinen lieben Ehemann Musik zu Tode langweilt.«

Am Ende des Flurs befand sich eine elegante Tür mit zwei Flügeln, von denen einer einen Spalt weit offen stand.

»Das hier ist das Arbeitszimmer meines Gatten. Da er nicht hier ist, wäre es wohl kaum –«

»Marán? Bist du das?«

»Ich dachte«, meinte sie, »er sei nicht zu Hause.« Sie hob die Stimme. »Ja, Hernad. Ich zeige nur einem der Gäste das Haus.«

Die Tür öffnete sich ganz und Graf Lavedan erschien. Er war etwa fünf oder sechs Jahre älter als ich, ein großer Mann, der in die Breite zu gehen begann. Es war eine Ironie, dass er von Kopf bis Fuß der derbe Landjunker war und dennoch von der Schiffahrt her kam, während seine Frau, die vom Land stammte, ganz die Intellektuelle aus der Stadt zu sein schien.

»Ich bin vor einer Stunde vom Hafen gekommen und wollte dich nicht stören, meine Liebe. Guten Abend, Sir«, begrüßte er mich herzlich. »Es kommt ziemlich selten vor, dass sich ein Soldat auf eine von Maráns Gesellschaften verirrt. Ich nehme an, Ihr tragt Euch mit dem Gedanken, das Militär umzukrempeln – nach einem ganz neuen und wichtigen Plan?«

»Nein«, erklärte Marán. »Das hier ist Capitain á Cimabue. Du weißt doch, der unten in den Grenzstaaten all die Leute gerettet hat.«

»Nein, das weiß ich nicht. Ich kümmere mich kaum um was anderes als ums Geschäft. Trotzdem, ich gratuliere, Herr Capitain.« Er kicherte. »Aus Cimabue, eh? Ich wette, Ihr seid es leid, Witze über Eure Provinz zu hören?«

»Ganz im Gegenteil«, erwiderte ich. »Es gibt dieser Tage so wenig richtige Feinde, dass ich froh um jeden Spaßvogel bin.«

Das Lächeln verschwand und er maß mich mit seinem Blick.

»Ich entschuldige mich, Capitain. Ihr braucht nicht gleich so empfindlich zu sein.«

»Tut mir leid, Graf Lavedan. Aber diese Geschichten sind über die Maßen langweilig.«

»Kann ich mir denken«, meinte er gleichgültig. »Aber wenn man sich über meinen Staat lustig machen würde, so würde ich lernen, es einfach zu überhören. Worte sind ohnedies nichts weiter als Schall und Rauch.«

Mir kam der Gedanke, dass ich da einen Seher kannte, der ganz anderer Meinung gewesen wäre. Ich hatte keine Ahnung, warum wir uns wie Kampfhähne benahmen; er konnte doch wohl kaum gemerkt haben, wie attraktiv ich seine Frau fand, und ich hatte ihm gegenüber bestimmt kein Recht auf Ressentiments.

»Möchtet Ihr Euch mein Arbeitszimmer ansehen, Herr Capitain?« fragte er und wechselte damit das Thema. Ich sagte ja.

Es war ein beeindruckender Raum, voller Schiffsmodelle, Karten, Seefrachtbriefe, und der große Tisch in der Mitte quoll über vor Warenproben, Briefen und Paketen. Das Beste jedoch sparte er sich auf für den Schluss. Es war ein kleiner Schaukasten, in dem das

Modell eines Schiffes zu sehen war. Ich hatte eines vom gleichen Typ an einem der Kais von Nicias gesehen. Es schien auf dem Wasser zu schweben und ich sah es mir genauer an. Es war ein Wunderwerk – das Schiff bewegte sich, jedes Segel, jedes Tau regte sich wie unter einem unsichtbaren Wind. Ich beugte mich vor und erblickte auf den Decks winzige Männer, von denen jeder mit seiner Arbeit beschäftigt war. Auch das Wasser, in dem das Fahrzeug schwamm, veränderte sich: Wellen bauschten sich vor dem Bug und liefen hinter dem Heck zu einem glatten Kielwasser aus.

»Hat eine hübsche Stange gekostet«, bemerkte Graf Lavedan. »Meine bessere Hälfte hat es mir letzten Monat zu unserem zweiten Hochzeitstag gekauft. Es hat fünf Seher gebraucht, um es zu bauen. Es ist ein Modell meines jüngsten Schiffes und es macht eine richtige Reise – von Nicias an ferne Gestade.« Er grinste Marán liebevoll an. »Das Frauchen weiß einen bei Laune zu halten. In der Tat.«

Wieder erschien der Ausdruck des Hündchens, das auf die Strafe wartet, auf Maráns Gesicht.

»Kommst du nach unten, Hernad?«

»Natürlich nicht«, beschied er. »Ich bin beschäftigt, und außerdem interessiert mich das Geplapper deiner neuesten Scharlatane nicht im Geringsten. Ihr seht, Herr Capitain, so vernünftig Marán auch sein mag, jedenfalls für eine Frau, so macht sie sich doch keinen Begriff davon, wie albern all diese Hanswurste auf wirklich vernünftige Männer wirken.«

Marán errötete, sagte jedoch nichts.

»Wie auch immer, wenn Ihr mich jetzt entschuldigen wollt, ich habe einige Briefe aufzusetzen«, schloss er.

»Soll ich noch einmal klopfen, wenn ich zu Bett gehe?«, wollte Marán wissen.

»Brauchst du nicht. Ich bin wahrscheinlich bis in den Morgen beschäftigt.« Er streifte ihre Stirn mit einem Kuss. »Schön, Euch kennen gelernt zu haben, Herr Capitain.«

Wir verließen sein Arbeitszimmer und er schloss die Tür.

Marán musterte mich, als erwarte sie einen Kommentar oder auch nur eine Reaktion. Ich zeigte weder das eine noch das andere.

»Damit wäre die erste Etage erledigt«, sagte ich schließlich. Ich wies auf eine Treppe. »Und da oben ...«

»Die zweite Etage, dort liegt mein Schlafzimmer. Und das von Hernad. Die sind nicht interessant.«

»Für jemanden, der zu viele Nächte versucht hat, in einem Stein ein Kissen zu sehen, bin ich da entschieden anderer Meinung. Nur zwei Schlafzimmer für die ganze Etage? Was macht Ihr denn dort außer schlafen? Habt Ihr etwa ein Rõlfeld da oben? Ein Schwimmbecken?«

Marán kicherte. »Nein. Es gibt Ankleidezimmer, Bäder, Empfangsräume.« Ihr Lächeln verschwand, und sie sagte, fast wie zu sich selbst: »Aber wir tun dort trotzdem kaum etwas anderes als schlafen.« Dann fuhr sie rasch fort: »Darüber befinden sich die Quartiere der Dienstboten, darüber das Solarium, das Gewächshaus und dergleichen mehr. Was wir törichten Reichen eben so brauchen, um unser Leben zu füllen.«

Ihre Miene hellte sich auf; sie trat einen Schritt zurück und machte einen Knicks. »*Là*, Sir, das wär's. Die Residenz von Graf und Gräfin Agramónte und Lavedan.

Eure Meinung?«

Ich machte ihr ein Kompliment und wir wandten uns der Treppe zu. Das ist doch merkwürdig, dachte ich bei mir. Zwei Jahre verheiratet und jeder hat sein eigenes Schlafzimmer. Aber vielleicht lebte man unter den wirklich Reichen ja so. Was den Hohn des Grafen ob des Zeitvertreibs seiner Gattin anging, so fand ich das alles andere als höflich. Als wir ins Erdgeschoss zurückkamen, kam mir ein wehmütiger Gedanke: Wäre ich mit dieser Marán verheiratet, ich wüsste meine Nächte besser zu füllen als mit Korrespondenz. Auch das schickte sich nicht, und ich versuchte, die Angelegenheit zu verdrängen, indem ich Graf Lavedan auf die Liste der Arschlöcher setzte, die ich in meinem Leben so traf.

Es sah ganz so aus, als hätte uns im runden Zimmer niemand vermisst. Die Gesellschaft hatte sich in einige heftig debattierende Grüppchen aufgeteilt und jede zerpflückte ein anderes Problem. Marán schenkte mir noch einen Becher Punsch ein.

»Sosehr es mich entzückt, Euch kennen gelernt zu haben, Herr Capitain«, sagte sie, »so hatte ich mich doch auf Euren Freund, den Seher Tenedos, gefreut.« Sie wies mit einer Geste auf die Leute um uns herum. »Hernad mag etwas ... heftig gewesen sein, aber er hat nicht ganz Unrecht. Manchmal sind die Leute, die ich einlade, wirklich ausgesprochen theorielastig, ohne große Erfahrung zu haben.« Ihr Gesicht wurde ernst. »Aber ausgerechnet ich muss das sagen. Ich habe nichts anderes im Leben getan, als geboren zu werden und reich aufzuwachsen.«

Ich kam zu dem Schluss, dass sie eine merkwürdige Frau war. Sehr wechselhaft in ihren Launen. Aber langweilig wäre sie sicher nie.

Einmal mehr ertappte ich mich dabei, ihr in die Augen zu sehen, und einmal mehr sah ich mich in einen Strudel gezogen. Mit geradezu physischer Anstrengung zog ich mich wieder zurück.

»Vielleicht kann ich Euren Freund ja doch noch dazu überreden, auf eine meiner Soireen zu kommen«, fuhr sie fort. »Natürlich wäre es mir recht, wenn auch Ihr kommt.«

»Ich könnte noch ganz etwas anderes tun«, sagte ich, wobei ich fieberhaft überlegte. Es war nicht richtig von mir, aber ich wollte diese verheiratete Frau unbedingt wiedersehen. »Ich weiß nicht, ob es sich gehört, eine verheiratete Frau das zu fragen, aber der Seher spricht übermorgen Abend, drei Stunden nach Sonnenuntergang, in der Morathiahalle. Ich würde mich glücklich schätzen, Euch dorthin eskortieren und sicher wieder nach Hause bringen zu dürfen.«

»*Eskortieren,* mein bester Damastes, wenn ich Euch so nennen darf? Das Wort ist *höchst* ungehörig, es sei denn, Ihr meint es im militärischen Sinn.«

»Wie *könnte* es denn sonst gemeint sein?«

Sie lächelte. »Da Ihr von so reinem Gemüt seid, Sir, nehme ich Eure Einladung an. Soll ich Euch von meiner Equipage abholen lassen?«

Ich verbeugte mich zum Ausdruck meiner Zustimmung, dann näherte sich uns einer der Dienstboten mit einem Problem, um das sie sich kümmern musste. Ich ließ mich durch das Gedränge treiben, ohne auch nur auf einen der ernst gemeinten Vorschläge zu achten, für die man hier warb.

Ich war, um es kurz zu sagen, nicht weniger verträumt als irgendein Bauernlümmel, dem gerade eine Maid die Zusage gegeben hat, ihn zum Erntefest zu begleiten.

Die nächsten beiden Tage vergingen wie im Traum. Ich achtete kaum auf meinen Dienst, und selbst die Trägheit meiner Blechkentauren, wie ich sie insgeheim getauft hatte, vermochte mich nicht in Rage zu bringen.

Eine halbe Stunde vor der Zeit, für die sie mir ihre Kutsche angekündigt hatte, wartete ich schon vor der Messe, und zwar in Ausgehuniform. Natürlich spielte meine Ungeduld eine Rolle, aber davon abgesehen wollte ich auch nicht, dass die Klatschmäuler bei den Helmen uns sahen, auch wenn an der Verabredung im Grunde nichts auszusetzen war.

Ihr Brougham war ein Luxusgefährt aus rotem Edelholz mit Blattgoldintarsien und Paneelen, auf denen historische Szenen dargestellt waren. Das Gespann bestand aus vier fast identischen Braunen, obenauf saßen der Kutscher und ein Beifahrer, während auf der Rückseite noch ein Absatz für zwei Bedienstete war.

Marán öffnete die Tür und begrüßte mich. Sie trug weite Pantalons, die – wie ich gehört hatte – der letzte Schrei waren, eine rotschwarze Seidenbluse, die züchtig bis an den Hals zugeknöpft war, und eine Pelzjacke mit Kapuze gegen die Kälte der Nacht. Ihr Gesicht war leicht gerötet, obwohl sie das Fenster geschlossen hatte.

Ich verbeugte mich, küsste ihr die Hand und stieg ein. Sie schloss die Tür und wir rollten wie auf Kissen davon. Der Innenraum war mit Seide ausgekleidet, die Polster bequem.

»Ich bin entzückt, Euch zu sehen, Frau Gräfin«, sagte ich förmlich.

»Ganz meinerseits, Herr Capitain.« Sie lächelte. »Darf ich Euch etwas Schockierendes anvertrauen?«

»Ihr dürft mir alles anvertrauen, schockierend oder nicht.«

»Da sind wir beide auf dem Weg zu einem wahrscheinlich langweiligen Vortrag, und ich komme mir vor wie eine Gestalt aus einem Liebesroman, die ganz verrucht ihrem Gatten ausbüxt, um sich mit ihrem schneidigen Liebhaber zu treffen.«

Ich wollte schon einen Scherz darüber machen, überlegte es mir aber dann doch.

»Ich danke Euch, Marán. Der Gedanke ehrt mich.«

Ich konnte ihren Gesichtsausdruck im Zwielicht nicht sehen und sie schwieg für einen Augenblick. Ich brach das Schweigen:

»Ihr habt neulich Abend etwas gesagt, das mich neugierig gemacht hat. Ihr seid aus Langeweile nach Nicias gekommen?«

Marán überlegte kurz, um die richtigen Worte zu finden. »Das sage ich den Leuten so«, sagte sie dann, »aber es steckt mehr dahinter. Meine Familie ist, wie Ihr zweifelsohne wisst, sehr alt und überdies der Ansicht, in Numantia sollte sich alles um ihre Interessen drehen.«

»Das geht doch den meisten von uns so, selbst wenn wir es nicht eingestehen.«

»Nicht so ausgeprägt wie bei den Agramóntes«, meinte sie.

»Mein Vater zum Beispiel hat mich vor einigen Jahren einmal über einem Buch mit dem Titel *Die Pflichten des Menschen* ertappt. Habt Ihr es gelesen? Nun, es ist eine lange Abhandlung, in der es heißt, alle Menschen hätten Pflichten gegenüber den anderen und dass ein Mensch, der Sklaven hält, sich um sie zu kümmern hätte und dass das Rad ihn schließlich auf eine bessere Position setze, wenn er bereit sei, jemanden für außerordentliche Dienste aus der Leibeigenschaft zu befreien. Wir Agramóntes haben übrigens seit fünf Generationen keinen Sklaven mehr freigelassen – soweit ich weiß.

In dem Buch heißt es außerdem, Herrscher hätten die Pflicht, weise zu regieren, mit starker Hand, sonst ... na ja, sonst hätten sie ihr Anrecht auf den Thron verwirkt. Es heißt, ein gütiger, aber starker Monarch sei der beste aller Herrscher. Da mein Vater und die meisten aus dem Zehnerrat dicke Freunde sind, ist dies Ketzerei. Das Buch ist übrigens, wenn schon nicht auf dem Index, so doch nicht sehr verbreitet.

Meine Familie ist der Ansicht, alles stünde fest, alles sei geregelt,

Irisu sei die beste aller Gottheiten und Umar habe recht getan, zu seinen Gunsten abzutreten. Sie glauben einfach nicht an die guten Seiten des Rades, und auch wenn sie widerstrebend einräumen, dass ein schlechter Mensch im nächsten Leben womöglich um einige Stufen erniedrigt wird, so kommen die meisten von uns doch wieder auf eben der Ebene zurück, auf der wir gestorben sind.«

»So bleibt ein Herr ein Herr und ein Bauer ein Bauer«, sagte ich.

»Genau. Von jetzt bis ans Ende aller Tage.«

»Und was meint Ihr dazu?«

Marán überlegte.

»Ich weiß, dass das, was sie glauben, töricht ist. Ich weiß, dass der Mensch und diese Welt sich ändern müssen, genauso wie die Jahreszeiten. Ich glaube nicht, dass unsere Herrscher die weisesten sind. Aber gibt es etwas Besseres?

Um ganz offen zu sein, das ist der eigentliche Grund dafür, weshalb ich Leute mit neuen und anderen Ideen in mein Haus lade.

Frauen haben keine großen Möglichkeiten, etwas zu lernen«, schloss sie. »Ich glaube, auch das ist falsch.«

Da konnte ich ihr nur zustimmen; der Meinung bin ich immer gewesen. Warum nahm man es als gegeben, dass mein Vater aufs Lyzeum gehen konnte, solange er es sich leisten konnte, dass man aber Zeter und Mordio geschrien hätte, wenn meine Mutter mehr hätte lernen wollen, als ein Tutor ihr hätte beibringen können? Und auch meine Schwestern hatten keine Möglichkeiten gehabt, mehr zu lernen, als die fahrenden Lehrer ihnen beibringen konnten, die mein Vater dazu überredete, eine Weile zu bleiben, ohne ihnen viel mehr bezahlen zu können als Kost und Logis.

»Ich schätze, Eure Heirat mit Graf Lavedan, die Möglichkeit, von Eurem konservativen Vater wegzukommen, war ein großer Glücksfall für Euch.«

Schweigen legte sich über uns und es war nichts zu hören als das Knarren von Holz und das Rattern der Räder auf dem Pflaster.

»Ja«, sagte sie und ihre Stimme war ausdruckslos. »Natürlich war sie das.«

»Was Ihr da sagt, Sir«, stieß der Mann aufgeregt hervor, »ist nichts anderes als Hochverrat.«

»Ganz und gar nicht«, erwiderte der Seher Tenedos ruhig. »Ich habe nichts von einem Sturz des Zehnerrates gesagt. Diese Leute sind unsere rechtmäßigen Herrscher und ich habe ihnen treu gedient, wie Ihr wissen solltet. Wäre ich ein jähzorniger Mensch, Eure Worte beleidigten mich womöglich. Lasst mich stattdessen die Aussage meines Vortrages wiederholen.

Ich werde versuchen, mich einfacher auszudrücken. Das Rad dreht sich. Darüber sind wir uns einig. Es bringt Veränderung, es bringt neues Leben. Es diktiert uns allen, wie wir zu leben haben.

Wir Numantier müssen lernen, dem zu gehorchen. Wir müssen uns mit den Jahren ändern. Wir hatten einmal einen gerechten, starken König – jedenfalls der Legende nach.

Der Zehnerrat hat den Thron in einer Zeit großer Wirren übernommen und gelobt, ihn nur so lange wie nötig zu verwalten.

Genau dazu rufe ich auf: Ist es nicht an der Zeit, dass der Zehnerrat sich genau ansieht, was aus ihm geworden ist und was er getan hat – vielleicht hört er dann das Knarren des Rades ja selbst!

Versucht jetzt, mir genau zuzuhören, Sir. Würdet Ihr mir nicht beipflichten, wenn ich sage, dass der Zehnerrat gezwungen ist, viel zu viel Zeit mit sinnlosen Sitzungen zu verbringen?«

»Natürlich«, gab der Mann, der aufgesprungen war, widerwillig zu.

»Ist es nicht auch wahr, dass er zu viel Zeit mit endlosen Debatten zu verbringen hat, bevor er zu einer Entscheidung kommt?«

»Auch das akzeptiere ich.«

»Ist es dann nicht logisch und wohl kaum aufrührerisch, sich zu fragen, ob seine Herrschaft nicht vielleicht effizienter wäre, handelte es sich statt um zehn Leute um – sagen wir – fünf?«

»Aber so ist es immer gewesen!«

Jetzt war hier und da ein Lachen in dem vollen Saal zu hören, als das Publikum sah, wie Tenedos den Mann bei der Hand nahm.

»Gehen wir zurück zu meinem Argument von vorhin. Warum muss es immer, immer, immer so sein? Warum ist es Hochverrat, sich einen Fünferrat vorzustellen? Es ist natürlich keiner – es hat Zeiten gegeben, da haben Krankheiten das Gremium dezimiert, und bis neue Mitglieder ausgewählt waren, ist der Rat seinen Pflichten nachgekommen, ohne dass die Welt stehen geblieben wäre.

Denkt weiter. Seid kühn, Sir. Was ist mit einem Viererrat? Oder gar einem Rat aus … dreien?«

»Oder gar nur einem, Sir?«, fragte der Mann scharf.

»Der Gedanke kommt von Euch, mein Freund.« Tenedos lächelte wohlwollend. »Dann sehen wir uns die Kandidaten doch einmal näher an.«

»Wen schlagt Ihr vor«, ertönte eine andere Stimme. »Barthou? Scopas? Mahal?« Bei dem letzten Namen wurde wieder gelacht.

»Ich bin kein Politiker, meine Dame«, antwortete Tenedos. »Ich bin ein Zauberer, der ein Philosoph zu werden wünscht. Lasst uns doch etwas anderes überlegen, da wir schon von einem einzelnen Herrscher sprechen.

Denken wir doch einmal an *keinen* der Männer, die im Augenblick im Amt sind. Stellen wir uns doch einmal frischeres, stärkeres Blut vor.

Sprechen wir doch einmal über einen Mann von außen, einen Mann, der – so wollen wir doch hoffen – ganz Numantia bereist hat, von den Dschungeln Cimabues bis zu den Wäldern und Äckern von Kallio, nicht einen, der sein ganzes Leben in Dara oder, schlimmer noch, Nicias zugebracht hat.

Denken wir an einen Mann, der sich vielleicht als Numantier, nicht nur als Nicier oder Daraner oder Kallier versteht. Denken wir an einen Mann, der diese Vision mit allen Numantiern teilen will, der möchte, dass sie über ihren kleinen Horizont hinaus das Großartige sehen, das sie erwartet.

Ich sage Euch, Männer und Frauen, Numantia ist großartig. Wir haben im Augenblick unsere Probleme, Probleme ausgesprochen ernster Natur. Aber sie gehen vorbei – und möglicherweise sind sie nicht mehr als eine unselige Fußnote in der Geschichte.

Könnte man Numantia eine Richtung geben, seine natürlichen

Energien lenken, diese Nation könnte wahrhaft die größte sein und einem stolzen Gestirn gleich am Himmel leuchten.«

»Mit dem Zehnerrat geht das jedenfalls nicht«, rief jemand.

»Jetzt seid aber vorsichtig mit dem, was Ihr sagt, Sir. Ich respektiere Euren gerechten Zorn über die derzeige Situation. Aber es steht doch nirgendwo geschrieben, dass sich das nicht ändern könnte. Vielleicht wacht der Zehnerrat ja morgen früh auf und nimmt die Zügel straff in die Hand.«

Verächtliches Gemurmel kam auf.

»Das ist Eure Meinung«, fuhr Tenedos vorsichtig fort. »Kommen wir doch noch einmal zurück auf jenen mythischen *Einerrat.* Stellt Euch einen Mann vor, der keine Angst vor schweren Entscheidungen hat, einen Mann mit einer Vision für die Zukunft, einen Mann, der in der Lage ist, an vorderster Front zu stehen und nicht weit hinter den Linien zu zaudern und zu schwanken. Stellt euch die Kriegsstandarte Numantias vor auf dem Weg nach vorn … uns alle zusammen auf dem Weg nach vorn, in die Zukunft – unter der Führung unseres Banners!«

Ich sah Marán an. Ihre Augen glänzten, ihr Mund war leicht geöffnet, ihre ganze Aufmerksamkeit galt dem Mann auf der Bühne. Tenedos' Worte hörten sich wahr an für sie; sie drangen ihr direkt ins Herz, was bei den Predigten in ihrem Salon offensichtlich nie der Fall gewesen war.

Ich selbst hatte das meiste dessen, was Tenedos da sagte, bereits gehört und war größtenteils einer Meinung mit ihm, obwohl ich nun wirklich nicht davon überzeugt war, dass ein *Einerrat,* ein König – auch wenn er dieses Wort nicht in den Mund nahm, weil er nicht von den Bütteln des Zehnerrats wegen Volksverhetzung verhaftet werden wollte – die einzige Lösung war. Ich konnte nur staunen, mit welcher Sorgfalt er es vermied, die Grenze zum Hochverrat zu überschreiten.

Ich fragte mich, ob er einen Überzeugungszauber über den Saal gelegt hatte, spürte aber nichts Unnatürliches in meinen Emotionen, es war also eher seine Eloquenz denn ein Zauber, die die Menge in ihrem Bann hielt.

»Umar hat erschaffen, dann zog er sich zurück«, fuhr Tenedos fort. »Dann war Irisu an der Reihe. Aber vielleicht sind die Tage seiner Herrschaft gezählt, vielleicht wird er müde. Haben denn nicht einmal Götter ein Anrecht auf Ruhe?«

»Dann gehört die Zukunft Saionji«, warf jemand ein und ich konnte die Angst in seiner Stimme hören.

»Veränderung muss nicht immer schlecht sein, mein Freund«, erwiderte Tenedos sanft. »Und um zu schaffen, ist manchmal ein gewisses Maß Zerstörung vonnöten. Vielleicht habt Ihr recht und Saionjis Zeit ist wirklich gekommen.

»Überlegt doch«, sprach er, lauter werdend, weiter. »Falls die Göttin auf Numantia herablächelt, in unseren Provinzen die Hoffnung der Menschheit sieht und uns als Brückenkopf auswählt – in welchen goldenen Zeiten würden wir nach der Wende leben?

Ich bin ein Seher, und ich kann Euch sagen, wann immer die Götter und Dämonen mir einen Blick auf die Zukunft gestatten, habe ich zwei Visionen. Die eine ist finster: ein ehemals großes Königreich liegt in Trümmern und wird von der strengen Hand von Ausländern regiert. Die andere ... die andere ist ein Traum, der mir lieb geworden ist, der Traum, den ich heute Abend mit Euch geteilt habe.

Ich danke Euch.« Er verbeugte sich und trat dann vom Podium. Das Publikum jubelte und drängte sich um den Seher. Marán saß da, als hätte man sie hypnotisiert.

»Und?«, sagte ich.

Sie schüttelte ihre Benommenheit ab.

»Ich danke Euch, Damastes. Oh, danke, dass Ihr mich hierher gebracht habt.«

»Kommt«, sagte ich, ein wenig unangenehm berührt. »Ich stelle Euch dem Orakel vor.«

Ich nahm sie beim Ellenbogen, führte sie um das Gedränge herum und wartete dann, bis der größte Teil der Gratulanten und Speichellecker gegangen war. Tenedos winkte mich zu sich.

Neben ihm stand eine sehr schöne Frau, die etwa sein Alter hatte. Sie hatte kurzes braunes Haar und trug ein grünes Kleid mit passendem Kopftuch. Ihr Mund war voll, ja üppig, ebenso wie ihr Körper. Sie schien nur Augen für Tenedos zu haben.

»Baronin Rasenna«, begrüßte Marán sie in förmlichem Ton.

Die Frau sah Marán und schien überrascht.

»Die Gräfin Agramónte und Lavedan. Ich hätte nie erwartet, Euch unter dem Publikum des Sehers zu begegnen.«

»Warum nicht?«, sagte Marán. »Ich höre vielen zu. Und mir scheinen die Worte des Sehers ausgesprochen vernünftig.«

»Ja«, meinte Rasenna und es hörte sich fast wie ein Seufzen an. »Ausgesprochen vernünftig.«

Tenedos sah sie an und jetzt war es an mir zu staunen. Sein Blick war zärtlich, ja liebevoll. Ich fragte mich, wer diese Frau wohl war, die es – und sei es nur für den Augenblick – geschafft hatte, den Tiger so vieler Schlafzimmer zu zähmen. Dann galt seine Aufmerksamkeit auch schon mir.

»Capitain á Cimabue«, sagte er förmlich. »Ich danke Euch dafür, die Gräfin Agramónte und Lavedan mitgebracht zu haben.« Er beugte sich tief über Maráns Hand. »Ich bin entzückt, Euch kennen zu lernen. Ihr müsst mir verzeihen, Eure Soiree versäumt zu haben.«

»Nur wenn Ihr mir versprecht, die nächste nicht zu versäumen.«

»Ich gelobe es. Darf ich Rasenna mitbringen?«

»Selbstverständlich«, antwortete Marán, aber ich spürte, dass sie das aus reiner Höflichkeit sagte. »Sie war schon zu lange nicht mehr bei mir zu Gast.«

Tenedos wandte sich an mich.

»Damastes, ich habe da jemanden, den Ihr kennen lernen müsst.«

Er wies auf einen kleinen Mann, der hinter ihm stand. »Das hier ist Kutulu. Er ist ein Büttel, der gekommen ist, um mich über die Falschheit meiner Theorien aufzuklären, und ich fürchte, ich habe ihn korrumpiert.«

Ich hätte Kutulu nie im Leben für einen Mann des Gesetzes gehalten. Im Gegenteil, dem Funkeln in seinen Augen nach hätte ich ihn eher für einen der verrückten Anarchisten gehalten, hinter denen die Büttel ständig her waren. Er war klein und hatte bereits schütteres Haar. Er musterte mich von Kopf bis Fuß, und ich fühlte mich auf eine Karte reduziert und zusammen mit vielen anderen in einer Kartei abgelegt, nie wieder vergessen und stets bei der Hand.

»Capitain Damastes á Cimabue«, sagte er mit überraschend melodischer Stimme. »Ich wollte Euch schon seit einiger Zeit kennen lernen. Wir werden großartig miteinander dienen, wir zwei.«

Ich blinzelte. Tenedos bewegte kaum merklich den Kopf – es war nicht der Zeitpunkt für eine Frage.

»Ich muss mich wieder meinen Pflichten zuwenden«, erklärte Kutulu. »Ich danke Euch, Seher. Wir treffen uns dann morgen früh.«

Er hätte gut und gern selbst ein Zauberer sein können, so unauffällig, wie er verschwand. Tenedos sah meine Verwirrung und nahm mich beiseite.

»Kutulu kam, wie gesagt, um zu spionieren, und hat meine Rede gehört. Jetzt ist er einer von uns.«

Uns? Ich wollte schon etwas sagen, fing mich aber gerade noch. War ich einer von Tenedos' Leuten? In diesem Augenblick wurde mir klar, dass dem so war – auch wenn ich einen Eid geleistet hatte.

»Kutulu ist interessant«, fuhr Tenedos fort. »Er wollte immer Büttel werden, aber die Götter haben ihm den Körper eines Schlägers verwehrt. Also zog er es vor, seinen Kopf zu benutzen, nur haben Nicias' Büttel noch keinen sehr großen Respekt vor der Intelligenz.« Leiser fügte Tenedos hinzu: »Auch das ist eine Sache, die sich ändern würde. Er wird uns in der Zukunft von großem Nutzen sein. Es ist gut, einen Mann zu haben, der ... der etwas im Auge behalten kann.«

Auf dem Weg zurück zur Kaserne erzählte Marán mir, wer die Baronin war. Sie hatte sich vor Jahren den zweifelhaften Ruf geschaffen, ihre Liebhaber zu wechseln wie ihre Hemden, und nur ihr Reichtum hatte sie vor der gesellschaftlichen Ächtung bewahrt, obwohl die Creme der Gesellschaft sie nur sehr zögerlich zu ihren Soireen einlud. Dann hatte sie geheiratet und ihre Lebensweise geändert. Sie war, soweit man das beurteilen konnte, ihrem Gatten ganz und gar treu gewesen. Er war etwa acht Monate zuvor bei einem Bootsunfall ums Leben gekommen, und seither hatte die feine Gesellschaft ein Auge auf Rasenna, um zu sehen, ob sie sich wieder herumzutreiben begann.

»Aber so wie es aussieht«, meinte Marán, »ist sie ganz und gar hingerissen von Eurem Seher.«

»Gut«, erwiderte ich. »Er könnte jemanden an seiner Seite brauchen. Ich hoffe nur, ihr ist klar, wer er ist. Er wird nie ein konventioneller Mensch sein wie ich.«

»Seid Ihr das, Damastes?« murmelte Marán. »Ich denke, dass Ihr da womöglich Euer Licht unter den Scheffel stellt.«

Die Kutsche kam zum Stehen und ich schob den geschlossenen Rolladen am Fenster beiseite. Wir standen vor der Kaserne des Regiments.

»Ich danke Euch für den Abend, Marán«, sagte ich und griff über sie hinweg nach der Tür.

Ihr Parfum kam über mich, genauso überwältigend wie jener Nebel im fernen Sayana. Unsere Gesichter waren eine Ellenlänge voneinander entfernt.

Wieder schwamm ich im See ihrer Augen, die sich mit einem Mal schlossen; ihre Lippen jedoch öffneten sich.

Ich küsste sie zart, ja streifte lediglich ihren Mund, dann glitt mein Arm um ihre Schulter, sie kam mir entgegen, wir drückten unsere Lippen aufeinander und ihre Zunge drängte sich tief in meinen Mund.

Ich weiß nicht mehr, wie die Umarmung zu Ende ging oder wie ich aus der Kutsche stieg und in mein Quartier zurückkam.

17 *Chardin Sher*

Ich wollte jetzt Ruhe in meinem Leben, um diese neue und beunruhigende Entwicklung verarbeiten zu können. Ich hatte keine Ahnung, was ich wegen Marán unternehmen sollte. Ich wusste nicht, ob ich dabei war, mich zu verlieben, ich konnte ja noch nicht einmal sagen, was Liebe war, aber ich wusste, sie bedeutete mir mehr als jede andere Frau, an die ich mich erinnern konnte.

Ich wusste, dass es besser wäre, sie niemals wiederzusehen. Ich hatte es mit verheirateten Frauen getrieben, gewiss, aber nur für eine Nacht, für eine kurze Affäre, und irgendwie war mir klar, dass uns beiden der Sinn nicht nach dergleichen stand. War ich bereit, die Verantwortlichkeiten, die eine Affäre mit sich brachte, auf mich zu nehmen? Mein Vater hätte mich knurrend an das Motto unserer Familie erinnert, aus dem nichts anders folgt, als dass wir auch die Schwüre anderer zu respektieren haben. Ich war ein Cimabuer, kein Nicier, der im Rufe steht, seinen Riemen praktisch immer bei der Hand zu haben wie die Rute einer Wasserhexe, allzeit bereit, sie in alles zu stecken, was nicht schnell genug läuft.

Auch in praktischer Hinsicht war es absurd, Marán wiederzusehen. Falls wir eine Affäre hätten und ihr Mann bekäme davon Wind, so könnte er mich mit einem einzigen Wort und einem Brief an einen seiner Freunde im Staatsdienst ruinieren.

Ich brauchte Zeit zum Überlegen. Aber Saionji, die sich – wie ich langsam, aber sicher zu glauben begann – in die Angelegenheiten Numantias einmischte, wollte mir meinen Wunsch nicht gewähren.

Am Tag nach Laish Tenedos' Vortrag teilte Domina Lehar uns mit, dass die Große Konferenz über die Grenzstaaten binnen zweier Wochen in Nicias stattfinden würde. Chardin Sher, der Premier von Kallio, habe mit seinem Gefolge bereits die Grenze nach Dara überschritten und weitere Staatsoberhäupter träfen in Kürze ein. Deren Bedeutung sei jedoch zweitrangig, nicht nur weil sie kleinere Staaten vertraten – Dara und Kallio waren die beiden größten Provinzen Numantias –, sondern auch weil es zwischen Kallio und Dara seit jeher eine Rivalität um die wahre Macht im Königreich gab. Dies galt mehr denn je, seit Chardin Sher fünf Jahre zuvor Premierminister geworden war. Er hatte sich als unabhängig denkender Herrscher von großer Kraft entpuppt, der auf den Zehnerrat nur dann hörte, wenn es ihm genehm war.

Die Goldhelme wurden für die Konferenz in höchste Bereitschaft versetzt, um für Sicherheit und Glanz zu sorgen. Auch zwei der anderen Paradeeinheiten der Stadt, die Neunzehnte Infanterie und die Zweite Schwere Kavallerie, holten ihre Männer aus dem Urlaub und befahlen allen, sich bereitzuhalten.

Wir würden trotzdem alle Hände voll zu tun haben. Die Nicier halten große Stücke darauf, dass nichts sie aus der Ruhe zu bringen vermag, aber der Besuch von Chardin Sher, der sich das erste Mal zu einem Besuch der Hauptstadt herabließ, sorgte für helle Aufregung beim Volk. Sein Weg vom Hafen zu dem Palast, den ihm der Zehnerrat zugewiesen hatte, war auf großen Flugschriften abgedruckt, und sämtliche Fenster entlang dieser Route wurden gegen pures Silber verkauft. Die Straßen würden an jenem Tag mit Zuschauern überfüllt sein. Nicias plante, sich einen Feiertag zu gönnen, wenn der Kallier kam.

»Ist es nicht interessant«, bemerkte Tenedos, »wie die Massen sich um einen Mann drängen, von dem sie wissen, dass er stark ist, obwohl er in einem Monat oder Jahr ihr Feind sein könnte?« Dann fügte er hinzu, dass er Chardin Sher selbst kennen zu lernen hoffte. Als ich ihn fragte, ob das nicht vielleicht bedeute, er sei auch nicht anders als unsereins, machte er erst ein zorniges Gesicht, kicherte aber dann. »Genau das mag ich an dir, Damastes. Du erinnerst mich immer wieder daran, dass ich für die Leidenschaft und den Zorn des Augenblicks nicht weniger anfällig bin als jeder andere auch.«

Ich war von einem Tag auf den anderen sehr beschäftigt, so dass

Marán fast, aber nicht ganz, in den Hintergrund trat. Ich ließ die Schwadron B ein halbes Dutzend Mal die Nebenstraßen abreiten, die parallel zu Chardin Shers Route verliefen – wir bildeten das Überfallkommando für den Fall, dass es zu Problemen kam. Glücklicherweise erwartete man keine, außer dass die Menge in ihrer Begeisterung außer Kontrolle geriet. Von den Bütteln kam keine Meldung über irgendeine Verschwörung oder dass jemand sich mit der Absicht trage, dem Kallier etwas zu tun. Trotzdem, um seine Sicherheit zu garantieren, würde die Neunzehnte Infanterie die Route entlang postiert werden und die Kavallerie in Bereitschaft stehen.

Während der Konferenz selbst hatten wir überdies für Glanz bei den verschiedenen gesellschaftlichen Anlässen zu sorgen, die für Chardin Sher und die anderen geplant waren, und das in praktischer jeder Eigenschaft vom Türsteher bis hin zur Eskorte. Ich kam mir eher wie ein Kammerdiener als ein Soldat vor, und die Freude meiner Offizierskollegen und Soldaten über die Vorgänge erinnerte mich einmal mehr daran, wie sehr die Helme sich doch von den Lanciers unterschieden.

Die beiden größten Ereignisse waren ein großer Maskenball, der kurz nach Chardin Shers Ankunft stattfinden sollte, und ein Bankett am voraussichtlich letzten Abend der Konferenz.

Am Tag vor der Ankunft des Kalliers, ich striegelte gerade den übellaunigen Racker von einem Rappen, den ich im Dienst zu reiten hatte, während Lucan eifersüchtig im Hintergrund wieherte, da brachte mir ein livrierter Kammerdiener einen versiegelten Brief.

An meinen Freund Damastes

Mein Gemahl und ich sind zu dem Maskenball in Wasserpalais geladen, der in vier Tagen stattfindet. Wir haben die Einladung, Chardin Sher kennen zu lernen, selbstverständlich angenommen. Unglücklicherweise musste Hernad heute morgen geschäftlicher Probleme mit unserem Kommissionär in Cicognara wegen verreisen und wird nicht vor einer Woche zurück sein.

Darf ich mich Euch aufdrängen und Euch bitten, mir die Ehre zu erweisen, mich zu dem Ereignis zu begleiten, falls es keine zu beschwerliche Last für Euch ist?

Mit lieben Grüßen

Marán, Gräfin Agramónte und Lavedan

Ich hätte den Boten anweisen sollen, einen Augenblick zu warten, während ich rasch einige Sätze des Bedauerns zu Papier brachte. Das hätte nicht nur die Vernunft geboten, sondern auch die Pflicht.

Stattdessen sagte ich dem Mann, ich würde binnen vierundzwanzig Stunden antworten, und fragte noch vor dem Mittagsmahl den Capitain der Unteren Hälfte Lardier, ob er eine Möglichkeit sah, mich für den fraglichen Abend vom Dienst zu befreien.

Er blickte mich finster an. »Capitain, ich würde eine solche Frage von einem frischgebackenen Legaten erwarten. Aber vom Befehlshaber einer Schwadron? Ich glaube kaum –«

Bevor er fortfahren konnte, reichte ich ihm die Einladung. Auf der Stelle änderte sich seine Haltung.

»Ah. Verzeiht mir. Ich sehe, weshalb Ihr mich in der Angelegenheit um Rat angeht. Die Agramónte und Lavedans sind in der Tat wichtige Familien, und das Letzte, was wir wollten, wäre auch nur der geringste Anlaß für eine Verstimmung. Trotzdem muss ich den Domina fragen.«

Er verschwand in Richtung von Domina Lehars Büro, war aber noch vor dem Aufruf zum Mittagstisch wieder zurück. »Der Domina hat volles Verständnis für die Angelegenheit und gibt seine rückhaltlose Einwilligung. Er bittet Euch lediglich, dem Grafen Lavedan seine Komplimente auszurichten, wenn Ihr ihn wiederseht.«

Ich versicherte Capitain Lardier verbindlichst, das würde ich, wenn der Graf und ich uns das nächste Mal sahen. Ich hatte ein schlechtes Gewissen, wenn auch nur für einen Augenblick.

An jenem Abend kam es jedoch in der Messe zu einer Komplikation. Capitain Lardier war, wie ich längst wusste, eine Klatschbase reinsten Wassers, und so war der Umstand, dass ich eine hoch gestellte Freundin hatte, unter meinen Offizierskollegen bekannt.

Ich hatte mir wie üblich meinen Aperitif, ein Glas eisgekühlten Limettensafts mit einer Prise Zucker, geholt und wollte mich eben zu Legat Petre gesellen, der lesend dasaß, als ich lautes Gelächter und meinen Namen vernahm. Ich blickte durch den Raum dorthin, wo Legat Nexo mit einer Gruppe von Freunden stand, von denen einer ein schlimmerer Snob als der andere war.

»Capitain á Cimabue«, stichelte er mit einem boshaften Lächeln, als er bemerkte, dass er meine Aufmerksamkeit auf sich gezogen hatte, »wie ich höre, habt Ihr das große Glück, der Günstling einer gewissen Gräfin zu sein. Dürfte ich fragen, über welche … verborgenen Talente Ihr verfügt – schließlich hat die Schöne nicht einen von uns je auch nur mit einem Lächeln bedacht.«

Das hätte mir gerade noch gefehlt – dass ein derartiges Gerücht sich herumsprach. Ich setzte mein Glas ab und ging hinüber zu dem Legaten, mein Gesicht aus Granit. Er versuchte sein Lächeln beizubehalten, aber es verblasste langsam, je näher ich kam. Also machte sich der Ruf, der uns Cimabuern anhaftete, ungestüme Raufbolde zu sein, doch noch bezahlt.

Meine Hand schoss vor, und er zuckte, zweifelsohne einen Schlag erwartend, zurück. Stattdessen nahm ich ihm das Glas aus der Hand und schnupperte daran.

»Ich sehe, Ihr habt getrunken, Legat. Ich weiß, es würde Euch sonst niemals einfallen, den Namen einer der ehrenwertesten Familien der Stadt in den Schmutz zu ziehen.«

Auf einen Angriff von dieser Seite aus war er nicht gefasst gewesen.

»Herr Capitain, ich –«

»Und jetzt widersprecht Ihr mir auch noch?« Ich wandte mich um und versicherte mich der Aufmerksamkeit von Nexos Schwadronschef, Capitain der Unteren Hälfte Abercorn, der mir seiner Dienstjahre wegen an Rang überlegen war.

»Herr Capitain, wenn ich Euch um einen Augenblick Eurer Zeit bitten dürfte?«

Abercorn kam herüber.

»Capitain, Euer Legat hier hatte die Frechheit, in Gegenwart all dieser anderen Offiziere eine Freundin von mir zu beleidigen, die Gräfin Agramónte und Lavedan. Er ist entweder ein Dummkopf oder ein Trunkenbold. Ich kann diesen Mann nicht für seine Worte zur Verantwortung ziehen, da er im Rang unter mir steht, noch würde ich meine Klinge willentlich mit seinem Blut besudeln.

Ich könnte ihn vor ein Ehrengericht zitieren. Aber darf ich in Anbetracht der Jugend und der Dummheit des Legaten vielleicht vorschlagen, dass Ihr eine Strafe wählt, die sich für einen dummen Jungen eher geziemt?«

Nexo war violett angelaufen vor Zorn. Er war freilich nicht so dumm, etwas zu sagen. Ich begann die Situation zu genießen. Capitain Abercorn, nicht gerade als flinker Denker bekannt, brachte schließlich stammelnd hervor, dass er so etwas selbstverständlich nicht dulden könne und ob ich nicht vielleicht wüsste, was in diesem Fall angebracht sei.

»Das weiss ich in der Tat, Sir. So könntet Ihr ihm etwa für einen Monat die Messer verbieten und, da er ganz offensichtlich Probleme mit dem Traubensaft hat, für bedeutend länger den Alkohol. Und wenn er auch nichts daraus lernen mag, so spart er wenigstens beträchtlich dabei.«

»So sei es denn, Sir. Legat, Ihr habt den Capitain gehört. Entfernt Euch auf der Stelle – und ich möchte nie wieder von einem solchen Vorfall hören, wenn Euch Euer Verbleib bei den Helmen lieb ist!«

Damit war Legat Nexo erledigt. Das Gerücht mochte sich halten, aber wenn, dann nur hinter vorgehaltener Hand.

Ich hätte ihm trotzdem lieber die Visage ramponiert, aber mir genügte auch diese subtilere Art der militärischen Strafe. Funktioniert hatte mein Manöver allerdings nur wegen der Angst all dieser gesellschaftlichen Aufsteiger, die sich Soldaten schimpften, solch mächtige Familien wie die Agramóntes oder Lavedans zu beleidigen.

So spielte ich das Narrenspiel denn doch noch mit. Ich überlegte schon, welches Kostüm der Narr wohl tragen sollte, und musste mich zum ersten Mal in meinem Leben mit den ebenso belanglosen wie lästigen Bagatellen herumschlagen, mit denen der Reiche sein Leben zu füllen pflegt.

Natürlich konnte ich nicht in Uniform gehen. Ich dachte an Vachan, aber es hätte den von mir verehrten Affengott womöglich herabgesetzt. Legat Yonge hatte eine simple Lösung parat: Grabt doch die Lumpen aus, mit denen Ihr Euch als Kaiter verkleidet habt, und tragt die. Ich ließ mir das durch den Kopf gehen, bekam aber eine Gänsehaut bei dem Gedanken – sie waren meine Feinde, und ich würde mich nicht herablassen, sie in irgendeiner Art edler erscheinen zu lassen. Lancier Karjan, der ganz entschieden über sich hinauszuwachsen begann, schlug vor, ich sollte nackt gehen und den Saal rücklings betreten.

»Und was würde das darstellen?«

»Na, ein Brötchen, Sir.«

Ich schickte ihn in die Stallungen und wandte mich an Tenedos um Rat. Er ging selbst auf den Ball – mit Rasenna. Ich hatte sie mittlerweile schon des Öfteren getroffen, und da ich nie groß auf den Ruf meiner Mitmenschen achte, es sei denn, was ihre Ehrlichkeit anbelangt, begann ich sie zu mögen. Sie hatte einen scharfen Witz und spezialisierte sich darauf, den Dünkel des Adels, der die Hauptstadt bevölkerte, aufs Korn zu nehmen.

Tenedos sagte, seinen Aufzug hätte bereits die Baronin bestimmt: Sie würden in Fellen und mit Keulen bewehrt – als die beiden ersten Menschen der Welt – gehen.

»Warum trägst du nicht Bauernlumpen«, fragte er, »mit einem gelben Seidenstrick um den Hals? Und achtest dann darauf, wie viele Leute das Kostüm kennen – dann weißt du, wie weit uns die Tovieti bereits unterwandert haben.« Ich hatte ihm natürlich von der Marquise Fenelon und ihrem Goldschmuck erzählt, und er hatte mir gesagt, das überraschte ihn nicht. Ich fand seinen Vorschlag interessant, weiter nichts.

Andere Ideen wurden in Betracht gezogen und als zu absurd, zu teuer oder zu unpraktisch wieder verworfen. Ich vermute, der halbe Adelsstand Daras durchlitt diese Qualen – jedenfalls waren die teuren Schneidereien gerammelt voll und die Kutschen ihrer Kundschaft blockierten die Straßen davor.

Ich entschied mich schließlich für die Rolle eines fahrenden Bettelmönchs, die nichts weiter erforderte als eine weite orange Kutte, einen Strick um die Taille, eine Kapuze und eine Bettelschüssel mit einem Henkel, mit dem sie sich an den Strick hängen ließ. Ich fügte eine Halbmaske hinzu und war zufrieden damit.

Marán kam die Treppe herab auf mich zu, und ich vergaß, welch schwachen Witz auch immer ich mir zurechtgelegt hatte – irgendetwas von einer Schale Reis vor meinem Gebet.

Die böse Fratze eines Seeungeheuers bedeckte ihren Kopf bis auf Nase und Lippen; die Augen waren unter dunklen Gläsern versteckt. Auf der Rückseite gab es eine kleine Öffnung, durch die ihr das Haar auf den Rücken fiel.

Die Maske ging nahtlos über in den Rest ihres Kostüms aus schimmerndem hellgrünem Stoff, der Seide gewesen sein könnte, jedoch keine war, jedenfalls umschmiegte er ihren Körper von den Knöcheln hinauf bis zum Hals. Ein Schlitz an der Seite reichte bis an den Oberschenkel und zeigte bei jedem ihrer Schritte seidige Haut.

So eng wie das Kleid saß, war es offensichtlich, dass sie darunter nichts trug. Ich sah ihre Brustwarzen unter dem Stoff und spürte, wie mein Blut zu rasen begann. Eine Reaktion, die ihr nicht verborgen blieb, da ich ihre Brustwarzen fester durch den Stoff treten sah. Ich war dankbar, dass meine Kutte die Reaktion meines eigenen Körpers verbarg.

Das Kleid hatte ein subtiles Muster, das die Schuppen einer Schlange darstellen sollte. Der Aufzug war zauberhaft und ich meine das im wortwörtlichen Sinn. Mit jedem ihrer Schritte änderten sich die Farben des Kleides wie bei den Bewegungen einer Schlange, Spiralen liefen ihr bis über die Schultern hinauf und dann wieder hinab.

Ein paar Schritte vor mir blieb sie stehen.

»Na?«

»Madame Seeschlange ist die schönste Kreatur aller sieben Meere«, sagte ich. »Die Matrosen des Grafen Lavedan können sich glücklich schätzen, dass Seeschlangen in Wirklichkeit nicht so berauschend sind, es trieben sonst eine ganze Menge seiner Schiffe leer über die Ozeane, weil ihre Besatzungen über Bord gesprungen sind.«

»Ich danke Euch, Sir.« Sie wurde ernst. »Ich habe jedoch eine Bitte. Ich möchte den Namen des Grafen, meines Gemahls, für den Rest des Abends nicht mehr hören.«

Dagegen war nun wirklich nichts einzuwenden.

Marán zog einen Schmollmund. »Dieses verflixte Geschäft in Cicognara. Er hätte auch einen Agenten schicken können, aber er musste natürlich selbst nach dem Rechten sehen. Ich glaube fast, er wollte nicht, dass ich auf den Ball gehe.

Aber es findet sich immer eine Möglichkeit, nicht wahr?«

»Wie Mylady gesagt hat – es wird von einem gewissen Reeder nicht mehr die Rede sein, ich kann also nicht antworten.«

Sie lachte – wie ein silbriges Glissando so schön.

»Eure Phantasie macht mir Angst«, murmelte ich und musterte noch einmal ihr Kostüm.

»*Phantasie* darf man ja wohl noch haben«, entgegnete sie. »Ich bewundere die beiden, die es geschaffen haben. Erst meine Schneiderin und dann den Seher, der es mit dem Bewegungszauber belegt hat.

Es wird nur für den Abend leben«, fuhr sie fort. »Dann wird es nichts weiter sein als ein weiteres Kleid. Nicht, dass es eine Rolle spielt – ich werde vermutlich ohnehin die Nähte zerreißen beim Ausziehen.«

Ich hatte den Ausdruck, in seine Kleidung genäht sein, ja schon gehört, mir aber nie vorgestellt, dass es so etwas wirklich gab. Ich wollte gar nicht wissen, was das Kleid gekostet hatte – zweifelsohne gab mein Vater für das Saatgut einer ganzen Saison, für alle unsere Äcker nicht so viel aus. Aber die Agramóntes konnten sich solche Extravaganzen leisten.

»Sollen wir gehen?«, schlug ich vor. »Ihr könntet einen Umhang mitnehmen, auch wenn ich die Wirkung Eures Kostüms nur ungern ruiniere. Aber da wir draußen sind, wird es vielleicht kalt.«

»Das ist bereits mit dem Zauber erledigt«, antwortete sie selbstgefällig. »Außerdem, falls es kalt wird – ich bin sicher, unter Eurer Kutte ist Platz für zwei, werter Herr.«

In jenen Tagen gehörte das Wasserpalais dem Zehnerrat, obwohl man es nur für zeremonielle Zwecke benutzte. Heute ist mir jeder Garten, jeder Teich, jedes Zimmer vertraut, denn es gehörte kurze Zeit später mir. An jenem Abend jedoch betrat ich es das erste Mal und war entsprechend von Ehrfurcht ergriffen, als Maráns Brougham im Hof des Gebäudes hielt.

Es liegt auf einem Hügel etwa fünf Werst von Nicias Stadtmitte entfernt in einem vierzig Hektar großen Park. Gleich in der Nähe fließt einer der Arme des Latane vorbei, und man pumpt das Wasser des Flusses in einen künstlichen See über dem Palast, in dem es gefiltert wird, bis es klar wie ein Gebirgsbach ist. Dann lässt man es in hundert felsgesäumten Bächen hügelab laufen, um Fontänen zu speisen, über kleine Wasserfälle zu perlen oder sich in Teichen voll bunter Fische zu drehen, bevor es zurück in den Latane fließt. Andere Teiche werden mit Nicias allgegenwärtigem Gasvorrat auf verschiedene Temperaturen geheizt und dienen zum Baden.

Das Palais besteht aus mehreren Gebäuden, die versetzt über den Hang verteilt sind; sie scheinen nicht zusammenzugehören, sind aber durch unterirdische Gänge miteinander verbunden.

Es gibt offene Pavillons, Aussichtstürmchen und versteckte Lauben; das Palais eignet sich für alles – vom heimlichen Treffpunkt für Verliebte bis hin zu einem großen Ball wie dem, den wir besuchten.

Ich hatte richtig gelegen, als ich mir dachte, dass Nicias' gesamte Oberschicht kommen würde – alle waren sie da an jenem Abend und ihre Kostüme waren überwältigend. Am meisten wurde Maráns Erscheinung beobachtet und kommentiert, aber sie wäre wahrscheinlich auch aufgefallen, hätte sie meine Mönchskutte angehabt.

Die Festlichkeit fand im großen Ballsaal des Palais statt, einem herrlichen Gebäude mit einer Glaskuppel, in die auch doppelt so viele Leute gepasst hätten. Es spielte dort ein Orchester; weitere waren über das ganze Palais verteilt. Sei es durch geschickte Kommunikation oder durch Zauberei, sie spielten alle perfekt im Einklang miteinander.

In der Mitte des Saals residierte Chardin Sher, die lange Reihe der Leute, die er empfing, bewegte sich langsam auf ihn zu. Etwa in der Mitte sah ich den Seher Tenedos und seine Baronin stehen. Marán und ich lüfteten unsere Masken wie alle anderen Wartenden auch. Die Geheimnisse konnten beginnen, nachdem wir Chardin Sher kennen gelernt hatten.

»Was hältst du von meinem Ensemble, Damastes?«, fragte Tenedos mich.

»Ihr seid ganz und gar der erste Mensch, Sir«, scherzte ich. «Ich wusste gar nicht, dass er so haarig gewesen sein soll.«

»Ich glaube, mein Schneider hat sich zu sehr hinreißen lassen«, erklärte Tenedos. »Oder er war der Ansicht, ich hätte mehr zu verstecken, als ich zugeben wollte.«

Falls Tenedos' Felle etwas übertrieben waren, so glich die Baronin das mehr als wieder aus. Ihr Kostüm begann mit einer Pelzkrause um den Hals, die ihr bis auf die Mitte der Brüste reichte, aber wann immer sie sich bewegte, waren ihre Brustwarzen zu sehen. Auf der Rückseite des Kragens führte ein Pelzstreifen ihr Rückgrat hinab und zwischen ihren Beinen hindurch, um sich dann zu teilen und über beide Hüften wieder zurück zu ihrem Kreuz zu verlaufen. Als Maske trug sie einen Wolfskopf und an den Füßen hatte sie kurze Stiefel. »Ich nehme an, der Kostümbildner glaubte wohl, der erste Mann wurde in eisigen Regionen auf die Erde gesetzt und die erste Frau in den Tropen«, sagte Rasenna, »aber Laish glaubt nicht an meine Theorie.«

»Das habe ich nicht gesagt«, widersprach Tenedos. »Ich sage nur, ich kann mir nicht denken, wie die beiden sich jemals getroffen haben sollen, wenn deine Theorie stimmt.«

»Wenn Umar es gewollt hätte, dann wäre es passiert.«

»Wahrscheinlicher ist«, meinte Tenedos, »dass der Mann sich mit dem ersten freundlichen Schaf eingelassen hätte, das ihm über den Weg lief, und nie Kinder gezeugt hätte.«

Ich hatte Recht gehabt – Rasenna tat dem Seher gut. Er war recht heiter an diesem Abend.

Aber je näher wir Chardin Sher kamen, desto ernster wurde er, und er hörte zu scherzen auf. Mit starrem Blick sah er den Kallier an. Ich folgte seinem Beispiel und überließ es den beiden Frauen, sich zu unterhalten.

Chardin Sher war hoch gewachsen, fast so groß wie ich selbst. Er war dünn, sein glatt rasiertes Gesicht war fast hager. Seine Augen waren vom blassesten und härtesten Grau, das ich jemals gesehen hatte. Er war von drei Gefolgsleuten flankiert und einem weiteren, kleinen Mann, der ihm jedes Mal etwas ins Ohr flüsterte, wenn ein Nicier vor ihn trat. Zwei der anderen waren seine Leibwächter, Männer, deren Augen rastlos durch den Saal streiften, obwohl sie jedes Mal mechanisch lächelten, ja sogar lachten, wann immer es angebracht schien.

Beim dritten Mann stutzte ich – es war Elias Malebranche, der kallische Gesandte am Hofe von Achim Baber Fergana, dessen Anwesenheit, ganz zu schweigen von seinem noch merkwürdigeren Verschwinden, niemals geklärt worden war.

Keiner der Kallier trug ein Kostüm, und als Malebranche sich umdrehte, sah er Tenedos und mich. Wie ich bemerkte, trug er noch immer das Kampfmesser in einer horizontalen Scheide. Auch er erstarrte und seine Hand berührte das Messer wie im Reflex.

In diesem Augenblick wusste ich, einer von uns würde des anderen Tod sein.

Ich tippte mit meinem Fuß Tenedos Stiefel an, aber er war zu sehr damit beschäftigt, den kallischen Premier zu studieren, um sich ablenken zu lassen.

Chardin Sher lächelte und sagte etwas zu dem vor ihm stehenden Paar, das die beiden im Weggehen auflachen ließ, dann war auch schon der Seher an der Reihe. Der kleine Mann flüsterte dem Premier etwas zu. Tenedos stand einen Augenblick reglos da, und ich fragte mich, ob er wohl dachte, dass Chardin Sher sich als Erster verbeugen sollte. Dann neigte er den Kopf nicht mehr, als es die Höflichkeit gebot. Chardin Sher tat dasselbe; Rasenna beachtete er nicht.

»Soso«, meinte er belustigt, »Ihr seid also der Zauberer, der mich für eine so große Bedrohung hält. Jetzt seht Ihr wohl, dass ich nicht anders bin als jeder andere auch.«

»Ihr seid vorzüglich informiert, Sir. Wüssten wir hier doch nur genauso viel über das, was sich in Kallio abspielt.«

Chardin Sher runzelte die Stirn.

»Was soll das heißen?«

Tenedos lächelte und sagte in einem Ton, der keinen Zweifel an seiner Unaufrichtigkeit ließ: »Nun, nur dass wir hier nicht annähernd genug darüber hören, wie es wohl ist, in Eurem Staat oder in Eurer Hauptstadt Polycittara zu leben, in der es sicher faszinierend zugeht.«

»Ausgezeichnet, Seher. Wie ich sehe, bedient ihr Euch noch ganz anderer Mittel als der Zauberei, um einen Stoß zu parieren. Also, lasst mich Euch in aller Offenheit fragen, wieso Ihr predigt, ich gehöre gestürzt?«

»Das habe ich niemals gesagt, Sire«, antwortete Tenedos. »Ich habe Euch nur als Beispiel für die Art Minister genommen, die ihren rechtmäßigen Herren herzlich wenig Aufmerksamkeit schenkt.«

»Das ist nicht wahr«, widersprach Chardin Sher. »Ich mache, was immer man mir befiehlt.«

»Befiehlt, ja. Aber wenn ich einen Dienstboten hätte, der nie mehr macht als das, was man ihm sagt, und meine unausgesprochenen Regeln ignoriert, ich würde ihn auspeitschen lassen und jagte ihn dann aus meinem Dienst.«

»Das also sollte der Zehnerrat Eurer Ansicht nach mit mir tun?« Das Lächeln war von Chardin Shers Lippen verschwunden und aus seinem starren Blick sprach eisiger Zorn.

»Ich wage nicht, für meine Führer zu sprechen. Wenn ich freilich könnte, dann ja, ich würde einiges von Euch fordern, bevor Ihr nach Kallio zurückkehrt.«

»Was wäre das denn?«

»Dass Ihr förmlich alle Ansprüche Kallios auf die Grenzstaaten aufgebt und Euch mit Dara zu einer gemeinsamen Strafexpedition gegen Kait bereit erklärt, um dem Land endlich zu zeigen, wer der Herr ist.«

»Das würde Krieg bedeuten«, stellte er fest.

»Ich nenne es nicht Krieg, Banditen zurechtzustutzen, die sich als Nation bezeichnen, aber wenn Ihr wollt, warum nicht.«

»Und wenn ich nicht zu diesem Kreuzzug aufrufe? Der Rat der Zehn hat mir keinen diesbezüglichen Vorschlag gemacht.«

Tenedos hielt dem Blick des Kalliers, ohne mit einer Wimper zu zucken, stand. Zu meiner Überraschung war es Chardin Sher, der als Erster wegsah.

»Ja, schön, ich fürchte nur, unser kleiner Plausch hält die Schlange auf«, sagte der Kallier. »Vielleicht sollten wir uns verabreden, die Diskussion fortzuführen, bevor ich Nicias wieder verlasse.«

»Ich stehe ganz zu Eurer Verfügung.« Tenedos verbeugte sich und trat ab.

Wieder flüsterte der Kleine seinem Herrn etwas zu, als ich mich gerade vor ihm verbeugte.

»Ihr seid also derjenige, der dem Seher Tenedos das Leben gerettet hat, was?«

»Und er mir das meine.«

»Bewacht ihn gut, Soldat«, meinte Chardin Sher. »Ich verfüge über keinerlei Zauber, aber ich kann vorhersagen, dass ein Mann wie er die Gefahr immer anziehen wird wie ein Magnet.«

»Ich danke Euch für Euren Rat, Sir«, bemerkte ich und trat ab. Chardin Shers Augen leuchteten auf, als er sich Marán ansah. »Frau Gräfin«, begrüßte er sie, nachdem man ihm mitgeteilt hatte, wer sie war. »Ihr seid das Spektakulärste, was ich bisher in Nicias zu sehen bekam. Ich danke Euch, mich mit Eurer Gegenwart zu beehren.«

Marán machte einen Knicks und wir schlossen uns Tenedos an, der wartend einige Schritte abseits stand. Rasenna strahlte ganz entschieden, und es schien ihr überhaupt nichts auszumachen, dass man sie gar nicht beachtet hatte.

»Ihr seht, warum ich ihn liebe«, sagte sie ungefragt. »Mein kleiner Zauberer wird immer für das einstehen, woran er glaubt.«

Tenedos schien von ihren Worten peinlich berührt zu sein. Ich wartete auf eine Bemerkung, aber er strich sich stattdessen nachdenklich übers Kinn. »Weißt du, der Kleine, den Chardin Sher da bei sich hat – ein wandelnder Aktenschrank. Interessant. Ausgesprochen wertvoll in Augenblicken wie diesem, wenn man Fremde trifft, die zu kennen einem die Höflichkeit gebietet.«

»Vielleicht könntest du Kutulu trainieren«, schlug ich vor.

»Nein«, erwiderte Tenedos. »Der wird andere, wichtigere Zwecke erfüllen. Ein Mann, wie Chardin Sher ihn da hat, darf keine Identität haben, keine Seele über die hinaus, die sein Herr ihm gibt.«

Er setzte seine Maske wieder auf, und mir fiel ein, was er mir damals in Sayana gesagt hatte – kein Mensch sei so ungeheuerlich, dass man nichts von ihm lernen könnte.

»Jetzt, wo das einleitende Scharmützel vorüber ist«, fuhr er fort, »amüsieren wir uns doch, auch wenn ich nur ein leidlicher Tänzer bin. Ach ja, eines noch, Damastes. Ich wette zehn Goldstücke gegen einen deiner Kragenknöpfe, dass man mich nicht zu einer Unterredung mit Chardin Sher rufen wird.«

Ich grinste. »Sir, nur weil ich Capitain bin, heißt das nicht, dass ich dumm bin. Die Wette gilt nicht.«

»Hm, wo mir doch nichts über einen mühelosen Sieg geht.« Tenedos verbeugte sich vor Marán und führte Rasenna auf die Tanzfläche.

Ich nahm Maráns Arm und folgte den beiden.

Marán tanzte natürlich superb. Ich gelte als ganz anständiger Tänzer, aber sie kannte die neuesten Schritte, wogegen ich nur mit dem Standard vertraut war. Also setzten wir einige Tänze aus, unterhielten uns über dieses und jenes und genossen unser Beisammensein. Wehmütig dachte ich bei mir, dass das Ganze sich wie der Beginn einer Liebe ausnahm, wenn beide Seiten entzückt sind über des künftigen Geliebten Charme, Schönheit und Witz.

Ein einfacher Tanz, zu dem ich die Schritte kannte, begann, und so nahm ich sie in die Arme und zusammen bewegten wir uns im Takt der Musik.

Der Stoff ihres Kleids fühlte sich an wie Seide, aber im Gegensatz zu kühler Seide war dieser warm und lebte für die kurze Zeit des Zaubers, den der Magier ihm verliehen hatte.

Ich ließ meine Hand von Maráns Schulter zu ihrem Kreuz gleiten und spürte den Ansatz ihres Pos. Ich hätte sie zu gern weiter nach unten geschoben und nach ihren Backen gefasst, wusste aber, dass das nicht ging.

»Ihr tanzt etwas enger, als es einer Anstandsdame recht wäre, Damastes.«

»Ich entschuldige mich bei der unsichtbaren eisernen Lady. Aber nicht bei Euch.«

»Ihr seid ein unanständiger Geselle, Sir. Lehrt man ein solches Benehmen bei der Armee?«

»Das und Schlimmeres, meine gute Gräfin. Es gibt da zum Beispiel einen Tanz, den die Soldaten meines *eigentlichen* Regiments im fernen Mehul tanzen, wenn sie die Lasterhöhlen ihrer Brandigen Gasse dort besuchen, und der sieht vor, dass der Mann beide Arme fest um seine Partnerin legt. Natürlich würden wir Offiziere niemals an einem so demonstrativ sexuellen Zeitvertreib teilnehmen.«

»Ist das ein langsamer oder ein schneller Tanz?«

»Mal so, mal so, und ich habe schon Frauen gesehen, die springen hoch, schlingen die Beine um ihren Komplizen und beugen sich dann zurück, bis ihr Haar über den Boden streift.«

»Sündig – vielleicht«, gab Marán zu. »Aber auf alle Fälle akrobatisch.« Sie lachte. »Wäre das nicht ein Schock für die guten Leute von Nicias, warteten wir plötzlich mit einer solchen Einlage auf?«

»Möglicherweise«, meinte ich, ein wenig trunken von dem Gedanken, »aber was mich angeht, ich würde ihre Reaktion nicht sehen.«

»Vorsicht, Sir.«

Ich spürte eine Berührung an der Schulter und kam wieder auf die Erde zurück, um Marán, wenn auch ungern, an einen Eindringling abzugeben. Vor mir stand Elias Malebranche.

»Guten Abend, Capitain á Cimabue.«

Allein seine Anwesenheit erfüllte mich blitzartig mit Zorn, aber ich sagte nichts, sondern machte einen Schritt zurück. Marán sah verwirrt aus, trat jedoch auf Malebranche zu, bereit zu einem Tanz. Sie lächelte ihn an – ich musste zugeben, der Landgraf war nicht gerade ein unansehnlicher Mann.

»Nein, Frau Gräfin, ich bitte nicht um den Tanz, bedanke mich aber für die Ehre«, erklärte er. »Mein Herr wünscht, sich weiter mit Euch zu unterhalten.« Er nickte in meine Richtung. »Die Ehre der Gegenwart von Madame ist nur einige Augenblicke vonnöten. Wenn Ihr uns also entschuldigen wollt …«

Maráns Gesicht rötete sich.

»Herr Capitain«, sagte sie an mich gerichtet, »ich bin mir nicht sicher zu verstehen, was dieser Mann hier eigentlich will, aber ich bin schockiert über sein Ansinnen, ich sollte meinen Begleiter auf einen Wink seines Herrn hin einfach so stehen lassen um irgendeiner Unterredung willen, die Ihr nicht hören sollt. Ich nehme an, Ihr kennt ihn?«

»Ja«, antwortete ich, meinen Zorn verdrängend, und setzte selbst einen verdutzten Ausdruck auf. »Ja, wenn ich es mir recht überlege. Verzeiht mir. Gräfin Agramónte und Lavedan, darf ich vorstellen, Elias Malebranche. Ich glaube, er hat auch einen Titel … ja doch – Landgraf.«

Malebranche verbeugte sich, Marán neigte kaum den Kopf. Noch bevor sie auf die beleidigende Einladung antworten konnte, sagte ich im glattesten Höflingston: »Bitte ergebenst um Verzeihung, Landgraf Malebranche, aber ohne Euren gelben Seidenstrick habe ich Euch gar nicht erkannt.«

Malebranche fuhr herum; in seinen Augen blitzte es zornig auf.

»Was wollt Ihr damit sagen, Sir?«

»Der gute Landgraf hat enge Freunde in den Hügeln und mittlerweile auch andernorts, die die merkwürdigsten Vorstellungen davon haben, wie man zu Reichtum kommt. Ich möchte ihren Namen hier nicht aussprechen, aber seine Bundesgenossen sind genau die Art mordlustiger Abschaum, wie man sie von einem Mann mit seinem Benimm erwarten würde.«

Malebranche stieß seine Worte zwischen zusammengepressten Zähnen hervor.

»Eure Manieren, Sir, sind genau das, was man von einem Bauern bei der Infanterie erwartet. Mein Herr dachte nur, die Dame hätte vielleicht mehr Vergnügen an der Gesellschaft eines Gentleman als an der eines Söldners aus einer von den Göttern vergessenen Barbarenprovinz, der wahrscheinlich seinem Kostüm entsprechend ein Keuschheitsgelübde abgelegt hat.«

Darauf konnte es nur eine Antwort geben. Ich war drauf und dran zu explodieren, sah aber Malebranches Hand unbewusst über das Heft seines Messers streichen. Wenn ich ihn schlug, so stand es ihm zu, sich auf der Stelle mit der Waffe zu verteidigen, die er gerade zur Hand hatte, und ich war unbewaffnet, auch wenn ich keinerlei Angst vor ihm hatte. Wenn ich ihn vor die Tür rief, so hätte er die Wahl der Waffen, und er wusste offensichtlich mit dem Messer umzugehen. Auch Marán wusste, was passieren musste, und aus ihrem Zorn wurde Angst.

Ich weiß nicht, woher ich die Beherrschung nahm – vielleicht tat Tanis oder mein Affengott Vachan mir einen Gefallen. Jedenfalls beherrschte ich mich und sagte in ziemlich ruhigem Ton: »Herr Landgraf, ich weiß, was Ihr von mir wollt. Aber es ist mir nicht möglich. Es ist einem numantischen Offizier verboten, sich mit Leuten minderen Rangs zu duellieren.«

»Wie könnt Ihr es wagen! Die Familie Malebranche lässt sich über tausend Jahre zurückverfolgen!«

»Wenn dem so wäre, dann dürften Eure Vorfahren die Köpfe hängen lassen, wenn sie sehen, dass einer ihrer Abkömmlinge nichts weiter als der Zuhälter eines falschen Edelmanns ist.«

Damit war das Maß voll.

Mit Eis in der Stimme sagte Malebranche. »Nun gut. Ihr bekommt meine Antwort auf dem Feld der Ehre. Seid Ihr damit einverstanden?«

Ich verbeugte mich statt eines Ja und er stakste davon.

Meine Weißglut legte sich und ich sah mich um. Glücklicherweise schien niemand unseren Austausch mitbekommen zu haben, und man sah uns nur verwirrt an, weil wir reglos mitten auf der Tanzfläche standen.

Ich nahm Marán in die Arme, gab vor, mit ihr zu tanzen, und bugsierte uns weg.

»Was jetzt?«, flüsterte sie.

»Jetzt bringe ich den Bastard um.«

Einige Minuten später kochte Maráns Zorn wieder auf; sie wäre am liebsten zu Chardin Sher gegangen, um ihm zu sagen, was für ein nichtswürdiges Schwein er sei.

»Wenn Ihr wollt«, meinte ich und wählte meine Worte vorsichtig aus. »Ich werde Euch mit Vergnügen begleiten.«

»Nein, werdet Ihr nicht! Ich komme sehr gut alleine zurecht. Außerdem würdet Ihr dem elenden Wicht wahrscheinlich den Dolch abnehmen und den Scheißkerl erstechen – und was dann?«

»Ich würde natürlich exekutiert. Aber ich würde glücklich sterben und auf dem Rad nach oben kommen für meinen Dienst an einer so schönen Frau.«

»Hört auf, mich beruhigen zu wollen, verdammt noch mal!«

»Tut mir leid.« Ich wollte noch hinzufügen, dass schließlich nicht ich es gewesen sei, der sie beleidigt hatte, hielt aber glücklicherweise den Mund. Wir waren nun allein in einem der Gärten. Wir hatten den Ballsaal verlassen, um uns zu beruhigen, aber es sollte eindeutig nicht sein. Marán starrte hinaus in die Nacht. Nach einer Weile wandte sie sich wieder mir zu.

»Nein, Damastes. Es ist an mir, mich zu entschuldigen. Es ist töricht von mir, auch nur daran zu denken, zu Chardin Sher zu gehen. Er wird einfach bestreiten, dergleichen gesagt zu haben, und ich stehe wie eine Närrin da.

Warum, bei allen Höllen, glaubt man immer dem Mann?«

»Ich weiß es nicht«, sagte ich. »Vielleicht liegt es daran, dass er die Gesetze macht.«

»Nun, es ist dumm und beschissen!« Ihr Zorn flammte wieder

auf. Ihr Kleid schien auf ihre Wut zu reagieren, denn die Schuppen wogten ihren Körper hinauf und hinab.

»Das ist es«, pflichtete ich ihr bei. Ich wusste nicht, was ich tun sollte – der Abend war ruiniert. Ich war der Ansicht, wir sollten einfach still und leise gehen, aber anstatt ihr den Vorschlag zu machen, nahm ich sie zärtlich in die Arme und hielt sie fest.

Lange standen wir schweigend da; sie atmete schwer, entspannte sich, atmete dann wieder heftig und schließlich wieder ruhiger, als sie die Beherrschung, um die sie rang, endlich fand.

»Ich werde nicht heulen«, sagte sie. »Ich bezahle dem Hurensohn nicht den Preis einer einzigen verdammten Träne!«

Sie hob den Kopf, und ihr Mund öffnete sich. Ich küsste sie und sie erwiderte den Kuss leidenschaftlich. Dann entwand sie sich mir. »Ich nehme an, er hätte mir gesagt, wie hingerissen er von mir sei und ob ich nicht vielleicht später noch zu ihm in sein Quartier kommen will. Er scheint mir nicht gerade der Mann zu sein, der einem lange den Hof macht, wenn er einen will.

Aber ich habe schon üblere Ansinnen zu hören bekommen«, erzählte sie. »Die Söhne der Reichen meinen, sie können wie Stallknechte mit einem reden, wenn sie nicht alles bekommen, was sie wollen. Und sie haben recht merkwürdige Vorstellungen davon, was eine junge Frau ohne Begleitung will.« Der Hauch eines Lächelns erschien. »Obwohl, eine so hochgestellte Persönlichkeit wie Chardin Sher war noch nie darunter. Ich nehme an, ich sollte mich geehrt fühlen.«

Worauf sie lachte, und dieses Lachen war echt. »Ich frage mich, wie Malebranche wohl zu Chardin Shers Kuppler geworden ist.«

»Vermutlich hat er ihm Mutter und Schwester verkauft«, vermutete ich. Ich sagte ihr nichts davon, dass Malebranche weit mehr als ein Zuhälter war – mir wurde in diesem Augenblick klar, dass er der Spezialist des Premiers für jede Art von Drecksarbeit war.

»Ich sage Euch, was wir machen«, meinte Marán. »Wir gehen jetzt wieder hinein, amüsieren uns und vergessen die Kallier. Ich habe mich viel zu gut unterhalten, um mir den Abend von diesen Kalliern ruinieren zu lassen.«

Und genau das taten wir dann auch. Chardin Sher und seine Laufburschen waren nicht mehr da, so dass es nicht unmöglich war. Und je weiter der Abend vorrückte, desto einfacher wurde es.

Der Ball dauerte die ganze Nacht, aber es war erst kurz nach Mitternacht, als Marán meinte, wir sollten gehen.

»Wir haben uns sehen lassen, ich habe mit meinem Kostüm angegeben und wir haben festgstellt, dass Kallier Schweine sind. Was sollten wir sonst noch machen? Zu essen wage ich nichts, aus Angst, aus dem Kleid zu platzen.«

»Hm«, machte ich. »Eine interessante Vorstellung. Habt Ihr euch mal das Tablett mit Eclairs angesehen? Sie sehen köstlich aus.«

»Nun hört aber auf, Ihr verrückter Cimabuer!« Sie lachte und zog sich die Schlangenmaske vom Kopf, worauf ihr das Haar lose auf die Schultern fiel. Ich nahm ebenfalls die Maske ab und folgte ihr.

Auf der Fahrt zu ihr nach Hause war Marán still. Ich nahm an, sie brütete noch über die Beleidigung durch Chardin Sher, und so versuchte ich eine muntere Konversation in Gang zu halten.

Ich stieg aus dem Brougham, als dieser zum Stehen kam, und half ihr heraus. Ich wollte ihr schon gute Nacht sagen und Lucan holen gehen, als sie sagte: »Ihr seid doch ein Gentleman, Herr Capitain, nicht wahr?«

»Ich hoffe doch, Frau Gräfin.«

»Dann kann ich Euch ja hereinbitten, obwohl ich keine Ahnung habe, was ich jemandem anbieten könnte, der nicht trinkt.«

»Mit Rücksicht auf den Anlass, Madam, werde ich eine Ausnahme machen und gern ein Schlückchen Eures besten Branntweins annehmen.«

»Ihr seid zu gütig, Sir, allzeit bereit, einer verwirrten Jungfer in Not zu helfen.«

Das Haus war verlassen, und wenn auch die Gaslichter brannten, so waren doch keine Dienstboten zu sehen.

»Vermutlich dachten alle, wir seien bis zum Morgengrauen außer Haus, und sie haben sich selbst eine Feier gesucht.« Sie zog die

Stirn in Falten. »Ganz, ganz alter Branntwein. Also den gibt es höchstwahrscheinlich … in jemandes Arbeitszimmer.«

Sie führte mich die Treppe hinauf und hieß mich warten.

Ich stand in dem prächtigen Korridor und kam mir albern vor in meiner orangefarbenen Kutte. Einen Augenblick später kam sie mit einer Kristallkaraffe zurück, die das Licht der Lampen auf die Wände reflektierte.

»Lasst mal sehen. Ah, ich weiß. Ihr habt das Solarium noch nicht gesehen. Kommt.« Sie nahm mich bei der Hand und führte mich die Treppe hoch auf das Dach.

Es war ein großer Raum mit einem Glasdach, das wie ein Brotlaib gewölbt war. Es war alles in Weiß gehalten, die schmiedeeisernen Stühle und Tische, ja selbst die Rahmen der Fenster. Eine Tür führte auf eine Terrasse hinaus.

Ich setzte mich behutsam in einen kunstvoll gearbeiteten Sessel und Marán schenkte mir einen Branntwein ein. Dann setzte sie sich in einen dünnen gepolsterten Liegestuhl, der aussah, als wäre er zusammengebrochen, hätte ich ihn zu benutzen versucht.

»Ich möchte mich bei Euch bedanken«, sagte ich. »Für die Einladung auf den Ball. Sonst wäre ich einer der armen Kavalleristen auf seinem Pferd gewesen, die wir auf der Straße gesehen haben, und hätte versucht, galant auszusehen, während mir vor Kälte der –«

»Der Arsch abfriert?«

»Nein, das nicht, aber das trifft es auch. Ach übrigens, wenn ich Euch ein Kompliment zu Eurer Sprache machen darf? Ich wusste nicht, dass Gräfinnen so fluchen können wie Ihr.«

»Man kann, wenn man auf dem Land aufwächst und viel reitet. Alle meine Pferde reagieren besser auf diese Art von Sprache als auf Gesäusel und dergleichen mehr.«

»Wie merkwürdig«, meinte ich. »Militärpferde ziehen Gesäusel und Zärtlichkeit vor. Vielleicht ist es das Ungewöhnliche, was sie aufhorchen lässt.«

Ich lächelte, und sie erwiderte mein Lächeln zögernd. Für einen Augenblick wurde ihre Miene einmal mehr zu der einer Unschuldigen, die die Strafe erwartet. Sie stand auf und ging zu einer der Verandatüren. Ich nahm mein Glas und schloss mich ihr an.

Unter uns befand sich der Fluss und selbst zu dieser späten Stunde noch konnte ich die Lichter von Lastkähnen und anderen Schiffen sehen. Ich glaubte etwas zu hören und öffnete die Tür. Ich hatte Recht gehabt. Leise Musik kam vom Wasser heraufgeweht. Einen Augenblick später sah ich, woher sie kam: Ein gutes Stück flußaufwärts kam langsam eine Luxusfähre auf uns zu und sie hatte wohl eine Kapelle an Bord.

Ich stand ganz dicht hinter Marán und roch durch ihr Parfum hindurch, das mich weit mehr berauschte, als der Schluck Branntwein das vermocht hätte, den frischen Duft ihres Haares.

Sie drehte sich um, nahm mir mein Glas aus der Hand und stellte es zur Seite. »Also, Ihr Erzschwindler, wir sind jetzt fernab aller neugieriger Augen und wir haben wie durch Zauberhand ein Orchester. Ich möchte jetzt diesen Tanz sehen, Sir, den aus der Brandigen Gasse.«

Ich zögerte, und die Art, wie ihre Augen mich kühn musterten, nahm mir die Entscheidung ab.

»Zu allen Höllen mit dem Gentleman«, murmelte ich, dann glitten auch schon ihre Arme um mich und sie verschmolz mit mir. Ich umfasste sie mit beiden Armen und griff, wie ich es schon lange hatte tun wollen, nach ihren Hinterbacken. Sie hielt den Atem an, schob mir ein Bein zwischen die Schenkel, und dann bewegten wir uns, als wären wir eins. Ich begann mit beiden Händen zu kneten, sie atmete schneller und ich spürte selbst durch mein Kostüm hindurch ihre Brustwarzen steif werden.

Hart spürte ich meinen Riemen an ihrem Schenkel, während sie sich noch fester an mich drängte. Wir tanzten eine Ewigkeit so, bis mir plötzlich klar wurde, dass das Schiff längst vorbei und die Musik nur noch in unseren Köpfen zu hören war.

Sie zog mich nach unten zu einem Kuss. Lodernd fuhren unsere Zungen gegeneinander, stöhnend, die Lippen gegen die meinen gepresst, bewegte sie den Kopf hin und her.

Dann entzog sie sich mir.

»Ja, Damastes. Jetzt. Schnell. Kommt mit!«

Fast schon im Laufschritt führte sie mich die Treppe hinab.

Ich nahm nicht wahr, wie ihr Schlafzimmer aussah, nur dass das Bett breit und einladend war, die Laken aus Seide, aber warm wie ihr Kleid. Der Raum wurde durch eine einzige kerzenartige Flamme erhellt, die von einer Lampe auf dem Nachttischchen kam.

Wieder nahmen wir uns in die Arme, dann machte Marán sich los. Ihre Finger machten sich an ihrem Hals zu schaffen. Sie murmelte enttäuscht, dann hakte ich einige Finger unter ihr Kleid und riss an dem Stoff. Mit einem leisen Geräusch platzte die Naht und dann war sie nackt.

»Jetzt Ihr«, sagte sie. »Jetzt du. Beeil dich. Bitte, mach schnell.«

Ich zog mir die Kutte über den Kopf und streifte die Sandalen ab. Ich hob sie mit beiden Armen auf und wir fielen quer über das Bett. Ihre Arme bewegten sich meinen Rücken hinauf und hinab; dabei murmelte sie stöhnend meinen Namen. Ihre Beine hoben sich und fuhren kosend über die Rückseite der meinen. Meine Finger glitten ihren Körper hinab, über die weichste und hellste Haut, die ich jemals berührt hatte, glatt rasiert, wie sie war, bis ich auf ihre erwartungsvolle Feuchte stieß.

Ihre Schenkel öffneten sich, sie schob sich mir, meiner forschenden Hand, entgegen. Wir brauchten nicht zu zögern, eines langen Vorspiels bedurfte es nicht, als ich mich zwischen ihre Beine schob.

Ich berührte ihren Lustknopf mit der Eichel meines Riemens und sie fuhr heftig zusammen. »O Götter«, keuchte sie. »O Damastes. Bitte. Bitte. Nimm mich. Fick mich. Stoß mich. Fick mich – jetzt!«

Ich fand die nasse Stelle, stieß zu, traf auf Widerstand, war über die Maßen verblüfft, stieß noch einmal zu, und Marán stieß einen Schrei aus, einen kehligen Laut ob des Schmerzes, dann gab das Häutchen nach und ich vergrub mich in ihr.

Einen Augenblick lag ich reglos da, dann hob sie ihre Beine, die sie um meine Waden schlang, und schob sich mir heftig entgegen, langsam zunächst, dann mit zunehmender Heftigkeit. Meine Stöße begegneten den ihren; ihre Nägel gruben sich in meinen Rücken. Unsere Körper fuhren gegeneinander, dann konnte ich nicht mehr und spürte, wie sich mein Samen in sie ergoss; einen Augenblick darauf stieß sie einen spitzen Schrei aus und ihr Körper zuckte gegen den meinen.

Langsam verebbte ihre Erregung; still lag sie da; ihr Atem beruhigte sich. Ich war jedoch noch hart, noch immer in ihr, also drehte ich sie auf die Seite und begann mich zu bewegen, während sie meinen Namen stöhnte, dann trug es uns ein weiteres Mal davon.

»Ich habe das noch nie gemacht«, sagte sie, »du musst mir also zeigen, wie es geht.«

»Nun, beißen jedenfalls wäre jetzt keine gute Idee. Jedenfalls nicht allzu fest. Nimm die Zunge. Ja. Mmmm. Genau so. Jetzt nimm mich in deinen Mund. Versuch mich zu schlucken.« Jetzt war es an mir zu stöhnen. »Jetzt bewege den Kopf vor und zurück.«

Die Welt bestand aus den Lippen um mich, und als ich mich bewegte, bewegte sie sich schneller; ich hob den Hintern vom Bett, spürte ihr Haar über meinen Bauch streifen, und meine Hände strichen ihr über den Hinterkopf, bis Jaen mich ein weiteres Mal in die Arme nahm.

Sie ließ meinen Riemen aus dem Mund gleiten und schluckte. »Ich danke dir, mein Damastes.«

»Wofür?«

»Wir hatten keine Zeit, zu Abend zu speisen. Du schmeckst gut.«

Bei ihren Worten durchzuckte mich die Leidenschaft aufs Neue.

Sie stand auf, um auf die Toilette zu gehen, und ich warf einen Blick auf das Laken. Es wies Flecken auf, aber nicht nur die der Liebe. Es war auch etwas Blut von unserer ersten Vereinigung dabei. Ich fragte mich, was für eine merkwürdige Ehe sie wohl führte, verdrängte den Gedanken jedoch schuldbewusst, als sie wieder auf mich zukam und sich anschickte, sich zu mir zu legen.

»Nein.« Ich stand auf und drehte sie zu mir herum. »Leg dich aufs Bett. Nein, nicht hochrutschen. Leg die Hüften auf die Kante. Jetzt hebe die Beine – stelle die Fersen aufs Bett.«

Ich berührte ihre Knie und sie öffnete sie bereitwillig. Ich rutschte zwischen ihre Schenkel und berührte ihr Geschlecht, das noch immer ganz nass vor Liebe war. Mein Riemen hob sich und ich drang in sie ein.

»Jetzt setz die Beine wieder auf den Boden.«

Fauchend hob sie mir ihr Becken entgegen, als ich mich in ihr zu bewegen begann; meine Hände kosten ihre Brüste und massierten ihr zärtlich die Brustwarzen.

Wir wurden nicht einen Augenblick müde; nicht für einen Augenblick verklang das wilde Verlangen, sich im Körper des anderen zu vergraben.

Die Welt bestand aus nichts als Seide, jener Flamme und ihrem zuckenden Körper unter mir.

Einmal, während eines kurzen Moments, in dem ich bei klarem Verstand war, fragte ich: »Was ist mit deinem Gesinde? Haben die nicht vielleicht große Ohren?«

»Mach dir darüber keine Sorgen«, erwiderte sie, ihre Stimme durch das Kissen gedämpft. »Auch wenn ich keine Erfahrung im Ehebruch habe, so bin ich doch nicht dumm. Ich habe schon bei der Einstellung dafür gesorgt, dass ihnen bewusst ist, dass die Agramóntes ihren Lohn bezahlen.«

»Ich wollte nur gefragt haben. Was machen wir denn jetzt, wo ich mir keine Sorgen mehr zu machen brauche?«

»Ich will nichts weiter, als dass du so weitermachst. Nur diesmal langsamer, ganz, ganz langsam, und komm ganz in mich. So ist es mir lieber. Ich möchte dich tief in meinem Schoß spüren.«

»Euer Wunsch ist mir Befehl, Frau Gräfin.« Ihr Hintern hob sich mir entgegen.

Der Morgen dämmerte schon grau, als ich aus der Tür schlüpfte. Ich fand die Stallungen, wo Lucan angebunden stand. Er schalt mich mit einem leisen Wiehern dafür, so lange unter dem Sattel gestanden zu haben, und ich versprach ihm flüsternd, meine Entschuldigung würde in einem Sack bester Gerste bestehen.

Trunken wie nur irgendein Säufer ritt ich durch die Straßen der Stadt, während eine goldene Dämmerung über Nicias hereinbrach.

18 *Die Knocheninsel*

Es gelang mir an jenem Tag, um den Dienstplan herumzukommen, aber ich hatte nur zwei Stunden geschlafen, da weckte Lancier Karjan mich auch schon wieder auf.

»Ich weiß, Ihr habt gesagt, ich soll Euch nicht stören, Sir. Aber es ist ein Bote hier und der Bastard wollte nicht wieder gehen.« Schlaftrunken zog ich mir einen Hausmantel über und fand einen Mann in Zivil, der mich erwartete. Er reichte mir einen Umschlag, den ich aufriss. Ich las:

Sehr geehrter Capitain á Cimabue

Wie Ihr bemerken werdet, schicke ich Euch diesen Brief durch einen Bürgerlichen. Ich bitte Euch, das nicht als despektierlich zu verstehen, ich will nur sichergehen, dass wir unsere Meinungsverschiedenheit klären können, ohne gestört zu werden.

Während meinen Herrn, Chardin Sher, der Tod eines arroganten numantischen Offiziers nicht weiter stört, so erkenne ich an, dass Ihr durch gewisse Konventionen gebunden seid, von den Regeln der Armee zweifelsohne nicht weniger als auch von denen eines feigen Zehnerrats, der unsere Begegnung sicher missbilligen würde.

Da ich in Nicias keine Freunde in der nötigen Position habe, hoffe ich, Ihr vergebt mir diese etwas entwürdigende Art der Geschäftsführung, Euch diese Post durch einen Bürgerlichen zukommen zu lassen statt durch einen Gleichgestellten und Euch aufzufordern, ihm auf der Stelle Antwort zu geben.

Aber Ihr und ich, wir brauchen keine Sekundanten, um unseren Ehrenhandel zu erledigen. Wenn dieses Arrangement zu Eurer Zufriedenheit ausgefallen ist, dann erweist mir doch die Ehre und gebt diesem Mann die entsprechenden Anweisungen mit auf den Weg.

Landgraf Elias Malebranche

Es war einiges dran an dem, was der Kallier schrieb. Ich bat den Dientsboten zu warten und kritzelte rasch eine Antwort. Ich erklärte mich einverstanden; sicher könnten wir zu einer ehrenhaften Einigung gelangen.

Meine Arrangements waren einfach. Wir würden in vier Tagen kämpfen, im Morgengrauen; als Ort wählte ich die Knocheninsel, eine Insel fünf Werst oberhalb der Stadt und nicht das Gelände, auf dem Gentlemen sich sonst duellierten; und schließlich fiel meine Wahl der Waffen auf Schwert und Dolch, gleiche Schwerter, die ich mitbringen würde, und Messer unserer Wahl.

Ich wusste, Letzteres würde ihn ebenso überraschen wie freuen, da es seiner Stärke entgegenzukommen schien. Aber ich hatte da noch ein kleines Geheimnis, das er nicht kannte.

Ich war schlagartig hellwach und hieß den Lancier Karjan Tee machen und ein Bad vorbereiten. Während er beschäftigt war, sah ich ihn mich mit neugierigen Blicken fixieren, und so erzählte ich ihm schließlich, was uns bevorstand. Ich sagte ihm nichts über meine Nacht mit Marán, nahm aber an, er würde selbst die offensichtlichen Schlüsse ziehen. So wie ein Offizier nie zum Helden seines Burschen wird, ist es auch unmöglich, ein Geheimnis vor ihm zu haben.

»Ohne Sekundanten, Sir, oder sonst einen Zeugen? Was sollte den Kallier dann davon abhalten, Euch auf eine schmutzige Tour zu kommen?«

»Nichts. Ich muss davon ausgehen, dass der Landgraf ein Gentleman ist.«

»Nach Kait und den Tovieti und allem, was bei unserem Rückzug passiert ist, da wollt Ihr Malebranche noch immer über den Weg trauen?«

»Ich habe keine andere Wahl, oder?«

Lancier Karjan murmelte etwas, das laut zu wiederholen er sich weigerte, als ich ihn danach fragte. Und nachdem er mein Bad fertig hatte, entschuldigte er sich.

Ich sah Marán vor dem Duell nicht mehr und ging auch Tenedos aus dem Weg. Ich war mir ziemlich sicher, er würde die Angelegenheit, falls er davon erfuhr, politisch ausschlachten und Malebranche irgendwie zu schaden versuchen in der Hoffnung, auch seinem Herrn zu schaden. Er würde mir damit zwar vielleicht das Leben retten, aber das war die geringste meiner Sorgen. Ich spürte nichts weiter als weißglühenden Zorn, wann immer der Kallier mir in den Sinn kam. Ich wusste, dass es ein Fehler war, wenn auch nicht in moralischer Hinsicht, denn wer immer sich mit Thaks Würgern einließ, dem stand kein Erbarmen zu; nein, es wäre ein Fehler, weil es sich zornig nicht gut kämpft. Schließlich gelang es mir, einen Zustand kühler Distanz zu erreichen, und darauf war ich entsprechend stolz.

Ich schickte Marán eine höfliche Note, in der ich mich bei ihr dafür bedankte, dass ich sie auf den Ball hatte begleiten dürfen. Ich suchte lange und angestrengt nach einer Möglichkeit, sie wissen zu lassen, was ich fühlte, fürchtete aber, die Post könnte in die Hände ihres Gatten gelangen. Schließlich fügte ich hinzu, die Nacht hätte mir Erinnerungen beschert, die ich nie vergessen würde. Ich wünschte, ich wäre raffinierter gewesen, aber etwas Besseres fiel mir nicht ein. Ich hoffte, sie würde verstehen.

Einen Tag lang hörte ich nichts, dann kam ein Bote aus ihrem Haushalt mit einem Umschlag vorbei.

Er war unsigniert. Die Mitteilung bestand aus nichts weiter als einem Datum, einer Uhrzeit und einer Adresse. Ich sollte mich mittags mit ihr treffen, einen Tag nach der Begegnung mit Landgraf Malebranche, und in einer weiteren Zeile hieß es, dass ich den Brief vorzeigen sollte. Ich konnte es einrichten, die genannte Straße während eines Botengangs zum Palast für Domina Lehar entlangzureiten, der bei der Großen Konferenz Bereitschaft hatte, und sah, dass wir uns in einem der exklusivsten Restaurants der Stadt treffen sollten. Ich wusste nicht, ob das Gutes oder Schlechtes verhieß.

Jetzt brauchte ich nur noch meine Begegnung mit Malebranche zu überstehen.

Ich nehme an, ich hätte mich in der Nacht vor dem Duell im Bett hin und her werfen sollen, tat dies aber nicht. Ich aß ein leichtes Abendmahl für den Fall, eine Bauchwunde davonzutragen, betete kurz zu Tanis und Panoan, da ich schließlich, wenn auch auf etwas merkwürdige Art, für Nicias antrat, und ging früh zu Bett. Mein Verstand wollte darauf bestehen, Pläne für den Morgen zu schmieden, aber ich gestand es ihm nicht zu. Mein Vater hatte gesagt, mit das Dümmste, was ein Soldat tun könne, sei, im Voraus den Ausgang eines Kampfes bestimmen zu wollen – das würde dem Körper vorzeitig Anweisungen zukommen lassen, denen dieser auch dann zu gehorchen versuche, wenn der Feind etwas völlig Unerwartetes unternahm.

Ich war schlagartig wach, als Lancier Karjan meine Schulter berührte, wusch mich und zog mich rasch an. Lucan und Karjans Rappe standen gesattelt vor dem Quartier, und Karjan hatte den Koffer mit den beiden Schwertern, die ich mir aus der Rüstkammer ausgeborgt hatte – Klingen mit genau der Reichweite, dem Gewicht und der Balance, die ich bevorzugte, was mir einen weiteren kleinen Vorteil gab.

Mein Messer hatte eine lange Klinge von nahezu elf Zoll, die auf der einen Seite und der oberen Hälfte der anderen über die Schärfe eines Rasiermessers verfügte. Es hatte eine zusätzliche kleine Fingermulde direkt unter dem Griff, so dass es weit handlicher war, als seine Länge es vermuten ließ.

Wie ich gesehen hatte, maß das Messer des Landgrafen um die acht Zoll, was ihm einen Vorteil gab, da bei einem Messerkampf die kürzere immer die tödlichere Waffe ist. Aber ich hatte nicht die Absicht, wie ein Schenkenrowdy zu kämpfen.

Die Straßen des Standorts waren verlassen bis auf die Posten, auf deren Anruf ich antwortete, so dass man uns passieren und in die Straßen der Stadt hinausreiten ließ. Ich hatte die Zeit sorgfältig so berechnet, dass wir den Austragungsort des Duells beim ersten Tageslicht erreichten.

Lucan wäre am liebsten losgaloppiert, als wir Nicias hinter uns ließen, so freute er sich, wieder auf dem Lande zu sein, aber ich hielt ihn zurück. Vom Fluss herauf kam der Wind, der auf das Nahen der Dämmerung wies; er führte all die Düfte der Wildnis mit sich, und so füllte ich mir die Lunge damit. Obwohl der Fluss, den wir entlangritten, morastig war, so roch er doch besser als alles, was in einer Stadt einzuatmen war.

Die Knocheninsel hat ihren Namen von dem Treibholz, das die Strömung des Flusses ständig an ihre sandigen Ufer trägt, Treibholz, das ausbleicht und altert, bis die Gestade der Insel anmuten wie von den Skeletten zahlloser Riesen gesäumt. Sie misst nur etwa anderthalb Werst, ist von einigen Bäumen bewachsen und hat in der Mitte eine offene sandige Lichtung, die von Büschen umgeben ist, also vollkommen für zwei Männer, die nicht gestört werden wollen. Der Fluss ist seicht genug, um überall mit dem Pferd durchzukommen, so dass sich die Suche nach einer Furt erübrigte.

Lucan spritzte hindurch, und ich beugte mich tief in den Sattel, während wir uns durchs Unterholz der Lichtung näherten. Landgraf Elias Malebranche war bereits da, sein Pferd an einem Baum festgemacht. Wie abgemacht war er alleine.

Ich stieg ab, band Lucan an und nahm Karjan den Koffer mit den Waffen ab.

»Er kann auf der Straße auf mich warten. Wenn ich in einer Stunde nicht zurück bin, so weiß Er, was Er tun soll.«

Karjan sah nicht mich an, sondern den Kallier. Ein merkwürdiges Lächeln umspielte seinen bärtigen Mund.

»Jawohl, Sir«, antwortete er. »Wie Ihr befohlen habt.« Er salutierte, nahm sein Ross herum und verschwand.

Ich ging hinüber zu Malebranche.

»Guten Morgen.«

»Das ist es in der Tat«, pflichtete er mir bei.

Ich öffnete den Koffer, setzte ihn auf der Erde ab und trat zurück. Er nahm jedes der beiden Schwerter in die Hand, wog jedes, prüfte es auf seine Härte, vollführte einige kurze Stöße damit.

»Ich nehme das hier.«

Ich nahm das andere und trat in die Mitte der Lichtung. Malebranche folgte mir. Ich suchte mir einen guten Fleck aus und drehte mich um. Malebranche sah sich die Erde an und ging dann nach links, etwa zehn Fuß von mir.

»Wenn die erste Sonne sich zeigt, kämpfen wir«, sagte ich.

»Einverstanden.«

Es wurde mit jeder Minute heller, und ich wurde nervös, atmete aber tief und regelmäßig, aus den Tiefen meiner Lunge, so wie ich es gelernt hatte.

Ich hatte kaum drei Atemzüge getan, als aus dem Gesträuch hinter mir ein Ruf der Überraschung drang, dann das Klirren von Stahl, ein Schrei und schließlich drei dumpfe Schläge, als fahre eine Axt durch fauliges Holz. Malebranche fuhr entgeistert zusammen und das Messer rutschte ihm in die Hand.

Vier Reiter brachen aus der Deckung. Ich hatte einen Augenblick, um zu denken: Verrat! Dann sah ich, dass der erste Mann Yonge war. Die anderen drei kannte ich nicht.

Malebranche ging en garde, als die vier auf uns zuritten, aber sie zügelten ihre Pferde, bevor sie ihn niederritten. Siedender Zorn erfüllte mich, da ich nicht wusste, was bei allen Höllen da vor sich ging. Dann sah ich, dass Yonge den abgetrennten Kopf eines Mannes an den Haaren hielt. Er warf ihn in den Sand zu Malebranches Füßen. Zwei weitere Köpfe schlugen, von seinen Helfern geworfen, neben dem ersten auf.

Ein fünfter Reiter, Karjan, kam von der anderen Seite auf die Lichtung getrabt. »Tut mir leid, Sir«, sagte er. »Aber es gibt Befehle, die gehen vor.«

Ich sah die Sonnenscheibe über die Bäume kommen, aber niemand, einschließlich meiner selbst, achtete auch nur im Geringsten darauf. Ich war völlig verdutzt, sah aber dann Malebranches Gesicht, dunkel vor Zorn … und noch etwas anderem.

»Eure Freunde sollten lernen, sich den Rücken freizuhalten«, meinte Yonge. »Eine Stunde in meinen Hügeln, und sie wären tot.«

»Ich habe Euch gewarnt, Sir«, mischte Karjan sich ein.

Jetzt war alles klar. Von einem zwielichtigen Kerl voll finsterer Absichten wie dem Kallier zu erwarten, in irgendeiner Angelegenheit wie ein Ehrenmann zu handeln, war dumm gewesen. Sein besorgter Brief – wir sollten unsere Begegnung geheim halten – war eine Falle gewesen. Ich erkannte zwei der Köpfe: Es waren die beiden Leibwächter Chardin Shers, die ich auf dem Ball gesehen hatte, zweifelsohne Gorillas unter Malebranches Befehl. Der Kallier fluchte, hob die Klinge, aber schon hatten zwei von Yonges Freunden die kurzen Reiterbogen gespannt und zielten auf seinen Kopf.

»Ihr braucht es nur zu sagen, Capitain á Cimabue«, sagte Yonge, »und der Mann ist tot.«

Ich hätte ihnen damals befehlen sollen, ihre Pfeile fliegen zu lassen. Es hätte so manchem das Leben gerettet und mir eine Menge Kummer erspart. Aber ich tat es nicht. Selbst heute, wo ich älter und härter bin, glaube ich nicht, dass ich den Befehl geben würde.

»Nein!«, erklärte ich. »Er gehört mir! Landgraf Malebranche, die Sonne ist aufgegangen. Wir hatten eine Abmachung, Sir. Macht Euch bereit.«

Malebranche grinste und kam auf mich zu.

»Wenn er mich umbringt«, bellte ich über die Schulter, »dann gehört er euch.«

Malebranches Grinsen gefror und wurde zu dem fixen Zähnefletschen eines in die Enge getriebenen Schakals.

Ich nahm zur Kenntnis, wie er auf mich zukam, das Schwert in konventioneller Fechthaltung, das Messer jedoch nach unten gewandt an der Hüfte. Sehr gut, dachte ich, wie ich gehofft hatte. Er kämpft wie ein Schenkenraufbold. Dann wollen wir doch mal sehen.

Mein kleines Geheimnis bestand in einer der Arten, wie man mir den Kampf mit Messer und Schwert beigebracht hatte; es handelt sich dabei nämlich um eine recht esoterische Disziplin. Bei diesem Stil benutzt man den Dolch als Parierwaffe; man sticht damit nur zu, wenn die beiden Kombattanten sich nahe genug sind, um sich einen Fehler zunutze zu machen oder einen Kampf zu beenden.

Malebranche stieß zu, eine Finte, und als ich parierte, sprang er zur Seite und sein Messer schoss vor. Er war schnell, sehr schnell, aber es war in etwa der Angriff, den ich erwartet hatte, und so schlug ich mit meinem Dolch nach seinem Handgelenk, dann standen wir beide wieder en garde.

Er bewegte sich im Bogen nach rechts in dem Versuch, auf die Außenseite meiner Deckung zu kommen, und ich drehte mich mit ihm, tat dann einen Seitenschritt und hieb mit der Klinge nach seinem Hals. Er riss den Kopf zurück, aber die scharfe Schneide meines Schwerts riss ihm die Backe auf und sein blonder Bart färbte sich rot.

Er grunzte vor Schmerz und schlug nach mir, ein Hieb, dem ich so knapp entging, dass er mir den Rock aufriss.

Ohne sich eine Pause zu gönnen, griff er nun unentwegt an; unsere Schwerter gerieten Stange an Stange und ich parierte sein Messer mit meinem Dolch. Er versuchte mir das Knie in den Schritt zu rammen, aber ich wandte mich ab und drosch ihm den Knauf meines Dolches gegen den Schultermuskel, bevor ich wegsprang – wenn auch nicht flink genug, denn sein Messer fuhr mir sengend die Rippen entlang.

Dann begann sich mit einem Mal der Sand um uns in kleinen Wirbeln zu drehen, wobei sich kleine Fontänen erhoben und den Kallier blendeten. Er schrie vor Schmerz auf, stolperte, fiel und war für einen Augenblick seiner Sicht beraubt.

Ich hörte Karjan schreien: »Bringt den Hundsfott um!« Aber ich rührte mich nicht. Irgendwie spürte ich, woher der Wind wehte.

Malebranche rieb sich die Augen und versuchte wieder auf die Beine zu kommen, als eine Stimme zu hören war:

»Rührt Euch nicht, Kallier, und legt Eure Waffen nieder. Tut Ihr es nicht, so töte ich Euch so, wie Ihr da liegt. Gehorcht mir und es wird Euch nichts geschehen.« Die Stimme war natürlich die des Sehers – Tenedos.

Malabranche sperrte den Mund auf und gehorchte. Die Augen vor Angst weit aufgerissen, krabbelte er rücklings davon.

»Es gibt nur einen Grund, weshalb Ihr am Leben bleiben dürft, Landgraf Elias Malebranche, und der ist, dass ich den Ruf von Capitain Damastes á Cimabue nicht befleckt sehen will.

Er ist nicht nur ein Freund, sondern wichtig für mich, und er wird bald von nicht geringerer Bedeutung für alle Numantier sein.

Glaubt mir, Ihr und Euer Hund von einem Herrn, Ihr werdet den Tag noch bereuen, an dem es Euch nicht gelang, ihn zu ermorden, denn in Kallio wird das Blut knöcheltief fließen und das Eure wird ein Teil dieses Flusses sein. Und das alles aufgrund seines Tuns in nächster Zukunft, einer Zukunft, die ich glasklar vor mir sehe.

Jetzt erhebt Euch, lasst Eure Waffen, wo sie sind, geht zu Eurem Ross und reitet davon. Seht Euch nicht um oder ich schiebe Euer Verhängnis nicht einen Augenblick länger auf.«

Malebranche, sein Gesicht nicht weniger blass als seine Haut, achtete nicht auf das Blut, das ihm vom Gesicht rann, sondern rappelte sich auf, lief zu seinem Pferd, nestelte die Zügel los, schwang sich in den Sattel und galoppierte davon. Tenedos' Stimme war wieder zu hören, aber diesmal war sie kaum mehr als ein Flüstern: »Capitain á Cimabue, wenn Ihr in die Stadt zurückgekehrt seid und Euer Schmiss verarztet ist, dann meldet Euch augenblicklich in meinem Quartier!«

»Ihr seid ein Idiot!«

»Ja, Sir.«

»Ein absoluter Schwachkopf!«

»Ja, Sir!«

»Ich dachte«, wetterte Tenedos, »die Geschichten, laut denen Cimabuer dumm wie Bohnenstroh sind, seien falsch, aber jetzt habe ich meine Zweifel!«

»Ja, Sir.« Ich stand stocksteif vor ihm.

»Ich habe erst um Mitternacht diese Geschichte von Yonge gehört, deshalb hatte ich nur Zeit, einen Zauber vorzubereiten, der Euch vor Eurer Narretei rettet.

Was, im Namen aller Götter, die Euch belieben, habt Ihr Euch dabei gedacht? Habt Ihr gedacht, Ihr könntet Chardin Shers rechte Hand töten? Malebranche wurde – wie Ihr möglicherweise nicht wisst – gestern dazu bestimmt, nach der Konferenz als Gesandter in Nicias zu bleiben. Euer eigener Kopf wäre in den Rinnstein gerollt!«

»Sir, er hat den Kampf ganz bewusst gesucht.«

»Müsst Ihr immer tun, was die Leute von Euch wollen?«

»Es war eine Frage der Ehre.«

»Eine Ehre ist auch ohne Schwertkampf leicht wiederherzustellen, Sir!«, bellte Tenedos mich an.

»Es ging nicht um die meine, Sir, sondern ... um die einer anderen Person.«

Tenedos, der auf und ab gegangen war, blieb stehen und starrte mich an.

»Etwa die der Gräfin Agramónte und Lavedan?«

Ich antwortete nicht.

Tenedos' Ärger verschwand.

»Ach so«, meinte er nachdenklich. »Da Ihr ein Gentleman seid und mir nicht antworten wollt, will ich nicht weiter in Euch dringen – auch wenn hinter meiner Frage mehr die Neugier steht als die Politik. Ebenso wenig wie ich Euch sagen will, was Ihr in Bezug auf die Gräfin tun oder lassen sollt. Ich nehme an, Ihr seid Euch darüber im Klaren, wie mächtig ihr Gatte ist.

Bei den Göttern, Damastes, es ist wirklich schwer, dich lange genug am Leben zu halten, um meine Versprechen dir gegenüber einzulösen!«

»Ja, Sir. Aber nicht ich war es, der Chardin Sher an seinem nicht vorhandenen Bart gezogen hat.«

»Nein. Nein, das warst du nicht. Aber das war genau berechnet, ganz im Gegensatz zu ... zu einigen anderen Dingen.« Tenedos setzte sich und rieb sich nachdenklich die Stirn. Dann stand er wieder auf.

»Ich habe einigen Dominas ein Seminar darüber zu geben, wie ein Wetterzauber dazu beitragen kann, eine Schlacht binnen fünfzehn Minuten zu gewinnen, du musst mich also entschuldigen. Ach ja.« Er trat an einen Schreibtisch und holte einen Lederbeutel heraus. »Hier ist genug Gold, um einige gute Freunde von dir ordentlich betrunken zu machen – du stehst nämlich tief in ihrer Schuld.«

»Nein danke, Sir«, widersprach ich, »ich habe selbst Geld. Und wenn das nicht genügt, dann verkaufe ich eben mein Schwert.«

»Meinetwegen. Betrachte diese etwas bedauerliche Episode als erledigt. Aber lauf mir nicht in finstere Ecken, um dich mit Leuten von zweifelhaftem Ruf zu treffen, wenn es nicht unbedingt nötig ist. Ich weiss nicht, wen ich auf deinen Platz setzen sollte.«

Ich wollte Tenedos fragen, auf welchem Platz genau er mich denn sehe, bezweifelte aber, dass ich die Antwort hören wollte, selbst wenn er sie wusste. Ich salutierte und ging. Ich musste eine Taverne mieten gehen.

Yonge packte mich am Hinterkopf und zog mich an sich. Seine Worte kamen lallend, da er herzlich betrunken war. Ich war nicht viel besser dran. Ich hatte es zwar bei ein paar Gläsern Branntwein belassen, aber meine sonstige Enthaltsamkeit zahlte sich hier nicht eben aus. Karjan versuchte die Maid aus der Taverne davon zu überzeugen, dass sie eigentlich gar nicht allein schlafen wollte, und Yonges drei Kumpane, gefährliche Gesellen von zweifelhaftem Ruf, mit denen er sich bei seiner Hurerei in der Stadt angefreundet hatte, sangen eine Ballade – besser gesagt deren drei, da keiner imstande war, das Gegröle der anderen zu verstehen.

»Wisst Ihr, Numantier«, lallte Yonge, »ich glaube, ich halte mich an Euch.«

»Dann habt Ihr Euch wohl verliebt?«

»Versucht nicht, geistreich zu sein. Ich meine es ernst.«

»Na schön. Dann sei ernst.«

»Und wisst Ihr, warum?«

»Nein.«

»Weil Ihr mal General werdet, und einen echten General habe ich noch keinen gesehen.«

»Auf dass Vachan deine Worte segnet.«

»Ich weiss nicht, ob das ein Sche … ein Segen ist. Aber Ihr lasst mich ja nicht ausreden. Ihr werdet entweder ein General … oder ihr geht bei irgendeiner Narretei drauf, die Euch wahrscheinlich zur Legende oder was weiss ich macht.

Wie auch immer, ich möchte doch sehen, was als Nächstes kommt.«

Er füllte unsere Gläser nach bis zum Überlaufen.

»Also, und jetzt kippt den hier in einem Zug weg. Ihr trinkt nämlich gar nicht wie ein richtiger Gene … General.«

Schaudernd gehorchte ich.

Am Morgen darauf wünschte ich, Malebranche hätte mich umgebracht. Lancier Karjan ging es nicht viel besser als mir, aber zur Hölle mit ihm. Er brauchte sich schließlich nicht mittags mit einer schönen Gräfin zu treffen. Glücklicherweise hatte ich mir vom Adjutanten einen Tag freigeben lassen, so dass ich meine Verabredung mit Marán einhalten konnte.

Ich trank zwei Liter Wasser, schlüpfte in meine Sportuniform und schwankte auf den Sportplatz hinaus. Ich übergab mich dreimal auf vier Runden, ging dann ins Badehaus der Kaserne und setzte mich eine halbe Stunde ins Dampfbad, bevor ich ins eisigste Becken des Hauses sprang.

Ich ging in die Messe und schwatzte den Köchen ein Glas scharfen Fruchtsafts und ein Omelett aus drei Eiern ab, mit den schärfsten Gewürzen darin. Damit und mit einer Kanne Kräutertee sah ich wenigstens eine gewisse Chance, mein Treffen mit Marán noch zu erleben.

Ich gab Lucans Zügel einem Dienstboten und betrat das Restaurant. Ich hatte es für das Beste gehalten, in Zivil zu kommen – die Uniform der Helme war für meine Absichten viel zu bekannt. Ich reichte dem Oberkellner Maráns Schreiben und er verbeugte sich.

»Oben, Sir. Die dritte Tür. Hier ist der Schlüssel.«

Ich ging nach oben, und mir wurde klar, dass ich von keinem der Gäste des Restaurants gesehen worden war. In mir regte sich der Verdacht, dass das Haus seinen Ruf noch etwas anderem als dem Geschick der Köche verdankte.

Ich klopfte an die Tür, steckte den Schlüssel ins Schloss und trat unter Gelächter von drinnen ein.

Der Raum war klein für einen Speisesaal, kaum mehr als zwölf mal zwanzig Fuß, mit einer niedrigen Decke und einer zweiten Tür am anderen Ende. In der Mitte des Zimmers stand ein für zwei Personen gedeckter Tisch. Zu beiden Seiten standen an der Wand Sofas, die breit genug waren, um als Betten zu dienen, und neben dem einen befand sich eine Anrichte mit einer Reihe von Flaschen. Der Teppich unter meinen Stiefeln war weich und dick genug, um als Matratze zu dienen.

Auf einem der Sofas saßen, eine offene Flasche Wein in einem Eiskübel zwischen sich, Marán und eine Frau, die ich nicht kannte. Beide standen sie auf.

»Ah, das ist also unser tapferer Capitain«, sagte die Fremde. Ich verbeugte mich.

»Damastes«, stellt Marán sie vor, »das ist meine beste Freundin, Lady Amiel Kalvedon.«

Lady Kalvedon war selbst in meinen – nicht gerade vorurteilsfreien Augen – nicht weniger schön als Marán. Sie war größer, und wenn sie auch schlanker war, so hatte sie doch größere Brüste, die aus ihrem tief ausgeschnittenen Bauernkittel aus Seide lugten, der ihr bis auf die Mitte der Schenkel ging. Sie hatte die vollkommenen Beine einer Tänzerin. Das schwarze Haar fiel ihr in lockigen Wellen die Schultern hinab.

»Amiel hat sich bereit erklärt, uns einen großen Gefallen zu tun.«

»Ach?«

»Ich bin eure Anstandsdame«, meinte die Frau. Ihre Stimme war sinnlich. Sie sah mich aufmerksam an, und ich hatte fast das Gefühl zu erröten, weil ich mit einem Mal wusste, wie eine schöne Frau sich fühlt, die einen Raum voller Männer betritt. Ich dachte schon, sie würde ein Maßband herausholen und mich bitten, die Hosen herunterzulassen, um meinen Riemen zu messen.

»Damastes«, fuhr sie fort. »Ich denke, ich nenne Euch Damastes den Schönen.«

»Ich danke Euch, Lady.«

»In Anbetracht dessen, was ich für Euch tue, und des Schadens, den mein Ruf dabei nehmen kann, solltet Ihr mich Amiel nennen.« Sie nahm ihr Weinglas auf, wähend ich verdutzt dastand. Sie leerte es, beugte sich vor und küsste Marán auf die Lippen; dann nahm sie eine Umhängetasche und ging zur anderen Tür. »Also Kinder, ich werde bis vier schrecklich unsichtbar sein. Amüsiert euch.«

Sie ging.

Marán kicherte. Wie ich sah, war die Flasche Wein etwa halb leer und ihre Wangen bereits leicht gerötet. Sie war konservativ gekleidet, trug eine Reithose, darüber einen ausgestellten Rock und eine weite Bluse. Die Stiefel hatte sie ausgezogen, sie lagen auf dem Boden, daneben ihre Jacke und ihr Kopftuch.

»Willst du mir etwas erklären?«

»Nachdem du mich geküßt hast.«

Ich nahm sie in die Arme, unsere Lippen trafen sich, ihre Zunge umspielte die meine. Und das eine ganze Weile lang.

Schließlich machte ich mich los. »Wenn das noch länger so geht«, sagte ich, etwas außer Atem, »dann höre ich deine Erklärung nie. Was ist denn eine Anstandsdame? Und wieso schädigen wir Lady … Amiels Ruf?«

»Tun wir doch nicht. Hier. Zieh die Jacke aus, schenk dir etwas Wein ein und setz dich. Hier drüben, auf die Couch. Lehn dich zurück und lass mich dir die Stiefel ausziehen.«

Ich gehorchte. »Aber was wird der Kellner sagen? Ich nehme doch an, dass hier einer kommt.«

»Wenn ich die Klingelschnur ziehe, aber nicht vorher. Und bei dem, was ich für dieses Zimmer bezahle, könnten wir weiß Gott was tun und er würde kein Wort sagen.«

»Du hast mir noch immer nicht gesagt, was eine Anstandsdame ist.«

»Eine Anstandsdame ist eine Frau, die einer anderen Gesellschaft leistet, sie deckt, wenn sie eine Affäre hat, so dass der Gemahl der ersten keinen Verdacht schöpft. Genau das macht Amiel, die mir sehr nahe steht – sie ist die erste Frau, die ich kennen gelernt habe, als ich nach Nicias kam. Sie sieht zu, dass es sich herumspricht, sie sei schrecklich in einen gewissen jungen Offizier des Heeres verliebt, so sehr, dass sie jede Minute in seiner Gesellschaft zu verbringen wünscht.«

»Plötzlich ist sie auch noch meine Freundin? Aber wie sie schon gesagt hat, was ist mit ihrem Ruf?«

»Um den macht sie sich keine Sorgen … ebenso wenig wie ihr Mann. Sie leben beide ihr eigenes Leben – und sind anscheinend recht glücklich dabei.« Ich hatte gehört, dass das in Nicias' besseren Kreisen durchaus nicht selten war, aber dies war der erste Beweis dafür.

»Ach so. Also, was ist denn das für eine Affäre, von der du sprichst? Ich meine, was ist mit meinem Ruf?«

Marán lachte. »Ich habe genug über die Kavallerie gelesen, also komm mir nicht so.«

Sie lehnte sich zurück auf das Sofa und streckte sich sinnlich, und als sie das Kreuz durchdrückte, hoben ihre Brüste sich keck.

»Das Restaurant ist nicht nur stolz auf seine Privatsphäre, sondern auch darauf, jedes Gericht zubereiten zu können, nach dem einen gelüsten könnte. Die Karte liegt auf dem Tisch.«

»Ich weiß schon, was ich essen möchte.«

»Ach ja?«

Ich hob eines ihrer Beine über meinen Kopf und legte es auf den Diwan, fuhr dann mit den Fingern unter ihre Bluse, fand die Schnüre ihrer Hose und entknotete sie.

»Dich«, flüsterte ich.

Ich zog ihr die Hose aus, während sie die Hüften hob. Ich warf das Beinkleid beiseite, schob dann ihre Bluse nach oben, bis ihr Busen entblößt war.

»Kann ich mich nicht erst ausziehen?«, flüsterte sie.

»Später vielleicht«, sagte ich und reizte ihre Brustwarzen mit den Zähnen; dann fuhr ich mit der Zunge ihren flachen Bauch entlang nach unten, wo sich ihr Rock bauschte, über ihre glatt rasierte weiche Haut und war dann in ihr, während sie die Beine hinter meinen Schultern verschränkte.

Wir aßen an diesem Tag nicht zu Mittag und es war gerade vier, als wir gingen.

Ich hatte an diesem Tag eine interessante Entdeckung gemacht. Ich hatte damals kaum Verwendung für Alkohol in jeder Form und heute weniger denn je. Aber ich habe festgestellt, dass ein Kater einen Mann in die Lage versetzt, zu rammeln wie ein Karnickel – um eine ziemlich unfeine Wendung zu bemühen.

So wurde es denn ernst mit unserer Affäre. Marán stürzte sich mit demselben Eifer hinein wie ich. War ich vorher vor Langeweile schier verrückt geworden, so war ich jetzt ausgesprochen dankbar dafür, so wenig wirkliche Pflichten zu haben. Ich fürchte, die Ausbildung, die ich meinen Silbernen Kentauren – meinen Bleiernen Tölpeln – angedeihen lassen wollte, war so gut wie nicht existent. Nicht, dass die Männer etwas dagegen gehabt hätten – sie kehrten mit Freuden wieder zu ihrem alten Faulenzerdasein zurück. Ich hätte mich wohl schämen sollen, ja sollte mich heute noch schämen, dass ich die Zügel derartig schleifen ließ. Aber bei den Helmen schien es nicht die geringste Rolle zu spielen.

Ich war zutiefst dankbar für Amiels Hilfe, da ich noch nie in einer solchen Situation gewesen war; ich hatte nicht ahnen können, wie wenig Orte eine verheiratete Adelige, die auf ihren Ruf bedacht war, hatte, um mit ihrem Liebhaber allein zu sein, ja ihn auch nur in aller Unschuld zu treffen, ohne dass sie ins Gerede kam.

Amiel hatte ich bald ins Herz geschlossen und stellte fest, dass sie in der Tat Maráns loyale Freundin war, auch wenn sie mich hin und wieder – wie schon bei unserer ersten Begegnung – eingehend musterte, obwohl sie nie auch nur die geringste Anzüglichkeit fallen ließ. Für Maráns Gatten hatte sie wenig Sympathien; sie nannte ihn zuweilen den »alten Kupferhintern« – eine Anspielung auf die metallene Rumpfverkleidung seiner Frachtschiffe. Sie behandelte Marán wie eine kleine Schwester, die noch nichts von der Welt wusste, und ich war fast wie ein Liebhaber und Mitverschwörer für sie. Außerdem nannte sie mich nach wie vor den Großen Blonden, was insofern ärgerlich war, als es bei anderen Schule zu machen begann. Marán jedoch fand es lustig.

Sosehr uns Amiel als »Anstandsdame« auch half, sie konnte uns natürlich nicht ständig decken. So wurden wir bald wahre Meister darin, Restaurants oder Schenken aufzutun wie jenes, in dem wir uns das erste Mal getroffen hatten. Weit besser noch war es – schließlich hatten wir längst die Zeit der Geburten und der Lenz war mild in jenem Jahr –, getrennt hinauf aufs Land zu reiten und uns an einem vereinbarten Ort zu treffen.

Wir fanden wunderbare Fleckchen, um alleine zu sein, von Hütten am Fluss über eine verlassene Burg, die tief im Wald versteckt lag, bis hin zu abgelegenen kleinen Tälern, die mit Moos bewachsen waren. Es gab jedoch selbst in der Stadt Möglichkeiten, so zum Beispiel einen hübschen kleinen Rosengarten inmitten der Mancoer Heide, den außer uns niemand zu kennen schien.

Meist trafen wir uns tagsüber, da es abends schwieriger schien. Obwohl Graf Lavedan häufig auswärts war, so war es mir unangenehm, zu den beiden nach Hause zu gehen, trotz Maráns Beteuerungen, dass das Gesinde schweigen würde. Und natürlich konnte sie auch nicht zu mir in die Kaserne, nicht nur weil es gegen die Dienstvorschriften verstieß, sondern auch weil die Plappermäuler, die sich Offiziere nannten, ihr Auftauchen dort binnen einer Stunde in ganz Nicias verbreitet hätten.

Es war eine herrliche Zeit, eine Zeit des Honigs, eine Zeit, die ich gerne angehalten hätte, auf dass sie auf ewig währte. Wir wussten jedoch beide, dass sie ein Ende haben würde.

Unsere Verschwörung hatte kaum richtig angefangen, als die Große Konferenz auseinander fiel. Die Zeitungen schrieben, man hätte wichtige Sachverhalte diskutiert und würde »in naher Zukunft« wieder zusammenkommen. Die Staatsoberhäupter hielten ein letztes Bankett ab und gingen dann – angeblich in bestem Einvernehmen – ihrer Wege.

Auf der Straße jedoch hieß es, der Ton sei erbittert gewesen, die Konferenz ein Desaster.

Tenedos wusste Einzelheiten, die er, wie ich annahm, entweder von Mahal oder Scopas hatte. Wie zu erwarten gewesen war, war Chardin Sher das Problem gewesen; er hatte sich aufgeführt, als wäre er ein vollwertiges Mitglied des Zehnerrats, anstatt sich wie der Untergebene zu benehmen, der er war.

Die Dinge spitzten sich zu, als Mahal – zweifelsohne auf Tenedos' Anraten – darauf bestand, über die Unabhängigkeit der Grenzstaaten zu sprechen. Chardin Sher sagte, da es historisch bereits Präzedenzfälle für Kallios Annektierung der Grenzstaaten gäbe, sei genau dies sein Vorschlag zur Verbesserung der Situation.

»Das«, so fügte er hinzu, »wäre nun gewiss eine Methode, sie ein für alle Mal zu befrieden.«

Barthou war in die Falle getappt und hatte gefragt, warum dem so sei.

»Weil diese verdammenswerten Hügelmenschen unter einem starken Mann, der bereit ist, diesen Wilden ein Gesetz zu geben und dieses mit der ganzen ihm zu Gebote stehenden Kraft durchzusetzen, nicht länger ein Dorn in der Seite der Numantier wären, wie sie das nun seit Generationen sind.« Letzteres betonte Chardin Sher, worauf Barthou zornig zu knurren begann.

Schließlich hatte Chardin Sher gemeint, der Zehnerrat solle sich einmal vor Augen führen, was den anderen Staaten seit Jahren zu denken gäbe: Warum werde dieses große Land ausschließlich von Männern aus Nicias regiert?

Farel hatte bissig gefragt, ob Chardin Sher denn etwas Besseres wisse, was Chardin Sher bejaht hatte – das sei doch ganz einfach: Der Zehnerrat sollte auf der Stelle umbesetzt werden, so dass die Vertreter aus allen Teilen Numantias kamen. Damit war alles geplatzt.

Tenedos sagte, man habe sich angeschrien, es seien auf beiden Seiten ausgesprochen unangebrachte Worte gefallen, vom *Schwächling* bis hin zum *Verräter.*

»Und was bedeutet das nun?«, fragte ich.

»Es bedeutet, dass Chardin Sher unter dem Jubel seiner Landsleute nach Hause zurückkehrt. In deren Augen hat er den Dummköpfen in Nicias die Stirn geboten. Er wird dann still und leise sein Militär aufbauen, möglicherweise Bündnisse mit einigen der anderen Staaten eingehen, die weder Nicias noch den Zehnerrat groß mögen.«

»Krieg?«

»Nicht in absehbarer Zeit. Aber es wird zu Grenzzwischenfällen kommen, die Chardin Shers Aufrüstung rechtfertigen. Und dann … dann wird er daran denken, gen Westen zu ziehen.«

Aber Tenedos lag falsch. Chardin Sher war ein bei weitem raffinierterer Stratege.

Ich warf einen Blick auf das große Gemälde und wollte schon weitergehen, als Marán sagte: »Na und?«

Ich sah mir das Bild eingehender an, wobei ich mir nicht sicher war, was ich sagen sollte. Es zeigte ein großes Haus, eine Burg eher, die auf einem Fels über einem Fluss stand. Es war aus Stein aufgemauert und ich zählte fünf Etagen, obenauf ein mit Pechnasen bewehrtes Dach. Zum Fluss hin ragten rechteckige Türme darüber hinaus, und der eine, den ich auf der Landseite sah, war kleiner und rund.

Rechts davon war ein bewaldeter Park mit Reitern und auf der linken Seite stieg Rauch von den Dächern eines kleinen Dorfes auf. Der Fluss vor dem Schloss schien gemächlich dahinzufließen, ein Schiff schwamm darauf mit einem livrierten Mann am langen Ruder und, am Bug, einem jungen Mädchen in Rosa. Ich versuchte mich an einem Scherz.

»Der König, der das gebaut hat, hatte ein ausgesprochen schlechtes Gewissen. Oder sehr mächtige Feinde.«

Marán kicherte. »Beides, um genau zu sein. Aber seid vorsichtig mit dem, was Ihr sagt, *Sirr.* Sieh dir mal die Plakette an.« Ich tat es und verzog das Gesicht; wieder einmal hatte ich den Mund aufgemacht, ohne zu wissen, was vor sich ging. Auf der Messingplakette stand:

Irrigon, Sitz derer von Agramónte.

Ein Lehen.

Es ist eine Sache, um den Reichtum eines Menschen zu wissen, ihn zu sehen ist eine ganz andere. Obwohl ich von den Reichtümern der Agramóntes gewusst und Maráns Haus in Nicias gesehen hatte, so war es doch etwas ganz anderes, ein Gebäude von derartiger Größe zu sehen und zu erkennen, dass es im Besitz einer einzigen Familie war.

Marán berührte das Mädchen auf dem Schiff. »Das ist meine Mutter. Das Gemälde entstand kurz nach ihrer Heirat mit meinem Vater. Sie war erst vierzehn.«

»Und du bist dort aufgewachsen?«

»Größtenteils, ja, obwohl ich auch auf anderen unserer Anwesen war.«

Wieder konnte ich nur staunen und fragte mich, wie viele Leute es wohl brauchte, um ein solches Ungetüm zu erbauen. »Es muss interessant gewesen sein, dort aufzuwachsen. Gibt es auch Familiengespenster?«

Auf der Stelle war Marán todernst. Es war einer jener Stimmungswechsel, die ich erst hinzunehmen lernte. »Interessant? In Damengesellschaft würde man es vermutlich so nennen.

Ich fand, es war meistens die Hölle.«

Sie starrte das Gemälde an. »Ja«, wiederholte sie. »Meistens war es die Hölle.«

Eine Stunde später aßen wir die letzten Bissen unseres Picknicks in dem Park, der sich hinter dem Museum ausbreitete. Ich hatte eine weitere Entdeckung gemacht: Kein Mensch verbindet einen Kulturpalast mit einer verbotenen Liaison. Und so trafen wir uns denn zuweilen in Museen, Galerien oder bei Konzerten. Nachdem wir uns vergewissert hatten, dass uns keiner folgte, konnten wir den Ort wechseln, um alleine zu sein. Und obwohl mich meine Umgebung kaum interessierte, kam ich nach und nach in den Genuss von etwas Kultur.

Wir hatten uns in ihrer Kutsche auf der Fahrt ins Museum leidenschaftlich geliebt, und ich wollte sie noch einmal, spürte aber, dass es nicht der richtige Zeitpunkt war. Sie hatte immer nur zögerlich über ihre Familie gesprochen, und nach dem, was sie in dem riesigen Gebäude hinter uns gesagt hatte, verstand ich auch den Grund dafür. Aber ich wollte mehr wissen. Nachdem ich den Korb gepackt hatte, sah sie mich fragend an. »Du bist so still. Bist du böse auf mich?«

»Wieso sollte ich?«

»Ich weiß nicht. Vielleicht wegen dem, was ich gesagt habe?«

»Über deine Familie?«

Sie nickte.

»Nicht böse, meine Liebste«, erklärte ich. »Da kannst du machen und fühlen, was du willst, was deine Familie anbelangt, selbst wenn du sie am liebsten umbringen würdest. Aber wenn du mir mehr erzählen willst, höre ich dir gerne zu.«

Sie zögerte, begann aber dann ohne Umschweife:

»Alle Welt scheint zu glauben, das Leben in einer Burg sei eine Art Traum. Aber das ist es nicht. Es ist kalt, die Wände haben ein Echo und jeder Raum braucht einen Kamin.

Daran erinnere ich mich vor allem. Zu frieren.« Sie senkte die Stimme. »Innerlich wie äußerlich.« Sie wandte den Blick ab, vielleicht in der Hoffnung, ich würde ihr sagen, sie solle aufhören. Aber ich schwieg.

»Ich bin die Jüngste und meine drei Brüder sind alle einige Jahre älter als ich. Ich schätze, meine Eltern hatten schon geglaubt, keine Kinder mehr zu bekommen, obwohl sie nie etwas gesagt haben.

Mein Vater ... nun, er ist *der* Agramónte. Ausgesprochen streng, selbstgerecht, sich stets jedes seiner Worte bewusst, um sicherzugehen, dass er Außenseitern gegenüber nicht in schlechtem Licht erscheint. Er war immer freundlich zu mir, aber distanziert, und er wurde nervös, wenn er zu lange mit mir zusammen war, so dass er rasch nach einem der Kindermädchen rief – unter dem Vorwand, er langweile mich.

Meine Brüder waren, nun ... meine Brüder. Ich wollte sie immer überall mit hinbegleiten, und für eine Weile, als ich noch ganz klein war, haben sie mich toleriert. Aber ich wurde rasch älter, und sie hatten ihre eigenen Interessen und gaben sich alle erdenkliche Mühe, mir aus dem Weg zu gehen.

In gewisser Hinsicht spielte das keine Rolle, weil sie nichts interessierte außer die Jagd und Auktionen, Gespräche über die Ernte und dass die Regierung inkompetent sei, die Steuern zu hoch und alle Sklaven faule Schmarotzer.« Sie zuckte die Achseln. »Typischer Landadel, mit anderen Worten. Als ich dreizehn wurde, merkten alle ihre Freunde plötzlich, dass es mich gab, und sie kamen scharenweise, um mich zu verführen.«

»Und deine Mutter?«

»Sie starb«, sagte Marán knapp. »Etwa drei Monate nach meiner Heirat. Meiner Ansicht nach aus schierem Glück darüber, dass sie mitgeholfen hatte, mich unter die Haube zu bringen.« Ich schwieg, und so sprach Marán zögernd weiter.

»Sie war natürlich selbst eine Tochter aus adeligem Haus. Nicht, dass sie reich gewesen wäre, aber auch nicht gerade arm. Der Grund, aus dem mein Großvater sie mit meinem Vater vermählt sehen wollte, war ein Streifen Land, das ihre Familie zwischen zweien unserer Güter besaß.

Und das war dann die Mitgift, die sie ins Ehebett mitbrachte.

»Aber sie war durchaus glücklich, in die Familie der Agramóntes eingeheiratet zu haben. Ja, sie wurde sogar zur Autorität in gesellschaftlichen Dingen – wer uns ebenbürtig war, wer unter uns stand und wer uns überlegen war. Zu ihrem Glück gab es von Letzteren nicht allzu viele. Wie mein Vater machte sie sich ständig Gedanken um unsere gesellschaftliche Position.

Als bei mir die Freier anzuklopfen begannen, wollte sie sie kaum begrüßen, bevor sie sie nicht in einem der Adelsregister nachgeschlagen hatte, um sich zu vergewissern, dass ihr Blut auch blau genug war, um mir an die Wäsche zu gehen.« Sie verzog das Gesicht.

»Auf dem Land versuchen sie einen erst zu ficken, und dann, wenn ihnen das nicht gelingt, kommen sie auf die Idee, dass man sie heiraten sollte. Dann ficken sie einen wie die Karnickel, bis man fett wird, ein Dutzend Kinder hat und sie sich mit einem langweilen. Dann fangen sie an, ihre Nächte im Gesindehaus zu verbringen oder bei einer Mätresse in der Stadt.« Finster schwieg sie einen Augenblick vor sich hin.

»Und so sah deine Einführung in die Liebe aus?«

»Nicht ganz. Ich hatte Liebesromane gelesen, und ehrlich gesagt, ich hatte von dem Tag geträumt, an dem mich die Verehrer umschwärmen würden. Ich wusste nur nicht, welcher von ihnen der richtige wäre.

Vielleicht hätte ich mit dem ersten Jungen weglaufen sollen, in den ich mich verliebte.«

»Irisu sei Dank, dass du es nicht getan hast«, sagte ich.

»Der arme Kerl«, fuhr sie fort, ohne auf mich zu achten. »Er war der Sohn vom Kutscher meines Vaters, und ich erinnere mich noch an sein Grinsen und sein lockiges Haar. Er hatte grüne Augen und roch einfach wunderbar nach Pferden.

Ich war damals nämlich halb in Pferde verliebt«, erklärte sie. »Manchmal wäre ich am liebsten selbst eins gewesen, und wenn ich schon keinen Kentauren fand, dann würde ich mich eben mit ihm zufrieden geben.«

»Was ist passiert?«

»Meine Mutter ist dahinter gekommen und binnen eines Tages schickte man die Familie fort. Später, als ich schon verheiratet war, versuchte ich festzustellen, was aus ihm … ich meine, aus ihnen geworden ist. Alles, was ich in Erfahrung bringen konnte, war, dass sie nach Nicias gegangen waren, und damit hatte es sich.«

Marán sah mich an. »Es macht dir doch nichts aus, dass ich dir das erzähle? Außer Amiel hat nie eine Menschenseele meine alberne kleine Geschichte gehört.«

»Warum sollte es mir etwas ausmachen?«, fragte ich. »Sollte ich eifersüchtig auf die Liebelei eines Schulmädchens sein?«

»Warum nicht«, meinte sie, und für einen Augenblick kehrte ihre gute Laune zurück. »Ich bin auch eifersüchtig auf jedes Mädchen, mit dem du jemals zusammen warst.«

»Ach was, es hat nie welche gegeben«, sagte ich mit frommem Gesicht. »Ich war noch völlig jungfräulich, bevor ich dich kennen gelernt habe.«

»Ja, von wegen.« Marán überlegte einen Augenblick. »Ich schätze, ich wuchs als ziemliches Püppchen auf. Jeder durfte mich anziehen, wie er nur wollte, und zeigte mich dann hier und da herum, aber was ich wollte … na ja, das spielte keine Rolle. Mein Vater wollte, dass ich so aussah, meine Mutter wollte, dass ich mich so verhielt, und kein Mensch hat je gefragt, was Marán wollte. Nicht damals, nicht danach.

Mich fror ... und ich war einsam. Ich hatte nie wirklich jemanden, mit dem ich spielen konnte. Als ich noch ganz klein war, konnte ich mit den Kindern unserer Dienstboten oder Sklaven herumtollen, aber ich fand schnell heraus, dass sie mich immer zur Königin oder Kommandantin oder was auch immer machten, je nach dem Spiel, das wir spielten, und sie sorgten schon dafür, dass es ein Spiel war, das mir gefiel. Dann, als ich älter wurde, war niemand mehr da, obwohl wir etwa einmal im Monat die eine oder andere Adelsfamilie besuchten, mit deren Kindern ich spielen konnte, wenn welche da waren.«

Sie sah mich wehmütig an.

»Ich wollte, ich wäre mehr wie du.«

Ich hatte ihr ein bisschen von meiner Kindheit in Cimabue und meiner Liebe zu einsamen Wanderungen im Dschungel erzählt.

»So habe ich eben alles gelesen, was zu kriegen war«, fuhr sie fort, »vor allem über Städte, und habe von dem Tag geträumt, an dem ich nach Nicias kommen könnte. Ich erinnere mich daran, einmal ein Gedicht gelesen zu haben über einen Mann aus den schwarzen Wäldern, dem die Stadt zur Heimat geworden war, aber die Kälte dieser finsteren Wälder wurde er bis ans Ende seiner Tage nicht los. Ich habe mich gefragt, ob ich das wohl bin.«

»Ich werde laut und deutlich Zeugnis dafür ablegen, Frau Gräfin, dass an Euch nichts Kaltes ist.« Wenigstens das entlockte ihr ein Lächeln.

»Weißt du«, fuhr sie fort, »ich dachte nie, dass ich heiraten würde, bis es so weit war.«

»Was wolltest du denn?«

»Lach jetzt nicht, aber einmal wollte ich eine Kurtisane werden, jung und schön, und alle meinen blaublütigen Liebhaber würden für eine Liebesnacht mit mir eine Kutsche voll Gold bezahlen und am liebsten ihre garstigen Frauen verlassen, aber ich würde sie nur auslachen und davontanzen.«

»Gut, dass du das nicht wirklich getan hast«, meinte ich.

»Sonst hättest du nämlich festgestellt, dass die meisten Kunden von Huren alt, feist und ungewaschen sind und, sagen wir mal, *ungewöhnliche* Neigungen haben.«

Sie starrte mich an und ihr Gesicht wurde hart. Jetzt war es an mir, mich zu entschuldigen.

»Schon gut«, sagte sie. »Mir ist nur gerade etwas eingefallen … was nicht sehr schön war. Wie auch immer, wenn ich schon nicht Kurtisane werden konnte, dann wollte ich eben eine schrecklich intelligente Frau werden und Philosophen und Königen bei ihren großen Entscheidungen helfen.

Das ist auch der wahre Grund für meine Salons. Ich schätze, ich möchte wohl diesem armen, einsamen kleinen Mädchen etwas geben, das es nicht mehr gibt.« Sie wandte sich ab, aber ich sah, wie ihre Augen feucht wurden. Ich griff nach ihrer Hand, aber sie entzog sie mir.

»Aber wie gesagt, dann wurde ich älter und die Freier begannen sich einzustellen. Es gab da einen Jungen, den ich mochte, er brachte mich immer zum Lachen und ich freute mich auf seinen Besuch. Er stand gesellschaftlich hoch genug, aber seine Familie hatte kein Gold und so verschwand eines Tages auch er.

Einer meiner Brüder hat mir später erzählt, man habe ihm eine ansehnliche Summe zugesteckt, damit er nicht wiederkommt. Du siehst, wie es war?«

Diesmal ließ sie mich ihre Hand nehmen.

»Als ich sechzehn war, wurde es richtig hektisch. Es gab Bälle, Reitveranstaltungen, Gesellschaftsabende, und ich hatte auch nicht einen Augenblick für mich allein.

Es hätte mir vielleicht sogar gefallen, hätte ich nicht gewusst, dass das alles nur einem einzigen Zweck diente: mich mit dem passendsten Mann zu verheiraten, den meine Familie finden konnte. Passend für sie.

Das ging ein Jahr so und dann brachte mein Vater Hernad ins Haus. Ich dachte, meine Mutter würde vor Freude umkommen, endlich jemanden von geeignetem Stand zu haben, der um die

Hand ihrer Tochter anhielt. Wie gesagt, nicht lange darauf starb sie dann ja auch.

Irgendwie wussten all die vor Geist sprühenden jungen Männer, dass die Angelegenheit damit erledigt war, und sie fanden auf der Stelle andere Flammen, um die sich herumschwirren ließ.

Als mein Vater mich ihm vorstellte, war es vorbei, und mein Leben war für alle Zeit festgelegt.«

Ich wartete darauf, dass sie fortfuhr, aber sie blieb still. Dann sah sie mich an.

»Ich nehme an, du denkst, dass all das ein Scheißdreck ist. Das arme kleine reiche Mädchen – hätte mal in einer Bruchbude zur Welt kommen und lernen sollen, was wirkliches Elend ist.«

»Nein«, sagte ich wahrheitsgemäß. »Ich habe Leute gekannt, die ärmer als arm und doch glücklich waren. Bitte, Marán, hör auf, dich schlechter zu machen, als du bist.«

Sie starrte mir weiter in die Augen, als wäre sie sich nicht sicher, ob sie mir glauben sollte oder nicht. Plötzlich sprang sie auf.

»Komm, Damastes. Ich möchte nach Hause gehen. Ich habe uns beiden den Tag ruiniert.«

Ich protestierte, es sei doch nichts ruiniert und dass es wichtig sei, dass sie mir diese Dinge erzählte, aber sie wollte davon nichts hören, und so gingen wir zur Kutsche, und sie fuhr mich zurück zu den Stallungen, wo ich Lucan gelassen hatte. Sie gab mir nur einen kleinen Kuss auf die Lippen, als wir uns verabschiedeten, und ich wünschte verzweifelt, ich könnte etwas tun oder sagen, um sie wieder aufzumuntern. Aber es gab nichts und so rollte ihre Kutsche davon.

Auf dem Ritt zurück zur Kaserne der Helme dachte ich immer wieder über das nach, was sie mir gesagt hatte. Es war merkwürdig, wie ähnlich – abgesehen von ihrem Reichtum – unsere Kindheit doch gewesen war. Und doch hatte eine davon eine Frau geschaffen, die, wie ich jetzt erfuhr, zutiefst unglücklich war, und die andere einen Mann, auf den das genaue Gegenteil zutraf.

Während ich in jener Nacht auf den Schlaf wartete, der nicht kommen wollte, dachte ich wieder über die Angelegenheit nach.

Mir wurde mit einem Mal klar, dass es da einen Unterschied gab: Ich machte, was ich machte, aus freien Stücken, während man sie nie nach ihrer Meinung gefragt hatte. Dann musste ich daran denken, dass das fast allen Frauen widerfahren war, die ich gekannt hatte. Und es ist heute noch so. Ein Mann entschied, was ihnen gestattet war und was nicht. Ein Mann oder – wie im Falle von Maráns Mutter – jemand, der darin aufging, den Männern gefügig zu sein.

Ich fragte mich, wie numantische Denker nur über die Ungerechtigkeiten gegenüber Sklaven wettern konnten, von den umnachteten Stämmen aus den Hügeln ganz zu schweigen, ohne auch nur einen Blick übers Kissen zu werfen und ein weit größeres und allgegenwärtiges Übel zu sehen.

Ich schlug mir den Gedanken aus dem Kopf; wenn ein Soldat gerade mal hoffen konnte, den Verlauf eines Scharmützels zu beeinflussen, wie konnte er drauf hoffen, etwas zu verändern, was ein unwandelbarer Brauch zu sein schien? Vielleicht bestand die einzige Möglichkeit, etwas zu verändern, darin, Tenedos' Göttin Saionji ihren Willen zu lassen, auf dass sie die Gesellschaft umwarf, bis alles ganz anders war. Aber allein der Gedanke jagte mir einen Schauer über den Rücken – wer wollte sagen, dass der Göttin überhaupt der Sinn nach Veränderung stand?

Dann kam mir eine weitere Einsicht. Der größte wirkliche Unterschied zwischen Marán und mir war der, dass ich in einem Haus voller Liebe aufgewachsen war, auch wenn es niemand laut ausgesprochen hatte. Ständig umarmte mich meine Mutter, meine Schwestern kniffen mich liebevoll, jedenfalls wenn sie nicht gerade böse auf mich waren, und mein Vater lächelte, wann immer er mich sah.

Aber die arme Marán? Nicht ein einziges Mal hatte ich in ihrer Geschichte das Wort gehört, und ich fragte mich, ob sie überhaupt wusste, was Liebe war.

Während ich allmählich einschlief, kam mir ganz deutlich ein Gedanke, aber ich weiß nicht, ob mir seine Bedeutung auch wirklich ganz klar wurde: Vielleicht wusste sie es nicht. Aber bei den Göttern, ich würde nichts unversucht lassen, es ihr beizubringen.

Wir lagen nackt in der Sonne, unsere Pferde standen angebunden unweit von uns. Ich massierte langsam einen beruhigenden Balsam gegen Sonnenbrand in die Rückseite von Maráns Schenkeln. Sie schnurrte zufrieden und nahm die Beine auseinander.

Ich tauchte einen Finger in das Öl, fuhr damit die Mitte ihres Hinterns hinab und drang in sie ein. Er traf nicht auf Widerstand, aber sie zuckte zusammen und erstarrte, als hätte ich ihr wehgetan.

»Nicht so«, sagte sie und ihre Stimme war hart und kalt.

Ich hielt inne und sagte, es tue mir leid.

»Schon gut. Nur ... lass das sein. Ich mag es einfach nicht.«

Ich entschuldigte mich noch einmal und begann ihr die Schultern zu streicheln.

Mit abgewandtem Gesicht lag sie da. Nach einer Weile sagte sie etwas sehr Merkwürdiges.

»Am Morgen nach meiner Hochzeit«, erklärte sie völlig tonlos, »ging ich in mein Boudoir und sah das Gesicht einer Fremden.«

»Ich verstehe nicht recht.«

»Ich sah aus wie ein kleines Mädchen«, erzählte sie fast flüsternd. »Ein kleines Mädchen, das sich verlaufen hat und nicht dahinter kommt, warum das so ist – und was sie tun könnte, um wieder zu sich zurückzufinden.«

Es begann eine schlimme Zeit, nicht nur für Nicias, sondern auch für andere Städte in Dara. Es war, als sei Chardin Sher eine Art Zauberer und hätte einen Fluch über uns verhängt.

Der Zehnerrat schien so gut wie unsichtbar zu sein, und die paar Entscheidungen, die von ihm kamen, hatten mit unseren Problemen wenig zu tun.

Die Preise für Lebensmittel, die angeblich kontrolliert wurden, stiegen und fielen wie eine Springflut. Die Leute begannen zu hamstern, vor allem die Mittelklasse, die es sich leisten konnte. Öl, Reis und Butter wurden knapp in den Armenvierteln der Stadt.

Die Zahl der Volksredner auf den Straßen nahm zu und jeder hatte eine andere Lösung für die Leiden der Zeit.

Sie rauften sich um den Platz auf den Gehsteigen mit einer neuen Plage: Nicias sah sich von Magiern überschwemmt, und ich hatte fast das Gefühl, wieder in Sayana zu sein; ich sah alles von Wahrsagern über Handleser und Zauberer bis hin zu jenen, die einem alles verkauften, vom Liebestrank bis zum Gift.

Tenedos sah darin ein untrügliches Zeichen des Bösen. »Ich will meinen Berufsstand nicht beleidigen, aber wenn ein Volk eine Veränderung heraufkommen spürt und den Boden unter den Füßen als Treibsand empfindet, dann läuft es zu denen, die behaupten, sie hätten eine Antwort parat.« Er lächelte schief. »Obwohl ich mich vielleicht gar nicht beklagen sollte, schließlich sind jetzt die Hallen, in denen ich spreche, immer gefüllt. Ich wollte nur, ich wüsste, ob mir tatsächlich jemand zuhört oder ob man nur von Seher zu Seher flattert wie Bienen im Pollenrausch.«

Mir fiel außerdem auf, dass die Tempel voll waren, und nicht etwa nur die großen Heiligtümer unserer Hauptgötter, sondern auch die der kleineren, die lediglich ihren verschiedenen Aspekten huldigten, bis hin zu noch geringeren Gottheiten. Aharel, der Kopf jener Aspekte und kleineren Götter, der zu Königen sprechen kann, war besonders beliebt, obwohl ich Prozessionen für alles sah, von Elyot bis hin zu vielköpfigen Tiergottheiten, von denen ich bis dahin noch nicht einmal den Namen gehört hatte. Ich sah sogar zwei oder drei Umzüge, deren Teilnehmer laut den Namen Saionjis sangen.

Als ich das Tenedos mitteilte, nickte er befriedigt.

»Wie ich dir gesagt habe, ihre Zeit ist im Kommen.«

Es schienen mehr Verbrechen zu passieren, sowohl willkürliche Überfälle als auch Diebstähle, darüber hinaus aber wirklich scheußliche und sinnlose Greueltaten, und das nicht etwa nur unter den verzweifelten Armen, sondern auch unter den vermeintlich ersten Bürgern der Stadt.

Ich stellte mir Nicias als schönes Seidengewand vor, an dem viele Tausend Hände zogen und das langsam, sehr langsam begann, sich aufzulösen.

Ich erhielt, von einem ihrer Kammerdiener überbracht, einen Brief von Marán, in dem sie mich darum bat, sie tags darauf in dem Restaurant zu treffen, in dem unsere Affäre ihren Anfang genommen hatte. Es sei wichtig und sie hatte das Wort zweimal unterstrichen.

Wieder einmal musste ich den Adjutanten anflehen, mir einen Tag freizugeben; er runzelte die Stirn und sagte etwas davon, dass junge Hauptleute sich wirklich mehr um ihren Dienst kümmern sollten, kam meiner Bitte aber nach.

Ich fragte mich, was wohl passiert sei, ob Hernad uns vielleicht auf die Schliche gekommen war. Ich fragte mich gar, ob sie schwanger war – schließlich ging unsere Affäre nun schon vier Monate lang. Ich hatte Vorsichtsmaßnahmen zu treffen versucht nach unserer ersten verrückten Nacht, aber sie hatte sie mir schlicht verboten.

Es handelte sich jedoch nicht um ein Problem Maráns, sondern um eines ihrer Freundin.

Amiel saß schluchzend auf einem der Diwane, und Marán versuchte sie zu trösten. Sie beruhigte sich und erzählte mir, was passiert war.

Etwa fünf Jahre zuvor hatten sie und ihr Gatte ein Paar in Dienst genommen, die Tansens. Sie waren in jeder Hinsicht vollkommen gewesen, und das so sehr, dass Lord Kalvedon die beiden darum bat, in eine der Katen auf seinem Besitz zu ziehen. Das Paar hatte für die Familie praktisch alles getan, von Hausmeisterarbeiten bis zum Einkaufen, ja selbst Gesellschaft hatten sie ihrem Herrn geleistet. Sie hatten zwei Kinder. »Lämmchen, wie ich sie selbst gerne hätte«, meinte Amiel, »wenn ich je Kinder wollte. Hübsche kleine Dinger.«

Die Frau hätte an jenem Morgen Amiel zu ihrer Putzmacherin begleiten sollen, war jedoch nicht im Herrenhaus erschienen, so dass Amiel hinüberging, um nach dem Rechten zu sehen.

»Ich dachte, vielleicht geht es einem ihrer Kinder nicht gut, und ich wollte ihr sagen, sie brauche nicht mitzukommen. Ich bin groß genug, um meine Bänder alleine kaufen zu gehen.«

Die Tür der Kate stand offen und Amiel stieß sie auf. Dann schrie sie.

Auf dem Boden hingestreckt lag die Frau, neben ihr eines der

Kinder. In einem anderen Raum fand sie den Mann. Alle drei waren sie tot, erdrosselt mit einem gelben Seidenstrick.

»Aber das war nicht das Schlimmste«, sagte Amiel, die wieder zu weinen begann. »Ich ging in die kleine Kammer, die den beiden als Kinderzimmer diente. Das Baby ... auch die Kleine war tot. Umgebracht wie die anderen!

Was für ein Ungeheuer könnte so etwas tun?«

Das hätte ich ihr schon sagen können. Tovieti. Jetzt war also die gelbe Schnur in Nicias mehr als nur ein geflüstertes Gerücht oder Tand auf der Brust einer törichten reichen Frau.

Aber was hatte das mit mir zu tun? Hatte sie es denn nicht den Bütteln gemeldet?

Das hatte sie, aber denen schien es egal zu sein. Entweder dies, fuhr sie fort, oder sie hatten Angst.

»Wahrscheinlich.«

»Schlimmer noch«, fuhr Amiel laut denkend fort, »sie verhielten sich, als ... als handele es sich dabei nur um eine schreckliche Routine. Ich weiß, die Tansens waren nicht reich, so wie ich es bin ... aber sie waren meine Freunde!«

»Was soll sie tun?«, fragte Marán. »Ich habe mich an dich gewandt, weil mein Mann einmal gesagt hat, du hättest damals, als du mit dem Seher vor dem Zehnerrat ausgesagt hast, einen Kult von Würgern in den Grenzstaaten erwähnt, worauf die Räte den Saal räumen ließen, bevor sie sich das anhörten.«

Ich sagte, ich glaube nicht, dass ich das mit ihnen besprechen dürfe, aber an dem, was ihr Gatte da gehört habe, sei durchaus etwas dran. Ich kannte diese Leute und wusste um ihre Gefährlichkeit.

»Wenn sie auf unser Anwesen kamen, an unseren Wachen vorbei und über die Mauern, ohne dass jemand Alarm schlug ... dann könnten sie genauso gut wiederkommen«, sagte Amiel. »Wollen die etwa mich? Oder ist mein Gemahl als Nächster dran? Was soll ich tun?«

Wenn die Tovieti euch wollten, dachte ich insgeheim, dann wärt ihr auch mitten in einer Kaserne nicht sicher. Stattdessen sagte ich, ihre Familie hätte doch mehrere Wohnungen in der Stadt. Am besten wäre ein Umzug noch an diesem Abend. Und was ihre Sicherheit anbelangte, so fiel mir plötzlich ein Mann, nein, vier Männer ein, von denen wohl kaum einer ein Würger Thaks war.

»Notiert Euch die Adresse«, sagte ich ihr. »Ich werde dafür sorgen, dass der Mann Euch noch heute Abend besucht. Bezahlt ihn gut, ihn und die Genossen, die er mitbringt, und macht genau das, was er sagt. Ihr könnt ihm vertrauen, obwohl er vielleicht einen zwielichtigen Eindruck macht. Er hat schon mein Leben in den Händen gehabt.

Er heißt Yonge.«

Ich beendete meinen Bericht über die Ermordung von Amiels Dienstboten und die Büttel, die den Mord alltäglich abgetan hatten, dann schwieg ich still. Tenedos antwortete nicht, sondern wandte sich stattdessen an den jungen Büttel.

»Kutulu?«

»Routine, nichts weiter«, meinte der. »Es gab vierhundertsechzehn Morde in unserem Amtsbereich innerhalb der letzten beiden Monate. Reich, arm, es spielt keine Rolle. Manchmal ist das Haus geplündert, manchmal nicht. Wie es scheint, geht es bei der Mordkampagne weniger um Gold als darum, Chaos und Angst zu verbreiten.«

»Aber der Aufschrei der Empörung bleibt aus«, meinte ich.

»Wir tun unser Bestes, die Sache unter Verschluss zu halten«, gab Kutulu zu.

»Warum?«, wollte Tenedos wissen.

»Es handelt sich um eine besondere Anordnung vom Zehnerrat.«

»Zu was, bei allen Höllen, soll das gut sein?«, sagte ich zornig. »Die Dinge zu ignorieren lässt sie nicht verschwinden. Was, bei allen Höllen, braucht es noch – dass Thak ihnen auf ihren von den Göttern verfluchten Schädeln herumtanzt?«

»Thak?« Kutulu sah mich verwirrt an. Offensichtlich vertraute der Zehnerrat noch nicht einmal seinen eigenen Gesetzeshütern sämtliche Fakten an.

Tenedos sah mich an.

»Los, Damastes. Wir können den Befehlen des Zehnerrats nicht länger folgen. Die Zeiten sind viel zu gefährlich geworden, als irgendeinem von denen … und vielleicht auch uns selbst … klar ist. Sag ihm alles.«

Am Abend darauf ritt ich zu einem Treffen mit Marán, als ich einen Reiter auf mich zukommen sah. Ich erkannte ihn, noch bevor er mich sah, und zog Lucan hinter einen hoch beladenen Gemüsekarren.

Es war Elias Malebranche. Er trug einen Umhang mit Kapuze, die ihm über den Rücken hing. Er ritt nahe an mir vorbei, ohne mich zu erkennen, da ich aus dem Sattel gerutscht war und so tat, als untersuche ich einen von Lucans Hufen.

Als er vorbeiritt, riskierte ich einen Blick und sah über seinem Bart das wilde Rot einer kaum verheilten Wunde, die halb darin verschwand. Ich hatte ihn gut gezeichnet.

Ich fragte mich, wohin Malebranche wohl wollte. Wir befanden uns in einem schäbigen Viertel von Nicias, in einer Straße, die ich für gewöhnlich nahm, um sicherzugehen, dass man mir nicht folgte. Ich fragte mich, was für zwielichtige Geschäfte er wohl in diesem Bezirk haben mochte.

Sosehr mir danach war, Marán zu sehen, ich kannte meine Pflicht, stieg wieder auf und ritt hinter dem Kallier her. Es war natürlich nicht das erste Mal, dass Marán und ich uns verfehlt hatten – das ist der Preis einer heimlichen Affäre. Wir hatten sogar einen Trick für solche Fälle ersonnen: wir trafen uns am Abend darauf am selben Ort, es sei denn, einer gab dem anderen Bescheid.

Sein Weg war gewunden, führte ihn aber schließlich zum Fluss. Wir befanden uns fast am Hafen, in einem Stadtteil, wie es kaum einen übleren gab. Ich lockerte das Schwert in der Scheide und mein Blick suchte die Schatten ab.

Die Pflastersteine waren lose, und ich musste Lucan am Zügel führen aus Angst, ein Geräusch zu machen.

Malebranche lenkte sein Pferd in eine schmale Gasse. Ich zählte bis fünfzehn, dann folgte ich ihm.

Ich sah deutlich den schmalen Weg, der bis ans Wasser hinabführte. Aber vom Landgrafen fehlte jede Spur.

Ich ritt hinunter, auf einen Landesteg am Fuß der Senke und wieder zurück, aber der Kallier hatte sich in Luft aufgelöst. Ich suchte nach versteckten Passagen, durch die ein Pferd gepasst hätte, fand aber keine. Es gab nichts als solide Backsteine und dann das dunkle Wasser.

Als Spion war ich ein Versager. Ich blickte hinauf zum aufziehenden Mond und meine Enttäuschung verschwand. Ich hatte doch noch genügend Zeit, Marán zu sehen.

Ich hielt Maráns Fesseln gespreizt, während wir gegeneinander fuhren, sie den Körper nach oben gewölbt, weit übers Bett, ich mit der zunehmenden Wärme der wachsenden Lawine in mir. Sie zerrte stöhnend an mir, und ich gab ihre Beine frei und senkte mich auf sie, ihr Busen drückte sich gegen meine Brust, ihre Fersen gruben sich in meine Hinterbacken und zwangen mich immer tiefer in sie hinein.

Ich keuchte rasselnd, als ihr Körper erschauerte, dann noch einmal.

Ich öffnete die Augen und schaute hinab in die ihren, die mich anstarrten, durch mich hindurchblickten; ihre feuchten Lippen lechzten nach Luft, ihr Kopf war zurückgeworfen in der süßesten Qual.

»Damastes, o Götter, Damastes«, stöhnte sie und stieß mit dem Becken nach mir, »ich … ich …«

»Sag es«, keuchte ich. »Sag es!«

»Ich … o Götter, ich liebe dich! Ich liebe dich!«

»Und … ich liebe dich«, antwortete ich, eine Wahrheit so nackt wie unsere schweißnassen Körper; rund um uns explodierte im brüllenden Schrei unserer Ekstase das All.

Jetzt konnte es kein Zurück mehr geben.

»Interessant«, sinnierte Kutulu. »Eine Seite, die ich an unserem guten Landgrafen noch gar nicht kannte.«

»Ihr habt also selbst ein Auge auf ihn?«

»Selbstverständlich. Auf jeden, der mir ... oder dem Seher Tenedos ... Anlass zur Sorge gibt.«

»Aber was«, fragte ich in dem Versuch, einen kleinen Scherz zu machen auf der Suche nach etwas Menschlichem in dem pingeligen kleinen Mann, »aber was macht Ihr denn zum Vergnügen?«

»Nun«, meinte Kutulu, »das ist mein Vergnügen.« Er notierte sich etwas auf einer kleinen gelben Karte. Sein Saustall von einem Büro war bereits mit Tausenden dieser Karten gefüllt.

»Ich werde Euch wissen lassen, was unser Freund vorhat. Vorausgesetzt natürlich, der Seher hat nichts dagegen.«

Zuerst sah die Stadt aus wie immer im Morgengrauen, aber dann, als die Strahlen der Sonne sie trafen, sah ich den schrecklichen Unterschied. Jedes Gebäude, jeder Pflasterstein und, schrecklicher noch, jeder Baum warf die Strahlen der Sonne zurück, und mir wurde klar, dass die Stadt sich in einen ungeheuren Kristall verwandelt hatte, in dem menschliches Leben unmöglich war.

Dann jedoch sah ich eine Bewegung auf den Straßen und Menschen, aber auch sie waren verwandelt – die Strahlen, die die Sonne herunterschickte, prallten von ihnen ab und mir in die Augen.

Jeder der Leute – Mann, Frau, Kind – hatte etwas zwischen den ausgestreckten Händen, und als ich genauer hinsah, erkannte ich, dass jeder von ihnen einen gelben Seidenstrick trug.

In dem Augenblick, in dem ich sie sah, erblickten sie mich. Im selben Augenblick begann der See in der Mitte des Hyder Parks zu brodeln und aus den Wellen erhob sich Thak!

Er sah, dass seine Leute etwas anstarrten, hob den Kopf und »erblickte« mich. Die Luft begann zu klingen, als fahre ein nasser Finger um den Rand eines Weinglases, nur viel, viel lauter, und ich sah die Kristallbäume erzittern, dann erbebte die ganze Stadt.

Thak tat einen Riesenschritt und dann noch einen; die Arme erhoben, kam er auf mich zu.

Ich erwachte zitternd. Ich träume nicht sehr oft, und wenn, dann ist es selten etwas Unangenehmes.

Ich musste eine Lampe anzünden, aus dem Bett steigen und aus dem Fenster sehen, über das verlassene Kasernengelände hinaus, fast eine Stunde lang, bis ich wieder bei Sinnen war und mich ein weiteres Mal der Schlaf überkam.

Ich wusste, das war kein bloßer Traum.

Thak war in Nicias.

Und er hatte mich nicht vergessen.

»Euer Kallier benimmt sich nicht gerade so, wie es sich für einen Diplomaten gehört«, sagte Kutulu. »Er macht Geschäfte mit Leuten, und noch dazu an Orten, an denen ein richtiger Gesandter nichts verloren hat.«

»Man könnte ihn doch ausweisen«, schlug ich vor. »Oder, besser noch, verhaften und als Hochverräter anklagen.«

»Ah, aber dann würde man ihn durch jemanden ersetzen, den wir nicht kennen, und ich müsste wieder von vorne anfangen und Chardin Shers Agenten aufs Neue zu entlarven versuchen.

Wir haben die Praxis, so einen machen zu lassen und zu gegebener Zeit die gegebenen Maßnahmen zu ergreifen.« Kutulu runzelte die Stirn. »Natürlich vorausgesetzt, meine Vorgesetzten hören auf mich und der Zehnerrat hört auf *sie*.«

»So also arbeitet die Polizei«, sinnierte ich. »Dafür wäre ich gewiss nicht geeignet.«

»Natürlich nicht«, erwiderte Kutulu. »Bevor Ihr nicht lernt, dass kein Mensch etwas aus dem Grund macht, den er angibt, und dann feststellt, dass sich häufig selbst hinter seinen festesten Überzeugungen noch ein weiteres, *wahres* Motiv verbirgt ... bis dahin bleibt Ihr besser Soldat.«

Ich sah mir den kleinen Mann genau an, um zu sehen, ob er zu scherzen versuchte, aber es war ihm ganz und gar ernst.

»Wie auch immer«, fuhr Kutulu fort, »ich habe herausgefunden, wo Landgraf Malebranche hingeht, wenn er die Docks besucht, auch wenn ich ihm noch nicht bis ganz in sein Versteck gefolgt bin.

Was ich übrigens heute Abend vorhabe, da er kein raffinierter

Kerl ist und sich viel zu eng an seinen Zeitplan hält. Also wirklich, er sollte es besser wissen.

Würdet Ihr mich denn begleiten wollen?«

»Nichts wäre mir lieber«, sagte ich. »Aber würde ich nicht auffallen?«

»Nicht wenn ich mit Euch fertig bin«, meinte Kutulu, worauf ich das eine oder andere über die Kunst der Verkleidung erfuhr.

Zunächst kam die Suche nach der richtigen Kleidung. Kutulu schickte nach einem Untergebenen, dem er einige Befehle gab. Wenige Minuten später kam der Mann mit einer recht verschmutzten Uniform von einem der geringeren Infanterieregimenter zurück.

»Da Ihr schon mal den Stempel des Soldaten tragt, werdet Ihr auch einer bleiben. Aber kein Offizier. Nichts Höheres als ein … sagen wir, Sergeant. Die beste Verkleidung, Herr Capitain, ist die teilweise Verkleidung. Kein Mensch würde je auf den Gedanken kommen, dass ein Capitain als Unteroffizier auftritt.«

»›Damastes‹ aus dem Munde meiner Freunde hört sich in meinen Ohren besser an als ›Herr Capitain‹.«

Kutulu schien nicht ganz wohl dabei zu sein. »Nun gut. Damastes. Als Nächstes müssen wir Euren Gang verändern. Der Mensch behält den Menschen auf die merkwürdigste Art in die Erinnerung, nach seinem Gang, seiner Sprache, ja selbst nach seinem Geruch nicht weniger als nach seiner Erscheinung, ist sich aber dessen niemals bewusst. So wird Euch einer als Sergeanten sehen und dabei irgendwie ›wissen‹, dass das nicht der Damastes der Schöne sein kann.«

Hier musste ich grinsen.

»Ihr wisst wohl über alles Bescheid?«

Kutulu seufzte. »Nein, und ich werde nie genug Zeit haben, um es zu erfahren. Schlimmer noch, ich werde noch nicht einmal erfahren, was ich wissen sollte.

Wir werden Eure Freunde noch weiter narren«, fuhr er fort und kramte in einer Schublade. »Hier. Steckt Euch das mit Gips, den Ihr da unter dem Schädel mit dem Axtblatt drinnen findet, auf die Nase.«

Er hatte mir eine hübsch realistische Nachbildung eines Furunkels gegeben. Ich klebte ihn mir an, hielt mir den Handspiegel vor, den er mir reichte, und erschauerte. Kutulu inspizierte mich und nickte dann beifällig. »Wer immer Euch sieht, wird einen Mann mit einem schrecklichen Geschwür sehen und außerstande sein, den Rest Eurer Züge zu unterscheiden oder sich gar daran zu erinnern. Und jetzt die Krönung.«

Er nahm einen Zerstäuber und versprühte dessen Inhalt über mich. Ich rümpfte die Nase – ich roch wie ein Soldat, der einen Monat lang kein Bad mehr genommen hat.

»Ein schmutziger, schlecht riechender Unteroffizier von einer Grenzeinheit, der wahrscheinlich Schwierigkeiten mit seinen Vorgesetzten hat«, meinte Kutulu beifällig. »Genau das, was wir wollen. Genau die Sorte, die an den Docks unten nach Ärger sucht. Und bei Eurer Größe wird kein Mensch die kleine Maus sehen, die neben Euch herkriecht.«

Ich sollte also Kutulus »Anstandsdame« sein. Ich grinste, dann fiel mir mein Traum von Thak ein.

»Wir brauchen mehr als nur eine äußerliche Verkleidung«, sagte ich. »Ich wette, da ist Zauber im Spiel.«

»Ist wahrscheinlich kein Problem«, meinte Kutulu. »Zauberer neigen nicht weniger dazu, sich von ihren Augen narren zu lassen, als irgendein gewöhnlicher Mensch. Trotzdem … ich will auf Euch hören. Ich denke, wir schauen beim Seher Tenedos vorbei und sehen, ob er nicht einen kleinen nebligen Gegenzauber auf Lager hat. Übermäßiges Selbstvertrauen hat keinen Sinn.

Also, und nun zu den Waffen«, sagte er, »obwohl, wenn wir wirklich gewalttätig werden müssen, dann sind wir wahrscheinlich verloren.«

»Ich habe mein Schwert.«

»Da, wo wir hingehen, sind die Werkzeuge eines Gentleman nicht gefragt, eher die von Straßenräubern oder Schlimmerem. Könnt Ihr mit dem Messer umgehen?«

»Allerdings.«

»Hier.« Er reichte mir eine Klinge mit flachem Heft in einer

Scheide. »Schnallt Euch das an den Unterarm. Ihr könnt Euch damit rasieren – ich habe es erst diesen Morgen schärfen lassen. Was noch? Ah. Es ist frisch unten am Wasser, also wird keiner die hier in Frage stellen.«

Er reichte mir ein Paar recht schäbiger Handschuhe. Ich ließ sie beinahe fallen, so unerwartet schwer waren sie.

»Es ist ein Viertelpfund Sand über die Knöchel genäht und ein Achtel in die Handflächen«, sagte er forsch. »Ohrfeigt damit jemanden und er wird es sich merken.«

Er nahm einen zweischneidigen Dolch zur Hand, der tödlich aussah, dessen Scheide er sich am Rückgrat entlang an den Rücken hängte. Dann machten wir uns auf die Suche nach Elias Malebranche.

Diesmal war ich darauf gefasst gewesen, als der Seher Tenedos erklärte, er wünsche uns zu begleiten. Kutulu machte ein entsetztes Gesicht; er war mit der bewundernswerten Gewohnheit des Sehers, von der Spitze der Front her zu führen, noch nicht vertraut.

»Ihr geht nicht mit«, sagte ich entschieden. »Ihr seid nicht zu ersetzen und schließlich beabsichtigen wir doch nur, uns ein wenig umzusehen. Meint Ihr nicht, Euer Gesicht ist mittlerweile den meisten Niciern viel zu bekannt? Meint Ihr nicht, Malebranche wäre nichts lieber, als Euch in einer finsteren Gasse zu begegnen? Meint Ihr nicht, Chardin Sher würde ihn gut belohnen, Sir, wenn er ihm Euer Fell vor den Kamin legt?«

»Du hast eine erstaunlich bildhafte Sprache, Damastes«, brummte Tenedos. »Na schön. Ich sehe, was du meinst. Aber kannst du mir einen Grund dafür nennen, warum ich nicht ein bisschen Zauberei einsetzen sollte, um zu sehen, wo der Kallier hingeht und mit welchem Geschäft er befasst ist?«

»Thak«, war alles, was ich sagte, und Tenedos Schultern versteiften sich unwillkürlich, als er daran zurückdachte, wie der Dämon fast aus der Quecksilberlache gefahren war, um uns beiden an den Kragen zu gehen.

»Na gut.« Tenedos seufzte. »Wie Hauptmann Mellet einmal gesagt hat: Dann bleibe ich eben zu Hause und sehe zu, dass das Feuer nicht ausgeht. Aber was einen Zauber zu eurem Schutz anbelangt, hm, den werde ich euch mitgeben, und außerdem noch etwas für den Notfall.«

Er bestäubte uns mit einem Pulver, sprach einige fremd klingende Worte, während er mit den Händen merkwürdige Figuren in die Luft zeichnete.

»Ihr solltet dort zwar nicht mit dem Geruch eines Zaubers an euch aufkreuzen, aber das hier ist ein einfacher Bann, der dafür sorgt, dass ein Zauberposten euch übersieht, ohne dass er so recht merkt, warum. Und jetzt zu dem anderen Trick.«

Er trat an eine seiner Truhen und kramte darin herum, bis er eine mit Schnitzereien reich verzierte Schatulle aus mehreren verschiedenfarbigen Hölzern fand. Drinnen sah ich etwas, das mir nach winzigen, perfekt geschnitzten Tieren aussah, Tieren, von denen ich noch nicht einmal geträumt hatte.

»Hier«, sagte er und reichte mir eines. Es sah aus wie eine Schildkröte, aber die Ränder ihres Panzers waren mit Stacheln versehen und auf ihren stämmigen vier Beinen stand sie ein gutes Stück über dem Boden. Ihr Schwanz war eine gepanzerte Keule und der mit scharfen Fängen versehene Kopf sah bösartig aus.

»Was ist das«, fragte Kutulu, »das Modell irgendeines Dämons?«

»Es ist kein Modell, sondern die Kreatur selbst, vielleicht ein Dämon, jedenfalls ist es mir gelungen, sie aus einer anderen Welt zu holen, einzuschrumpfen und in einen Zustand der Erstarrung zu versetzen. Ich denke, ich bin der einzige Zauberer, der eine Folge von Sprüchen ersonnen hat, mit denen so etwas geht. Ich nenne sie und die anderen, die ich gemacht habe, Animunculi. Ich hatte bisher keine Verwendung für sie, nehme aber an, es wäre möglich, einen Wachhund einzuschrumpfen und als Talisman an das Armband einer Frau zu hängen, die so vor Angriffen ziemlich sicher wäre. So ist das auch mit eurer kleinen Kreatur. Im Normalzustand misst sie etwa zehn Fuß, den Schwanz nicht eingerechnet, und sie hat das Temperament eines tollwütigen Bären.

Aktiviert wird sie durch die leiseste Berührung mit Wasser, ich empfehle dir also, sie hier drinnen zu behalten.« Er reichte mir eine kleine Flasche mit einem Korken und ich gab die kleine Figur behutsam hinein. »Bitte versuche sie mir unbeschädigt wieder mitzubringen«, meinte er versonnen. »Ich habe eine Menge vermutlich vergeudeter Zeit auf ihre Herstellung verwandt.«

»Wenn wir sie, äh, *aktivieren* müssen«, fragte Kutulu sich laut, »wie machen wir sie unschädlich für uns?«

»Überhaupt nicht. Es geht nicht. Lauft, als wären Dämonen hinter euch her, was ja durchaus möglich ist. Sie wird nach einigen Augenblicken in ihre Welt zurückkehren.« Tenedos ließ sich durch den Kopf gehen, was er da eben gesagt hatte, und lächelte dann etwas dümmlich. »Mir wird gerade klar, dass es fast angebracht sein könnte, euch mit einer Waffe gegen eure Waffe zu versehen. Stecke die Kreatur erst sicher weg, da ich euch einen Wasserzauber gebe.«

Er fand einige Kräuter und streute sie in einen Becher mit Wasser. Er nahm einen merkwürdig geformten Zauberstab, der eher einem krummen Stück Treibholz ähnelte, von einem Regal und verrührte die Mixtur. Er begann in einer anderen Sprache zu skandieren, dann wurden seine Worte verständlich:

»Wasser schütze,
Wasser helfe,
Wasser suche
Sicherheit,
Finde sie.
Varum, hab acht,
Sie sind jetzt die deinen,
Hilf ihnen,
Schütze sie.«

Während er sprach, besprenkelte er uns mit der Mixtur. Dann fuhr er in normalem Ton fort: »Das sollte euch helfen. Auch das ist ein simpler Zauber und er bedarf des Zutuns eurerseits. Falls diese Kreatur, dieses Tier, dieser Dämon oder was auch immer es ist, tatsächlich hinter euch herkommen sollte, dann überquert Wasser.

Wasser in jeder Form wird es aufhalten. Wenn der Zauber wirkt, wie er sollte, dann dürftet ihr für den Augenblick sicher sein.«

»Für den Augenblick«, beschwerte ich mich. »Als Zeitangabe ist das nicht sehr präzise.«

»Ihr seid beide bei bester Gesundheit. Wie gesagt, lauft, wie ihr noch nie gelaufen seid, und ihr kommt leicht davon. Dessen bin ich mir ziemlich sicher.«

Kutulu blickte Tenedos recht skeptisch an. Mir kam der Verdacht, dass ihm nicht zum ersten Mal klar wurde, dass sein Held womöglich nicht in jeder Hinsicht vollkommen war. Ich nahm den Büttel beim Arm.

»Kommt«, sagte ich. »Es ist nur seine Art sicherzustellen, dass der Bauerntölpel sich nicht beschweren kommt, wenn der Liebestrank, den er gekauft hat, nicht funktioniert. Ich danke Euch, Seher.«

»Capitain«, bemerkte Tenedos, »hat Euch schon mal einer gesagt, dass Ihr unverschämt seid?«

»Des Öfteren, Sir. Und man hat immer Recht. Wir melden uns so bald wie möglich zurück.«

Tenedos wurde ernst. »Bitte tut das, ganz gleichgültig, zu welcher Stunde. Seid sehr vorsichtig. Ich weiss nicht, was euch begegnen könnte.«

»Das ist auch ein Trick der Polizei«, erklärte Kutulu. »Wenn Ihr jemandem folgt, jemandem, der immer denselben Weg zu nehmen scheint, und Ihr verliert ihn oder er wird argwöhnisch, dann geht zum weitesten Punkt, bis zu dem Ihr ihn schon einmal verfolgt habt, und wartet dort, bis er auftaucht, und folgt ihm dann weiter.«

Wir hatten uns hinter einigen Fässern direkt am Rand eines Kais versteckt. Etwa zwölf Klafter vor uns befand sich das Ende der Gasse, in die ich Malebranche gefolgt war, ohne etwas zu finden.

Die Nacht war still, es war nichts zu hören außer dem Plätschern der kleinen Wellen des Flusses hinter und unter uns und gelegentlich das Tuten eines Nebelhorns.

Wie viel seiner Zeit, so überlegte ich, verbringt der Soldat wohl damit, unter völligem Schweigen zu verharren, von der Formation in Friedenszeiten bis zum Hinterhalt im Krieg, und doch sieht es nie einer als Teil seines Loses.

Ich hörte gedämpften Hufschlag und duckte mich tiefer hinter die Fässer. Eine finstere Gestalt ritt flink aus der Gasse, und ich dachte schon einen Augenblick, sie würde geradewegs ins Wasser traben, als der Reiter abstieg und niederkniete; dann hob sich mit einem Mal lautlos ein Teil des Piers, eine Art Luke, und der Reiter, bei dem es sich um Malebranche handeln musste, führte sein Ross eine unsichtbare Rampe hinab. So rasch, wie sie sich geöffnet hatte, schloss die Falltür sich wieder, und alles war wie zuvor.

»Interessant«, meinte Kutulu. »Sollen wir hinterher?«

Es brauchte einige Minuten eingehender Prüfung, um die metallgefasste runde Vertiefung in dem hölzernen Steg zu finden. Sie war so gestaltet, dass sich irgendeine Art Schlüssel einführen ließ, den wir freilich nicht hatten, aber ich stocherte vorsichtig mit dem Heft meines Dolches darin herum, und plötzlich tat sich die Pforte gähnend auf.

Kutulu nahm eine winzige schwarze Laterne aus seinem Umhang, entzündete sie und öffnete eine Blende gerade weit genug, um die Rampe zu beleuchten. Kurz dahinter entdeckte ich den Hebel zum Schließen der Pforte. Er machte die Blende wieder zu und wir krochen die Rampe hinab, schlossen die Luke wieder, dann umfing uns Dunkelheit.

Ich wollte schon los, aber Kutulu spürte meine Bewegung und hielt mich fest. Ich gehorchte. Ich dachte, meine Augen hätten sich bereits an das Dunkel angepasst und wir müssten uns vorwärts tasten, aber einige Augenblicke später wurde mir klar, dass dem nicht so war. Wir standen keineswegs in völliger Finsternis; es kam genügend Licht vom Ende des Tunnels, um – wenn auch undeutlich – zu sehen.

Kutulu zog mich vorwärts. Ich vergewisserte mich, dass mein Messer lose in seiner Scheide steckte, dann gingen wir den Gang hinab. Etwa zwölf Klafter weiter stießen wir auf eine Nische, in der das Pferd des Reiters angebunden war. Der Tunnel wurde eben, beschrieb dann eine Biegung vom Fluss weg zurück unter den Hügel.

Ich fragte mich, wie die Verschwörer unbemerkt einen derartigen Tunnel hatten graben können, aber als ich die dick mit Salpeter verkrustete Wand streifte, wurde mir klar, dass sie ihn nur zufällig entdeckt hatten. Vielleicht war es ein Schmuggler- oder Piratenversteck gewesen, das verlassen oder vergessen worden war.

Ich hörte das Piepsen einer Ratte, dann kamen wir um eine Biegung und ich sah Licht. Gleichzeitig hörten wir eine donnernde Stimme, die sich ganz wie die eines Priesters in einem Tempel ausnahm.

Der Tunnelmund beschrieb einen flachen Bogen, vor dem ich die Silhouette einer Gestalt sah, eines Mannes mit einem Schwert in der Hand. Er hatte uns den Rücken zugekehrt und war ganz und gar auf das konzentriert, was in der Kammer geschah.

Ich sah Kutulu an, und er machte mir Zeichen, wieder hinter die Biegung des Tunnels zurückzugehen.

»Es gibt also mehr als einen Eingang«, flüsterte er. »Das ist nicht Malebranches Stimme; wer immer da spricht, muss auf einem anderen Weg da hineingekommen sein. Entweder das oder es wohnen Leute hier unten. Ich denke, wir sollten uns das genauer ansehen.« Ich war beeindruckt von dem kleinen Kerl. Seine Stimme zeigte auch nicht die Spur von Angst.

»Also«, fuhr er ruhig fort, »ich denke, jetzt sind Eure Fertigkeiten als Soldat gefragt. Könnt Ihr den Wächter ausschalten, ohne dass er Alarm gibt?«

Das konnte ich sehr wohl. Außerdem fand ich, dass Kutulu zu viel redete. Ich legte mir einen Finger an die Lippen und wies auf den Boden – bleib hier. Keinen Mucks. Ich ließ mir mehrere Möglichkeiten durch den Kopf gehen und schlich dann um die Biegung. Immer an der Wand entlang, bewegte ich mich nach vorn. Ich machte mir kaum Sorgen. Wenn ich nicht über etwas stolperte, würde ich den Posten nicht alarmieren – er wäre zudem nachtblind und könnte mich gar nicht sehen.

Ich hielt den Blick auf das Pflaster vor mir gerichtet, ohne den

Mann vor mir direkt anzusehen. Ich weigerte mich, das Vorhandensein von Sinnen anzuerkennen, die über die normalen hinausgehen, einmal abgesehen von denen, die ein Seher entwickeln mag, aber es ist eine Tatsache, dass einer, dem man lange und intensiv genug auf den Hinterkopf starrt, sich schließlich umdrehen wird.

Ich hatte daran gedacht, ihn mit dem Messer auszuschalten, aber trotz meiner Beteuerungen Kutulu gegenüber war ich kein Meister im Umgang mit der kleinen Klinge. Die beschwerten Handschuhe waren eine bessere Lösung. Einige Schritte hinter dem Posten ging ich in die Hocke und bewegte mich weiter nach vorn, nicht schnell, aber zügig, richtete mich schließlich zu meiner vollen Größe auf und drosch dem Mann die Faust gegen den Hals. Sein Körper krümmte sich, ich packte, bevor es auf die Pflastersteine klappern konnte, sein Schwert, und legte den Mann auf den Boden. Ich wusste nicht, ob er tot war, aber falls nicht, so würde er jedenfalls lange bewusstlos sein, und wenn er zu sich kam, wäre ihm mit Sicherheit furchtbar schlecht.

Ich ging zurück zu Kutulu und wir schlichen beide zum Mund des Tunnels.

Die Kammer dahinter war rechteckig, ziemlich groß und hatte ein Tonnengewölbe. Ich sah zwei weitere Eingänge, beide mit großen hölzernen Türen versehen. Es sah tatsächlich nach einem Tempel aus, da es von vorne bis hinten Bänke und davor ein niedriges Podium gab.

Der Mann sprach mit dem sonoren Auf und Ab eines Priesters, sah jedoch alles andere als imposant aus. Er wirkte eher wie ein fideler dicker Wurstbrater auf dem Markt und der kleine Bartkranz, der sein Gesicht einrahmte, unterstrich diesen Eindruck. Und was er sagte, war alles andere als religiös:

»… aber wir dürfen jetzt, in dieser so entscheidenden Zeit, nicht an das Gold denken, Bruder.«

Es saßen etwa sechzig Männer und Frauen auf den Bänken, alle gut gekleidet und offensichtlich nüchtern; niemand achtete auf etwas anderes als den Redner. Ich entdeckte unter ihnen die Marquise Fenelon und einige andere Edelleute, die ich aus der Stadt kannte. Ich erspähte den Grafen – oder besser den ehemaligen Grafen – Komroff, den ich an meinem ersten Abend bei Marán hatte sprechen hören. Aber die Edelleute waren in der Minderzahl, der größte Teil des Publikums bestand aus Armen oder Leuten aus der Arbeiterklasse, die verzweifelt ihren Sonntagsstaat auf Vordermann gebracht hatten.

Ich sah Kutulus Kopf sich von Mann zu Frau zu Mann bewegen, während er neue Karten für seine Kartei schuf.

Der Mann, an den sich der Priester – irgendwie blieb er das für mich – gewandt hatte, war nicht zufrieden.

»Ich weiß, Bruder. Aber wenn ich von einer loyalen Schwester höre, dass sie Essen für sich und ihre Kinder braucht, dann fällt es mir schwer, ihr nicht zu sagen, sie solle sich der Beute bedienen, auf die sie ein Anrecht hat, die Beute, die Thak uns versprochen hat.«

Ein Mann, der mit dem Rücken zu mir saß, stand auf, und ich erkannte Malebranche.

»Sir … da ich kein Mitglied Eures Ordens bin, kann ich Euch nicht Bruder nennen … Lasst mich wiederholen, was ich bereits gesagt habe: Mein Herr hat mehr als genügend Gold, um für alle zu sorgen.«

Dieser Mistkerl! Schlagartig war mir klar, weshalb Elias Malebranche in Sayana gewesen war. Nicht nur um Unruhe zu stiften und ein Bündnis mit Achim Baber Fergana einzugehen, sondern auch um mit den Tovieti zusammenzuarbeiten. Aus dem, was Malebranche da sagte, ging hervor, dass der Kallier sie auch noch finanzierte. Es war offensichtlich, dass wir auf den Inneren Rat – oder wie immer sie das hier nannten – der Würger gestoßen waren.

Kutulus Augen weiteten sich kurz, wahrscheinlich zeigte der Gesetzeshüter damit so viel Überraschung, wie ihm nur möglich war.

Der dicke »Priester« nickte.

»Ich danke Euch, Sir. Bruder, sagt der Frau in Eurer Gruppe, was unser Freund hier gesagt hat, und legt ihr nahe, an unserern nahen Sieg zu glauben. Wir können den Herrn unseres Freundes hier nicht beim Namen nennen, obwohl ich sicher bin, dass viele von

Euch ihn kennen. Sagt der Frau auch, warum wir nicht über den von uns Gemordeten verweilen können.

Wir haben für Wirbel bei den Bütteln gesorgt, für Gejammer bei den Bürgerlichen, und der Adel flieht von seinen Landsitzen in eine Sicherheit, die es nicht gibt. Und selbst der Zehnerrat muss langsam zittern. Denkt doch, wie es sein muss, seine Feinde nicht zu kennen noch zu wissen, wo – zu jeder Tages- und Nachtzeit – die seidene Schnur herkommen könnte; nur zu wissen, dass sie kommt, so unerbittlich wie die nächste Drehung des Rades.

Selbst die grauen alten Götter müssen erschauern ob des neuen Tages, den wir bringen.

In dem Augenblick, in dem man auch nur einen von uns erwischt, ist ein Teil des Geheimnisses, der Angst, der Dunkelheit, deren Schutz wir so lieben, dahin.

Thak ist zufrieden. Thak hat sein Blut und die Möglichkeit, vor ihrer Rückkehr aufs Rad mit den Seelen jener zu spielen, die wir getötet haben. Unser Tag ist nicht mehr fern.«

Freudiges Gemurmel kam auf. Eine Frau erhob sich.

»Bruder, es mag ja wahr sein, was Ihr da sagt. Aber wieso hören wir auf den Kerl hier, diesen Adeligen, einen der Bastarde, die in die Dunkelheit zu schicken wir unser Leben widmen? Er schließt sich uns nicht an, das hat er klar und deutlich gesagt. Trotzdem nehmen wir bereitwillig sein Gold. Was schaut für ihn dabei heraus? Und was für seinen Herrn?

Und, Bruder, ich will keine schönen Worte. Ich will eine Antwort.«

»Ihr werdet es erfahren, wenn die Zeit gekommen ist«, zischte Malebranche. »Bis dahin habt Ihr kein Recht, nach meinem Geschäft zu fragen.«

»Halt!«, bellte der Dicke und ich hörte die schiere Macht in seiner Stimme. »Sprecht nie wieder in diesem Ton mit einem von uns, oder seid bereit, Euch unserem Zorn zu stellen. Die Frau hat jedes Recht zu sagen, was sie sagen will, Sir. Lasst mich Euch daran erinnern, dass die Schwester recht hat. Wir haben uns vorgenommen, Euch zu Fall zu bringen und alles, wofür Ihr heute steht.

Euer Herr hilft uns, ihn dabei zu unterstützen, den Zehnerrat zu stürzen. Das ist gut und schön. Wir sind keine Dummköpfe, wir wissen, er beabsichtigt die Rückkehr zur alten Lebensart, zur alten Zeit, um sich anschließend als König ganz Numantias auf den Thron zu setzen.

Dazu mag es kommen oder auch nicht. Thak hat uns bisher die Zusammenarbeit erlaubt. Aber glaubt niemals, dass wir Eure Dienstboten seien. Wenn Euer Herr sich nicht an seine Versprechen hält, eine Gesellschaft von Gleichen zu schaffen, das Land, das Gold und die Frauen der reichen Schweine von Dara unter uns zu verteilen ... so kann unser Krieg durchaus weitergehen, Sir.

Unser Krieg kann weitergehen, bis das Rad überfüllt ist mit den Leichen jener, die Thak nicht folgen wollen, und eine davon kann sehr gut die Eure sein! Seid gewarnt, Sir, und seid Euch darüber im Klaren, und das gilt auch für Euren Herrn, dass unser Bündnis nur für den Augenblick gilt und schnell zerschlagen ist – ein Wort genügt, ein Traum, von Thak geschickt, der uns in diesem Augenblick nahe ist und unser Reden und Tun verfolgt.«

Wir hatten genug gehört. Wir stahlen uns zurück in die Dunkelheit. Ich zog den Hebel, die Luke ging auf und wir traten hinaus in die saubere Nacht.

Weder Kutulu noch ich sagten etwas – diese weitreichende Verschwörung, die sich von Kallio über die Grenzstaaten bis nach Nicias zog, war zu ungeheuerlich; wir waren beide entsetzt bis ins Mark. Der Seher Tenedos musste erfahren, was da vor sich ging; dann konnte man sich einen Plan zurechtlegen. Raschen Schritts gingen wir die Gasse hinauf, noch immer besorgt, es könnten auch hier draußen Posten aufgestellt sein. Ich konnte die Arroganz der Tovieti kaum fassen, ein Treffen abzuhalten und nur eine Wache aufzustellen. Aber dann wurde mir klar, dass sie tatsächlich glaubten, ihnen gehöre die Nacht. Wir waren etwa auf halbem Wege die Gasse hinauf, als der Boden zu beben begann und ich ein Scharren hörte, ein ohrenbetäubendes Knirschen – ein Erdbeben! Aber als ich mich umdrehte und auf den Fluss zurückblickte, war alles ruhig. Auch die Gebäude rührten sich nicht.

Es war die Straße, die sich drehte; Pflastersteine flogen davon, ein Grat schlängelte sich auf uns zu, als grabe ein ungeheurer, noch unsichtbarer Maulwurf seinen Tunnel in unsere Richtung, schneller, als ein Mensch laufen konnte, schneller als der Trab eines Pferdes!

Wir rannten um unser Leben aus der Gasse auf die Straße hinaus.

Die bot jedoch auch keine Sicherheit. Der unsichtbare Bergmann raste auf uns zu, und dann flogen auch schon die Pflastersteine beiseite und eine finstere, vor Schleim glänzende Gestalt türmte sich vor uns auf.

Der Dämon, der Wurm, der Maulwurf, die schleimtriefende Schnecke – was immer es war – kreischte, in der Mitte ihres Körpers öffnete sich ein Schlund, um uns zu verschlingen, und lange Fangarme schlängelten sich auf uns zu.

Die Tovieti brauchten keine Wachen.

Thak selbst hatte seine Kreaturen postiert.

19 *Der Zusammenbruch*

Der Dämon griff nach Kutulu, der beiseite springen wollte, aber zu langsam war, so dass einer der Fangarme ihn am Knöchel zu fassen bekam. Er schrie jedoch weder, noch geriet er in Panik, sondern bekam irgendwie sein Messer zu fassen, hieb auf den Fangarm ein und war frei.

Wieder hörte ich das tosende Knirschen, und das Maul des Ungeheuers öffnete sich in meine Richtung. Ich schleuderte ihm mein Messer entgegen, eine wahrhaft nutzlose Verteidigung, da es nach einigen Umdrehungen harmlos von der Haut der Kreatur abprallte. Die Fangarme griffen nach mir, und ich rollte mich unter ihnen davon und tastete, noch während ich mich bewegte, nach der winzigen Flasche. Ich riss mit den Zähnen den Korken heraus, spuckte hinein und warf die Flasche dann nach dem Dämon.

Es gab einen Blitz, der mich schier blendete, dann folgte ein zorniges Brüllen, als Tenedos' Gefangener explosionsartig seine volle Größe annahm.

Dämonengebrüll, Monstergrollen, und daneben hörte ich vage die Schreie der aus dem Schlaf Gerissenen aus den Häusern um uns. Der Kopf des Dämons schlängelte sich aus dem schildkrötenartigen Panzer und nahm es mit der Kreatur auf, dann brüllte Thaks Wächter auf vor Schmerz, als seine Kiefer sich über Stacheln schlossen und der keulenartige Schwanz des Viehs hochschnellte, um auf die schleimigen Flanken des Ungeheuers einzudreschen. Es wand sich, nach wie vor in den Kiefern des Ungeheuers, senkte den Kopf und fletschte die Zähne wie ein Rudel Löwen über dem Beutetier; dann schlug es selbst die Fänge in das Ungeheuer und zerrte und riss an ihm. Die beide Alpträume, jeder blind in seinem Zorn, rollten ineinander verbissen über die Straße und vergaßen für den Augenblick uns Menschen.

»Ans Wasser!«, rief ich, während Kutulu stolpernd auf die Beine kam, dann rannten wir auch schon die Gasse zurück und über den Landesteg, als die Falltür aufzuklaffen begann. Ich sah erst gar nicht nach, wer wohl herauskam, sondern warf mich kopfüber in die Finsternis. Ich schlug ins Wasser, kam wieder hoch und schwamm los.

Ich hörte einen Hilfeschrei. Kutulu! »Ich ... ich kann nicht schwimmen!« Ich sah das Flattern von Armen über dem finsteren Wasser und schwamm, während sie schon am Untergehen waren, darauf zu; dann hatte ich ihn. Kutulu klammerte sich an mich, und ich schlug ihm den Handrücken gegen die Stirn, um ihn zu betäuben, riss mich los, tauchte unter ihm hinweg und kam hinter ihm wieder hoch.

Ich hatte sein Kinn in der Armbeuge, während er in seiner Panik wild, aber wirkungslos um sich schlug, und holte mit kräftigem Seitenschlag aus.

Ich ließ uns von der Strömung in Richtung des Meeres treiben. Kutulu erschlaffte und ich fragte mich schon, ob er wohl ertrank.

Ich erspähte eine schwarze Masse, schwamm darauf zu und erreichte einen treibenden Baum, irgendwo im südlichen Hochland entwurzelt und jetzt in der letzten Phase seiner Reise zum Meer. Ich zerrte Kutulu darüber, bevor ich mich selbst an Bord des rettenden Floßes zog.

Der Büttel begann zu husten, und ich schlug ihm auf den Rücken. Er spie zweimal Wasser und schnappte nach Luft. Nach einer Weile wurde seine Atmung wieder normal.

»Ich danke Euch«, stieß er hervor. »Jetzt seid Ihr *wirklich* mein Freund, Damastes.«

»In die Höllen damit«, meinte ich. »Ihr hättet dasselbe für mich getan, wenn Ihr ein Schwimmer wärt.«

Er dachte ernsthaft nach. »Ja«, sagte er dann. »Ja, Ihr habt recht. Das hätte ich.« Er sah sich um. »Was machen wir jetzt?«

»Da ich nicht vorhabe, mit diesem ziemlich unsicheren Fahrzeug auf Reisen zu gehen, schwimmen wir wieder los, sobald ich etwas sehe, worauf sich zuschwimmen lässt.«

Einige Augenblicke später sah ich einen langen Landesteg, der uns entgegenraste. Die Strömung trug uns in seine Nähe, und als wir noch wenige Klafter von ihm entfernt waren, nahm ich Kutulu in die Rettungshaltung und wir verließen unser Floß.

Ich fand eine baufällige Leiter, die zum Steg hochführte, und die stiegen wir hinauf.

Wir befanden uns im übelsten Viertel der Stadt, einer Gegend, die die Büttel nur in Trupps patrouillierten, und als Kutulu sich orientiert hatte, gingen wir auf geradem Weg zum nächsten Polizeiposten, wo er einigen Leuten befahl, uns aus dem Viertel zu eskortieren. Neugierig beäugte man unsere tropfnasse Kleidung und wollte so einiges wissen, aber Kutulu sagte nichts. Einigen Göttern sei Dank, dass während unseres Bades mein Furunkel und der aufgesprühte Gestank weggespült worden waren, so dass ich nicht ganz so zwielichtig aussah wie zuvor.

Was aus Thaks Dämon und Tenedos' Animunculus geworden ist, das wusste ich nicht und wollte es auch nicht wissen; trotzdem, von Ungeheuern auf den Straßen der Stadt war tags darauf nichts zu hören. Ich hoffe, sie zogen einander in irgendeine unbeschreibliche finstere Hölle hinab.

Wir trafen in Tenedos' Wohnung ein, fanden sie aber verlassen, obwohl es bis Sonnenaufgang nur noch wenige Stunden waren.

»Ob er wohl zu Rasenna gegangen ist?«, fragte ich mich laut, erkannte dann aber, wie dumm meine Frage war – er hatte versprochen zu warten und er war ein Mann, der zu seinem Wort stand. Wir beschlossen, es genauso zu machen.

Während wir warteten, wuschen wir uns in Tenedos' Bad, und ich für meinen Teil zog mich um, da ich, obwohl so etwas nicht ganz legal war, zwei Sätze Zivilkleidung bei ihm liegen hatte. Kutulu trocknete sich ab und schickte sich an, wieder in seine nasse Kleidung zu steigen.

»Wäre der Seher hier«, sagte ich, »so wäre es einfach für ihn, eine Art Wäscheleinenzauber zu sprechen, und sie wären knochentrocken.« Ich trat an einen von Tenedos' Schränken und durchforstete ihn, bis ich eine dunkle Hose und ein Hemd gefunden hatte, die dem Büttel passen würden. »Legt das hier an«, sagte ich und warf sie Kutulu zu.

»Aber …« Kutulu machte ein entsetztes Gesicht.

Der Polizist litt an dem schlimmsten Fall von Heldenverehrung, den ich jemals gesehen hatte. Es wäre ein unverzeihlicher Bruch seiner privaten Ethik gewesen, auch nur davon zu träumen, etwas, das seinem Idol gehörte, zu berühren, geschweige denn es ohne seine Erlaubnis anzuziehen. Aber ich wollte ihn damit nicht aufziehen.

»Seid nicht absurd«, bemerkte ich. »Er würde Euch dasselbe sagen, wäre er hier. Ihr werdet Euch wahrscheinlich einen Gürtel suchen und ein neues Loch hineinmachen müssen. Unser verehrter Hexenmeister schätzt Speis und Trank etwas mehr als Ihr.«

Widerstrebend gehorchte Kutulu. In der Küche fand ich Büchsen mit Teeblättern und machte uns ein heißes Getränk, auch wenn ich mich fragte, ob ich nicht vielleicht die falschen Behälter erwischt und einen Trank gebraut hatte, der uns in Frösche oder was weiß ich verwandeln würde.

Zwei Stunden vor Sonnenaufgang kam ein ebenso zorniger wie besorgter Tenedos nach Hause.

»Ich muss mich entschuldigen«, sagte er. »Aber ich wurde kaum eine Stunde nach eurem Weggehen zum Zehnerrat berufen. Oder zum Neunerrat, wie ich vielleicht jetzt sagen sollte. Farel und seine Mätresse wurden gestern am späten Abend tot aufgefunden. Von den Tovieti erwürgt.«

»Scheiße!«, entfuhr es mir. Ich konnte mich nicht daran erinnern, dass einer aus dem Zehnerrat an etwas anderes gestorben wäre als an einer Krankheit, durch einen Unfall oder an Altersschwäche. Niemals durch einen Mord.

»Natürlich wollte der Rat auf der Stelle alles hören, was ich über die Würger weiß, als hätten sie nicht im Geringsten aufgepasst, als wir letztes Jahr ausgesagt haben. Ganz zufällig war auch der Stadtrat von Nicias bei der Sitzung zugegen, eine Führungsriege, die durch nicht weniger aufregende Kompetenz glänzt.

Also, habt ihr beiden etwas ebenso Erschütterndes aufgetan?«

»Allerdings«, meinte ich. »Ich lasse Kutulu erzählen, da er mehr Erfahrung mit präzisen Berichten hat als ich.«

Kutulu erzählte Tenedos genau, was vorgefallen war, fügte nichts hinzu, ließ nichts aus. Er gab keine Urteile ab; er lieferte ein perfektes Bild der Ereignisse. Er erzählte Tenedos sogar völlig emotionslos, als wäre es einem anderen widerfahren, wie er im Wasser in Panik geraten war. Er wollte eben fortfahren, da hob Tenedos die Hand.

»Genug, mein Freund. Steht in Eurer Geschichte noch etwas über die Ungeheuer oder die Tovieti aus?«

»Nein, Sir.«

Tenedos nickte und Kutulu hielt gehorsam den Mund. Tenedos stand auf und ging eine Weile auf und ab.

»Ich werde zum Zehnerrat zurückgehen und ihn über das informieren, was passiert ist«, sagte er. »Aber ich glaube nicht, dass es etwas bewirkt.«

»Was?«, fragte ich ungläubig.

»Lass mich wiederholen, wie sie reagiert haben, nachdem ich ihnen gesagt hatte, was wir über die Tovieti wissen. Sie gaben zu, die Tovieti seien wahrscheinlich eine Gefahr. Aber wir hätten schließlich eine äußerst effiziente Polizei, die die Situation schon bewältigen würde. Dass man vielleicht in Betracht ziehen sollte, ihnen einige Notstandsvollmachten zu geben.«

Jetzt war es an Kutulu, überrascht zu sein.

»Wenn ich Euch unterbrechen darf, Seher? Wie können sie das glauben? Wir haben noch nicht einen einzigen Tovieti hinter Schloss und Riegel gebracht! Aber über welche Vollmachten spricht man denn so?«

»Davon, eine Kommission der besten Beamten zusammenzustellen, um der Gefahr zu begegnen, die ihrer Ansicht nach natürlich in den Slums sitzt, wo unsere Gastarbeiter wohnen. Kein wahrer Nicier würde sich mit einem solchen Unsinn abgeben, jedenfalls sagt das Farels ehemaliger Kollege Rask. Ein Untersuchungsrichter soll die Kommandos begleiten, so dass auf der Stelle die nötigen Befehle zu Durchsuchung eines Hauses oder Geschäfts ausgestellt werden können.

Und die Tovieti sollen auf die Liste der verbotenen Vereinigungen gesetzt werden.

Scopas schlug vor, schon die bloße Mitgliedschaft in der Organisation mit dem Tode zu bestrafen. Aber da sie nun einmal keine bequem auszumachenden Tätowierungen, Uniformen oder Abzeichen ihrer Mitgliedschaft tragen, ließ er unerwähnt, wie er ihnen etwas nachweisen will. Wie auch immer, die Maßnahme blieb undiskutiert und wurde daher vergessen. Ohne Zweifel ist sie zu radikal.

Das war alles, was an Einzelheiten zur Sprache kam. Aber, mein guter Kutulu, Ihr dürft versichert sein, dass der Zehnerrat die höchste Wertschätzung für die Büttel hat.«

Kutulus Lippen bewegten sich.

»Ihr dürft sagen, was immer Ihr wünscht«, erklärte Tenedos. »Selbst wenn es an Hochverrat grenzt.«

»Das ist doch nichts! Die können sich doch nicht einfach hinsetzen und darauf warten, dass die Bedrohung von selbst verschwindet! Chardin Sher wird in Nicias einmarschieren und die reden immer noch. Oder wir liegen alle tot herum mit Seidenschlingen um die Gurgel! Diese Männer«, schimpfte der kleine Büttel, »sind Dummköpfe! Dummköpfe und Schlimmeres!«

»Das sage ich nun schon seit Jahren«, meinte Tenedos.

»Was sonst noch?«, wollte ich wissen. »Was ist mit dem Militär? Wir haben keine Einzelheiten über die künftigen Pläne der Tovieti erfahren, aber ich nehme an, sie werden ihre Mordkampagne ankurbeln. Sollen wird denn auch nur herumsitzen und Däumchen drehen?«

»Das Militär soll in höchste Alarmbereitschaft versetzt werden, obwohl der Zehnerrat nicht glaubt, dass es nötig ist, das Kriegsrecht zu verhängen.

Alles diesbezügliche soll der Öffentlichkeit vorenthalten werden, es wird also nicht in den Zeitungen stehen. Da lässt man lieber zu, dass die Gerüchteküche ins Brodeln gerät.

Einige andere, kleinere Dinge werden euch vielleicht amüsieren. Ich wurde mit einem Sonderposten betraut – vertraulicher Berater des Zehnerrats zum gegenwärtigen Notstand. Man hat mir befohlen, alle mir zu Gebote stehenden magischen Kräfte einzusetzen, um festzustellen, ob hinter dieser Organisation ein Zauberer steckt.

»Für was, bei allen Höllen, halten die Thak? Eine Erscheinung aus Faulschlammgas?«

»Ich bin mir nicht sicher, ob sie wirklich an Thak glauben.«

»Wie habt Ihr denn darauf reagiert, Sir?«, fragte Kutulu. Ich konnte sehen, wie wütend er war und wie sehr er versuchte, sich zu beherrschen.

»Genau wie Ihr bin ich vor Zorn außer mir gewesen. Ich fürchte, ich habe an diesem Punkt geschrien, wir bräuchten keine Magie, sondern Ordnung.

Worauf ich einmal mehr zu hören bekam, dass die Polizei die Angelegenheit schon in Ordnung bringen würde.

Schließlich würden die Nicier instinktiv dem Gesetz gehorchen. Es gäbe keinen Grund zur Panik.« Tenedos schüttelte bekümmert den Kopf. »Jetzt seht ihr, warum ich mitnichten davon überzeugt bin, dass die Meldung einer Bagatelle wie die landesweite, von einem ihrer eigenen Unterherrscher finanzierte Verschwörung auch nur die geringste Konsequenz haben wird.«

»Was machen wir denn nun?«, fragte ich.

Tenedos hatte schon eine Frivolität auf den Lippen, wurde dann aber ernst. »Als Erstes gilt es sich sorgfältig zu schützen und sicherzugehen, dass wir nicht die nächsten Opfer der Tovieti sind. Falls Thak von uns weiß, was natürlich der Fall ist, dann wird er dieses Wissen den Führern der Tovieti mitteilen.

Ich möchte annehmen, dass wir damit ganz oben auf ihrer Abschussliste stehen.

Zweitens versuchen wir sicherzustellen, dass jeder, der euch nahe steht, einen sicheren Platz findet. Ich bin mir nicht sicher, wie dieser aussehen könnte, schlage aber einen Ort außerhalb der Stadt, vielleicht sogar außerhalb Daras vor.«

»Ich habe keine solche Person«, sagte Kutulu und es war noch nicht einmal der Hauch von Bedauern in seiner Stimme.

Ich fragte mich, wie ich es Marán beibringen sollte und wie sie ihren Gatten überzeugen sollte.

»Als Letztes würde ich vorschlagen, eine Kriegstasche gepackt und die Waffen bereitzuhalten. Seid auf alles gefasst. Absolut alles.«

Tenedos stand auf, trat an seine Anrichte und nahm den Stöpsel aus einer Karaffe mit Branntwein. Dann blickte er aus dem Fenster in den lichter werdenden Himmel.

»Nein, ich fürchte, das ist eine Schwäche, die wir uns für bessere Zeiten aufsparen sollten.« Womit er die Karaffe wieder schloss.

»Das ist alles, meine Herren.« Wir standen auf, um zu gehen.

»Ich danke euch«, sagte Tenedos. »Ihr habt euch nicht nur mir gegenüber als würdige Diener erwiesen, sondern auch als Numantier der edelsten Art.«

Seine Worte bedeuteten mehr als ein Orden.

Trompetenschall weckte eben die Truppe auf, als ich in die Kaserne einritt. Ich rief einen der Lanciers heran, warf ihm Lucans Zügel zu und befahl ihm, mein Pferd in die Stallungen zu bringen und es zu tränken und zu füttern.

Ich lief in mein Quartier und zog mir hastig die Uniform an, gerade noch rechtzeitig, um zum Morgenappell vor meiner Schwadron zu stehen.

Nachdem der Appell durchgeführt war, Capitain Lardier den Tagesbefehl ausgegeben und Domina Lehar den Salut entgegengenommen und uns zum Frühstück entlassen hatte, rief der Adjutant meinen Namen. Ich ging auf ihn zu und salutierte. Er reichte mir einen Umschlag.

»Das hier wurde gestern Abend beim Offizier vom Dienst abgegeben, mit der Bitte, es Euch persönlich zu überreichen. Da Ihr nirgendwo in der Kaserne zu finden wart, hat er es bei der Ablösung heute morgen mir gegeben.«

Ich salutierte noch einmal und trat ab.

In dem Umschlag befand sich ein zweiter, der meinen Namen trug. Die Handschrift war die von Marán. Innen befand sich ein kurzer Brief:

Mein Liebster

Ich wünschte, ich könnte dir das persönlich sagen, da ich dann Gelegenheit hätte, dich festzuhalten und in mir zu spüren. Aber mein Gemahl kam erst heute Mittag zu mir und sagte mir, er meine, angesichts der gegenwärtigen Unruhen sei es das Beste, Nicias zu verlassen, bis die Lage sich klärt.

Wir stechen morgen, noch vor Tagesanbruch, an Bord seiner Jacht in See. Er hat mir gesagt, wir werden vor den Äußeren Inseln kreuzen und damit auch vor der Heimatinsel des Sehers, Palmeras, und das wenigstens für einen Monat, höchstwahrscheinlich aber länger.

Es tut mir so Leid, und ich wünsche mir, dass du mich in die Arme nehmen könntest, damit ich zu weinen aufhöre. Aber ich werde tapfer sein und jede Minute jeder Stunde an dich denken.

Ach, mein Damastes, du kannst dir nicht vorstellen, wie sehr ich dich liebe und bei dir sein möchte, so gefährlich die Zeiten auch sind. Pass auf dich auf, lass es dir gut gehen und träume von mir, wie ich von dir träumen werde.

Ich liebe dich,
Marán

Marán wäre nicht eben glücklich gewesen: Das Erste, was ich fühlte, war eine ungeheure Erleichterung. Sie war damit fürs Erste außer Gefahr. Ja, ich würde von ihr träumen, und ja, ich würde an sie denken, wann immer meine Pflicht nicht meine volle Aufmerksamkeit verlangte. Aber in der nächsten Zukunft hätte ich sicher den einen oder anderen Augenblick frei.

Ich zog meine Arbeitsuniform an, ging in die Stallungen und striegelte gerade Lucan, als der Gong über dem Exerzierplatz Alarm schlug. Wie jeder andere auch ließ ich alles stehen und liegen und lief wie alle anderen Helme los, um meine Kampfausrüstung zu holen.

Die Bereitschaft hätte binnen zehn Minuten formiert und abmarschbereit sein sollen, der Rest des Regiments innerhalb einer Stunde.

Ich war in dieser Zeit fertig, ebenso wie Lancier Karjan und eine Hand voll anderer, aber wir waren die Einzigen.

Ich hörte Schreien, Fluchen und sah nichts als Durcheinander, als die Männer hierhin liefen, dahin, überallhin auf der Suche nach ihrer Ausrüstung, die sie eigentlich augenblicklich zur Hand hätten haben sollen, die jedoch zur Reparatur in der Zeugkammer oder – »ich glaube« – an einen Freund verliehen war, »ich weiß nicht, Sir«, »schätze, das sitzt nicht so recht«, »die Riemen sind gerissen und noch nicht vom Sattler zurück«, »das habe ich nie erhalten, Sir«. Die Kriegsmontur war vernachlässigt worden zugunsten von gewichstem Leder und glänzendem Messing.

Es dauerte zweieinhalb Stunden, bis die Goldhelme von Nicias vollständig angetreten waren.

Wären wir rechtzeitig genug ausgerückt, wäre es vielleicht nicht zu der Katastrophe gekommen. Aber ich bezweifle es.

Es war zu einem Streit in Chicherin gekommen, einem der ärmeren Viertel der Stadt. Angefangen hatte es damit, dass drei Geschäfte in derselben Straße gleichzeitig den Preis für Mehl verdoppelt hatten. Wie sich herausstellte, hatten die drei Ladenbesitzer ein Syndikat gegründet, um sich keine Konkurrenz mehr zu machen. Es war zum Streit und schließlich zu Handgreiflichkeiten mit empörten Kunden gekommen, die zu einer Prügelei eskalierten. Jemand zog ein Messer und schon lag ein Toter auf der Straße. Augenblicke später hagelte es Steine gegen einen der Ladenbesitzer, und schon ging auch dieser zu Boden. Sein Geschäft wurde geplündert; der Mob hatte die Witterung aufgenommen.

Man trieb sich auf der Straße herum und beschloss dann, auch die beiden anderen Geschäftsinhaber zu bestrafen. Der eine wehrte sich mit einem Speer und wurde umgebracht, die beiden Geschäfte wurden völlig zerstört.

Der Wahnsinn breitete sich auf andere Straßen und andere Geschäfte aus, die damit nicht das Geringste zu tun hatten, bis das Viertel das reinste Tollhaus war.

Zu diesem Zeitpunkt geriet jemand aus der Verwaltung in Panik und rief die Armee.

Was keineswegs die richtige Maßnahme war. Überfallkommandos der Büttel hätten in den Bezirk einrücken, die Rädelsführer isolieren und verhaften sollen. Und wäre das nicht zu machen gewesen, dann hätten solide Kommandos der Polizei durch die Straßen gehen müssen; so hätte man den Mob durch eine Kombination aus Angst und nackter Gewalt schon in diesem frühen Stadium unter Kontrolle gebracht.

Stattdessen schickte man die Büttel des Bezirks allein oder in Paaren aus. Einige von ihnen wurden angegriffen, andere flohen und der Pöbel hatte die Oberhand.

Das Militär hätte nur dazu eingesetzt werden sollen, Chicherin abzuriegeln, für Ruhe im Bezirk hätten die Büttel sorgen müssen. Bewaffnete Soldaten signalisieren der Bevölkerung, Passanten wie Verrückten, dass die Ordnung zusammengebrochen ist und der Staat sich bedroht fühlt.

Aber irgendjemand im Hauptquartier übertrieb. Ob das nun bewusst gewesen war oder nicht, ich weiß es nicht. Später behauptete man, die Tovieti seien für die Ereignisse verantwortlich gewesen, was ich bezweifle, aber falls die Würger tatsächlich die Hand im Spiel hatten, dann würde ich sagen, dass es mittels jenes anonymen Beamten gewesen sein muss.

Darüber hinaus hätten nicht die Goldhelme ausrücken sollen. Ihre Inkompetenz als Soldaten kann man vernachlässigen, denn von der wusste kein Mensch, bis es viel zu spät war. Aber man sollte Kavallerie nicht auf überfüllte Straßen loslassen, nicht gegen einen Menschenauflauf. Nicht nur, weil eine Panik ausbrechen und zu mehr Toten führen könnte als der schlimmste Aufstand, sondern weil es viel zu einfach war, ein Pferd zu verstümmeln oder einen Reiter aus dem Sattel zu ziehen. Man hätte stattdessen Infanterie schicken oder der Kavallerie zumindest Fußvolk zur Seite stellen sollen, aber nichts dergleichen geschah.

Stattdessen schickte man die Schwadron C unter dem Kommando von Captain Abercorn. Man hatte sie noch nicht einmal mit geeigneten Waffen ausgestattet; sie ritten mit erhobenen Lanzen, die Säbel in der Scheide, in Chicherin ein. Der erste Zug an der Spitze wurde von Legat Nexo geführt.

So ritt man auf einen Platz voll schreiender Nicier. Die Zivilisten waren betrunken, die eine Hälfte vom Wein, die andere vom Zorn, den man nicht ganz zu Unrecht wegen der Misswirtschaft der Politiker empfand. Langsam bildete sich bei dem Mob eine Idee: Man wollte sich mit jemandem aus Nicias' Stadtrat treffen, um seine Klage los zu werden, und zwar sofort. Man war hungrig, man war verzweifelt, die Kinder gingen in Lumpen und es war an der Zeit, dass die Stadt ihnen half. Und ihre Klagen waren nun wirklich begründet, eine wie die andere.

Der Platz hatte nur drei Zugänge. Einen davon hatte der Mob gegen die Büttel verbarrikadiert, der zweite war sehr schmal und den dritten blockierte Legat Nexo.

Der Überlebende mit dem höchsten Rang, ein ganz junger Feldwebel, sagte, Capitain Abercorn hätte sich eben zur Spitze vorgearbeitet, als Legat Nexo gerade selbstherrlich die Versammlung für gesetzwidrig erklärte, und den Leuten auf dem Platz befahl, sich auf der Stelle zu zerstreuen, oder der Zorn der Goldhelme käme über sie. Warum Capitain Abercorn nicht an der Spitze seiner Einheit gewesen war und der Legat, der doch im Rang unter ihm stand, sich das Kommando anmaßte, ist nicht bekannt. Meiner Ansicht nach war Nexo, ein dummer und arroganter Kerl aus steinreicher Familie, entsetzt darüber, dass der Arbeiterpöbel es wagen sollte, eine Forderung an gesellschaftlich Höherstehende zu richten, wo man doch auf die Knie fallen oder wenigstens respektvoll zur Seite treten musste, wenn die berühmten Goldhelme erschienen.

Mit einem Mal wollte die vorderste Reihe des Pöbels nichts wie weg von der soliden Phalanx aus Kavallerie, woraufhin eine lautstarke Auseinandersetzung begann. Es gab jedoch auch andere in der Menge, die beherzter waren, und schon sahen die Soldaten sich mit Steinen und Unrat beworfen.

Das war für Legat Nexo zuviel. Er befahl den Helmen die Lanzen zu senken und im Schritttempo gegen die Leute vorzugehen. Das war in etwa die letzte klare Beobachtung, die der Feldwebel hatte machen können. Kaum hatte Nexo seine Befehle geschrien, da traf ihn ein Stein, der nach Ansicht des Feldwebels von einer Schleuder kam, unter dem Rand des berühmten Helms, zerschlug ihm das Gesicht und tötete ihn vermutlich auf der Stelle.

Der Mob schrie im Triumph auf. Gut trainierte Soldaten hätten sich nicht um den Verlust eines Offiziers gekümmert, sondern hätten automatisch seinen letzten Befehl ausgeführt. Aber die Helme waren alles andere als gut trainiert und zögerten.

Noch im selben Augenblick griff man die Helme von allen Seiten an. Es hagelte Geschosse, einige davon aus Schleudern, während man andere mit voller Wucht und großer Zielsicherheit warf. Leute erschienen auf den Dächern und in den oberen Etagen der Häuser mit Pflaster- und Ziegelsteinen, was immer Gewicht hatte, und schon regnete der Tod auf die Soldaten herab, die von ihren Reittieren fielen, als diese wiehernd hochgingen und wie verrückt ausschlugen vor Schmerzen und Zorn.

Anstatt den Angriff des Mobs zu brechen, brach der Wille der Helme; sie nahmen die Pferde herum und spornten sie an zum Galopp, denselben Weg zurück, den sie gekommen waren, mitten hinein in die anderen drei Züge, und noch während das Chaos sich ausbreitete, griff der Mob an.

Irgendwann zog man Capitain Abercorn vom Pferd und schlug ihn fast tot. Zwei Jahre darauf kam er als Krüppel aus dem Hospital, der nicht die geringste Erinnerung an das hatte, was an jenem Tag passiert war.

Unter dem Pöbel befanden sich Männer, die genau wussten, was sie taten – möglicherweise von den Tovieti trainiert. Männer mit Messern schossen auf die Pferde zu, durchschnitten ihnen die Sehnen, schlitzten ihnen die Bäuche auf, hieben auf die Hälse der Tiere ein, und wenn Ihr Reiter stürzte, machten sie ihm den Garaus.

Der Feldwebel, der die Geschichte erzählte, war von einer gezielt geworfenen Flasche vom Pferd geworfen worden, die ihm beim

Zerspringen ein Auge ausschlug. Er war gescheit genug gewesen, sich in eine offene Tür zu rollen und sich tot zu stellen, bis das Handgemenge vorüber war.

Die Schwadron C wäre mit Sicherheit bis auf den letzten Mann aufgerieben worden, hätte nicht jemand militärische Verstärkung von hinten, vom einzigen offenen Zugang zu dem Platz, kommen »sehen« und eine Warnung geschrien. Jetzt war es an dem Mob, in Panik zu geraten, und im nächsten Augenblick gab es nur noch Hunderte von angsterfüllten Bürgern, von denen jeder seine eigene Haut zu retten versuchte. Die Ironie daran ist, dass es keine Verstärkung gab – wer immer nach den Helmen gerufen hatte, hatte nicht geglaubt, dass mehr als eine Kompanie nötig wäre, und unsere eigene Führung hatte nicht an Verstärkung gedacht. Als die Nachricht von der Katastrophe unsere Kaserne erreichte, war bereits alles vorbei, und mir und den anderen blieb nichts anderes als ohnmächtige Wut.

Von den hundertneunzehn Mann, die an jenem Morgen aus der Kaserne der Goldhelme ausgerückt waren, kamen zweiunddreißig zurück. Sechsundvierzig waren tot oder lagen im Sterben, einundvierzig weitere waren verletzt.

Und das war erst der Anfang.

Im Regiment brach blindwütiger Zorn aus; man wollte auf der Stelle nach Chicherin reiten und jeden niedermachen, den man dort fand. Dann stellte sich die Angst ein, als den Männern der Gedanke kam, eine ganze Stadt habe sich gegen die Goldhelme, ihr vergoldetes Lieblingspielzeug, gewandt. Die Angst wirkte wie eine Lähmung. Fünf Männer desertierten, was eine Seltenheit war. Einige Legaten begannen davon zu sprechen, sich an andere, entferntere Standorte versetzen zu lassen oder vielleicht um einen langen Familienurlaub einzukommen.

Domina Lehar und zu viele der anderen Offiziere schienen hilflos zu sein; man wusste nicht, was man tun sollte.

Ich bat um eine Unterredung mit dem Domina, und zwar noch vor dem Begräbnis der Männer aus der Schwadron C. So höflich

ich konnte, mit anderen Worten nicht besonders, erinnerte ich ihn daran, dass ich in den Grenzstaaten *richtig* gekämpft hatte, ich, Lancier Karjan und eine Hand voll anderer. Ich sagte ihm, ich hätte persönlich Kenntnis davon, dass es sich nicht um einen isolierten Vorfall handelte, sondern dass er mit weiteren und höchstwahrscheinlich noch blutigeren Zwischenfällen rechnen müsste.

Hilflos blickte er sich in seinem Büro um, fand aber keine Vorschläge in den Statuen, Plaketten und Auszeichnungen, die alle möglichen Würdenträger den Goldhelmen für ihre überwältigenden Paraden geschickt hatten; dann sagte er, ich hätte wahrscheinlich Recht.

Ich sollte auf der Stelle ein Ausbildungsprogramm für die Helme entwerfen. Er würde es sofort genehmigen, und wir könnten damit beginnen, die Männer in den praktischen Aspekten des Soldatenhandwerks zu unterweisen.

»Sir«, meinte ich. »Können wir nicht einfach anfangen? Muss erst alles auf Papier stehen, bevor es gemacht wird?« Ich hätte ebenso gut vorschlagen können, uns Flügel wachsen zu lassen und zur Himmelskavallerie zu werden. Ich salutierte und schickte mich an zu gehen.

»Bitte beeilt Euch«, sagte der Domina. »Ich weiß, wir werden Euer Fachwissen bald brauchen. Dieser Lancier, den Ihr da genannt habt … Kirgle oder Kurtile?«

»Karjan, Sir.«

»Da er bereits im Krieg war, möchte ich ihn befördert sehen. Macht ihn zum Feldwebel. Nein. Ich möchte, dass man auf ihn hört. Hauptfeldwebel.«

Soviel zu Domina Lehars Vorstellung von Notmaßnahmen.

Ich erzählte Karjan von seinem plötzlichen Glück, und er wollte mir nicht glauben. Ich zeigte ihm Domina Lehars schriftliche Order, und sein Gesicht wurde dunkel vor Zorn.

»Ich habe die Winkel schon abgelehnt, als Ihr sie mir in Sayana angeboten habt, Sir, und es ist inzwischen nichts passiert, was meine Meinung geändert hätte.«

»Diesmal habt Ihr keine Wahl, Karjan. Der Domina hat gesprochen, und bei Isas Lanze, Ihr näht Euch die verdammten Winkel auch an!«

»Kommt nicht in Frage!«

Ich verlor die Beherrschung; einer der wenigen kompetenten Leute, die ich kannte, verweigerte die Beförderung, während all die Schwachköpfe um mich herum es nicht erwarten konnten, die Rangleiter hinaufzuklettern, und dabei machte ihnen schon die bloße Vorstellung von echter Verantwortung Angst. »Ich befehle es!«

Karjan funkelte mich finster an und ich erwiderte seinen Blick. Er wandte sich als erster ab.

»Na schön. Trag' ich sie eben, Sir. Aber Ihr habt mein Wort darauf, an meinem ersten Tag Urlaub gehe ich auf Sauftour und mache einen solchen Rabatz, dass ich sie auf immer verliere.«

»In alle Höllen mit Euch!«, schrie ich. Eine Vase neben mir auf dem Tisch geriet ins Taumeln und zerbrach. Karjan sah mich trotzig an.

»Lass es mich mal so sagen: Du wirst dir die Rangabzeichen annähen und zeigst der Armee, in die du eingetreten bist, den gebührenden Respekt. Du wirst deine Pflicht als Unteroffizier tun, bis ich dir etwas anderes sage. Du wirst nicht auf Sauftour gehen und mit Sicherheit wirst du keine Schenke zerlegen. Ist das klar?

Und zwar aus einem ganz einfachen Grund: Wenn du nämlich meinen Befehlen nicht folgst, dann schleife ich dich hinter die Kaserne und nur einer von uns beiden kommt wieder hervor. Und noch was verspreche ich dir: Falls nicht ich es bin, der liegen bleibt, dann wirst du mit Sicherheit einige Zeit im Krankenhaus verbringen, bis du deinen Dienst wieder antreten kannst. Und in dem Augenblick, in dem du wieder gesund bist, gehen wir gleich wieder nach hinten und ich versohle dir deinen dummen Arsch gleich noch einmal!«

Karjan starrte mich an und eine widerwillige Bewunderung trat in seinen Blick.

»Ich glaube fast, das würdet Ihr. Und womöglich gewinnt Ihr sogar.«

»Sir.«

»Sir.«

»Und jetzt holt verdammt noch mal Euer Nähzeug, Hauptfeldwebel, und hört auf, mir auf die Nerven zu gehen. Ich habe nämlich irgend so ein blödes Ausbildungsprogramm aufzustellen, verdammt noch mal!«

An jenem Tag jedoch kam ich nicht mehr dazu.

Eine Stunde später klopfte der Bote der Kommandantur an die Tür meines Büros. Ich hieß ihn hereinkommen, und er sagte mir, die Augen vor Ehrfurcht ganz groß, Domina Lehar lasse mir ausrichten, ich hätte mich in zwei Stunden im Palast des Kriegs zu melden, und zwar in Galauniform.

Ich dachte kurz daran, nach dem Grund zu fragen, aber der Junge, ein patschnasser Rekrut, hätte es wohl nicht gewusst. Ich war selbst ganz unruhig. Der Palast des Krieges war das Hauptquartier des gesamten numantischen Militärs.

»Dank Er dem Domina, ich werde natürlich gehorchen«, sagte ich förmlich. Der Bote schickte sich zum Gehen.

»Wartet. Hat Ihm der Domina gesagt, bei wem ich mich melden soll?«

»Oh. Jawohl, Sir. Tut mir Leid, Sir. Ich war … zu aufgeregt, Sir.«

»Verdammt noch mal, Junge, das Einzige, was dich im Krieg am Leben erhält, ist, deine Befehle genau so zu wiederholen, wie du sie bekommen hast. Also, was hat der Domina sonst noch gesagt?«

Der Junge schluckte und sagte mir, ich solle mich direkt beim General des Heeres Urso Protogenes melden.

Jetzt war es an mir, große Augen zu machen. Was könnte *der* von einem einfachen Capitain wollen?

Ich konnte es mir nicht vorstellen, aber mir blieben kaum noch zwei Stunden. Ich rief nach Hauptfeldwebel Karjan, er solle schleunigst wieder antreten und mir helfen.

Ich hatte keine Ahnung, was los war.

Nicht ganz zwei Stunden später führte man mich im großen Dienstanzug, eine schwarze Binde um den Arm, wie sie alle Männer der Goldhelme nach Chicherin trugen, in das Vorzimmer von General Protogenes' Büro.

Ich sah mich von Tenedos erwartet, was eine wahrscheinliche Erklärung dafür bot, weshalb man mich gerufen hatte. Ich hatte geglaubt, den Raum voll wartender Offiziere zu finden, aber Tenedos und ich waren die einzigen Anwesenden, einmal abgesehen von dem Adjutanten, der uns begrüßte und fragte, ob wir gerne etwas zu trinken hätten, bevor er sich wieder an die Arbeit begab.

Tenedos' Kleidung überraschte mich. Ich hätte erwartet, ihn in aufwendigen Roben zu sehen, wie sie die meisten Seher zu förmlichen Anlässen tragen. Stattdessen trug er Reithosen und eine hellgraue Uniformjacke, kniehohe Schaftstiefel; ein Umhang in dunklerem Grau mit roten Seidenbiesen hing über einem Stuhl neben ihm.

»Ich habe mir dich als Assistenten ausgebeten«, sagte Tenedos, »da ich nun wirklich niemand so wichtigen wie den General beleidigen möchte und mir dachte, jemand, der mit militärischen Angelegenheiten so vertraut ist wie du, würde mir Fehler vermeiden helfen.« Er sprach leise, aber doch so, dass der Adjutant ihn hören konnte, und so wusste ich, dass er log. Tenedos wollte mich aus ganz anderen Gründen dabeihaben und ich versuchte dahinter zu kommen, weshalb.

Ich hatte jedoch keine Zeit dazu, denn auf die Minute zur vereinbarten Zeit erhob sich der Adjutant und führte uns in General Protogenes' Büro.

Es war genauso, wie man es von einem lang gedienten Soldaten, einem Oberbefehlshaber des Heeres und hoch dekorierten Mann erwarten würde. Der Raum war groß und voller Bücherwände mit Militärliteratur. An den Wänden hingen Karten, Schwerter und zahllose Souvenirs. Generals Protogenes' Schreibtisch stand auf der einen Seite und war ebenso klein wie leer, kaum größer als der Feldtisch eines Offiziers; es war nicht zu übersehen, dass in diesem Raum ein Mann der Tat residierte.

Das Zimmer war gut ausgeleuchtet durch eine Glaskuppel in der Decke, unter der sich ein langer Konferenztisch befand. An dessen

Kopfende saßen zwei Generäle: Protogenes selbst und Rechin Turbery. Uns stand also tatsächlich eine wichtige Sitzung bevor. Turbery war der Oberbefehlshaber des Heeres im Raum Nicias, mit anderen Worten, er war der zweitwichtigste Mann in unserer Armee.

Tenedos verbeugte sich respektvoll, während ich salutierte, und die Generäle standen auf.

»Seher Tenedos«, polterte General Protogenes, »ich freue mich, dass Ihr es einrichten konntet.« Er starrte mich an. »Und das hier ist also der Capitain, den kennen zu lernen uns so viel bringen könnte, wie es in Eurer Post hieß, eh?«

»Ich freue mich, Euch beide kennen zu lernen«, sage General Turbery schlicht und setzte sich wieder, während sein Blick uns kühl maß.

General Protogenes war nicht nur der ranghöchste Offizier der Armee, er dürfte durchaus auch der beliebteste gewesen sein. Er erwiderte diese Liebe von ganzem Herzen und fand selbst für die Klagen des einfachsten Soldaten noch Zeit. Diese Liebe und seine tiefe Zuneigung für Nicias sollten freilich auch sein Verhängnis sein. Er war ein großer Mann, nur einen Zoll kleiner, aber viel schwerer als ich. Sein Gesicht war vom Rot eines fidelen Mannes, der ein gutes Leben zu schätzen wusste und keinen Grund sah, weshalb andere es nicht auch so halten sollten.

Er war ein Vorbild für jeden Soldaten, da er aus Wakhijr stammte, einem armen Wüstenstaat, und der Sohn eines Viehhirten ohne einflussreiche Freunde und mit noch weniger Geld war. Er war Rang für Rang aufgestiegen und hatte sein Offizierspatent auf dem Felde bekommen, was damals eine Seltenheit war. Protogenes war nicht nur ein tüchtiger und tapferer Soldat, er hatte auch Glück gehabt. Er war oft verwundet worden, aber nie schlimm, aber das meine ich nicht mit Glück. Die meisten Helden bleiben unbemerkt, da niemand im richtigen Rang zugegen ist, um ihren Heldenmut zu bemerken. Bei Protogenes war das anders. Ohne sich jemals bei jemandem anbiedern zu müssen, wurden ihm stets Ruhm und Anerkennung zuteil.

Er hatte in allen Provinzen Numantias, in all ihren kleinen Kriegen und Scharmützeln gedient, von den Grenzstaatenkonflikten über die Kämpfe gegen die Piraten der Äußeren Inseln bis hin zur Befriedung der Wilden in den Bergdschungeln im Osten des Landes.

Sein Aufstieg an die Spitze hatte sich beschleunigt, als er Rechin Turbery kennen lernte; er hatte damals ein Regiment in den Grenzstaaten übernommen. Protogenes wäre der Erste gewesen, der zugegeben hätte, dass er kein raffinierter Taktiker war – war der Feind ausgemacht, so ließ er zum Angriff blasen, und dann hieß es auch schon: Drauf, Jungens, mit Schwert und Gebrüll!

Turbery war da raffinierter und man sah es ihm an. Er griff eine Stellung nie frontal an, er nahm keine schweren Verluste in Kauf, wenn sich der Feind auch über die Flanken aufrollen oder ausmanövrieren ließ; er brachte seine Männer lieber sicher wieder nach Hause. Er war Ende Vierzig, etwa zwanzig Jahre jünger als Protogenes. Er war schlank, hatte schütteres Haar, scharf geschnittene Züge und einen Blick, der alle Geheimnisse seines Gegenübers zu sehen schien.

Die beiden waren ein perfektes Gespann und rasch Freunde geworden. Als man Protogenes in den Stab des Heeres befördert hatte, war Turbery Domina geworden und hatte ein eigenes Regiment an der Grenze zwischen Kallio und Dara bekommen. Er war nicht nur dadurch berühmt geworden, dass er den Frieden zwischen den beiden Staaten aufrechterhielt, sondern auch seiner wagemutigen Kommandounternehmen gegen die Banditen in den Hügeln wegen. Es war bekannt – und die Offizierskollegen bewunderten ihn dafür –, dass er zu wissen und die entsprechende Antwort parat zu haben schien, wann diese »Banditen« bloße Raufbolde waren oder wann es sich um verkleidete Angehörige der kallischen Streitkräfte handelte, die mit großer Freude diese Armee, der sie doch angeblich angehörten, auf die Probe stellten, um ihre Schwachstellen zu finden.

Als Protogenes zum Chef der Streitkräfte ernannt wurde, war es ganz natürlich, dass er Turbery an seiner Seite haben wollte.

»Ich habe Euch«, sagte Protogenes, »wegen dieses grässlichen Ärgers hergebeten. Ich fürchte, die Anhörungen vor dem Zehnerrat über diese Tovieti habe ich leider versäumt. Meine aufrichtige Entschuldigung.

Wäre es möglich, dass Ihr kurz zusammenfasst, was Ihr denen gesagt habt? Und vielleicht könnte der Herr Capitain ergänzen, was immer Ihr übersehen haben könntet?«

»Es wäre mir eine große Freude«, meinte Tenedos und begann.

Schon nach wenigen Augenblicken merkte ich, dass die beiden Generäle nicht wirklich darauf zu hören schienen, was Tenedos sagte. Es war ganz so, als wüssten sie bereits, was er ihnen da erzählte. Falls dem so war, warum waren wir dann hier? Ich entschloss mich, meine Worte sehr genau abzuwägen.

Den Zeitungen gegenüber hätte Tenedos unsere Abenteuer womöglich verherrlicht, jetzt jedoch fasste er knapp und präzise die Fakten dessen zusammen, was in Sayana und vor knapp einer Woche an den Docks von Nicias passiert war. Wie ich bemerkte, erwähnte er Kutulu nicht namentlich, sondern nannte ihn nur einen verantwortungsbewussten Polizeibeamten. Als er fertig war, fragte er mich, ob ich noch etwas hinzuzufügen hätte. Ich sagte nein, er habe alles gesagt, und hielt meinen Mund; ich wartete darauf, den wahren Grund für unsere Anwesenheit zu erfahren.

Wenige Augenblicke später nannte General Turbery ihn. »Was wir hier besprechen, muss unter uns bleiben. Falls diese Bedingung für Euch nicht akzeptabel ist, Seher, Capitain, dann ist unser Geschäft an dieser Stelle beendet. Offen gesagt, der einzige Grund, aus dem wir dieses Treffen in Betracht gezogen haben, ist der, dass uns seitens gewisser respektabler höherer Offiziere, die sehr beeindruckt von Eurer Arbeit am Lyzeum sind, viel Gutes über Euren Takt, Eure Integrität und Eure Einsichten zu Ohren gekommen ist.«

Ich blickte Tenedos an, um mich an ihm zu orientieren. Er nickte und ich lehnte mich zurück. »Ich denke, ich kann ebenso für Capitain á Cimabue sprechen wie für mich selbst«, sagte der Seher. »Ihr habt unseren Eid auf jeden Gott Eurer Wahl, dass wir nichts von dem, was hier gesprochen wird, wiederholen werden, bis Ihr uns die Erlaubnis erteilt.«

Die beiden Generäle tauschten Blicke aus, als zögerten sie noch. Turbery stand einen Augenblick später auf und begann im Zimmer auf und ab zu gehen.

»Unsere Führer, der Rat der Zehn«, begann er schließlich, »scheint das Gefühl zu haben, dass dieser ... dieser Ärger rasch zu beseitigen ist und keiner weiteren Maßnahme als der bereits angeordneten bedarf.

Ich hoffe, sie haben recht, ebenso wie General Protogenes hier.«

»Natürlich«, knurrte der ältere Mann. »Die Dämonen sollen den holen, der zu denken wagt, seine Herren hätten nicht alles im Griff.«

»Ich jedoch bin der Ansicht, sie könnten womöglich alles auf ein einziges Pferd gesetzt haben«, fuhr Turbery fort. »Ihr habt uns die Fakten genannt, Sir. Jetzt bitte ich Euch um Eure Meinung und Eure ehrliche Einschätzung der Bedrohung.«

Tenedos holte tief Luft.

»Na schön, aber ich weiß, sie wird Euch schockieren. Aber wie Ihr gesagt habt, dieses Treffen bleibt unter uns, und ich würde Euch bitten, diese Bedingung ebenfalls zu respektieren.

Kurz gesagt, die Tovieti sind nur ein Symptom dessen, was vor sich geht. Unser Land steht kurz vor dem Zusammenbruch, unser Volk schwankt ohne Führung, ohne Richtung im Wind. Der Zehnerrat regiert weder weise noch gut, und so wie er herumstolpert, zieht er auch alle anderen Institutionen Numantias mit in den Sumpf.«

»Harte Worte, Sir.«

»Harte Worte, ja. Aber es sind harte Tage«, versetzte Tenedos, »und die Zeit, blumig um ein hässliches Thema herumzureden, ist längst vorbei.«

»Fahrt fort«, sagte Turbery und hörte aufmerksam zu. General Protogenes schien sich gar nicht wohl in seiner Haut zu fühlen.

»Fügt all dem noch die Tovieti hinzu, die von Chardin Sher finanziert werden. Ich weiß nicht, für was für Teufeleien er sonst noch verantwortlich ist, aber ich nehme an, dass seine Agenten in ganz Numantia so viel Unruhe wie nur möglich stiften.«

»Wie der Vater, so der Sohn«, brummte der alte Mann. »Der alte Sher war auch so eine Landplage.«

»Aber Chardin ist schlimmer«, meinte Turbery. »Weil er Köpfchen hat – während sein Vater – zum Glück für Numantia und den Frieden – ohne Verstand über die Runden kam.

Ich bin mir nicht sicher«, fuhr er fort, »ob die Situation so ernst ist, wie Ihr glaubt, Seher. Aber es kann nichts schaden, auf gewisse Eventualitäten vorbereitet zu sein. So lasst mich denn fragen, was jetzt zu tun ist – sofort.«

»Verhängt das Kriegsrecht«, antwortete Tenedos prompt.

»Das können wir nicht«, sagte Protogenes. »Das ist das Vorrecht des Zehnerrats.«

»Spricht irgendetwas dagegen, alles zu tun außer der eigentlichen Erklärung?«, fragte Tenedos. »Ich meine damit die sofortige Mobilmachung. Kleine Straßenpatrouillen unter dem Kommando kampferprobter Offiziere. Die Männer raus aus den Kasernen. Stellt sie als Verstärkung in die Posten der Büttel ab. Die Leute fürchten bereits das Schlimmste. Die Armee zu sehen, zum Schlag bereit, sollte die Treuen beruhigen und bringt vielleicht die Abtrünnigen dazu, ihre Pläne noch einmal zu überdenken.

Manchmal genügt es, Stärke zu zeigen. Aber das sollte nicht alles sein. Ihr, meine Herren, müsst die Armee verstärken, hier in Numantia, und Ihr müsst sie mit den Besten verstärken.«

»Ihr meint die Streitkräfte an den Grenzen«, sagte Turbery.

»Genau. Holt Capitain á Cimabues Regiment, die ureyschen Lanciers, und zwei weitere ureyschen Einheiten –«

»Die Zwanzigste Schwere Kavallerie und die Zwanzigsten Husaren«, mischte ich mich ein.

»Setzt sie auf der Stelle hierher in Marsch. Requiriert schnelle Dampfer und lasst sie so schnell wie möglich gen Norden fahren. Säße ich auf Eurem Sessel, Sir, würde ich zehn weitere Eliteregimenter aufmarschieren lassen und sie vor der Stadt verstecken, für den Fall, dass die Lage sich verschlechtert.«

»Dadurch wären aber die Grenzen ungeschützt«, warf Protogenes ein.

»Was vermag ein Finger, ein Fuß, eine Hand, wenn jeden Augenblick das Herz aufgespießt wird?« Tenedos geriet in Rage. »Wenn der gegenwärtige Notstand beseitigt ist und das Schlimmste passieren sollte, die Grenzländer erobern wir schon wieder zurück. Aber wenn Nicias im Chaos untergeht … dann können wir sie genauso gut gleich Achim Fergana und den anderen Banditen aushändigen. Sie wären nicht schlechter dran.«

»Und da ist noch etwas, was sofort zu tun ist, obwohl es fast schon zu spät ist. Alle Nahrungsmittelvorräte sind sofort zu requirieren und an zentral gelegene Orte zu verbringen, wo sie gut zu bewachen sind. Wir können den Mob über den Magen treffen, wenn er gezwungen ist, sich seine Rationen bei uns zu holen.

Wir müssen außerdem Versorgungskommandos in die Außenbezirke schicken und darüber hinaus alle Städte am Fluss benachrichtigen, dass wir bereit sind, für alle Lebensmittel, die sie heranschaffen und bei den zuständigen Behörden abliefern können, mit hartem Gold zu bezahlen. Falls diebische Händler daraus allzu großes Kapital zu schlagen versuchen, so requirieren wir einfach, was sie haben, notfalls mit Gewalt.

Diejenigen, die auf unserer Seite sind, werden, ja müssen verpflegt werden. Nur dann werden sie fest hinter uns stehen.«

»Ihr seid in der Tat ein Mann handfester Maßnahmen«, meinte Turbery. »Und dennoch –«

»Sir«, unterbrach ihn Tenedos, »es ist dies eine Maßnahme, die einfach ergriffen werden *muss.* Wir dienen Numantia. Jetzt ist es an der Zeit, dem Land einen großen Dienst zu erweisen, und mit halbherzigen oder gar keinen Maßnahmen ist das nicht zu schaffen.«

Er wusste, wann er den Mund zu halten hatte, und so hing für eine ganze Weile ein Schweigen über dem großen Raum. Ich wagte nicht, mich zu rühren, aus Angst, die Stimmung, die er geschaffen hatte, zu zerstören.

»General«, sagte Turbery zu seinem Vorgesetzten, »was der Seher uns hier sagt, ist uns ja nicht ganz neu.«

»In der Tat nicht, verdammt noch mal«, polterte der alte Mann. »Aber er braucht sich dabei nicht gleich so schadenfroh anzuhören!« Sie unterhielten sich, als wären wir beide nicht da.

»Wie er sagt, es sind harte Zeiten«, fuhr Turbery fort. »Ich hätte nicht übel Lust, das zu tun, was er vorschlägt. Immerhin hat es den Zehnerrat noch nie groß interessiert, wie wir unsere Soldaten hin und her schieben, solange sie sich nur selbst gut bewacht wissen.«

Protogenes nickte wie ein großer, weiser Bär.

»Ja«, stimmte er zu. »Ich habe für spontane Urteile wenig übrig aus Angst, sie könnten zu sehr auf Gefühlen basieren. Aber ich spüre, dass der Seher da etwas sagt, was der Wahrheit sehr nahe kommt. General Turbery – wir werden seinen Vorschlägen folgen.«

Tenedos lächelte sehr, sehr verhalten, aber so gut, wie ich ihn kannte, spürte ich, ihm lachte das Herz.

»Mehr noch«, fuhr Protogenes fort, »ich bin der Ansicht, dass der Seher hier, sei es mittels Zauberei oder lediglich aufgrund gesunden Menschenverstandes, uns weit bessere Einsichten vermittelt als die anderen Berater in unserem Stab.

Seher, ich hätte gerne, dass Ihr Eure Lehrpflichten aufgebt, wenigstens bis sich die gegenwärtige Lage klärt, und direkt unter mir und General Turbery dient. Ich weiß nicht, wie die Position zu nennen wäre, aber ich erteile Euch jede Vollmacht, auch schriftlich, alles zu unternehmen, was Ihr für nötig haltet – und wenn ich sage *alles,* dann meine ich das auch. Nur einen Gefallen erweist mir: Bevor Ihr meine verdammte Armee herumschickt, tut mir doch die Liebe und sagt uns Bescheid.« Er lachte leise, aber es war ein Lachen ohne Humor. »Ich weiß nicht, was ich noch anordnen soll, aber ich bin sicher, es stehen uns im Lauf der nächsten Tage Veränderungen ins Haus. Werdet Ihr unter uns dienen, Sir?«

Tenedos stand auf.

»Es könnte für mich keine größere Freude noch Ehre geben, als Euch zu dienen … und damit Numantia.«

»Na gut. Braucht Ihr noch etwas?«

»Ja«, sagte Tenedos. »Ich sähe gern Capitain á Cimabue von seinem Regiment zu mir abgestellt.«

»Wird gemacht. Capitain, braucht Ihr etwas?«

»Nein, Sir.« Dann überlegte ich. »Oder doch, ja, Sir. Aber nicht für mich, sondern für den Seher.«

Tenedos zog die Stirn in Falten, aber ich fuhr fort:

»Sir, ich diene dem Seher nun seit über zwei Jahren und ich halte ihn für einen großen Mann. Ich sollte das nicht in seiner Gegenwart sagen, nehme ich an, weil es sich zu sehr nach Schleimscheißerei anhören mag. Aber es ist die Wahrheit. Er hat jedoch einen ganz großen Fehler. Er sieht nicht, wenn er in Gefahr ist, und ich weiß, gerade jetzt befindet er sich in der größten Gefahr seines Lebens, die nicht weniger groß ist als die für Numantia selbst.«

Ich weiß nicht, woher die Worte kamen – ich war im Allgemeinen nicht sehr begabt, was Ansprachen anging. Aber jetzt kamen die Worte ganz von selbst.

»Ich denke, die Annahme ist nicht ganz unvernünftig«, meinte Turbery. »Was also sollten wir tun?«

»Befehlt ihm, sich ein sicheres Quartier zu suchen, Sir. Im Augenblick würde es nicht mehr als einen oder zwei Tovieti brauchen, die des Nachts geschlichen kommen und …« Ich verstummte.

»Der Herr Capitain übertreibt«, wehrte sich Tenedos. »Ich bin sicher, mein Zauber würde mich warnen.« Ich hätte am liebsten gesagt, dass er wenigstens zweimal Thaks Handlungen nicht hatte kommen sehen, hielt aber den Mund.

»Euer Vorschlag ist ausgezeichnet«, erklärte Turbery. »Wir haben da ganz zufällig genau das Richtige, gut anderthalb Werst von diesem Palast entfernt. Das Haus diente dazu, Geiseln zu beherbergen, die in Wirklichkeit Gefangene waren, und ist somit leicht zu bewachen. Seher Tenedos, ich befehle Euch, dieses Quartier zu beziehen.«

»Jawohl, Sir.«

Protogenes musterte mich eingehend.

»Seher Tenedos«, wollte er wissen, »ist diesem Mann zu trauen?«

»Absolut, Sir.«

»Mir fällt nämlich ein«, sprach der alte Mann weiter, »wenn ich an meine eigenen Tage als junger Offizier zurückdenke, wie höllisch schwer es war, etwas zu erreichen, wenn es nicht den Interessen meiner Vorgesetzten entsprach.

Die einfachste Lösung wäre, Euch zu befördern, Capitain á Cimabue. Ebenso wie es für Euch, Seher, einfacher wäre, hättet Ihr den Rang, sagen wir einmal, eines Generals. Aber dazu bin ich nicht bereit, wenigstens noch nicht. General Turbery, wenn Ihr die Order für den Seher Tenedos aufsetzt, dann fügt doch auch gleich den Namen des Capitains hinzu. Ihr, Sir, seid hiermit ermächtigt, alles zu tun, was Ihr für nötig erachtet, nicht nur zur Rettung Numantias, sondern auch um dafür zu sorgen, dass der Seher am Leben bleibt.«

»Jawohl, Sir.« Ich salutierte. »Ich danke Euch, Sir.«

»Das wäre alles«, erklärte General Protogenes. »Wir werden uns so gut wie täglich beraten, da bin ich sicher. Also, wir haben uns eine Aufgabe gestellt. Es ist Zeit, an die Arbeit zu gehen.«

»Ich danke Euch, Sir«, wiederholte ich, als Tenedos und ich aus dem Palast ritten.

»Ich weiß nicht so recht, ob es richtig war, dich zu diesem Treffen hinzuzuziehen, was ich nicht nur getan habe, damit du die Ehre mit mir teilst, sondern weil ich in den kommenden Tagen deines klaren Kopfes bedarf.«

»Warum nicht?«

»Weil es jetzt ganz so aussieht, als hätte ich mir ein Kindermädchen eingehandelt. Hmmm.«

Ich lachte und fragte ihn dann: »Sir, sagt mir Eure Meinung. Werden wir den Sieg davontragen?«

Tenedos überlegte lange, bevor er antwortete.

»Ich weiß es nicht. Jedenfalls haben die Generäle all die richtigen Worte gesagt und mir, wie es aussieht, jede Vollmacht erteilt. Aber die beiden sind nicht weniger Teil des Systems als der Zehnerrat. Schließlich haben sie ihre gegenwärtigen Positionen unter seiner Führung erreicht. Ich frage mich also, ob sie dazu in der Lage sind, die Dinge so grundlegend in Frage zu stellen, wie sie es sollten.«

»Wie mir aufgefallen ist, habt Ihr nichts davon gesagt, dass es an der Zeit ist, den Zehnerrat abzusetzen.«

»Natürlich nicht.« Tenedos schnaubte. »Ich bin verrückt … aber ich bin kein Dummkopf.«

Drei Stunden später kam ein Bote aus dem Kriegspalast mit der Meldung, die »fraglichen Befehle« seien bereits unterwegs und man habe – zur »besonderen Verfügung« des Heeres – die *Tauler* und sechs weitere schnelle Postschiffe requiriert.

Wir brauchten jetzt nur noch durchzuhalten, bis richtige Soldaten eintrafen, um einen Schritt weiterzugehen: In die Fuchsbauten von Nicias zu kriechen und die Tovieti auszuräuchern.

Domina Lehar war ganz und gar nicht begeistert, als ich ihm von meiner neuen Aufgabe berichtete. Er sagte, er hätte sich auf meine Hilfe bei der Umgestaltung des Regiments verlassen, und er tat mir beinahe Leid. Aber wozu, bei allen Höllen, glaubte er wohl seine Rangabzeichen erhalten zu haben – um den anderen Reispflanzern auf einem Ball zu imponieren? Ich bin sicher, er war noch unglücklicher, als ich ihm sagte, ich würde ihm einige seiner Unteroffiziere entführen. Die Goldhelme mochten in meinen Augen eine nutzlose Einheit gewesen sein, aber einige der Männer erschienen mir sehr wohl der Mühe wert.

Der erste war, nach Hauptfeldwebel Karjan, natürlich Legat Petre. Er brummte, er sei doch nicht zum Militär gegangen, um den Gefängniswärter zu spielen, aber als ich ihm sagte, wie wichtig es sei und ob er lieber seinen Männern beibrachte, warum genau bei einer Parade die Innenseite ihrer Gürtelschnallen poliert zu sein hatte, da gab er nach.

Mit Freuden legte ich die Ausgehuniform der Helme zugunsten einer schlichteren Kampfuniform beiseite – ein Helm mit gestutztem Busch, Nasenschutz und Wangenplatten, ein Panzerhemd und eine Seidenbluse, eine enge Hose, Stiefel mit Seitenpanzern sowie einen Umhang. Statt eines Schilds schnürte ich mir eine Stahlschiene an den linken Unterarm. Die Kavallerielanze ließ ich ebenso beiseite wie den Säbel und trug stattdessen ein Schwert von der Art, wie ich es bevorzugte, dazu einen etwas kürzeren Dolch als den, mit dem ich mich mit Malebranche duelliert hatte, und schließlich noch, zusammen mit einigen Kriegspfeilen ungespannt in der Satteltasche, einen zerlegbaren Kurzbogen.

Meine erste Aufgabe bestand darin, dafür zu sorgen, dass das neue Quartier des Sehers auch absolut sicher war. Das Gebäude war, wie Turbery gesagt hatte, ein viergeschossiger runder Turm mit einem Graben und einem kleinen Verlies. Es war seit Jahren nicht mehr benutzt worden, musste also erst einmal gereinigt werden. Als eine meiner letzten Amtshandlungen bei den Helmen hatte ich meine eigene Schwadron damit betraut. Die Silbernen Kentauren beklagten sich darüber, zu Stubenmädchen degradiert zu werden, als ich sie mit Besen, Mop und dem Befehl allein ließ, das Gebäude zu säubern, bis es funkelte wie ihre eigenen Helme. Immerhin war es eine Tätigkeit, die sie bestens beherrschten.

Ich wollte, ich hätte nicht den Kavalier gespielt und den Legaten Yonge an Maráns Freundin verliehen. Ich hätte ihn und seine Freunde jetzt sehr gut gebrauchen können, aber ich hatte nun einmal mein Wort gegeben. Als ich an Amiel dachte, brach die Erinnerung an Maráns Gesicht und ihren Körper über mich herein und einen Augenblick lang war ich versunken in Erinnerungen an sie. Dann jedoch kehrte ich zurück in die Wirklichkeit; ich hoffte, sie lag braun gebrannt, geschmeidig und faul auf dem Deck der Jacht ihres Gatten. Außerdem hoffte ich, idiotischerweise, wie ich zugeben muss, dass sie keusch blieb und ihr Mann sich eine Krankheit zugezogen hatte, die seine Geschlechtsteile einschrumpfen ließ.

Ich zwang meine Gedanken wieder zurück zu meinen Pflichten und meine Aufgabe als Tenedos' Beschützer. Ich wollte, die Lanciers würden sich beeilen und endlich eintreffen – ich plante, mich unter ihnen gründlich nach einer Leibwache für Tenedos umzusehen.

Im Augenblick jedoch konnte ich nicht mehr tun, als mir Leute aus den Einheiten rund um die Hauptstadt auszusuchen, wobei ich aus offensichtlichen Gründen keine Freiwilligen akzeptierte, und denen, die ich nahm, teilte ich die Aufgaben völlig willkürlich zu. Selbst wenn Tovieti darunter waren, und davon ging ich aus, so würden sie kaum Zeit haben, einen Angriff zu planen, und da ich die Soldaten willkürlich in Teams einteilte, waren die Chancen, mehrere Verschwörer in ein- und derselben Schicht zu haben, ziemlich gering. Außerdem mischte ich die Gruppen tagtäglich neu durch. Einmal die Woche schickte ich die Männer zu ihren Einheiten zurück und ersetzte sie durch neue Soldaten.

Als befehlshabende Unteroffiziere nahm ich Karjan und die anderen Feldwebel, die ich den Helmen gestohlen hatte. Karjan erwies sich, auch wenn er mich hin und wieder mit einem finsteren Blick bedachte, als ausgezeichneter Führer, auf den ich mich von Tag zu Tag mehr verließ.

All das war freilich nicht mehr als ein Pflaster auf einem Kratzer, während der Patient aus hundert Wunden verblutete.

Ich fragte mich, was als Nächstes kommen würde, wie die Unruhen in Nicias für immer beendet werden könnten.

Kutulu wurde ebenfalls unter Tenedos' Kommando gestellt, und er zog gleich mit Stapeln und Kisten voller Karteikarten ein. Außerdem brachte er einige Assistenten mit.

Ich weiß nicht, welche Pflichten Tenedos ihnen zuwies, aber als ich den Büttel fragte, ob ich mir einige seiner Leute ausleihen könnte, fuhr er mich an, dass das nicht ginge – er sei hinter größeren Fischen her.

Tenedos sah ich während all dieser Zeit kaum. Er wurde streng bewacht, wann immer er unterwegs war, und zwar von besonders ausgewählten Wächtern direkt aus dem Kriegspalast. Ich traute ihnen nicht hundertprozentig, konnte aber wenig unternehmen, bis meine eigene Eskorte ausgesucht und einsatzbereit war.

Eines Abends kam er sehr spät in den Turm zurück und direkt in mein Quartier.

»Ein Schluck Branntwein käme mir jetzt wirklich gelegen«, seufzte er, »und zu den Höllen mit dem Notstand. Es gibt Zeiten, da muss man sich selbst betrügen.«

Ich hielt eigens für diese »Zeiten« eine Flasche bereit und

schenkte ihm ein Glas ein. »Für den Fall, dass du dich je gefragt haben solltest, wer die hartnäckigsten, selbstsüchtigsten Dickschädel auf dieser Erde sind – es sind die Zauberer.«

Ich sagte danke, aber dessen sei ich mir nun *wirklich* bewusst.

»Hast du je von der Bruderschaft der Chares gehört?«

Ich hatte nicht. Er erklärte mir, es handele sich um eine Gruppe der einflussreichsten Zauberer von Nicias. Sie seien zwar kein Geheimbund, aber es sei ihnen durchaus nicht unangenehm, dass kaum jemand von ihrer Existenz wusste.

»Sie haben sich«, fuhr Tenedos fort, »als eine Art Gesellschaft für gegenseitige Hilfe formiert. Außerdem sind sie mittlerweile eine sehr mächtige politische Gruppierung in der Stadt. Ich habe sie anzuwerben versucht, aber ich hätte ebenso gut versuchen können, zehn Tempeljungfrauen auf einmal zu verführen – oder eine Herde tollwütiger Schafe.«

»Darf ich fragen, warum?«

»Ich möchte nicht ins Detail gehen, Damastes, weil meine Idee womöglich närrisch ist. Vielleicht weißt du, dass es nichts Selbstsüchtigeres gibt als die Zauberei.«

Das hatte ich nicht gewusst.

»Ein Magier bewirkt einen Zauber zu seinem eigenen Nutzen oder, wenn auch widerwillig, für einen Kunden, wofür er reich entlohnt werden will. Je eigensüchtiger der Zauber, desto wahrscheinlicher wird er gewährt – oder jedenfalls scheint mir das so. Vielleicht spricht man deshalb auch mehr über die schwarze Magie als die Weiße. Sicher ist, dass ein Zauber, der aus Liebe zum Menschen eine Decke des Friedens über die Welt zu breiten oder den Hunger zu beenden versucht, nur selten zu wirken scheint.

Oder die Götter sehen es gern, wenn wir uns in unserem Elend winden.

Na, jedenfalls habe ich mir da etwas überlegt und versuche nun, diese sprudelnden Quellen der Weisheit dazu zu überreden, mir dabei zu helfen, es auszuprobieren.

Aber bisher reden sie nur und scheinen nicht zu merken, dass die Welt um sie herum in Flammen steht.«

Ich ging um den Turm herum und versuchte wie ein Tovieti zu denken, der darauf aus war, dort einzubrechen, um die Pläne des Schurken vereiteln zu können, als der Bote mich fand. Er gehörte zu den Goldhelmen und erkundigte sich im Namen des Adjutanten, ob ich wohl Zeit hätte, in die Kaserne zu kommen – in einer persönlichen Angelegenheit, könnte man sagen.

Ich konnte mir noch nicht einmal vorstellen, welche persönlichen Angelegenheiten ich in jenen Tagen haben sollte, nahm mir aber widerwillig die Zeit und sagte Petre, wohin ich ging.

Vor der Kommandantur des Regiments stand ein Einspänner, eine Droschke. Ich stieg ab, nahm den Helm ab und ging hinein. Marán sass auf einer Bank gleich neben der Tür. Sie stand auf, als ich eintrat, und strahlte übers ganze Gesicht. Dann verschwand der glückliche Ausdruck, und ich sah wieder jenen Ausdruck einer Unschuldigen, die auf die eine oder andere Weise gesündigt hat, ohne es zu wissen, und nun auf die Strafe wartet.

Sie eilte in meine Arme und ich hielt sie fest; mein Helm fiel klappernd zu Boden, ohne dass ich es bemerkte. Ich wusste nicht, was ich tun noch was ich sagen sollte. Über ihre Schulter konnte ich einen Lederkoffer neben der Bank stehen sehen. Eine Weile schwiegen wir. Dann sagte sie, ihre Stimme durch meine Schulter etwas gedämpft: »Es ist das erste Mal, dass ich jemanden mit einer Rüstung umarme.«

»Ich hoffe, es ist nicht das letzte Mal«, bekam ich hervor.

Sie trat zurück und wir sahen einander wortlos an.

»Ich habe ihn verlassen«, sagte sie.

»Wann?«

»Vor drei Tagen. Wir hatten an einer Insel angelegt, wir sollten zu einem großen Bankett beim dortigen Gouverneur. Und … und ich konnte es einfach nicht. Weder das noch sonst etwas.

Ich habe einige Sachen in die Tasche hier geworfen, fand einen Kapitän mit einem schnellen Schiff, bot ihm Gold, und er brachte mich nach Nicias zurück.« Sie lächelte zart. »Er war alt genug, um mein Großvater zu sein, aber ich glaube, er hoffte, ich hielte ihn für jung und kräftig.«

»Dummes Ding«, sagte ich liebevoll. »Man hätte dich an die Piraten verkaufen können.«

»Wärst du dann nach mir suchen gekommen?«

Natürlich war allein der Gedanke absurd – ich hatte hier weit ernstere Pflichten. Aber ich war gescheit genug, sie zu belügen, und als ich es aussprach, wusste ich, dass es nicht gelogen, sondern die reine Wahrheit war.

»Für immer und ewig.«

Ich küsste sie und sah aus dem Augenwinkel Capitain Lardier aus seinem Büro spähen, der schockiert dreinblickte und wieder verschwand.

»Bist du sicher, das Richtige getan zu haben?«, fragte ich sie.

Sie nickte. »Ich gehe nie mehr zu ihm zurück. Noch nicht einmal, wenn du und ich … nie mehr.« Sie trat einen Schritt zurück. »Ich bin gleich nach dem Anlegen hergekommen. Jetzt … ich denke, ich gehe in unser … mein Haus. Ich werde seine Sachen wegbringen lassen, nehme ich an. Meine Familie wird eine Weile zu laut sein, als dass ich sie sehen möchte.« Sie sah mich sehnsüchtig an. »Ich wollte, ich könnte bei dir bleiben. Aber ich denke, das wäre wohl ein Skandal.«

»Schlimmer noch«, pflichtete ich ihr bei. »Gesetzlich verboten.« Der Gedanke, dass sie in dieses Haus zurückging, gefiel mir gar nicht, selbst wenn jeder Hinweis auf Graf Lavedan daraus entfernt würde. Außerdem nahm ich auf einer logischeren Ebene an, dass andere von unserer Affäre erfahren und Marán als Geisel benutzen könnten, um mich zu treffen – und durch mich den Seher Tenedos.

Aber wir hatten keine andere Wahl.

Dann kam mir eine Idee. Zum ersten Mal in meinem Leben – und ich tat es auch später nur wenige Male – nutzte ich jemandes Vertrauen hinterhältig aus. Und bei den Göttern, ich bin froh, tapfer genug gewesen zu sein, es zu tun. Ich sah das damals so und sehe es jetzt noch so, obwohl ich weiß, was später kam. Wenn ich tatsächlich unbegrenzte Macht hatte, bei Jaen, jetzt würde ich sie benutzen oder besser gesagt, sie missbrauchen.

»Aber du gehst nicht mehr zurück in dieses Haus«, sagte ich entschieden.

»Wohin dann?«

»Du wirst in einem hübschen, sicheren Turm wohnen, umgeben von Männern, die alles tun werden, um dafür zu sorgen, dass dir nichts passiert. Mit mir. Das heißt, wenn du willst.«

Marán sah mich an und ich stürzte einmal mehr in die dunkle, warme Tiefe ihrer Augen.

»Ich will«, flüsterte sie. »Ach, Damastes, und wie ich das will.«

»Das ist eigentlich nicht erlaubt«, meinte Tenedos. »Aber ich verstehe, was du meinst. Ich glaube zwar nicht, dass man dich erpressen könnte, selbst wenn man die Gräfin als Geisel nähme, aber es hat wohl keinen Sinn, ein Risiko einzugehen.«

»Ich danke Euch, Sir.« Ich war über die Maßen erleichtert.

Tenedos zuckte die Achseln.

»Da es bereits geschehen ist, würde es noch merkwürdiger aussehen, würde ich deinen Befehl widerrufen.«

»Darf ich vorschlagen, Ihr macht es auch mit der Baronin Rasenna so? Platz ist mehr als genug.«

»Nein«, erklärte Tenedos entschieden. »Erstens, weil ich im Augenblick keine Zeit für Persönliches habe. Und zweitens, weil für sie nicht die geringste Gefahr mehr besteht.«

»Seid Ihr sicher?«

»Wenn es dich beruhigt, dann lass dir gesagt sein, dass ich einen gewissen Zauber verhängt habe, unter anderem mit etwas von meinem eigenen Blut. Rasenna ist sicher, praktisch unsichtbar, selbst wenn Thak selbst nach ihr suchen käme. Und jetzt nimm bitte deine lange Cimabuernase aus meinen Angelegenheiten!«

»Jawohl, Sir.«

Zwei Wochen vergingen, und wir hörten nicht ein Wort von den zur Verstärkung angeforderten Einheiten oben am Fluss. Schlimmer noch, man meldete uns aus dem Palast des Krieges, die Heliographenstationen den Fluss entlang antworteten nicht auf die Signale.

Durch die Straßen von Nicias zu reiten war unangenehm. Es gab keine offenen Gewalttätigkeiten mehr, aber nur weil weder Soldaten noch andere Staatsdiener allein, sondern ausschließlich mit großer Eskorte unterwegs waren. Nach wie vor fand man morgens Leichen auf der Straße.

Es sah ganz so aus, als gäbe es nur noch zwei Klassen in der Hauptstadt: die Bürgerlichen, die in verdrossenem Zorn die Straßen besetzt hielten, und den Adel, der sich in seine Enklaven verkroch. Kaufleute, Händler, Verkäufer, die ganze Mittelschicht von Nicias, schien entweder verschwunden oder in der Erwartung, dass etwas passieren würde, in der untersten Schicht aufgegangen zu sein.

Ich fuhr aus dem Schlaf und hörte den Gesang vieler Stimmen. Fackelschein drang durch mein offenes Fenster herein, und ich wälzte mich aus dem Bett, nackt, hellwach, und griff nach dem Schwert, das in der Scheide über der Bettstatt hing.

Marán setzte sich auf, benommen vom Schlaf.

»Was ist los?«

Ich wusste es nicht, eilte aber ans Fenster und spähte hinaus. Unsere Zimmer lagen im dritten Geschoss des Turms, auf der dem Palast des Krieges abgewandten Seite, mit Blick auf die Stadt.

Die Nacht war ein Meer wogender Fackeln, die Straßen wimmelten vor marschierenden Männern und Frauen. Ich hörte Fetzen von dem, was sie skandierten, hier und da ein einzelnes Wort: »Brot ... Friede ... Nieder mit dem Rat ... Stimme des Volkes ... Numantia ... Brennt oder lebt ...!« Und über allem immer wieder schwach den Refrain: »Saionji ... Saionji ... Saionji ...!«

Marán stand neben mir, in nichts weiter als dem dünnen Nachthemd, das sie getragen hatte, als ich zu Bett gegangen war, Stunden nach ihr, erschöpft von der Arbeit. Sie beugte sich hinaus, die Ellenbogen auf dem Fensterbrett, fasziniert.

»Spürst du es, Damastes?«, flüsterte sie. »Die Göttin ruft.«

Es war nichts weiter als das Grölen der Menge, aber dann erreichte es mich – *sie* kam zu mir, die Göttin, die Zerstörerin, die Schöpferin appellierte an mein Blut und es regte sich.

Ein mächtiger Zauber wirkte in jener Nacht und er bewegte mich; ich wollte hinaus, ich wollte da unten sein, mitten unter der Menge, bereit zu zerreißen, zu zerfleischen, um dann aus der Asche ein neues Reich zu erbauen, ein Reich absoluter Freiheit, in dem man sich nur zu nehmen bräuchte, was immer man haben wollte.

Marán wandte sich um und ich sah ihre Augen im Fackelschein.

»Es ist genau so, wie Tenedos gesagt hat«, flüsterte sie. »Eine neue Welt. Eine neue Zeit. Ich spüre es, Damastes. Ich spüre es, wie das Rad sich dreht. Du nicht auch?«

Ich spürte es in der Tat und es packte mich, ergriff mich am Hals, und all die dunklen Leidenschaften stiegen auf; ich wusste nicht, ob es Trommeln waren da draußen in der Nacht oder mein Puls, aber dann war plötzlich alles ganz anders, und es war nicht mehr Isa in Gestalt von Saionji, der sechsköpfigen Kriegsgöttin, sondern Jaen, und mein Riemen hob sich, hart, pochend, schmerzhaft.

Ich stand hinter Marán; ich zog ihr das Nachthemd über die Hüften, zwang ihr die Beine auseinander und spießte sie dann auf, versenkte meinen Riemen mit einem Stoß, der sie wimmern ließ, und dann packte Jaen auch sie und mit einem Schrei schob sie sich mir entgegen.

Ich zog mich zurück, bis der Kopf meines Riemens an ihren inneren Lippen zu liegen kam, und rammte ihn dann wieder hinein; meine Hände fanden ihre Brüste, ich zog sie an mich, sie schrie; Schreie, die in dem Gebrüll der Menge draußen untergingen; wieder und wieder stieß ich zu, immer tiefer, wie ein reißendes Tier fuhr ich in ihren Körper, in ihre Seele, und schrie, als es mir kam in einem siedend heißen Schwall, heiß wie die Feuer der Erde, aus denen Thak entstanden war.

Nach einer Weile kam die Zeit zurück, und ich merkte, dass ich halb aus dem Fenster über Marán hing, die gegen das Fensterbrett gedrückt war.

»Tut mir Leid«, flüsterte ich.

»Du brauchst dich nicht zu entschuldigen«, meinte sie. »Nur … wenn du mir das nächste Mal eine kleine Warnung zukommen lässt. Damit ich ein Kissen unterlegen kann.«

Ich zog mich aus ihr zurück, nahm sie in die Arme, und wir stolperten zurück auf das Bett.

»Ich habe so das Gefühl«, murmelte sie, nachdem wir uns beruhigt hatten, »dass ich morgen etwas wund sein werde.«

Sie streichelte meine Brust.

»Ich denke, mein Liebster, dass man das, was da eben passiert ist, einen Sexzauber nennt. Amiel hat mir mal ein Buch darüber geliehen.«

Einen Augenblick griff Dunkelheit nach mir. »Sexzauber für wen?«, fragte ich. »Wer hat ihn verhängt?«

»Ich weiß es nicht«, sagte sie. »Aber ich habe nie dergleichen gefühlt. Und ich weiß nicht, ob ich es noch einmal fühlen will. Es kommt mir vor, als ... als hätte man uns, nein, nicht benutzt, aber als wären wir Teil von etwas anderem. Ach was, vielleicht täusche ich mich. Möglich, dass wir nur jemandes Sklaven waren.«

Der Zauberer der Tovieti? Thak selbst?

Oder gar – und der Gedanke ließ mich erschauern – Saionji selbst? War die Göttin der Zerstörung da draußen, über Nicias gebeugt, und lächelte, als sie die ewige Ordnung zittern sah?

Ich weiß nicht, ob jemand in jener Nacht einen Sexzauber verhängt hat, ob andere außer uns sich von einem Bann gepackt und geschüttelt sahen oder ob es nur Maráns und meine plötzliche Lust gewesen war.

Nur dass am Tag darauf das Chaos in Nicias ausbrach.

20 *Die Feuer von Nicias*

Es gibt viele Geschichten darüber, was den Aufruhr ausgelöst hat. Einigen zufolge wurde ein Bauernkind von der Equipage eines Edelmanns überrollt, in anderen ein junges Mädchen brutal von Bütteln geschlagen, wieder andere behaupten, dass alles mit einer Schenkenschlägerei zwischen Staatsbeamten und Fuhrleuten begann.

Ich zweifle an keiner der Geschichten, glaube aber nicht, dass die Stadt wegen eines einzelnen Zwischenfalls explodierte – dazu breitete sich der Wahnsinn zu schnell aus. Zu viele Jahre lang hatte man die Armen vernachlässigt und unterdrückt, zu viele Jahre hatte ihre Führung sie nicht geführt, zu viele Jahre hatte Instabilität geherrscht; die Stadt glich einem trockenen Holzstoß, an den hier und da etwas glühende Asche gerät, und schon brennt er lichterloh.

Die Bürger liefen Amok, legten Feuer, plünderten, prügelten, mordeten und schändeten, wann immer ihnen ein Feind unterkam, oder einfach, weil einer besser dran zu sein schien als sie. Die Büttel flohen von ihren Posten und verbarrikadierten sich dort, die Soldaten versteckten sich in den Kasernen, die Reichen verkrochen sich in ihre Häuser, während der Zehnerrat und der Stadtrat von Nicias sich zu Krisensitzungen trafen, ohne auch nur das Geringste zu tun.

Und wieder verschonte sie der Aufruhr nicht. Rask, einer aus dem Zehnerrat und ein Freund Farels, verschwand einfach, und bis auf den heutigen Tag weiß niemand, was mit ihm geschah. Ein Mob plünderte das Rathaus, und als ihm vier der Stadträte unterkamen, zerriss man sie in der Luft.

Scopas kam in den Turm, um sich mit Tenedos zu beraten, und der Seher schilderte mir die Unterredung. Tenedos machte dieselben Vorschläge wie schon einmal und wieder lavierte Scopas sich um drastische Schritte herum. Vielleicht, so sagte er, sollte man den

Pöbel, da er schließlich größtenteils seine eigenen Viertel plünderte, in Ruhe lassen, bis die Raserei von selbst verging.

Zu meiner Überraschung war Tenedos in dieser Hinsicht ähnlicher Meinung, wenn auch nur teilweise. »Lass die Armen ihre Mietskasernen und Slums niederbrennen«, so sagte er mir. »Wenn das hier vorbei ist, können wir Nicias so wieder aufbauen, wie wir es haben wollen.« Diese Abgebrühtheit schockierte mich, aber ich denke, ich war in der Lage, meine Reaktion zu verbergen. »Aber wer glaubt, dass diesem Aufstand der Brennstoff ausgeht, ist ein Dummkopf. Die Tovieti und Chardin Shers Agenten werden schon dafür sorgen, dass das nicht passiert.«

Der Wahnsinn wurde von Tag zu Tag schlimmer.

Tage vergingen und es fehlte noch immer jedes Zeichen von den Truppen, die man von den Grenzen gerufen hatte. Tenedos versuchte es mit einem Zauber, aber es tat sich nichts. Es war, so sagte er, als versuche man, durch dichten Nebel zu sehen. Er sagte, dies könne nur eines bedeuten – Magie, und das bedeute wiederum, dass die Tovieti die Soldaten von Nicias fernhielten.

Ich sorgte dafür, dass Tenedos seine magischen Reserven einsetzte, um die Goldhelme, die Neunzehnte Infanterie und zwei weitere Paraderegimenter ihre Zelte aus Sicherheitsgründen im Hyder Park aufschlagen zu lassen, in gleicher Entfernung von unserem Turm, vom Kriegspalast und vom Sitz des Zehnerrats, um sofort eingreifen zu können. Sie jammerten darüber, ihre komfortablen Backsteinkasernen aufgeben zu müssen. Ich konnte mich des Verdachts nicht erwehren, sie wären es, solange die Aufständischen sie in Ruhe ließen, völlig zufrieden gewesen, ihr Messing zu polieren und auf dem Paradeplatz Ringelreihen zu trainieren, auch wenn ganz Nicias rund um sie herum in Schutt und Asche fiel. Stattdessen schoben sie Wache, zu Pferd und zu Fuß, und ritten – übrigens unter ständigem Gemaule – kurze Patrouillen durch die Hauptverkehrsadern der Stadt. Schreckliche Soldaten, aber sie waren alles, was wir hatten. Wenigstens, so dachte ich sarkastisch, brauchte ich mir keine Sorgen zu machen, dass einer von den Meckerern ein Tovieti war – die wären äußerst dankbar gewesen für jede Möglichkeit, Tenedos, dem Zehnerrat oder dem Stab der Armee nahe zu kommen.

Es war eine schreckliche Zeit und es gab Schreckliches zu sehen.

Ich sah eine betrunkene Frau schreiend auf einen Platz laufen, gerade als ein Zug Helme angeritten kam. Sie schwenkte etwas, was ich nicht erkennen konnte. Aber einer der Soldaten erkannte es, worauf einer der Reiter seinem Pferd die Sporen gab, im Galopp die Lanze anlegte, und schon wurde die Frau aufgespießt, ihr Blut auf das Pflaster verspritzend.

Der Soldat zerrte die Lanze aus ihrer Leiche und kam zu uns zurück; ich hatte zu diesem Zeitpunkt bereits das Schwert aus der Scheide und legte es ihm an den Hals.

»Sag mir einen Grund«, verlangte ich, »warum du nicht wegen Mordes sterben solltest, du Bastard!«

»Sir ... habt Ihr nicht gesehen, was sie in der Hand hatte? Sir, es war eine Manneszier ... ein Schwanz mit allem Drum und Dran!« Ohne auf mein Schwert zu achten, übergab er sich plötzlich. Ich konnte ihn nicht töten, befahl aber Feldwebel Karjan, ihn sich später vorzunehmen. Vielleicht hätte ich den Mann erschlagen sollen.

Ich erzählte Marán, was ich auf meinen täglichen Runden so sah, die Kastratorin erwähnte ich jedoch nicht. Keine Frau, die so jung an Jahren ist, sollte von einer solchen Schlechtigkeit hören. Mir wird gerade bewusst, was ich da sage, und sehe, wie töricht es ist. Niemand, egal welchen Alters oder Geschlechts, sollte durchmachen müssen, was uns in jenen Tagen widerfuhr. Eine Woche, und die Stadt war gelähmt. Aber das genügte noch nicht. Jetzt kamen die Toivieti aus ihren Löchern und übernahmen raffiniert das Kommando über den Mob.

Mit einem Mal brannte man nicht mehr die eigenen Bruchbuden nieder, sondern schickte Überfallkommandos in die reichen Viertel der Stadt. Geschäfte, die weit von den Slums entfernt waren, wurden verwüstet und in Brand gesteckt. Es bestand kein Zweifel daran, wer den Pöbel anführte – man hinterließ die Leichen absichtlich so, dass die Patrouillen sie finden mussten, und immer hatten sie die gelbe Seidenschnur um den Hals.

Als Nächstes tauchten die Schmierereien auf, riesengroß an Mauern gemalt, die die Grenzen zu bestimmten Bezirken wie etwa Chicherin markierten. Manchmal enthielten sie Parolen:

KEIN MILITÄR
BÜTTEL STERBEN AB HIER
KEIN ZEHNERRAT NACH DIESEM ZEICHEN
FREIHEIT FÜR CHICHERIN

Manchmal waren sie auch schlichter und zeigten einen dünnen gelben gewundenen Strich.

»Recht interessant«, bemerkte Tenedos. »Die Fortschritte der Tovieti gäben eine exzellente Fallstudie ab. Zuerst das Chaos, dann der direkte Schlag gegen den Feind, dann die Abgrenzung des eigenen Territoriums, in dem man eigene Gesetze und Sitten schafft. Sie werden uns unter Druck halten, um dafür zu sorgen, dass der Zehnerrat keine Gelegenheit zum Luftholen hat, geschweige denn nachzudenken oder darauf zu hören, was ich ihnen sage. Die Tage vergehen und bescheren den Tovieti Rekruten, da die Menschheit immer in Scharen zum Sieger überläuft. Wenn sie sich für stark genug halten, wird es uns an den Kragen gehen. Faszinierend.

Was mich vor ein Rätsel stellt, ist die Frage, wer hinter diesem Plan steht. Thak jedenfalls nicht – kein Dämon, ganz gleich wie mächtig er ist, könnte den Menschen so gut verstehen. Ebenso wenig ist es Chardin Sher oder sein Laufbursche Malebranche.

Es kann sich nur um den großen Unbekannten handeln, der Thak überhaupt erst gerufen hat, um seine Pläne für die Menschheit auszuführen.

Es ist ein Jammer, dass Thak ihn umgebracht hat, denn jetzt weiß ich, dass dem so sein muss, sonst wäre er längst aufgetaucht und hätte versucht, seinen Moloch in den Griff zu bekommen.

Ich wollte, ich hätte den Mann gekannt, denn seine Ideen sind höchst interessant.«

Ich für meinen Teil hoffte, dass Thak sich ausgiebig mit seinem Herrn und Meister amüsiert hatte, bevor er ihn auf das Rad zurückkehren ließ, und dass es viele Umdrehungen brauchte, bevor Irisu ihn als etwas Höheres als einen Schleimwurm zurückkehren ließ.

Die Adligen waren schier ebenso verrückt vor Angst wie der Mob vor Blutgier. Sie heuerten alles an, was ein Schwert besaß und ihr Leben zu schützen versprach, und bezahlten Unsummen dafür. Natürlich waren einige dieser Männer – und auch von einigen Frauen habe ich gehört – Betrüger oder gar Diebe, die in diesem Vertrauen ihre Gelegenheit sahen. Und wieder andere waren Tovieti.

Mahal wurde, als er zu seiner lüsternen jungen Gemahlin zurückeilte, aus seiner Kutsche gezogen und von seinem eigenen Leibwächter erwürgt. Zwar streckte Mahals Kutscher den Schurken nieder, aber der Zehnerrat bestand damit nur noch aus sieben Mann.

Nicht, dass wir viel Zeit gehabt hätten, Mahal zu betrauern. Noch vor dem Morgengrauen des folgenden Tages formierte der Pöbel sich vor der Kaserne der Zweiten Schweren Kavallerie, deren Domina sich geweigert hatte, sie näher am Palast zu stationieren. Die Wachposten wurden zum Schweigen gebracht, dann schlichen Männer mit Fackeln, Spießen und Würgeseilen in die Kaserne.

Das Regiment erwachte unter Geschrei, Flammen und Tod. Einer oder zwei von den siebenhundert Männern der Zweiten Kavallerie konnte fliehen. Und keiner von ihnen ließ sich je wieder beim Militär sehen. In weniger als drei Stunden war ein ganzes Regiment der numantischen Armee ausgelöscht. In der ganzen stolzen Geschichte unseres Heeres war so etwas noch nicht passiert, wenigstens nicht in den tausend Jahren, seit es Aufzeichnungen gab.

Noch am selben Tag ritt General Urso Protogenes mittags hinaus zu den nach wie vor brennenden Ruinen der Kaserne der Zweiten Kavallerie. Er hatte eine große Eskorte abgelehnt, weil er beabsichtigte, nur einige Minuten weg zu sein, kaum genügend Zeit für »diese Schurken«, einen Hinterhalt zu organisieren.

Der Legat, der den Befehl über den fünfköpfigen Trupp hatte, erzählte, General Protogenes habe einen Blick auf die hingestreckten Leichen dieser seiner aufrichtigen Ansicht nach guten Soldaten geworfen, dann habe sich ein schwerer Seufzer seiner Brust entrungen. Ungläubig habe er immer wieder den Kopf geschüttelt, ohne dass seine Augen etwas anderes als Schrecken ausgedrückt hätten.

»Meine Leute«, hatte der Legat ihn flüstern hören, und niemand weiß, ob er damit seine Soldaten meinte oder die Bewohner der Stadt.

Er bat den Legat einen Augenblick zu warten; er wolle noch in die Kommandantur gehen, die nicht länger in Flammen stand. Er hoffte darin etwas zu finden.

Zehn Minuten später, als der General immer noch nicht wieder aufgetaucht war, wollte der besorgte junge Offizier nach ihm sehen.

Der General war augenscheinlich zur Hintertür hinausgegangen, über den rückwärtigen Teil der Kaserne und hinaus in die Stadt.

Er gehörte zu jenen, die nie wieder gesehen wurden; ebenso wenig beanspruchten seine Mörder den Ruhm dafür, einem traurigen alten Mann in den ersehnten Tod geholfen zu haben.

Wir waren inzwischen so abgehärtet, dass wir bei den nächsten Toten fast lächeln mussten. Einer aus dem Zehnerrat, der bekannt dafür war, es im Bett gern brutal zu haben, hatte seine Lust nicht mehr zügeln können. Und so hatte er sich eines Abends zusammen mit seinem Leisetreter von Kammerherrn Olynthus auf die Suche nach Befriedigung begeben.

Man fand ihre Leichen am nächsten Morgen vor dem Palast des Zehnerrats. Den schlimmen Wunden an ihren Körpern nach zu schließen, dürften die Stricke um ihren Hals ein Segen gewesen sein.

Damit war für den Zehnerrat das Maß endlich voll. Man beschloss, mit dem Mob und den Tovieti zu verhandeln, obwohl weder Führer in Erscheinung getreten noch Forderungen gestellt worden waren.

Der Sprecher des Zehnerrats Barthou überredete fünf der zungenfertigsten Diplomaten Nicias' zu dieser wichtigen Mission. Tenedos erzählte, man hätte ihn gefragt, ob er sie zu begleiten wünsche, und dass er Barthou geantwortet hätte, er halte ihn für verrückt.

Mit einem ganzen Zug von Goldhelmen, aus denen doch tatsächlich langsam, aber sicher so etwas wie Soldaten zu werden begann, begleitete ich die fünf an die Grenze des Bezirks Chicherin, in dem die Unruhen ausgebrochen waren und in dem der Zehnerrat aus irgendeinem Grund das Herz der Rebellion wähnte.

Die fünf Unterhändler hatten weiße Flaggen an Stöcke gebunden und gingen, diese hoch über den Kopf haltend, die gewundene Straße hinauf in den Slum.

Eine halbe Stunde später hörte ich einen Schrei, einen einzigen Schrei, aus dem all der Schmerz sprach, zu dem diese Welt fähig war.

Dann herrschte Stille. Wir warteten noch eine Stunde, bis auf den Dächern Leute mit Schleudern und sogar einige Bogenschützen aufzutauchen begannen. Wir nahmen die Pferde herum und ritten zurück zum Turm.

General Turbery übernahm das Kommando über das Heer und befahl, alle Soldaten in einen Ring um den Palast des Zehnerrats zusammenzuziehen. Den würden wir halten und von dort aus Ausfälle unternehmen. Mit den Soldaten kamen die Büttel, die treu versucht hatten, ihre Außenposten zu verteidigen. Die Regimenter hatten Befehl, während des Anmarsches zu plündern, und sie räumten jede Kornkammer und jedes Lager, das auf ihrem Weg war, aus. Als die Soldaten in die Parks rund um den Palast einmarschierten, brachten sie die Reichen, die Edelleute und all jene mit, die Ziele des Mobs oder der Tovieti waren. Überall wurden provisorische Lager errichtet.

Unter den Flüchtlingen waren auch Amiel und ihr Gatte Pelso, nach wie vor treu bewacht von Legat Yonge und seinen drei Spießgesellen. Ich wünschte, es gäbe eine Möglichkeit, den Graf und die Gräfin im Turm einzuquartieren, aber ich wusste, dass das nicht ging. Auch Rasenna hatte sich in unserer Festung eingefunden, und wenigstens ihr war es gestattet, bei ihrem Seher zu sein.

Ich nahm Yonge beiseite und sagte dem Hügler, seine Mündel seien nun sicher im Schoß der Armee, er sei seiner Verantwortung enthoben und dass ich ihn und seine Freunde dringend benötigte.

Yonge machte ein verschmitztes Gesicht. »Ah, Capitain Damastes, aber das geht nicht. Ihr erinnert Euch an das, was ich Euch einmal gesagt habe, wie beeindruckt ich bin – von Eurer Ehre und Eurer Loyalität bis in den Tod?«

»Ich erinnere mich.«

»Dann bin ich an meinen Schwur gebunden und muss weiter Lord und Lady Kalvedon dienen.« Er sah ausgesprochen fromm dabei aus.

»Abgesehen davon«, sagte ich trocken, »dass ich dich nicht in Rotgold bezahlen würde.«

»Auch da ist was dran«, meinte Yonge und bleckte die braunen Zähne. »Auch da ist was dran, in der Tat.«

Ich ging zu Tenedos und fragte ihn, wie lange wir noch hätten, um uns auf den Angriff vorzubereiten.

»Ich weiß nicht so recht«, erwiderte er. »Ich habe wieder größeres Glück mit meiner Magie, und welchen Bann auch immer Thak verhängt haben mag, er wird langsam schwach. Ich spüre, dass sich etwas zusammenbraut, ich spüre, dass sie ihre Waffen bereitmachen. Vielleicht drei Tage. Höchstens fünf.«

»Wie, meint Ihr, stehen unsere Chancen?«

»Nun, dann zählen oder besser schätzen wir doch einmal, da ich die Männer nicht gezählt habe. Gehen wir von einem Minimum aus. Wir haben vier Regimenter um uns, also zweitausend Mann. Tausend Büttel. Darüber hinaus schätzungsweise zwischen sechs- und achttausend Flüchtlinge, obwohl ich wetten möchte, dass es doppelt so viele sind. Dann die Staatsbeamten, Diplomaten, Mitläufer, Zauberer … und anderes nutzloses Volk.

Und auf der anderen Seite? Eine halbe Million? Eine Million?«

»Solltet Ihr nicht ein Quell der Inspiration sein, Sir?«

»Nur für Legaten und darunter. Hauptleute können selbst Haltung bewahren. Da wir die Wahrheit und die Gerechtigkeit auf unserer Seite haben, gewinnen wir so oder so«, meinte er bitter. »Da bin ich mir sicher.

Ach, und noch etwas.« Er griff in die Tasche, nahm eine verzierte Metalldose heraus und reichte sie mir. »Hier drinnen sind zwei

Tabletten. Falls den Göttern der Sinn nicht danach steht, unser Glück zu ändern, so sind die für euch und die Gräfin. Sie sind schmerzlos und befördern euch binnen Sekunden zurück auf das Rad.«

Ich ließ ihn mit seinen fidelen Gedanken allein und begann, Leute zum Ausheben von Gräben abzukommandieren.

Als am nächsten Morgen die Sonne aufging und willkommene Wärme den Nebel aufzulösen begann, war über dem Latane eine Kakophonie aus Schiffsglocken und Pfeifen.

Die Armee war endlich da.

21 *Die Vergeltung*

Die Pfeifen und Glocken läuteten unsere Rettung und das Verhängnis des Pöbels ein und der wusste das ebenso gut wie die Tovieti. Eine Gruppe von ihnen griff die Docks an, ging aber im Pfeilhagel unter, der von den Transportschiffen und dem Begrüßungskomitee kam, das ich rasch zusammengestellt hatte. Dann legten die Flussboote an den Kais an, die Gangways senkten sich und lange Reihen von Männern schlängelten sich herüber, die ihre Waffen mit der Leichtigkeit langer Gewohnheit trugen. Sie achteten nicht auf das Gejohle und die Parolen aus anderen Teilen des Hafenviertels, sondern sahen sich um, schätzten ein unvertrautes Schlachtfeld ein und was wohl an Beute zu holen war.

Es wurde nicht gesungen, es gab keine große Schau, und ich hätte am liebsten jeden einzelnen meiner Helme an der Gurgel gepackt, um ihm zu sagen: »Willst du mal richtige Soldaten sehen – ohne nutzlosen Scheiß wie eure Trompeten, Paraden und Flaggen?«

Als General Turbery und Tenedos eintrafen, kam gerade der Defacto-Kommandeur, sonst Chef der Varan-Wache, von Bord. Domina Myrus Le Balafre war ein großer, grobknochiger Mann, glattrasiert, mit kurzem Haar und narbengesäumtem Gesicht. Ich kannte ihn seinem Ruf als Raufbold, Schwertfechter und Duellant nach, der mehr als seinen Teil aufs Rad befördert hatte, aber er war ein über die Maßen selbstsicherer und fähiger Kriegskommandeur.

Er salutierte vor General Turbery.

»Ich dachte schon, Ihr kommt überhaupt nicht mehr«, begrüßte ihn der General.

»Das dachte ich auch«, erwiderte der Domina. »Wir hätten in dem Augenblick, als wir uns einschifften, mit Widerstand rechnen müssen. Aber das haben wir nicht … und wir mussten bitter bezahlen. Aber das spielt jetzt keine Rolle mehr.

Sir, ich habe die Ehre, Nicias meine Einsatzkräfte zu überbringen, dreizehn Regimenter stark, sechs beritten, sieben zu Fuß. Wir erwarten Euren Befehl.«

General Turbery zögerte; er überlegte. Tenedos trat vor.

»Sir, darf ich einen Vorschlag machen?«

Domina Le Balafre blickte ihn finster an.

»Wer, bei allen Teufeln, seid Ihr, Sir, wenn ich fragen darf?«

»Seher Laish Tenedos, Sonderberater des Generals der Armeen, Sir.«

Die beiden Männer starrten einander eindringlich an. Domina Le Balafre war der Erste, der seinen Blick senkte, aber ich spürte, dass das erst der Anfang des Kräftemessens gewesen war. General Turbery wandte sich an den Seher.

»Nur zu, Sir. Ihr wart ja auch bisher immer als Erster mit einer Idee zur Stelle.«

»Sir«, erklärte Tenedos, »ich denke, dass wir weder warten noch einen allzu festen Plan ausarbeiten sollten. Schlagen wir auf der Stelle zu. Lasst die Regimenter in die Parks marschieren, stellt sie in Schlachtformation auf und schickt sie beim ersten Tageslicht in die Stadt. Nie und nimmer rechnen die Tovieti damit.«

General Turbery blinzelte, wandte sich dann an Le Balafre.

»Ist das zu machen?«

Der Domina war nicht weniger verblüfft als der General. Dann überlegte er und lächelte verkniffen.

»Ja. Das kriegen wir hin. Ja, in der Tat. Das wäre ein kurzer, schmerzvoller Schock für den Pöbel, Sir. Ich kann Euch garantieren, dass die Varan-Wache bereitstehen wird und … lasst mich überlegen … und wenigstens die Hälfte, wahrscheinlich sogar mehr, der übrigen Regimenter. Vielleicht sogar alle«, überlegte er laut. »Ich schlage vor, nur eines zurückzubehalten, Sir. Die Siebzehnten Ureyschen Lanciers werden nicht kampfbereit sein.«

Mein eigenes Regiment! Ein Schmerz durchzuckte mich. Was war passiert? Le Balafre begann mit seiner Erklärung und damit erfuhren wir endlich, warum die Armee so spät gekommen war. Man war den Fluss nicht so schnell heruntergekommen wie geplant, weil der Nachschub und die neuartigen Antriebsriemen für die Transporter vom Typ *Tauler* »irgendwie« nicht wie abgemacht am Kai bereitstanden. Aber wirklich dick war es erst gekommen, als man, ein gutes Stück oberhalb von Nicias, kurz unterhalb von Cicognara, ins Delta gekommen war. Dort war man auf dichten Flussnebel gestoßen, der sie dazu gezwungen hatte, tagelang vor Anker zu gehen.

»Habt Ihr nicht gesehen, Sir, dass da Zauberei im Spiel war?«, fragte Tenedos.

»Zauberer kümmern mich wenig«, knurrte Le Balafre. »Was diesmal ein Irrtum war.«

General Veli, dem Kommandeur der Expedition, war klar geworden, dass die Zeit knapp wurde, und so hatte man die Fahrt trotz des widrigen Wetters fortgesetzt. Die Flotte hatte sich im Delta verfahren, war in Nebenarme ohne Ausgang geraten oder in Passagen, die plötzlich zu seicht wurden, um noch schiffbar zu sein. In einem langen schmalen Kanal war man angegriffen worden. Das Flaggschiff wurde von mächtigen, mit Katapulten abgeschossenen Felsbrocken getroffen – »obwohl, wie bei allen Teufeln diese von den Göttern verdammten Rebellen sie gebaut, geschweige denn im Sumpf in Position gebracht haben, das ist mir zu hoch.« Das Schiff geriet vom Kurs ab, begann zu krängen und sank; versteckte Bogenschützen kamen zum Vorschein und deckten die Männer, die ans Ufer zu schwimmen versuchten, mit einem Pfeilhagel ein.

»Sie haben dabei General Veli umgebracht. Und dabei wurden auch die Lanciers schwer angeschlagen. Sie hatten ihren Domina, äh ...«

»Herstal«, mischte ich mich, ohne es zu wollen, ein. Le Balafre bedachte mich mit einem finsteren Blick, da Capitains Dominas nicht unterbrechen, sagte aber nichts.

»Herstal, ja, genau der, der war mit seinem Adjutanten und der Hälfte seiner Capitains auf dem Flaggschiff, um eine Konferenz abzuhalten. Wir fischten gerade mal eine Hand voll Leute aus dem Wasser und darunter nicht ein Offizier.«

So war also mein alter Widersacher, Capitain Lanett, tot. Merkwürdigerweise war ich enttäuscht – ich hatte mich auf die Möglichkeit gefreut, ihm zu zeigen, wie sehr er sich in mir getäuscht hatte. Diese Gelegenheit war für immer vorbei.

Man hatte noch drei weitere Flussboote versenkt, aber die Flotte hatte die meisten der Männer gerettet. Ihre Angreifer waren genauso schnell in den Sümpfen verschwunden, wie sie aufgetaucht waren.

Sie fuhren weiter, fanden das Hauptfahrwasser wieder, verfuhren sich jedoch noch einmal.

»Da kam mir dann eine ganz gute Idee«, meinte Le Balafre mit einem grimmigen Lächeln. »Ich hatte ja, wie Ihr verstehen müsst, nur gerüchtehalber von dem Gesindel und ihren Würgestricken gehört. Noch Varan sind sie noch nicht gekommen, und wenn, dann werden wir sie gebührend empfangen.

Aber ich dachte mir, schau dir doch mal die persönliche Habe der Flusslotsen und Offiziere an. Ihr werdet nicht glauben, was ich bei acht von denen fand.«

»Was habt Ihr mit den Tovieti gemacht, nachdem Ihr sie gestellt hattet?«

»Na, aufgehängt haben wir sie, ist doch klar. Gaben eine nette Dekoration ab an den Ladebäumen, so wie sie da baumelten und strampelten – wie Granatäpfel im Sommerwind.« Er sah Tenedos unverwandt an; wahrscheinlich erwartete er, den Zivilisten schockiert zu haben.

»Gut, Sir«, sagte Tenedos herzlich. »Ausgezeichnet. Ich verspreche Euch, Ihr werdet noch mehr dieser seltsamen Früchte bewundern können, bevor Ihr Nicias wieder verlasst.«

Le Balafre nickt beifällig. »Danach hatten wir dann keine Probleme mehr und gestern Abend kamen wir dann hier an. Wir haben nicht angelegt, weil wir, ehrlich gesagt nicht wussten, was uns erwartete. Ich bin froh, dass Ihr aushalten konntet.«

»Ja«, sagte General Turbery. »Also, dann lasst die Truppe von Bord gehen. Wird ein langer Tag, wenn wir bis morgen fertig sein wollen.«

»Noch etwas, bevor wir abmarschieren, Sir«, meldete sich Tenedos noch einmal zu Wort.

»Diese Geschichte mit den Lanciers …«

»Ja?«

»Ich hatte das Vergnügen, eine Truppe von ihnen als Eskorte zu haben, als ich in Kait war, Sir, und –«

»*Der* Tenedos seid Ihr, eh?«, fiel Le Balafre ihm ins Wort. »Meine Entschuldigung, Sir, dass ich vorhin so unhöflich gewesen bin. Ihr habt da gute Arbeit geleistet, Sir. Ausgezeichnete sogar, Sir.«

»Ich danke Euch.« Tenedos wandte sich wieder an Turbery. »Wie ich schon gesagt habe, ich habe sie als exzellente Soldaten kennen gelernt. Ich meine, es wäre jammerschade, ausgerechnet jetzt auf ihre Dienste verzichten zu müssen.«

»Habt Ihr einen Vorschlag?«

»Allerdings. Ernennt Capitain á Cimabue hier zu ihrem Domina. Er stammt aus dem Regiment und er hat gut gedient.«

Sowohl der Domina als auch der General musterten mich eingehend.

»Üblich ist so etwas nicht«, meinte General Turbery. »Ganz und gar nicht … hmmm.« Er überlegte einen Augenblick. »Einen Mann zwei Dienstgrade überspringen zu lassen … das wird den Listenführern beim Heer gar nicht schmecken, meint Ihr nicht?«

»Und in alle Höllen mit ihnen«, bellte Le Balafre. »Als hättet Ihr Euch nicht genau wie ich den größten Teil der Laufbahn mit diesen Volltrotteln in der Wolle gehabt. Ständig der Zirkus, wer nun den höheren Rang hat und wer bei der Oberen Hälfte ist und wer bei der Unteren und wer bei einem Bankett vor wem an der Tafel zu sitzen hat!

Scheiß auf die! Ich hoffe, die Tovieti haben hier ordentlich unter denen aufgeräumt.«

General Turbery lächelte verhalten. »Ich hatte bis jetzt glatt vergessen, Myrus, wie fein und diplomatisch Ihr mit Worten umzugehen versteht.« Wieder überlegte er. »Wisst Ihr, General Protogenes hat in der Tat davon gesprochen, dass er den Capitain hier belohnt sehen wolle, wenn der Notstand vorüber sei.«

Er blickte mich eingehend an. »Capitain, meint Ihr, dieser Aufgabe gewachsen zu sein?«

»Sir, ich weiß es.« Und das stimmte. Hatte ich nicht, wenn auch indirekt, nun schon die ganze Zeit über Dominas und Regimenter herumkommandiert? Vielleicht war ich arrogant, aber mich überkam eine Welle von Selbstvertrauen.

»Dann, Sir, ist es mir eine große Ehre, Euch, Capitain ...?«

»Damastes, Sir.«

»... Damastes á Cimabue, zum Domina der Siebzehnten Ureyschen Lanciers zu ernennen. Also, Sir, dann übernehmt Euer Regiment!«

Ich nahm Haltung an. Domina Le Balafre sah sich um. »Lausiger Ort für eine Beförderung. Keine Kapelle, keine Ansprachen, keine hübschen Frauen für einen Kuss. Hier, Junge.« Er nahm die eigene Rangschärpe ab und band sie mir um.

Und so bekam ich mein erstes Regiment auf einem schmierigen Landesteg in Gegenwart eines Zauberers, eines Domina und eines Generals.

Ich war stolz ... und zugleich demütig, als ich an das Vertrauen all derer zurückdachte, von meinem Vater über die brüllenden Ausbilder am Lyzeum bis hin zu den Lanciers und Unteroffizieren, die mir beigebracht hatten, ein richtiger Soldat zu werden; ich wusste, ich musste ihrem Gedanken zu Ehren beweisen, dass ihre Mühe nicht vergeblich gewesen war.

Jetzt galt es, dieses Vertrauen in mich zu rechtfertigen.

Ich war fest entschlossen, dafür zu sorgen, dass die Lanciers am folgenden Morgen zusammen mit den anderen ausrückten, und wenn ich eigenhändig mit einer Peitsche hinter ihnen her sein müsste.

Als Erstes suchte ich Regimentsfeldwebel Evatt, der ausgesprochen schuldbewusst dreinschaute, als er daran zurückdachte, wie der inzwischen gefallene Capitain Lanett mich in Mehul abserviert hatte. Ich sagte ihm, für die Vergangenheit sei jetzt keine Zeit. Ich wollte, dass er das Ausladen der Pferde und deren Vorbereitung auf den nächsten Tag übernahm. Er zögerte angesichts der ungeheuerlichen Aufgabe, und ich sagte ihm schonungslos, wenn er seine Streifen behalten wollte, dann sollte er zusehen, dass es klappte, egal wie. Er musste das ganze Regiment einspannen, um dafür zu sorgen, dass man fertig wurde, vor allem die Männer der Schwadron Ursus, der Versorgungseinheit des Regiments.

Ich schickte Boten los, um die Legaten Yonge, Petre und Feldwebel Karjan aufzustöbern.

Ich ließ auf der Stelle Hauptfeldwebel Bikaner antreten und ließ ihn wissen, dass ich ihn zum Legaten beförderte. Er sah mich verdutzt an, freute sich aber dann. Wenigstens stellte er sich nicht so an wie Karjan. Ich hieß ihn, sich um die Gemeinen des Regiments zu kümmern und dafür zu sorgen, dass sie an dem Aufmarschplatz erschienen, den ich ihm auf der Karte zeigte, gleich am Ufer eines der Seen im Hyder Park. Ich befahl ihm, sämtliche Zivilisten, die dort kampieren mochten, auszuqartieren, aber höflich, da es sich mit Sicherheit um Adelige handelte, egal wie schäbig sie gekleidet sein mochten, sonst würden sie es ihm heimzahlen, wenn sie die nächsten Tage überlebten und in der Hauptstadt wieder die Normalität mit all ihren Artigkeiten und Korinthenkackereien eingekehrt war.

Ich ließ die überlebenden Offiziere des Regiments antreten und stellte mich vor. Die meisten erinnerten sich an mich, und sei es auch nur als den jungen Legaten, der sich angeblich beim Rõl etwas geleistet hatte, was sich nicht gehörte, um sich dann in den Grenzstaaten zu rehabilitieren. Meine Ansprache war kurz und schlicht. Ich sagte ihnen, dass es zu Veränderungen kommen würde, auch zu Beförderungen über ihre Köpfe hinweg, und sie sollten sich ihre Ressentiments für später aufsparen, andernfalls wäre ich höchst ungehalten und würde genau die extremen Maßnahmen ergreifen, die solch extreme Zeiten wie die unsere zu rechtfertigen schienen.

Ich sagte ihnen, ich hätte Domina Herstal bewundert, was im Großen und Ganzen der Wahrheit entsprach, und dass ich mich des Regiments, das er aufgebaut hatte, würdig zu erweisen hoffte. Ich schloss damit, dass uns schreckliche Tage bevorstünden und sie all ihren Mut und ihre Intelligenz zusammennehmen müssten, nur um sie zu überleben.

»Aber überleben müsst ihr, da ich die Aufgabe nicht ohne euch bewältigen kann. Führt eure Männer, so gut ihr nur könnt, reitet im Galopp ins Waffengeklirr und ihr werdet vor mir bestehen.

Zu guter Letzt noch eines – ihr werdet einem raffinierten, bösen und tückischen Feind gegenüberstehen. Denkt immer an das Heil unserer Leute. Ich möchte, dass ihr die Vorsicht des Sambar, die Gerissenheit des Tigers, den Mut des Löwen, die Lautlosigkeit des Leoparden, das Tempo des Geparden und, wenn ihr kämpft, die Zähigkeit des Bären an den Tag legt.

Und jetzt geht zu euren Leuten und führt sie, wie ihr es in der Vergangenheit getan habt!«

Ein bisschen schwülstig vielleicht, schon gar von einem Zweiundzwanzigjährigen, der zu Älteren, zu Männern Ende Vierzig spricht, aber lange nicht so schlecht wie einige der aufmunternden Worte, die ich sonst gehört … oder gesprochen habe, wenn ich's mir recht überlege. Jedenfalls brachen die Offiziere in ein rauhes Hurra aus, bevor sie sich zerstreuten. Aber ich wusste, ihre Meinung über mich war noch nicht ausgebildet; das würde erst dann geschehen, wenn wir das erste Mal auf den Feind trafen.

Da mir der Vergleich mit den Tieren, nach denen unsere Schwadronen benannt waren, gefiel, benutzte ich ihn auch bei meiner Ansprache vor dem Regiment, als es am Ufer des Sees zusammengezogen war. Ich sagte ihnen, sie müssten mich als Neuling in ihre Einheit betrachten, mit anderen Worten ich hätte bisher weder Favoriten noch Ressentiments. Jeder einzelne von ihnen finge von vorne an und hätte alle Chancen bei mir.

»Dient hart, dient gut – und bleibt am Leben! Lasst die anderen Bastarde für ihre Sache krepieren!«

Die Unteroffiziere brachen in ein Hurra aus, dann legten die Männer los.

Yonge und Petre waren eingetroffen, als ich gerade fertig wurde, und ich winkte die beiden zu mir.

»Glückwünsche, Herr Capitain«, meinte Yonge. »Habe ich nicht gesagt, Ihr werdet es noch zum General bringen? Und jetzt seid Ihr schon auf dem besten Wege dazu.«

»Danke, aber spart Euch Eure Bewunderung. Ihr macht jetzt Schluss mit der Bewachung der Kalvedons. Ihr seid zum Capitain befördert und ich möchte, dass Ihr die Schwadron Sambar übernehmt. Ihr Capitain ist auf der Fahrt den Fluss herunter ertrunken. Sie sind zwar die Kundschafter des Regiments, aber ich bin sicher, Ihr bringt ihnen noch die einen oder anderen Schliche bei.«

Yonge grinste.

»Dagegen ist nichts zu sagen. Aber wie wird es den Numantiern schmecken, wenn ihr Chef ein verachteter Hügler ist?«

»Es wird ihnen gefallen«, erklärte ich knapp. »Weil unter den Reitern nämlich eine Menge Platz ist für Kavalleristen, die mal was Besseres gewesen sind.«

»Sehr gut, Domina. Dann werde ich mir mein neues Kommando mal ansehen. Noch etwas, Sir. Ich hab eine Nachricht für Euch.«

»Dann sagt sie mir.«

»Ich brauche sie Euch bloss zu zeigen.« Er wies auf die andere Seite des Parks, jenseits des Regimentsgeländes, und ich sah dort Marán, die auf einem Pferd saß. Ich winkte, obwohl ich annahm, dass das eines Dominas unwürdig war. Sie winkte zurück, nahm dann ihr Pferd herum und galoppierte zurück zum Turm. Ich glühte vor Liebe und Stolz; sie wusste, dass ich jetzt für nichts anderes Zeit hatte als das Militär.

Dann war Petre dran. »Du übernimmst Schwadron Tiger«, sagte ich knapp. »Du dürftest keine Probleme haben – ich habe sie als die beste des Regiments in Erinnerung. Ich würde dich zu meinem Adjutanten machen, aber du bist einfach zu verdammt wertvoll dafür. Ach übrigens, du bist jetzt auch Capitain, Mercia.«

Es war, als hätte ich ihn zum König von Maisir gekrönt.

»Ich danke Euch, Damastes ... ich meine, Domina. Jetzt können wir denen zeigen, was wir draufhaben, was?« Wir grinsten einander an wie Verschwörer, die eben ihre Sache durchgeboxt hatten, dann salutierte er und eilte davon.

Schließlich fand ich Feldwebel Karjan. Ich sagte ihm, er würde mir als rechte Hand dienen. Befördern konnte ich ihn nicht, da es nur einen Regimentsfeldwebel geben konnte, erwartete aber, dass er mir in dieser Eigenschaft diente. Ich schätzte, er gewöhnte sich an die plötzlichen Veränderungen, denn er grunzte nur, er würde schon dafür sorgen, dass unsere Pferde für den Morgen bereit seien.

Und so gingen die Siebzehnten Lanciers ihre unmögliche Aufgabe an.

Drei Stunden vor Morgengrauen begann sich bei mir eine gewisse Befriedigung darüber einzustellen, vielleicht doch wie versprochen fertig zu werden, da bat ein Bote mich im Namen von General Turbery zur Einsatzbesprechung in den Turm.

Man hatte die Möbel aus dem großen Eßzimmer geräumt und große Karten von Nicias an die Wände gehängt. Einer nach dem anderen meldeten sich die Regimentskommandeure, die gerade in der Hauptstadt angekommen waren. Bereits anwesend waren die Dominas und Hauptleute der vier lokalen Regimenter, darunter mein ehemaliger Kommandeur bei den Goldhelmen, Domina Lehar.

Interessant fand ich es, Kutulu und einige seiner Mitarbeiter, alle mit großen Karteikästen bewehrt, mit Tenedos konferieren zu sehen.

Der General rief uns zur Ordnung und sagte dann, der Seher würde uns nun unsere Aufgaben zuteilen.

Tenedos trat an die Karte und nannte – ohne Notizen oder auch nur einmal innezuhalten – jedem von uns seine Mission und den Stadtteil, in den wir einzurücken hätten. Er sagte, jeder Domina bekäme zwei Adjutanten: einer ein Offizier aus einem hiesigen Regiment, der andere ein Büttel, der – in Tenedos' Worten – »die Tovieti zum Spezialgebiet hat. Hört auf sie, meine Herren, ihre Informationen sind sehr genau. Es werden Euch noch andere Büttel begleiten, von denen jeder seine Aufgabe hat.« Er hielt einen Augenblick inne.

»Ich wünsche Euch viel Glück«, sagte er dann. »Heute kämpfen wir für Numantia und seine Zukunft.«

Ich bemerkte, dass einige der höheren Offiziere Blicke austauschten, und konnte mir aufgrund ihrer Mienen denken, was sie dachten: das hier war kein verknöcherter Pedant, der keine Ahnung hatte von den Realitäten des Krieges. Vielleicht verdiente Seher Tenedos den Respekt, den er bei der Heeresführung genoss.

General Turbery bat um unsere Aufmerksamkeit und entließ uns nach einigen aufmunternden Worten; dann begab sich unsere Schar zu unseren Kommandos zurück.

Tenedos erzählte mir eine Woche darauf, General Turbery hätte ihm an jenem Nachmittag ein Generalspatent angeboten, aber er hätte abgelehnt. Als ich ihn nach dem Grund fragte, meinte er: »Um die Wahrheit zu sagen, ich möchte nicht, dass mir auch nur der Hauch der alten Ordnung den Saum meiner Kleidung besudelt. Aber das habe ich ihm nicht gesagt, sondern dass ich ihm als Außenstehender von größerem Nutzen sein könnte.«

Ich war erstaunt, da ich ja eine Vorstellung von Tenedos' Zielen hatte, und die rote Generalsschärpe über der Brust wäre nun sicher ein entscheidender Schritt auf dem Weg zu ihrer Erfüllung gewesen. Aber der Seher zog nun mal den direkten Weg vor, auch wenn er riskanter war.

Es war noch dunkel, als das Militär in Nicias einmarschierte. Kompanie für Kompanie, Schwadron für Schwadron zog die Armee in den zugewiesenen Stadtteilen ein. Hinter ihnen drein kamen die Büttel.

Als Erstes waren die Zeichen und Parolen an der Reihe. Man riss sie nieder oder strich weiße Farbe darüber. Dann marschierten die Soldaten ein, Straße für Straße, vorsichtig, methodisch, alles genau nach Befehl.

Erst besetzte man die vier Eckpunkte eines Karrees und sicherte sie. Dann drang das Militär, Haus für Haus, in die Gebäude ein, niemals weniger als ein ganzer Zug. Jeder Laden, jede Wohnung wurde auf den Kopf gestellt. Frauen kreischten, Kinder heulten, Männer versuchten sich zu wehren, aber es fruchtete nichts. Wann immer eindeutiges Beutegut gefunden wurde, trieb man die Bewohner auf die Straße hinaus. Waren die Gegenstände bedeutungslos, so notierten die Büttel nur die Namen und man ließ sie mit einer Verwarnung davonkommen. Fand man größere Objekte, Gold, gehortete Lebensmittel, zu viel Kleidung, so übergab man sämtliche Erwachsenen den Bütteln, die sie in die Verschläge brachten, die man vor dem Palast des Zehnerrats als Gefängnisse errichtete.

Fand man eine gelbe Seidenschnur oder einen Hinweis darauf, dass jemand ein schweres Verbrechen begangen hatte, zum Beispiel den Säbel eines Büttels oder blutbefleckte Kleidung, so wurden die Männer und Frauen der betreffenden Wohnung isoliert und strengstens bewacht.

Die Suche ging weiter, Haus für Haus, Mietskaserne für Mietskaserne, bis der Block buchstäblich auseinander genommen war. Man warf Stricke über die Lampenpfosten, und die Tovieti wurden zusammen mit anderen Gewaltverbrechern, Männer wie Frauen, ohne viel Federlesens gehängt.

Schließlich formierte sich die Truppe neu und marschierte, unter baumelnden Leichen und begleitet von dem Geheul der Trauernden, im nächsten Block ein.

So lauteten die Befehle, die wir bekommen hatten, unterzeichnet vom Zehnerrat. Ich wusste, die Waschlappen hätten nicht den Mumm gehabt, eine derartige Skrupellosigkeit anzuordnen, und so stammte sie denn auch von Seher Tenedos selbst.

Der Mob war ebenso wie die Tovieti vor Entsetzen über unsere brutale und direkte Taktik gelähmt. Den ganzen Tag über bis in den nächsten hinein kam es zu Gewalttätigkeiten, die aber von den Soldaten rasch niedergeschlagen wurden, und das nicht etwa mit Knüppeln oder stumpfen Lanzen, sondern mit Schwert und Speer.

Es starben dabei nicht nur Zivilisten. Kleine, verzweifelte Trupps des Feindes schlugen zu und ganze Züge fielen ihnen schreiend zum Opfer, und dann lauerte immer wieder irgendwo ein Heckenschütze, der einen einzigen Pfeil von der Sehne schickte und anschließend floh. So fiel hier ein Mann, da zwei, und die Armee wurde kräftig zur Ader gelassen, um mehr als hundert Tote und Verwundete täglich.

Die Befriedung ging weiter. Tag für Tag. Ich hatte das Gemetzel bald satt, setzte es aber grimmig fort. Es passierten Dinge, die zumindest nicht weniger schlimm waren als das, was bei den Unruhen passiert war, aber die Aufständischen hatten sich wenigstens auf Trunkenheit und Wut hinausreden können. Wir nicht.

Um nur ein Beispiel zu nennen: Ich ritt mit der Löwenschwadron auf einen neuen Bezirk zu und kam durch eine Gegend, die bereits von der Varan-Garde geräumt worden war. Ich sah die Soldaten in eine Mietskaserne laufen und schon begann das Geschrei. In einer der oberen Etagen zersplitterte ein Fenster und ich sah einen Büttel etwas herausschleudern. Es fiel, sich überschlagend, herab und landete mit einem dumpfen Schlag unweit von mir auf der Straße. Im Vorbeireiten erkannte ich, dass es ein Junge was, kaum älter als zehn.

Ich suchte den befehlshabenden Offizier der Kompanie und nahm ihn mir wütend vor. Er sah mich ausdruckslos an, bis ich fertig war, und sagte dann entschieden, als wäre nicht ich sein Vorgesetzter: »Tut mir Leid, Sir. Aber ich habe meine Befehle.«

Ich dachte schon daran, ihn niederzuschlagen, war aber zu müde von dem Gemetzel, um es zu tun. Ich wandte mich ab, um wieder auf Lucan zu steigen. »Außerdem«, sagte er hinter mir, »was schadet es schon. Aus Nissen werden Läuse.«

Ich beschloss, die Angelegenheit zu verfolgen, aber anstatt mich bei seinem Domina, Le Balafre, zu beschweren, ging ich zu Tenedos.

Ich fand ihn im Turm, wo er sechs Leute beaufsichtigte, die eine etwas ramponierte Marmorstatue in seine Räume einen Stock über den meinen schafften. Ich nahm ihn beiseite, erzählte ihm, was passiert war, und sagte, es sei nicht die einzige Greueltat unserer Soldaten, die ich gesehen hatte. Jemand müsse das Militär an die Kandare nehmen, bevor wir alle zu nichts weiter wurden als zu einem mordlustigen Mob.

»Domina á Cimabue«, erklärte er. »Ihr habt meine Anteilnahme. Vielleicht fehlt es Eurer Seele an Stahl. Die Tovieti und die, die mit ihnen gekämpft haben, hatten kein Mitleid mit uns, nicht mit Mann, Frau oder Kind. Sie haben uns den totalen Krieg erklärt.

Wir kämpfen nach ihren Regeln und es ist viel zu spät, um sie noch zu ändern. Ein Zehnjähriger ist alt genug, einen Pflasterstein auf ein Dach zu tragen und einem Soldaten damit den Schädel einzuschlagen. Wir haben es beide passieren sehen; dazu Knaben und Mädchen, die noch jünger waren und bereits Blut an den Händen hatten.

Wir können uns Leute suchen, die die Unschuldigen betrauern, sobald wir den letzten Schuldigen aufgespürt haben. Wir befinden uns im Krieg. Ihr und der Rest der Armee habt von der Führung Numantias rechtmäßige Befehle erhalten.

Jetzt führt sie aus, Sir.«

In jener Nacht waren die Lanciers an der Reihe, in den Stützpunkt zurückzukehren, um sich säubern zu können und eine Nacht auszuschlafen. Ich nutzte die Gelegenheit, Marán zu sehen.

Ich hatte noch immer zu deutlich den Anblick jenes toten Kindes vor Augen, um Lust zu verspüren, geschweige denn Leidenschaft. Ich erzählte Marán, was passiert war, und sie war ebenso schockiert, wie ich es gewesen war. Nach einer Weile meinte sie: »Ich weiß nicht, was ich dir sagen soll, Liebster. Kannst du denn irgendwas tun?«

»Ich weiß noch nicht einmal, ob ich etwas tun *sollte*«, sagte ich ehrlich. »Es kommt mir vor, als hätte man mich in einen Bottich voll Unrat geworfen, und je mehr ich mich abmühe, wieder herauszukommen, desto schmutziger werde ich.«

Ich stand auf, trat ans Fenster und blickte auf die Stadt hinaus. Marán stellte sich neben mich.

»Vielleicht hört sich das dumm an«, sagte sie. »Aber denke daran, wie es letzte Woche war. Wir sahen nichts als Feuer und Finsternis. Schau es dir jetzt an.«

Aus dieser Entfernung, zumal im Dunkeln, sah es so aus, als kehre die Stadt wieder zur Normalität zurück. Auf den Hügeln, wo die Reichen wohnten, leuchtete hier und da ein Licht auf, da die Tapferen unter den Edelleuten den Mut aufbrachten, in ihr Zuhause zurückzukehren. Auf den Boulevards rund um den Palast hatte man die Gaslampen wieder angezündet, und auch der Palast selbst sah fast wieder so aus wie zuvor, auch wenn es viel zu viele finstere Flecken und Trümmer zu sehen gab.

»Komm, mein Damastes«, sagte sie leise. »Ich weiß keine Antworten, ebenso wenig wie du. Wir haben einander und wir können schlafen und vielleicht tut es morgen weniger weh.«

Sie hatte recht. Ich nahm sie in die Arme und strich ihr zärtlich über das seidige Haar.

Von der Etage über uns, aus Tenedos' Räumen, hörte ich ein Krachen, eine Explosion. Ich riss das Schwert aus der Scheide, rannte zur Tür hinaus und die Treppe hinauf. Die Bastarde hatten einen Weg gefunden, zum Seher durchzukommen!

Ich hämmerte an die Tür und Tenedos riss sie auf.

»Ist Euch etwas passiert?«

»Nein. Mir geht es gut«, antwortete er. Er blickte mir über die Schulter, und als ich mich umdrehte, sah ich andere Männer, die sich auf dem Treppenabsatz drängten, die Waffen in der Hand. »Eines meiner Experimente ist mir außer Kontrolle geraten«, erklärte er. »Kein Grund zur Sorge. Ich entschuldige mich.«

Die Männer murrten, einige lachten über die verschiedenen Stadien des Ausgezogenseins, in denen sich die Retter befanden, dann verschwanden sie wieder in Richtung ihrer jeweiligen Räume. Ich blieb noch und blickte über seine Schulter in den Raum. Sein Arbeitszimmer war ein Chaos, Marmorbrocken lagen über jede Spanne des Bodens verstreut.

»Große Götter«, meinte ich. »Was ist passiert?«

»Ich habe einen gewissen Zauber versucht, der aber nicht fehlgeschlagen ist, wie ich den anderen gesagt habe, sondern ganz im Gegenteil. Saionji sei Dank, dass ich Rasenna einen starken Schlaftrunk gegeben habe, da ich mir schon gedacht habe, dass es einige Aufregung geben könnte. Freilich nicht gleich so viel.«

In die Platte eines runden Tisches war ein längliches Dreieck eingraviert, das von anderen Symbolen umgeben war. Im Zentrum des Dreiecks befand sich ein Kreis und darin etwas, was mir nach einem Häufchen Edelsteine aussah. Ich sah sie mir genauer an und erkannte, dass nichts weiter als ein Haufen Glasscherben das Feuer des Kamins funkelnd reflektierte.

»Was ist das?«

»Es ist, oder wenigstens halte ich es dafür, genau das, was ich gesucht habe.«

»Und das heißt?«

»Das heißt, dass ich mich auf das Privileg des Zauberers auf Geheimnisse berufe und dir erst dann mehr sagen werde, wenn es mir richtig erscheint … oder wenn der Zauber in den Dienst der Armee gestellt wird, spätestens in ein, zwei Tagen, wie ich hoffe.

Ich danke dir, dass du so schnell reagiert hast, Damastes. Und jetzt – gute Nacht.«

Ich zuckte die Achseln und ging. Wenn Tenedos es mir nicht sagen wollte, dann konnte ich nichts tun, um es ihm aus der Nase zu ziehen. Ich erzählte Marán, was passiert war, während ich mich auszog. Dann kam mir wieder der Anblick des Jungen in den Sinn, der tot auf der Straße lag.

Ich erschauerte und stieg ins Bett. Marán sah mir in die Augen.

»Möchtest du mit mir schlafen?«

»Nein. Ich glaube nicht. Ich glaube nicht, dass ich könnte.«

Sie blies die Lampe aus.

»Willst du, dass ich dich halte?« flüsterte sie in die Stille hinein.

»Mehr als alles andere auf der Welt«, sagte ich. Sie schlang die Arme um mich und legte den Kopf an meine Schulter. Ich streichelte ihre weiche Wange. Nach einiger Zeit wurde ihr Atem gleichmäßig und sie schlief ein.

Ich lag lange Zeit da und starrte in die Dunkelheit.

Die Tovieti waren geschlagen. Alle Bezirke waren gesichert, obwohl selbstverständlich niemand, der bei Verstand war, nachts oder in Gruppen von weniger als zwölf Leuten unterwegs war.

Die Tovieti waren geschlagen, aber nicht vernichtet, und so begannen Armee und Büttel damit, Trommelpatrouillen durchzuführen.

Unter Trommelwirbeln marschierte ein Zug Soldaten, unterstützt von einer Gruppe Büttel, zu einer Adresse, im Allgemeinen bei Morgengrauen. Der ranghöchste Büttel rief einige Namen, die auf seiner Liste standen, und verschlafene Männer und Frauen stolperten aus dem Haus.

Es handelte sich dabei um bekannte Tovieti von der langen Liste, die von Kutulu und seinen Agenten zusammengestellt worden war.

Man legte ihnen eine gelbe Seidenschlinge um den Hals und verlas das Todesurteil. Davon hatten Kutulu und seine Büttel ganze Stapel, unterzeichnet von dem einen oder anderen Mitglied des Zehnerrats. Man brauchte nur den Namen einzutragen, einen Strick über einen Lampenpfahl, eine Fahnenstange zu werfen, und schon war das Urteil vollstreckt.

Es war, als striegele man ein Pferd. Die Armee war der grobe Striegel gewesen; jetzt ging man mit dem feinen durch die Hauptstadt.

Nicht nur die Armen mussten daran glauben. Ich sah ein Gesicht, das ich erkannte, obwohl es rußgeschwärzt war: Graf Komroff, der Mann, der seinen Titel abgelegt hatte, weil er der Ansicht war, alle Welt sollte in Armut von Milch leben, hatte offensichtlich eine dynamischere Philosophie gefunden; es baumelte ihm nämlich ein gelber Seidenstrick vom gestreckten Hals.

Nicias war, auch wenn es in Trümmern lag, fast wieder normal. Nur am Hafen lauerte noch der Tod. Es war unmöglich gewesen, größere Einheiten in das enge Straßengewirr zu schicken, ohne schwere Verluste hinnehmen zu müssen. Aber wir – und sie – wussten, dass das Ende in wenigen Tagen kommen würde.

Eines Spätnachmittags rief mich Tenedos in den Turm.

»Morgen Nacht werden wir dem Alptraum ein Ende machen«, verkündete er. »Kutulus Agenten haben herausgefunden, dass die letzten Elemente der Tovieti, ihre Anführer und die fanatischsten ihrer Anhänger sich auf ein letztes Gefecht einrichten, um so viele Soldaten wie nur möglich umzubringen, wenn wir das Hafenviertel stürmen. Ich nehme an, sie denken, dass ein derartiges Blutopfer Thak zum Leben erweckt.«

»Wieso ist der nicht bereits in Erscheinung getreten? Das Massaker an seinen Jüngern kann ihm doch unmöglich angenehm sein.«

»Warum nicht? Er ist nur ein Dämon, kaum fähig zu wirklicher Vernunft, wenigstens nicht wie wir sie verstehen. Ich könnte mir vorstellen, dass der Tod – jeder Tod, selbst der seiner eigenen Leute – für ihn ist wie das tägliche Brot. Ich bezweifle, dass er sich persönlich bedroht fühlt, solange nicht den letzten seiner Gläubigen sein Schicksal erteilt hat.

Vielleicht hat er die Stadt gar schon verlassen und ist in die Grenzstaaten oder sonstwohin zurückgekehrt, wo man ihn verehrt. Nicht, dass ich vorhätte, ein Risiko einzugehen.

Ich habe mich des einen oder anderen gezielten Zaubers bedient und herausgefunden, dass die Tovieti noch immer die Schmugglerhöhle benutzen, die du und Kutulu als ihr Hauptquartier ausgemacht habt.«

»Das kann ich nicht glauben, Sir«, meinte ich. »Das wäre doch die reine Torheit. Das Versteck wurde entdeckt. Sie müssten sich doch ein anderes gesucht haben.«

»Ich bin ganz deiner Meinung, Intelligenz zeigen sie kaum, wenigstens nicht nach unseren Maßstäben. Vielleicht glauben sie, dass Thak die Eindringlinge getötet hat oder dass nichts anderes als mein Animunculus eingedrungen ist. Vielleicht sind sie auch einfach nur genauso arrogant wie der Zehnerrat vor dem Beginn des Mordens und nehmen uns nicht ernst.

Wie auch immer, ich sähe das Jagdkommando gern aus Leuten deines Regiments zusammengestellt. Vielleicht wollen einige der Getreuen, die wie wir den Rückzug aus Sayana mitgemacht haben, ihr Leben mit einem kleinen Abenteuer würzen.

Nicht mehr als zwanzig Mann. Ach ja, und ich bin natürlich dabei, was unabdingbar ist, Domina, und nicht pures Abenteuertum.

Lass mich dir zeigen, warum.«

Er holte eine Schatulle hervor und öffnete sie. In ihr befanden sich die Glasscherben, die ich einige Nächte zuvor gesehen hatte.

»Du erinnerst dich daran, wie wütend ich war, als ich diese Idioten von der Chare-Bruderschaft dazu bewegen wollte, mit mir zusammen einen ganz großen Zauber zu entwickeln? Nun, dazu war keine Zeit mehr, obwohl ich die Möglichkeit durchaus noch sehe. Stattdessen ließ ich Flaschen aus einem einzigen Trog geschmolzenen Glases blasen, von denen ich jedem aus der Bruderschaft eine gab. Ich ließ jeden von ihnen einen einzigen Zauber sprechen, alle den gleichen. Als er ihnen geglückt war, zerbrach ich die Flaschen und nahm dann das Glas hier, das die Summe allen Zaubers ist.

Ich hatte bereits das Gesetz der Assoziation auf meiner Seite und schuf mit Hilfe des Gesetzes der Übertragung einen weiteren Zauber, dann legte ich über das Ganze einen dritten.«

»Und das Ergebnis?«

»Damastes, ich schäme mich für dich. Ich werde es dir nicht sagen, nicht etwa aus dem Wunsch heraus, den Geheimnisvollen zu spielen, sondern da ich persönlich verletzt bin, weil du die Hinweise nicht zusammenfügst, die du mit eigenen Augen gesehen hast.

Wenn du bis morgen Abend nicht von selbst dahinter gekommen bist, dann bekommst du vielleicht die Möglichkeit, dabei zuzuschauen, wie der Zauber zusammengeschmiedet wird.«

Ich hatte noch eine letzte Frage: »Was ist mit Kutulu? Kommt er auch mit?«

»Warum sollte er?«, meinte Teneos. »Seine Arbeit beginnt nach dem Sturm. Bis dahin gibt es keinen Grund, seine Fähigkeiten aufs Spiel zu setzen.

Jetzt geh und bereite deine Truppe vor. Ich habe noch einige andere Sprüche vorzubereiten – für den Notfall.«

Natürlich fanden sich unter den Lanciers mehr als zwanzig Freiwillige – allein in der Schwadron Gepard gab es doppelt so viele, die zum Regiment zurückgekehrt waren, nachdem sie sich von den Verletzungen und Krankheiten erholt hatten, die sie sich während des Rückzugs aus Kait zugezogen hatten.

Es gab keinen Offizier der Lanciers, der sich nicht freiwillig gemeldet hätte, und ich fürchte, ich packte etwas zu viel Lametta in mein Kommando, da ich außer mir noch Capitain Yonge und Legat Bikaner mitnahm. Capitain Petre bedachte mich mit einem finsteren Blick, als ich ihn übersah, aber ich wollte, dass wenigstens ein Offizier, den ich gut kannte, beim Regiment blieb.

In der Dämmerung küsste ich Marán zum Abschied und ging nach oben, um den Seher zu holen. Ich billigte seine Kleidung: schwarzer, enger Uniformrock und Hose, eine passende Mütze und Stiefel, die bis zur Wadenmitte zu schnüren waren. Am Gürtel trug er einen Beutel mit Zubehör für seine Magie. Wie für uns andere auch war der Dolch seine hauptsächliche Waffe. Außerdem hatte er eine flache Holzschatulle dabei, eine Elle breit und zwei Ellen lang, die mit einer Schließe versehen war. Glücklicherweise wog sie kaum fünf Pfund. Ich nahm an, dass sie die Elemente des Zaubers enthielt, auf den er gar so stolz war.

Er hatte außerdem einen Plan ausgearbeitet, wie wir unentdeckt den Hafen erreichen würden. Er war etwas kompliziert und beinhaltete ein Ablenkungsmanöver seitens des Soldatenkordons, der die Docks von der übrigen Stadt abgeriegelt hatte; in der allgemeinen Verwirrung sollte unser Kommando die Linien passieren.

»Habt Ihr das Ablenkungsmanöver mit der Armee arrangiert?«

»Habe ich. Mit den Zehnten Husaren, und der Domina hat ein Duplikat von dem hier.« Er hob eine Hand und zeigte mir einen ziemlich hässlichen Messingring. »Wenn ich an dem Ring hier reibe, dann juckt ihn der seine und er weiß, dass er mit der Finte beginnen soll. Wir starten im Abschnitt der Humayschen Infanterie.«

»Ich denke, ich habe da eine bessere Idee ... auch wenn Eure Idee eines Ablenkungsangriffes nicht schlecht ist.«

»Sprecht nur«, sagte Tenedos etwas pikiert. »Ich bin noch ein Lehrling, was Taktik angeht.«

»Sir, ich glaube, Ihr habt den einfachsten Weg übersehen.«

»Und der wäre?«

Ich zeigte es ihm, und er fluchte über sich selbst. »Natürlich! Ich hätte es selbst sehen sollen. Ich rufe sofort einen Boten und lasse den Humayern Bescheid geben, dass sie uns nicht erwarten sollen.«

Ich hatte auf den Latane gedeutet, der gleißend in der untergehenden Sonne lag, und bereits fünf flache Kähne organisiert, deren Dollborde kaum aus dem Wasser ragten. Wir verteilten uns auf sie, machten los und ließen uns vom Strom mitten unter den Feind treiben. Wir trugen alle dunkle Kleidung, Dolche im Gürtel und kleine Packen mit dem übrigen Gerät, das für unseren Schlag nötig war.

Es war noch hell genug, um zu jedem Zeitpunkt genau zu wissen, wo wir uns befanden. Ich hatte den Männern befohlen, sich tief in die Kähne zu bücken. Als wir uns dem Hauptquartier der Tovieti näherten, flüsterte ich Tenedos zu, seinen Ring zu reiben. Wenige Augenblicke später hörte ich Schlachtengeschrei, als die Husaren ihren Ablenkungsangriff starteten, und wir hängten die Riemen ein, ruderten an einen baufälligen Landesteg und machten dort fest.

Wir vergewisserten uns, nicht entdeckt worden zu sein, und gingen dann ohne Umwege zu dem Pier. Die Lagerhäuser um uns herum waren rußgeschwärzt und ich roch den Gestank unbeerdigter Leichen.

Die Tovieti mochten töricht gewesen sein, ihren Bau nicht zu verlassen, aber wenigstens hatten sie diesmal menschliche Wachen postiert. Es waren drei und ich hatte fast Mitleid mit den armen, unausgebildeten Dummköpfen. Einer pfiff doch tatsächlich aus Langeweile vor sich hin, der andere ging gleichmäßig auf und ab, der dritte stand am Rand des Landestegs und starrte über den Fluss.

Ich berührte der Reihe nach Ärmel – Yonge … Karjan … Svalbard –, und die Männer gingen mit gezückten Messern nach vorn. Ich hörte nur ein leises Platschen, als die Leiche des dritten Postens in den Fluss fiel. Die anderen beiden wurden sachte auf die Planken gelegt, dann standen meine drei Meuchelmörder wieder bei mir.

Wir fanden das Loch, in dem der Hebel angesetzt werden sollte. Tenedos hob eine Hand: Wartet. Er berührte seine Schläfen, berührte das Holz. Er nickte. Ich sollte weitermachen. Er hatte keine magischen Wächter gespürt. Einmal mehr stocherte ich mit dem

Knauf meines Dolchs, fand die Buchse, drückte, und die Luke ging lautlos auf.

Ich konnte noch immer nicht glauben, dass dies keine Falle war, aber wenige Augenblicke später, als nichts passierte, bewegte ich mich auf die Rampe zu. Tenedos hielt mich zurück und schüttelte den Kopf. Er reichte mir seine Kiste und ging als Erster die Rampe hinab. Einen Moment lang dachte ich, er wolle nur den starken Mann markieren, aber als ich ihn dann sah, vorsichtig, die Arme vor sich ausgebreitet wie ein Betrunkener, der beim Gehen die Welt im Lot zu halten versucht, wurde mir klar, dass er der Richtige war, um vorauszugehen; der einzige mit einem Gegenzauber für den Fall, dass uns die Tovieti mit Magie empfingen.

Er blieb zweimal stehen, nahm jedes Mal etwas aus seinem Beutel und flüsterte einen Spruch. Das erste Mal sah ich nichts, beim zweiten Mal jedoch glühte die Dunkelheit für einen Augenblick violett auf, aber vielleicht war es auch nur eine Illusion.

Diesmal hatten sich die Anführer der Tovieti besser geschützt.

Wir schlichen den Tunnel entlang, sahen dann Licht und hörten Stimmen. Diesmal stand kein Posten am Ende des Tunnels wie beim letzten Mal. Offensichtlich meinten die Tovieti, Magie sei ein besserer Wächter als Stahl. Tenedos nahm seine Schatulle und ich kroch einige Klafter vor, bis ich in die Kammer spähen konnte.

Ich zählte siebzehn Männer und Frauen. Sie umstanden einen Tisch mit einem Sandkasten, in dem das Hafenviertel nachgebaut war, konferierten leise und wiesen auf das eine oder andere Haus; offensichtlich waren sie dabei, ihren letzten Angriff zu planen, und völlig in ihre Arbeit vertieft. Überall hingen Karten. Wären die siebzehn nur Männer gewesen, in Uniform und nicht gar so abgerissen, es hätte wie bei einer Planungssitzung beim Militär ausgesehen.

Ich glitt zurück zu meinen Männern und bildete mit Daumen und Zeigefinger einen Ring zum Zeichen, dass alles war, wie es sein sollte. Die Männer zogen die Waffen. In der einen Hand hatte jeder von uns ein Messer, in der anderen eine Leinwandwurst voller Sand. Wir würden töten, falls er nötig war, hofften aber, es ließe sich vermeiden, da uns Leichen nicht von Nutzen waren.

Wir drängten uns am Eingang des Tunnels. Die Augen aller Männer ruhten auf mir. Atmen ... atmen ... atmen ... meine Hand senkte sich und wir stürmten den Raum.

Die Tovieti fuhren herum und sahen uns. Der eine oder andere Schrei war zu hören, dann fielen wir auch schon, die Sandbeutel schwingend, über sie her. Nur einige wenige hatten Zeit, die Waffe zu ziehen, und sie waren entweder erstochen oder niedergeschlagen, bevor sie mehr als einige wilde Hiebe ausführen konnten. Zwei der Frauen liefen auf einen Ausgang zu. Präzise geworfene Sandbeutel warfen sie um.

Dann stand keiner mehr in dem Raum außer meinen Lanciers. Ich sah nur einen meiner Leute daliegen, bewusstlos oder tot; ein zweiter hatte Schwierigkeiten; er kniete auf der Erde und schnappte nach Luft, nachdem ein ungezielter Tritt ihm den Atem geraubt hatte. Einige andere hatten kleine Blessuren, die von den Kameraden rasch verbunden waren.

Rund um uns verstreut lagen die siebzehn Anführer der Tovieti, entweder bewusstlos, verwundet oder tot. Wir hatten erstaunlich gut gearbeitet und bisher hatte ich noch kein großes Geschrei gehört. Aber wir hatten Lärm gemacht, so dass unser Glück kaum mehr als einige Augenblicke dauern konnte.

Die Männer holten bereits vorbereitete Stricke aus ihren Packen und fesselten und knebelten die zwölf Tovieti, die unserer Ansicht nach überleben würden. Von den anderen waren zwei tot, die übrigen drei würden wohl kaum überleben. Alles ging ganz nach Tenedos' Befehl: Tötet nur, wenn ihr müsst. Wir wollten, dass so viele wie möglich reden konnten.

Unser Kommandounternehmen war bisher ein außerordentlicher Erfolg gewesen, um so mehr, als sich der bewusstlose Mann wieder zu regen und aufzusetzen begann. Insgeheim jedoch war ich nicht so zufrieden – ich hatte gehofft, den Kallier Malebranche unter den Tovieti zu finden, aber er war nicht unter ihnen. Dann jedoch sah ich den dicken Bärtigen, der in Nicias der Anführer der Sekte war, gefesselt auf dem Boden liegen, und neben ihm die Marquise Fenelon, die uns hasserfüllt anfunkelte.

Ich dachte, Tenedos würde sich freuen, aber er sah sich besorgt um. »Beeilt euch«, meinte er. »Ich spüre etwas. Irgendetwas kommt.«

Er brauchte uns nicht zu drängen; in Sekundenschnelle hatten wir die gefesselten Männer und Frauen geschultert und eilten, unsere eigenen Verwundeten stützend, den Tunnel hinauf.

Dann grollte, wie schon einmal, bebend die Erde, und ich sah mich nach Hinweisen auf das Ungeheuer, den furchterregenden Maulwurf, um. Ich sah nichts, aber die Erde bebte heftiger, die Backsteine ächzten, ja schrien, und ich hörte das Rauschen von Wasser, als die Passage sich auftat und der Fluss hereinzuströmen begann.

Im Laufschritt ging es die Rampe hinauf, in unserem Rücken das Tosen der Flut, dann stürzten wir hinaus in die sichere Nacht, hinter uns keine Spur mehr von der Schmugglerhöhle außer einem finsteren, brodelnden Pfuhl.

Der Boden bebte nach wie vor, und der hölzerne Pier ächzte, als stürze er jeden Augenblick ein.

Ich blickte flussabwärts, in Richtung Meer, und sah – Thak!

Ich weiß nicht, wo er sich versteckt hatte – unter Wasser, in irgendeinem Lagerhaus, irgendeinem Bau; vielleicht befand sich da draußen auch irgendwo eine Tür zu seiner Welt.

Er kam auf uns zu, die Klauen nach uns ausgestreckt, bereit, uns zu zerdrücken, bereit, uns zu zerfetzen, genauso wie in meinem Alptraum, und wieder hörte ich, wie damals in der Höhle der Tovieti in den Grenzstaaten, jenes schrille Pfeifen und das Kreischen ungeschmierter Scharniere.

Diesmal war er weder orange, noch erstrahlte er in den Farben des Regenbogens, diesmal war er dunkel unter dem Licht des Mondes, sammelte jedoch genügend Licht von den Sternen und der Sichel des nächtlichen Gestirnes, um funkelnde Lichtspeere über Wasser und Gebäude zu schicken, als er auf uns zugestürzt kam. Ich hörte Schreie des Entsetzens ebenso wie der Freude, als die Männer und Frauen ihren Gott, ihren Zerstörer, sahen.

Einige meiner Männer, die damals nicht in der Höhle dabei gewesen waren und den Dämon seinerzeit nicht gesehen hatten, spielten mit dem Gedanken zu fliehen.

»Haltet stand!«, rief ich und mein Ruf brachte sie wieder zurück an die Kandare der Disziplin; sie ließen ihre Gefangenen fallen und rüsteten sich – mit Messerchen gegen ein Ungeheuer – zum Kampf.

Tenedos war damit beschäftigt, seine Kiste zu öffnen. Kleine Lichtblitze spielten über die Glassplitter, die irgendeine Kraft in der Mitte eines kleinen Kreises und eines Dreiecks festhielt.

Tenedos nahm einen Splitter in jede Hand und baute sich auf, die Arme Thak entgegengestreckt, der jetzt kaum noch sechzig Klafter entfernt sein konnte, sein höllisches Heulen in der Erwartung des sicheren Triumphes. Tenedos begann zu skandieren, seine Stimme donnerte über den Fluss, lauter noch als des Dämonen Todeslied:

»Kleine Stimmen,
Kleine Magie,
Magie, die zerbrach.
Magie, die zerschlug.
Du bist ein Echo,
Ein Echo eines anderen,
Der wieder das Echo
Eines anderen ist.
Jetzt komm.
Kommt alle zusammen.
Berührt euren Bruder.
Spürt euren Bruder.
Ihr seid eins,
Ihr seid mein.
Mein zu halten
Mein zu schicken.
Ihr seid mein.
Ich habe euch gezeugt,
Jetzt müsst ihr gehorchen

Ahela, Mahela, Lehander

Ich halte euch.
Ich befehle euch
Ich schicke euch.
Sucht euer Ziel.
Sucht euren Feind.
Spürt ihn auf,
Wie man es euch beigebracht hat.
Schlagt fest zu.
Schlagt vereint.«

Ich könnte nicht so recht erklären, was ich sah, aber es erhob sich etwas aus der Schatulle, in eben dem Augenblick, als ich Tenedos' Zauber endlich verstand: Jeder Glassplitter war das Resultat eines Schmetterzaubers, den einer aus der Chare-Bruderschaft verhängt hatte, und Tenedos hatte sie zu Symbolen einer ungeheuer mächtigen Beschwörung vereint, die bei seinem Versuch die Marmorstatue zerschmettert hatte.

Was ich sah, war kaum wahrzunehmen, ein Hitzeflirren wie über einem Feuer, aber es hatte in etwa die Form, die Gestalt eines groben V. Ich sah es, dann war es verschwunden, aber ich spürte einen Luftzug, und dann rollten die Fässer, die auf dem Kai zwischen uns und Thak standen, beiseite, als der Zauber auf sein Ziel zustob.

Thak muss sein Verhängnis gesehen oder wenigstens gespürt haben, denn er bäumte sich, beide Hände vor sich hingestreckt, auf. Der Zauber jedoch traf sein Ziel, das kristallene Sirren zerbarst in Dissonanzen, als zerschellten Millionen und Abermillionen von Glaspokalen auf Stein; dann war es mit einem Mal still, und Thak explodierte wie ein riesiger, von einem Meisterjuwelier geschliffener Fels – vom Meister unter die Lupe genommen, für fehlerhaft befunden und dann mit dem Hammer zerschlagen in einem Anfall von Wut.

22 *Bürgerkrieg*

Aber es war nicht vorbei. Noch nicht. Es galt weiterhin, Tovieti aufzuspüren und zu eliminieren.

Einmal mehr war uns Elias Malebranche entwischt. In ganz Nicias fand Kutulu auch nicht die Spur von dem Mann. Tenedos zuckte die Achseln. »Er ist in sein letztes Schlupfloch geflohen. Ihm … und seinem Herrn ist noch nicht klar, dass ihre Zeit abgelaufen ist.«

Es ging nach wie vor grausam und ekelhaft zu – die Tovieti, die sich zu verschwinden weigerten, kämpften erbittert wie jedes mit Fängen bewährte Tier, das man bis in seinen Bau verfolgt.

Aber wir spürten sie auf und brachten sie um, obwohl dabei weitere Soldaten ums Leben kamen. In diesen letzten Tagen gaben die Zeitungen Tenedos' Höllenhund Kutulu einen Spitznamen: Die Schlange, die niemals schläft. Die Angst, die sein Name hervorrief, wuchs von Tag zu Tag.

In Nicias, einer Stadt, die in Schutt und Asche lag, kehrte wieder Frieden ein. Jetzt waren Schuldzuweisungen und Vergeltung an der Reihe. Ich erwartete insgeheim, die Bewohner der Stadt würden sich nach der brutalen Unterdrückung gegen das Militär und insbesondere Tenedos wenden. Aber sie taten es nicht. Er war einmal mehr der Held, ein großer Mann. Ich stand vor einem Rätsel, aber Marán, die – wie ich erfuhr – weit scharfsichtiger war, als ihr Alter es hätte vermuten lassen, sagte, sie sei nicht weiter überrascht. »Die Leute haben Dinge getan, an die sie nicht gern erinnert werden. Wer auch immer für das verantwortlich ist, was da passiert ist, nun, sie waren es nicht, sondern ein anderer. Der Seher hat nichts weiter getan, als diese schrecklichen *Anderen* zu vernichten, so dass der einfache Mann wieder aufatmen kann.« Mir wurde klar, dass die Leute tatsächlich so dachten, wenn man es als »denken«

bezeichnen will. So schüttelte ich auch nur den Kopf, als man die Armee jedes Mal bejubelte, wenn sie ausritt, und auch ich war einmal mehr Damastes, der Held. Der Zehnerrat rief eine »Zeit des Heilens« aus und hätte sich zweifelsohne eifrig dem Wiederaufbau gewidmet, ohne den Schuldigen auch nur zu suchen – eine bequeme Politik, da sie schließlich weitaus mehr Verantwortung für die Unruhen trugen als irgendein Tovieti oder Kallier. Aber Tenedos ließ das nicht zu. Er rief nach einem Tribunal. Der Zehnerrat antwortete darauf rasch, es werde Anhörungen geben, ob man das zulassen sollte oder nicht.

Womöglich wäre die Sache damit erledigt gewesen, hätte sich nicht auch diesmal wieder die Unfähigkeit des Rates gezeigt. Nicias war am Verhungern, obwohl ganze Lastkähne voller Nahrungsmittel in die Stadt kamen. Reis, Fleisch und Obst, es wurde alles gelöscht und in die Lagerhäuser verbracht … und da lag es dann. Es sei denn, wie sollte es anders sein, man hatte die entsprechende Summe Goldes. Die Reichen aßen wie eh und je gut.

Einmal mehr gärte es in der Stadt. Diesmal wartete Tenedos jedoch nicht ab, bis der Zehnerrat sich zu einer Reaktion bequemte. Niemand hatte seine Sonderbefugnisse zurückgenommen, und so schickte er Einheiten der Grenzdivisionen los mit dem Befehl, in die Lagerhäuser einzubrechen und die Nahrungsmittel zu stehlen. Er richtete in der ganzen Stadt Verteilerstellen ein, die ebenfalls von Soldaten betrieben wurden, und die Stadt aß umsonst. Tenedos war damit nicht länger nur ein Held, sondern ein Halbgott.

Nicias' Profitmacher jammerten lautstark vor dem Zehnerrat, aber der hatte zu viel Angst, um Tenedos die Stirn zu bieten. Wieder rief Tenedos nach einem Tribunal und diesmal konnte der Zehnerrat nicht anders, als nachzugeben. In der Hoffnung, Tenedos würde sich sein eigenes Grab schaufeln, nahmen sie die Gelegenheit wahr und ernannten ihn zum Großinquisitor in der Annahme, so schätze ich, er würde den Karren in den Dreck fahren und damit seine Inkompetenz zeigen. Wie sie auf den Gedanken kamen, ein Mann, der so viel Zeit mit öffentlichen Debatten verbracht hatte wie er, würde versagen, geht über meinen Verstand.

Ihre zweite Waffe, das Tribunal unter Ausschluss der Öffentlichkeit stattfinden zu lassen, entschärfte Tenedos, indem er ankündigte, die Anhörungen fänden in Nicias' größtem Amphitheater statt. Jeder war willkommen und konnte selbst urteilen, selbst sehen.

Der Zehnerrat konnte praktisch nichts tun. Seine völlige Inkompetenz war mittlerweile auch dem Dümmsten klar – er hatte sich ja noch nicht einmal auf Ersatz in den eigenen Reihen einigen können, sondern erging sich in Grabenkämpfen, da Barthou fest entschlossen war, als Neulinge noch üblere Speichellecker zu finden als die Räte, die bei den Unruhen umgekommen waren. Scopas, so Tenedos, versuchte Barthou die Stirn zu bieten, freilich weniger aus Patriotismus, so meinte der Seher, als aus dem Wunsch heraus, seine eigene Macht zu konsolidieren.

Trotzdem, der Termin für das Tribunal wurde festgelegt und wir hatten kaum eine Woche bis dahin. Während dieser Zeit passierten zwei Dinge von Interesse.

Marán war in ihr Haus am Fluß zurückgekehrt. Eines Morgens erhielt ich einen Brief, in dem sie mich fragte, ob ich sie nicht zu einer bestimmten Stunde besuchen könnte. Ungewöhnlich war, dass sie mich bat, mein Pferd in einem öffentlichen Stall einen Block entfernt einzustellen und dann durch die kleine Hintertür zu kommen. Einer vom Gesinde würde mich erwarten.

Es gab nur eine Tür in der riesigen nackten Mauer auf der Rückseite ihres Anwesens. Ich klopfte und schon ging sie auf. Eine ziemlich gewöhnliche Frau, die ich, so meinte ich, schon einmal beim Servieren von Appetithappen in Maráns Salon gesehen hatte, bat mich, ihr zu folgen. Ich sah vor dem Haus eine lange Reihe von Fuhrwerken und hörte Männergeschrei.

Die Frau führte mich einen gewundenen Weg durch den Garten des Hauses zu einem Hintereingang und dann durch die Küche. Die Mägde in der Spülküche waren ebenso beschäftigt wie die Köchinnen, viel zu sehr in ihre Arbeit vertieft, um auch nur im Geringsten auf mich zu achten. Die Frau bat mich, einen Augenblick zu warten, dann sagte sie: »Beeilt Euch«, und wir huschten über einen leeren Korridor eine Hintertreppe hinauf in das Solarium, wo Marán und ich zur privaten Musik unserer Herzen getanzt hatten.

Marán war allein in dem Raum und die Frau verbeugte sich noch einmal und ging. Ich wollte Marán schon umarmen, aber irgendetwas in der Art, wie sie dastand, riet mir, es nicht zu tun.

»Komm her«, sagte sie. »Schau, da unten.«

Ich starrte hinab auf die Reihe der Fuhrwerke, auf denen sich Bücher, Tische, Schränke und andere Möbel stapelten. Fuhrleute waren dabei, sie zu beladen, ein weiterer Mann beaufsichtigte sie dabei. Es dauerte einen Augenblick, denn ich hatte ihn ja nur einmal getroffen, aber dann erkannte ich Maráns Gatten, den Grafen Hernad Lavedan.

»Er ist vor vier Tagen zurückgekommen und hat versucht ins Haus zu kommen. Ich habe ihn von den Dienstboten vertreiben lassen und ihm befohlen, seine Siebensachen bis heute aus dem Haus zu schaffen, sonst würde ich sie auf der Zufahrt aufstapeln und anzünden lassen.

Eben wird der letzte Rest verladen.«

Ich sah, dass Lavedan eine kleine Kiste in der Hand hielt, und erinnerte mich an das kleine Schiffsmodell, auf das er so stolz gewesen war. Er reichte es dem Kutscher, der setzte es behutsam auf dem Boden des Fuhrwerks ab. Die anderen Fuhrleute stiegen auf und ich hörte das Knallen der Peitschen schwach heraufklingen. Die Fuhrwerke schlängelten sich die Zufahrt hinab und fuhren dann auf der Straße davon.

Graf Lavedan ging zu seinem Pferd, blieb noch einmal stehen und blickte die Fassade herauf. Einen langen Augenblick lang starrte er hoch und ich stellte mir schon vor, er könne mich sehen. Ironischerweise wäre ich fast zusammengefahren, obwohl ich keine Angst vor ihm hatte. Ich nehme an, es lag daran, dass ich nach wie vor das Gefühl hatte, in *seine* Gattin verliebt und damit ein Eindringling zu sein. Schließlich stieg er auf und ritt, ohne sich noch mal umzusehen, davon. Marán starrte ihm nach, bis er um eine Ecke verschwunden war.

»Jetzt lebe ich alleine«, sagte sie ausdruckslos. Ich konnte ihr Gesicht nicht sehen, wusste aber, dass ihre Miene wieder die des Hündchens war, das auf die Strafe zu warten scheint. Nach einer Weile sagte ich vorsichtig: »Das musst du nicht – wenn du nicht willst.«

Sie wandte sich mir zu.

»Damastes, bist du dir dessen sicher, was du da sagst? Wenn du hier einziehst, dann bist du vor aller Augen der Grund für die Schmach meines Gatten. Er weiß, ich habe eine Affäre, er hat es mir selbst gesagt, aber ich glaube nicht, dass er schon weiß, wer mein Liebhaber ist.

Die Lavedans sind eine mächtige Familie, und ich bin mir sicher, dass sie alles daransetzen werden, dich und deine Karriere zu zerstören.

Bin ich das wert?« Ihr Gesichtsausdruck ließ darauf schließen, dass sie das nicht glaubte.

Ich hätte ihr vernünftig antworten und sagen können, ich hätte bereits einen weit höheren Rang erreicht, als ich es mir je erträumt hatte, und dass ich zufrieden sei. Ich hätte ihr sagen können, ich bezweifelte, dass der Graf nach all den Ehren, mit denen der Pöbel mich überhäuft hatte, in nächster Zukunft eine Gefahr darstellen würde, ein Mann, der während der Krise davongelaufen war. Und selbst später würde er schlimmstenfalls veranlassen können, dass man mich zum Capitain degradierte und zu den Grenzregimentern zurückversetzte – mein ständiger Traum. Ich hätte logisch antworten können, aber stattdessen sagte ich: »Um es mit den Worten eines Soldaten zu sagen, er kann mich mal – mitsamt seinem Gaul!«

Ein kleines Lächeln huschte über Maráns Lippen und war gleich wieder fort.

»Du könntest dir einen anderen, weitaus gefährlicheren Feind machen«, fuhr sie fort. »Ich weiß nicht, was meine Familie von alledem halten wird – ich habe nach meiner Rückkehr einen langen Brief nach Irrigon geschickt, ohne dich zu erwähnen, versteht sich. Ich weiß nicht, ob er angekommen ist, und ich will eben einen weiteren aufsetzen, da ich bisher ohne Antwort bin.

Ich bin sicher, sie werden das Gefühl haben, der Name der Agramóntes sei durch mein Verhalten entehrt, und es kann sehr gut sein, dass sie sich an dem bösen Beschäler zu rächen versuchen, der mich zu Fall gebracht hat. Willst du das auf dich nehmen? Ich muss hinzufügen, dass die Agramóntes noch um vieles mächtiger sind, als die Lavedans es sich jemals erträumt haben.«

Ich antwortete ihr nicht, sondern nahm sie bei der Hand und führte sie auf die Seite des Raums, auf der ein dicker Teppich lag. Meine Augen ließen die ihren nicht einen Moment los, während meine Finger sie ganz langsam auszogen. Ich legte die eigene Kleidung ab. Ich küsste ihr zärtlich die Lippen, beugte mich dann tiefer und küsste ihre Brustwarzen. Ihr Atem kitzelte meinen Nacken.

Sachte legte ich sie auf den Teppich, kniete mich über sie, und sie nahm die Knie hoch und spreizte sie. Ich küsste ihren Lustknopf und fuhr mit der Zunge in sie. Sie erschauerte und ihre Hände fuhren durch mein langes Haar, das ihr über die Schenkel fiel. Ich rutschte nach oben und mein Riemen glitt in sie, als hätte er seinen eigenen Willen. Wir bewegten uns im Einklang, beide mit offenen Augen, als die Welle uns langsam mit emporhob, bis sie zerschellte; dann spürte ich Maráns Beben um mich.

»Ich schätze«, sagte sie, nachdem unser Atem sich wieder beruhigt hatte, »das ist wohl eine Antwort, was meinst du?« Es war mehr als eine Antwort, es war der Beginn eines Paktes. Wir lagen behaglich nebeneinander.

»Ich lasse morgen Zimmerleute und Maler kommen«, meinte sie. »Wenn sie fertig sind, gibt es keine Spur mehr von ihm. Möchtest du dich an der Umgestaltung beteiligen?«

»Wie sollte ich? Es ist dein Haus, nicht das meine.«

»Wenn du hier wohnst, Damastes, dann ist es das unsere.«

Ich küsste sie. »Na schön. Ich habe nur eine Bitte. Wir sollten nur ein Schlafzimmer haben. Am besten das hier, wenn es dir recht ist – hier, wo wir getanzt haben. Ich mag die Sonne auf unseren Körpern.«

»Darauf hatte ich gehofft«, flüsterte sie. »Ich habe nie verstanden, warum er nie auch nur mit mir schlafen wollte. Mich halten wollte. Ich habe es nicht verstanden … weder das, noch so manches andere.« Sie erschauerte und wechselte das Thema. »Was ist mit seinem Büro? Was willst du damit machen?«

»Ist mir egal. Mach ein Kinderzimmer daraus.«

Ihre Augen wurden vor Überraschung ganz groß; dann kicherte sie. »Also, Sir, was erdreistet Ihr Euch?«

»Was denn?«, flüsterte ich und mein Riemen wurde wieder steif. Ich stieß hart und tief zu, und sie krallte sich in meinen Rücken, während ihr die Luft wegblieb. Ich hob ihre Knie an meine Brust und legte mich schwer auf sie, meine Hände um ihren Hintern, als wir gegeneinander fuhren, dann, im letzten Augenblick, schrien wir beide laut auf.

Die Zeitungen mochten inkompetent gewesen sein, wenn es um die Berichterstattung über die tatsächlichen Ereignisse in Numantia ging, es sei denn, der Zehnerrat ordnete es an; bei Skandalen jedoch waren sie schwer auf Draht.

Kaum war ich mit Lucan, Rabbit und meinen paar Habseligkeiten in Maráns … unserem Haus – daran musste ich mich immer wieder erinnern, auch wenn es keinen Sinn hatte, da ich nicht nur der ärmste, sondern auch der jüngste Domina Numantias war und doch in einem großen Haus residierte, das ich nicht gebaut hatte – kaum war ich also eingezogen, als unsere Affäre auch schon in der ganzen Stadt bekannt war. Jetzt war ich für alle Welt Damastes der Schöne, der Große Verführer, Damastes, der Räuber unschuldiger Bräute, der den Reichen Hörner aufsetzte.

Ich hörte Gekicher in dem großen Zelt, das den Offizieren der Lanciers als Messe diente, und ich konnte es, selbst wenn ich gewollt hätte, weder zur Kenntnis nehmen noch jemanden zur Rechenschaft ziehen. Ich weiß nicht, wer geplaudert hat – womöglich einer von den Helmen mit guten Augen, wahrscheinlicher der eine oder andere Dienstbote, der seinem Lohn etwas Silber hinzufügen wollte. Ich versuchte nicht, den Lumpen ausfindig zu machen; alle Welt lechzt nach Skandalen, und wäre nicht dieser gewesen, dann eben ein anderer. Auch Tenedos trieb seine Scherze mit mir: »Der Schöne Damastes. Na, da heimsen wir ja ganz schön Lorbeeren ein, Domina.

Jetzt weiß auch die letzte Schöne der Stadt, dass Euch zwei Langschwerter zur Verfügung stehen.«

All die Einsamen und Ruhmsuchenden, die mich zuvor schon belästigt hatten, verdoppelten ihre Anstrengungen, mich zu umgarnen oder wenigstens einen Nachmittag mit mir zu verbringen, nur dass ihre Vorschläge und Wünsche jetzt ganz eindeutig waren.

»Aber sehen die denn nicht, dass ich mit der Frau, mit der ich zusammenlebe, glücklich bin? Ich meine, wieso riskiere ich sonst den Skandal?«

»Wenn denen ein kleiner Seitensprung nichts ausmacht, wie die meisten anzudeuten scheinen«, meinte Tenedos, »wieso dann dir? Bist schließlich nur ein Mann, oder? Verbringen wir nicht alle den größten Teil unserer Zeit mit dem Versuch, es mit allem zu treiben, was sich bewegt?«

»Ich, Sir, bin schließlich kein Nicier.«

»Ist doch nicht das Schlechteste, so ein Ruf«, sagte er nachdenklich, obwohl mir aufgefallen war, dass er – soweit ich das beurteilen konnte – Rasenna in jenen Tagen treu war. Aber es war dies nicht das zweite interessante Begebnis.

Der Dämon war nicht größer als mein Daumen, und er sah mehr nach einem Seehund mit Tigerfängen und vier Armen aus als nach einem konventionellen Ungeheuer. Er fauchte, als ich in seine Nähe kam.

»Was ist das?«, wollte ich wissen.

»Ein nützlicher kleiner Teufel«, erklärte Tenedos. »Im Augenblick ist er drauf und dran, ein Goldgräber zu werden.«

»Wenn er sich da nur nicht übernimmt«, sagte ich skeptisch.

»Er braucht nur eine Münze zu suchen«, meinte Tenedos. »Die benutze ich dann, um zu weiteren zu kommen. Vorausgesetzt natürlich, es ist etwas dort, wo ich es mir erhoffe.« Er beugte sich über die winzige Kreatur und begann zu skandieren:

»Harach
Felag
Meelash
M'rur.«

Der Dämon krächzte etwas in einer ebenso unverständlichen Sprache und sprang ins Wasser.

Tenedos hatte anfragen lassen, ob ich eine Stunde Zeit hätte, um mir etwas anzusehen, was ich vielleicht interessant finden würde, und bat mich, zu ihm an den Landesteg zu kommen, wo das Versteck der Tovieti gewesen war.

Die hölzerne Falltür stand noch immer gähnend offen und gab den Blick auf das dunkle, ölige Wasser frei, das den Tunnel überschwemmt hatte, als Thak die Erde erbeben ließ.

Als ich eintraf, war der Dämon bereits gerufen und aus seinem kleinen Pentagramm befreit worden. Neben Letzterem befand sich eine größere Figur, ein achtzackiger Stern, der fast den Durchmesser eines Fuhrwerks hatte, und um ihn herum waren weitere Kreise und Symbole in die Bohlen des Landestegs eingeritzt worden. Daneben stand eine offene Truhe mit Tenedos' Gerätschaften, und unweit der Szene wartete ein Zug Soldaten mit einem großen Wagen, dessen Gespann aus acht Ochsen bestand.

Ich fragte, was bei allen Höllen er vorhatte, und Tenedos antwortete: »Ich habe mir, mein Freund, unser beider Verlegenheit durch den Kopf gehen lassen, was den Reichtum angeht. Auch wenn wir mit dem Adel verkehren und unsere Damen nicht gerade arm sind, haben wir beide praktisch kein Hemd auf dem Arsch.«

Was auf mich ganz sicher zutraf, obwohl ich bezweifelte, dass Tenedos genauso arm war.

»Ich habe vor, das in Ordnung zu bringen ... das hoffe ich jedenfalls. Nimm meine Logik genau unter die Lupe. Die Tovieti waren ... sind doch ein Geheimbund, nicht?«

»Offensichtlich.«

»Hast du je von einem Geheimbund gehört, der nicht über große Reichtümer verfügt hätte?«

»Nein … aber *gesehen* habe ich den Reichtum eines solchen Geheimbunds nun auch wieder nicht. Natürlich sind die Würger die einzige derartige Gruppe, mit der ich es je zu tun gehabt habe, ich kann also nicht verallgemeinern. Aber sagt man nicht über jeden Heimlichtuer, dass er reich sei? Mir fällt da ein alter Einsiedler ein, der in den Hügeln hinter einem der Höfe meines Vaters gehaust hat. Jeder wusste, er ist märchenhaft reich, aber als er starb, fand man nichts weiter als einen Fetzen Seide, zwei Messingmünzen und einen Löffel bei ihm.«

»Oh, aber wir wissen, dass die Tovieti Reichtümer anhäufen«, meinte Tenedos. »Wir haben doch gehört, dass man sie auffordert, ihre Opfer zu berauben, und haben wir in der Höhle in Kait etwa nicht Riesenhaufen davon gesehen? Nun, bei keinem der Würger hier in Nicias hat man einen derartigen Schatz entdeckt, und ich dachte mir, ich nehme mir ein paar Stunden und lasse mal den gierigen Söldner in mir heraus.«

Mir wurde klar, dass wir, obwohl wir mit unserem Geplänkel beschäftigt waren, das trübe Wasser, in dem der Dämon verschwunden war, keinen Moment aus den Augen ließen.

»Ich habe vor, meinen Fund mit dir zu teilen, Damastes, schließlich hast du die Räuberhöhle entdeckt.«

Ich war völlig sprachlos, und dem Lächeln auf Tenedos' Gesicht nach zu urteilen, entsprach meine Reaktion ganz seinen Erwartungen.

»Ich … ich danke Euch, Sir. Aber Ihr schuldet mir nichts.«

»Ich schulde Euch, was ich Euch zu schulden beliebe, Sir. Und übrigens, es geht hier nicht darum, meine Schuld zu begleichen, sondern nur darum, uns beiden das Leben zu erleichtern.«

Ich stammelte etwas, bedankte mich noch einmal und sagte dann: »Genau genommen hat ja Kutulu den Eingang entdeckt. Da Ihr schon so großzügig seid, sollte er nicht auch etwas kriegen, wenn wir schon beim Verteilen des bislang unsichtbaren Goldschatzes sind? Er kann gern die Hälfte meiner vermutlich nicht vorhandenen Hälfte abhaben.«

»Ich habe ihn gefragt«, sagte Tenedos und jetzt war er wieder ernst, »und er meinte, er habe wenig Verwendung für Geld. Ich fürchte, ich weiß, was er will, und es ist etwas, was niemand, noch nicht einmal ich selbst, ihm gewähren kann. Ah, da ist ja mein Kobold!«

Das winzige Monster tauchte auf und es hielt krampfhaft etwas in seiner Klaue – eine Goldmünze!

»Komm herauf, komm herauf, mein kleiner Freund«, rief Tenedos und der Dämon sprang aus dem Wasser auf die Planken. Tenedos sagte etwas in der Sprache von vorhin und der Dämon antwortete ihm.

»Sehr gut, ausgezeichnet, es ist also noch viel, viel mehr da unten, eh?«, sagte der Zauberer. »Nun, ich stehe in deiner Schuld und du kannst sie jederzeit einfordern.« Dann sagte er noch etwas in der Sprache des Dämons, der daraufhin wieder in sein Pentagramm huschte, wo er sich drehte und herumwirbelte, bis mir die Augen schmerzten – dann war der Drudenfuß wieder leer.

Tenedos drehte die Münze zwischen den Fingern.

»Interessant. Es ist keine numantische Münze, jedenfalls habe ich noch nie eine solche gesehen. Da fällt mir ein Stein vom Herzen, ich hatte nämlich schon befürchtet, wir hätten ehrbar zu sein und das Gold den Erben der von den Tovieti erdrosselten Opfer zurückzugeben.

Stell dir mal das Rundschreiben vor: ›Möchte der Eigentümer einer gewissen Goldmünze sich vor dem Palast des Zehnerrates anstellen?‹ Vielleicht stammt das Gold noch nicht einmal von Opfern aus Nicias, sondern ist ein Teil des großen Schatzes, den Thak aufgehäuft hat. Ich bezweifle, dass wir es jemals erfahren. Nicht, dass ich vorhabe, mich zu erkundigen.

Also, wir werden sehen, was es zu sehen gibt.« Er legte die Münze in die Mitte des Sterns und ging dann murmelnd auf und ab. »Waldmeister als Glücksbringer ... Granatapfel für den Wohlstand ... Mandeln für den Segen der Götter ... und die beiden wahren Kräuter, Basilikum und Klee.«

Er holte die entsprechenden Phiolen aus seiner Truhe und streute die Kräuter in die vier Kohlebecken, die um den Stern aufgestellt waren. Er zündete sie an und aromatische Düfte erfüllten die Luft. Mir fiel auf, und das nicht zum ersten Mal, dass die winzigen Mengen der Gewürze, die er bei diesen Zeremonien benutzte, eigentlich keinen derart starken Geruch hätten verbreiten dürfen, aber sie taten es. Ich kam mir vor wie in einem Granatapfelwald, mit einigen Mandelbäumen ganz in der Nähe und wildem Basilikum unter meinen Füßen.

»Das wird ein interessanter Zauber«, sagte Tenedos und begann zu skandieren:

»Versammelt euch, meine Freunde.
Zu eurem Bruder gesellt euch.
Ihr seid von der Sonne.
Erhebt euch jetzt.
Zaudert nicht.
Euer Grab ist finster.
Euer Grab ist feucht.
Gesellt euch zu eurem Bruder.
Wie ich ihn berührt habe,
So lasst euch berühren.
Erhebt euch.
Erhebt euch jetzt.
Die Sonne verlangt euch zu kosen.«

Einige Augenblicke lang tat sich nichts. »Glaubte ich an die Möglichkeit, Tote wieder zum Leben erwecken zu können«, so Tenedos' Kommentar, »ich machte mir Sorgen, diese Formel könnte auf die falsche Materie wirken. Wir haben da unten einige Leichen zurückgelassen, als wir so eilig abgezogen sind, und ich kann mir gut vorstellen, dass die jeden Schatz befingern würden, sofern einer vorhanden wäre. Es wäre mir sehr unangenehm, kämen *die* aus dem Schleim da unten gewankt. Aber so, wie es aussieht, hat sich mein Geist entweder geirrt oder er hat sich einen Schabernack erlaubt, da sich nichts –«

Tenedos hatte zur früh gesprochen, denn jetzt schimmerte es

über dem Stern und mit einem Mal, wie aus dem Nichts, regnete der Schatz herab. Wir sahen Edelsteine, Goldbarren, Münzen und Figurinen. Der Haufen wuchs und wuchs, bis er fast Mannshöhe erreicht hatte. Von den Soldaten waren Rufe des Erstaunens zu hören.

Tenedos strich sich nachdenklich übers Kinn.

»Damastes«, meinte er, »mir scheint, wir haben uns, obwohl wir hinsichtlich der Art und Länge unseres Lebens auf das Rad geflochten sind, von einem anderen befreit – dem Rad der Sorge um unser tägliches Brot.« Er grinste, und ich sah kurz einen kleinen Jungen namens Laish, bevor er sich entschloss, die ehrwürdigen Gewänder eines Zauberers anzulegen. »Wir sind reich!«

Und das waren wir denn auch.

Tenedos sollte mich später in vieler Hinsicht verraten, aber trotzdem fällt mir immer wieder dieser Augenblick ein. Er hätte das Gold auch alleine heraufrufen und für sich behalten können, und ich wäre noch nicht einmal auf den Gedanken gekommen, dass das nicht richtig war.

Aber er entschloss sich bereitwillig, es zu teilen, und mir kommt einmal mehr der Gedanke, dass der Seher womöglich der komplexeste Mensch war, den Irisu je ins Leben gerufen hat.

Nie war in Nicias jemals etwas passiert, was dem Tribunal gleichgekommen wäre, jedenfalls nicht seit Menschengedenken. Zum ersten Mal hatte das gemeine Volk Gelegenheit zu sehen, wie seine Führung dachte, sprach und wie sie zu ihren Entscheidungen kam.

Tenedos leitete das Verfahren, als wäre er der Richter, nicht etwa Barthou oder der Zehnerrat. Von Kutulus Bütteln unterstützt, ließ er Zeuge auf Zeuge auftreten, und jeder schilderte, wie die Tovieti langsam Nicias infiltriert hatten, eine Gesellschaftsschicht nach der anderen, nicht weniger geschickt als ihre Würger, wenn sie ihren Opfern den gelben Seidenstrick um den Hals legten; Schritt für Schritt hatten sie den Aufstand geplant.

Angewidert sah ich, in welch traurigem Zustand die Gefangenen waren. Es war mehr als offensichtlich, dass Kutulus Verhörspezialisten nicht nur mit Worten gearbeitet hatten. Mir schmeckte das nicht, aber Gewalt ist bei unserer Polizei völlig normal, was dumm ist, da ein Mensch unter der Folter alles gestehen würde, nur damit die Schmerzen aufhören.

Keineswegs normal war, dass man alle gefoltert hatte – reich oder arm. Als die Marquise Fenelon an der Reihe war, begann sie mit einem offensichtlich auswendig dahergeplapperten Routinegeständnis, das auf den Einfluss der Folterknechte hin zustande gekommen sein musste. Dann verlor sie die Fassung und brach schließlich zusammen.

»Rat Barthou! Ihr würdet nicht glauben, was man mir angetan hat«, kreischte sie. »Die Büttel haben mich wie Dreck behandelt, diese Schweine! Seht, was sie mir angetan haben! Seht doch nur!« Sie hielt ihm die gekrümmten Finger entgegen und ich sah, dass man ihr die Nägel herausgerissen hatte. »Wie konnten sie mir das antun? Wie konnten sie nur?«

Barthou antwortete nicht, sondern wandte sich ab; dann zerrten zwei Büttel sie aus dem Amphitheater. Sie tauchte nie wieder auf und ich weiß nicht, was aus ihr geworden ist. Ich erkundigte mich auch nicht und es war, als hätte die Frau nie existiert. Sie war eine Verräterin, sicher, aber hatte sie dieses Ende verdient? Ich weiß es nicht und bin dankbar, nie auf dem Richterstuhl gesessen zu haben, niemals zu etwas anderem gezwungen gewesen zu sein, als primitivste, unmittelbare Gerechtigkeit zu üben, immer strikt nach den klaren, sauberen Regeln des Militärs.

Die Gequälten waren jedoch nicht diejenigen, die am meisten erzählten. Es war der Dicke mit dem Bart, den ich in der Schmugglerhöhle gesehen hatte, der Mann, der wie ein Lebensmittelgroßhändler aussah und dabei der Kopf aller Tovieti von Nicias gewesen war. Wie sich herausgestellt hatte, hieß er Cui Garneau, ein Name so gewöhnlich wie seine Erscheinung. Er erzählte den Inquisitoren absolut alles, ohne großen Druck wartete er mit den ruinösesten Informationen auf. Er gestand Mord auf Mord, nicht nur die Morde anderer, sondern auch die eigenen, und erzählte von den Freuden seines Dienstes für Thak, wann immer er die gelbe

Seidenschnur straff zog. Seine Geschichten wollten schier kein Ende nehmen; selbst den blutdürstigen Schreibern der Gazetten wurde ganz schlecht. Für ihn hatte es keine Unterschiede gegeben; er erzählte mit derselben Wonne davon, ein Neugeborenes erdrosselt zu haben wie eine gebrechliche alte Frau.

Wie es aussah, war er nicht gefoltert worden, und ich fragte Tenedos, warum er so mitteilsam war. War ihm denn nicht klar, dass das sein Verhängnis war, oder war ihm das egal?

»Niemand hat ihm auch nur ein Haar gekrümmt«, bestätigte Tenedos mir. »Tatsache ist, er wohnt in einer Zelle, die mehr Luxus aufweist als die Wohnungen hier, obwohl das für ihn nicht die geringste Rolle spielt.

Du wirst das nicht zum letzten Mal sehen, Damastes. Er hat einem Herrn so leidenschaftlich gedient, dass es für ihn nichts anderes gab: Thak. Als ich diesen Herrn vernichtet habe, lag seine Welt in Trümmern. Er hat etwas anderes gesucht, an das er sich halten konnte, und fand mich. Da ich die Macht hatte, Thak zu vernichten, möchte er jetzt mir dienen. Und das macht er am besten, indem er alles erzählt. Das Merkwürdige daran ist, dass er durchaus ein hohes Alter erreichen kann. Ich selbst werde mich dafür einsetzen, ihn am Leben zu erhalten, damit künftige Historiker oder auch nur die Neugierigen ihn besuchen können, um zu erfahren, dass diese große Verschwörung keine Wahnidee, sondern etwas sehr Wirkliches, sehr Tödliches war.

Mein einziges Problem besteht darin, dass er seine Aussage nicht mehr auf einen Feind bezieht, der nicht mehr existiert, nämlich Thak, sondern gegen jemanden richtet, mit dem wir uns noch zu befassen haben: Chardin Sher. Ich wollte außerdem, er wüsste Genaueres über andere Gruppen der Tovieti in Numantia, aber er behauptet, darüber nichts zu wissen, nur Thak hätte sie alle gekannt.

Tatsächlich sollte Tenedos teilweise Recht behalten, aber eben nur teilweise. Als das Tribunal zu Ende war, wurde Cui Garneau zum Tode verurteilt, das Urteil jedoch auf der Stelle ausgesetzt, und zwar als eines von nur vieren.

Trotzdem überlebte Garneau das Jahr nicht. Als er einmal die

Zelle verließ, die man ihm zugewiesen hatte, und sein Wärter einen Augenblick abgelenkt war, schlugen ihn drei verurteilte Mörder mit Eisenstangen tot, die sie unter ihren Lumpen verborgen hatten. Es gibt wohl, so nehme ich an, gewisse Verbrechen und Verbrecher, die noch nicht einmal der schlimmste Mensch tolerieren kann.

Nachdem ich Tenedos' Strategie gehört hatte, besuchte ich das Tribunal öfter und konnte immer klarer erkennen, wie er es einrichtete, dass sich alle Aussagen gegen den Erzschurken richteten: Chardin Sher.

Der Zehnerrat wand sich, da er derlei Informationen nicht unter die Leute gebracht sehen wollte, da man Angst hatte, man müsste tatsächlich etwas *tun*. Aber was sie wollten, spielte keine Rolle. Tag für Tag trug man das Beweismaterial vor: Malebranche war auf dem und dem Treffen gewesen, hatte eine bestimmte Menge Gold verteilt, aufmunternde Reden gehalten – und so weiter und so fort. Kutulu hatte Malebranches Wohnung auf den Kopf gestellt. Der Kallier hatte vor seiner Flucht seine Korrespondenz verbrannt, sich jedoch nicht die Mühe gemacht, auch die Asche zu beseitigen.

Seher verwandelten die Asche mit Hilfe von Formeln Schritt für Schritt zurück zu verbranntem Papier, dann kam zurück, was das Feuer vernichtet hatte, und schließlich war wieder alles so lesbar wie in der Stunde, bevor man die Briefe ins Feuer geworfen hatte. Chardin Sher war in seiner Post sehr vorsichtig gewesen – er war kaum so dumm zu schreiben: »Ich möchte an diesem und jenem Datum so und so viele Leute ermordet sehen« oder »Wenn in Nicias genug sterben, dann wird sich der Zehnerrat zur Abdankung gezwungen sehen oder dazu, einen starken Mann auf den Thron zu setzen«, aber die Übersetzung seiner vagen Formulierungen in hinterhältige Absichten und verräterische Befehle war wahrhaftig nicht schwer.

Ich wartete auf einen Protest aus Kallio oder, was noch wahrscheinlicher war, eine zornige Delegation. Aber es kam nichts. Stattdessen berichtete General Turbery in einer Geheimsitzung, die Kallier seien dabei, ihre Reserven einzuberufen und ihre Armeen an der Grenze zusammenzuziehen. Einheiten, die Numantia treu waren, wurden aufgeteilt oder entwaffnet und in den Kasernen unter Hausarrest gestellt. Jenen, die der Grenze am nächsten waren, gelang die Flucht in die Sicherheit, aber es handelte sich dabei um nicht mehr als zwei Regimenter Infanterie.

Ich hatte keine Zeit mehr für das Tribunal. Ich wusste, was als Nächstes kommen musste, wie meine Pflichten aussehen würden, falls nicht etwas wirklich Skandalöses passierte und der Zehnerrat einmal mehr die Möglichkeit hatte, sich seiner Verantwortung zu entziehen.

Der Zehnerrat drehte und wand sich, aber Tenedos' Haken saß tief.

Das Tribunal kam schließlich zum Ende. Sämtliche Tovieti außer vieren wurden zum Tode verurteilt und fanden noch in derselben Woche den Tod. Es war der grausigste Anblick, den Numantia je gesehen hatte – mehr als dreihundert Männer und Frauen hingen an der langen Galgenreihe, die man errichtet hatte, um gleich fünfzig auf einmal exekutieren zu können, und man heuerte zusätzliche Scharfrichter an, um die Falltüren zu bedienen. Grausig und schrecklich zugleich, weil die Henker sehr oft ungeübt oder betrunken waren. Statt einfach zu fallen, unter dem scharfen Knacken ihres brechenden Genicks, kämpften die Tovieti sich strampelnd aus ihren sterblichen Hüllen und zurück auf das Rad – ein langsamerer Tod, als sie ihn ihren Opfern gewährt hatten. Aber noch schlimmer war es, wenn der Strick zu lang oder sie zu schwer waren; wenn dann das Seil sich ruckartig straffte, riss es ihnen den Kopf ab, und das nicht weniger blutig als ein Bauer einem Huhn.

Als das Gestrampel zu Ende war, nahm man die Leichen ab und warf sie in ein Massengrab. Man übergoss sie mit Öl und Magier sprachen Feuerformeln, so dass die Leichen völlig vernichtet wurden, und das nicht nur, damit sie keine Märtyrerreliquien für die wenigen überlebenden Tovieti abgaben, sondern auch um zu verhindern, dass Schurken Asche, Stricke und dergleichen zu Zwecken der schwarzen Magie einsetzten.

Tenedos berief nach dem Tod des letzten Tovieti eine Sondersitzung des Zehnerrats ein. Auch diese sollte im Amphitheater stattfinden.

Tenedos war der einzige Redner und er sprach fast vier Stunden lang. Seine Rede war schlicht, und worum es ihm ging, wiederholte er oft genug: Man musste zu einer Entscheidung kommen. Jetzt. In diesem Kolosseum. Noch heute. Heute, oder der Zorn des Volkes würde sich noch einmal Luft machen. Kallio und Chardin Sher müssten vor Gericht.

Bei diesen Worten tobte die Arena, und der Zehnerrat wusste, dass das Volk noch am selben Tag Blut brauchte. Entweder das des Zehnerrats oder das der Kallier.

Der Rat lenkte ein und schickte per Heliograph eine Sonderbotschaft in die kallische Hauptstadt Polycittara. Chardin Sher sollte sich dem nächsten numantischen Armeeposten stellen und war sofort in Ketten nach Nicias zu bringen, um sich für seine schrecklichen Verbrechen zu verantworten.

Darauf konnte es nur eine Antwort geben.

Kutulu trat während des Tribunals nicht in den Zeugenstand, noch wurde auch nur einmal sein Name erwähnt. Ich begegnete ihm in Tenedos' Büro, wo er einen weiteren Stapel Karteikarten durchforstete, und fragte ihn, wieso er nicht in Erscheinung getreten war.

»Es bestand keine Notwendigkeit, Damastes, mein Freund«, war seine Antwort, und um die Wahrheit zu sagen, fand ich seine Freundschaft zu mir etwas bestürzend. Er war der Mann, der eiskalt und bedächtig eine Kartei angelegt hatte, die mehrere Tausend Leute das Leben gekostet hatte, sei es per Standgericht oder während des Tribunals, und trotzdem schien er sich nicht im Geringsten verändert zu haben. Aber ich hielt es für besser, dass er eine gute Meinung von mir hatte; wenn er je auf den Gedanken käme, ich hätte meinen nach wie vor unausgesprochenen Eid gegenüber Tenedos gebrochen, er würde mich aufspüren und nicht weniger herzlos dafür sorgen, dass ich bestraft wurde, als er für die Schlächterei unter den Tovieti gesorgt hatte, das wusste ich schon damals.

»Was ist denn als Nächstes dran?«, fragte ich. »Ich kann mir nicht vorstellen, dass Ihr wieder zu den gemeinen Bütteln zurückkehren wollt.«

»Das werde ich auch nicht«, pflichtete er mir bei. »Seher Tenedos hat bereits meine dauernde Versetzung zu ihm beantragt, als einer seiner Berater.«

»Aber die Unruhen sind vorbei«, warf ich ein. »Was braucht er denn da einen privaten Gesetzeshüter?«

»Die Unruhen sind vorbei«, antwortete Kutulu und senkte die Stimme dabei. »Aber die größere Aufgabe hat erst begonnen.«

Trotz der Sommerhitze überlief es mich kalt.

Es war Brauch bei den Reichen von Nicias, sich im Bett zu aalen, bis alles – vom Bad bis zum Frühstück – bereit war.

Dann brauchte man nichts weiter zu tun, als aus dem großen neuen Bett zu steigen, umherzugehen und alles einfach entgegenzunehmen: Morgenmantel, Bad, Bürste, Kleidung sowie Speis' und Trank, und das alles von Dienern, die man, wie mir Marán mitteilte, am besten übersah.

»Immer und überall?«, beklagte ich mich einmal, als eine der Zofen hereinkam, während ich friedlich beim Kacken saß. Ich hatte sie angebrüllt und hinausgejagt – noch nie hatte man meine Privatsphäre derart verletzt seit meiner Zeit als Junge am Lyzeum oder bei Manövern im Feld.

»Immer und überall«, sagte Marán fest. »Es ist eines der Unterscheidungsmerkmale zwischen uns besseren Leuten und euch gewöhnlichen Schweinen.«

»Selbst wenn wir gerade hierbei sind?«, brummte ich, rollte sie auf den Bauch und biss ihr in den Hintern. Sie schrie auf, und als die Dinge sich gerade weiterentwickeln wollten, klopfte es und ihre Kammerzofe trat ein.

Sie hatte ein Tablett mit einem Umschlag dabei. Es war der lang erwartete, gefürchtete Brief von Maráns Vater.

Marán kauerte neben mir und starrte ihn an.

»Wir werden nie erfahren, was darin steht, wenn wir ihn nicht aufmachen«, sagte ich ihr.

Zögernd brach sie das Siegel und nahm die vier Seiten heraus. Marán begann zu lesen und ihre Augen wurden immer größer. Ich dachte schon, es sei alles noch schlimmer als das, worauf wir gefasst gewesen waren. Sie las zu Ende und gab ihn mir dann.

»Ich glaube es einfach nicht«, erklärte sie.

Ich las ihn und es erging mir nicht anders.

Ich hatte erwartet, ihr Vater würde ihr einen scharfen Brief schreiben, in dem er ihr Verhalten verdammte und ihr ihre Schande unter die Nase rieb. Stattdessen war der Brief recht gefasst. Es tat ihm Leid, dass ihre Ehe zu Ende gegangen war, aber überrascht war er nicht. Genau genommen war er sogar zufrieden damit. Er hatte den Grafen Lavedan seines Adelstitels nie für wert befunden. Er schrieb, der einzige Grund, aus dem er der Verbindung zugestimmt hatte – und er entschuldigte sich dafür, das seiner jüngsten Tochter nicht schon gesagt zu haben –, war eine alte und beträchtliche Schuld der Agramóntes gegenüber den Lavedans.

»*Davon* habe ich gewusst«, murmelte Marán, als sie den Brief über meine Schulter noch einmal las. »Hernad prahlte damit, nachdem wir geheiratet hatten. Er sagte nicht, worum es ging … aber ich nehme an, um etwas Peinliches.«

»Das ist ziemlich schrecklich«, sagte ich.

Marán zuckte die Achseln. »Der Adel heiratet sehr oft aus anderen Gründen als Liebe. Deshalb nehmen sich ja so viele von uns Liebhaber, nehme ich an. Und warum bist du so überrascht? Gibt ein Bauer seine Tochter nicht einem Mann mit einem Bullen zur Frau, damit er seinen Pflug nicht mehr selbst ziehen muss?«

Der Brief ging weiter. Marán könnte tun, was sie wollte: in Nicias bleiben, obwohl ihr Vater das für viel zu gefährlich hielt, auch wenn das Militär dem Mob gezeigt zu haben schien, wo er hingehörte, oder sie konnte nach Hause kommen, nach Irrigon. Er würde ihr auf der Stelle die Bankiers der Familie schicken, um sicherzustellen, dass ihr zur Verfügung stand, was immer sie an Geld brauchte, um das Renommee der Agramóntes aufrechtzuerhalten für den Fall, dass sie in der Hauptstadt blieb. Er wisse, wie die Ereignisse als solche ihr schon zu schaffen machen konnten, sie sollte sich also nicht auch noch um Geld sorgen. Sie könnte mit dem Geld um sich werfen wie eine Verschwenderin bis zum Tag ihres Todes und greife das Vermögen der Agramóntes noch nicht einmal an.

Die letzten Zeilen überraschten mich dann wirklich, schließlich kamen sie von einem Mann, den ich für einen stockreaktionären Landadeligen hielt, einem Mann, der sich sein Menschsein kaum selbst eingestehen würde, geschweige das eines anderen:

Meine Tochter, es fällt einem alten Mann wie mir nicht leicht zu sagen, wie sehr er dich liebt und immer geliebt hat. Du kamst etwas überraschend im Herbst meiner Jahre, und vielleicht habe ich dich nicht so umsorgt, wie ich das hätte tun sollen.

Du bist mir in meinem Herzen die Liebste, und ich möchte, dass du jetzt, wo die Zeiten hart sind, weißt, dass ich ganz und gar hinter dir stehe. Unsere Beziehungen mit den Lavedans finden damit ein Ende und wir werden fürderhin nichts mehr mit der Familie zu tun haben. Ich habe bereits den Vertretern unserer Familie in Nicias geschrieben mit der Weisung, deine Ehe so bald wie möglich legal zu annullieren, und das so still und leise wie nur möglich. Es ist mir egal, wie oder warum es so gekommen ist, ebenso wessen Schuld es war, obwohl ich in meinem Herzen glauben möchte, dass es an deinem ehemaligen Gatten lag. Falls einer der Lavedans einen Skandal aus der Angelegenheit zu machen versucht, so sei versichert, dass ich mich persönlich um sie kümmern werde. Ich liebe dich und werde dich in allem, was du zu unternehmen wünschst, unterstützen, rückhaltlos und ohne Tadel.

Dein Vater, Datus

Ich legte den Brief beiseite.

»Was machen wir denn jetzt?«, fragte Marán, die ganz entsetzt dreinschaute, als hätte der Brief sie enterbt.

»Du kannst weiterhin die reiche Gräfin Agramónte sein. Und ich könnte dich wieder in den Hintern beißen«, erbot ich mich.

Sie grinste.

»Das könntest du… oder was immer dir sonst noch in den Sinn

kommen mag.« Und damit legte sie sich auf die einladendste Weise zurück auf das Bett.

Ich hatte kaum die Zeit, jede zweite Nacht mit Marán zu verbringen, so sehr war ich damit beschäftigt, meine Lanciers für die kommenden Monate zu rüsten. Ich hatte noch nicht einmal Zeit gehabt, mir Seher Tenedos' große Ansprache im Amphitheater anzuhören.

Hauptfeldwebel Karjan kam zu mir und sagte, er habe die Nase voll von seinem Dasein als Unteroffizier. Er wollte einfach nur wieder mir dienen, sonst nichts.

Ich sagte ihm, er solle sich verdammt noch mal aus meinem Büro scheren, ich hätte zu tun.

»Sir«, meinte er, »ich habe während des Notstands gedient, wie Ihr es wolltet. Jetzt ist mit den Aufständen Schluss. Jeder kriegt seine Orden. Warum kann ich nicht das eine kriegen, was ich haben will?«

Ich sagte ihm, nie und nimmer würde man erlauben, dass ein Hauptfeldwebel den Diener für einen Domina spielte. Ich glaube, noch nicht einmal Generäle hatten Dienstboten von solchem Rang.

Er machte ein nachdenkliches Gesicht, salutierte und ging. Noch in derselben Nacht suchte er sich eine der Schenken, in der die Goldhelme üblicherweise zechten, ging hinein und verkündete, keiner von ihnen verdiene es, mit einem *richtigen* Soldaten zu trinken. Die Männer fielen über ihn her, und er schaffte es, sechs von ihnen zu verprügeln, bevor man ihn zu Boden schlug. Die vier »Überlebenden« machten den Fehler, ihm den Rücken zuzukehren und zur Feier ihres Sieges einer Krug Wein zu bestellen. Karjan stand auf, griff sich eine Bank und schlug sie alle vier krankenhausreif.

Dann machte er sich daran, die Schenke zu zerlegen.

Fünf Profosse tauchten auf, und die schichtete er über die ramponierten Helme, dann noch zwei Trupps Büttel, vier Mann pro Trupp. Er kam gerade so richtig in Schwung, als die Frau des Wirts auf ihn zukam, mit einem Lächeln, einer Flasche Wein und einer Keule hinter dem Rücken.

Resigniert bezahlte ich Karjans Strafe, holte ihn aus dem Bau, riss ihm vor versammeltem Regiment die Rangstreifen ab und degradierte ihn zum gemeinen Reiter.

Ich glaube nicht, dass ich in den letzten Monaten einen glücklicheren Menschen gesehen hatte. Karjan lächelte sogar und zeigte damit, dass auch er bei der Saalschlacht nicht ganz ungeschoren davon gekommen war – er hatte einige Lücken dort, wo vorher Zähne gewesen waren.

Ich seufzte, sagte ihm, er solle seinen Kram zusammensuchen und sich bei mir zu Hause melden. Damit hatte ich wieder einen Diener.

Legat Bikaner erzählte mir an jenem Abend in der Messe, man habe Wetten darüber abgeschlossen, wie lange Karjan seine Rangabzeichen behalten würde. Es war weder das erste Mal, dass man ihn befördert hatte, noch das erste Mal, dass er ganz bewusst etwas unternommen hatte, um wieder degradiert zu werden.

»Kaum ist er über den Lanzer hinaus«, meinte Bikaner, »schon dreht er durch.«

»Wer hat die Wette gewonnen?«

»Einer der neuen Legaten«, sagte Bikaner. »Ich jedenfalls nicht. Ich hatte auf eine Woche nach seiner Beförderung gesetzt. Ich schätze, das heißt, er hält große Stücke auf Euch, Sir.«

»So«, meinte sie und ließ mich aus ihrem Mund gleiten. »Jetzt können wir zum nächsten Schritt übergehen.« Sie atmete fast so heftig wie ich selbst.

»Warum kannst du nicht einfach weitermachen?«

»Weil wir jetzt etwas Neues machen, und bisher warst immer du es, der mir alles zeigt. Jetzt bin ich dran.«

»Na schön. Was soll ich tun? Ich meine, bevor ich schlaff bin.«

»Du könntest mit dem Ding Löcher in die Wand bohren«, sagte sie. Sie setzte sich auf mich, führte mich in sie ein und schnappte nach Luft, als ich meine Hüften hob und mit einem Stoß noch tiefer in ihren Körper eindrang.

»Nicht doch«, stieß sie hervor. »Jetzt setz dich auf und lege deine Beine hinter mir übereinander. Nimm die Arme um mich, damit ich nicht falle. Wenn du lachst, dann bringe ich dich um, das schwöre ich dir!«

Marán legte die Beine um mich, bis sie genauso saß wie ich. »Und jetzt?«, fragte ich. »Was machen wir jetzt?«

»Gar nichts, wir bleiben einfach so sitzen... nein, nicht bewegen, verdammt... angeblich kommt es uns beiden auf diese Weise zugleich.«

»Was ist das – noch so ein Sexzauber von Amiel?«

»Nein«, meinte sie. »Aber es ist auch aus einem von ihren Büchern, die ich mal gelesen habe.«

»Bist du sicher, dass du dir das auch richtig notiert hast? Ich meine, das ist ja ganz nett, aber es passiert nichts. Hast du es schon mal ausprobiert?«

»Sei still. Das geht dich nichts an. Natürlich nicht! Mit wem hätte ich es ausprobieren sollen, du Mistkerl?

Man muss sich konzentrieren. Du musst dir vorstellen, heißt es in dem Buch, du bist nichts anderes als dein Schwanz.«

Wir saßen schweigend beisammen. Ich versuchte aufrichtig, ihren Anweisungen zu gehorchen, schloss alles andere aus meinem Kopf aus und spürte mich in ihr, Zoll für Zoll. Ich hielt es, ehrlich gesagt, für albern, konzentrierte mich aber, und dann spürte ich doch tatsächlich meine Eichel an ihrem Muttermund, ihre inneren Lippen umfassten mich, ich spürte jeden Zoll meines Geschlechts an ihren feuchten Falten, spürte meine Hoden an ihren Schamlippen.

Marán schnappte nach Luft. »Nicht bewegen, habe ich gesagt!«

»Ich mache doch nichts! Du bewegst dich doch!«

»Nein, das tue ich nicht«, widersprach sie, »nicht da unten.« Sie keuchte jetzt und ihre Beine umschlossen fest mein Kreuz. »O Götter«, stöhnte sie. Ich schwöre, ich saß völlig reglos, und trotzdem spürte ich mein Blut rauschen, und die Welt wurde immer kleiner, bis es für mich nichts mehr gab als Maráns Busen an meiner Brust, meine Zunge in ihrem Mund und ihren heißen Schoß, der mich immer tiefer in sie hineinzog – und dann verschwand während dieses merkwürdigen Geschenks der Götter auch das.

Ich brauchte eine Weile, um wieder zurückzukommen, und stellte fest, dass ich neben ihr lag. Wir waren beide schweißgebadet und ich fühlte mich hilflos wie eine neugeborene Katze.

»Du kannst dir das Buch noch mal ausborgen, wenn du willst. Das war«, brachte ich hervor, »irgendwie… ganz interessant.«

»Mmmm«, summte sie und wir lagen still da, während sie an den nach wie vor spärlichen Haaren auf meiner Brust zog.

»Wird es zum Krieg kommen?«, fragte sie plötzlich.

»Das ist vielleicht eine Frage ausgerechnet jetzt!«

»Ja oder nein?«

Ich seufzte.

»Ja. Ich fürchte schon.«

»Du fürchtest? Lüg mich nicht an, Damastes. Ich weiß, du bist Soldat, und ich weiß, du wirst in den Krieg ziehen. Es ist eben dein Leben und wird es immer sein, schätze ich.«

»Ja.«

»Wenn du gehst«, sagte sie, »dann hoffe ich, dass ich dein Kind in mir trage.«

Ich war sehr stolz, aber auch sehr unsicher. Vor Marán hatte ich nie an Kinder gedacht, ich hatte mir vorgestellt, wahrscheinlich erst dann zu heiraten, wenn ich in den Ruhestand trat, falls ich lange genug lebte, und dann dieselbe Anzahl von Nachkommen zu zeugen wie mein Vater und Großvater zuvor.

»Ich hätte zu gern einen Sohn von dir«, sagte sie.

»Was hast du denn gegen Töchter?«

»Nichts. Später. Zuerst soll es ein Sohn sein.«

»Und da sagst du, ich bin dreist«, beklagte ich mich. Mir kam ein Gedanke. Ich wollte ihn schon verwerfen, wenn schon nicht als töricht, so doch als plötzlich und extrem. Aber mein Mund gehorchte eigenen Gesetzen und so erklärte ich: »Aber ich kann meine Kinder unmöglich als Bastarde aufwachsen lassen.«

»Mach dir deshalb keine Sorgen«, erwiderte Marán. »Kein anerkanntes Kind eines Agramónte ist ein Bastard.«

»Das habe ich nicht gemeint.«

»Du meinst…«

»Genau. Gräfin Marán Agramónte, würdest du einen armen Domina der Kavallerie heiraten, der nichts weiter tun würde, als dich anzubeten, solange Irisu ihm hier auf der Erde zu atmen erlaubt? Ich liebe dich, weißt du.«

Es entstand ein langes Schweigen, und ich merkte, dass Marán weinte. Ich kam mir wie ein Ungeheuer vor, weil ich nicht wusste, was ich getan hatte.

»Tut mir Leid, Liebstes. Ich wollte dich nicht beleidigen.«

»Hast du doch nicht, ach, Damastes, das hast du nicht. Kannst du gar nicht. Aber ... hast du gewusst, dass nie jemand um meine Hand angehalten hat? Es stand nur plötzlich irgendwann fest, dass ich heiraten würde.

Ist das nicht komisch? Ich erinnere mich nicht daran, dass mir außer meiner Mutter und dem einen oder anderen Kindermädchen jemand gesagt hätte, dass er mich liebt. Nie. Schon gar nicht Hernad. Und dann sagst du es mir und mein Vater sagt es...« Sie begann wieder zu weinen.

Ich hielt sie, bis der Sturm sich gelegt hatte.

»Weißt du«, begann ich, »wenn es dich stört, dann ziehe ich meine Frage zurück. Ich meine, es ist wahrscheinlich Wahnsinn, an so etwas auch nur zu denken. Du hast genug damit zu tun, deine Ehe annullieren zu lassen, und ich habe gehört, dass man nach einer Enttäuschung nicht gleich wieder heiraten soll, wenigstens nicht für eine Weile, und –«

»Nun halte doch den Mund, Damastes. Meine Antwort ist ja. Natürlich heirate ich dich.«

Als sie das sagte, schwebte ich im siebten Himmel, ich heulte fast selbst vor Freude. Sie fuhr fort:

»Du weißt, dass es nicht gleich sein kann. Ganz gleich, wie geschickt die Anwälte meines Vaters auch sein mögen, die Annullierung wird einige Zeit dauern.

Da ich eine Agramónte bin, wird die Angelegenheit vor den Zehnerrat gebracht werden müssen. Tut mir Leid.«

»Nicht doch«, antwortete ich. »Ich habe so einen Grund, um so härter zu kämpfen, um zu dir zurückzukehren.«

»Nicht zu hart«, bemerkte sie. »Denn du *musst* zurückkehren.«

»Oh, das werde ich.« Ich mag jung und voll törichten Heldenmuts gewesen sein, aber ich wusste einfach, ich würde den Krieg überstehen, und ich habe keine Ahnung, woher.

»Dann sind wir also verlobt«, stellte sie fest. »Wir sollten es irgendwie feiern.«

»Da weiß ich genau das Richtige«, sagte ich.

»Ich weiß«, erwiderte sie kehlig und hob die Beine um meine Taille, als ich in ihr wuchs. »Ich weiß.«

Hätte ich in diesem Augenblick irgendwie die Zeit anhalten können, ich hätte es getan, so wie wir dalagen, ich noch in ihr, die Feuchtigkeit unserer Liebe auf unseren Schenkeln. Ich wünschte jetzt, es wäre möglich gewesen; Schmerz, Kummer, Verrat – nichts davon wäre passiert.

Aber ich konnte es nicht und es kam, wie es kommen musste.

Drei Tage später kam die Antwort von Chardin Sher. Der Sonderbote kam zurück – auf einer Bahre. Man hatte ihm die Zunge herausgerissen.

Das bedeutete Bürgerkrieg und der wurde binnen weniger Stunden erklärt.

General Rechin Turbery, der bereits Erfahrung im Kampf gegen die Kallier hatte, entschloss sich, den Feldzug persönlich zu führen. Man wollte die Eliteeinheiten, die man in Nicias zusammengezogen hatte, gegen Kallio schicken, und dazu alle anderen Regimenter, die man aus ihrem jeweiligen Einsatzgebiet abziehen konnte.

Der Krieg sollte nicht als Stückwerk geführt werden, sondern mit der Wucht eines Vorschlaghammers. Es war nicht eigentlich ein Bürgerkrieg, einem solchen aber ähnlich genug, um ihn nur auf eine Art und Weise führen zu können – rasch und hart.

Jeder wusste, dass unser angeblich freundlicher Nachbar, König Bairan von Maisir, ausgesprochen besorgt sein würde über den Lauf der Dinge und dass jede Schwäche des Zehnerrats sehr wohl Anlaß zu Gedanken über unsere Schutzlosigkeit geben könnte.

Aber das Beste kam zum Schluss. Seher Laish Tenedos wurde auf einen neuen Posten berufen: Zauberer der Armee. Sein Stab dort würde so groß sein, wie er ihn haben wollte, und er hatte sich nur gegenüber General Turbery zu verantworten.

Jetzt endlich hatte er die Gelegenheit, seine Strategien und Taktiken zu entwickeln.

Und damit würden wir womöglich eine neue Art der Kriegführung sehen können.

Es war ein grauer Morgen, die Sonne war noch nicht aufgegangen. Kalter Dunst zog vom Fluss herauf in die Stadt. Reiter Karjan hatte sowohl Lucan als auch Rabbit gesattelt und sie waren marschbereit. Er saß auf seinem Pferd und wandte sich höflich ab, als ich mit Marán aus dem Haus kam.

Ich küsste sie und wünschte mir, der Kuss würde niemals enden.

Ich fragte mich, ob damit wohl alles zu Ende wäre: ein Mann, der eine Frau zum Abschied küsst, um in den Krieg zu ziehen. Und ich fragte mich außerdem, weshalb wir einander mit solchem Vergnügen den Schädel einschlugen.

Ich verdrängte den Gedanken und küsste sie noch einmal.

Wieder sah ich jenen Blick des geschlagenen Tiers und wandte mich ab.

Ich ging zu Lucan und stieg in den Sattel.

Marán beobachtete mich, die Hände vor sich gefaltet, mit einem Ausdruck tiefstem Jammers auf dem Gesicht.

Ich schnalzte mit der Zunge und Lucan trabte los, Karjan hinter uns drein. Ich wandte mich noch einmal um, als wir aus dem Tor auf die Straße hinausritten, und ich behielt ihre reglose Gestalt im Auge, bis sie im Nebel des Flusses verschwand.

Dann griff der Krieg nach mir und packte mich.

23 *Katastrophe am Imru*

General Turbery hatte jedes verfügbare Schiff requiriert, um uns flussaufwärts nach Cicognara an der Spitze des Latane-Deltas zu bringen. Dort würde die Armee aufmarschieren, um dann nach Nordosten zur kallischen Grenze zu ziehen.

Laish Tenedos bekam ich nicht zu sehen, er fuhr auf dem Flaggschiff mit, aber er erzählte mir später, er hätte vor Wut geschäumt darüber, wie schrecklich langsam es vorwärts ging.

Ich selbst hatte zu viel zu tun, als dass mir das aufgefallen wäre, immerhin brauchte es acht riesige Viehkähne, um die Lanciers zu transportieren, und ich und mein Legat Bikaner pendelten ständig zwischen ihnen hin und her, in einem Segelboot, an dessen Ruder ein Halunke stand, dessen höflichste Rede selbst den profansten Feldwebel respektvoll verstummen ließ.

Aber kaum waren wir in Cicognara von Bord gegangen, da sah selbst ich, wie unendlich langsam es vorwärts ging. Drei Wochen lang hatten wir nichts als endlose Besprechungen darüber abgehalten, wie wir marschieren sollten und in welcher Reihenfolge, welche Regimenter zu welchen Divisionen gehörten und so weiter und so fort, und je mehr Einheiten in die Stadt kamen, desto verwirrender wurde es.

Zum Teil war die Verwirrung verständlich, schließlich hatte man das numantische Heer seit Generationen nicht mehr in einem solchen Umfang bewegt.

Schließlich lagen über hunderttausend Soldaten in der Stadt und um sie herum und alles staunte ehrfürchtig über die Größe des Heers. Das hört sich lächerlich an, zumal ich selbst einige Jahre später problemlos das Vielfache dieser Zahl kommandierte, und dennoch handelte es sich dabei nur um einen Teil von Imperator Tenedos' Streitmacht, aber wir dürfen nicht vergessen, dass das

Heer seit Jahren in keinen Krieg, sondern nur in Grenzscharmützel und innere Streitigkeiten verwickelt gewesen war.

Die Schlachtordnung sah schließlich folgendermaßen aus: Je fünf Regimenter, von denen wir jedes auf tausend Mann verstärkt hatten, wurden zu einer Division zusammengefasst. Fünf Divisionen bildeten jeweils ein Korps. Diese fünfundzwanzigtausend Mann bildeten einen Flügel und von diesen Flügeln hatten wir drei: Links, Mitte und Rechts.

Die dreizehn Eliteregimenter, die man nach Nicias gerufen hatte, um den Aufstand zu unterdrücken, wurden wieder auf volle Stärke gebracht und mit zusätzlichen Versorgungskompanien ausgestattet. Sie dienten entweder als Vorhut oder als Sicherungselemente für die drei Flügel.

An einem siedendheißen Tag, dem zweiten der Zeit der Hitze, begannen wir unseren Marsch auf Kallio, eine lange bunte Schlange, auf der Straße, die an die Grenze führte. Ich hatte mich einmal geärgert, wie langsam die Leichte Infanterie aus Khurram vorwärts gekommen war, aber ihr Tempo war das eines Geparden gewesen, verglichen mit dem dieses schwerfälligen Ungeheuers. Ich hatte gelernt, dass ein guter Soldat seine Siebensachen auf dem Rücken oder auf einem Bagagepferd zu transportieren vermag. Wenn dem so war, dann marschierte ich mit hunderttausend Idioten nach Nordosten. Und ich nehme mich da nicht aus, denn Marán hatte neue Uniformen entwerfen und nähen lassen, und ich hatte es weder über mich gebracht, sie abzulehnen, noch sie in Nicias zu lassen. Um genau zu sein, gefielen sie mir sogar mit ihren Seidenaufschlägen, ihrem exakten Sitz und den Silber- und Goldstickereien. Ich versuchte mir einzureden, ich würde einen besseren Führer abgeben, da ich jetzt so leicht auszumachen war, und dass Soldaten ihre Führer immer gern hervorstechen sahen. Aber Tatsache war, ich legte eine mir bis dahin unbekannte Eitelkeit an den Tag. Nicht, dass ich mich deswegen schäme – hat man je einen Kavalleristen ohne ein gerüttelt Maß an Dünkel gesehen?

Lange konnte ich diese alberne Rechtfertigung freilich nicht aufrechterhalten. Karjan warf einen Blick auf meine Garderobe und fragte mit ausdrucksloser Stimme, wo denn der Käfig mit den Pfauen für die Ersatzfedern sei.

So füllte denn meine persönliche Ausrüstung zwei schöne Lederkoffer und dabei war ich bei weitem der konservativste der höher rangigen Offiziere. Soldaten hatten Kisten, Unteroffiziere Truhen, Legaten Schrankkoffer, Dominas private Wagen und Generäle gar einen eigenen Tross.

Auf dem Marsch hatte ich Muße, mich mit etwas anderem als meinen Pflichten zu beschäftigen, da die Lanciers von selbst funktionierten wie ein perfektes Uhrwerk und kaum meiner Aufmerksamkeit bedurften. Marán schrieb mir wenigstens einmal, manchmal sogar zweimal am Tag, und ich genoss jeden Brief, der voller kleiner Freuden des Friedens war, indem ich ihn immer und immer wieder las. Es gab angenehme Überraschungen: Ihr Gemahl würde die Annullierung ihrer Ehe nicht anfechten; dass sie eine Ehebrecherin war, hatte kaum zur gesellschaftlichen Ächtung geführt; und das Beste war, ihre monatliche Regel stand nach wie vor aus.

Überraschend deutlich war sie, wenn es darum ging, was ich mit ihr machen sollte – wann und wo, im Bett, im Stehen, im Bad –, wenn ich wieder nach Hause kam. Es kam mir vor, als reite ich mit einer ewigen Erektion in den Breeches dahin, und ich fragte mich schon, ob ich mir wohl einen passenden Busch suchen müsste, um Hand an mich zu legen, bevor der Feldzug vorüber war.

Wir waren zwei Tage marschiert und in der Ferne waren noch immer die Häuser von Cicognara zu sehen, als ich einen jungen und offensichtlich reichen Legaten sah. Er hatte sein eigenes Zelt, einen raffinierten Klapptisch, einen Schreibtisch, Stühle, einen persönlichen Koch mit eigenem Herd, der ihm gerade das Frühstück zubereitete, während ihn zwei Kammerdiener und eine Leinwandwanne erwarteten. Als er fertig war, kam eine recht attraktive junge Frau aus dem Zelt, die sich gerade einen Seidenmantel überzog.

Er war nicht der Einzige, der seine Geliebte oder Gattin mitgebracht hatte – ein General hatte gar drei dabei. Da er aber älter als Irisu selbst war, wussten wir nicht, was er mit einer Frau anfangen wollte, geschweige denn mit allen dreien.

Soldatenprostituierte, Verpflegungsfuhrwerke, die Wagen der Marketender, Schlachtochsen – wir nahmen uns aus wie ein auswanderndes Volk, nicht wie eine Streitmacht.

Während unsere Pferde so durchs Land trotteten, fand ich einen neuen Zeitvertreib. Capitain Petre und ich kamen auf eine unserer alten Zerstreuungen zurück: eine Armee zu entwerfen, wie wir sie gerne führen, mit der wir gerne kämpfen würden. Ich begann sogar ein Notizbuch mitzuführen mit all den Plänen, die uns besonders brauchbar erschienen. Es ist eine merkwürdige Art des Zeitvertreibs für einen Domina und einen Capitain, da sie eher zu einem frisch gebackenen Legaten passt. Aber man darf nicht vergessen, dass ich erst dreiundzwanzig und Petre nur ein Jahr älter war, und so ist unsere Torheit wohl zu verstehen. Freilich, bei alledem, was einige Wochen später passieren sollte, erwies es sich plötzlich als gar nicht so dumm.

Eine Woche nach unserem Abmarsch aus Cicognara, wir hatten eben unser Lager aufgeschlagen, lief mir Tenedos über den Weg, und ich fragte ihn, wie es denn laufe. Er blickte sich um, um sich zu vergewissern, dass uns niemand zuhörte. »Es läuft überhaupt nichts«, sagte er dann. »Kein Mensch, noch nicht einmal General Turbery, scheint sich darüber im Klaren zu sein, dass die Zeit der Hitze nicht ewig anhält und wir noch vor Beginn des Monsuns in Kallio sein müssen, um uns Chardin Sher vorzunehmen. Stattdessen gehen wir hier spazieren, halten an, um Blumen zu pflücken, betrachten uns die Landschaft …« Er verstummte. »Damastes, hast du irgendjemanden in deiner Armee, der sich aufs Kämpfen versteht?«

»*Meiner* Armee, Sir?«

»Entschuldige. Ich wollte dir nicht zu nahe treten. Ich komme eben von einer Beratung mit dem General und wir scheinen einfach nicht dieselbe Sprache zu sprechen.« Er seufzte schwer. »Ich hoffe nur, es gibt sich alles, wenn es an der Zeit ist.

Ach übrigens, du kannst mir gratulieren. Turbery hat mich zum General ernannt.«

Ich blinzelte. »Meine herzlichsten Glückwünsche, Sir. Aber… Ihr habt das doch schon einmal abgelehnt.«

»Das war damals«, erklärte Tenedos. »Damals wollte ich nicht mit der Armee in Verbindung gebracht werden. Jetzt geht das nicht mehr. Es gibt eine Zeit der Vorsicht und eine Zeit, mit dem Strom zu schwimmen.«

Ich wusste nicht so recht, was er damit meinte, gratulierte ihm jedoch, salutierte und ging wieder zurück zu den Lanciers.

Ich erzählte Mercia – Capitain Petre – von meiner Unterhaltung. Er stieß einige Laute aus, die ich, wie ich wusste, für ein Lachen halten sollte.

»Ich denke, der Seher-General hat ganz recht. Aber so ganz schuldlos ist er auch wieder nicht.«

»Wieso?«

»Ach, habt Ihr es nicht gehört? Er hat seine Dame dabei.«

Und so war es denn auch; es dauerte keinen Tag, und ich sah ihn neben Rasenna dahinreiten. Ich winkte und sie winkten zurück. Wäre das Ganze nicht ein Skandal gewesen, ich wünschte fast, ich hätte Marán mitgebracht. Aber ein Heer auf dem Feldzug ist nicht gerade ein Ort für vornehme Leute, die das rauhe Leben nicht gewöhnt sind, obwohl sich unsere Art des Reisens weniger wie hartes Soldatenleben, sondern eher wie ein Ausflug vergnügter Reicher auf Urlaub ausnahm.

Dann erreichte uns die Nachricht: Chardin hatte die Grenze überquert und war in Dara einmarschiert! Damit hatten wir Krieg.

Kundschafter und Zauberer fanden heraus, dass uns seine Armee in Stellungen am Imru unweit von Entoto, einer kleinen Stadt in Dara, erwartete.

Vier Tage später stießen wir auf sie.

Wir befanden uns im Quellgebiet des Imru, also war der Fluss mit kaum zwanzig Klaftern nicht sonderlich breit. Er fließt in südwestlicher Richtung und mündet schließlich in den Latane. Wir marschierten durch relativ offenes, mit kleinen Wäldchen durchsetztes Hügelgelände – offenes Gelände, wie geschaffen für eine Schlacht.

Chardin Shers Armee war ausgezeichnet plaziert, an einem Engpass, durch den wir mussten, wenn wir die Grenze zwischen

Kallio und Dara erreichen wollten. Die Straße, der wir folgten, führte steil hinab zu einer Furt; auf der anderen Seite erwartete uns Chardin Shers Hauptstreitmacht. Im Westen erhob sich, jenseits des Flusses, die Assabspitze, ein dicht bewaldeter Berg. Flussab, unterhalb der Furt also, lagen Chardin Shers Reserven; hinter ihnen gabelte sich der Fluss, um dann durch Sumpfland zu fließen.

Wir nahmen unsere Schlachtordnung ein und warteten ab, was passieren würde. Wir schätzten, dass Chardin Shers Armee etwa fünftausend Mann stark war, und kamen damit, wie sich nach dem Krieg herausstellte, der tatsächlichen Zahl ziemlich nahe. Zahlenmäßig unterlegen, machten sie keine Anstalten, uns anzugreifen, sondern warteten auf uns.

Wie ich zu meiner Überraschung erkennen konnte, hatten sie außer seichten Gräben am Fluss keinerlei Feldbefestigungen angelegt; schließlich planten sie doch einen Verteidigungskrieg.

Ich spürte die wachsende Erregung in mir. Das hier könnte sehr gut eine Schlacht werden, die von der Kavallerie entschieden wurde, und damit würde ich in vorderster Linie stehen.

Wir bekamen Post.

Mein liebster, liebster Schatz

Ich BIN schwanger. Eine Seherin hat es mir heute bestätigt. Ich wollte wissen, ob sie mir sonst noch etwas über das Geschlecht oder die Zukunft des Kindes sagen könne, aber das konnte sie nicht.

Aber sicher ist es, mein Schatz.

Es übertrifft meine glücklichsten Träume. Ich sagte, ich wünschte mir einen Jungen, aber auch wenn es ein Mädchen sein sollte, wäre mein Glück vollkommen. Alles, was zählt, ist, er oder sie ist von dir und gehört uns.

Ich frage mich, wann es wohl gewesen sein mag, dass unsere Liebe Irisu so gefallen hat, dass er unser künftiges Kind vom Rad ließ. War es, als wir es auf dem Balkon trieben und du den Glastisch zerbrochen hast? Oder war es…

Aber der Rest spielt keine Rolle.

Ich sollte also Vater werden.

Mit einem Mal hoffte ich, es würde ein sehr kurzer Feldzug; andernfalls stand mir womöglich eine recht interessante Trauung bevor, wenn mein Erstgeborener den Ehering überreichen würde.

Von diesem Augenblick an lief alles schief.

General Rechin Turbery rief eines Morgens alle Regimentskommandeure mit ihren Adjutanten zu einer Besprechung: Wir würden am Tag darauf angreifen.

Ein derartiger Schlag musste weit früher bekannt gegeben werden als die achtzehn Stunden, die er uns zugestand. Er hatte sich weder mit seinen Korps- noch den Divisionskommandeuren beraten.

Er hatte keine Patrouillen zur Aufklärung ans andere Ufer geschickt.

Die Größe der Besprechung garantierte, dass man nur die offensichtlichsten Fragen stellen geschweige denn einen Einwand vorbringen konnte.

Die Soldaten sollten um Mitternacht marschbereit sein; der Angriff würde im Zodiakallicht erfolgen.

Es würde viel zu viel Zeit vergehen zwischen Deployieren und Schlacht.

Das Heer war völlig ungeübt im Nachtmarsch, vom Kampf ganz zu schweigen.

Alle Flügel würden frontal angreifen und den Fluss zur gleichen Zeit passieren.

Kein Mensch hatte sich vergewissert, dass das Wasser auch die ganze Front entlang seicht genug war.

Der Rechte Flügel sollte am anderen Ufer nach rechts abschwenken, um Chardin Shers Reserven am Sumpf zu neutralisieren, während die Mitte und der Linke Flügel Chardin Shers Hauptstreitmacht in die Zange nehmen sollten.

Alle diese Fehler hätte die numantische Armee vielleicht überstanden, aber der schlimmste stand uns noch bevor: *Was befand sich auf der anderen Seite der Assabspitze?*

Ich wollte die Frage gerade stellen, da kam der letzte Paukenschlag des Generals.

Die Kavallerie hätte sich hinter den mittleren Flügel zurückzuziehen und mit den ersten Kampfhandlungen überhaupt nichts zu tun. In dem Augenblick, in dem der Linke und Mittlere Flügel Chardin Shers Hauptstreitmacht überrollt hätte – woran für Turbery kein Zweifel bestand –, würden wir über den Fluss preschen und den Kalliern den Rest geben – der sogenannte Schlusspunkt der Schlacht.

Ich lief rot an vor ungläubigem Zorn. Es mochte ja eine gute Idee gewesen sein, eine schlagkräftige Einheit zur besonderen Disposition in Reserve zu behalten, um eine Gelegenheit ergreifen zu können, wenn sie sich bot, aber gleich die gesamte Reiterei? Ich kannte kaum die Namen der anderen Regimentskommandeure. Dass wir zusammen als Einheit kämpfen sollten, und das ohne Plan, Schlachtordnung, Übungen oder vorherige Manöver, das war einfach absurd. Wenn General Turbery uns auf diese Weise hatte einsetzen wollen, dann hätte er schon in Cicognara und während des ganzen Marschs in den Osten Manöver ansetzen sollen, anstatt uns sinnlos umhertollen zu lassen. Mit Turberys Plan hätte das Heer keine berittene Vorhut, keine Flankensicherung, keine taktische Abschirmung – kurz und gut, der Angriff erfolgte völlig blind. Ich warf Bikaner einen Blick zu und er war nicht weniger entsetzt als ich selbst.

General Turbery beschrieb dann, was mit Chardin Sher nach seiner Gefangennahme zu geschehen hätte, sagte aber nichts davon, dass er überhaupt sicher war, dass der sich auch tatsächlich bei den Kalliern am anderen Flussufer befand. Er schloss mit der inspirierenden Bemerkung, jetzt zeigten die Numantier, aus welchem Holz sie geschnitzt seien, und stellten ihre Stärke als große Nation unter Beweis. Ich war zu wütend, um ihm zuzuhören.

Ich eilte auf der Stelle zum Zelt des Sehers Tenedos, das in der Nähe von Turberys Kommandantur stand. Ich sah keine Spur von Rasenna. Ich begann Tenedos von der Idiotie zu erzählen, die ich mir eben angehört hatte, aber er unterbrach mich, indem er eine Hand hob.

»Ist dir aufgefallen, dass ich nicht anwesend war?«

Natürlich war es mir aufgefallen, aber dumm, wie ich war, hatte ich dem keine Bedeutung beigemessen.

»Der General hat mich gestern Abend über seine Absichten informiert. Ich habe heftig protestiert, so heftig ich nur konnte, aber er bestand darauf, es besser zu wissen, also weigerte ich mich, diese Farce mit meiner Gegenwart zu beehren.

Ich sage dir jetzt zwei Dinge, die du aber auf keinen Fall weitersagen darfst, noch nicht einmal deinem Adjutanten, und du wirst gleich noch wütender werden. Sie sind der Grund dafür, weshalb ich mich weigerte, bei der Befehlsausgabe zugegen zu sein, weil uns nämlich die Möglichkeit einer Katastrophe bevorsteht, das weiß ich.

Zunächst einmal: hier wirbelt eine Menge Zauber herum, Zauber, von dem ich nie gehört habe, noch ist er mir je untergekommen.«

»Kein Mensch hat mir gegenüber erwähnt, dass die Kallier über einen großen Magier verfügen«, sagte ich. »Aber bedenkt man, in welchem Maß die Armee die Zauberei nach wie vor ignoriert, ist das nicht weiter verwunderlich. Könnt Ihr feststellen, wer für diesen Zauber verantwortlich ist?«

»Das ist ja das Ungewöhnliche, dass ich keine einzelne… tja, Handschrift wäre vielleicht das richtige Wort, feststellen kann, was ein sicheres Anzeichen dafür wäre, dass eine einzelne Person, Mann oder Frau, hinter diesen Beschwörungen steht. Ich fürchte fast, Chardin Sher hat einen Zauberer, der einen Großzauber geschaffen hat, indem er sich der Unterstützung anderer bedient hat.

Aber glauben kann ich es nicht. Ich bin hochmütig genug anzunehmen, dass aufgrund der Tatsache, dass es sogar mir nicht gelang, die großen Zaubermeister der Chare-Bruderschaft – arrogante Dummköpfe, die sie sind – zur Zusammenarbeit zu bewegen, es auch keinem anderen gelingen wird, ein Zusammenwirken von Zauberern zu erreichen.«

»Und das zweite Problem?«

»Ich habe ein halbes Dutzend Magier mitgebracht, und wir haben mehrmals versucht, einen Suchzauber über den Fluss zu schicken, da General Turbery sich geweigert hat Kundschafter auszuschicken aus Angst, das Überraschungsmoment aufs Spiel zu setzen.

Alle unsere Anstrengungen wurden abgewehrt, als schlügen wir mit Blechschwertern auf Stahlplatten ein.

Das macht mir mehr Sorgen als das erste Problem.«

»Lässt sich denn gar nichts machen?«

»Sehr wenig. Wahrscheinlich nichts. Versuche zu beten – aber nicht zu Saionji. Wir sollten die Bringerin des Chaos morgen früh nicht eigens auf uns aufmerksam machen. Geh zurück zu deinem Regiment und pass ja auf, wie du morgen kämpfst. Wenn du den Fluss überquerst, dann sei auf jede Überraschung gefasst. Ich werde noch einmal versuchen, diesen Schleier der Dunkelheit zu durchdringen, um zu sehen, was Chardin Sher vorhat.«

»Eine Frage noch, Sir. Habt Ihr oder einer Eurer Seher feststellen können, ob sich Chardin Sher persönlich da drüben aufhält?«

»Wir haben es versucht, wurden aber abgewehrt. Ich habe eine andere Methode ausprobiert und einen Suchzauber über das Land geschickt, der auf Polycittara gerichtet war. Ich habe dort keine Spur von dem Premier entdecken können, aber sicher ist es nicht. Mein Zauber könnte fehlgeschlagen oder Chardin Sher ganz woanders sein. Oder man hat Wächter aufgestellt, um zu verhindern, dass man ihn entdeckt.

Aber ich kann dir sagen, dass ich seine Gegenwart spüre. Ich würde wetten, ohne mehr zu haben als dieses Gefühl, dass er tatsächlich da drüben ist und darauf wartet, die Aufsicht über unsere Vernichtung zu führen.«

»Sir«, sagte ich, »ich möchte es unserem Kommandeur gegenüber nicht an Respekt fehlen lassen, aber ich dachte, General Turbery hat Erfahrung. Er hat doch gegen die Kallier gekämpft.«

»Hat er, Damastes. Aber mit wie vielen Männern? Einem Regiment, vielleicht zweien gegen kleine Kommandos von einer oder zwei Kompanien. Und als wirklich Blut zu fließen begann, hat man aufgehört, schließlich wollte keine der beiden Seiten eine richtige

Feindschaft einräumen. Ich fürchte, General Turbery hat sich da mächtig übernommen.

Es gibt da womöglich noch ein anderes Problem: Es ist nicht ungewöhnlich, dass ein Mann zu Größe gelangt, solange er nicht die letzte Sprosse der Leiter ist. Solange General Turbery sich auf einen Vorgesetzten wie General Protogenes verlassen konnte, war alles gut und schön.

Aber jetzt steht er alleine da und er wird sich dafür verantworten müssen.«

Nicht länger zornig, aber dafür besorgt, eilte ich zurück zu den Lanciers.

Die Einheiten sollten die Dunkelheit abwarten, bevor sie sich zu bewegen begannen, und die Lanciers hielten sich an diesen Befehl. Andere taten das nicht – ich sah Staubwolken aufwirbeln, als diverse Infanterieeinheiten dem Befehl zuvorzukommen versuchten; die Staubwolken waren über den Fluss zu sehen und kündigten Chardin Sher an, dass ein Gewitter aufzog.

Schließlich setzten sich auch die Lanciers in Bewegung, und wäre der Morgen nicht gar so nahe gewesen, die Situation hätte womöglich nicht der Komik entbehrt. Züge verliefen sich, ganze Kompanien schlossen sich wildfremden Regimentern an, Männer fielen von ihren Pferden, ritten in Zelte, gegen Fuhrwerke, in Latrinen … die Liste der Pannen war so vielfältig wie die Zahl der fluchenden Kavalleristen, die sich irgendwo in der Dunkelheit wälzten.

Schließlich jedoch fanden wir eine Position in etwa dort, wo wir sein sollten, und warteten auf die Schlacht.

In der trügerischen Dämmerung des Zodiakallichts nahm die Verheerung ihren Lauf.

Die Schlacht am Imru gilt in den Lehrbüchern zu Recht als eines der besten Beispiele finessenloser und totaler Katastrophen in der Geschichte des Krieges. Es hätte ein großer Sieg werden sollen – wir waren dem Feind zahlenmäßig schließlich um fast das Doppelte überlegen, es war ein ruhiger Tag, die schweren Wolken über uns waren alles andere als drohend und beide Seiten konnten einander deutlich sehen.

Die meisten Schlachten, haben sie erst einmal angefangen, sind ein Chaos aus Blut und Geschrei, in dem keiner so recht weiß, was vor sich geht, und der Sieger ist sich nicht selten erst am Tag darauf sicher, dass er gewonnen hat. Am Imru war das anders. Da meine Rolle bis zum Ende darin bestand, vor ohnmächtiger Wut schäumend auf einer Hügelkuppe zu sitzen und auf die großartige Gelegenheit zu warten, die sich nie bot, kann ich kurz und präzise von der Katastrophe berichten.

In dem Augenblick, als das Zodiakallicht ein Morgengrauen vorzutäuschen begann, erschallten Trompeten und die drei numantischen Flügel marschierten auf den Fluss zu. General Hern führte den Linken Flügel. General Odoacer den Rechten, während General Turbery persönlich das Kommando über die Mitte hatte.

Sie marschierten schnurstracks in den Fluss, in geschlossener Schlachtreihe, und der Schiffbruch begann. Das Wasser an der Furt war etwas tiefer, als man hätte annehmen können, und die Männer kämpften und schrien; die reißende Strömung fing sich in ihren Schilden und ließ die Soldaten stolpern. General Turbery und die anderen hohen Offiziere, die natürlich zu Pferd waren, hatten nicht das Geringste bemerkt.

Die Verwirrung begann in der Mitte.

General Odoacer auf dem rechten Flügel war vielleicht etwas schärfer auf seinen Anteil am Ruhm als die anderen, so dass er etwas schneller vorwärts ging als die anderen.

Deshalb war unsere rechte Flanke offen.

Am linken Flügel herrschte ein heilloses Durcheinander. Die Untiefen reichten nicht so weit in den Westen und der Fluss vertiefte sich einige Schritt nach dem Ufer auf über acht Fuß. Männer purzelten Hals über Kopf ins Wasser, ruderten mit den Armen, versuchten in der Rüstung zu schwimmen und soffen ab. Der unerbittliche Druck der nachrückenden Formation zwang andere Männer dazu, ihnen zu folgen, und schon war im Wasser eine wimmelnde Masse hilflosen Militärs.

Am anderen Ufer erhoben sich die Kallier aus ihren flachen Gräben und ein einzelner Mann ritt an ihre Spitze – Chardin Sher, herrlich anzusehen in seiner silbernen Rüstung auf einem braunen Hengst; seine Fähnriche kamen hinter ihm drein.

General Turbery war sich offensichtlich des Problems auf dem linke Flügel gar nicht bewusst, und als er seinen Feind so deutlich vor sich sah, rief er zum Sturm, worauf die ganze Mitte sich nach vorne warf, aus dem Wasser hinaus auf das trockene Land.

Ohne auch nur zu warten, bis wir in Reichweite ihrer Bögen kamen, begannen die Kallier sich zurückzuziehen. Vielleicht dachte Turbery, sie seien in Panik geraten, als sie die entschlossenen Numantier auf sich zukommen sahen. Aber er hätte es besser wissen sollen, so geordnet, wie sie sich zurückzogen, praktisch in Marschordnung, Linie um Linie. Die numantische Mitte stieß begeisterte Schlachtrufe aus, rannte drauflos und ließ sich noch tiefer in die Falle locken – denn um nichts anderes handelte es sich.

Unser Rechter Flügel hatte einige Schwierigkeiten, da der Fluss dort, wo er ihn überquerte, breiter war.

In diesem Augenblick schlug Chardin Sher zu.

Seine Zauberer sorgten für einen Stau, so dass der Fluss sich erst wie eine Nippflut ausnahm, dann ließen sie das aufgestaute Wasser auf uns strömen. Es stieg um nicht mehr als zwei Fuß, aber das war schon genug. Es erwischte die Männer des Linken Flügels und riss sie mit sich fort, nur einige Reihen zwar, aber die schwemmte es kopfüber hinweg. Sie wurden in den Rechten Flügel gerissen, der sich noch immer im Fluss befand, und der Aufprall war hart und tödlich wie ein Schmiedehammer.

Kallische Hörner erschallten und Chardin Shers Mitte machte kehrt und griff an. Auf beiden Seiten plazierte Bogenschützen trieben ihre Pfeile in die viel zu dicht stehende numantische Mitte.

General Turbery fiel bereits bei der ersten Salve und ich sah von meinem Aussichtspunkt aus die numantischen Farben zu Boden gehen. Dem Schock der ersten Welle hielt die Mitte noch stand, dann wich sie stolpernd ein Stück zurück.

Chardin Shers Streitkräfte mussten diese Schlacht immer wieder geübt haben. Isa weiß, dass sie ja Zeit genug gehabt hatten, schließlich hatten sie das Gelände schon Tage vor unserer verzögerten Ankunft besetzt. Der Linke Flügel der Kallier teilte sich, schickte die eine Hälfte gegen die numantische Mitte, die andere Hälfte mittels einer verborgenen Furt über den Fluss auf unsere Seite, um einen Schlag gegen unseren Rechten Flügel zu führen.

Dann kam der Todesstoß. Von ihren durch Zauberei und die Assabspitze verborgenen Positionen aus kam der Rest von Chardin Shers Armee. Es handelte sich größtenteils um Reiterei oder leichtes Fußvolk, und sie fuhren unserer Mitte schnurstracks in die offene Flanke.

Das Schlachtfeld wurde zu einem brodelnden Chaos, Mann kämpfte gegen Mann, Mann tötete Mann, ohne jede Taktik, ohne irgendeinen großartigen Plan, ein blutiges Gemetzel, weiter nichts. Ich sah numantische Standarten zu Boden gehen, sah kleine Knäuel von Soldaten, von denen ich wusste, dass es die unseren waren, sich noch einmal kämpfend aufbäumen, bevor sie verschwanden, von den Wellen der Kallier überrannt.

Ich hörte einen General der Kavallerie rufen, wen er meinte, weiß ich freilich nicht, vielleicht den Gott des Krieges, irgendjemanden, der uns endlich losschicken sollte.

Aber es war niemand da, den Befehl zu geben.

General Turbery war tot. General Odoacer war tot. General Hern lag mit einem gebrochenen Bein unter seinem gestürzten Pferd. Drei weitere Generäle fielen an jenem Tag, zehn Dominas und wer weiß wie viele Offiziere von niedrigerem Rang. Das mittlere Element der Numantier war aufgerieben, das linke in seiner eigenen Verwirrung stecken geblieben, das rechte in Stücke gehauen. Chardin Shers Kräfte formierten sich neu und wälzten sich auf den Fluss zu, eine unbesiegbare Streitmacht, die auf unsere totale Zerstörung aus war.

Ich saß auf Lucan und sah mir den Alptraum an, die schlimmste Niederlage, die man sich vorstellen kann, als etwas in mir brach.

Es gab noch weitere Dominas bei der Kavallerie, die alle mehr zu sagen hatten als ich, und zwei Generäle. Nur dass keiner etwas unternahm.

Ich wusste, dass ich etwas tun musste.

»Trompeter«, rief ich, »blas Er zum Angriff!«

Die Hörner erschallten, erst vereinzelt, und zögernd, dann kraftvoll, und schließlich ritten die Siebzehnten Ureyschen Lanciers, wie sie es gelernt hatten, den Hügel hinab in die Schlacht.

Rufe der Überraschung kamen hinter und rund um uns herum auf, vermutlich Gegenbefehle, aber das war mir egal. Wenn sich uns andere Regimenter anschlossen, schön. Aber ich konnte nicht tatenlos zusehen, wie mein Land, der Fehler eines toten Trottels wegen, auf diesem unbekannten Schlachtfeld zugrunde ging.

Marán, mein Kind, mein eigenes Leben, alles war plötzlich fort.

Ich hörte zusätzliche Trompeten, warf einen Blick über die Schulter und sah weitere Regimenter sich in Bewegung setzen, beschämt von unserem Tun. Dann waren sie alle hinter mir, zehntausend Mann vielleicht – gegen eine fünffache Übermacht.

Dann begann Donner zu grollen und ein Mann schritt vor uns den Hügel hinab auf das Wasser zu, direkt in Richtung der Furt.

Es war der Seher Tenedos; im Kürass, aber ohne Helm.

Seine Stimme war der Donner und der Donner war seine Stimme. Ich konnte die Worte nicht verstehen, als seine Beschwörung rollend und tosend von den umliegenden Hügeln echote. Regentropfen prasselten herab, und wie ich sah, hatten die Wolken sich plötzlich verändert, sie waren jetzt dunkel und drohend, als seine hallenden Worte ihre Wirkung taten.

Bogner traten aus dem Nichts, Kriegspfeile flogen in hohem Bogen über den Imru und landeten mitten unter den herankommenden Kalliern; dann brach der Sturm los, eine tosende Naturkatastrophe, bei der man kaum noch den Boden vor sich sah.

Als der Regen einen Augenblick nachließ, sah ich die Kallier. Der Imru schwoll plötzlich an, und sie standen, zögernd vor Angst, mitgerissen zu werden, auf der anderen Seite der Furt. Dann zog mir der Sturm wieder einen Regenvorhang vor die Augen.

Männer werden nicht, können nicht kämpfen, wenn sie nichts sehen, wenn ihre Führer nicht über die Ohren ihrer Pferde hinaussehen können, und so war die Schlacht denn vorbei.

Ich sollte den Tag also überleben dürfen, ohne das Opfer bringen zu müssen, das ich Isa und Numantia angeboten hatte. Der Wahnsinn wich, und ich dachte wieder an Marán und hauchte ein dankbares Gebet an meinen weisen Affengott Vachan und meine eigene Nebengottheit Tanis. Aber auf dem Feld lagen über fünfundvierzigtausend Numantier, tot oder verwundet.

Der tosende Regen ließ nach, und ich konnte wieder über den Imru sehen und erkennen, dass die Kallier den Rückzug antraten. Tenedos stand noch immer dort, wo ich ihn das letzte Mal gesehen hatte, nur hatte er jetzt die Arme gesenkt. Er schwankte plötzlich und fiel, und ich gab Lucan die Sporen, damit er durch den Schlamm trabte; ich hatte schreckliche Angst, der Seher könnte getroffen sein.

Ich stieg ab und lief auf ihn zu. Er lag mit dem Gesicht nach unten und ich drehte ihn um, worauf er die Augen öffnete.

»Damastes«, sagte er. »Hat der Zauber sie zerstreut?«

»Jawohl, Sir. Sie ziehen sich zurück.«

»Gut. Gut. Er hat mich meine letzte Kraft gekostet. Du musst mir… wieder auf die Beine helfen.«

Ich half ihm auf und schleppte ihn schier zu Lucan, in dessen Sattel ich ihm half.

Ich führte Lucan weg, zu Tenedos' Zelt. Der Zauberer wankte im Sattel, und es fehlte nicht viel und er wäre vom Pferd gekippt. Karjan kam aus dem Zwielicht geritten und hielt den Seher, auf dass er nicht fiel.

Mir wurde mit einem Mal klar, dass es Spätnachmittag war und dunkel zu werden begann. Irgendwie war der Tag vergangen, ohne dass ich gemerkt hatte, wie die Stunden verstrichen.

Jetzt gab es nichts mehr als den tobenden Sturm, die Schreie und das Gestöhn sterbender Männer und Pferde und den bitteren Geschmack der totalen Niederlage im Mund.

24 *Die Geburt einer Armee*

Als wir Tenedos' Zelt erreichten, half mir eine schluchzende Rasenna, den Zauberer hineinzubekommen. Er hieß sie eine bestimmte Phiole aus einer Truhe holen, deren Inhalt er erschauernd trank.

Ich sah, wie die Mixtur zu wirken begann, sah die fahle Blässe aus seinen Wangen weichen, sah ihn sich aufrichten, sah die Kraft in ihn zurückkehren.

»Ich werde dafür bezahlen, das eingenommen zu haben«, sagte er. »Nichts ist umsonst, und diese Kräuter wecken meine innersten Kräfte, so dass mir keine Reserven mehr bleiben. Aber mir bleibt keine Wahl.

Damastes, trommle so viele Männer von deinem Regiment zusammen, wie du nur kannst. Ich brauche sie als Boten. Geh zu allen vom Domina aufwärts, die du nur finden kannst, egal welchen Rangs, und befiehl ihnen, sich so bald wie möglich im Zelt des Kommandanten zu melden.«

»Das wird eine Weile dauern, Sir, bei dem Regen.«

»Der Zauber dürfte noch binnen dieser Stunde seine Wirkung verlieren«, erklärte er, »und wir werden einen zunehmenden Mond haben, der deine Reiter führt.«

»Kann ich ihnen sagen, worum es bei der Besprechung geht?«

»Ja. Sag ihnen, Seher-General Laish Tenedos übernimmt das Kommando über die Armee und wird die entsprechenden Ordern ausgeben. Jeder Nichterscheinen wird als Befehlsverweigerung geahndet.«

Ich salutierte und wandte mich ab.

»Noch etwas. Schick einen Spähtrupp hinunter zum Fluss und versuche herauszufinden, was die Kallier tun, wenn du so freundlich bist.«

Ich versuchte mich Isa und meiner Nase nach zu orientieren, um zu sehen, wo wohl meine Lanciers sein mochten, und machte mich in dieser Richtung auf den Weg. Tenedos übernahm also die Armee, ohne Order und Autorität. Aber wieso nicht? Jemand musste es tun. Soweit ich damals wusste, waren sonst keine Generäle mehr da – General Hern hatte man noch nicht gefunden. Außerdem hatte ich gelernt, dass in einem Notfall derjenige, der am ruhigsten zu sein scheint und die vernünftigsten Befehle geben kann, aller Wahrscheinlichkeit nach derjenige ist, dem man gehorchen sollte.

Innerhalb einer halben Stunde fand ich Teile der Schwadron Gepard, und sie halfen mir, meinen Weg zum Rest des Regiments zu finden. Nachdem ich Tenedos' Befehle weitergegeben hatte, klärte sich, der Vorhersage des Sehers entsprechend, der Sturm.

Ich suchte mir Legat Yonge und ritt dann zusammen mit fünf Mann aus der Schwadron Sambar vorsichtig auf den Imru zu, vorbei an kriechenden Verwundeten und Kadavern, und versuchte die Bitten um Hilfe oder eine barmherzige Klinge zwischen die Rippen zu ignorieren.

Ich wartete auf einen Hinterhalt. Chardin Sher hätte Späher über den Fluss schicken sollen, um unsere Truppen nicht aus den Augen zu verlieren. Aber außer Numantieren begegnete uns kein Mensch. Der Mond war hell genug, dass wir das andere Ufer und die tosenden Fluten des durch den Sturm angeschwollenen Imru sehen konnten. Alles war ruhig, es war auch nicht die Spur von Leben oder eines feindlichen Lagerfeuers zu sehen.

Chardin Sher musste sich zurückgezogen haben, was dann auch tatsächlich der Fall war. Vielleicht hatte er mit einem derart grandiosen Sieg nicht gerechnet und Angst vor der eigenen Courage bekommen; vielleicht hatte er aber auch nicht über diesen Tag hinausgedacht; möglicherweise wollte er das Königreich, nach dem es ihn so sehr gelüstete, nicht mit dem Schwert nehmen, sondern nur mit der Drohung, und hoffte nun, der Zehnerrat würde ihn zur Majestät proklamieren. Ich weiß es nicht, ich weiß nur, dass es keinen Sinn hat, sich den Kopf über Leute zu zerbrechen, die scharf auf einen Thron sind.

Tatsache war, wie wir Tage später herausfanden, als der Fluss zurückgegangen war und wir Späher und kleine Patrouillen hinüberschicken konnten, dass die Kallier sich bis hinter die eigene Grenze zurückgezogen hatten, wo man starke Befestigungsanlagen zu bauen begann. Aber das kam später. Unsere erste Aufgabe bestand darin, uns von der katastrophalen Niederlage der Schlacht zu erholen.

Das Kommandozelt war schließlich von erschöpften, zuweilen auch blutenden Kommandeuren umgeben. Ich war entsetzt – einige Einheiten wurde offensichtlich von Legaten und Sergeanten geführt, da ich so manchen Mann dieses Rangs zitternd in der Nacht stehen sah.

Seher Tenedos stieg auf die Ladefläche eines Fuhrwerks. Seine sonore Stimme erreichte uns alle, sein Zauber schöpfte aus mehr als nur seiner Lebensenergie:

»Ich bin General Laish Tenedos«, sagte er. »Ich habe den Befehl über diese Armee übernommen. Wir wurden heute geschlagen, und das schwer. Aber es gibt immer ein Morgen.

Man wird uns nicht noch einmal angreifen, weder diese Nacht noch in den nächsten paar Tagen. Die Kallier haben sich im Triumph zurückgezogen.

Sie werden diese Arroganz noch ebenso bereuen wie das Versäumnis, uns bis auf den letzten Mann niederzumachen.

Ich verspreche bittere Rache für diese Niederlage. Numantia hat seine Schlacht erst begonnen.

Hier sind meine Befehle. Kehrt zu euren Einheiten zurück. Wartet bis Sonnenaufgang. Dann seht euch um. Wir haben Verwundete, die zu versorgen sind, wir haben Männer, die nicht wissen, wohin.

Es gibt einige, die sich jedem weiteren Dienst entziehen wollen. Sagt ihnen, sie sollen zu ihren Einheiten zurückkehren oder sie werden bestraft.

All die feinen Wagen, die wir mitgebracht haben, um unseren Luxus zu transportieren – sie werden jetzt unsere Verwundeten fahren. Nehmt all den Plunder und verteilt ihn unter allen, auf dass ein Gemeiner dieselben Rechte hat wie der General, dem er zuvor gehört hat.

Ich möchte niemanden betrunken sehen, das sage ich euch. Wenn ihr eure Männer nicht von der Weinflasche fernhalten könnt, dann zerschlagt sie ihnen vor den Augen aller. Ich ordne hiermit an, jedem Mann, den man betrunken vorfindet, an ein Wagenrad gebunden zwanzig Hiebe zu geben. Ein Offizier bekommt die doppelte Zahl und wird zum Gemeinen degradiert. Es ist jetzt die Zeit, uns zusammenzureißen, nicht auseinander zu fallen.

Wenn wir uns gesammelt haben, und zwar als Armee, nicht als Pöbelhaufen, dann werden wir uns nach Entoto zurückziehen. Dort werden wir eine neue, größere Armee aufbauen, eine Armee, die mit Chardin Shers überheblichen Ansprüchen Schluss machen wird.

Und wir werden sie noch in diesem Jahr schaffen, noch in dieser Jahreszeit. Ich verspreche euch, wir werden noch vor der Zeit der Stürme wieder auf dem Felde der Ehre stehen.«

Jedem von uns fuhr der Schrecken in die Glieder, schließlich war diese Jahreszeit nur noch den dritten Teil eines Jahres entfernt, und ich wusste, es würde ein, möglicherweise sogar zwei Jahre dauern, um unsere Streitkräfte wieder aufzubauen.

»Jetzt geht zurück zu euren Einheiten. Ihr habt die Erlaubnis, Defätisten, Deserteure und Faulenzer mit all der Härte zu bestrafen, die die Dienstvorschriften eurer Einheiten zulassen. Keiner hier wird dafür zur Rechenschaft gezogen werden, meinem Befehl gehorcht und ihn mit der größtmöglichen Härte durchgesetzt zu haben.

Das ist alles. Wir verlassen dieses Schlachtfeld entweder alle … oder keiner.«

Nicht ein Hurra war zu hören; keiner von uns hatte die Energie dazu, noch verspürten wir irgendeinen Grund zum Jubeln. Aber der Stahl in Tenedos' Stimme hatte in den meisten von uns eine allen gemeinsame Saite zum Klingen gebracht.

So schlimm ich mir das Schlachtfeld auch ausgemalt hatte, es sah im Morgengrauen noch schlimmer aus. Aber wir hatten wieder etwas Schwung, wir räumten auf und formierten uns neu. Die Aufgabe, die mich am härtesten ankam, war das Zusammenstellen eines Kommandos, das die verwundeten, nach wie vor wiehernden Pferde zu töten hatte, und ich träumte von dem Tag, an dem der Krieg mit durch Zauberkraft unverwundbaren Reittiere ausgetragen würde. Der Mensch mag das Recht haben, einen Disput bis aufs Blut auszutragen, aber er hat nicht das Recht, unschuldige Tiere in seine Streitereien hineinzuziehen.

Am Morgen des folgenden Tages schließlich verließen wir die blutgetränkten Ufer des Imru. Hinter uns schickte ein riesiger Scheiterhaufen seine Flammen gen Himmel, fettiger Rauch wallte den Göttern entgegen; schwarze Aasvögel zogen darüber ihre Kreise und kreischten enttäuscht, weil man ihnen ihre Beute vorenthielt.

Die Armee machte sich in Entoto breit und übernahm jedes öffentliche Gebäude als Lazarett oder Quartier, während die gesunden Männer bei der Bevölkerung unterkamen. Tenedos schickte Kuriere an den Fluss, nach Cicognara, mit einem umfassenden Bericht und dem Befehl, der Armee sofort zur Verfügung zu stellen, was sie nur brauchte, von Verbandszeug über Verpflegung und Zelte bis hin zu neuen Soldaten. Er stellte eine provisorische Fernmeldeeinheit zusammen und befahl, eine Heliographenlinie von Entoto nach Cicognara einzurichten, wo sie in das bestehende System mündete, das den Fluss hinab nach Nicias ging.

Das, was als Erstes aus Nicias eintraf, war das Allerletzte, was wir brauchen konnten: Die *Tauler* kam mit schäumendem Kielwasser nach Cicognara herauf, und von Bord gingen Barthou, der Sprecher des Zehnerrats, Scopas, der einzige Überlebende aus dem Rat, der gelegentlich auf Tenedos' Seite gewesen war, und dann noch ein totenblasser, hagerer Mann namens Timgad, einer der Neuen im Rat. Sie hatten noch einen dabei, einen aufgeblasenen Kerl, wie es aussah, mit beginnender Glatze, der die Generalsschärpe trug. Er hieß Indore und war der vom Zehnerrat handverlesene Nachfolger General Turberys. Ich kannte ihn nicht, erkundigte mich aber und erfuhr, dass er über den beneidenswerten Ruf verfügte, in politischer Hinsicht immer zur richtigen Zeit am richtigen Ort gewesen zu sein. Seine einzige Erfahrung im Felde bestand darin, in diversen Stäben gewesen zu sein, wo er sorgsam darauf geachtet hatte, seinem Vorgesetzten niemals zu widersprechen, dessen Genie zu preisen und so rasch wie möglich seine Position einzunehmen. »Indore«, so lautete ein bitterer Scherz, »hat im Sandkasten Karriere gemacht.«

Die Armee, schwer angeschlagen und nach wie vor unter Schock, erzitterte vor dem, was da kommen musste: Der Zehnerrat würde irgendeinen Plan parat haben, der uns mit Sicherheit alle das Leben kosten würde, und Indore würde der General sein, der ihn in die Tat umsetzen würde.

Ich war natürlich nicht dabei, als die Vertreter des Zehnerrats sich mit Tenedos trafen, noch gab es Aufzeichnungen darüber. Aber Tenedos hat mir im Lauf der Jahre, in Erinnerung an die alte Zeit schwelgend, zweimal erzählt, was damals passiert ist. Beide Male war sein Bericht sehr detailliert, so dass ich ihn als die Wahrheit betrachte, obwohl er sich selbst natürlich im besten Lichte dastehen lässt.

Barthou begann damit, den Seher zu beglückwünschen, wie brillant er sich beim Rückzug um die Armee verdient gemacht habe, obwohl er sich natürlich des Verdachts nicht erwehren könne, General Turbery hätte, wäre er nicht »auf dem Feld der Ehre geblieben«, einen Gegenangriff geführt. Tenedos erzählte, er habe sich die Frage »Womit denn?« verkniffen und mit bewusst höflicher, aber unverbindlicher Miene zugehört.

Barthou war plötzlich zum Säbelrassler geworden. Chardin Sher müsse auf der Stelle vernichtet werden. Er sehe nicht ein, wieso die Armee nicht aus den Überlebenden neu zu formieren wäre, indem man Einheiten zusammenlegte und so eine schlagkräftige Streitmacht schuf. Er zeigte sich sogar überrascht darüber, dass Tenedos' Bericht so düster ausfiel – auf dem Ritt von Cicognara nach Entoto habe er nur staunen können, wie gesund und munter die Truppe sei.

»Ich würde sagen, wir könnten schon morgen gegen den Verräter ins Feld ziehen.«

Eine halbe Stunde, und Barthou kannte die Armee besser als sie sich selbst.

Dann sagte Barthou, der Zehnerrat habe Tenedos einstimmig einen Titel zuerkannt und wünsche, dass er General Indore zur Seite stand, bis dieser »die Zügel ganz und gar in der Hand« hätte. Und schließlich meinte Barthou, es gäbe zweifelsohne andere Möglichkeiten für Tenedos, Numantia zu Diensten zu sein.

Barthou hatte eben zu einer aalglatten Belobigungsansprache angehoben, die im Grunde die Grabrede für den Zauberer war, als Tenedos aufstand.

»Halt«, sagte er ruhig. Barthou sperrte den Mund auf; er war ein Mann, der nicht daran gewöhnt war, dass man ihm zu schweigen gebot.

»Ihr sagt, der Zehnerrat hat einstimmig unseren guten General hier ernannt. Scopas, ist das wahr?«

Der Dicke rutschte verlegen herum. »Nun ja«, wich er aus. »Nicht bei der ersten Abstimmung, aber letzten Endes dann doch.«

»Ah ja.« Tenedos wandte sich an Barthou.

»Herr Sprecher, meine Antwort lautet nein.« Jetzt war der Politiker völlig verdutzt.

»N-nein? Wozu?«

»Nein zu Euch, nein zu Eurem Schoßhund von General, nein zum Zehnerrat. Es gibt keine Zeugen für dieses Gespräch, aber Ihr könnt aus diesem Zelt treten und jeden der Männer da draußen fragen, die alleine Eure Dummheit gegen Chardin Sher ins Feld geschickt hat. Fragt sie, ob sie mir folgen wollen … oder ob sie Euch zu folgen wünschen, Euch oder wen auch immer Ihr dazu ernennt, nach Eurer Pfeife zu tanzen.«

»Das ist Hochverrat, Sir!«

»Vielleicht«, sagte Tenedos und hob die Stimme. »Falls dem so ist, so war er längst fällig. Lasst mich Euch sagen, was passieren wird. Ihr alle, auch dieses traurige Exemplar von einem Feldherrn hier, werdet jetzt dieses Zelt verlassen, und zwar mit einem höflichen Lächeln. Dann gehen wir auf eine Offiziersversammlung, die ich einberufen habe, als ich hörte, Ihr wärt vor den Toren der Stadt.

Ihr werdet mich zum Oberbefehlshaber der Armee ernennen und Ihr werdet sagen, der Zehnerrat habe volles Vertrauen in meine Fähigkeiten, Chardin Sher zu vernichten, diesen Bürgerkrieg zu beenden und Numantia den Frieden zu bringen.«

»Und wenn ich das nicht tue?« sagte Barthou empört, mit vor Zorn aufgeblähtem Hals.

»Wenn Ihr es nicht tut, so bezweifle ich, dass die Armee Euch lebend aus Entoto abreisen lässt«, antwortete Tenedos. »Aber ich bin bereit, meine Ansicht einer Nagelprobe zu unterziehen. Seid Ihr das auch? Wenn ja, so betretet das Podium da draußen und wiederholt, was Ihr mir gesagt habt.

Seid Ihr wirklich so dumm zu glauben, die Unruhen, die wir jüngst durchgemacht haben, seien allein das Werk der Würger oder Chardin Shers gewesen?

Ihr habt sie nicht weniger heraufbeschworen mit all den Fehltritten, die Ihr eine Herrschaft nennt, Ihr und der Rest des Zehnerrats.

Ihr habt den Sumpf geschaffen, Ihr habt der Armee befohlen hineinzumarschieren, und jetzt, wo sie sich da wieder herauszuziehen versucht, wollt Ihr ihr auf die Finger treten.

Nein, Sir. Die Armee wird Eurem Befehl nicht gehorchen.

Ich gebe Euch eine Drehung des Glases, um Eure Möglichkeiten zu überdenken. Die eine könnte sehr gut eine offene Rebellion der Massen bedeuten, und wenn es zu einer solchen kommt, wird die Armee sich von Chardin Sher abwenden, zufrieden damit, sich ein anderes Mal um ihn zu kümmern, um sich ihrem wahren Feind zu stellen, der der einzigen Hoffnung Numantias immer wieder den Dolch in den Rücken stößt.

Das ist Eure erste Möglichkeit.

Eure zweite ist, das zu tun, was ich angeordnet habe. Dann könnt Ihr mit derselben Machtfülle nach Nicias zurückkehren, mit der Ihr gekommen seid, und überdies sicher sein, dass der Kallier zu Fall gebracht und in den Staub getreten wird.

Aber Ihr könnt diese Entscheidung nicht jetzt treffen und dann zurücknehmen, kaum dass Ihr in Sicherheit seid. Ihr werdet – Ihr müsst! – auch in Nicias jeder Forderung nachkommen, die ich für den Wiederaufbau der Armee habe. Ich möchte, dass Euch das absolut klar ist.

Bedenkt Eure Möglichkeiten gut, meine Herren. Es ist gut möglich, dass Euer Leben davon abhängt.«

Er stellte ein kleines Halbstundenglas auf den Tisch vor ihnen und stapfte hinaus.

Tenedos schwor, er habe in dem Zelt keinen Lauschzauber hinterlassen, und ich muss es ihm glauben, aber ich würde eine hübsche Stange Gold dafür geben zu erfahren, was unter den vier Männern passierte, während der Sand niederrieselte.

Tenedos sagte, er hätte zornige Schreie gehört, und ein- oder zweimal sei der eine oder andere vom Zehnerrat aus dem Zelt gestürzt, nur um wieder hineingerufen zu werden, bevor er auch nur zehn Schritt weit gekommen war.

Die Zeit lief ab und Tenedos ging wieder hinein.

»Ich wusste, ich hatte gesiegt, als ich ihre Gesichter sah. Scopas schaute besorgt drein, aber auch ein wenig zuversichtlich, sicher, die richtige Entscheidung getroffen und seine Machtposition nicht gefährdet zu haben. Barthou und der andere Bursche, Timgad, diese wandelnde Leiche, nun, die sahen aus wie Schuljungen, die Prügel bezogen und denen der Lehrer gesagt hatte, sie müssten vor dem versammelten Lyzeum den Diebstahl von Äpfeln gestehen – trotzköpfig und schmollend.«

»Und der General, Indore?«

»Nun, da er nun mal war, wie er war, hatte er dieselbe höflich-interessierte Miene, mit der er hereingekommen war. Der Mann könnte seine Eltern umbringen und dann den Richter als Waise um Milde bitten!«

Zwei Stunden später stieg Sprecher Barthou, von seinen beiden Kollegen flankiert, auf das Podium – Indore hatte sich bequemerweise verdrückt – und ernannte, die Hände gestreckt, um den Jubel zu unterdrücken, dem Seher Laish Tenedos zum Oberbefehlshaber der numantischen Armee.

Nachdem das getan war, flohen sie zu ihrer Equipage und fuhren aus der Stadt, als wären Dämonen hinter ihnen her; sie hielten praktisch nicht an, bevor sie wieder in der »Sicherheit« des Palastes in Nicias waren.

Jetzt konnte die richtige Arbeit beginnen.

Ganz Numantia reagierte auf Schock und Schande der Niederlage, und schon strömten Verpflegung, Geld, Waffen und Rekruten über das Land, zu Fuß, zu Pferd und per Schiff.

Die Rekrutierungsoffiziere, die wir ausschickten, mussten Männer, ja sogar einige hoffnungsvolle Frauen abweisen, einige davon in Tränen.

Numantia hatte während der Aufstände einen Vorgeschmack auf das Chaos bekommen und fürchtete das Schreckgespenst eines Bürgerkriegs um so mehr.

Chardin musste Einhalt geboten werden.

Tenedos berief ein Treffen aller Stabsoffiziere ein.

»Ich will es kurz machen, meine Herren. Ich beabsichtige in der Armee Änderungen durchzuführen, Änderungen, die sie zu einer modernen, hoch entwickelten Streitmacht machen.

Es wird nie wieder eine Niederlage wie am Imru geben, nicht solange ich Euch führe.

Gehorcht mir und Ihr werdet Ruhm und Reichtümer finden. Gehorcht Ihr mir nicht oder zaudert Ihr auch nur, so zerbreche ich Euch wie dünnes Holz.«

Sein Blick fuhr durch den Raum und die Männer blickten entweder zu Boden oder zur Seite.

Ein Mann winkte begeistert mit seiner Krücke. Es war General Hern, der mit seinem Gipsbein höchst unbequem dasaß. »Sir, lasst mich der Erste sein, der mit Freuden unter Eurem Befehl marschiert. Alle Teufel sollen mich holen, wenn mir wohl dabei war, diesem Etappenhengst Turbery zu folgen. Führt, Sir, ich werde folgen. Und wenn das verdammte Bein es mir unmöglich machen sollte, mich auf ein Pferd zu setzen, so komme ich wie eine Milchmagd im Karren mit!« Hier und da wurde gelacht – Hern genoß hohes Ansehen und würde mit Sicherheit den Befehl über den Rechten Flügel behalten.

Tenedos' Augen durchforschten weiter den Raum. Einer der Männer hielt seinem Blick nicht nur stand, sondern nahm eine herausfordernde Haltung an. Es war der rauflustige Schwertfechter Domina Myrus Le Balafre, Kommandeur der Varan-Garde.

»Ich möchte Euch nicht zu nahe treten«, sagte er – und wollte genau das, als er einen Augenblick wartete, bevor er das obligatorische *Sir* anfügte. »Aber ich folge denen, die in der Lage sind, mich zu führen.

Auch wenn Ihr Euch nach Imru verdient gemacht habt, Ihr seid immer noch ein Zauberer, ein Politiker und, wie ich gehört habe, ein Mann, der großartige Reden hält.

Nun, ich scheiße auf Reden und die, die sie halten! Wir sind immer die armen Schweine, die hinterher aufräumen müssen.

Warum also sollte ich Euch folgen, Seher? Es ist mir scheißegal, ob Ihr mir die Schärpe meines Ranges abreißt. Ich diene weiter, irgendjemandem, wie ich es bisher getan habe.«

»Nein, das werdet Ihr nicht«, erwiderte Tenedos ruhig. »Da Ihr Numantier seid.«

»Was soll das heißen?«

»Es heißt, dass die Tage, in denen das Schwert eines Söldners sich eine Armee ohne Rücksicht auf die Farben suchen konnte, vorbei sind.

Die Zeit ist gekommen, Sir, in der man entweder Numantier ist oder ein Feind.

Steht zu mir oder stellt Euch gegen mich. Etwas anderes gibt es nicht.«

Sein Blick brannte einige lange Augenblicke in Le Balafres, ein Blick so hart und zwingend wie der, mit dem er mich im Sulempass bedacht hatte, als wir uns erstmals begegnet waren.

Der Domina gab nach und wandte den Blick ab.

»Ich... ich bleibe, Sir. Und diene gut.«

»Daran habe ich nie gezweifelt, mein Freund. Nicht einen Augenblick. Ihr seid ein viel zu tapferer Mann, um etwas anderes zu tun.«

Und mit diesen schlichten Worten war jedes Murren unter den Kommandeuren unmöglich gemacht worden.

Nicht, dass keiner gemurrt hätte, sogar länger und lauter, als ich je gehört hatte. Es gab dafür, über das dem Soldaten von den Göttern verliehene Privileg zu maulen hinaus, durchaus einen Grund.

Männer, die jahrelang in einer bestimmten Einheit gedient hatten, sahen sich mit einem Mal zu einer neuen, unbekannten Formation versetzt. Man brauchte erfahrene Leute, um den Regimentern, die in der Schlacht zerschlagen oder so gut wie ausgelöscht worden waren, ein Rückgrat zu geben; dasselbe galt für die brandneuen Einheiten, die tagtäglich gebildet wurden. Einige der Beschwerden blieben gedämpft, da mit diesen Versetzungen eine Beförderung einherging, und das nicht um einen Rang, sondern um zwei oder gar drei.

Die einzigen Formationen, die ungeschoren davonkamen, waren die dreizehn Eliteeinheiten, die man nach Nicias gerufen hatte, darunter auch meine Lanciers. Tenedos wollte uns als Angriffsspitze und rechte Flanke einsetzen, bis der Rest der Armee völlig eingeübt war. Dann, so sagte er, könnten wir erwarten, für unser Opfer belohnt zu werden, indem wir dasselbe Schicksal erlitten wie die anderen – dann würden auch uns Beförderung und Kommandos über neue Formationen zuteil. »Es gilt dies für alle, Mannschaften, Lancier oder Offizier. Diese absurde Unterscheidung nach Klassen, die einem guten Mann den höheren Rang verwehrt, gehört der Vergangenheit an. Lasst den, der glaubt, dass Sprache, Herkunft oder Reichtum eine Rolle spielen, sich eine andere Arena suchen, in der er sich großtun kann.«

Tenedos sagte, alle, die ihrer neuen Verantwortung nicht gerecht würden, fänden sich rasch wieder auf ihrem alten Rang und, soweit möglich, bei ihrer alten Einheit.

Dieser Plan würde zu Problemen, ja sogar Todesfällen führen, das wusste er. Aber das müssten wir in Kauf nehmen. »Wir haben auf Palmeras ein Sprichwort«, meinte er. »›Je einfacher die Geburt, desto fauler der Mann.‹«

Was mich an mein eigenes Leben erinnerte, so dass ich grinsen musste, und als Tenedos mich danach fragte, sagte ich ihm, es sei schon gut. Ich sollte offensichtlich der Vater des faulsten Numantiers aller Zeiten werden, denn von Problemen war in Maráns Briefen nichts zu lesen, was mich beruhigte, auch wenn wir erst in den frühen Stadien der Schwangerschaft waren.

Der zweite Grund für die Klagen war der Verlust an Disziplin. Vor dem Imru, vor Tenedos war die Armee autoritär gewesen, steif und starr diszipliniert. Das verschwand und sollte nie wiederkommen, und es mag sich merkwürdig anhören, aber ich war froh, wenn ich an all die erdrückenden Abende in der Messe dachte, an denen ich dazu gezwungen war, langweiligen Männern zuzuhören, die brummend von Ereignissen erzählten, die keinen interessierten, noch nicht mal sie selbst.

Die neuen Männer änderten all dies.

Ich stand vor meinem Zelt, ohne die Schärpe, die auf meinen Rang hinwies, und sah eine Formation, falls man es so nennen konnte, auf mich zuschlurfen. Es waren um die dreißig Mann im Alter von vielleicht fünfzehn bis fünfunddreißig. Einige von ihnen kamen gar barfuß daher. Andere trugen die Holzschuhe von Händlern oder Stiefel.

Es sah aus, als hätten sie sich ihre Kleidung auf der Müllkippe zusammengeklaubt; sie trugen alles Mögliche – von Bauernkitteln über abgerissene Jacken und Hosen, die vier oder fünf Besitzer vor ihnen ganz nett gewesen sein mochten, bis hin zum Lendenschurz eines stolzen Burschen, der ansonsten nur noch einen ramponierten Dragonerhelm ohne Leder und Rosshaar trug.

Was sie noch abgerissener aussehen ließ, war, dass einige gedacht hatten, in Uniform erscheinen zu müssen, und deshalb Teile jeder nur erdenklichen Art von militärischer Kleidung trugen, ein oder zwei unter ihnen gar maisirische, mögen die Götter allein wissen, woher sie die hatten.

An ihrer Spitze kam ein durchschnittlich aussehender Bursche in der makellosen Uniform eines Sergeanten, wie man sie etwa fünf Jahre zuvor getragen hatte. Falls sie ihm tatsächlich gehörte, so hatte er seit damals ein bequemes Leben geführt, da der Rock sich nicht mehr zuknöpfen ließ und in die Hose ein Flicken aus passendem Stoff eingesetzt worden war, damit sein behaglicher Ranzen nicht unziemlich im Freien hing.

Er skandierte den Marschrhythmus, an den die Rekruten sich zu halten versuchten. Er sah mich und salutierte. Die Hälfte der Landeier versuchten es ihm nachzumachen, da sie noch nicht gelernt hatten, dass nur der Ranghöchste in einer Formation salutiert.

Der Uniformierte trug Rangabzeichen.

»Sergeant«, rief ich und der Mann brachte seinen unbeholfenen Zug zum Stehen.

»Jawohl, Sir.«

»Wie lange seid Ihr schon unterwegs?«

»Das kommt darauf an, Sir. Einige von uns ein paar Tage, andere, wie etwa Cutch hier, der aus dem fernen Osten kommt, fast zwei Wochen. Aber wir brennen darauf zu dienen, Sir.«

»Ist das… war das Eure Uniform?«

»Jawohl, Sir. Mitsamt den Streifen, auch wenn ich sie abmachen muss, wenn ich vereidigt werde, ich weiß.«

»Warum seid Ihr gegangen?«

Der Mann zögerte.

»Sprecht nur.«

»Das Soldatsein schien der Mühe einfach nicht mehr wert, Sir. Da habe ich eben geheiratet. Mich niedergelassen.«

»In welchem Gewerbe?«

»Als Händler, Sir. Oder besser als Hausierer. Meine Frau, Gulana, führte den Laden, machte die Bestellungen, während ich durchs Land zog. Ich muss dieses Land wohl von einem Ende zum anderen gesehen haben, Sir. Auch eine ganze Menge von Kallio. Vielleicht kann ich mich hier nützlich machen.«

»Ganz bestimmt. Aber warum habt Ihr Euch denn wieder verpflichtet? Ging das Geschäft zu schlecht?«

»Nein, Sir. Der Laden geht gut. Ich musste sogar die beiden Nachbarhäuser mit dazunehmen, um Platz für all die Ware zu haben. Ich habe ein halbes Dutzend Mitarbeiter, fünf Hausierer auf der Straße, und meine Frau und unsere Jungs können sich um alles kümmern, bis ich wieder da bin.

Ich habe mich aus zwei Gründen wieder verpflichtet, Sir, denselben wie die anderen Jungs hier. Einer davon ist dieser verdammte Kallier und der andere ist der Seher. Stimmt's, Männer?«

Es folgte ein rauhes Hurra.

Hier hatten wir einen Mann, der die Worte des Sehers Tenedos über die Grenzen des Dienstgradsystems perfekt illustrierte. Er wusste sich gut genug auszudrücken, um Offizier zu werden, aber den alten Regeln nach war sein Rang der höchste, den er je erreichen konnte. Kein Wunder, dass er lieber wieder ins Zivilleben gegangen war.

»Wir sind froh, Euch und Eure Männer bei uns zu haben«, sagte ich aufrichtig. »Dient gut und es gibt Gold und Ruhm für euch alle.«

»Danke, Sir. Darf man fragen, wer Ihr seid, Sir, wenn es nicht zu kühn ist?«

»Domina á Cimabue. Kommandeur der Siebzehnten Ureyschen Lanciers.«

Ich hörte ein Murmeln durch die Reihen gehen – mein Name musste über die einsamen Frauen von Nicias hinaus bekannt geworden sein. »Und Ihr?«

»Linerges, Sir. Cyrillos Linerges.«

Er salutierte, und die Männer marschierten davon in den ewig hungrigen Bauch einer Armee, um geschunden und dann zu Soldaten gemacht zu werden.

Ich klopfte an eine der Stangen von Tenedos' Zelt.

»Herein«, sagte er, und ich zog die Klappe beiseite. Der Seher saß an seinem Feldtisch und las.

»Sir, darf ich Euch einen Augenblick stören?«

»Natürlich. Rasenna schläft bereits, da merkt sie es gar nicht, wenn ich nicht neben ihr bin. Sie gewöhnt sich ohnehin an meine Arbeitszeit. Komm herein. Da drüben steht eine Feldflasche Tee und bring mir einen Branntwein. Ich glaube, ich habe einen verdient.«

»Jawohl. Sir, ich habe da jemanden mitgebracht, den Ihr kennen lernen solltet.« Ich winkte und Mercia Petre kam, etwas schüchtern, herein. Ich stellte ihn vor.

»Dann nehme ich an, dass es sich nicht nur um einen Freundschaftsbesuch handelt«, meinte der Seher. »Na dann. Capitain, trinkt Ihr oder seid Ihr eine Dörrpflaume wie unser Domina hier?«

»Nein, Sir. Ich bin auch Abstinenzler. Ich habe es meinem Vater versprochen.«

»Bei den Göttern«, stöhnte Tenedos. »Ich bin unter die Tugendbolde geraten.« Er schien ziemlich guter Laune zu sein und ich war erleichtert.

»Sir, wir sind hier, weil Ihr mitten in der Arbeit seid, die Armee zu reformieren, und wir haben da ein paar Ideen.«

»Hat die nicht jeder?«

»Nicht wie wir beide, Sir«, erklärte ich. »Der Capitain und ich haben, seit ich ihn nach unserer Rückkehr aus Kait kennen gelernt habe, eine Menge Zeit damit verbracht, alles auszuarbeiten.«

»Ah! Noch ein paar Verschwörer gegen den Status quo. Das ist sehr lobenswert von euch, Damastes, obwohl ich meine Überraschung eingestehe, da ich dich eher für einen Mann der Tat als der Worte gehalten habe.« Er sah Petre an. »Ich duze den Domina, seit wir eine ganze Weile zusammen gedient haben. Denkt nicht, ich schätze ihn oder das, was er sagt, deshalb weniger.«

»Nein, Sir«, antwortete Petre. »Das hat er mir schon gesagt.« Er fummelte in seiner Kartusche nach dem Notizbuch mit den Ideen, die wir über all die Monate so sorgfältig ausgearbeitet hatten. Er wollte es Tenedos reichen, aber der winkte ab.

»Erzählt es mir erst. Wenn was dran ist an dem, was Ihr sagt, werden wir weitersehen.

Also, wo fangt ihr denn an mit eurer Armee?«

»Als Erstes, Sir, sollten wir den Tross los werden. Er hält uns nur unnötig auf wie damals, als ich hinter Euch her in den Sulempass ritt, oder –« Ich verstummte, weil Tenedos abwinkte.

»Ich bin nicht völlig dumm, Damastes, und darauf bin ich auch schon gekommen. Es gehört bereits zu meinen Plänen. Aber wie sollte die Armee sich eurer Meinung nach fourragieren? Einen begrenzten Vorrat mit sich führen und ein Lager aufschlagen, sobald er aufgebraucht ist, und dann warten, bis die Versorgungseinheit sie einholt?«

»Vom Land«, sagte Petre. »Wir schicken Quartiermeister mit Wagen aus, mit Kavallerie zum Schutz, und wir nehmen uns, was wir brauchen. Von den Reichen, wenn möglich, und von jedem unserer Feinde.«

Tenedos sah uns überrascht an. »Das ist interessant«, sagte er nachdenklich. »Und es würde auf jeden Fall die Kosten eines Krieges senken, wenn wir ihn auf Kosten des Feindes führen. Das wird auf großen Beifall stoßen in Nicias, bei unseren korinthenkackenden Herren.«

»Außerdem lassen wir die Soldaten-, äh…«, Petre verstummte und warf unwillkürlich einen Blick auf den inneren Teil des Zeltes, wo Rosenna schlief, da das nächste Wort »Prostituierte« war.

Aber Tenedos hatte schon verstanden.

»Keine Frauen, keine Wäscherinnen, keine Süßwarenhändlerinnen, eh? Wo würdet Ihr den Schnitt ansetzen?«

»Nicht eine Person, die nicht Soldat ist, marschiert mit der Armee. Punktum. Keine Marketender, auch keine Dienstboten. Die einzige Funktion von Fuhrwerken besteht darin, schwere Ausrüstung und Kranke zu transportieren. Und, Sir, das gilt für jeden. Es hat keinen Sinn, einem Sergeant zu sagen, er kann keine Truhe in den Bagagewagen der Kompanie werfen, wenn er den General mit einem Brougham und einer Mätresse sieht.«

Tenedos lächelte. »Ich sehe, Herr Capitain, Ihr verdankt Euren Rang Euren Verdiensten und nicht der Diplomatie. Aber um wie viel schneller würde uns diese Veränderung machen?«

»Wir sind noch nicht fertig«, warf ich ein. »Ich möchte die Infanterie auf Pferden sehen oder wenigstens auf Maultieren.«

»Bei den Göttern, das würde den größten Tierpark der Geschichte bedeuten«, meinte Tenedos.

»Er wäre groß, aber so groß auch wieder nicht. Bei den Fußsoldaten möchte ich jeweils einen zu Pferd und einen zu Fuß. Dann, mit der Zeit, lassen wir sie alle reiten. Wir nehmen genügend Weizen mit, damit uns die Pferde nicht auf irgendwelchen Weiden straucheln. Auch hier versorgen wir uns aus den Getreidespeichern des Feindes, indem wir sie nehmen, anstatt sie niederzubrennen, wie wir das jetzt tun. Jedes Maultier hat seinen eigenen Futtersack und Satteltaschen fürs Futter dabei.«

»Wie würden die Männer kämpfen?« fragte Tenedos, dessen Interesse jetzt geweckt war.

»Sie würden zur Schlacht reiten und dann zu Fuß kämpfen wie eh und je. So brauchen wir keine Zeit darauf verschwenden, sie als Kavalleristen auszubilden«, sagte ich. »Keine Lanzen – keine Säbel, dafür aber Speere, Spieße, Schwerter und Dolche.«

»Rüstet einige von ihnen mit Bögen aus«, mischte Petre sich ein. »Wir haben nie genug Bogenschützen in der Schlacht. Haltet sie möglichst aus dem Nahkampf heraus. Es bindet die Einheiten nur unnötig und hindert sie am Manövrieren. Wir verlieren weniger Leute, wenn wir sie aus Handgemengen heraushalten.«

»Aber wir reden hier um den Hauptpunkt herum, Sir«, sagte ich und nahm all meinen Mut zusammen. »Als Erstes, denke ich, sollten wir die Kavallerie zu einem unabhängigen Element umgestalten.«

»Aber das ist sie doch – oder sollte es jedenfalls sein, wenn die Generäle sie richtig einsetzen.«

»Nein, das ist sie eben nicht, Sir«, widersprach ich. »Seht Euch doch an, was Ihr selbst vor ein paar Abenden angeordnet habt: Damastes, setz die Lanciers als Boten ein. So ist es immer, Sir. Kaum sieht ein Offizier einen Mann zu Pferd, schon findet er eine Aufgabe für ihn, Botendienste, Kurierdienste, was auch immer, nur nicht das, wozu er da ist, nämlich hart zuzuschlagen, wenn sich die Gelegenheit bietet, und sich dann rasch zur nächsten Schwachstelle zu bewegen. Kuriere können das nicht, Sir. Wir können noch nicht einmal richtig üben, wenn wir ständig Depeschen von General Furz zu Domina Arsch befördern, Sir.«

»Das neulich Abend war ein Notfall«, sagte Tenedos mit gerunzelter Stirn.

»Sir«, erklärte ich ernst, »es ist immer ein Notfall. Wenn Ihr Kuriere braucht, dann trainiert Euch zu diesem Zweck eine Gruppe. Aber lasst die Finger von der Kavallerie.«

»Ich danke Euch, *Domina*«, sagte er mit besonderer Betonung meines Ranges. »Nein, nein, entschuldige dich nicht. Was stelle ich denn nun mit der Kavallerie an, jetzt, wo sie eine große wiehernde Masse von Kriegern ist?«

»Wir zielen auf das Herz des Feindes. Es ist wie beim Ról. Man kriegt den Ball, man umspielt die Stürmer, geht schnurstracks Richtung Tor und ignoriert alles andere. Wir gehen der Reihe nach vor: erst seine Armee, dann seine Hauptstadt, dann seine Führung. Wir durchbrechen die Linien so schnell wie möglich, ohne Rücksicht auf Flankensicherung, und gehen aufs Ganze. Lasst das Fußvolk Terrain nehmen und halten. Ignoriert die verdammten Festungen, es sei denn, wir müssen sie unbedingt haben. Umgeht sie. Die werden schon kapitulieren, nachdem wir ihren König umgebracht oder ihre Hauptstadt niedergebrannt haben.«

Ich merkte, wie heftig ich geworden war, als ich eine verschlafene Anfrage von Rasenna hörte, was denn los sei, und beruhigte mich wieder. Tenedos saß eine ganze Weile da. Überlegte. Keiner von uns wagte es, sich zu bewegen aus Angst, ihn zu stören.

»Interessant«, meinte er. »Sehr interessant. Aber was passiert, wenn die Kavallerie abgeschnitten wird?«

»Dann ist es ihre eigene Schuld, und sie trägt die Verantwortung dafür, sich wieder zu befreien oder auszuhalten, bis die Infanterie sie entlasten kann. Wenn die Einheit schnell genug ist und sich nicht von überlegenen Kräften binden lässt, dann sollte das eigentlich nie passieren.«

»Steht das alles in diesem kleinen Buch?«

»Allerdings, Sir. Und noch weit mehr«, mischte Petre sich eifrig ein. »Zum Beispiel –«

»Capitain, bitte, haltet ein. Ein Mensch oder ein Schwamm können immer nur so und so viel auf einmal absorbieren. Wenn Eure Handschrift leserlich ist, hättet Ihr etwas dagegen, es hier bei mir zu lassen? Ich gebe es Euch in ein, zwei Tagen zurück, oder vielleicht lasse ich es abschreiben.«

»Gern, Sir, gern.«

»Nun, da ihr beiden mir schon meine ruhige Meditationsstunde ruiniert habt und wahrscheinlich auch noch meinen Schlummertrunk, könnt ihr gehen.«

Wir standen auf, salutierten und gingen hinaus.

»Soldatenprostituierte, also wirklich«, hörte ich Tenedos murmeln.

Petre sah mich fragend an. Ich zuckte die Achseln. Der Seher war sein eigener Herr und einfach nicht zu durchschauen. Alles, was ich wusste, war, dass man uns im Gegensatz zu früheren Fällen, die ich noch gut im Gedächtnis hatte, nicht dafür bestrafen würde, eigene Ideen zu haben.

Das an sich machte die Armee schon wunderbar und neu.

Am Tag darauf rief mich Tenedos in die Kommandantur.

Er wies auf einen stämmigen kleinen Mann, der besser am Empfang eines Hotels aufgehoben sein mochte als in einem Offizierskasino. »Das hier ist Hauptmann Othman«, stellte er ihn mir vor. »Ich habe ihn zu meinem neuen Chefadjutanten gemacht. Wie du sehen wirst, ist er ganz bemerkenswert. Er hat ein absolut perfektes Gedächtnis, nicht wahr, Herr Hauptmann?«

»Ich weiß nicht, aber trotzdem danke, Sir.« Othman schien sich nicht ganz wohl in seiner Haut zu fühlen.

»Das wäre alles, Hauptmann. Ich habe vor, mit dem Domina ein bisschen spazieren zu gehen, und bin in einigen Minuten wieder zurück.«

»Sehr wohl, Sir.«

Wir verließen das Zelt. Ich erwartete, nein, ich hoffte, Tenedos würde auf den Inhalt unseres Notizbuches zu sprechen kommen, aber er tat es nicht. Stattdessen meinte er:

»Ich habe herausgefunden, wie Chardin Sher mich mit seinem Zauber narren konnte.«

»Und, wenn ich fragen darf, wie habt Ihr es entdeckt?«

»Ich habe in kluger Voraussicht etwas Sand vom Schlachtfeld eingesteckt und ihn als zugegebenermaßen dürftiges Hilfsmittel für ein Experiment benutzt, um zu sehen, ob das Gesetz der Ansteckung helfen könnte. Es konnte, insbesondere als ich mein Gedächtnis zwang, sich detailliert an die wenigen Minuten zu erinnern, die ich in Nicias mit Chardin Sher verbringen konnte. Dann habe ich diese Erinnerung mit einem Zauber auf die Gegenwart und die Realität projiziert.

Ich habe nach seinem Zauber sowohl in unserer als auch in anderen Welten gesucht und konnte genügend Spuren finden, um mir jetzt seiner Methode ziemlich sicher zu sein. Oder besser der Methode, die er angeordnet hat.

Der Mann ist weitaus klüger, als ich gedacht habe, und ihm ist gelungen, woran ich gescheitert bin.«

»Er konnte also tatsächlich viele Magier zur Zusammenarbeit gewinnen?«

»Allerdings. Sein eigener Zaubermeister, ein Mann, dessen Namen ich noch nicht in Erfahrung bringen konnte, hat Zauberer zusammengeholt, sie in Trance versetzt und ihnen, während ihr individueller Wille ruhte, die Anweisung zur Kooperation gegeben. Da dieser Befehl nicht ihren eigenen Wünschen zuwiderlief, oder wenigstens nicht ernsthaft, funktionierte er nahezu perfekt.«

»Und jetzt wollt Ihr Order nach Nicias schicken, die Chare-Bruderschaft zwangszurekrutieren?« Ich erschauerte. »Also ich möchte nicht der Ausbilder sein, der denen beibringt, auf dem richtigen Fuß loszumarschieren.«

»Ich glaube nicht, dass das nötig ist«, bemerkte Tenedos. »Aber ich plane in der Tat, Scopas eine geheime Nachricht zukommen zu lassen, in der ich genau dies vorschlage und ihn anweise, die Idee durchsickern zu lassen. Das dürfte diesen fetten, faulen Hochstaplern einen solchen Schrecken einjagen, dass sie mir jeden Gefallen tun, den ich nur brauche.

Nein, Damastes. Es ist deren Zauber, und ich weiß, dass sie Gegenmaßnahmen eingebaut haben müssen. Ich werde etwas anderes einsetzten, etwas Besseres, jetzt, wo ich um ihr Geheimnis weiß.« Er lächelte und sein Lächeln war nicht angenehm. »Chardin Sher wird sich in den nächsten Monaten noch wundern.«

Die nächste Überraschung freilich kam für die Armee – und für mich.

Einmal mehr rief Tenedos die höchsten Offiziere des Heeres zusammen. Meine Order besagte, Capitain Petre mitzubringen. Ich wusste, das musste mit unseren Vorschlägen zu tun haben, und ich machte mir schon Hoffnungen, da Tenedos nicht der Mann war, der einen Untergebenen zu sich zitierte, um ihn in aller Öffentlichkeit niederzumachen. Außerdem hatte ich einige konkrete Hinweise darauf, dass unsere Ideen in die Tat umgesetzt werden könnten: Zwei Tage zuvor hatte Rasenna ohne viel Aufhebens das Lager verlassen und war nach Nicias zurückkehrt; andere Mätressen und Ehefrauen hoch rangiger Offiziere waren ihr gefolgt. Jetzt wäre es interessant zu sehen, was als Nächstes kam und ob wir lernten, eine Armee zu werden statt eines Maskenballs.

Es waren noch andere Offiziere zugegen als die der Kommandoebene. So sah ich zu meiner Überraschung Legat Yonge, den Tenedos in meiner Order nicht erwähnt hatte. Yonge grinste, winkte mir beiläufig zu, dann kam Tenedos aus seinem Zelt. Er begann ohne Umschweife.

»Wie Ihr alle wisst, sind wir im Begriff, eine neue Armee aufzubauen. Nun, meine Veränderung … unsere Veränderungen … werden tiefer greifen, als ich das bisher umrissen habe.

Zwei meiner Offiziere haben einen interessanten Vorschlag gemacht, einen Vorschlag, den ich sogar noch weiter zu treiben beabsichtige.

Es wird darüber hinaus taktische Veränderungen geben, aber zunächst werden wir organisatorische Veränderungen vornehmen, die unsere neue Art zu kämpfen überhaupt erst ermöglichen werden.«

Er sah sich unter seinem Publikum um und lächelte, als er Dominas und Generäle besorgte Blicke austauschen sah aus Angst, dieser Neuling, dieser Amateur könnte auch noch den Rest des Fundaments zerschlagen, das die arme, ramponierte numantische Armee noch hatte.

»Keine Bange. Die Veränderungen werden nicht so groß sein, wie Ihr denkt, wenigstens nicht auf den ersten Blick.«

Dann machte er sich daran, sie zu umreißen. Als Erstes gab er den Plan bekannt, so viele Infanterieregimenter wie nur möglich mit Reittieren auszurüsten, und sagte, er habe bereits Befehl gegeben, jedes Maultier zu requirieren, das aufzutreiben war, und sie zu uns zu schicken.

Dann gab er die Pläne bekannt, die Kavallerie in eine unabhängige Truppengattung umzuorganisieren, praktisch so, als wäre sie ein eigener Flügel. Einigen stockte vor Erstaunen der Atem, die Kavallerieoffiziere jedoch, die es leid waren, die Ehrengarde für ihre Vorgesetzten zu spielen, setzten plötzlich freudige Mienen auf. Sie hätten darüber hinaus eine neue Aufgabe, die vorerst noch geheim bleiben sollte. Aber ich wusste, worin sie bestand: Wenn wir das nächste Mal in die Schlacht zogen, würden wir direkt gegen Chardin Sher vorgehen. »Ich schlage darüber hinaus vor, eine neue Art von Einheit zu schaffen, oder, besser gesagt, eine existierende Gruppe von Einheiten zu nehmen und ihre Aufgabe neu zu definieren. Ich richte einen Aufklärungsflügel ein, dem ich alle bestehenden Einheiten der Leichten Infanterie unterordne. Zusätzlich werden neue geschaffen. Sie werden Augen und Ohren der Armee sein und die Kavallerie entlasten, für die mir, wie gesagt, eine etwas andere Aufgabe vorschwebt.

Diese neuen Flügel brauchen neue Kommandeure.

Zum General der Berittenen Infanterie ernenne ich hiermit Domina Myrus Le Balafre.

Zum General des Aufklärungsflügels ernenne ich einen Mann, mit dem viele unter uns noch nicht vertraut sein werden, einen Mann, der gegenwärtig einen geringeren Rang einnimmt als den, auf den er gehört, was jedoch mehr auf meine Unaufmerksamkeit als sonst etwas zurückzuführen ist. Ich befördere Yonge auf den

Rang eines Generals.« Tenedos hatte so viel Takt zu verschweigen, wie »gering« der Rang des Kaiters im Augenblick war. Der Hügler stand da wie vom Donner gerührt, jauchzte dann wie ein Schuljunge und sprang in die Luft.

»General«, japste er. »Ich General! He, Damastes! Du bist geschlagen. Ich habe es als Erster geschafft!

Einige Offiziere waren schockiert, andere lachten. Ich gehörte zu Letzteren und wollte eben zu einem Hurra für den Hügler aufrufen, als –

»Zu guter Letzt ernenne ich zum Chef des Berittenen Flügels... Domina, jetzt General Damastes á Cimabue!«

Der Einzige, der noch glücklicher war als ich, war Capitain Mercia Petre. Ihn hatte Tenedos zum Domina der Siebzehnten Lanciers ernannt.

Die Zeit der Hitze ging zu Ende und die Zeit des Regens begann. Wir rutschten fluchend herum, aber das Tempo unserer Ausbildung ließ nicht einen Augenblick nach.

Tenedos hatte versprochen, wir würden noch vor der Zeit der Stürme kämpfen, und wir waren entschlossen, den Schwur einzuhalten.

Mein wunderbarster Damastes,

ich schreibe dies vor dem Palast des Zehnerrats und habe einen Kurier angemietet, es dir, egal was es kostet, so schnell wie nur möglich zu überbringen.

Ich bin frei.

Vor kaum einer Stunde wurde mir in einer Sondersitzung des Zehnerrats die Annullierung meiner Ehe bewilligt, und das mindestens ein Jahr früher, als wir die Anhörung vermutet hatten.

Ich weiß nicht, warum es dazu gekommen ist, warum wir so viel Glück haben, werde aber allen Göttern opfern, die ich kenne, weil es so kam.

Oh, mein Damastes, es kann jetzt nichts mehr zwischen uns geraten.

Wenn dieser Krieg vorbei ist, können wir heiraten.

Ich bin zu glücklich, zu aufgeregt, um weiterzuschreiben, aber es geht mir gut, alles ist bestens, alles ist wunderbar.

Deine dich liebende Marán

»Glückwunsch«, sagte Tenedos. »Und danke, dass du dein Glück mit mir teilst.«

»Ah, es ist mehr als das, Sir.«

Tenedos zog eine Braue hoch.

»Sir, ich bitte um Euer Einverständnis, meine künftige Braut herkommen zu lassen, außerdem um Eure Erlaubnis zu heiraten.«

»Das ist aber gegen alle Vorschriften, Damastes. Wir sollen uns schließlich auf einen Krieg vorbereiten.«

»Das ist mir klar, Sir. Aber es wäre ein Verrat an mir selbst, Sir, hätte ich nicht gefragt.«

»Ah. Das wäre es allerdings. Ich habe vergessen, dass Liebe eine stärkere Antriebskraft ist als gesunder Menschenverstand. Nun, du hast gefragt, also …«

»Ich verstehe, Sir.« Ich nahm Haltung an und wollte schon salutieren und wieder gehen.

Tenedos schüttelte den Kopf.

»Warte. Ich glaube nicht, dass du verstehst. Ebenso wenig wie ich, bevor ich das Echo meiner eigenen Worte vernahm.

Ich sagte, es wäre vorschriftswidrig, und das ist es auch. Aber sind wir nicht gerade dabei, eine Armee gegen alle Vorschriften aufzubauen?

Ein Kavallerist sollte ja wohl voller Träume und plötzlicher Eingebungen sein.

Warum also nicht?« überlegte Tenedos laut. »Immerhin würde es den Männern ein neues Gesprächsthema geben. Die Faulpelze könnten sich über die Privilegien der Offiziere aufregen und der Rest von uns könnte dich beneiden.

Ihr habt meine Billigung, Herr General. Schickt sofort einen Brief los. Wartet. Ich habe eine bessere Idee.«

Der Hauptmann, dem die Heliographenstation unterstand, las finster die Nachricht, die ich ihm gab.

»Unmöglich, Herr General. Ich darf keine Nachrichten an Zivilisten senden. Auf ausdrückliche Order des Seher-Generals.«

Ich reichte ihm den nächsten Zettel.

»Oh.« Die Haltung des Mannes änderte sich. »Tut mir Leid, Sir. Ich hätte wissen sollen, dass Ihr die Genehmigung des Seher-Generals habt. Das Wetter ist ausnahmsweise klar, wir können also auf der Stelle senden.«

Sekunden später begann das Licht auf dem Turm eine schlichte Nachricht nach Süden zu blinken:

Komm sofort. Pack dein Hochzeitskleid ein.

25 *Liebe im Krieg*

Ich beugte mich tief über die Hand der Gräfin Agramónte, die einen Knicks machte und flüsterte: »Erlauben die Vorschriften, dass der künftige Bräutigam die Braut küsst?«

Einer weiteren Ermutigung bedurfte es nicht; ich nahm sie in die Arme. Die Soldaten hinter mir jubelten und vom Flussboot her hörte ich Gelächter, kümmerte mich aber weder um das eine noch das andere.

Aber kaum war meine Zunge zwischen ihre Lippen gefahren, da nahm sie den Kopf zurück.

»Wie ich schon einmal gesagt zu haben mich erinnere, Sir, Ihr seid ganz schön dreist«, flüsterte sie.

»Ihr habt keine Ahnung, wie dreist ich zu sein gedenke«, antwortete ich.

»Hier? Auf dem Pier?«

»Im Stehen, in Stiefeln, mit einer Blaskapelle dazu. Bei allen Göttern, was hast du mir gefehlt.«

»Du mir auch, Damastes«, sagte Marán. »Ich kann unser Glück gar nicht fassen und dass ein großer General wie du bereit ist, eine arme Landfrau aus zweiter Hand zur Braut zu nehmen.« Lachend entwand sie sich sachte meiner Umarmung. Sie war sogar noch schöner, als ich sie mir vorgestellt hatte, selbst hier, auf einem vernarbten Holzpier, der noch ganz nass war von den ersten Wolkenbrüchen der Zeit des Regens. Sie trug ein hoch geschnürtes Kleid aus dunkelviolettem Samt, das sich bis zur Mitte der Waden an die Rundungen ihres Körpers schmiegte. Dazu trug sie Schnürstiefel und eine krickentengrüne schimmernde Jacke, passend zu ihrem breitkrempigen Hut.

»Also, wenn du mir mit meinem Gepäck zur Hand gehen würdest…« Sie brauchte mehr als eine Hand; sie brauchte ein Arbeitskommando, das ich in Form einer Eskorte mitgebracht hatte – vier Männer aus jedem der Regimenter, die ich jetzt kommandierte, dazu ein ganzer Zug aus der Einheit, die ich immer als die »meine« betrachtet hatte, die Ureyschen Lanciers, alle in Galauniform. Dank meines persönlichen Untergottes Tanis hatte ich daran gedacht, auch gleich zwei Fuhrwerke mitzubringen, obwohl sie überladen waren, als das Kommando fertig war und ihre beiden Zofen auf den rissigen Sitzen vor Maráns Schrankkoffern saßen.

»Du hast wohl vor, bis zum nächsten Frühjahr zu bleiben?«, fragte ich.

»So, mein Schatz, reist der Adel nun mal. Ein gut Teil von Nicias' besserer Gesellschaft war sogar *entsetzt*, dass ich nur zwei Dienstmädchen mitgenommen habe und so tapfer bin, ohne den kompletten Haushalt ins Hinterland zu reisen.« Sie lachte. »Also, siehst du jetzt, worauf du dich da einlässt? Jetzt müssen wir alles so machen, wie es sich gehört.«

»Ich nehme an, dazu ›gehört‹ auch, dass wir die stolzen Eltern eines Dreizehnmonatskindes sein werden?«

»Nicht im Traum würde jemand bei einer Agramónte auf den Gedanken kommen, sich so etwas zu fragen«, meinte sie. Ich wollte sie in die Arme nehmen und unser Baby spüren, aber das konnte ich nicht.

Ich wollte mich eben danach erkundigen, als ich Soldaten kommen sah, also drückte ich mich sehr vorsichtig aus. »Ist… alles in Ordnung?«

»Du meinst den Erben?«, sagte Marán, die sich offensichtlich keinen Deut darum scherte, was andere denken mochten. »Er ist ein perfektes Kind – bisher. Hat mir die Figur nicht ruiniert und mir wird auch nur selten schlecht – ganz im Gegensatz zur Vorhersage der Hebamme, die ich konsultiert habe.«

Der frisch beförderte Capitain Bikaner, den Domina Petre zum Adjutanten der Lanciers gemacht hatte, salutierte. »Sir. Wir erwarten Euren Befehl.«

Ich erwiderte den Gruß und nahm Maráns Arm.

»Die Equipage wartet.«

Sie bekam große Augen, als wir vom Pier gingen und sie sah, was ich mitgebracht hatte.

»Die ist ja herrlich«, rief sie. »Aber was … was ist das?«

Als wir darauf zugingen, erzählte ich Marán das bisschen, was ich über die Geschichte des Gefährts in Erfahrung hatte bringen können. Irgendwann in ferner Vergangenheit hatte ein Mann – oder eine Frau – von höchstem Adel die winzige Stadt Entoto besucht und man hatte eine spezielle Kutsche gebaut und dann über die Jahrzehnte sorgsam gepflegt. Einer meiner Stabslegaten hatte sie auf einer privaten »Beschaffungsmission« entdeckt. Der Vorsitzende des Stadtrats hatte sie mir mit Freuden geliehen, und ich hatte sie von meinen Männern polieren, anstreichen und säubern lassen, seit ich wusste, dass Marán unterwegs war. Sie war riesig, fast so groß wie die numantische Krönungsequipage, die ich in einem Museum in Nicias gesehen hatte. Aber während Letztere rot und golden war, erstrahlte diese in Silber und Schwarz. Das Chassis ruhte auf zwei vierrädrigen Untergestellen, die Räder waren größer als ich und obenauf hatten vier Begleiter und Wachen Platz. Es war mir gelungen, acht weiße Rösser aufzutreiben, um sie zu ziehen, und sie waren gestriegelt, als sollte es in die Manege gehen.

Reiter Karjan, den ich wieder zum Lancier befördert hatte, hielt die Tür auf, und wir stiegen über das Treppchen ein und schlossen die Tür.

Der Innenraum war so groß, wie es das Äußere vermuten ließ, verfügte vorne wie hinten über weiche Ledersitze und hatte zu beiden Seiten Klappsitze für Dienstboten an den Türen. Die Fenster waren verglast und mit Vorhängen versehen. Ich hätte fast stehen können. Vier Laternen sorgten für Licht und im Boden eingelassen gab es versteckte Fächer für Speisen und Wein.

Ich nahm das Sprechrohr von seiner Halterung an der Decke und pfiff hinein. Ich hörte das Knallen einer Peitsche, und die Kutsche setzte sich knarrend in Bewegung. Vorneweg ritten fünfzig Mann Kavallerie, weitere hinter uns. Außerdem hatten wir Flankenreiter – eine passende Eskorte für eine der edelsten Gräfinnen von Numantia.

Wir durchquerten Cicognara auf der Straße, die nach Entoto führte und zum Hauptquartier der Armee.

Marán sah sich mit großen Augen um. Ich nahm meinen Helm ab und legte ihn beiseite.

»Also«, sagte ich, während ich nach ihr griff, um sie an mich zu ziehen. Ihre Lippen öffneten sich und unsere Münder kamen aufeinander zu. Ich fuhr ihr mit der Hand unters Kleid, liebkoste die herrliche Rundung ihres Hinterns durch die seidenen Unterröcke. Es dauerte jedoch nur einen Augenblick, dann entzog sie sich mir einmal mehr.

»Ich nehme an«, sagte sie schwer atmend, »du nähmst mich am liebsten gleich hier in der Kutsche.«

»Ich habe daran gedacht.«

»Ich habe eine Überraschung für dich, mein Lieber«, erklärte sie. Sie fuhr mit der Hand meine Brust hinab, bis sie meinen steifen Riemen berührte, der sich unter der leichten rehbraunen Hose abzeichnete, die ich trug. Sie fuhr mit den Fingernägeln auf und ab. »Wir tun so, als hätten wir uns noch nie geliebt, und lieben uns erst wieder in unserer Hochzeitsnacht.«

»Wer hat das beschlossen? Oder ist das auch so ein nobler Brauch?«

»Ich habe es beschlossen«, antwortete sie, während ihre Finger mich noch immer streichelten. »Dann will ich dich mit Haut und Haaren, wenn wir beide völlig verrückt vor Leidenschaft sind.«

»Das bin ich bereits«, protestierte ich.

»Dann lass es mich noch schlimmer machen.« Sie beugte den Kopf vor und küsste durch den Stoff hindurch die Eichel meines Riemens, biss dann sachte hinein, einmal, zweimal, und mein Körper zuckte zusammen. »Ach, du Lieber«, sagte sie. »Es war dir anscheinend ernst.« Dann grinste sie. »Na, wenigstens besteht kein Zweifel daran, dass du mir treu gewesen bist.

Aber du trägst zur Trauung vielleicht besser eine dunkle Hose.«

»Aber was mache ich jetzt«, fragte ich und begann zu lachen.

»Ich bin zu alt, um mit meinen feuchten Träumen anzugeben.«

»Kann dir doch egal sein«, erwiderte Marán. »Du bist doch General, oder? Und bald Graf Agramónte obendrein. Sag einfach allen, Samenflecken gehören ab sofort zur Uniform.«

Ich schnaubte.

Graf Agramónte. Während ich an jenem Abend, allein in meinem Zelt, einzuschlafen versuchte, dachte ich nach. General. Und Adeliger. Obwohl Marán mir erklärt hatte, es handle sich nur um einen Höflichkeitstitel, der nicht erblich sei und den ich nur hätte, solange ich mit ihr verheiratet war, was ich, so sagte ich ihr, zu bleiben beabsichtigte – bis zu meiner Rückkehr aufs Rad.

Selbstverständlich hatte ich meinen Eltern geschrieben; ich wollte, sie hätten dabei sein und Marán kennen lernen können. Aber das war unmöglich – ich bezweifelte, dass meine Briefe unser Dschungelanwesen überhaupt vor der Zeremonie erreichten.

Ich dachte einmal mehr darüber nach, wie die Götter ihr Spiel spielten und wie viel sich doch verändert hatte mit einer einzigen Partie Ról.

Unsere Heirat wurde zum Fest- und Feiertag für die ganze Armee erklärt, und General Yonges Männer durchkämmten das Land nach Delikatessen, obwohl ich hörte, dass es ihnen wehtat, mit Gold dafür bezahlen zu müssen, anstatt mit der Schwertspitze, wie sie es in Feindesland getan hätten.

Seher Tenedos hatte mich zu sich kommen lassen und sagte mir, er würde die Trauung selbst vollziehen, es sei denn, ich wollte das nicht, und nannte mir den Ort. Ich dankte ihm überschwenglich und sagte ihm, ich könnte mir keine größere Ehre vorstellen. Weder Marán noch ich hingen einer bestimmten Religion an und es war uns ziemlich egal, ob ein Priester oder ein Weiser die Trauung vollzog.

»Du erweist mir eine Ehre, mein Freund«, erklärte Tenedos. Er lächelte schief und sagte dann etwas Merkwürdiges: »Jetzt siehst du, wie ich alle um mich herum benutze.«

»Wie meinen, Sir?«

»Deine Trauung wird ein großer Tag für meine Armee, etwas,

worüber sie den Rest ihres Lebens sprechen werden – wie Damastes der Schöne, General der Kavallerie, geheiratet hat, kurz bevor die Armee loszog, um die rebellischen Kallier zu unterwerfen. Verstehst du?«

»Nein, Sir«, antwortete ich wahrheitsgemäß, obwohl ich heute verstehe, was er sagen und dass er mich möglicherweise warnen wollte.

Aber all das überstieg damals meinen Horizont, und außerdem wollte ich ihn fragen, ob er sicher sei, mit dem Ort die richtige Wahl getroffen zu haben.

»Das habe ich, in der Tat.«

»Aber –«

»Kommt nur einfach, o nervöser Bräutigam. Der Rest ruht in den fähigen Händen eines Zauberers.«

Und so war es denn auch.

Tenedos hatte sich einen ziemlich merkwürdigen Ort für die Zeremonie ausgesucht. Im Norden von Entoto stand die Ruine einer riesigen Kathedrale, fast ein Palast. Kein Mensch wusste, welchem Gott zu Ehren man sie errichtet hatte; es gab sogar Geschichten, laut denen die Götter selbst sie erbaut hatten, in der Vorzeit, als sie hin und wieder noch selbst auf der Erde wohnten.

Ich hatte sie mir angesehen, als wir uns nach Entoto zurückgezogen hatten, in der Hoffnung, sie ließe sich irgendwie für militärische Zwecke nutzen, hatte den Gedanken aber verworfen, nicht so sehr aus Angst, eine vergessene Gottheit zu beleidigen, als wegen ihres Zustands.

Alles, was noch stand, war eine mächtige Steintreppe, die von den tiefen Furchen der ungepflasterten Straße aus emporstieg, und die vier Mauern, die über hundert Fuß in den Himmel ragten, aber oben ganz brüchig waren, und es gab weder Pfeiler noch Streben, die sie vor dem Einfallen bewahrt hätten. Die Fenster hatten Bögen, ihr Glas war längst zerbrochen, und der Boden des einzigen Raums war mit geheimnisvollen Ruinen überzogen, von denen es hieß, es handele sich um Grabinschriften jener, die darunter beerdigt waren.

Mehr als tausend Soldaten umstanden die Kirche in Formation, in ihrem Rücken die Feuer für die Festlichkeiten sowie Fässer mit Wein und Bier für das Besäufnis danach. Ein Unglück für den, der an jenem Tag seinem Dienst nicht entkam.

Es hatte die Nacht zuvor schlimm gestürmt, aber für einen Augenblick zu regnen aufgehört, als ich zur Ruine hochritt. Ich stieg ab und reichte Lucans Zügel einem Soldaten – ich hatte den frisch beförderten Lancier Karjan als persönlichen Gast geladen – und wartete innen. Ich stand auf der einen Seite der Treppe, als Marán auf der anderen Seite in mein Blickfeld trat.

Sie trug ein weißes Seidenkleid mit Spitzeneinsätzen, und ihre Zofen trugen eine lange Schleppe hinter ihr her. Sie hatte ihr Haar in kleine Löckchen gelegt, die ihr Gesicht umrahmten, und trug eine Kopfbedeckung aus Spitze, die ihr bis auf die Schultern fiel.

Sie sah verängstigt und irgendwie verloren aus. Sie tat mir einen Augenblick lang Leid – sie war eine von nur drei Frauen in dieser riesigen Horde Männer, fernab von Heim und Familie, und dann verspürte ich einen ungeheuren Stolz auf ihren Mut, zu mir zu kommen, bereit, jemanden zu heiraten, der nur Soldat war und damit weit unter ihrem Stand.

Tenedos erschien oben auf der Treppe, breitete die Hände aus und hob mit einem Sprechgesang in einer unbekannten Sprache an. Während er sprach, grollte der Donner und ich spürte Regentropfen auf meiner Hand.

Mädchen tanzten aus dem Nichts herbei, junge Mädchen in weißen Frühlingskleidern. Sie trugen Körbe voller Blumen, die sie vor Marán und mir verstreuten, als wir aufeinander zugingen. Ich weiß nicht, ob es sich um Erscheinungen handelte, die Tenedos heraufbeschworen hatte, oder um die Jungfrauen von Entoto, obwohl ich bei meinen Besuchen in der Stadt keine so schönen Mädchen gesehen hatte.

Ich sah keine Kapelle, trotzdem kam Musik auf, als wir uns trafen, umdrehten und die Treppe hinaufstiegen.

Über die Musik hörte ich gebellte Kommandos, dann kam eine Säbelgarde aus dem Regen marschiert. Die Befehle rief General Le

Balafre. Die Soldaten, die auf uns zumarschierten, die Säbel an der Schulter, kamen auf Kommando zackig zum Stehen, drehten sich um, und schon blitzten die Säbel auf und bildeten ein Dach über uns. Jeder der Männer trug eine Generalsschärpe. Die Armee erwies uns ihre höchste Ehre.

Ich schwöre, es regnete und der Himmel war grau, aber von irgendwoher kam ein Sonnenstrahl geschossen, und die polierten Klingen warfen funkelnde Lichtreflexe auf uns, als wir die Ruine betraten.

Donner krachte und es goss wie aus Eimern. Es hätte ebenso kalt wie trostlos sein sollen in der dachlosen Ruine, aber das war es nicht.

Tenedos' Zauber verwandelte die Regentropfen in treibende Blüten, die kreiselnd und tanzend auf den Steinboden zuschwebten. Ich roch ihren Duft, während wir vorausschritten. Kleine Kohlebecken bildeten eine Gasse; aus jedem davon ringelte sich eine Spirale andersfarbigen Rauchs, ein weit größeres Meer von Farben, als die Kohlebecken es jemals hätten hervorbringen können.

Männer und, ja, auch Frauen füllten den Raum. Einige von ihnen kannte ich, ich hatte sie persönlich eingeladen – Yonge, Karjan, Bikaner, Evatt, Curti –, mit anderen hatte ich gedient und war stolz darauf. Wieder andere kannte ich nicht. Marán stockte unwillkürlich der Atem, als sie jemanden erkannte, der in Wirklichkeit weit weg war, und dann wäre es mir fast ebenso ergangen, da ich, wenn auch nur für wenige Augenblicke, Maráns Freundin Amiel sah, dann die Gesichter meines Vaters Cadalso, meiner Mutter Serao und die meiner Schwestern. Später bekam ich dann Post von ihnen, in der es hieß, sie hätten geträumt, auf meiner Hochzeit gewesen zu sein, und sie beschrieben sie haargenau.

Tenedos stand am Ende des Raumes und wir blieben vor ihm stehen.

Er neigte den Kopf im Gebet:

»Ich bin der Seher Laish Tenedos«, sagte er und seine Stimme hallte durch den Raum. »Dieser Mann und diese Frau hier haben mich gebeten, sie im Ehestand zu vereinen.

Ich bete zu den Göttern Numantias um Segen für ihre Verbindung. Ich bete zu Umar«, er verstummte, und ich fragte mich, ob er den Mut aufbrachte, im Stillen auch Saionji anzurufen, »und Irisu. Ich bitte Aharel, diese beiden hier ihren Untertanen zu empfehlen. Lass die Götter, die die Elemente beherrschen, Varum das Wasser, Shahriyas das Feuer, Jacini die Erde und Elyot die Luft, sie segnen. Mag Isa, unser Gott des Krieges, ihnen Schutz vor seinem Ingrimm gewähren. Mag Jaen ihnen die Macht der Liebe geben, in der Ekstase wie im Trost. Mag unser Gott von Nicias, Panoan, sie segnen. Lass ihre eigenen Götter lächeln – Vachan, den weisen Affengott von Cimabue; Tanis, der über das Schicksal von Damastes und seiner Familie wacht; Maskal, Gott der Agramóntes – ihr alle, alle, hört mein Gebet und gewährt den beiden eure Wohltaten.

So beten wir, so beten wir alle.«

Er ließ die Hände sinken, dann herrschte Stille. Dann sprach er weiter.

»Dieser Tag ist heilig als der Tag, an dem ein Mann und eine Frau sich das Jawort geben. Diese beiden sind Marán, Gräfin Agramónte, und General Damastes á Cimabue.

Sie haben einander Liebe und Hingabe geschworen und geloben, dass es keine anderen zwischen ihnen geben wird. Sie wünschen, ihre Leben zu vereinen …«

Hätte ich nicht genaue Anweisungen gehabt, ich hätte die Abzweigung von der Hauptstraße verpaßt. Der Regen kam in ganzen Wänden, als der Schimmel unsere kleine Kutsche den Weg hinaufzog, der sich durch den dichten Wald wand. Die Zeit der Veränderung hatte noch nicht eingesetzt, aber das Laub um uns herum hatte die Farben zu wechseln begonnen – Rot- und Brauntöne, Gelb.

Der Weg endete in einer Lichtung, in deren Mitte ein riesiger Baum stand, dessen Geäst einen vollkommenen Schutz bot. Die Kate stand auf der Seite, fast unter dem roten Efeu begraben, der sich um sie herumwand. Sie war klein, aus vielfarbigem Holz, die Bauart raffiniert, die Ecken abgerundet und geschwungen, so dass sie fast wie der Bau eines kleinen Pelztieres aussah.

Ich brachte den Schimmel davor zum Stehen, stieg aus und half Marán heraus.

Ein Mann in der Uniform der Lanciers erschien aus dem Nichts und führte Pferd und Kutsche, ohne etwas zu sagen, fort. Ich bemerkte es kaum, ich hatte nur Augen für Marán.

Ich nahm sie bei der Hand, wir gingen zur Tür und ich zog die Schnur mit dem Stift aus dem Schloss.

Die Tür schwang auf und wir traten ein. Es war früher Nachmittag, aber der Regen verdunkelte ihn so, dass das Licht der beiden Lampen ebenso willkommen war wie die Wärme des knackenden Feuers.

Ich weiß nicht, wie Tenedos diese wunderbare Hütte gefunden hatte, aber wir waren auf der Stelle verliebt. Sie hatte vier Räume: das Wohnzimmer, ein Schlafzimmer darüber unter dem Dach, eine kleine Küche und dahinter ein winziges Bad, über einem Felsbecken errichtet, von unsichtbaren Quellen geheizt. Aber keinem von uns fielen diese Einzelheiten auf. Wir hatten nur drei Tage, aber ich hatte das Gefühl, alle Zeit der Welt zu haben.

Ich nahm den Helm ab und warf ihn in eine Ecke. Marán, deren ernster Blick den meinen nicht einen Moment losließ, kam auf mich zu, und ihre Finger knöpften mir langsam den Uniformrock auf; ich schlüpfte heraus und zog dann das Hemd aus.

Neben mir stand ein Stuhl, auf den ich sank. Sie zog mir die Stiefel aus, dann stand ich wieder auf, als sie mir die Hose aufknöpfte, und ich entledigte mich ihrer.

Marán wandte mir den Rücken zu, und meine Finger arbeiteten sich die lange Reihe von Knöpfen an ihrem Kleid hinab, das plötzlich wie eine Lache zu ihren Füßen lag. Alles, was sie noch trug, war ein durchsichtiges weißes Etwas aus Spitze, das zwischen ihren Beinen begann und dann in einem Streifen bis zum Ansatz ihres Hinterns verlief, von wo es in einem V über ihre Schultern führte und dann hinab zu ihrem Geschlecht, kaum breit genug, um über ihre Brustwarzen zu bedecken. Ich fuhr mit einem Fingernagel über ihren glatten Bauch, worauf sie erschauerte und die Augen schloss.

Ich hob sie auf und legte sie dann auf den Teppich; nur nebenbei bemerkte ich ein weiteres Wunder: er war warm und weich wie eine Decke.

Ich küsste sie auf die Augenlider, die Lippen entlang, koste das Innere ihres Mundes mit meiner Zunge, die Ränder ihrer Augen, ihren Hals, schob die Träger ihrer Unterwäsche beiseite und reizte ihre Brustwarzen mit den Zähnen.

Sie lag da, die Hände über dem Kopf aneinander gelegt, als ich mit den Lippen ihren Bauch hinabfuhr. Ihr Becken hob sich und ich schob die Unterwäsche beiseite. Ihre Knie hoben sich und öffneten sich dann, als ich mich dazwischenschob, meine Lippen strichen über rasierten Samt, meine Zunge glitt in sie, ihre Wärme mit der meinen vereint.

»Oh, Damastes«, flüsterte sie. »Oh, mein Mann. Jetzt sind wir eins.«

Ich erhob mich auf die Knie, führte meinen Riemen in sie ein, spürte seine ganze Länge in ihr, als ihre Beine mich umschlangen und sie die Fingernägel über ihrem Kopf über den Teppich zog, während wir uns im Rhythmus der Liebe bewegten; keiner von uns achtete groß auf das Tosen des Sturms.

»Na, wie fühlt man sich dabei, es ganz legal zu treiben?«, wollte ich wissen.

»Weißt du«, sagte Marán, und ich sah im flackernden Schein des Kaminfeuers, dass ihr Gesicht dabei völlig ernst war. »Ich hatte nie das Gefühl, etwas Falsches zu tun.

Ich wollte nur, ich hätte dich mit siebzehn getroffen.«

»Na ja, wie groß wäre die Wahrscheinlichkeit wohl gewesen, dass ich, ein Legat vom Land von – was? – zwanzig Jahren, einer schönen jungfräulichen Tochter aus einem der reichsten Häuser Numantias den Hof hätte machen können? Einer deiner Brüder, womöglich alle zusammen, hätten mich doch mit der Peitsche von eurem Grund und Boden getrieben. So etwas passiert doch nur in Liebesromanen.«

»Ich habe mich nur gefragt«, sagte sie. »Und ich werde es mich zeitlebens fragen.«

»Weißt du, wann ich mich in dich verliebt habe?«, fragte Marán. Wir lagen nebeneinander.

»Als ich zum ersten Mal deine Hand hielt? Und nur mit den Augen zu zwinkern brauchte?«

»Hör doch mit den Albernheiten auf! Es war, als Hernad … als eine gewisse Person, die namenlos bleiben soll, dir gesagt hat, sein ›Frauchen wisse einen bei Laune zu halten‹ – gleich am ersten Abend, als wir uns kennen gelernt haben. Du hast ihn damals mit einer Verachtung angeschaut, wie ich sie noch nie zuvor bei jemandem gesehen habe. Erinnerst du dich?«

»Allerdings. Aber ich habe geglaubt, mich besser beherrschen zu können.«

»Nun, mein Damastes, ich fürchte, man kann dich lesen wie ein Buch, oder wenigstens ich. Ich kann dir zum Beispiel sagen, was du im Augenblick denkst.«

»Na, das ist ja wohl keine große Kunst«, meinte ich. »Schließlich spürst du es ja.« Ich hob ihren Schenkel über den meinen, kniete mich dann auf, zog ihre Beine über meine Schulter, bis mein Geschlecht das ihre berührte, und schon war ich bis zum Heft in ihr. Sie legte die Beine hinter mir übereinander und zog sich auf und ab, jedes Mal so weit, dass ich fast aus ihr herausglitt. Ich fuhr mit dem Daumen nach unten und ließ ihn sachte über ihren Lustknopf gleiten; ihr Rücken wölbte sich, als sie stöhnte, dann schrie sie laut auf, als ihr Körper zu zucken begann.

Ich spürte, wie mein eigenes Pochen zunahm, entzog mich ihr, schob mich an ihrem Körper hinauf, rieb meinen Riemen zwischen ihren Brüsten, und dann kam es mir, und ich schnappte nach Luft, als ich mich über ihren Körper ergoss.

Noch immer keuchend, lächelte Marán zu mir auf, und dann begann sie, sich meinen Samen in Brüste und Brustwarzen zu massieren.

»Ein Balsam, der dich auf immer zu dem meinigen machen wird«, flüsterte sie und leckte sich die Finger.

»Welchen Namen soll dein Sohn bekommen?«

»Ich wusste nicht, dass es ein Sohn wird. Oder warst du bei einem anderen Weisen, ohne es mir zu sagen?«

»Ich weiß nur, dass es ein Junge wird.«

»Ich danke dir, meine Zauberin. Wir können ihn nach deinem Vater benennen.«

»Nein.«

»Na gut, dann eben nach meinem Vater.«

»Können wir ihm nicht einen neuen Anfang geben?«

»Marán, ist das nicht ein wenig ...« Ich hielt inne. »Na schön. Nennen wir ihn doch Laish. Der Name scheint derzeit Glück zu bringen.«

Sie überlegte.

»Ja«, sagte sie schließlich. »Ja. Das ist ein sehr guter Name.«

Sie lag auf dem Bauch, starrte in die verlöschende Glut des Feuers. Es war kurz vor der Morgendämmerung. Ich lag auf einen Ellenbogen gestützt neben ihr und bewunderte, wie der Feuerschein ihren geschmeidigen Körper umspielte.

Sie stand auf und ging ins Bad. Ich hörte sie in einem ihrer Koffer kramen, dann kam sie zurück und legte sich wieder hin.

»Kann ich dich etwas fragen?«

»Ich wusste nicht, dass man in seiner Hochzeitsnacht all diese Fragen zu beantworten hat.«

»Musst du doch nicht«, sagte sie, aber in einem merkwürdigen Ton. »Nicht, wenn es dir unangenehm ist.«

Ich verzog das Gesicht, verlegen, dem Gespräch unbeabsichtigt eine unangenehme Richtung gegeben zu haben.

»Du kannst alles fragen, du kannst alles sagen«, meinte ich.

»Einmal, wir machten ein Picknick, da wolltest du etwas tun und ich habe es nicht zugelassen. Du erinnerst dich?«

Es fiel mir wieder ein und ich sagte es ihr.

»Damastes ... liebe mich noch einmal. Bitte. Liebe mich ... so.«

Ich erschauerte. Ich überlegte, was ich sagen sollte, und sie wandte mir den Kopf zu und sah mich an.

»Bitte, mein Schatz.« Ihr Ton hatte eine gewisse Eindringlichkeit. Ich nickte. Sie reichte mir, was sie in der Hand hielt, und ich sah, dass es eine Tube Salbe war.

Ich streichelte ihre Hinterbacken, fuhr mit den Fingern zwischen sie, und sie zuckte zusammen.

»Marán«, flüsterte ich. »Ich finde das nicht richtig. Ich will dir nicht wehtun.« Mein Riemen lag schlaff auf meinen Schenkeln.

»Du musst … und ich weiß, du wirst mir nicht wehtun. Bitte. Es ist wichtig.«

Ich begann ihren Rücken zu streicheln, bewegte meine Hand dann zwischen ihre Beine, streichelte ihr Geschlecht, spürte die Feuchtigkeit, die noch von unserem Liebesakt übrig war. Nach einiger Zeit atmete sie schneller und begann zu keuchen. Ich reagierte und wurde einmal mehr steif. Ich hob ihre Hüften und schob ihr ein Kissen unter, dann nahm ich ihre Schenkel auseinander und kniete mich über sie. Sachte glitt ich in sie.

Ihr stockte der Atem. »Nicht da, ich meinte –«

»Still!«

Ich bewegte mich langsam, in langen regelmäßigen Stößen, und ihr Keuchen wurde zum Stöhnen, während ihre Hände sich in den Teppich gruben. Jetzt gab ich etwas Salbe auf einen meiner Finger und steckte ihn in sie hinein, bewegte ihn kreisend, spürte meinen Riemen in ihrem Körper, der sich bewegte, während mein Finger sie liebkoste. Sie schrie vor Lust auf und ich schob einen zweiten gesalbten Finger neben den ersten und bewegte dann beide.

»O ja, oh, Damastes, jetzt, ich bin so weit.« Ich spürte das Pochen ihres Pulses um meine Finger.

»Bereit zu was?«

»O bitte, fick mich, oh, fick mich, wo ich es will, wo ich es dir gesagt habe, mach, mach es mir da unten, o bitte, steck ihn mir hinein, ich halte es nicht mehr aus.« Worauf ich meinen Riemen aus ihr nahm, ihren offenen Ring damit berührte, um dann zuzustoßen, sie schrie auf, bäumte sich mir entgegen, stieß mir die Hinterbacken hart gegen die Leisten, nahm mich ganz und gar in sich auf; ihre Hände verkrallten sich in den meinen, als ich mich auf sie stützte. Ich zog mich zurück, bis ich fast im Freien war, und begrub mich dann wieder in ihr, während sie sich vor Lust krümmte; kein Dutzend Mal, dann stieß auch ich einen Schrei aus, als wir gemeinsam kamen und ich über ihr zusammenbrach.

Wir mochten einige Augenblick so dagelegen haben oder auch eine Ewigkeit. Ich weiß es nicht. »Ich liebe dich«, flüsterte sie.

»Ich liebe dich.«

»Ich danke dir. Jetzt ist es vorbei.«

Ich sagte nichts.

»Ich spüre dich gerne ... da hinten. Wir können es wieder tun.«

Aber wir taten es nicht.

Drei Tage ... ab und zu aßen wir etwas, hin und wieder schliefen wir und wir verbrachten viel Zeit in der heißen Quelle. Aber meistens liebten wir uns, liebten uns und lachten. Blut und Winter standen uns ins Haus, aber unsere Liebe war eine starke Festung, die die Wölfe des Verderbens von uns fernhielt.

Ich erinnerte mich an diese drei Tage als einen einzigen langen Orgasmus voll keuchender Lust und heftigen, trägen Wellen der Freude. Ich fragte mich, ob ich je wieder so glücklich sein könnte.

Dann kam das Ende.

Marán ging nach Nicias zurück.

Und ich wieder zurück in den Krieg.

Ich hatte nicht genug Stunden, nicht genug Tage, um meine Männer rechtzeitig auf den Kampf vorzubereiten. Wir drillten, trainierten, fluchten und begannen wieder von vorn.

Ich bin sicher, die Soldaten hatten nichts als Hass für ihre Ausbilder, diese für meine Offiziere und meine Offiziere für mich, aber es würde keine Katastrophe wie am Imru mehr geben, wenn ich es verhindern konnte.

Nach und nach wurden aus meinen Rekruten Soldaten, auch wenn sie kaum so gut waren wie meine Lanciers. Aber die Ausbildung vermag eben nicht alles – die letzte Prüfung des Soldaten absolviert er in Blut.

Wir entwickelten neue Taktiken; die Offiziere lernten nicht weniger als die Rekruten. Natürlich kam das größte Gemaule von den Altgedienten, die noch nie gesehen hatten, »dass man eine Armee auf die Weise führt«. Die Neulinge kannten es nicht anders und fanden die neuen Ideen nicht verwirrender als den Rest.

Die möglicherweise größte Veränderung kam von Tenedos selbst. Er hatte geschworen, die Magie sei ein nicht weniger wesentlicher Teil des Waffengangs als alles andere; Chardin Sher und seine Zauberer hätten dafür ja den Beweis geführt. Jetzt wären wir an der Reihe. Er hatte Rekrutierungsoffiziere durch ganz Numantia geschickt, um Magier zu suchen, die ihrem Land dienen wollten, und nach und nach trafen diese im Lager ein und wurden langsam, zögerlich von der Armee absorbiert. Hätten wir mehr Zeit gehabt und wären da nicht die verkohlten Leichen vom Imru gewesen, es wäre vielleicht ganz amüsant gewesen, sie zu beobachten, diese Weisen mit ihrer Erfahrung mit Formeln und Dämonen, aber ohne die geringste Ahnung, wie man eine Armbrust spannt oder ob man nun den Gemeinen oder den General grüßen soll. Aber sie lernten, und wir lernten die neuen magischen Taktiken, die Tenedos einzusetzen gedachte.

Als die Monsunregen zu heftig wurden, zogen wir uns unter Leinwand zurück, riesige Regenschirme, unter die die Männer sich drängen konnten, um sich die winzigen, in den Sandkästen aufgebauten Schlachten anzusehen. Kaum ließ der Sturm wieder nach, kehrte man zurück aufs Feld und zum Drill.

Die Regenzeit ging zu Ende, die Zeit der Veränderung begann und wir waren noch immer nicht bereit.

Seher-General Tenedos gab bekannt, dass es in zwei Wochen gegen die Kallier gehen würde.

Eine von Laish Tenedos' berühmtesten Sentenzen, die er Jahre später als Imperator geprägt hat, war: »Ist mir egal, wie fähig ein Soldat ist. Hat er auch *Glück*?«

Er meinte damit mehr als die bloße Fähigkeit, eine Schlacht unbeschadet zu überstehen – Myrus Le Balafre etwa ging selbst aus belanglosesten Begegnungen nur selten ohne Blessuren hervor. Er meinte in erster Linie Schlachtenglück, das einen Krieger dazu in die Lage versetzt, an genau der richtigen Stelle zu sein – für ihn – und an der falschen für seinen Feind, ohne das Manöver wirklich geplant zu haben.

Tenedos sagte einmal, ich hätte von all seinen Tribunen am meisten Glück. Vielleicht war dem so, aber inzwischen bezweifle ich das. Vielleicht bin ich sogar der mit dem wenigsten Glück, da ich der letzte Überlebende jener großartigen und blutigen Tage bin. Aber von der Gegenwart einmal abgesehen, habe ich doch viel Glück gehabt, in kleinen Dingen wie in großen.

Ein Beispiel dafür ist die Wahl meiner Kleidung an jenem Morgen, an dem der Seher-General mich in sein Zelt kommen ließ. Unter den Hunderten von Hochzeitsgeschenken, die ich bekommen hatte, befand sich ein handgefertigtes Messer von General Yonge. Wo er in dieser Wildnis einen Messermacher von solchem Können aufgetrieben hatte, das wusste ich nicht. Aber es war eine schöne Klinge aus indischem Stahl von etwa acht Zoll, leicht gebogen, einschneidig, die obere Schneide geschärft. Heft und Knauf waren aus getriebenem Silber, der Griff ein wunderbares Mosaik aus vielfarbigen Hölzern. Scheide und Gürtel waren aus verziertem Leder und gleichfalls mit Silber geschmückt. Ich schnallte ihn mir um die Hüften, als ich mein Zelt verließ, und hängte mir das Schwert mit einem Bandelier über die Schulter.

Es wehte ein kalter Wind, aber das Lager wimmelte nur so wegen des ständigen Drills. Ich war nur einer von vielen Reitern, anonym unter dem Mantel, und keiner achtete auch nur im Geringsten auf mich.

Ich erreichte Tenedos' Zelt, die Wachen erkannten mich, salutierten, traten beiseite, und ich klopfte an die Zeltstange. »Herein«, sagte Tenedos und ich gehorchte.

»Ich habe einen Brief für dich«, sagte er und für einen Augenblick spürte ich meinen Magen – Marán war etwas passiert! »Er wurde gestern Morgen unter einer weißen Flagge an die Grenze gebracht. Der äußere Umschlag war an mich adressiert mit der Bitte, dir den inneren zu übergeben.« Er reichte ihn mir. Die Anschrift lautete: Dem Cimabuer namens Damastes, der sich einen General nennt.

Ich brauchte einen Augenblick, um die Handschrift zu erkennen, dann wusste ich, dass es die von Elias Malebranche war. Was bei allem Teufeln, konnte der Kallier von mir wollen? Ich riss den Umschlag auf und nahm das Blatt heraus, das darinnen war. Es war dick, schwer und fühlte sich merkwürdigerweise wie an Ölleinwand. Ich faltete es auf und begann zu lesen:

Den Informationen meiner Spione zufolge habt Ihr den Scharlatan Tenedos so genarrt, dass er Euch auf einen absurden Rang befördert hat, weit über alles hinaus, was einem Bauerntölpel Eurer Herkunft zugestanden hätte. Ich freue mich schon darauf, Euch auf dem Feld gegenüberzustehen und Euch persönlich zu vernichten.

Ich habe außerdem gehört, Ihr habt Euch kürzlich eine Frau genommen, was ich noch lachhafter fand, da die Schlampe vor Eurer Rückkehr in ganz Nicias bekannt dafür war, jeden ungewaschenen Adeligen mit langem Schwanz innerhalb der Stadtgrenzen ins Bett zu …

Mehr konnte ich von Malebranches Lügen nicht lesen. Ich knüllte den Brief zusammen, warf ihn zu Boden und schickte mich an, eine Unflätigkeit zu knurren.

Aber noch bevor ich etwas herausbekam, wuchs das Papierknäuel an, drehte sich, schwoll, streckte sich, das Pergament veränderte seine Gestalt, und plötzlich befand sich eine riesige Schlange zwischen dem Seher und mir, fünfzehn Fuß lang, fast so dick wie mein Oberschenkel, und ein grauenhaftes Zischen erfüllte das Zelt.

Tenedos fuhr zurück, als sie zustieß, dann wandte sie sich mir zu, mit funkelnden gelben Augen, und aus ihrem Maul quoll Rauch.

Schon hatte ich das Schwert in der Hand und schlug auf das Ungeheuer ein, aber meine Klinge fuhr harmlos durch den Körper der Kreatur. Wieder schlug ich zu, als der Kopf nach mir stieß; der Unterkiefer fuhr mir gegen den Arm, und mein Schwert flog davon.

Sie warf eine Schlinge um Tenedos, dem qualvoll die Luft aus den

Lungen gepresst wurde. Draußen vor dem Zelt hörte ich erschreckte Rufe, aber die Wachen würden viel zu spät kommen, da die Schlange den Kopf mitsamt den gifttriefenden Fängen bereits zum Todesstoß zurücknahm.

Ich hatte den Dolch in der Hand und warf mich auf das Untier, schlang meinen Arm darum, direkt unter dem Kopf. Wieder stieß ich zu und wieder war es, als stoße ich in die Luft. Aber wenigstens hatte ich das Vieh jetzt erzürnt, so dass es sich von Tenedos ab- und mir zuwandte. Ich versuchte es mit dem Knauf meines Messers abzuwehren; ich wusste, ich sah dem Tod ins Auge. Aber diesmal traf mein Stoß und fuhr dumpf gegen kalte Muskeln, nicht mehr in Luft, und die Schlange zischte in ihrem Schmerz auf! Ich schlug noch einmal zu, ohne zu wissen, warum die Klinge nichts ausrichtete, der Knauf aber für die Erscheinung schmerzhaft zu sein schien. Ihr Zischen wurde zu einem Kreischen, sie wand sich, schlug um sich, schleuderte mich auf den Holzboden des Zelts. Aber ich ließ nicht los, und dann hörte ich Tenedos, kaum dass er wieder Luft bekam, aufschreien: »Silber! Töte sie mit Silber!«

Der Knauf meines Dolchs! Einmal mehr schlug ich zu, und das Untier fuhr hin und her, bis ich davonrollte. Ich wollte mich eben wieder auf das Ungeheuer stürzen, als mir mein Gürtel mit der Beschlägen aus getriebenem Silber einfiel. Völlig verzweifelt riss ich ihn los und sprang auf den Kopf der Schlange zu. Irgendwie gelang es mir, ihr den Gürtel umzulegen, und ich begann zu drehen, als könnte ich sie erdrosseln.

Das schrille Zischen wurde lauter und lauter, und das Ungeheuer krümmte sich, schlug mich gegen den Boden, aber ich hielt mich erbittert fest; es existierte nichts mehr auf der Welt als meine Hände, die an diesem Gürtel zogen, fester, immer fester, und dann kam das letzte Zucken, das Untier erschauerte und lag still.

Ich kam irgendwie auf die Knie. Tenedos lag reglos da, das Gesicht nach unten, wenige Fuß von mir entfernt. Die Zelttür wurde aufgerissen und es kamen Soldaten herein. Dann bewegte Tenedos sich und stemmte sich auf die Knie.

»O Götter«, stöhnte er. Ein Offizier lief auf ihn zu, aber der Seher winkte ab. »Nein, wartet.« Er tastete sich sorgfältig den Brustkorb ab, während er zu Atem zu kommen versuchte. »Ich … denke … es ist nichts gebrochen«, brachte er hervor. Schwankend kam er auf die Beine und taumelte herüber zu mir.

»Bist du in Ordnung?«

Ich kam auf die Beine und spürte einen stechenden Schmerz. Aber auch bei mir war nichts gebrochen, auch wenn jeder Zoll meines Körpers gequetscht war.

»Dieser Bastard«, keuchte ich, nicht weniger außer Atem als Tenedos.

Tenedos wandte sich ab, um sich die Schlange anzusehen, und ich folgte ihm. Ich bekam große Augen: Das riesige Untier war am Verschwinden, vor meinen Augen löste es sich in eine grüne, übelriechende Rauchwolke auf.

»Schnell, Damastes! Gibt mir deinen Dolch! Und dein Schwert!« Ich gehorchte. Mein Schwert fand ich in einer Ecke. Tenedos nahm sie beide und hinkte hinüber zu der rasch verschwindenden Schlange. Er berührte sie mit beiden Klingen und rief:

»Stahl, erinnere dich,
Erinnere dich an die Niederlage.
Lerne vom Silber.
Fühle den Feind.
Erinnere dich an die Schmach –
Ein andermal –
Anderswo.
Erinnere dich dann
Und mach es wieder gut.
Schlag dann zu.
Ins Herz.
Auf den Mann.
Auf die Schmach.

Als er fertig war, war der Körper des Ungeheuers völlig verschwunden und es war nichts weiter übrig als der rasch verschwindende Gestank. Die Soldaten plapperten aufgeregt durcheinander, bis Tenedos Ruhe befahl.

»Eure Wachen können gehen. Ihr habt nichts falsch gemacht. Was da kam, kam von außen. Kehrt auf Eure Posten zurück. Mir geht es gut.«

Sie gehorchten. Tenedos griff sich an die Rippen und zuckte zusammen.

»Ich habe gelogen«, meinte er. »Ich werde mir die hier für ein paar Tage von einem Feldscher bandagieren lassen.« Er bückte sich und hob eine Karaffe Branntwein auf. »Ah. Wenigstens hat der Dämon uns genug für zwei Gläser gelassen. Wirst du einen Augenblick mit deinen Gewohnheiten brechen?«

Ich tat es und er fand zwei ganze Gläser und schenkte ein.

»Hochinteressant«, sinnierte er und schien völlig ungerührt.

»Und sehr raffiniert. Ich muss diesen Zaubermeister von Chardin Sher kennen lernen, denn von dem Mann kann man etwas lernen.

Was für eine raffinierte Methode, mich anzugreifen – durch dich. Ich konnte keinen Zauber spüren, weil er ruhte, bis du den Brief zerknüllt hast.

Malebranche hat das bewusst geschrieben, um dich aufzubringen; er wusste, du würdest es vernichten. Ich nehme an, es gab noch Variationen, wenn du, sagen wir mal, den Brief ins Feuer geworfen hättest, um das Untier hervorzubringen.

Sehr raffiniert, wirklich.«

»Vielleicht, Sir. Aber das ist nun die zweite Chance ... die dritte, wenn Ihr die Nebeldämonen in Kait dazuzählt und berücksichtigt, welche Rolle dieser Dreckskerl Malebranche dabei gespielt hat. Ich hätte auch gern meine Chance, mein Spielchen mit ihm zu treiben.«

»Die bekommst du, Damastes, die bekommst du. Wenn die Sterne richtig stehen. Da Malebranche eine besondere Feindschaft gegen dich verspürt, habe ich deine Waffen auf ihn eingeschworen. Vielleicht verschafft dir das einen gewissen Vorteil, wenn ihr euch auf dem Schlachtfeld begegnet.«

»Ich will keinen Vorteil, ich will seinen Darm als Leichentuch!«

»General á Cimabue, beruhigt euch. Trinkt Euren Branntwein.«

Das tat ich und Tenedos folgte seinem eigenen Rat.

»In der Tat«, überlegte er, »Chardin Sher erweist sich als ausgezeichneter Feind. Fast möchte man meinen, er hätte dein Gespräch mit Domina Petre gehört – über die Notwendigkeit, einen Schlag nach dem Herzen des Feindes zu führen. Nur dass er das etwas zu weit treibt.

Sehr interessant, wirklich. Ich denke, wir sollten seinem guten Beispiel folgen.«

Ein weiterer Brief erreichte mich und dieser erschütterte mich sogar noch mehr:

Mein liebster Schatz,

ich möchte dich nicht beunruhigen, aber meine Hebamme hat mich wissen lassen, dass unser Kind in meinem Schoß von zarter Gesundheit sei. Sie hat mich angewiesen, in meinen Gemächern zu bleiben, mich nicht anzustrengen und während der kommenden Monate gut auf mich aufzupassen.

Sie sagt, unser Sohn brauche viel Pflege, wollten wir sichergehen, dass bei seiner Geburt nichts passiert. Ich habe sie gefragt, ob meine Reise hinauf zu dir, um dich zu sehen und zu heiraten, etwas damit zu tun haben könnte, und sie sagte, sie sei sich nicht sicher, glaube es aber nicht.

Da ich unseren Sohn, von dem ich täglich träume, fast ebenso sehr liebe wie dich, werde ich ihren Anweisungen folgen.

Verzeih mir, Liebster, wenn ich jetzt aufhöre, aber all das regt mich sehr auf. Ich werde dir morgen früh wieder schreiben, wenn meine Stimmung sich wieder etwas gehoben hat.

Deine dich über alles liebende Frau

Marán

Drei Wochen später, etwa in der Mitte der Zeit der Veränderung, marschierten wir, unsere Soldaten erst halb ausgebildet, nach Westen – gegen Chardin Sher.

26 Gen Kallio

Die leichten Verteidigungsanlagen zerstreuend wie Spreu im Wind, überrannten wir die Grenze nach Kallio eine Stunde nach Morgengrauen. Seher-General Tenedos hatte eine neue Methode entwickelt, mit der sich heimlich marschieren ließ. Die von ihm rekrutierten Magier hatten für Normalitätszauber gesorgt, falls das der richtige Ausdruck ist, so dass es ganz den Anschein hatte, als sei die Armee noch in Entoto. Der Plan, der perfekt funktionierte, beruhte darauf, dass ein Heer schlicht nicht »lautlos« marschieren könne, und deshalb waren wir auch nicht unterwegs.

Und noch etwas kam uns zugute: In der ganzen Menschheitsgeschichte hatte noch nie jemand mitten im Herbst einen Feldzug begonnen. Nie. Denn um diese Zeit waren die Soldaten gemeinhin dabei, sich für den Winter einzurichten; niemand wäre auf die Idee gekommen, vor dem Ende der Zeit der Stürme ins Feld zu ziehen.

Wir kamen schnell voran und unsere neue Armee zeigte ihre Vorzüge. Statt der sechzehn Tage, die wir sonst bis zum Imru gebraucht hätten, brauchten wir vier. Wir bewegten uns im Eilmarsch und ließen alle die zurück, die nicht mithalten konnten. Wagen, die kaputtgingen, oder Pferde, die lahmten, übergaben wir den Quartiermeistern, die die Nachhut bildeten. Die Wagen waren zu reparieren oder auszuschlachten, die Tiere wurden entweder gesund oder gegessen. Was die Bummler anging, so sammelten diese die Profose ein; man ließ sie wissen, dass sie nicht länger ihrer Einheit angehörten, und steckte sie in Arbeitskommandos, wo sie, kaum besser dran als Sklaven, tüchtig rangenommen wurden, bis sie ihren Willen oder ihre Fähigkeit zu marschieren und zu kämpfen unter Beweis gestellt hatten.

Es war die Zeit, den Stahl zu härten.

Die Grenze zwischen Kallio und Dara ist nichts weiter als ein

Bach, und ihre Verteidigungseinrichtungen dienten zu nichts weiter, als Chardin Shers Hauptstreitmacht rechtzeitig zu warnen, die einen Tagesmarsch entfernt hinter Befestigungsanlagen stand.

Wir trafen die Grenzposten mit aller Gewalt, aber natürlich gab es Überlebende, die entkamen, um Alarm zu schlagen. Wir hielten uns denn auch nicht auf, sondern marschierten den ganzen Tag weiter, so dass unser Heer schon abends vor dem Lager der Kallier stand.

Wie die Spione und unser Zauber uns informiert hatten, war Chardin Sher im Begriff, starke Befestigungsanlagen zu bauen. Aber er war das gemächlich angegangen, schließlich erwartete man unseren Angriff nicht vor dem Lenz, und so waren sie erst halb fertig. Sie wären beachtlich geworden, hätte man sie fertiggestellt. Gruben voll eingerammter Pfähle sollten die Streitmacht der Angreifer auf raffinierte Weise zerstreuen. Wären die Angreifer, mit anderen Worten unser Heer, erst einmal gespalten, dann würde man sie in die Tötungszonen führen, wo Zauber, Bogenschützen und Speere uns aufreiben würden.

Es waren drei Verteidigungslinien angelegt. Sie begannen mit einem tiefen Graben, der mit Buschwerk gefüllt war, um uns das Hindurchkommen zu erschweren. Gleich hinter dem Graben erhob sich ein steiler Erdwall bis in eine Höhe von etwa fünfundzwanzig Fuß. Der Wall sollte mit der ersten Linie der Verteidiger bemannt werden, dann kam der zweite Graben mit seinen Verteidigern und schließlich ein dritter; erst dann folgte das Lager des Heers. Es war jedoch erst die erste Verteidigungslinie fertig, die zweite war erst halb gebaut und für die dritte hatte man gerade einmal den Graben ausgehoben. Um vor diese Linien zu gelangen, gab es sechs Tore, diese freilich waren verbarrikadiert und wurden gut verteidigt.

Chardin Sher wusste, dass er die ganze numantische Nation herausgefordert hatte, schließlich war er nicht dumm und so hatte er in ganz Kallio die Zwangsaushebung angeordnet. Er hatte insgesamt etwa eine Million Männer unter Waffen, die meisten natürlich noch in der Ausbildung; fast hundertfünfzigtausend davon hatte er an die Grenze geschafft. Gegen ihn marschierte eine Viertelmillion Numantier auf; eine weitere Million befand sich in der Ausbildung oder unterwegs nach Entoto. Seine Bereitschaft, Krieg zu führen, schien allein schon angesichts dieser Zahlen absurd. Aber er hatte seinen Feind nun einmal eingeschätzt – oder glaubte das wenigstens – und würde sich kaum große Gedanken über Soldaten machen, die so leicht zu narren und zu vernichten waren, wie das mit uns am Imru der Fall gewesen war. Ich nehme an, er dachte, ganz Numantia sei der Herrschaft des Zehnerrats müde – womit er ja Recht hatte – und deshalb zu Veränderungen bereit. Das mag sein, aber Imru und der Seher Tenedos hatten für ein Anliegen und einen Sammelpunkt gesorgt. Darüber hinaus hatte Chardin Sher zweifelsohne die Absicht, uns eine weitere schlimme Niederlage beizubringen, um dann entweder mit dem Zehnerrat zu verhandeln oder ihn einzuschüchtern, bis man auf seine Bedingungen einging.

Noch als er unsere Armee auf sich zumarschieren sah, muss Chardin Sher geglaubt haben, er hätte noch Zeit. Früher hätten wir an jenem Nachmittag erst noch Schlachtordnung eingenommen und während der folgenden Tage Verteidigungslinien angelegt, während sich beide Seiten ihre Strategien überlegten; und erst dann hätten sich die beiden Heere ächzend aufeinander zubewegt.

Stattdessen griffen wir bereits am nächsten Morgen beim Zodiakallicht an. Wieder half uns unsere neue Organisation. Da wir gleich in Schlachtordnung aufmarschiert waren, ohne überflüssigen Troß, den wir erst aus dem Weg hätten schaffen müssen, waren wir bereit, gegen die kallischen Stellungen anzurennen, die Yonges Trupp bereits vorzüglich ausgespäht hatte. Tenedos, sein eifriger Adjutant Hauptmann Othman und die Generäle hatten unseren Angriffsplan noch während unseres Vormarschs entwickelt.

Als hätten wir uns narren lassen, griffen wir sogar in den Zonen an, die für unsere Vernichtung gedacht waren, ganz wie Chardin Sher es sich erhofft hatte. Aber da wir seine Absichten kannten, teilten wir unser Heer noch vor der Schlacht in ganz und gar unabhängige Elemente auf, so dass es nicht eigentlich zu einer Aufspaltung kommen würde; vielmehr war es so, als kämpften separate Armeen um ein und dasselbe Ziel. Den Befehl über die Linke hatte General Hern, die Rechte befehligte General Le Balafre und Seher-General Tenedos persönlich hatte das Kommando über die Mitte.

Meine Kavallerie hatte sich einmal mehr im Hintergrund zu halten, aber darüber regte sich keiner auf; man wusste, dass man Reiter nicht gegen Grabenstellungen schickt. Wir würden jedoch sofort in die Bresche springen, wenn sich die Gelegenheit bot.

Die Kallier waren überrascht, hielten sich aber tapfer und hielten den mittleren Flügel auf, als dieser aus dem ersten tiefen Graben kam. Das Führungsregiment hätte die Verluste ignorieren und weiterkämpfen sollen. Aber ihr Domina und die Kompaniechefs waren tot, so dass man sich ziellos umherbewegte, ein leichtes Ziel für die Pfeile und Speere von der Höhe des Walls. Unter den Männern befand sich Cyrillos Linerges, der sich hier zum ersten Mal auszeichnete. Wie erwartet, hatte er es zu mehr gebracht als zu den Sergeantenstreifen, in denen man ihn vereidigt hatte – wir hatten viel zu wenig erfahrene Soldaten, um ihn nicht zum Offizier zu machen.

Schon nach einigen Tagen hatte er sich bewährt und die Schärpe eines Legaten erhalten, dazu eine halbe Kompanie Infanterie. In Friedenszeiten kamen Beförderungen langsam und sie waren schwer zu bekommen. Im Krieg dagegen kommen sie wie ein Monsunregen, sofern man Mut hat und etwas Glück.

Linerges schrie den Leuten, die hinter ihm noch auf ebenem Boden waren, zu, die Pfähle der Kallier auszureißen und jeweils drei zu verschnüren. Er griff sich die Regimentsfarben, die auf der Erde lagen, hielt sie hoch, kroch im Eiltempo aus dem Graben, baute sich dann, ungeachtet des Pfeilhagels, der auf ihn niederging, direkt unter dem Wall auf und rief: »Männer, die den Tod nicht fürchten … greift an!« Darunter gab es unter den Überlebenden genügend. Sie hasteten, ohne auf den Speerhagel der Verteidiger zu achten, den Erdwall hinauf und fielen dann mit Schwert, Dolch oder zu Klauen gekrümmten Händen über die Kallier her. Schon war auf dem feindlichen Schutzwall ein verwirrendes Handgemenge im Gange.

Schließlich warf man die zusammengeschnürten Pfähle an den steilen Erdwall, und die Männer anderer Regimenter stürmten hinauf. Chardin Shers Männer auf dem Wall begannen zu weichen, und in genau diesem Augenblick brachen rechts Le Balafres Kräfte durch, auf die nicht viel später der linke Flügel folgte; dann gehörte der Wall uns.

Weitere Pfähle wurden zusammengebunden und als Brücken über die Gräben geworfen, als die stürmende Infanterie die Barrikaden wegriss, die Tore einschlug und ihre Trompeter zum Angriff der Kavallerie blasen ließ.

Wir gingen im Trab vor; lange Reihen von Reitern bewegten sich auf den Rauch und den Staub der Schlacht zu, einige durch die Tore, andere Regimenter als Flanken das ganze Schlachtfeld entlang.

Chardin Shers Armee geriet in arge Bedrängnis, hielt aber noch lange genug stand, um Chardin Sher und seinem Generalstab die Flucht zu ermöglichen, nach Norden und Osten, mitten in Kallios Herzland hinein. Domina Petre führte seine Lanciers um die rechte Flanke herum und nahm die Verfolgung auf, ohne dass es zu einer Begegnung gekommen wäre; nach einer Stunde fruchtloser Verfolgungsjagd kehrte er enttäuscht wieder um.

Der Rest von uns überrannte das Lager des Feindes. Wir hatten brennende Fackeln dabei, um Feuer zu legen, und schlugen im Galopp nach den Stricken der Zelte. Die, die Mut genug hatten, uns die Stirn zu bieten, sahen sich auf die Lanzen gespießt oder mit den Säbeln niedergehauen. Die Kallier warfen die Waffen weg und alsbald hörten wir sie nach Gnade rufen, während hier und da eine improvisierte weiße Fahne erschien. Jetzt begann der wahre Alptraum des Krieges. Ich habe vom Blut sterbender Männer gesprochen, von Männern, die auf die erdenklich scheußlichste Weise verwundet waren, manche über jede Vorstellungskraft hinaus. Noch schlimmer war das Schicksal der armen Tiere, der Pferde und Mulis, die schließlich keinen Grund zum Streit hatten und trotzdem mit ihren Herren litten und mit ihnen den Tod fanden. Aber es kam zu noch schlimmeren Greueln, als das Heer in das Lager des Feindes einfiel. Es gab Wein dort und Frauen. Willig oder nicht, sie fanden in jener Nacht neue Herren. Männer und Knaben, die noch vor der Schlacht frei gewesen waren, wurden zu Sklaven ... oder fanden im allgemeinen Blutbad den Tod.

Männer, die eine Stunde zuvor noch die größten Helden gewesen waren, taten nun die schrecklichsten Dinge, und man entschuldigte das als »Recht des Soldaten, der den Sieg davonträgt«. So war der Krieg immer und so wird er immer sein, und ich wollte, jene, die immer gleich nach Blut und Soldaten schreien, hätten zwischen jenen Feuern herumgehen können, um die Schreie zu hören.

Es war schrecklich ... aber es war nichts im Vergleich zu dem, was ich in anderen Schlachten, anderen Kriegen noch zu sehen bekam.

Die Offiziere ließen ihre Männer bis Mitternacht gewähren, dann gingen sie mit den nüchternsten der Profose los, um der Schändung ein Ende zu machen. Manchmal genügte ein Wort, manchmal ein Schlag, hin und wieder bedurfte es gar eines Schwerthiebs, um ein Handgemenge aufzulösen.

Unsere Gefangenen hatten noch Glück, dass wir unser Heer derart unbarmherzig gehetzt hatten, um das Schlachtfeld zu erreichen, da es nicht lange dauerte, bis die Erschöpfung die Eroberer übermannte und das Feld still war bis auf das Knacken der Feuer und das Wimmern der Verwundeten oder Zerfleischten.

Im Morgengrauen formierte sich das Heer neu. Einheiten wie etwa die dreizehn Eliteregimenter, die sich der Ausschweifungen der Nacht größtenteils enthalten hatten, waren bereits unterwegs. Der alten Art der Kriegführung nach hätten wir uns nun über die Grenze zurückgezogen und Chardin Sher Gesandte geschickt, um anzufragen, ob er seine Lektion gelernt hatte.

Aber bei uns war alles neu, wir führten auf Tenedos' Art Krieg und so marschierte die gesamte Armee mittags schon wieder nach Osten, und das mit nur einem Ziel:

Chardin Sher.

Wir würden alles vernichten, was sich uns in den Weg stellte.

Die Leichte Kavallerie ritt voraus und diente als Spähtrupp. Das Kommandoelement jedes Kavallerieregiments hatte Zauberer dabei, die während der regelmäßigen Stopps ihre besonderen Sinne vorausschickten, um Hinweise auf den Feind aufzuspüren.

Hinter der Leichten Kavallerie marschierte die neuerdings berittene Infanterie, Schützenregimenter auf Mulis. Dazwischen immer wieder schwere Kavallerie als Bereitschaftskorps.

Dann kam Yonges Trupp und der Rest der Armee. Unter ihnen befand sich ein frisch gebackener Domina – Cyrillos Linerges. Unser Angriff auf Chardin Shers Lager hatte diesem weit mehr Verluste gebracht als uns, und das Tempo unseres Angriffs hatte zu weit weniger Blutvergießen geführt, als wenn wir ihre Linien erst belagert hätten; trotzdem hatten wir viele, viele Leichen und Schwerverwundete zu beklagen, so dass bei den Offizieren Lücken zu füllen waren. Linerges war nur einer von vielen, dem eine solche Blitzbeförderung widerfuhr.

Wir zogen durch das reiche Land wie eine Heuschreckenplage, plünderten und sorgten für Verwüstung auf unserem Weg. Der Zehnerrat würde sich, wie Tenedos vorausgesagt hatte, über die Art seiner Kriegführung freuen. Nicias' Schatzkammern blieben voll, und wir aßen Rindfleisch, Geflügel und Wintervorräte des kallischen Volkes und holten unsere frischen Reitpferde aus seinen Ställen. Ihr Führer hatte diesen Bürgerkrieg angezettelt, also hatten sie auch die Kosten zu tragen.

Die Zeit der Veränderung hätte rauher, kälter sein sollen, aber sie war ziemlich warm, so dass mir unter meinem Panzerhemd an den meisten Tagen eine gefütterte Jacke genügte, während ich nachts dankbar für die pelzgefütterte Bettrolle war. Ich fragte mich, ob Tenedos' Göttin Saionji ihm tatsächlich günstig gesonnen war und den Winter an der Kandare hielt.

Kallio war ein schönes Land, nicht spektakulär mit großartigen Cañons, Flüssen und Gipfeln, dafür aber mit einer sanften Hügellandschaft, die ideal für Viehzucht und Ackerbau war. Das Land hatte seit Menschengedenken keinen Krieg mehr gesehen und die Leute waren wie ihre Ochsen, feist und faul.

Laut und lang war das Wehklagen, als Yonges Trupp das Land zu beiden Seiten des Heeres durchstreifte. Jedes Kommando hatte den Wagen eines Quartiermeisters dabei. Die Armee aß gut auf ihrem Marsch gen Osten, auch als aus den Tagen Wochen wurden.

Tenedos' Befehle sahen vor, jedem Bauernhof so viel zu lassen, dass die Leute über den Winter kamen, aber ich fürchte, dass sich keiner groß an die Order hielt.

Jedem Widerstand begegneten wir mit Feuer und Schwert und so war der Weg der Armee von qualmenden Feuersbrünsten gesäumt. Allzu oft wurden diese zu Scheiterhaufen, wenn sich ein Bauer dazu entschloss, für den Inhalt seiner Ställe und Speicher zu kämpfen.

Wir marschierten zu schnell für die Kallier; unser Tempo schien sie völlig zu verwirren. Wir trafen nur auf versprengte Einheiten, deren Widerstand meist kurz währte – ein Hinterhalt, eine Salve Pfeile, dann gaben sie Fersengeld.

Einige Male jedoch bildeten tapfere Bauern Heimwehren oder vielleicht eher Partisanengruppen, und diese kämpften erbittert, oft bis zum letzten Mann, um Land und Besitz. Ihr Mut war bewundernswert, aber Gnade brachte ihnen diese Bewunderung nicht.

Zuweilen wurde ihr Widerstand von einer Stadt- oder Dorfhexe, eventuell auch von einem Zauberer unterstützt, aber so wenig wie tollkühne Bauern Yonges Trupp oder meiner Kavallerie gewachsen waren, so rasch hatten Tenedos' Zauberer den Trick eines örtlichen Weisen entdeckt und wandten diesen gegen ihn selbst.

Es sprach sich herum, dass es Selbstmord war, gegen die Numantier aufzubegehren. Die beste Methode, am Leben zu bleiben, bestand darin, zu fliehen oder zu kapitulieren und mit uns zusammenzuarbeiten. Eine dritte Möglichkeit gab es nicht.

Es war brutal, aber wie Tenedos sagte: »Der totale ist der beste und sauberste Krieg. Rasch angefangen und genauso zu Ende gebracht. So hat man weniger Tote zu beklagen und Elend zu ertragen.«

Es gab keine Schlachten, die den Namen verdient hätten, sondern bloße Scharmützel, aber jeder Tag brachte unseren halb ausgebildeten Rekruten einen Zuwachs an Erfahrung und Selbstvertrauen, als die Armee sich langsam fand.

Das Bild von unserem Heer, das sich zweifelsohne einstellt, ist das einer tapferen Reiterei, die in poliertem Messing auf wie für den Zirkus gestriegelten Pferden durch Kallio zieht. Nun, dann will ich einmal eine Schwadron beschreiben:

Sie bestand aus etwa siebzig Reitern, weit weniger als die Sollstärke von einhundertfünfundzwanzig. Die Pferde, so feist sie von all dem Getreide sein mochten, waren kaum mehr als oberflächlich gestriegelt, ihr Winterfell lang, die Mähnen und Schwänze stumpf und verfilzt. Das Sattel- und Zaumzeug der Männer war abgestoßen und schlammverkrustet, oft hastig mit Rohhaut geflickt. Die Kleidung der Reiter war abgerissen, schmutzig und nicht selten ziviler Herkunft oder vom Feind. Viele Männer trugen dreckige oder blutige Verbände. Die Helme hingen am Sattel, statt auf dem Kopf zu sitzen, und enthielten Eier und getrocknetes Obst. Aus den Mantelsäcken hinterm Sattel guckten Weinflaschen hervor, manchmal baumelte vom Sattel auch ein Huhn, eine Ente oder eine Gans. Die Satteltaschen waren dick vor geplünderten Schätzen, leicht zu transportieren, leicht einzutauschen für glänzenderen Tand.

Das Einzige, was an diesen Männern glänzte, waren ihre stets einsatzbereiten Waffen – und ihre wachsamen Augen. Die Götter hätten Erbarmen haben sollen mit jedem, der sich gegen meine Reiter zu stellen wagte, aber das hatten sie nicht.

Mein liebster Damastes,

gestern Morgen starb unser Kind, und es wäre ein Junge gewesen, bei einer Frühgeburt. Die Hebamme tat, was sie konnte, und zog die besten Ärzte und Zauberer von Nicias hinzu.

Ich wollte, du hättest hier sein können. Vielleicht wäre das alles dann niemals passiert. Vielleicht hat meine Sorge um dich dem Jungen geschadet.

Jetzt trauere ich alleine und weine um dich, um mich und um ihn.

Es tut mir alles so Leid, ich schwöre dir, ich habe nichts Falsches getan, nicht dass ich wüsste. Vielleicht habe ich etwas getan, um die Götter zu erzürnen. Ich weiß es nicht. Aber ich kann nicht beten, kann nicht um Vergebung flehen.

Die Welt ist leer für mich.

Leer für mich, leer für sie. Ich wusste nicht, was ich tun sollte. Tenedos musste etwas gehört haben, denn er kam nach vorne geritten, um mir zu kondolieren. Ich hoffe, ich reagierte, wie es sich gehörte. Ich schrieb eine Antwort, in der ich ihr zu versichern versuchte, dass derlei Dinge passierten, dass unserem Kind der Schmerz des Lebens erspart geblieben und dass es rasch auf das Rad zurückgekehrt sei, wo alles gut und einfach war.

Aber ich glaubte es nicht einen Augenblick.

Am liebsten hätte ich meine Pflichten einem anderen übergeben und wäre nach Nicias zurückgekehrt, um bei meiner Frau zu sein. Aber das war unmöglich.

Ebenso wenig wie ich mich von der Tragödie in Mitleidenschaft ziehen lassen durfte. Zu viele andere, Männer mit Frauen und Kindern, Tausende von Männern waren darauf angewiesen, dass ich klar dachte und präzise manövrierte.

Ein Priester kam, versuchte mir zu kondolieren, sah den Ausdruck auf meinem Gesicht und floh.

Ich ging aus dem Lager, ignorierte den Anruf des Postens und starrte in den Himmel hinauf, wo angeblich die Götter lebten.

Ich wünschte ihnen allen, jedem einzelnen, von Dämonen zerrissen zu werden, auf dass sie etwas von meiner und Maráns Höllenpein spürten.

Dann verschloss ich meine Seele und stürzte mich in die Metzelei.

Ein Reiter kam von Domina Petre, der um meine Anwesenheit bat, falls es mir möglich sei. Ich hatte keine Zeit, aber es waren schließlich meine Lanciers, also ritt ich nach vorn.

Das Regiment lagerte in den Ruinen eines Dorfes, das sich entweder zu Wehr gesetzt hatte oder von Plünderern in Brand gesteckt worden war. Ein grimmiger Petre salutierte vor mir. »General, das hier ist höchst ungewöhnlich, ich weiß, aber ich dachte, Ihr solltet wissen, was passiert ist. Einer meiner Lanciers wurde der Vergewaltigung überführt.«

»Was hat das mit mir zu tun?«, fragte ich barsch. Obwohl ich mich zu zügeln versuchte, war ich durch meinen Kummer aufbrausend geworden und zu Ausbrüchen fähig, die selbst mein cimabuesches Temperament nicht mehr rechtfertigte.

»Der Sergeant heißt Varvaro, Sir«, sagte Petre. »Er hat den Rückzug aus Kait mitgemacht.« Ich erinnerte mich an den raffinierten Kletterer aus den Bergen im Norden, an der Grenze zu Dara und Kallio, den tapferen Freiwilligen, der gleich hinter Yonge das Seil genommen hatte, als es über den Kamm zum Gegenangriff gegen die Hügler gegangen war.

»Tut mir Leid, Mercia«, sagte ich. »Ich weiß es zu schätzen, dass Ihr mich informiert. Lasst den Mann kommen.«

Einige Augenblick später führte man mir, von zwei Unteroffizieren bewacht, Varvaro vor. Er sah mich an und senkte dann seinen Blick.

»Was ist passiert?«, fragte ich Petre.

»Laut dem Führer seiner Schwadron befehligte Sergeant Varvaro einen Spähtrupp. Sie fanden ein Bauernhaus, genauer gesagt eine ganze Gruppe, ein kleines Dorf fast. Sie durchsuchten die Häuser nach Versprengten oder Partisanen und fanden eine Frau. Eher ein Mädchen, vielleicht vierzehn.

Einer von Sergeant Varvaros Leuten sagte, das Mädchen habe vor Angst schier gezittert, den Sergeanten aber angelächelt. Er schickte seine Soldaten aus dem Haus, um noch einmal in der Scheune nachzusehen.

Sie protestierten, aber er sagte, es sei ein Befehl, also gehorchten sie.

Einige Minuten später hörten sie Schreie, liefen wieder hinein und fanden das Mädchen nackt und jammernd, während der Sergeant sich gerade die Hose zuband.«

»Wie geht es dem Mädchen jetzt?«

Domina Petre zuckte die Achseln. »Kann ich nicht sagen.

Hauptmann Dangom hat in einem anderen Dorf eine Hexe aufgetan, zu der haben wir das Mädchen gebracht. Die Hexe meinte, sie würde sich wieder erholen.«

»Ist das die Wahrheit, Varvaro?«, fuhr ich ihn an.

»Sir, ich dachte, das Luder will es«, sagte er, ohne mir in die Augen zu sehen. »Sie hat mich genasführt.«

»Was spielt denn das für eine Rolle? Nein heißt nein. Schaut mich an, Sergeant.«

Widerwillig hob Varvaro den Blick.

»Habt Ihr etwas zu Eurer Verteidigung vorzubringen?«

Es kam zu einer langen Pause. Schließlich sagte er: »Nein, Sir. Ich denke nicht. Aber … aber ich bin schon seit Nicias nicht mehr zum Schuss gekommen, Sir, und das macht einen ganz irre.«

»Ihr kennt die Strafe für Schändung«, sagte ich unerschütterlich. »Die Leute dieses Staates sind noch immer Numantier, auch wenn sie Chardin Sher den Treueeid geleistet haben. Eure Pflicht als Soldat – als Offiziersstellvertreter – ist es, die Unschuldigen zu schützen, nicht zu schänden.«

»Ja, Sir. Aber, Sir … *bitte*, Sir.« Nackte Angst sprach aus seinem Blick. Ich begegnete ihm, hielt ihn fest, und er senkte ihn einmal mehr.

»Domina Petre, es hat alles seine Ordnung. Vollzieht das Urteil!«

»Ja, Sir!«

Eine Stunde darauf hatten alle Elemente des Regiments, die aufzutreiben waren, vor einer mächtigen Eiche Aufstellung genommen, deren Äste nackt in den grauen Herbsthimmel ragten. Varvaro wurde hinausgeführt, die Hände auf den Rücken gebunden. Er sah die baumelnde Schlinge und begann zu heulen. Man musste ihn auf sein Pferd heben. Trotz seiner Bemühungen, sich zu ducken, legte man ihm die Schlinge um den Hals, streifte ihm eine Kapuze übers Gesicht, dann fuhr eine Reitpeitsche über die Flanke des Pferdes.

Das Pferd wieherte auf und tat einen Satz nach vorn; Varvaro wurde aus dem Sattel gerissen, die Schlinge zog sich straff. Seine ungefesselten Beine strampelten ins Leere, er drehte und wand sich, während er langsam erstickte. Gegen alle Befehle sprang ein Unteroffizier herbei, griff nach seinen Beinen, zog daran, und ich hörte das Knacken des brechenden Genicks.

Ein harter Tod nach einem harten Gesetz in einem harten Krieg.

Schweigend ritt ich zurück in meine Kommandantur und Lancier Karjan hinter mir war ebenso still.

Kaum einen Tag, nachdem sie passiert war, machte eine wunderbare Geschichte die Runde in der Armee:

Ein Spähtrupp hatte eine Equipage gestoppt, eine Kutsche, die ganz offensichtlich reichen Leuten gehörte. Drinnen befand sich eine wunderschöne Frau Anfang Zwanzig mit einigen Truhen voll Kleidern.

Sie sagte, sie sei Sikri Jabneel, ja, *die* Sikri Jabneel, und wolle, dass man sie auf der Stelle zum Seher-General brächte. Keiner der Infanteristen hatte je von ihr gehört, aber sie dachten sich, jemanden, der so reich aussah wie sie, fasste man besser mit Glacéhandschuhen an. Man brachte sie hinter die Linien, nachdem man – unter ihrem unwilligen Kreischen – ihre Sachen und sie selbst sorgfältig untersucht hatte, und schließlich in den Bereich von Tenedos' Kommandantur.

Man fragte sie wiederholt, was sie denn von Tenedos wolle, aber sie sagte, dass gehe allein ihn etwas an.

Ich vermute, Tenedos war neugierig geworden – sie war, und soweit ich weiss, ist sie es immer noch, ein prächtiges Weib und äußerst charmant. Ich nehme außerdem an, dass er nach dem Brief des Landgrafen Malebranche alle magischen Wächter aufstellte, die ihm nur einfallen wollten, um sicherzugehen, dass sie nicht eine von Chardin Sher geschickte Mörderin war. Ich weiß nicht, wüsste es jedoch zu gern, wer mitgehört hat, was passierte. Tenedos selbst hat mir den Zwischenfall nie erzählt, ebenso wenig wie Sikri, und Hauptmann Othman ließ sich nie über Tenedos' Privatangelegenheiten aus. Aber irgendjemand hat an jenem Nachmittag seine Ohren an der Zeltwand gehabt.

Tenedos stellte sich vor, und die Frau tat das gleiche und gab ihrer Freude darüber Ausdruck, dass er sich Zeit für sie nahm, wobei sie ihm reichlich Komplimente machte. Er fragte nach ihrem Begehr, und sie gab vor, indigniert zu sein, weil er nie von ihr gehört hatte. Sie sei der Liebling Polycittaras, ja ganz Kallios, sie hätte ihre Lieder selbst in Nicias gesungen, zweimal, und wäre in einem Maskenspiel vor dem Zehnerrat aufgetreten. Tenedos, artig wie eh und je, entschuldigte sich für seine mangelnde Bildung und fragte sie noch einmal, der Geschichte etwas müde, nach ihrem Begehr.

Sie kicherte und sagte, nun, sie habe so viel über ihn gehört, obwohl dieser schreckliche Chardin Sher ja jede Erwähnung des Sehers verboten habe, und sie wünsche selbst zu sehen, aus welchem Holze er geschnitzt sei. »Denn«, so sagte sie, und ihre Worte wurden jedesmal wieder präzise wiederholt, »ich bin sehr angetan von großen Männern, und obwohl ich über nicht mehr Talent verfüge als irgendeine von uns, die für nur eine Nacht in die Rolle einer anderen schlüpft, so spüre ich doch wahre Größe bei Euch.«

Tenedos ignorierte das Kompliment. »Chardin Sher ist also noch in Polycittara?«

»Soweit ich weiß«, meinte Sikri, »obwohl ich den Mann nicht sehr mag, noch seine armselige kleine Stadt oder seine armseligen kleinen Ambitionen. Ich habe ihnen abgeschworen, da ich keine Verräterin, sondern eine wahre Numantierin bin. Ich möchte alles tun, um der Sache zu helfen und die Wunden unseres armen Landes zu heilen.«

Ein guter Erzähler konnte das mit sonorer Stimme erzählen und durchblicken lassen, dass sie womöglich eine Ansprache variierte, die sie irgendwann einmal für eine Bühnenrolle gelernt hatte.

Tenedos fragte sie, wie genau sie sich ihren Beitrag denn vorstelle.

»Nun«, antwortete sie mit gurrender Stimme, »wie ich gehört habe, habt Ihr niemanden, mit dem Ihr Eure Sorgen teilen könnt, noch jemanden, der Euch die Last Eurer Pflichten zu tragen hilft.«

»Ihr meint damit«, sagte Tenedos, »Ihr wollt mit mir schlafen.«

Sikri kicherte. »Ist das nicht die beste Art, auf die eine Frau einem Mann helfen kann?«

Es entstand eine lange Stille und der ungenannte Lauscher muss wohl schon die unanständigsten Phantasien gehabt haben. Aber dann sagte Tenedos:

»Ich fühle mich zutiefst geehrt, meine Dame. Aber Ihr solltet wissen, dass ich zu heiraten beabsichtige, wenn dieser Feldzug vorüber ist, und ich betrachte mich offen gesagt als verlobt.«

»Na und?«, meinte Sikri. »Ist ein Zuchthengst mit nur einer Stute zufrieden?«

Wieder herrschte Schweigen; dann ein Ruf nach Hauptmann Othman. Die Sängerin begann unwillig zu werden, aber Tenedos hieß sie, still zu sein. Wenige Augenblicke später hastete der kleine Adjutant herein.

»Darf ich vorstellen, Herr Hauptmann, Sikri Jabneel.«

»Sehr erfreut, die Dame.«

»Sie wünscht unserer Sache zu helfen. Ich habe es akzeptiert. Lady Jabneel, falls Ihr bei uns bleiben wollt, so tut das als Hauptmann Othmans Buhle, unter seinem Schutz.«

»Aber –«

»Entweder das, oder ich lasse Euch noch in dieser Stunde über unsere Linien hinaus eskortieren und nach Polycittara zurückschicken. Ihr habt die Wahl.«

Tenedos verließ das Zelt, und der Lauscher war wohl gezwungen, Reißaus zu nehmen, weil nie etwas darüber bekannt wurde, was zwischen Othman und der Sängerin geschah.

Eine Stunde darauf jedoch trug man ihr Gepäck in das Zelt des Adjutanten, und als das Heer tags darauf wieder aufbrach, war sie zufrieden damit, in seiner Stabskutsche mitzufahren – die einzige Frau in der ganzen Armee.

Es war gegen die Prinzipien, gegen alle Regeln und Vorschriften. Aber die Geschichte war einfach zu köstlich, als dass man sie wieder hätte wegschicken können.

Ich fürchte, ich selbst konnte nicht lachen, als ich die Geschichte hörte, dazu war ich viel zu besorgt um Marán. Ich hatte nur noch zwei Briefe erhalten, kurze Mitteilungen, in denen sie schrieb, sie erhole sich von der Fehlgeburt und es gäbe keine Komplikationen.

Ich quälte mich mit dem Gedanken, was wohl geschehen sein könnte, fand aber irgendwie die Kraft, das Problem zu verdrängen. Es musste warten, bis der Krieg vorbei war.

Das Terrain stieg allmählich an und wir marschierten über eine weite Hochebene; die Höfe der Kallier waren hier kleiner und durch kleine Wälder voneinander getrennt. Wir kamen langsamer voran, weil wir es jetzt mit Schluchten und Hohlwegen zu tun hatten, die erst sorgfältig ausgespäht werden mussten, bevor wir sie passieren konnten.

Es wurde außerdem kälter, als die Zeit der Stürme begann, und über Kallio fegten schwere Unwetter hinweg, während nachts der Boden gefror, um tagsüber zu einem Sumpf aufzutauen.

Wir befanden uns weniger als einen Wochenmarsch vor Polycittara und fragten uns, wann uns die kallische Armee wohl entgegentreten würde.

Ich ritt voran, zusammen mit den Spähern, als wir den großen Wald von Kallio erreichten. Er zog sich über den gesamten hinteren Teil der Hochebene und breitete sich aus wie die Flügel einer riesigen Fledermaus. Wir mussten durch die Mitte der Sichel, wo das Land gerodet und bestellt war, um den Straßen zu folgen, die in die kallische Hauptstadt führten. In dieser Waldsichel lauerte Chardin Shers Armee.

27 *Tod im Wald*

Diese Schlacht sollte Chardin Shers Triumph werden. Er – oder wer auch immer sein Generalfeldmarschall war – hatte ein exzellentes Auge für das Terrain. Seine Kräfte hielten den inneren Teil der Sichel, wodurch der undurchdringliche Wald zu beiden Seiten als Flankendeckung diente. Er hielt außerdem die Höhe, und das ansteigende Gelände zwischen uns bot außer einigen Baumgruppen, Gräben, etwas Ackerland und dem winzigen Dorf Dabormida wenig Schutz.

Für ihre Linien hatten die Kallier nur hastig Gräben ausgehoben. Was weder hieß, dass sie gerade erst auf dem Schlachtfeld eingetroffen, noch dass sie faul waren, aber mit Sicherheit, dass sie auf unseren Angriff warteten, uns so viele Verluste wie möglich beizubringen beabsichtigten, um sich dann wieder in den Wald zurückzuziehen.

Die Karte zeigte, dass der Wald in der Mitte eine Tiefe von nicht mehr als fünf Werst hatte, so dass sie sich auf der anderen Seite auf freies Gelände zurückziehen und neu formieren konnten. Wenn unsere Kräfte dann in gebrochener Ordnung aus dem dichten Unterholz stolperten, würden sie den Gegenangriff führen und uns zerschlagen.

So interpretierte ich die Pläne des Feindes, und Tenedos und der Generalstab pflichteten mir bei.

»Trotzdem«, sagte Tenedos, ein grimmiges Lächeln auf dem Gesicht, »hier wird Chardin Sher eine weitere Überraschung erleben.

Wir werden angreifen, aber nicht auf die Art, wie er es erwartet. Hört meinen Plan.«

Er trat an einen Tisch, auf dem eine abgedeckte Karte lag. Er zog das Tuch weg. »Mein Vorstoß wird von zwei Seiten erfolgen«, begann er. »Der erste Angriff wird ihre sorgfältigen Vorbereitungen zunichte machen und sie so lange beschäftigen, bis ihnen der zweite Angriff an die Gurgel fährt.« Die Offiziere ließen sich seinen Plan geraume Zeit durch den Kopf gehen und ich hörte entsetztes Gemurmel. Was Tenedos nicht entging. »Sagen die Herren Generäle, dass das nicht zu machen ist?«

Er blickte zuerst mich an. Ich überlegte und erwiderte dann: »Nein, Sir. Ich denke, es ist zu machen, wenigstens meine Kavallerie ist dazu in der Lage, vorausgesetzt, wir haben genügend Zeit, der Wald ist nicht völlig undurchdringlich und Ihr sorgt für irgendeine Art Finte.«

»Gut«, meinte Tenedos. »Was ist mit den Dragonern? General Taitu?«

»Unmöglich«, bellte deren Kommandant, ein altgedienter Soldat. »Die Männer verlieren ihre Ziele aus den Augen, stolpern herum, machen zuviel Lärm – die Kallier werden uns in die Pfanne hauen.«

»Ich kann Euch einen unfehlbaren Führer stellen«, bot ihm Tenedos an.

»Ich nehme an, Ihr sprecht von Magie, die auf dem Schlachtfeld doch nie hält, was sie verspricht. Es ist trotzdem unmöglich, ungeachtet der Träume meines jungen Kollegen hier. Überhaupt ist Euer Plan zu exotisch. Er ist eines dieser Provisorien und wir verlieren ein Drittel unserer Armee dabei, wenn wir ihn ausprobieren.«

»Ich danke für Eure Meinung, Herr General«, antwortete Tenedos, seine Stimme mit einem Mal hart. »Also, wollt Ihr meinen Befehl nun ausführen?«

Es kam zu einem langen Schweigen, dann schüttelte der grauhaarige Veteran den Kopf. »Nein, Sir. Das werde ich nicht. Ich kann es nicht. Euer Plan ist zum Scheitern verurteilt und ich werde mit einem so abwegigen Plan nicht meine Dragoner riskieren.«

Darauf konnte es nur eine Antwort geben.

»Ich bin dankbar für Eure Offenheit, General Taitu«, erklärte Tenedos. »Ihr seid hiermit Eures Kommandos enthoben. Ihr werdet es binnen einer Stunde dem Nachfolger übergeben, den ich bestimme.« Er wandte sich an den Rest von uns. »Ich hatte das nicht erwartet, ich muss Euch bitten, für einen Augenblick nach draußen zu gehen. General á Cimabue, wenn Ihr bleiben wollt?«

Ich blieb. Tenedos eiserne Zurückhaltung zerbrach, als sich die Zeltklappe hinter dem letzten Kommandeur schloss.

»Mistkerl!«, fluchte er. »Für was, bei allen Höllen, denken die, dass eine Armee da ist, außer zur Kämpfen? Ich schwöre bei Saionji, ich werde jeden General der Armee seines Kommandos entheben, der sich weigert zu kämpfen, wann und wie ich es ihm sage. Ich werde einfache Soldaten befördern und sie selbst in die Schlacht führen!«

Ich schwieg mich aus. Tenedos zwang sich zur Ruhe.

»Na gut, Damastes. Wer übernimmt die Dragoner? Ich würde sie Linerges geben, aber für den habe ich eine Aufgabe gewählt, die schon schwierig genug ist. Wenn er den Tag überlebt, so bekommt er seine Generalsschärpe.«

Ich hatte eine Antwort für ihn. »Petre, Sir.«

»Ich hätte es wissen sollen. Und er wird keine Schwierigkeiten haben, von der Kavallerie zur berittenen Infanterie überzuwechseln? Na gut. Ich nehme an, Ihr habt auch einen Ersatzkommandeur für Eure geliebten Lanciers?«

»Den habe ich, Sir. Er heißt Bikaner.«

Tenedos zog die Stirn in Falten, erinnerte sich dann. »Ja. Der Sergeant, der mit uns in Kait war. In Ordnung. Es tut der Armee gut, einen gemeinen Soldaten in die Ränge aufrücken zu sehen. Betrachtet es als erledigt. Ruft die anderen wieder herein, seid so gut.« Ich schickte mich an, seinem Befehl zu folgen. »Nein«, sagte Tenedos. »Augenblick noch. Es gibt da zwei Dinge, die ich dir noch sagen wollte, und beide sind für dich allein bestimmt.

Erstens, ich habe einige Spähzauber ausgeschickt und den Namen von Chardin Shers Zaubermeister herausgefunden. Es ist ein Bursche namens Mikael Yanthlus, was übersetzt so viel wie Mikael von den Geistern heißt. Er stammt interessanterweise eigentlich aus Maisir. Ich erinnere mich an den anderen Söldner, Wollo, glaube ich, hieß er, in Achim Ferganas Diensten. Merkwürdig. Es dürfte sich lohnen, irgendwann einmal in Maisir zu schnüffeln, um zu sehen, ob diese Leute tatsächlich so reiselustige Unruhestifter sind. Aber ich schweife ab.

Nun, da ich den Namen des wackeren Herrn kenne, habe ich eine gewisse Macht über ihn. Das ist das eine. Das zweite ist, dass ich einen Schlachtzauber zu verhängen gedenke, einen beträchtlichen, noch bevor wir antreten, den ich keinem Menschen beschreiben darf. Aber sei nicht überrascht, wenn er einsetzt – obwohl, falls unsere Strategie funktioniert, glaube ich nicht, dass du oder deine Reiter in Hör- oder Sichtweite seid. Aber wenn er Erfolg hat, dann werden die Kallier etwas zum Staunen haben.

Also, wenn du Hauptmann Othman Bescheid sagen würdest, nach Domina Petre zu schicken, um ihm zu sagen, dass er General ist, und dann die anderen wieder hereinbittest, dann können wir weitermachen.«

Es gab keine weiteren Einwände gegenüber Seher-General Tenedos' Schlachtplan, was nicht weiter überraschte. Seines Befehls enthoben zu werden bedeutet für einen Offizier für gewöhnlich das Ende seiner Karriere. Die meisten der anderen Offiziere schienen sogar beeindruckt von Tenedos' Konsequenz. In vieler Hinsicht unterscheiden Männer sich nicht von Pferden; sie spüren eine unsichere Hand an den Zügeln.

Der Angriff sollte in fünf Tagen stattfinden. Ich fragte mich, weshalb Tenedos ihn wohl nicht auf der Stelle befohlen hatte, nahm aber an, sein Zauber bedürfe einiger Vorbereitungen, oder vielleicht würden die Sterne oder der Mond dann richtig stehen.

Nicht, dass unsere Armee untätig gewesen wäre. Yonges Division sah sich an die Front geschickt mit der Order, eine Reihe von Sondierungsangriffen durchzuführen. Taktische Unterstützung kam von Linerges' Regiment, das aus dem Rekrutendepot auf drei Viertel seiner Sollstärke aufgefüllt worden war. Vier weitere Regimenter wurden ebenfalls Linerges' Befehl unterstellt; diese sollten dann eine neue Division bilden, falls die Schlacht erfolgreich war.

Zu guter Letzt wurden drei Regimenter Schwere Kavallerie aus meinem eigenen Kommando ab- und Tenedos' direktem Befehl unterstellt. Was mich nicht ärgerte – sie hätten ohnehin Probleme gehabt, mit dem Rest meiner Leute mitzuhalten, wenn der Angriff begann. Außerdem handelte es sich bei allen dreien um ausgesprochen traditionelle, ja biedere Einheiten, ganz im Gegensatz zur Zwanzigsten Schweren Grenzkavallerie; sie ähnelten mehr der Zweiten Schweren Kavallerie, der Paradeeinheit, die während der Unruhen ausgelöscht worden war. Ich hatte die Dominas schon wiederholt ermahnen müssen, weil sie zu träge waren oder die neuen Standards nicht akzeptieren wollten. Um ehrlich zu sein, ich hoffte sogar, alle drei Kommandeure und ein gut Teil ihres Stabs würden ordentlich verwundet werden, damit ich die Regimenter nach meinen Vorstellungen umkrempeln konnte. Vier Tage später sollte ich mich für meinen Wunsch schämen.

Drei Tage vor dem Angriff zogen wir alle berittenen Elemente – mit Ausnahme der Schweren Kavallerie und eines Regimentes zur Flankensicherung – hinter unsere Linien zurück. Wir hofften, dass Chardin Shers Zauberer und Spione dies mitbekämen und dächten, man würde uns einmal mehr als Reservekavallerie einsetzen, bis die Front gebrochen war.

Zwei Tage vor dem geplanten Angriff ließ man die Dragoner vor Tenedos' Zauberern antreten. Neugierig geworden, ritt ich hinüber, um zu sehen, was da vor sich ging.

Alle Offiziere, Unteroffiziere und jeder fünfte Mann hatten sich aufzustellen und mussten der Reihe nach vor den beiden Magiern antreten. Einer von ihnen hatte ein kallisches Schwert in der Hand, ein Schild in der anderen. Er berührte den Kopf des Soldaten mit der flachen Klinge und sein Herz mit dem Schild. Der andere Zauberer stand im dritten Eck eines Dreiecks aus hohen Kohlebecken, aus denen sich roter Qualm in den Himmel ringelte. Rot war Chardin Shers Lieblingsfarbe. Der Magus sang seinen Spruch:

»Dies sei dein Kompaß,
Dies sei dein Magnet.
Du wirst gezogen,
Du wirst geführt.
Folge dem Zeichen,

Du wirst den Weg kennen.
Deine Füße werden spüren,
Dein Schwert wird führen.
Gehorchen wirst du,
Unmöglich wird dir die Umkehr sein.«

Als sie fertig waren, erklärte einer der Magier, wozu der Zauber gut war. Falls sie sich im Wald verlaufen sollten, so bräuchten sie nur an die Kallier zu denken und es würde sie in die richtige Richtung ziehen.

»Und wenn ihr auf sie trefft«, rief der Zauberer, »dann braucht ihr meinen Zauber nicht mehr, um zu wissen, was ihr zu tun habt, was, Jungs?«

Die Männer brüllten, das Brüllen eines hungrigen Löwen, der jeden Augenblick aus dem Käfig gelassen wird. Ich sah, dass der Zauberer – er hieß Gojjam – ein würdiger Führer war, da ich bezweifelte, dass Tenedos seine Magier auch noch zu Aufwieglern ausgebildet hatte.

Am Tag vor der Schlacht begann der Kampf und Tenedos verhängte einen Wetterzauber. Wolken verdunkelten den Himmel, und Hagel schlug auf uns nieder, wurde dann zu Regen, zu Schnee, bis es wieder zu hageln begann.

Yonges Männer gingen nach vorn, und zwar in Einheiten von verschiedener Stärke, und begannen damit, Sondierungsangriffe auf die kallischen Linien zu führen. Natürlich reagierten die Kallier mit Gegenangriffen und schlugen sie zurück. Jedesmal blieben einige Mann auf dem Feld. Eine Stunde später schlugen sie wieder zu, in einem anderen Sektor, und wieder waren die Kallier gezwungen, sie zurückzuschlagen. Einmal kam ein ganzes kallisches Regiment aus dem Waldrand auf offenes Terrain und wurde, noch bevor es sich wieder zurückziehen konnte, von einem Zug schwerer Kavallerie und einer Kompanie von Linerges' Infanterie in die Zange genommen. Man drängte sie zurück und nach einer kleinen Pause ritten Yonges Männer erneut gegen sie an.

Ich glaubte Tenedos' Taktik verstanden zu haben – die Kallier mit diesen kleinen Stichen zur Raserei zu treiben, damit sie weniger auf andere Sektoren der Front achteten –, hatte mich aber geirrt. Das war die letzte von Tenedos' Absichten, obwohl es Jahre dauern sollte, bis ich den wahren Grund dafür erriet.

Am späten Nachmittag jenes Tages zogen meine Kavallerie und Petres Dragoner aus, und zwar einige Werst westlich der Stellung der Kallier. Wir ritten an den Waldrand, saßen ab und machten uns dann – Pferde und Maultiere am Zügel führend – an die Durchquerung des Waldes.

Es war eine Schinderei, Zweige fuhren uns übers Gesicht, Männer stolperten, traten in unsichtbare Mulden im Waldboden, die Pferden wieherten auf, die Mulis schrien vor Verwirrung und Zorn, ihre Reiter hielten ihnen eine Hand übers Maul und hofften, der Lärm des fernen Geplänkels würde die Laute kaschieren. Lancier Karjan, der gleich hinter mir kam, erwies sich als überraschend gesprächig, als wir uns so dahinquälten; er gab einen steten Strom von Unflätigkeiten von sich, von denen ich einige bis dahin noch nicht einmal gehört hatte.

Es war finster zwischen jenen Bäumen, feucht und eiskalt. Aber wir hatten mehr zu fürchten als die Kälte – es war, als hätte noch nie ein Mensch diesen Forst durchquert, als handele es sich um den Sitz alter Götter, namenloser Götter, deren Treue nicht Jacini galt, sondern unheimlichen Gottheiten, womöglich Dämonen, und wir alle spürten die eisige Drohung um uns herum.

Es waren fast zehntausend Mann Kavallerie, die sich da durch den Wald wälzten, mit fünftausend Dragonern im Schlepptau. Wir gingen in zehn Zügen, und jeder davon war sich sicher, dass ihr Hornochse von Kommandeur den mit Abstand beschwerlichsten Weg nahm.

Schließlich hellte das Zwielicht sich wieder auf und unser Tagwerk war getan. Wir fütterten unsere Pferde aus den Futtersäcken, die wir an die Sättel gebunden hatten. In diesen langen Zügen gab es weder Offiziere noch Unteroffiziere; niemand konnte den Zug abreiten, um nach seinen Männern zu sehen. Auch ich war nur noch ein Reiter, kein General.

Einen Segen freilich hatten wir mit: Einer von Tenedos' Magiern hatte einen Zauber entwickelt, der Flüssigkeiten warm hielt, so dass jeder Mann einen Tonbehälter heißer Suppe mit sich führte, die einen aufwärmte. Das heißt, wenn er sie nicht gegen einen Baum geschlagen hatte – wie ich. Karjan bot mir etwas von seiner an, aber ich lehnte ab, kauerte mich, in meine nasse Decke gehüllt, an einen Baum, kaute ein wenig Trockenfleisch und gönnte mir in der Dunkelheit etwas Selbstmitleid, machte mir Sorgen um Marán, Sorgen um mich, Sorgen um den morgigen Tag und wie ich mich wohl halten würde, kämen wir je wieder aus diesem von Dämonen geplagten Dschungel heraus. Es war zu kalt und zu nass, um zu schlafen, und ziemlich bald setzte auch wieder der Regen ein.

Selbstmitleid freilich ist ein seichtes Gefäß, wenigstens für mich, so dass ich schließlich grinste über mein Elend. Wir hatten uns hoffnungslos verlaufen in diesem Forst, der sich ewig hinzog, man würde nie wieder von uns hören; wir waren dazu verurteilt, weiterzuwandern bis ans Ende der Zeit, bis das Rad sich zu drehen aufhörte und Irisu sich fragte, wo einige Tausend seiner Untertanen abgeblieben waren und nach uns suchen kam.

Irgendwann in der Nacht fror es, und ich muss wohl geschlafen haben, da ich mich, als ich die Augen öffnete, von Grau und langen Eisdolchen umgeben sah, die von den Ästen hingen.

Lucan sah mich an und fragte sich, warum ich mich entschlossen hatte, ihn dieser Folter zu unterziehen. Ich fütterte ihn noch einmal und gab ihm einen Leckerbissen, in Branntwein getränkten Zucker, den ich in Ölpapier gewickelt bei mir trug, dann waren wir abmarschbereit. Die Kavallerie marschierte jetzt ohne Dragoner weiter. Diese schwenkten nach Osten ab, in Richtung des kallischen Heers, und bewegten sich mit Hilfe des Zaubers, den man ihnen mitgegeben hatte, auf die Flanke des Feindes zu.

Etwa eine Stunde später drang der Tumult der Zerstörung an meine Ohren und ich wusste, die eigentliche Schlacht hatte begonnen.

Wieder eine Stunde später verließen wir den Wald und wir sahen uns einmal mehr auf offenem Terrain, das von Buschwerk bewachsen war. Einige Werst weiter war die Hochebene zu Ende und Straßen führten auf die kallische Hauptstadt zu. Wir nahmen unsere Schlachtordnung ein, saßen auf und warteten ab.

Yonges Männer hatten den kallischen Linien die ganze Nacht über zugesetzt, ohne ihnen auch nur einen Augenblick Ruhe zu gönnen. Jetzt hing alles davon ab, ob die Dragoner rechtzeitig ihre Position hatten erreichen können.

Bei Tagesanbruch hatte ein Infanterieregiment sowie ein anderes der schweren Kavallerie einen Frontalangriff auf die kallischen Linien geführt. Es war der reine Selbstmord und beide Einheiten wurden arg dezimiert. Als die Kallier aus ihren Stellungen kamen, um den Rest niederzumachen, fielen ihnen die Dragoner vollkommen überraschend aus dem Wald heraus in die westliche Flanke.

Mikael Yanthlus und Chardin Shers andere Zauberer hatten nichts gespürt, und so kamen die staunenden Kallier mächtig ins Wanken und liefen ihre eigene Linie hinauf, als unsere Numantier sich auf sie warfen. Sie versuchten standzuhalten, aber es hatte keinen Sinn und so zogen sie sich schließlich durch den Wald zurück. Nur war es nicht der geordnete Rückzug wie geplant, sondern eine chaotische Flucht.

Die Dragoner kamen zurück, um ihre Reittiere zu holen, und folgten den Kalliern dann; es war eine Lücke von knapp einem Werst zwischen den beiden Armeen. Genau das hatte Tenedos gewollt, wie er mir später sagte, weil er sich nicht sicher war, ob sein großer Zauber zwischen Freund und Feind unterschied.

Ich erschauere heute noch, wenn ich mir überlege, wie es damals gewesen sein muss, ein Kallier zu sein, der sich, schwer angeschlagen von einem Dragonerangriff aus dem Nichts, in Sicherheit zu bringen und dabei vor Angst nicht verrückt zu werden versucht, während der Wald selbst ihn anzugreifen beginnt. Äste kamen von oben herab und schlugen, Knüppeln oder Peitschen gleich, zu, um die Männer zu Boden zu schmettern. Wurzeln hoben sich aus der Erde und brachten Männer zu Fall, schlangen sich dann um sie, brachen ihnen die Knochen, erdrosselten sie.

Einige Kallier wurden wahnsinnig – und vielleicht waren sie noch die Glücklicheren –, als sie sahen, wie ihre Heimaterde sich gegen sie zu wenden begann. Bäume fielen um, ohne auch nur einmal warnend zu knarren, und begruben ganze Führungsstäbe unter sich.

Büsche zerrten an Männern, hinderten sie an der Flucht, sorgten dafür, dass sie sich nicht bewegen konnten, während ihr Blick nach oben schoss, als sie das Knacken eines Witwenmachers hörten und ihn auf sich zustürzen sahen.

Krähen stoben schreiend auf, als ihre vertrauten Plätze zu zittern begannen, und Waldtiere schossen, von Panik ergriffen, aus ihrem Winterbau, als der Forst sich weit schlimmer bewegte als unter dem schlimmsten Sturm.

Das war der erste große Zauber von zweien, die Tenedos im Kallischen Krieg das erste Mal einsetzte. Es war unmöglich. Niemand konnte das außer ihm; niemand, so erfuhr ich, hatte sie je zuvor gewirkt. Aber sie waren geschaffen, und das von einem Mann. Man munkelte, er hätte sich an Dämonen verkauft, und schüttelte dann den Kopf. Nein. Noch nicht einmal dieser Preis hätte ihm eine derartige Macht verliehen. Niemand wusste, wie er es geschafft hatte, aber es war ihm gelungen, und so wuchsen sowohl die Angst als auch der Respekt, die man mit seinem Namen verband.

Ich wusste nicht, was vor sich ging, aber ich verspürte eine Übelkeit, eine Unruhe, die ich jedoch der Müdigkeit zuschrieb, vielleicht auch einer Erkältung, die ich mir vielleicht im Wald geholt haben mochte. Meine Aufmerksamkeit galt ganz dem schneebedeckten Waldrand, als die Männer zwischen den Bäumen hervorkamen, schreiend, zu Tausenden, nur wenige in so etwas wie einer Formation. Immer wieder drehten sie sich um, sie erwarteten, von Dämonen verfolgt zu werden, aber stattdessen kam von ihrer rechten Flanke Trompetenschall und dann kam der Angriff von zehntausend Mann Kavallerie.

Ich habe es bereits gesagt – die Kallier waren tapfere Leute und sie gaben sich alle Mühe. Kommandeure bellten Befehle, und einige Männer, einige Einheiten hatten den Mut, Gevierte zu bilden, um unsere Attacke zurückzuschlagen. Wir ignorierten sie und fuhren mitten unter die kallischen Armee.

Unsere Attacke verlor an Schwung, und im nächsten Augenblick waren wir eine schwertschwingende Masse von Reitern, die sich ihren Weg durch den Pöbel zu schlagen versuchten. Ein Mann stieß mit der Pike nach mir, ich wehrte sie mit der flachen Seite meiner Klinge ab und trennte ihn von seinem Arm. Ein anderer Mann legte seinen Bogen an, aber schon war Karjan hinter ihm, und so fiel auch er. Dann kam etwas auf mich zu, und ich duckte mich, nur vage erkannte ich eine Regimentsstandarte an einem Speer. Lucan bäumte sich auf und ich fiel über seine Hinterbacken zu Boden.

Es gelang mir, mich herumzuwerfen, und ich fiel auf eine Leiche, rollte mich ab und auf die Beine, das Schwert noch in der Hand. Drei Kallier schrien vor hämischer Freude, einen vom Pferd gefallenen Offizier zu sehen, und drängten auf mich zu. Ich trat zur Seite, so dass sie einander im Weg waren, parierte den Stoß des ersten Mannes, verpasste ihm einen Schmiss übers Gesicht, worauf er zurücktaumelte, und ich stieß unter seinem Arm zu und spießte den zweiten auf. Der dritte holte gerade zum Streich aus, aber ihm trat ich in den Magen und stieß ihm dann das Knie ins Gesicht, als er vornüberging.

Karjan tauchte neben mir auf und hieb auf die Kallier ein, sein Pferd nicht weniger schlachtgierig als er, als es mit den Hufen ausschlug.

Ich zog mich hinter ihm auf den Rücken seines Pferdes, und zusammen bahnten wir uns einen Weg aus dem Getümmel, als wir eine willkommene Phalanx numantischer Reiter auf uns zukommen sahen. Dann war ich in Sicherheit, wir befanden uns auf freiem Gelände und ich rief den Befehl, kehrtzumachen und wieder zu attackieren.

Die Dragoner kamen aus dem Wald und griffen an, während wir uns von hinten auf die Kallier stürzten – zwischen ihnen und der Sicherheit ihrer Hauptstadt. Sie warfen sich auf die wenigen entschlossenen Einheiten auf dem Feld, die abseits ihrer Gevierte standen, und setzten Bogner ein, um sie zu zerstreuen und in die Flucht zu schlagen wie die anderen, und weiter ging die Metzelei.

Schließlich tauchten überall weiße Fahnen auf, erklangen Schreie nach Gnade, nach Pardon und Kapitulation.

Kaum fünfundzwanzigtausend Kallier kamen an jenem Tag mit dem Leben davon. Aber unter ihnen waren Chardin Sher und sein Zaubermeister, und so war der Krieg nicht vorbei.

Aber wir hatten dem Feind auf dem Schlachtfeld seiner Wahl gegenübergestanden, ihn mit unserer eigenen Taktik bekämpft und ihn geschickt besiegt.

Wir hatten schwere Verluste eingesteckt, aber nur bei der Schweren Kavallerie, Linerges' Infanterie und Yonges Truppe. Der Blutzoll war akzeptabel.

Jetzt war der Weg nach Polycittara frei.

Wir formierten uns auf der anderen Seite jenes schrecklichen Waldes neu und bereiteten uns auf die nächste Schlacht war.

Am Morgen darauf erreichte mich endlich ein Brief:

Mein liebster Gemahl,

ich kann dir nicht sagen, wie sehr ich mich schäme, dir nicht geschrieben zu haben. Ich habe keine Entschuldigung dafür, außer dass der Tod unseres Kindes mich schlimmer getroffen hat, als ich dachte, und dass ich hier wie eine Tote herumlief, mit dem Gefühl, mein Herz sei zu Stein geworden, unfähig zu sprechen, geschweige denn zu schreiben.

Ich weine im Augenblick, so sehr hoffe ich, dass du mir vergeben kannst, denn ich hatte kein Recht, so selbstsüchtig zu sein, während du, der mir mehr bedeutet als mein Leben, ganz allein bist und in schlimmer Gefahr.

Ich werde immer in der Schuld unserer lieben Freundin Amiel stehen, die mich aus dem Sumpf der Verzweiflung gezogen und mir gesagt hat, was für eine Närrin ich bin. Sie war mir der größte Trost seit dem Tod unseres Sohnes, und ich hoffe, du liebst sie dafür nicht weniger als ich selbst.

Mir wird jetzt klar, dass wir nicht stehen bleiben dürfen. Wir haben ein Leben zusammen und es wird andere Tage geben, eine an-

dere Zeit. Ich möchte noch immer ein Kind, ich möchte mehrere Kinder, aber im Augenblick will ich dich, nur dich. Ich möchte dein Gemächt in mir spüren, hart, möchte spüren, wie dein Samen sich in mich ergießt. Ich möchte dich schmecken, in meinem Mund, salzig und warm.

Bitte versuch mich zu verstehen, Damastes, so wie ich mich selbst zu verstehen versuche. Ich weiß, ich bin noch sehr jung und töricht, aber ich lerne ja gerade erst, wie man liebt. Bitte liebe mich noch. Ich bin dein auf ewig, das weißt du.

Marán

Ich hatte gerade meine Antwort darauf versiegelt und spürte die bleierne Last, die ich viel zu lange getragen hatte, von mir weichen in der Hoffnung, der Krieg sei so gut wie vorbei, als man die Klappe meines Zelts aufriss und Yonge hereingestolpert kam.

»Trinkt mit mir, Numantier«, befahl er und knallte eine fast schon leere Flasche Branntwein auf meinen Tisch.

Ich zog den Korken aus der Flasche und führte sie an die Lippen, wohl wissend, dass er so betrunken war, dass er nicht merken würde, dass ich nicht trank. Ich hatte Recht. Er nahm die Flasche wieder an sich, leerte sie und holte eine andere aus einer Tasche seines Mantels.

»Also, was haltet Ihr von unserem famosen Sieg?«, lallte er, seine Stimme zornig und hart.

»Das mit Euren Verlusten tut mir Leid«, erwiderte ich.

»Leid? Ja, Numantier, das wird wohl so sein.«

»Yonge«, sagte ich, »wieso seid Ihr wütend auf mich? Ich hatte nichts mit dem zu tun, was passiert ist.«

Yonge blickte mich finster an, dann nickte er bedächtig.

»Nein«, gab er zu. »Nein, das hattet Ihr nicht. Ich schätze, ich bin wohl wütend auf alle und auf keinen. Aber auf einen ganz gewiss.

Wisst Ihr, wie viele Männer gefallen sind, einfach so weggehauen, hier einer, da einer, hier ein Zug, da eine Schwadron? Fast die Hälfte meiner Leute, verdammt noch mal!

Die sind nicht wie andere Soldaten, wisst Ihr. Es braucht seine

Zeit, einem Mann beizubringen, *nicht* gleich mit dem Schwert loszuhauen, sondern die Lage zu taxieren, wie er es gelernt hat, und dann anderen Meldung zu machen und dann sie kämpfen zu lassen.

Dauert wahrscheinlich noch länger, als sich einen Reiter heranzuziehen.«

Er trank.

»Ich frage mich die ganze Zeit, warum dieser Bastard mir das angetan hat.«

»Tenedos?«

»Er ist der einzige Bastard, der mir einfallen will. Er hat mir gesagt, was ich tun soll, und ich hab's getan. Ohne zu meckern, und dabei wusste ich genau, was passiert.

In alle Höllen mit dem Bastard!«

»Was hättet Ihr denn getan?«, fragte ich in dem Versuch, diplomatisch zu sein. In einer Laune wie dieser suchte Yonge Streit, und ich wusste, die Hügler regelten ihre Meinungsverschiedenheiten höchst selten nur mit der Faust. Obwohl er so betrunken war, war ich mir nicht so sicher, ob ich gegen sein Messer ankam. »Er hat gesagt, er benutzt Euch für einen Scheinangriff, um die Dragoner zu decken.«

»Und Ihr glaubt das?«

»Allerdings.«

Yonge starrte mich kieselhart an.

»Ihr erinnert Euch, das ich vor langer Zeit einmal sagte, ich möchte von Euch etwas über Ehre lernen?«

»Ja. Aber ich denke, ich lerne da mittlerweile besser bei Euch«, meinte ich.

»Scheiß drauf! Ich denke noch immer, auf Euer Wort ist Verlass. Ihr glaubt also tatsächlich, dass es keinen besseren Weg gab, die Schlacht zu beginnen? Ihr meint nicht, man hat meine Männer verheizt?«

»Warum sollte Tenedos das wollen?«, gab ich zu bedenken. »Er weiß doch, wie wertvoll deine Leute sind. Verdammt, Mann, wo er das Heer doch selbst aufgebaut hat.«

»Das hat er«, räumte Yonge zähneknirschend ein. »Ich weiß

nicht, warum wir geopfert wurden. Aber es kommt mir nun mal so vor.«

»Warum?«

»Ich weiß nicht.« Yonge stieß einen tiefen Seufzer aus. »Hol's der Teufel! Vielleicht bin ich bloß besoffen und in Trauer und es ist weiter nichts.« Er hob die Flasche und leerte sie zu meinem Erstaunen in einem Zug.

»Ich schätze, ich bin wohl nicht mehr ganz klar im Kopf«, sagte er und stand auf. »Tut mir Leid, Euch behelligt zu haben. Ihr seid, wie gesagt, ein Mann von Ehre. Ich traue Euch.«

Ihm fielen die Augen zu, dann kippte er um. Ich fing ihn auf, bevor er auf dem Boden aufschlug, und legte ihn hin. Ich rief Karjan und wir machten dem General ein Behelfsbett aus meinem Mantel und einem Kissen zurecht. Er murmelte etwas von Ehre und Blut, bevor er zu schnarchen begann. Ich hätte die Welt tags darauf nicht durch seine Augen sehen wollen.

Ich versuchte zu schlafen, wurde aber den absurden Gedanken nicht los: Warum *hatte* Tenedos das Treffen mit einem derartigen Opfer begonnen? Noch eine Frage, auf die ich die Antwort erst nach Jahren bekam.

Durch einen Zauber verlor Tenedos Chardin Sher jetzt nicht mehr aus dem Blick, und das rettete viele Leben auf beiden Seiten, bei den Kalliern wie bei den Numantiern.

Wäre er nicht in der Lage gewesen, ihn mit Hilfe der Magie zu verfolgen, wir wären womöglich zu dem Schluss gekommen, Chardin Sher hätte sich in der Hauptstadt verschanzt, wären hinterher und hätten die schönste Metzelei auf den Straßen gehabt. Wahrscheinlich nahm der Kallier an, dass wir das ohnehin vorhatten, was ihm die Zeit geben würde, seine Armee neu zu formieren, denn er floh an Polycittara vorbei und suchte seine Zuflucht im Hinterland.

Die numantische Armee jedoch ignorierte den Köder Polycittara und marschierte hinter ihm her. Zwei Wochen nach Dabormida stießen wir auf seine letzte Bastion.

Es war eine mächtige braune Felsenfestung, die mit ihren klafterdicken Mauern die ganze Kuppe eines isoliert liegenden Hügels beanspruchte, der wiederum im Zentrum eines fruchtbaren Tales lag. Es war die Bastion der Bastionen, und ich denke, dass allen von uns ein und derselbe Gedanke kam: Allesamt würden wir hier sterben, im Schatten dieser grimmigen Zinnen, noch bevor es uns gelang, Chardin Sher zu vernichten.

28 *Der Dämon aus der Tiefe*

Die namenlose Bastion stand in üblem Ruf. Sie war vor Jahrhunderten von einer meditativen Bruderschaft erbaut worden, auf dass hinter ihren Mauern die Priester wie auch das Bauernvolk des Umlands vor einfallenden Heerscharen Zuflucht finden konnten. Im Lauf der Jahrhunderte jedoch war der Orden seiner Faszination für die Schwarzen Künste erlegen und es hieß, dass man ihn mehr fürchtete als die Briganten. Man schrieb den Priestern alle nur erdenklichen Schlechtigkeiten zu, darunter auch Menschenopfer an Dämonen.

In einer sturmdurchtobten Nacht, so die Legende, hörten die Landleute der Gegend Schreie aus der Festung, Schreie, die lauter waren, als eine menschliche Kehle sie hervorbringen dürfte. Einige der Mutigeren riskierten einen Blick in die Nacht und sahen sämtliche Lichter der Zitadelle funkeln und dann schlagartig ausgehen, als hätte die Hand eines Riesen eine einzige Kerze gelöscht.

Tags darauf kam kein Mensch aus der Festung, auch in der folgenden Nacht blieb sie finster. So ging es eine geschlagene Woche, bis ein todesmutiger junger Mann sich ein Herz nahm und die Böschung zur Pforte erklomm, wo er das eiserne Tor wie von Riesenhand aus den Angeln gerissen vorfand.

Er ging hinein und fand keine Spur von den Priestern. Noch gab es einen Hinweis darauf, was wohl passiert sein könnte; weder Blutflecken noch Leichen waren zu sehen.

So stand die Feste denn fast ein Jahrhundert leer, bis ein Räuberbaron sie beanspruchte und besetzt hielt. Für diesen »Schutz« hatte das Tal einmal mehr einen bitteren Tribut zu entrichten. Drei Generationen dieser Familie hielten die Festung, jeder Herr verderbter als sein Vorgänger.

Schließlich stellte Chardin Shers Vater eine Expedition gegen den damaligen Baron zusammen und verschaffte sich durch eine List Eintritt in die Bastion. Der Baron wurde gefangen genommen, für seine Verbrechen verurteilt und vor der Zitadelle gevierteilt. Seine Frauen und Kinder wurden zu gemeinem Volk degradiert und als Sklaven verkauft. Vielleicht hätte man die Feste darauf leerstehen lassen, wenn nicht gar schleifen sollen. Aber man tat es nicht. Chardin Shers Vater und schließlich sein Sohn machten daraus ihr letztes Refugium und fügten weitere Befestigungsanlagen hinzu.

Jetzt belagerte sie das numantische Heer. Wir hatten drei Möglichkeiten: ihr durch Zauberei zu schaden, den Versuch zu unternehmen, sie zu stürmen, oder Chardin Sher nebst Magier und Gefolge auszuhungern.

Tenedos versuchte es erst mit Zauberei; seine versammelten Magier setzten die natürlichen Kräfte der Jahreszeit ein und schickten Sturm auf Sturm gegen die Türme. Die Zauberer in der Festung setzten – unter Mikael Yanthlus' Führung – nicht nur Gegenzauber ein, um deren Wirkung zu lindern, sondern ließen auf die Soldaten vor ihren Mauern ihre eigenen Beschwörungen los.

Der übliche Zauber – Besorgnis, Angst und dergleichen – war von Beschwörungen begleitet, die Krankheiten und Plagen über uns bringen sollten, wurde aber glücklicherweise von Tenedos' Magiern abgewehrt, bevor er mehr als eine Handvoll Opfer forderte.

Immer wieder schickte man die Sturmzauber los, bis sie schließlich ein Eigenleben zu entwickeln schienen. Es war ehrfurchtgebietend, den finsteren Brocken der Festung vor dem Nachthimmel zu sehen, wenn die Winde dagegenheulten, der Donner durch das Tal rollte und ein Blitz nach dem anderen vom Firmament fuhr.

Wie gesagt, es war ehrfurchtgebietend – und in mancher Hinsicht für uns draußen schlimmer als für die in der Festung, denn die waren wenigstens davor geschützt. Wir hatten nichts weiter als Zeltleinwand, über die die Winde nur lachten; sie rissen sie einfach entzwei. Das Terrain hatte sich in einen einzigen Morast verwandelt und das Landvolk war vor dem Zorn der Numantier längst geflohen.

Eine Nacht war von Blitz auf Blitz durchzuckt, und es schien sicher, dass die Feste, so wie sie dastand, ihre Silhouette in weißes Licht gehüllt, zerfallen musste bis auf den letzten Stein. Aber als die Morgendämmerung die Nebel vertrieb, stand sie immer noch da, scheinbar unberührt. Dann entdeckte jemand einen Riss in der Wand. Wir gaben uns alle Mühe, die Hoffnung aufrechtzuerhalten, aber wenn Tenedos' Zauberei nicht mehr vermochte, dann würde es eine sehr lange Belagerung sein.

Zwei Tage später ließ Tenedos mich zu sich rufen. Er hauste nicht unter Leinwand, sondern hatte in der nächsten Stadt ein Gildenhaus requiriert. Dort fand ich ihn und wollte eben einen Scherz darüber machen, wie bequem doch unsere Führung zu wohnen beliebte, als ich sah, wie grau und hager seine Züge aussahen, also hielt ich den Mund. Er sah weit schlimmer aus als irgendein Reiter oder Gemeiner, und mir wurde klar, dass dieser Krieg der Formeln für ihn nicht weniger erschöpfend war als ein Handgemenge für mich.

Ich erkundigte mich nach seinem Befinden, und er sagte, es gehe ihm gut, und erkundigte sich nach dem Meinen und wie es Marán gehe, ob sie zurechtkomme und so weiter und so fort. Er nahm mich mit in sein Privatgemach und bat mich, Platz zu nehmen, während er Tee zubereitete.

Er brühte eine duftende heiße Mischung auf und ließ sie ziehen. Ich sog den Duft ein und spürte, wie sich die Kälte in meinen Knochen, die das Leben im Freien mit sich brachte, ein wenig verzog. Er schenkte mir eine Tasse ein und bot mir Gebäck an, das ihm wohl Rasenna geschickt haben musste.

Ich nahm etwas davon, und dann begannen bei mir die Alarmglocken zu läuten. Ich versuchte noch, einen Scherz zu machen, indem ich sagte, nach einem derartigen Aufwand würde er zweifelsohne gleich etwas völlig Verrücktes von mir verlangen, wie etwa die Festung allein im Handstreich zu nehmen.

»Genau das«, sagte Tenedos und weder in seiner Miene noch seiner Stimme war auch nur die Spur von Humor.

»Sir?«

»Darf ich mich setzen?« Dies war ungewöhnlich, da mein Kommandeur kaum meine Erlaubnis für irgendetwas brauchte. Ich nickte. Er schenkte sich etwas Tee ein, ließ ihn dann aber unberührt stehen und kalt werden, während er seine Worte sorgfältig abwog.

»Damastes, wir müssen Chardin Sher vernichten. Es kann keinen Waffenstillstand geben, keine Kapitulation außer einer bedingungslosen, sonst versucht er wieder, unsere Führung zu usurpieren.«

»Natürlich.«

»Ich weiß ehrlich gesagt nicht, ob die Armee einer langen Belagerung gewachsen ist. Wir sind darin nicht ausgebildet, noch haben wir mit unserer neuen Strategie den Nachschub, der es uns erlauben würde, Chardin Shers Festung weiter zu belagern. Noch haben wir die Maschinerie für eine derartige Schlacht. Es würde Monate dauern, sie zu bauen und in diese entlegene Gegend zu schaffen.

Ich weiß, es ist meine Armee und sie würde mir bedingungslos gehorchen, aber ich fürchte, wenn wir hier nur herumsitzen, dann findet der Zehnerrat womöglich ein Rückgrat und mischt sich wieder ein.«

»Wir können die Bastion kaum stürmen«, erklärte ich ihm.

»Nein«, pflichtete Tenedos mir bei. »Ebenso wenig wie – aber das bleibt unter uns – Zauberei helfen wird. Ich habe mehr Macht als Mikael Yanthlus und mit meinen Magiern verfüge ich über weit größere Kräfte als er und sein Stab. Das Problem ist, dass er sich nur zu verteidigen braucht, was weit weniger Energie kostet als anzugreifen. Das Beste, was meine stärksten Beschwörungen hervorgebracht haben, war der Sturm, der die Farbe der Zitadelle abblättern ließ, und selbst dazu musste ich schon Gefallen einfordern, die Kreaturen von anderen Welten mir schuldeten.

Und das gefällt mir gar nicht.«

»Dann bin ich also irgendwie die Lösung für die Probleme aller«, sagte ich.

»Ich meine es ernst, Damastes. Lass mich erklären. Diese Festung hat etwas Finsteres, Böses, wie du weißt, wenn du etwas über ihre Geschichte gehört hast. Ich weiß nicht genau, was es ist, aber es ist mir gelungen, Kontakt mit diesem Ding, dieser Macht aufzunehmen und sie für meine Zwecke anzuwerben. Du darfst nicht fragen, welchen Preis ich dafür bezahle, aber er ist schrecklich, glücklicherweise aber erst in einiger Zeit fällig.

Aber dieses Ding, diese Kraft, dieser Dämon, was immer es ist, hat etwas anderes gefordert, bevor er sich auf den Handel einließ.

Wenn er sich gegen Chardin Sher so verhält, wie ich es wünsche, dann muss ich bereit sein, meine Aufrichtigkeit zu beweisen – oder vielleicht sage ich besser mein Engagement.« Tenedos saß einen Augenblick schweigend da, dann fuhr er fort: »Jemand muss ihm eine gewisse Gefälligkeit erweisen, jemand, den ich liebe, eine Gefälligkeit, die den Betreffenden das Leben kosten könnte, andernfalls wird mir diese Macht meinen Wunsch nicht gewähren.«

»Ich soll also eine Geisel sein?«

»Mehr noch. Du musst die Festung betreten, auf die Erde des innersten Hofes ein Symbol malen und einen Trank ausgießen. Damit ist der Handel besiegelt.«

»Und ich komme dabei um, nehme ich an?«

»Nicht unbedingt«, sagte Tenedos, schien sich aber nicht ganz sicher zu sein. »Wenn es dir gelingt, in die Festung hineinzukommen und dort zu tun, was er verlangt, dann hast du womöglich durchaus Zeit zu fliehen, falls man dich nicht entdeckt.«

»Und wie stehen meine Chancen«, fragte ich und spürte, wie mein Magen eiskalt wurde. »Überhaupt, wie soll ich wissen, ob dieser Dämon – oder was auch immer es ist – sich an die Abmachung hält?«

»Ich will ehrlich sein. Es besteht die Möglichkeit eines Verrats, wenn auch nur eine geringe. Und was deine Flucht anbelangt, so gebe ich dir alle magischen Wächter mit, die ich nur habe.«

»Wie soll ich in die Zitadelle hineinkommen? Könnt Ihr mich in einen Vogel verwandeln? Oder besser vielleicht, angesichts der Natur dieses Ortes, in eine Fledermaus?«

»Natürlich nicht.« Er nahm mich beim Arm, führte mich zu einem Fenster und öffnete die Läden. Der Winterwind umheulte uns, aber weder er noch ich achteten darauf, als wir zu der dräuenden Masse hinaufstarrten, die gar nicht so viele Werst von uns entfernt war. Noch während Tenedos darauf wies, hatte ich seine Idee bereits erraten. Es war nicht völlig unmöglich – nur so gut wie.

Tenedos schloss die Läden wieder.

»Ich will dich nicht zu einer Antwort drängen, Damastes, mein Freund, und du weisst, wie viel mir dieser Titel bedeutet, denn du bist der Einzige, der für meinen künftigen Partner in Frage kommt. Du brauchst noch nicht einmal nein zu sagen. Wenn ich binnen ein, zwei Tagen nichts von dir höre, dann werden wir eben einen anderen Weg finden, Chardin Sher da herauszuholen.«

Ich hörte nur halb zu. Ich öffnete die Läden und blickte noch einmal zu der Festung hinauf. Ich sah mich an etwas erinnert, was mir mein Vater als Kind beigebracht hatte – dass es die Pflicht eines Führers sei, von vorne zu führen, und dann fiel mir ein Sprichwort ein, das ich irgendwo gehört hatte, laut dem Pflicht hart wie Eisen, der Tod jedoch so leicht wie eine Feder ist.

Leicht gesagt, aber von gewichtiger Bedeutung. Meine Gedanken wandten sich Marán zu und ich dachte voll Sehnsucht an sie. Ich wollte um alles in der Welt nein sagen zu dieser absurden Idee, aber ich konnte es nicht. Ebenso wenig wie ich sie gutheißen konnte. Ich fragte mich, ob ich mich so verzweifelt ans Leben klammern würde, wäre unser Kind nicht gestorben – eine Frage, die ein Soldat sich nicht stellen darf.

Ich knallte die Läden zu und drehte mich zu dem Seher um.

»Ihr braucht nicht auf eine Antwort zu warten. Ich gehe.«

Langsam breitete sich ein Lächeln über sein Gesicht.

»Weiß du, Damastes, dass ich nie daran gezweifelt habe, dass du ja sagst? Deshalb habe ich auch zwei Tage gebraucht, um den Mut aufzubringen, dich zu fragen.«

Den Weg hinein führte natürlich über den Riss in der Wand, für den der Blitz gesorgt hatte. Wäre ich erst einmal über die Brustwehr, bräuchte ich nur noch den Wachen auf dem Wallgang aus dem Weg zu gehen, die Mauer hinunterzukommen, unbekannte Hindernisse zu überwinden, Tenedos' Aufgabe auszuführen und dann irgendwie wieder herauszukommen, ohne dass mein Kopf allzu weit von der Stelle entfernt wurde, wo ich ihn am liebsten hatte.

Und wo ich schon mal dabei war, könnte ich mit der freien Hand auch gleich dem Krieg ein Ende machen, dem Hunger und den Krankheiten dieser Welt.

Ich kam zu dem Schluss, dass dazu die Begleitung dreier weiterer Narren nötig war.

Der erste war Lancier Karjan. Ich sagte ihm, wie die Chancen standen, und er zuckte mit den Achseln. »Sir, wie oft, seit wir uns kennen, waren wir nun schon tot? Ich habe mich inzwischen an den Gedanken gewöhnt. Außerdem, wenn wir damit durchkommen – nicht, dass wir das werden –, dann ist das eine Geschichte, die mir für den Rest meines Lebens freie Runden einbringt.«

»Wenn Ihr mit mir geht, dann aber als Feldwebel. Da sieht im Todesfall die Entschädigung besser aus.«

Karjan brummte etwas und grinste dann.

»Ihr lasst keinen Vorteil aus, was, Sir?«

»Allerdings.«

Er salutierte.

So viel zum ersten.

Ich konnte nicht einfach meinen Dominas sagen, ich bräuchte noch zwei weitere Männer; ich würde von Freiwilligen umringt sein. Während ich noch überlegte, wie ich es anstellen sollte, kam Karjan zurück. Hinter ihm tauchte die massige Gestalt des großen wortkargen Raufboldes Svalbard auf, der, wie ich zu meiner Zufriedenheit sah, jetzt die Streifen eines Feldwebels trug.

»Er geht auch mit«, erklärte Karjan.

»Hat Lancier Karjan Euch gesagt, was Ihr zu erwarten habt?«

»Hat er, Sir.«

»Ihr seid Euch darüber im Klaren, dass unsere Chancen gleich Null sind?«

»Das glaube ich nicht, Sir.«

Wir starrten einander schweigend an. Ich war der Erste, der nachgab; ich wusste, dass jedes weitere Wort überflüssig war.

»Nun gut. Meldet Euch bei Eurer Einheit ab und zieht zu mir in die Kommandantur.«

»Danke, Sir.« Damit war der Mann fort.

Zwei.

Der dritte war Domina Bikaner, der darauf bestand, er hätte, bei den Göttern, das Recht zu gehen, wenn man bedenke, wer er war und wie lange wir schon zusammen gedient hätten. Ich lehnte ab. Die Lanciers bräuchten ihn. Er begann zu streiten und ich musste ihm befehlen, den Mund zu halten und wieder zu gehen. Ich überlegte gerade, wen ich noch zu unserem Himmelfahrtskommando hinzubitten sollte, als General Yonge, ohne anzuklopfen, in mein Zelt trat.

»Wie ich gehört habe, mein Freund, habt Ihr etwas ganz und gar Törichtes vor.«

»So könnte man es sagen. Wie habt Ihr davon gehört?«

»Fragt das nie einen, der der beste Hühnerdieb seines Dorfes gewesen ist, bevor er auch nur fünf Schritte tun konnte, ohne auf die Schnauze zu fallen. Ich möchte wissen, warum Ihr mich nicht gefragt habt?«

»Weil Ihr ein General seid, verflucht noch mal.«

Yonge spuckte auf den Zeltboden und hob seine Schärpe an. Plötzlich hatte er sein Messer in der Hand und die Schärpe war entzwei. Er warf sie zu Boden und trat sie in den Schmutz.

»Jetzt bin ich nur noch Yonge aus den Hügeln.«

Ich fluchte und er fluchte zurück. Ich sagte ihm, er sei unverschämt, und er sagte mir, ich sollte meine Zunge hüten, ein Kaiter würde keinem erlauben, so zu ihm zu sprechen, noch nicht einmal einem General. Und schon gar nicht, wenn er ein Numantier war.

»Ihr wisst, ich könnte die Profose rufen oder es Tenedos sagen, und dass man Euch dann in Eisen legen würde, bis ich wieder da bin?«

»Glaubt Ihr, ich wäre noch hier, bis die kämen? Jetzt hört mal zu, Ihr Ochse von einem Cimabuer. Ich bin hergekommen, um etwas über Ehre zu lernen, nicht wahr?«

»Ehre hat nichts mit Torheit zu tun, verflucht!«

»Welcher Idiot hat das gesagt?«

Mein Grinsen überraschte ihn.

»Was diesen Zauberer anbelangt, pah!«, fuhr Yonge fort.

»Glaubt Ihr, ich gehorche dem, weil ich Angst habe? Ich mache, was ich will, wann ich will. Es hat mich eine Weile amüsiert, Soldaten zu führen, armen Bauerntölpeln beizubringen, sich wie Männer zu bewegen statt wie Steine. Jetzt passt es mir, was anderes zu tun.

Jetzt habe ich vor, in diese Festung zu klettern, um zu sehen, was drinnen ist. Habt Ihr Lust, mich dabei zu begleiten, Cimabuer?«

»Woher wollt Ihr wissen, dass ich hinaufklettern will?«

»Weil noch nicht einmal Ihr töricht genug seid, Euch da hinübergraben zu wollen.«

Tenedos würde fuchsteufelswild werden, aber:

Drei.

Zwei Generäle und zwei Feldwebel standen im strömenden Regen am Fuße der senkrechten Mauer von Chardin Shers letzter Bastion. Zehn Fuß über uns begann der Riss, den der Blitz in die Festung geschlagen hatte.

Der Sturm hatte, von Ruhepausen unterbrochen, seit dem Mittag gewütet. Zum Teil wurde er von dreißig Magiern Tenedos' reguliert, die von einem Posten gleich hinter unseren Linien aus arbeiteten. In meinem Packen hatte ich eine kleine schwarze Laterne, mit der ich den Weisen Zeichen geben konnte. Einmal Blinken bedeutete, den Sturm zu heben, zweimal, ihn wieder zu senken. Dreimal würden wir blinken, wenn – oder besser falls – wir auf der Mauer waren. »Ich bezweifle, dass das hundertprozentig klappen wird«, meinte Tenedos. »Aber den Versuch ist es wert.« Außerdem hatte ich Handschuhe in meinem Packen und eine Art Socken für meine genagelten Stiefel, falls es uns gelang, über die Brustwehr zu kommen, außerdem eine Flasche Tee, drei verschlossene Ölpapierbeutel mit gewürzten Hühnchenteilen, etwas Trockenfleisch und Bonbons zum Lutschen. Das Wichtigste war eine große Flasche mit dem Trank, der den Zauber auslösen sollte. Daneben lag ein dicker Stift aus einem rötlichen, kreideähnlichen Material. Vier

Stunden lang hatte ich die Konstellation gezeichnet, die ich auf den Hof malen sollte, immer wieder, während Tenedos über mir stand und meine Fehler korrigierte, obwohl weder die Figur noch die Symbole, die dazugehörten, mir etwas sagten. Ich fragte Tenedos, ob der Regen die Kreide nicht vom Pflaster waschen würde, und er sagte, es gehöre ein Zauber dazu, der das verhindere.

Ich hatte noch einen Beutel am Gürtel mit einem kleinen Hammer und weichen Eisennägeln, die ich als Steighilfe in die Mauerritzen schlagen wollte. Über der Schulter hatte ich eine dicke Rolle Seil.

Ich trug dunkle Kleidung, fingerlose Handschuhe und eine Strumpfmütze. Die anderen trugen das Gleiche und hatten eine ähnliche Ausrüstung dabei.

Jeder von uns nahm nur drei Waffen mit: einen Dolch und zwei bleierne Bolzen von je vier Zoll Länge. Ich trug den Dolch, den Yonge mir zur Hochzeit geschenkt hatte; die Silberteile hatte ich mir von Tenedos mit einem Verdunklungszauber besprechen lassen.

Wir blickten immer wieder hinauf und unser Weg schien schier endlos zu sein. Aber da er vom Hinaufschauen nicht kürzer wurde, bückte Svalbard sich schließlich, bildete eine Räuberleiter, in die Yonge hineintrat, und schon hievte der Hüne ihn hoch. Er bekam die Kante des Risses zu fassen und kletterte einige Fuß hoch hinauf. Yonge stieß einen der eisernen Nägel in die Wand und ließ dann ein Seil fallen, und wir anderen kletterten hinterher.

Und so ging es los. Yonge übernahm die Führung, ich kam hinter ihm, dann Karjan und schließlich Svalbard; alle hingen wir hintereinander an einem Seil. Hände und Stiefelkante in einen Spalt nach dem anderen schiebend, ging es Zug um Zug hinauf. Es war monoton, nass, und es zerrte an den Muskeln. Ich dachte daran, den Magiern ein Signal zu geben, mit dem Sturm nachzulassen, war aber dann doch lieber nass, als dass man mich hörte.

Wir kletterten und kletterten, langsamer von Zug zu Zug. Einmal glitt Yonge aus, seine Hände suchten Halt auf der schlüpfrigen Wand, seine Stiefel landeten hart auf meinen Schultern, so dass ich um ein Haar abstürzte. Dann fand er wieder Halt und es ging weiter hinauf.

Weiter oben kamen wir leichter voran, da der Riss sich verbreiterte. Ich hatte gehofft, wir könnten ganz darin verschwinden, aber so viel Glück hatten wir nicht, da die Wand in Schichten gebaut war und der Blitz nur die äußerste gespalten hatte. Immerhin war der Spalt fast drei Fuß tief, so dass er einen gewissen Schutz vor dem Wetter bot.

Ich tastete nach einem Halt, als ein Vogel kreischend aus seinem Nest fuhr, mir ins Gesicht. Ich zuckte zurück, verlor den Halt und fiel einige Fuß, bis das Seil zu Ende war. Glücklicherweise hatte Yonge den Schrei des Vogels gehört und sich rechtzeitig abstützen können. Ich baumelte hin und her wie ein Pendel, spürte, wie mir der Strick das Leben aus dem Körper drückte, bis Karjan mich schließlich in Sicherheit zog. Ich verharrte einen Augenblick, bis mir das Herz nicht mehr in der Kehle schlug, dann kletterten wir weiter.

Ich hatte gehofft, die Nacht würde ewig dauern, aber dem war nicht so, und wir waren immer noch am Klettern, als mir klar wurde, dass ich Yonges Stiefel über mir sah. Ich fluchte. Genau das hatte ich befürchtet. Dass der Tag anbräche und wir nach wie vor an der Wand hängen würden.

Wir konnten nichts weiter tun, als so weit wie möglich in den Spalt zu kriechen und zu warten. Ich getraute mich nicht weiter, da ich befürchtete, man könnte uns hören oder, was noch wahrscheinlicher war, dass jemand über die Brustwehr blickte und uns sah.

Die Magier sahen unsere Not und versuchten, sie uns erträglicher zu machen, indem sie dem Sturm Einhalt geboten. Mit klammen Fingern holte ich die Laterne heraus, blies Leben in den Docht und blinkte zweimal, immer wieder: eins, zwei… eins, zwei… eins, zwei. Besser nass und ungemütlich als trocken und tot. Sie müssen das schwache Signal wohl schließlich gesehen haben, da es wieder zu regnen begann.

Womit eine weitere Sorge erledigt war: Als es aufklarte, hatte ich weiße Punkte draußen auf den Feldern gesehen, und mir war klar, unsere Soldaten hatten uns ausgemacht und starrten zu uns herauf. Ich fluchte, aber was sollten wir tun? Den Soldaten sagen, nicht auf die Mauer zu sehen, und dabei davon auszugehen, die Kallier würden diese Warnung nicht mitbekommen, sei es durch Zauberei oder sonstwie? Den Generälen sagen, sie sollten ihren Offizieren befehlen, nicht auf die Festung zu schauen? Ich hoffte nur, dass nicht allzu viele der Dummköpfe heraufdeuteten und damit Mikael Yanthlus' Aufmerksamkeit auf uns zogen.

Wir tranken unseren Tee, kauten unsere Ration, zitterten und streckten die Muskeln, wann immer es möglich war. Karjan meinte murmelnd, wieso es bei jedem Einsatz mit mir die Wände hochging. Ich verkniff mir den Hinweis, dass er sich schließlich freiwillig gemeldet hatte. Yonge flüsterte grinsend, die Spalte sei wie ein Heimaturlaub für ihn; irgendwann müsse Karjan mit ihm in seine Berge kommen und sehen, was richtiges Klettern sei. Es war der beste – und einzige – Scherz an jenem verregneten Tag.

Schließlich dunkelte es wieder und wir krochen aus unserer Spalte zurück auf die Wand. Unsere Körper ächzten ob der erneuten Anstrengung, aber wir setzten unseren Weg fort. Der Spalt wurde breiter, und wir kletterten, indem wir den Rücken gegen die eine Seite stemmten und mit den Füßen die andere »hochliefen«, nach oben. Es tat scheußlich weh, so wie es an den Muskeln in meinen Schenkeln zerrte, aber ich hatte nur Angst, der Spalt könnte noch breiter werden und wir müssten mit Nägeln und Seil weitergehen.

Aber er blieb, wie er war. Benommen bewegte ich mich nach oben, ein Fuß, dann der andere, mit dem Rücken hochrutschen – und schon schlug ich mir den Kopf an Yonges Stiefel an. Ich wollte schon fluchend fragen, warum es nicht weiterging, als mir klar wurde:

Wir hatten die Mauerkante erreicht!

Ich löste mich vom Seil, schlüpfte unter ihm hindurch und kletterte hinauf. Ich lauschte, aber von einem Wachposten war nichts zu hören. Ich griff in meinen Packen, holte die schwarze Laterne heraus und schickte drei Blitze hinaus in die Nacht.

Ich tastete nach oben, spürte die willkommene Glätte behauenen Steins und zog mich aus dem Spalt durch eine Zinnenlücke und befand mich dann, auf Händen und Knien, auf der Brustwehr von Chardin Shers Bastei. Ich blickte mich nach Wachposten um und meinte eine Bewegung zu sehen, aber sie war weit weg auf einem anderen Wall. Chardin Sher war kein Dummkopf, der seine Festung unbewacht ließ, aber es hatte schließlich wenig Sinn, die Brustwehr mit Soldaten zu säumen, schließlich war ein Angriff zu hören, lange bevor er diesen Punkt erreichte, und so heftig wie der Sturm wütete, würde es nur die Kräfte guter Soldaten verzehren. Ich hatte einige Mühe, die wenigen Wachen auszumachen, denn die Brustwehr war mit obszönen Statuen von Dämonen gesäumt, die mit höhnischer Herausforderung auf die Welt unter ihnen blickten.

Ich zischte und meine drei Leute kamen herauf. Ich schätze, es musste etwa Mitternacht sein. Wir hatten keine Pläne vom Inneren der Anlage gehabt, und Tenedos hatte Chardin Shers Magier nicht unnötig warnen wollen, indem er einen Blick hinein riskierte.

Trotzdem erspähte ich unser Ziel, das dicht vor uns lag. Unmöglich, aber direkt vor uns, und ich wusste, »unmöglich« gab es nicht für vier Wahnsinnige, die so weit gekommen waren wie wir. Ich fragte flüsternd nach und fand heraus, dass alle drei schwimmen konnten, und so hatte mein Plan durchaus Hand und Fuß.

Die Feste war in konzentrischen Ringen angelegt, so dass die Besatzung sich, wann immer ein Wall genommen war, hinter den nächsten zurückziehen konnte.

Es sah ganz danach aus, als bräuchten wir nur noch eine Mauer zu erklimmen, um unser Ziel zu erreichen, und so krochen wir den Wehrgang entlang an die Stelle, die ich ihnen gezeigt hatte. Wir versahen ein Seil im Abstand von je drei Fuß mit Knoten, befestigten es an einer der Statuen und kletterten dann daran nach unten.

Das kleine Problem, das wir zu bewältigen hatten, bestand darin, dass dieser Teil der Festung das Wasserreservoir der Verteidiger war. Wir ließen uns also ins Wasser gleiten, das uns bis weit über den Kopf reichte, und schwammen los. Es war erheblich schwieriger, als ich mir vorgestellt hatte, mit dem Gewicht unserer Packen zu schwimmen, die Kleidung ganz nass, aber wenigstens hatten die drei anderen etwas Auftrieb durch die Seilrollen. Das meine ließen wir baumelnd in der Dunkelheit hängen.

Es würde uns einen raschen Rückzug ermöglichen, und wenn man es entdeckte, so würden wir durch den Tumult gewarnt, so dass es uns vielleicht möglich war, einen anderen Weg aus der Festung zu finden. Der strömende Regen wühlte das Wasser so auf, dass man uns von den Mauern über uns unmöglich sehen konnte.

Das andere Ufer des Reservoirs bestand aus schleimigem, glitschigem Gestein, das stark abgeschrägt war, so dass der Regen das Becken wieder füllen konnte. Wir benutzten unsere Nägel, die wir, einen in jeder Hand, zwischen die Steine bohrten, so dass wir gut nach oben kamen – vier Krabben an einer Küste auf der Suche nach dem Abendmahl. Es hätte relativ einfach sein sollen, aber wir waren müde von dem Tag und den beiden Nächten an der Mauer und unsere Muskeln waren schmerzhaft überdehnt.

Aber wir kamen oben an und spähten einmal mehr durch Zinnenlücken, um nach Wächtern zu sehen. Der Sturm hatte unglücklicherweise nachgelassen und so konnte ich schemenhaft sehen. Der innere Festungsbereich war besser bewacht und auf jedem der Wehrgänge war eine Wache zu sehen. Na schön.

Ich hatte gehofft, unser Ausflug ließe sich durchführen, ohne dass wir eine Leiche zurücklassen mussten, aber das wäre unmöglich gewesen. Wir drückten uns an die Brustwehr und warteten ab.

Fest in seinen Mantel gehüllt, ohne groß auf irgendetwas zu achten außer auf sein Elend, kam der Wächter auf uns zu. Ein schwarzer Schatten tauchte aus der Finsternis auf, und er hatte noch nicht einmal Gelegenheit aufzuschreien, als sich ein Arm über seine Brust legte, während Svalbards andere Riesenpranke sich um seinen Kiefer legte und ihm den Kopf zur Seite riss. Sein Genick brach mit einem hörbaren Knacken, dann ließ Svalbard die Leiche auf den Wehrgang gleiten und starrte auf sie hinab, sein Gesicht völlig ruhig, als sei nichts passiert.

Ich zog dem Wächter den Helm ab und gab ihn Karjan. Selbst in der Dunkelheit sah ich seinen finsteren Blick, aber er war nun mal der geeignetste unter uns. Wir zogen dem Mann den Mantel aus, gaben auch diesen Karjan und kippten die Leiche über die Brustwehr hinweg in das Reservoir.

Karjan sollte mit Mantel und Speer des Kalliers, den zu kleinen Helm auf den Scheitel gedrückt, den Wächter spielen, damit keiner eine leere Mauer sah und Alarm schlug. Außerdem hielt er uns den Rücken frei.

Wir zogen uns die Socken über die Stiefel und fanden ein Stück weiter eine Stiege, die im Zickzack hinabführte, bis wir im untersten Geschoss angelangt waren.

Unser Weg führte durch lange Steinkorridore; ich verlief mich zweimal und wir mussten wieder zurück. Mehrere Male hörte ich Stimmen, und wir kamen an Türen vorbei, unter denen Licht herausschimmerte, begegneten aber niemandem. Die Kallier schliefen um diese Stunde entweder oder saßen in den Sälen um den Kamin, und ich konnte es ihnen nicht verdenken, spürte ich doch selbst, wie mir die Finsternis des alten Gemäuers in die Knochen drang.

Wir stiegen eine Treppe hinauf und durchquerten eine Passage. Schließlich hatten wir eine solide Eisentür vor uns, die offen stand und ins Freie hinausführte.

Ich trat hindurch – die Tür schlug mit metallischem Knall hinter mir zu, ein Riegel knallte herab und sperrte Yonge und Svalbard aus!

Elias Malebranche trat aus der Dunkelheit.

»Ich spürte dich kommen, Numantier«, zischte er. »Ich habe eine Spur des Talents und mein Zaubermeister war so freundlich, mir mit einem Amulett auszuhelfen. Ich hatte gehofft, Euch auf dem Schlachtfeld zu begegnen, um Euch dort zu erschlagen, aber so kommt Ihr stattdessen zu mir. Dann erledigen wir unsere Privatangelegenheit eben ganz unter uns.«

Seine Hand fuhr zu seiner Taille und er holte das Messer heraus.

»Das dritte Mal bringt Glück, Damastes.«

Ich sagte nichts. Im Kampf reden nur Narren und Leute mit zu viel Selbstvertrauen. Ich hatte bereits meinen Dolch in der Hand und wir begannen uns zu umkreisen. Malebranche war ein weit besserer Messerkämpfer als ich, aber ich versprach mir einen Vorteil aus seiner Arroganz. Nicht nur dass er den Mund nicht hatte halten können, er hatte auch keinen Alarm geschlagen. Er wollte den Ruhm, mich getötet und unsere Mission vereitelt zu haben, für sich allein.

Schauspieler auf der Bühne stellen einen Messerkampf als eine Reihe von Ausfällen und Stößen nach den lebenswichtigen Körpergegenden dar. Das wirkt sehr dramatisch, ist aber höchst unrealistisch. In Wirklichkeit endet ein Messerkampf entweder mit dem ersten Stoß, wenn man den Gegner überrascht und seine Waffe nach Möglichkeit noch in der Scheide steckt; oder er wird zu einer unglaublich blutigen Geschichte, da beide Gegner aufeinander losstechen in dem Versuch, den anderen zu verwunden oder zu verkrüppeln, bevor man versucht, ihm den tödlichen Stoß zu versetzen.

Malebranches Messer blitzte auf und ich hatte nicht die Zeit, mich zurückzuziehen. Schmerz verbrannte die Rückseite meines Unterarms, aber glücklicherweise hatte mir der Kallier nicht die Sehnen meiner Hand durchtrennt, wie er es vorgehabt hatte. Er kam wieder auf mich zu und ich trat hart zu, und als mein Stiefel sein Schienbein traf, beugte er sich nach Luft ringend vor und ich verpasste ihm einen Schnitt. Ich hatte nach seinem Hals gezielt, ihn aber verfehlt, als er sich rücklings abrollte und wieder auf die Beine kam.

»Das ist Euer Ende, Damastes. Jammerschade, dass Ihr der Krönung Chardin Shers zum König von Numantia nicht mehr beiwohnen werdet. Vielleicht hole ich mir Eure Witwe ins Bett, zum Ausgleich für die Narbe, die ich Euch verdanke. Denkt daran, Damastes, wenn Euch der Tod ereilt.«

Er sprang auf die andere, meine schwache Seite. Und während er dies tat, war seine Deckung für einen Augenblick offen und in dem stieß ich zu. Es war jedoch eine Finte gewesen, seine freie Linke schnappte vor und schlug mir den Dolch aus der Hand, dann schoss seine Klinge nach vorn.

Ich versuchte mich zurückzuziehen, rutschte aber auf den glatten Steinen aus, so dass seine Klinge tief in die Innenseite meines Schenkels fuhr. Fast hätte ich aufgeschrien vor Schmerz, aber ich biss die Zähne zusammen, ging zu Boden, rollte mich ab und griff nach meinem Dolch.

Der lag jedoch fünf Fuß von meiner tastenden Hand entfernt, und ich hörte Malebranches Stiefel auf mich zukommen; das Nächste, was ich spüren würde, wäre sein Messer zwischen meinen Schulterblättern.

Ich warf mich herum, die Hand nach wie vor ausgestreckt, und dann wirbelte wie durch ein Wunder mein Dolch durch die Luft in meine Hand, und mir fiel blitzartig der Zauber ein, mit dem Tenedos ihn nach dem Angriff der Dämonenschlange belegt hatte.

Malebranche stieß nach mir, ich parierte, Metall klirrte gegen Metall, dann stieß ich mit beiden Beinen nach oben und warf ihn um. Schon war ich wieder auf den Beinen und hinkte auf ihn zu.

Er stieß zu, und meine Klinge schien in meiner Hand zu summen, fuhr aus eigenem Antrieb nach vorn, wehrte seinen Stoß ab und schlitzte ihm die Brust auf. Jetzt sah ich mit einem Mal Angst auf seinem Gesicht; er fuhr zurück und ich setzte ihm vorsichtig nach. Schritt für Schritt wich er, bis er fast mit dem Rücken an einer Steinwand war. Er warf einen Blick über die Schulter, wusste, dass er gefangen war, und drehte durch.

Er schleuderte sein Messer nach mir, das sich in der Luft drehte und mich mit dem Knauf an der Brust traf, was schmerzte, aber keinen weiteren Schaden anrichtete, dann rannte er los, schoss unter meiner Deckung hindurch in Richtung einer weiteren Tür. Es konnte sich nur um Sekunden handeln, bevor er Alarm schlug, und schon griff ich in meinen Beutel, holte einen der Bleibolzen heraus und warf ihn mit all meiner Kraft nach dem Fliehenden.

Der Barren krachte gegen seinen Hinterkopf, und ich hörte es knirschen, als er ihm den Schädel zerschmetterte. Er brach zusammen und lag reglos da. Ich hinkte zu ihm hinüber und drehte ihn mit dem Fuß um. Er blickte starr zu mir auf, den Ausdruck schrecklicher Angst auf seinem Gesicht. Ich fühlte nach seinem Puls, aber mein Gegner war tot.

So war unsere dritte Begegnung in der Tat die glückliche für mich gewesen.

Ich lief, so schnell ich konnte, zurück an die eiserne Tür und hob den Riegel. Die Tür ging auf und Svalbard stolperte mir entgegen. Von Yonge war nichts zu sehen.

»Er ging einen anderen Weg suchen«, flüsterte der große Mann. Er sah Malebranches Leiche. »Gibt's davon noch mehr?«

Ich schüttelte den Kopf, als auch schon der Hügler in mein Blickfeld gelaufen kam. Er sah die offene Tür, sah uns beide, und das genügte ihm für den Augenblick. Wir rissen Streifen aus meinem Uniformrock, um die Wunden an meinem Arm und meinem Schenkel behelfsmäßig bandagieren zu können. Ich verspürte weder Schmerzen, noch wurde ich steif; mein Körper schwelgte im Tod meines Widersachers und der wilden Freude des Kampfs. Wir zerrten Malebranches Leiche ins Dunkel, nahmen dann den anderen Korridor und gelangten endlich an unser Ziel.

Der Innerste Hof der Burg hatte, was höchst eigenartig war, die Form eines Pentagons, und mir fielen die Geschichten über die Priester und ihren Hang zur schwarzen Magie ein. Ich fragte mich, ob sie wohl hier ihre Zeremonien abgehalten hatten. Kein Mensch war zu sehen, was ich verstehen konnte, als ich um mich die eisige Kälte spürte – und noch etwas anderes dazu. Ich fragte mich einen Augenblick, wie Chardin Sher und seine Männer diese Aura nur aushalten konnten, verdrängte den Gedanken aber schleunigst. Vielleicht spürten sie sie gar nicht, sondern nur ich, weil ich ein Feind Kalliens war.

Aber für Spekulationen war jetzt keine Zeit.

Ich nahm die Flasche mit dem Trank und den Zeichenstift aus meinem Packen und eilte damit in die Mitte des Hofs. Ich holte tief Luft, um mich zu beruhigen, und zeichnete dann sorgfältig die Figur so, wie ich es gelernt hatte.

Ich öffnete die Flasche und kippte sie über die Mitte des Symbols, das ich gemalt hatte. Es würgte mich; der Trank roch schlimmer, als man es sich vorstellen kann; der Gestank brennender Leichen, der Geruch frisch vergossenen Bluts, der modrige Hauch längst vergessener Grüfte füllte meine Nase.

Dann war die Flasche leer.

Tenedos hatte mir dringend geraten, so schnell wie möglich zu fliehen, sobald ich meine Anweisungen ausgeführt hatte. Er hatte gesagt, er würde es spüren, wenn der Zauber zu wirken begann; dann würde er von außerhalb der Festung seinen eigenen Zauber sprechen, aber wir müssten die Burg verlassen haben, noch bevor die Beschwörung Wirkung zeigte, oder auch uns würde das Schicksal ereilen, das Chardin Sehr zugedacht war.

Wir eilten zurück durch die Gänge und machten diesmal mehr Lärm als zuvor. Eine Tür öffnete sich, eine Frau spähte heraus, sah uns, schlug die Tür wieder zu und schob den Riegel vor; ich hörte jedoch keinen Schrei.

Wir gingen denselben Weg zurück und ich konnte nur staunen, dass ich mich so genau erinnerte; wir fanden die Stiege, die die innere Mauer hinaufführte. Oben auf dem Wehrgang ging noch immer Karjan, der falsche Wächter, auf und ab.

Nur allzu gerne entledigte er sich des Helms und des Mantels und warf den Speer fort. Wir banden ein Seil um eine der Zinnen und stiegen die schräge Mauer in den Wassergraben hinab.

Das eisige Wasser brannte in meinen Wunden, und ich wusste, dass mir die Gnade der Schmerzlosigkeit nicht mehr lange vergönnt sein würde.

Das Seil, das wir zurückgelassen hatten, hing noch ins Wasser, und wir zogen uns daran hoch. Ich war heilfroh, dass wir uns vor unserem Abstieg die Zeit genommen hatten, in Abständen Knoten hineinzumachen.

Wir nahmen das Seil ab und liefen an die Stelle mit dem Riss in der Mauer, schlangen ein Doppelseil um eine der Zinnen und rutschten daran hinab, bis es zu Ende war, zogen an einem Ende, bis es herabfiel, und krochen dann zurück in den Spalt.

Wir wollten uns eben auf die normale Art an den Abstieg machen, als ich ein Tosen hörte. Zuerst dachte ich, der Sturm nehme wieder zu, aber dann merkte ich, dass der Lärm aus allen Richtungen kam, sowohl aus dem Inneren der Festung als auch von außerhalb. Wir mussten ein großes Risiko eingehen und schlugen drei Nägel in den Stein, schlangen ein Seil darum und zogen. Sie hielten, und wir nahmen das Seil, um daran rücklings hinabzusteigen, wie wir das auf der anderen Seite getan hatten, obwohl die Möglichkeit, dass ein Nagel sich losriss und wir alle in den Tod stürzten, sehr groß war. Mein Bein pochte höllisch, aber ich ignorierte es.

Die Nägel hielten, und wir machten es weiter unten genauso und dann noch einmal, während der Lärm innen immer mehr anschwoll und wir das Beben der Mauer fühlten. Einmal löste sich ein Nagel, und Karjan wäre fast abgestürzt, fing sich jedoch gerade noch und kletterte weiter.

Ich blickte hinab und sah zu meinem Erstaunen, dass die Erde kaum mehr als dreißig Fuß unter uns war. Noch eine Seillänge; ich griff noch einmal nach Nägeln. Die Wand um mich herum bebte immer heftiger; die Zeit ging uns aus.

»Springt!«, rief ich und wir sprangen hinaus in die Dunkelheit. Wir stürzten und stürzten und ich machte mich schon auf das Krachen unserer Knochen beim Aufprall gefasst.

Ich landete jedoch in Morast und rutschte purzelnd von der Mauer weg, bis ich völlig schlammverschmiert war. Ich fand schließlich Halt und rannte, so schnell ich nur konnte, davon, hinkend, hinter den anderen her. Karjan kam noch einmal zurück, warf mir einen Arm um die Schultern, und wir liefen weiter.

Ich hatte Angst, stehen zu bleiben, Angst davor, mich umzusehen. Bäume tauchten vor uns auf, und ich sah unsere Front und einen Wachposten, dessen Stimme vor Angst zitterte, als er uns anrief.

Yonge antwortete ihm irgendetwas, aber es hätte ohnehin keine Rolle gespielt, da der Mann mit offenem Mund auf die Festung starrte.

Jetzt gestattete ich mir stehen zu bleiben, mit brennender Lunge, um zu sehen, wovor wir davongelaufen waren.

Der Boden zitterte wie bei einem Erdbeben und das Donnern war ohrenbetäubend. Ich sah Flammen aus der Feste über uns schießen, als brenne der Stein, ohne dass das Feuer ihn verschlang.

Wieder rumpelte es in der Erde, ich verlor den Halt und fiel, und schließlich hallte ein Gebrüll durch die Nacht.

Eine ungeheure Gestalt erhob sich aus den Flammen, streckte sich, wuchs, und ich sah ihren winkelförmigen Mund, die blitzenden Fänge. Ich sah Arme, gleich vier, die alle in Klauen endeten, und ich schwöre, ich sah selbst auf diese Entfernung, dass sie alle voll Menschen waren, deren Schreie unerträglich durch das Getöse gellten.

Die Erscheinung – die Macht – blökte triumphierend gen Himmel, ihr Königreich endlich fest in Händen haltend; Blitze zuckten aus dem Firmament und badeten die Kreatur im Schein ihrer Lichtspeere.

Ich hörte ein Wimmern und sah Karjan auf den Knien, den Kopf gesenkt, beim Gebet, und wusste, es war nichts Schmähliches daran. Ich wusste auch, dass die Götter in dieser Nacht zuhörten.

Das Ungeheuer drehte sich um und stierte um sich, seine Arme droschen gegen die Mauern, zerschlugen sie und brachten sie zum Einsturz, und wieder brüllte der Dämon seine Freude hinaus und der Sturm antwortete seinem Geheul.

Das Untier wurde immer größer und ich fürchtete schon, Tenedos hätte das Chaos schlechthin entfacht; ich fragte mich, ob ich hier eine männliche Manifestation Saionjis vor mir sah.

In diesem Augenblick schoss ein Keil purer Energie herab, von beängstigendem Blau, blau wie der schönste Sommertag. Es war kein Blitz, aber es sah so aus.

Er traf das Ungeheuer direkt in die Brust und es kreischte auf; ein weiterer Keil fuhr herab, die Erde bebte einmal mehr, und dann war der Dämon verschwunden und wir starrten hinaus in die leere Nacht, in der der Sturm an einem Haufen Steine zerrte, wo einst stolz eine Festung aufgeragt hatte, die jetzt nur noch eine Ruine war.

So starben denn Chardin Sher, Mikael Yanthlus, ihre Zauberer, Gefolgsleute und Berater, obwohl man in der Ruine der Zitadelle nie auch nur eine einzige Leiche fand.

Der Krieg war vorbei.

29 *Rückkehr nach Nicias*

Nach Chardin Shers Tod löste sich die Rebellion auf, als hätte es nie eine gegeben. Kallische Soldaten desertierten aus ihren Formationen, warfen ihre Waffen fort und tauschten ihre Uniform und was immer sie an Geld haben mochten, gegen irgendeinen Fetzen, der sie wie altgediente Zivilisten aussehen ließ.

Kuriere kamen im Galopp aus dem Osten, brachten die Glückwünsche des Zehnerrats und forderten Seher-General Tenedos auf, zur Feier seines Triumphs sofort nach Nicias zurückzukehren.

Er weigerte sich und sagte, der Sieg gehöre uns allen und wir würden ihn auch alle teilen.

Wir begruben unsere Toten, versorgten unsere Verwundeten und traten den Marsch zurück durch Kallio an.

In jedem Dorf, jeder Stadt empfingen uns jubelnde Bürger, als hätten wir eine feindliche Armee besiegt. Leicht verwirrt marschierten wir weiter, erstaunt über den Wankelmut des Menschen.

Wir machten einen Umzug über Polycittara, dessen Rat die Hauptstadt in panischer Angst zur offenen Stadt erklärte. Man erbot sich, uns einen Tribut zu zahlen. Die Soldaten sollten einen angemessenen Orden bekommen, die Offiziere Silber, die Generäle, Tenedos und der Zehnerrat Gold.

Tenedos gab bekannt, der Zehnerrat hätte beschlossen, nicht noch mehr Gold zu brauchen, und er würde nicht zulassen, dass einer seiner Männer einen Blechorden von einem ehemaligen Feind akzeptierte. Ich grinste, als ich das hörte, da ich wusste, dass Tenedos den Zehnerrat nicht gefragt hatte.

Polycittaras Führung jammerte, und Tenedos sagte, man hätte ihrer Unnachgiebigkeit wegen den Tribut verdoppelt, und wenn man noch weiter zögere, würde er ihn noch einmal verdoppeln oder der Armee für drei Tage die Stadt überlassen.

Es dauerte keine Stunde, dann ächzten Wagen voll Gold, Silber und Edelsteinen zu den Stadttoren heraus auf uns zu, und als unsere Soldaten hörten, dass das alles für sie war und nicht für ferne Bürokraten, die ihre Muskeln nur in der Schreibhand und im Arsch hatten, bejubelten sie Tenedos, als hätte er ihnen persönlich für das nächste Leben einen Schritt nach vorn auf dem Rad versprochen.

Da sie nun mal Soldaten waren, wollten sie natürlich rasch mehr, und man sprach davon, das Gold zu nehmen und die Stadt trotzdem zu plündern, aber Tenedos verbot es. Es wurde gemurrt, und bei einer Kompanie desertierte gleich ein ganzer Zug, entschlossen, auf eigene Weise zu feiern.

Tenedos schickte die Lanciers hinter ihnen her, bevor sie Schlimmeres anrichten konnten, als eine Schenke zu zerlegen, einen Weiler niederzubrennen und zwei Frauen zu schänden, und man brachte sie mit Waffengewalt ins Lager zurück.

Er ließ die Vertreter jeder Einheit antreten und hastig Galgen errichten, trieb den gesamten Zug einschließlich seines befehlshabenden Offiziers in den großen Kreis, den die Soldaten bildeten, und hängte jeden einzelnen auf. Damit war jeder weitere Gedanke an freischaffendes Gemetzel im Keime erstickt.

Er ließ die Stadtältesten kommen, sagte ihnen, was er getan hatte, sagte, dass er größere Reparationen hätte verlangen können, aber er wisse ja, dass Kallio sein Gold zum Wiederaufbau brauche. »Wir alle«, erklärte er, »müssen jetzt daran denken, dass wir Numantier sind. Unser Streit ist beigelegt und wir sind einmal mehr eine Nation.«

Wir marschierten weiter, den Weg zurück, auf dem wir gekommen waren. Ich verspürte eine große Befriedigung, als wir den Imru überquerten. Wir hatten unsere Niederlage und unsere Toten gerächt.

In Cicognara erwarteten uns Befehle. Tenedos hatte das Heer zu verlassen und zu seiner Ehrung nach Nicias zurückzukehren, wollte er nicht den Unwillen seiner rechtmäßigen Führer, des Zehnerrats, auf sich ziehen.

Tenedos ignorierte die Order und entsandte seinerseits Befehle per Boten und Heliograph. Alle Schiffe, die in der Lage waren, auf dem Latane zu fahren, sollten augenblicklich Kurs auf Cicognara nehmen. Er wiederholte, was er gesagt hatte: Entweder ehrte Nicias die ganze Armee oder niemanden. Der Zehnerrat reagierte auf seinen Ungehorsam nicht im Geringsten. Er steckte in Nicias die Köpfe zusammen; man hatte Angst, was als Nächstes passieren könnte.

Die Schiffe trafen ein, Flotte auf Flotte, alles von der schnellen *Tauler* und ihren Schwestern bis hin zu Lastkähnen und Jachten; ihre Ankunft markierte das Kommen des Frühlings, der Zeit der Geburt.

Wir strömten auf die Schiffe und machten uns auf den Weg.

Das mag sich anhören, als hielten wir uns immer noch an die harte Disziplin des Krieges, aber dem war ganz und gar nicht so. Solange ein Soldat noch zu seiner angestammten Formation taumeln und seinem Dienst aufrecht nachgehen konnte, übersah man geflissentlich, wie nüchtern er wirklich war. Abends gab es keinen Appell, und kein Profos ging durch die Transporter, um zu sehen, ob unter einer Decke mehr als ein Paar Beine hervorguckte, da viele der Schiffe mit Frauen und Knaben angekommen waren, die ganz erpicht darauf waren, der Armee dafür zu danken, die Nation beisammenzuhalten, entweder umsonst oder für Geld. Die Quartiermeister ließen zwar kochen, aber wenn ein Mann lieber woanders auf die Einladung eines dankbaren Zivilisten hin aß, dann war das kein Problem.

Ich ignorierte den Rummel. Ich wollte nur zurück nach Hause, zurück zu Marán. Wenigstens bekam ich jetzt wieder regelmäßig Post von ihr. Sie schrieb wenigstens einmal, häufig sogar zweimal am Tag, und jedes Mal, wenn wir auf unserer Reise in den Süden Post bekamen, wurde ich von parfümierten Liebesbeweisen nur so überschwemmt.

Ich schüttelte mich, um wieder einen klaren Kopf zu bekommen, und fragte mich, was wohl passieren würde, wenn wir Nicias erreichten. Was würde Tenedos als Nächstes tun?

Sein erster Zug lag auf der Hand – der Zehnerrat. Als unsere bunt zusammengewürfelte Flotte das Delta verließ, ließ er alle Schiffe benachrichtigen, *nicht* in Nicias anzulegen, sondern die Soldaten ein Stück flußaufwärts der Hauptstadt in dem kleinen Fischerdorf Urgone abzusetzen. Dort würden wir unser Lager aufschlagen und keinen Fuß in Nicias setzen, bevor die »Zeit reif« war. Es war offensichtlich, dass er die Armee beisammenhalten und als Drohung gegenüber dem Zehnerrat einsetzen wollte.

Soldaten sind nicht dumm und mittlerweile hatte auch der Letzte gemerkt, dass da etwas Merkwürdiges im Gange war – dass zwischen Tenedos und dem Zehnerrat etwas nicht stimmte. Wenn es wirklich dazu kommen würde, hörte man Hitzköpfe sagen, so sei Nicias, wo man schon Polycittara nicht hatte plündern dürfen, ein durchaus akzeptabler Ersatz.

Wir errichteten ein befestigtes Lager und machten uns daran, die Armee mit neuen Uniformen, Waffen und Nachschub wieder aufzubauen. Wir bekamen Ersatz für die Gefallenen, die Tenedos jedoch provisorischen Regimenten zuwies; sie würden binnen kurzer Zeit zu regulären Einheiten versetzt, sagte er, aber nicht gleich. Tenedos wollte den Eifer seiner Veteranen nicht verwässert sehen. Ich spürte aber, dass er schnell handeln musste, so aufgekratzt wie die Armee gerade war.

Nicier kamen in Strömen, um uns zu empfangen, aber die meisten von ihnen bekamen von den Wachen höflich gesagt, dass das Lager im Augenblick nicht zu betreten war.

Es gab allerdings Ausnahmen.

Ich kam eines Nachmittags müde zurück zu meinem Zelt, als ich mich von Lancier Karjan erwartet sah. Er wirkte recht selbstgefällig und so fragte ich ihn, weshalb er so zufrieden mit sich sei. Sein Lächeln wurde noch breiter, und er sagte kein Wort, nur dass ich vielleicht ein Bad nehmen sollte, bevor ich mich zu den Offizieren in die Messe setzte. Aber ich könnte natürlich auch alleine essen, wenn ich wollte. Wie auch immer, ich sollte ihm Schwert und Koppel geben – Generäle sollten nicht so schäbig aussehen.

Ich zog die Stirn in Falten; ich war nicht gerade ein Einsiedler.

Ich gab ihm meinen Waffengurt, sagte ihm, ich würde baden, mich für die Messe anziehen und in einer Stunde zum Essen bereit sein; dann trat ich in mein Zelt.

Marán erhob sich rasch von dem Stuhl, auf dem sie gewartet hatte. Sie trug nur einen dünnen weißen Hausmantel mit blauen Blumen, dazu ein passendes, bis zum Oberschenkel geschlitztes Kleid. Es hatte einen tiefen runden Ausschnitt, der knapp über den Brustwarzen endete. Sie war barfuß.

Von einem Haken an dem primitiven Rahmen, der mir als Kleiderschrank diente, hing ihr Reitkostüm.

»Willkommen zu Hause, mein Gatte«, flüsterte sie, ohne zu mir aufzusehen.

Ich war wie gelähmt. Ich hatte von diesem Augenblick geträumt und jetzt war er da. Sie hob den Blick.

»Ich … Es tut mir Leid«, sagte sie. »Was ich getan habe.«

Wieder hatte sie jenen Ausdruck eines bestraften Tieres auf dem Gesicht. Ich fand meine Sprache wieder, trat vor und nahm sie bei den Händen.

»Marán«, sagte ich. »Du hast nichts falsch gemacht. Nicht während ich weg war, nicht jetzt, noch sonst irgendwann.«

»Ich liebe dich.«

Ich sah Tränen in ihren Augen.

»Komm«, flüsterte sie. »Gib mir deinen Rock.«

Ich knöpfte ihn auf und ließ ihn zu Boden gleiten. Sie kam näher, fuhr mit den Fingern über die Bandage auf meinem Arm und verzog das Gesicht. Dann küsste sie mir die Brustwarzen durch das Hemd hindurch.

»Ich habe vergessen, wie gut du riechst, wenn du schwitzt«, sagte sie und sah zu mir auf.

Ich roch Blumen, als wir uns küssten, und das Blut pochte in meinen Schläfen. Ich nahm sie in die Arme und spürte ihre Wärme durch das dünne Kleid. Nach einer Weile sorgte ich für etwas Abstand.

»Marán, tu mir einen Gefallen. Ich möchte nicht, dass du mich für eine Art Richter hältst, der beurteilt, was du tust oder lässt. Ich bin dein Partner, nicht dein Herr. Ich werde Fehler machen … bei den Teufeln, ich weiß, ich habe welche gemacht. Ich bin ein Mensch und erwarte Gnade und Vergebung, also räume ich dir wohl besser dieselben Rechte ein, oder nicht? Hör bitte auf, so streng zu dir zu sein.«

Sie starrte mich an und begrub dann den Kopf an meiner Schulter. Ich spürte ihre Tränen durch mein Hemd.

»Was ist los?«

»Nichts«, sagte sie. »Nicht das Geringste. Ich … ich hätte nur nie gedacht, dass ich das Recht hätte, glücklich zu sein. Ich war es, für eine Weile. Dann starb unser Kind und ich hatte das Gefühl, dass man mich bestraft.«

»Dafür, glücklich zu sein?«

Sie nickte.

»Hat dir schon mal einer gesagt, wie albern du manchmal bist?«

Sie nickte noch einmal. »Ich weiß.«

»Und hat dir schon mal jemand gesagt, dass man nicht weint, wenn der Gatte aus dem Krieg nach Hause kommt?«

»Tut mir –«

Ich schnitt ihr das Wort mit einem weiteren Kuss ab. Ich ließ meine Hand über ihre Hüfte gleiten, bis sie den Schlitz erreichte, schob sie hinein und streichelte ihren seidigen Hintern. Ohne die Lippen von den meinen zu nehmen, kroch ihre Hand nach oben und knöpfte mir das Hemd auf, und ich ließ sie lange genug los, um herauszuschlüpfen. Ich spürte ihre Nippel an meiner Brust.

»Ich habe dir in einem meiner Briefe geschrieben, dass ich etwas will«, sagte sie, »und ich werde es mir nehmen.«

Sie knöpfte den Latz meiner Hose auf, die auf meine Stiefel fiel. Ihr stockte der Atem, als sie meinen nach wie vor bandagierten Schenkel sah.

»O Liebster, sie haben dir wehgetan.«

»Es heilt schon. Es macht mir kaum noch zu schaffen.«

»Ich werde dich pflegen«, erklärte sie. »Und alles für dich tun.« Sie kniete nieder und berührte meinen Riemen, der sich zu heben begann, mit dem Finger. »Ich habe dich vermisst«, flüsterte sie und nahm die Eichel in den Mund. Sie nagte sachte mit den Zähnen daran und fuhr dann mit der Zunge über die Spitze.

»Also, Damastes, wenn du es auch so nötig hast wie ich, dann lass mich dich schmecken.« Damit nahm sie mich in den Mund, strich mit den Lippen den Schaft entlang, umschlang ihn mit der Zunge, koste ihn, und ich hatte die Hände um ihren Kopf gelegt und zog sie an den Haaren an mich heran. Dann schnaufte ich auf, als ich meinen so lange zurückgehaltenen Samen vergoss.

Sie bewegte den Kopf weiter, die herrliche Pein wuchs und ebbte dann ab. Sie stand auf, ihren Mund ganz voll von mir, und schluckte.

»Nur um sicherzugehen, dass wir unsere Lust beide ganz und gar auskosten können.«

Ich stand da und umarmte sie wieder. Als wir uns küssten, schob ich ihr den Mantel von den Schultern und zog dann an den Schleifen, die ihr Kleid hielten, das ihr sogleich auf die Hüften fiel.

Die Schwangerschaft hatte ihre Brüste anschwellen lassen, die sich jetzt wie köstliche Früchte wölbten. Sie schlang ein Bein um mich und rieb die Ferse an meiner Wade. Mein Riemen versteifte sich an ihrem Bauch, während sie mir sachte die Hoden koste.

Ich trug sie hinüber zu meinem schmalen Feldbett und legte sie nieder. Dann stellte ich mich über sie, breitbeinig über der Pritsche. Sie lag da, den Kopf zurückgelegt, dann öffnete sie die Augen, sah zu mir auf und lächelte verträumt. Sie zog das Kleid hoch, bis es sich um ihren Schoß bauschte. Sie nahm ein Bein hoch, dann das andere, dann ließ sie die Schenkel auseinander fallen.

»Hast du von mir geträumt, mein Gatte?«

»Jede Nacht.«

»Ich habe von dir geträumt und mir selbst etwas Lust zu verschaffen versucht. Aber sie war nichts im Vergleich zu dir.«

Nach wie vor lächelnd, begann sie ihr Geschlecht zu streicheln und führte erst einen, dann einen zweiten Finger ein, bewegte sie dann sachte ein und aus.

»Ich bin ganz nass, Damastes«, stöhnte sie. »Ich bin bereit für dich. Komm, liebe mich, nimm mich jetzt.«

Ich kniete mich auf die Pritsche, und als ich ihre Feuchtigkeit mit meinem Riemen berührte, zuckte sie zusammen. Ich drang in sie ein, aber nur so weit, dass die Eichel verschwand, und bewegte sie dann sachte.

»Ganz, steck ihn ganz hinein«, keuchte sie, aber ich setzte die knappen Bewegungen fort. »Oh, Lieber, bitte, bitte, es ist so lange her, oh, spalte mich, zerreiße mich, fick mich!«

Ich zog mich etwas zurück, als sie plötzlich die Fersen in den Rahmen der Pritsche einhakte und sich mir entgegenstemmte, bis ich ganz in ihr war. Sie schrie, und ich fiel auf sie und stieß auf sie ein, während sie mir das Becken entgegenschob, mit beiden Händen an meinem Rücken zerrte, keuchend, mit offenem Mund; unsere Lippen drängten sich gegeneinander und wir waren einmal mehr eins.

»Soldaten Numantias«, tönte Tenedos' verstärkte Stimme über das endlose Heer. »Ihr habt eurem Land – und mir – gut gedient.

Ich habe euch versprochen, euer Opfer zu belohnen, und ihr habt mir vertraut und seid dabei sehr geduldig gewesen. In Polycittara habe ich euch einen Vorgeschmack auf die Erfüllung meines Versprechens verschafft. In den kommenden Tagen wird es davon noch mehr geben, viel mehr.

Ich fange mit sechs meiner besten Soldaten an.

Sie alle sind Generäle und sie alle haben sich diesen Rang redlich verdient. Sie alle sind Helden.

Am heutigen Tag schaffe ich einen neuen Offiziersrang, den des Tribunen. Das hier ist das Symbol dieses Ranges.« Er hielt einen Stab aus Onyx hoch, zwei Ellen lang, an beiden Enden in Silber gefasst.

Wir sechs, die wir vor Tenedos Haltung angenommen hatten, waren erstaunt. Es hatte weder einen Hinweis darauf gegeben, weshalb er das gesamte Heer antreten ließ, noch weshalb er uns von der Spitze unserer Einheiten nach oben rief.

»Meine Tribunen werden den höchsten Rang einnehmen und sie werden sich ausschließlich mir zu verantworten haben.

Ich werde sie jetzt nennen. Ihr kennt sie namentlich und auch ihren Ruf, aber ich habe über jeden einige Worte zu sagen.

Mein erster Tribun wird Damastes á Cimabue sein. Er war der Erste, der mir gefolgt ist, und ist der Tapferste der Tapferen; von Kait bis zur endgültigen Vernichtung Chardin Shers hat er mir in jeder nur erdenklichen Weise gedient. Tribun á Cimabue, ich ehre Euch für diesen Dienst.«

Er trat vor und reichte mir den ersten Stab. Ich hörte das beifällige Gebrüll der Armee hinter mir. Ich war unfähig, auch nur ein Wort zu sagen; eine solche Ehre hatte ich mir nie erträumt. Tenedos muss gewusst haben, was ich dachte, denn er lächelte und sagte dann leise: »Du siehst, was passiert, wenn man in einem Bergpass auf einen Wahnsinnigen hört.« Ich brachte einen Salut zustande und er trat zurück. Die anderen hatten zu ihm zu kommen.

»Der zweite ist General Hern, ein Mann, der immer an der vordersten Front gestanden, meinen Befehlen stets gehorcht und immer ein gutes Beispiel gegeben hat.« Auch Hern nahm seinen Stab entgegen.

»Der dritte ist General Myrus Le Balafre, unser bester Schwertfechter und ein Mann, der durch sein gutes Vorbild führt. Er braucht keine Orden, denn die Narben an seinem Körper zeigen, dass er Numantia sein Leben gewidmet hat.« Le Balafre nahm seinen Stab entgegen und kam dann wieder an meine Seite. Ich gratulierte ihm flüsternd und er nickte zum Dank. »Ich denke, ich bleibe wohl auch im Frieden dabei«, meinte er. »Sieht ganz so aus, als stehe uns ein interessantes Leben bevor.«

»Der vierte«, donnerte Tenedos' Stimme, »ist General Yonge. Ich möchte, dass ein jeder, der nicht von Geburt Numantier ist, diese Ehrung zur Kenntnis nimmt und sieht, dass es keine Vorurteile, weder im Guten noch im Schlechten, gegenüber Menschen anderer Staaten geben wird, noch gegenüber den Angehörigen anderer Nationen, die sich unserem Heer beizutreten entschließen.« Ich wartete darauf, dass Yonge irgend etwas Unerhörtes schrie, aber der Anlass schien selbst ihn überwältigt zu haben. Sich die Tränen mit dem Handrücken aus den Augenwinkeln wischend, nahm er den

Stab entgegen und wankte wieder in unsere kleine Formation. Selbst den Salut für den Seher-General vergaß er.

»Der fünfte ist General Cyrillos Linerges, der in der Stunde der Not in die Armee zurückgekehrt und rasch aufgestiegen ist, nachdem er immer und immer wieder seine Führungseigenschaft und seinen Mut bewiesen hat.« Linerges, den Arm noch immer in der Schlinge von der Schlacht gegen die Kallier, strahlte.

»Und meine letzte Ernennung gilt General Petre, einem Mann, der mit dem Verstand nicht weniger gut kämpft als mit dem Schwert. Ihr jungen Offiziere solltet von ihm lernen, dass die Zeit, die man auf das Studium der Kriegskunst verwendet, besser angelegt ist als mit Hurerei und Spiel. General Petre hat für diese Armee so viel getan wie nur irgendeiner, und das hier ist sein Lohn.« Petre schritt, humorlos wie eh und je, auf Tenedos zu, nahm den Stab, salutierte zackig und machte kehrt. Er sah meinen Blick, und ein Lächeln stahl sich über sein Gesicht. Dann wurde sein Ausdruck hölzern wie immer und er kam in unsere Reihe zurück.

»Sechs Männer«, sagte Tenedos. »Sie sind nur der Anfang und ein Beispiel. Ich weiß, es hören da draußen Männer zu, die diesen schwarzen Stab eines Tages selbst tragen und sich, ihrer Familie, ihrer Provinz und ganz Numantia große Ehre erweisen werden.«

»Das«, so erklärte Tenedos, »war der erste Keil meines Feldzugs.«

»Dann weiß der Zehnerrat also gar nichts von dem neuen Rang?«

»Jetzt schon.«

»Was meint Ihr, werden sie tun?«

»Ich weiß nicht so recht. Deshalb habe ich dich ja mit dem Sonderkommando zu mir gebeten.«

Dieses »Sonderkommando«, nahezu zweihundert Mann, ritt hinter uns her, als wir Nicias' Außenbezirke passierten. Es handelte sich durchweg um Freiwillige, handverlesen nach ihrer Härte an Körper und Geist. Es waren fast ebenso viele Offiziere wie Gemeine dabei. Darunter auch Tribun Yonge. Domina Bikaner und einige harte Kämpen wie der Regimentsfeldwebel Evatt, die Sergeanten Karjan, Svalbard und Curti und einige andere, die ich nicht persönlich kannte, aber deren Ergebenheit mir von ihren Offizieren garantiert worden war.

Sie trugen nicht nur ihre Schwerter, sondern hatten auch Dolche und, unter ihren Galauniformen versteckt, Schlagstöcke dabei. Tenedos persönlich hatte ihnen vor unserem Abmarsch aus dem Lager ihre Order gegeben und ihnen gesagt, man könnte sie womöglich in Gruppen verschiedener Größe einsetzen, dann teilte er die Männer den Gruppen zu.

Wir marschierten in Richtung des Palastes des Zehnerrates.

»Es ist mir eine Freude«, sagte Barthou, »Euch dafür zu ehren, Seher-General Tenedos, dass Ihr uns so gut gedient habt.«

»Ich habe nicht nur Euch gedient, Sir, sondern auch unserer Heimat Numantia.« Tenedos stand in der Mitte des großen Audienzsaals. Ich stand gleich hinter ihm, leicht versetzt, genau wie er es angeordnet hatte.

»Wir haben einen triumphalen Empfang für die Armee vorbereitet«, fuhr Barthou fort, »mit Festmahl, Zeremoniell, Feierlichkeiten, mit allem, was Nicias tun kann, um seine Dankbarkeit zu zeigen.« Jubelrufe kamen auf und zum ersten Mal schien Barthou zu bemerken, dass die Galerien voller Soldaten in Uniform waren. Er machte ein besorgtes Gesicht.

»Wir danken Euch«, antwortete Tenedos. »Aber Nicias kann noch weit mehr tun – und muss es tun, will man uns die gebührende Ehre erweisen. Tapferer Dienst wird am besten mit reellen Geschenken belohnt.«

»Was wollt Ihr damit sagen?«, Barthou sah aufgebracht aus; das hier entwickelte sich eindeutig nicht so wie geplant.

»Zuerst Gold. Pensionen für die Männer, die als nicht länger wehrfähig zu entlassen sind. Entschädigung für die Männer, die verkrüppelt sind, einen Arm, ein Auge, was auch immer verloren haben. Und darüber hinaus, Sir, Numantia ist ein großes Land und ein gut Teil davon ist nicht bestellt. Ich würde vorschlagen, dass der Zehnerrat allen Veteranen, die aus dem Dienst ausscheiden, kleine Güter gewährt.«

»Das ist doch unerhört!«, platzte Barthou heraus. Ich sah Scopas an, Tenedos ehemaligen Verbündeten, und auch er machte zuerst ein überraschtes, dann ein berechnendes Gesicht.

Buhrufe und Schreie kamen von der Galerie. Die Wachen des Zehnerrats schauten noch nervöser drein als ihre Herren. Tenedos wandte sich ab und starrte zu den Soldaten hinauf und für einen Augenblick herrschte Stille.

Noch bevor Barthou fortfahren konnte, stand Scopas auf.

»Ihr entschuldigt, Herr Sprecher, aber wie Ihr sagt, unterbreitet uns der werte Seher-General hier einige ungewöhnliche Ideen. Ich denke, wir sollten uns zurückziehen und darüber beraten.«

Jemand schrie von der Galerie: »Wie lange denn, ihr Scheißkerle? Bis ihr uns wieder vergessen habt wie eh und je?«

Scopas blickte hinauf und wandte sich an den anonymen Spötter.

»Wir werden nicht länger als eine Stunde weg sein, Sir. Ihr habt mein Wort darauf.«

Barthou wollte schon protestieren, aber ich sah, wie Scopas kaum merklich den Kopf schüttelte.

»Na gut. Binnen einer Stunde.«

Der Zehnerrat schritt in einer Reihe aus dem Audienzsaal.

»Bevor wir fortfahren«, erklärte Barthou, »habe ich einige Ankündigungen zu machen.« Der Mann sah ganz grau aus, aschfahl, als hätte man sein Leben bedroht.

»Zuerst lasst uns die Männer beglückwünschen, die der Seher-General zu Tribunen ausgerufen hat. Wir halten das für eine treffliche Idee und wir bedauern nur, nicht selbst darauf gekommen zu sein.«

Der komplette Zehnerrat wandte mir seine Aufmerksamkeit zu. Ich behielt meine ausdruckslose Miene bei, dachte jedoch: Dann wollt ihr also jetzt mich umwerben, und die anderen fünf. Was werdet ihr mir wohl anbieten?

»Wir haben ebenfalls vor, Euch zu belohnen«, fuhr Barthou fort. »Wie ich sehe, haben wir Gene – Tribun á Cimabue, Graf Agramónte, unter uns. Tribun, es ist uns eine große Ehre, Euch eine Baronie auf Lebenszeit zu verleihen. Wir bitten Euch, die Nachfolge auf Euren Titel ganz nach Belieben zu bestimmen.

Außerdem werden wir allen Tribunen ein jährliches Salär von fünfzigtausend Goldstücken gewähren, dazu ein Anwesen, das der Staat unterhalten wird.

Baron und Tribun á Cimabue, Graf Agramónte, da Ihr der Erste seid, der diesen Rang erhält, gewähren wir Euch den Wasserpalast zum Wohnsitz auf Lebenszeit.

Die anderen Tribunen werden ähnliche Geschenke bekommen.

Und nun, Herr Seher-General –«

»Bevor Ihr mir etwas schenkt«, unterbrach Tenedos ihn, »was ist mit den Lehen, von denen ich gesprochen habe?«

»Sie werden verteilt, Sir«, beeilte sich Scopas zu sagen. »Wir werden einen Ausschuss zusammenstellen, der diese Lehnen binnen eines Jahres vergibt.«

Tenedos starrte ihn an.

»Ein Jahr, eh? Darüber sollte man reden. Aber fahrt fort.«

Ich hörte Murren von den Soldaten auf den Galerien.

Scopas machte Barthou Zeichen, er habe wieder das Wort.

»Seher-General Tenedos«, sagte Barthou, »wir gewähren Euch zunächst als Belohnung eine Erbbaronie, einhunderttausend Goldstücke Salär per annum und ein Anwesen; weitere Ehren werden folgen.«

Barthou machte eine Pause; zweifelsohne erwartete er, dass Tenedos in Dankesworte ausbrach. Aber der Seher bemerkte nur kalt: »Das ist nicht annähernd angemessen.«

»Was?«

»Ich denke, wir sollten uns noch einmal zurückziehen, um die Angelegenheit zu diskutieren«, schlug der Zauberer vor.

»Dafür besteht keine Notwendigkeit«, protestierte Barthou.

»Die Situation ist völlig aus der Hand geraten«, platzte sein frisch ernannter Schoßhund Timgad heraus.

»Nein«, korrigierte Tenedos ihn. »Es ist durchaus alles unter Kontrolle, ungeachtet dessen, was die Herren denken mögen. Also, wollen wir uns für einige Augenblicke zurückziehen?«

Man stimmte ihm hastig zu. Der Zehnerrat erhob sich und hielt auf den Ausgang zu. Tenedos wandte sich an mich und machte mir Zeichen.

»Tribun?«

Ich fuhr herum. »Zehn Mann!«, rief ich, und ich hörte das Getrampel, als die Soldaten die Treppe von der Galerie heruntergelaufen kamen. Unter ihnen befanden sich Svalbard und Karjan.

»Was soll das?«, protestierte Timgad.

»Das werdet Ihr in Kürze erfahren.«

Timgad war einem Schlaganfall nahe und Scopas nahm ihn beim Arm und zog ihn hinaus.

»Wie könnt Ihr bewaffnete Soldaten in unsere Privaträume bringen?«, zischte Barthou.

»Ich habe sie mitgebracht, weil ich Euch nicht traue«, antwortete Tenedos ruhig. »Ich betrachte sie jedoch nur als persönlichen Schutz, nicht als Bedrohung.«

Fast musste ich lächeln; ich wusste, die zehn hartgesottenen Kerle an der Wand hinter mir boten kaum ein sehr friedfertiges Bild.

»Was wünscht Ihr also?«, wollte Scopas wissen. »Diese Angelegenheit gerät, wie Timgad gesagt hat, aus der Hand.«

»Viele Dinge. Beginnen wir mit dem, was bereits gesagt ist. Die Frage nach den Lehen für meine Soldaten wird auf der Stelle erledigt, nicht binnen eines Jahres oder was weiß ich. Zweitens, wenn Ihr jemanden zum Baron macht, wie etwa den Tribun á Cimabue, dann bekommt er den Titel erblich anstatt des schmählichen Adelsstands auf Lebenszeit.«

»Wie könnt Ihr es wagen, uns etwas diktieren zu wollen?«, kreischte Barthou.

»Ich wage es wegen der Männer, die hinter mir stehen. Ich wage es, weil ich ein wahrer Numantier bin. Ich wage es … weil ich es wage.«

»Fahrt fort«, sagte Scopas grimmig.

»Ihr habt achtundvierzig Stunden von diesem Augenblick an. Danach werdet Ihr bekanntgeben, dass der Zehnerrat abdankt und vom aktiven Führungs- zum Beratergremium wird und dass Ihr endlich den Imperator gefunden habt, den Ihr ernennen solltet und nach dem Ihr angeblich all diese Jahrzehnte gesucht habt.«

»Und wenn wir das nicht tun?«

Tenedos starrte Barthou an, bis der den Blick abwandte.

»Vor einem Jahr stand die Armee in den Straßen von Nicias und sorgte auf Euren Befehl hin für Frieden«, sagte er.

»Falls Ihr meinen Befehlen nicht Folge leistet, so regiert sie Nicias noch einmal mit dem Schwert.

Und Ihr werdet die Folgen bitter bereuen.

Ihr könnt nicht ändern, was passieren wird. Ich werde Imperator – mit oder ohne Eure inkompetente Mithilfe. Die Zeit für Veränderungen ist gekommen und ich bin von Saionji auserwählt, sie vorzunehmen.

Denkt gut nach, seid weise«, empfahl Tenedos grimmig. »Denn das Blut werdet Ihr an den Händen haben.«

Ohne Gruß, ohne Salut und ohne sich um den wütenden Protest der Ratsmitglieder zu kümmern, stapfte Tenedos hinaus.

30 *Die Krönung*

Ich stand neben dem Altar, neben mir der Hohepriester. Er hatte einen schweren Kasten in den Armen, eine mit Gemmen besetzte Schatulle aus massivem Gold.

Der mächtige Tempel war voller Menschen. Alle Adeligen, ob Mann oder Frau, die Nicias irgendwie hatten erreichen können, drängten sich im Hauptschiff und in den Galerien.

Der Mittelgang war von Soldaten gesäumt. Allesamt waren sie Tribunen oder Generäle.

Trompeten erschallten, das große Tor öffnete sich, Tenedos kam herein und das Publikum erhob sich. Statt seiner Seherrobe trug er die schlichte Uniform eines Heeresoffiziers, aber ganz ohne Rangabzeichen oder Schmuck.

Die Musik eines unsichtbaren Orchesters erklang und Tenedos schritt langsam zum Altar. Jeder Offizier, an dem er vorbeikam, kniete ehrerbietig nieder, und die Männer und Frauen dahinter verneigten sich demütig.

Er kam am Fuße des Altars an und blieb stehen.

»Seid Ihr der Mann namens Laish Tenedos?«, fragte der Priester.

»Der bin ich.«

»Ihr seid vom Rat der Zehn im Namen Umars, Irisus und … und Saionjis«, der Priester hatte seine Probleme mit dieser kurzfristigen Änderung der Zeremonie, und ich hörte, wie dem Publikum die Luft wegblieb, »im Namen von Panoan und all den anderen mächtigen Wesen, die Numantia geschaffen haben und über uns wachen, dazu ausersehen, uns zu führen.

Laish Tenedos, ich verlange von Euch das Versprechen, weise und klug zu regieren, immer wieder die Götter zu konsultieren, um Euch der Weisheit, Barmherzigkeit und Gerechtigkeit Eurer Herrschaft zu vergewissern, Euren Untertanen nie mit Grausamkeit oder Verachtung zu begegnen und sie niemals ungerechtfertigt in den Krieg zu führen.«

»Ich schwöre es.«

»Dann ernenne ich Euch hiermit zum Imperator von Numantia.«

Er öffnete die Schatulle und nahm ein Golddiadem heraus.

»Tribun Damastes á Cimabue, Baron Damastes von Ghazi, Graf Agramónte, Ihr seid als der Würdigste ausersehen, den Imperator zu krönen. Nehmt dieses Diadem aus meiner Hand und setzt es Eurem Herrscher aufs Haupt.«

Ich hob den Halbreif. Und als ich es tat, sah ich Marán im Publikum, ihr Gesicht ein Fanal der Liebe und Hoffnung.

Ich setzte Tenedos das Diadem auf die Stirn, kniete dann nieder und senkte das Haupt. Und so bestieg der Seherkönig den Thron.

An diesem Tag standen wir auf dem Gipfel des höchsten Berges. Die ganze Pracht der Welt breitete sich unter uns aus.

Es war der Anfang vom Ende.